LOUP ET LES HOMMES

Historienne et scénariste belge, Emmanuelle Pirotte rencontre en 2015 un succès international avec un premier roman, *Today we live*, traduit en quinze langues et couronné par le prix Edmée de La Rochefoucauld et le prix Historia. Elle est également l'auteure de *De profundis*, de *Loup et les hommes* et *D'innombrables soleils*.

EMMANUELLE PIROTTE

Loup et les hommes

LE CHERCHE MIDI

© Le Cherche Midi, 2018.
ISBN : 978-2-253-25956-5 – 1ʳᵉ publication LGF

À Nanou

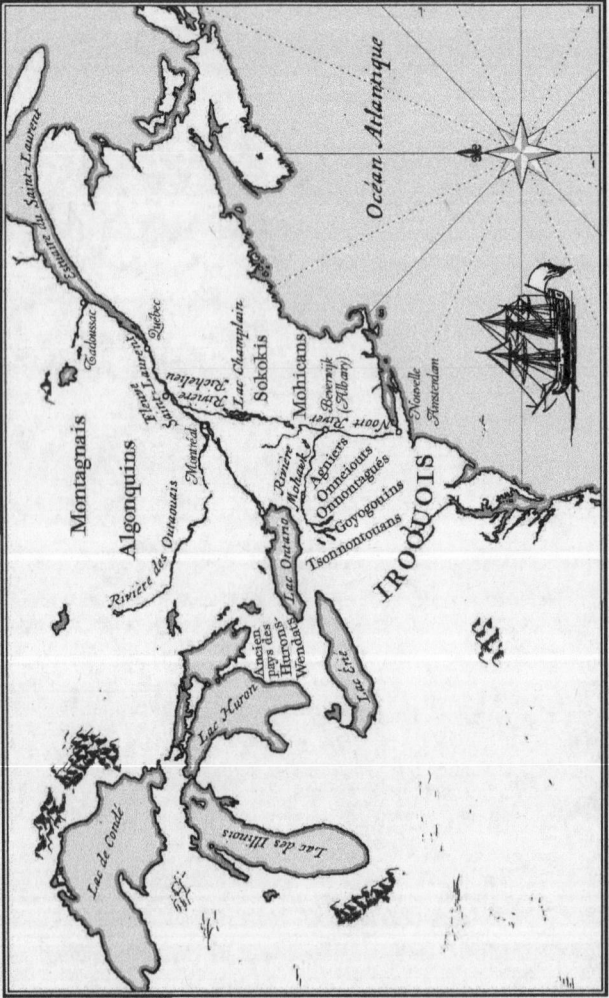

Océan Atlantique

Rivière du Saint-Laurent

Tadoussac

Montagnais

Algonquins

Rivière des Outaouais

Québec

Fleuve Saint-Laurent

Montréal

Rivière Richelieu

Lac Champlain

Sokokis

Mohicans

Beverwijck (Albany)

North River

Nouvelle Amsterdam

Rivière Mohawk

Agniers
Onneiouts
Onnontagués
Goyogouins
Tsonnontouans

IROQUOIS

Lac Ontario

Ancien pays des Hurons-Wendat

Lac Érié

Lac Huron

Lac de Condé

Lac des Illinois

PREMIÈRE PARTIE

1

Le jeudi, madame de Grampin recevait dans son hôtel de la rue Saint-Antoine. Malgré la bise du nord et la neige, les invités étaient venus nombreux. Et on avait oublié pendant quelques heures les rigueurs de l'hiver en jouant au cœur volé et au corbillon, et en alimentant des conversations d'une grande honnêteté.

Quand les douze coups de minuit sonnèrent au clocher de Saint-Louis, tout le monde s'était éclipsé, excepté monsieur de Canilhac. Madame de Grampin commanda du chocolat; un laquais emporta un plateau de vaisselle sale en glissant tel un spectre sur le parquet luisant. Les pampilles du lustre tintèrent doucement sous l'effet d'un courant d'air glacé s'engouffrant par la porte de la chambre, restée entrouverte. Madame de Grampin laissa son regard errer sur les reliquats de la soirée, verres et carafes éparpillés, billets doux et éventails oubliés, traces de poudre de Chypre sur la laque des meubles… Dans l'air flottaient des odeurs d'ambre et de musc; mais il était un effluve indéfinissable, à la fois subtil, épicé et persistant, qui la troublait tout particulièrement.

C'était celui de cette jeune femme… Elle avait surgi vers les dix heures, s'était posée dans un fauteuil et n'en avait pas bougé pendant une heure durant laquelle les invités s'étaient pressés autour d'elle comme autant d'abeilles autour de leur reine. Elle parlait peu, recevait les marques d'intérêt avec une distance polie. Il aurait été sot de la trouver belle. Ce n'était pas le mot qui convenait pour qualifier son visage singulier, à l'ossature prononcée, ses yeux excessivement clairs flamboyant au-dessus de ses pommettes trop hautes, son allure à la fois altière et farouche. Ce qui avait frappé l'assistance par-dessus tout était sa mise. Elle portait une robe de la dernière mode par sa coupe, mais dont le tissu était brodé de perles comme on n'en voyait pas en France. À ces perles de couleur étaient mêlés des morceaux d'écailles d'animaux inconnus, de nacre et d'une matière qui ressemblait à de l'os, la même dont étaient faits les peignes qui retenaient sa coiffure. Ses cheveux noirs étaient attachés en chignon ; deux épaisses mèches départagées par une raie au milieu encadraient son visage. Ces torsades soyeuses d'un noir bleuté n'étaient pas frisées selon la mode, mais tombaient, libres et souples, sur sa gorge mate. De grandes plumes crème et luisantes fichées dans son chignon dépassaient au-dessus de sa tête comme une auréole barbare et nimbaient son visage de clarté. On ne voyait de telles coiffes qu'aux Sauvages du Nouveau Monde. On disait d'ailleurs que cette femme vivait là-bas, alors qu'elle possédait une immense fortune… On disait qu'elle parlait la langue des Indiens, qu'elle adorait leurs divinités. On disait tant de choses… Madame de Grampin n'avait pas voulu – pas osé ? – lui parler. Et voilà. Maintenant elle était partie, elle avait disparu dans la nuit avec ses plumes, ses perles, son parfum entêtant, et ses secrets.

Madame de Grampin soupira quand sa servante déposa le chocolat fumant sur le guéridon. Il lui semblait qu'elle n'en avait déjà plus envie. Elle saisit néanmoins une tasse qu'elle porta à ses lèvres, en prenant soin de souffler sur le liquide sombre avant d'en boire une petite gorgée. Elle sentit le regard du marquis posé sur elle et leva les yeux ; il ne l'observait pas vraiment, mais contemplait quelque chose d'invisible au-delà d'elle, ou en lui-même. Ce soir, il n'avait pas daigné ouvrir la bouche, il était resté prostré au coin du feu, perdu dans des pensées qui ne semblaient pas suffisamment réjouissantes pour qu'on éprouve l'envie de les partager. D'ordinaire cette humeur morose tenait madame de Grampin à distance et lui inspirait un fraternel respect mais, ce soir, elle décida d'interrompre les sombres rêveries de son ami.

« Je me demande, marquis, ce qui nous vaut cette mine ombrageuse… »

Canilhac lui répondit par un soupir. Il était médusé depuis qu'il avait vu cette femme. Troublé jusqu'au plus profond de lui-même. Aussitôt entré dans la chambre, il avait été envoûté par sa voix grave et voilée. Il s'était arrêté, étourdi, et l'avait cherchée du regard. Et elle lui était apparue, calme et souveraine, les bras nonchalamment déposés sur les accotoirs. Elle ne devait pas avoir plus de vingt ans ; ses vêtements, sa coiffure étaient absolument exotiques. Mais ses traits et son maintien dépassaient en singularité et en mystère tout ce que le marquis avait jamais pu contempler : dans son visage hiératique et anguleux, seuls les yeux clairs et perçants se mouvaient vivement, allant d'une personne à l'autre avec un intérêt très vague. Sa bouche large et charnue se fendait parfois d'une amorce de sourire énigmatique.

Quand son regard accrocha le sien, Canilhac fut cloué sur place, incapable de faire un geste. Une immense terreur s'empara de lui, une sorte de panique infantile, irrépressible. La jeune femme continuait de le couver impitoyablement, lui sembla-t-il, de ses yeux d'un bleu fulgurant. Elle se leva enfin, salua rapidement les silhouettes qui agitaient leurs dentelles autour d'elle et s'avança vers lui. Mais elle ne s'arrêta pas. Elle le frôla, si près qu'il put sentir l'odeur de sa peau sous le parfum, voir briller un instant le saphir serti de diamants qui luisait au bout d'une chaîne d'or, à la naissance de ses seins. La lumière qui irradiait de ce bijou lui rappela soudain quelque chose d'enfoui et de douloureux. Il revit une main large et expressive, une main d'homme, pâle et ferme. Une main familière… Le temps que cette image surgisse du tréfonds de sa mémoire pour y disparaître aussitôt, la femme était déjà à la porte. Il put encore voir l'épais chignon piqué de plumes d'aigle, l'amorce de son profil, l'éclat jeté par les chandelles sur sa pommette saillante. Un laquais ouvrit la porte et elle disparut dans un bruissement d'étoffe. Le marquis resta longtemps immobile au milieu de la pièce, entravant le va-et-vient des invités et des domestiques. Il finit enfin par se mouvoir, alla s'affaler près de l'âtre et n'en bougea plus, les yeux rivés aux flammes, l'esprit embué, les sens à vif, une douleur sourde vrillant chaque parcelle de son être.

Madame de Grampin l'observait en silence. Elle quitta le lit, s'assit sur le siège à côté du sien et posa sa petite main baguée sur l'accotoir du marquis.

«C'est cette femme, n'est-ce pas?» demanda-t-elle très bas.

Canilhac ne répondit rien, mais son amie sentit qu'elle avait deviné juste. Elle tapota tendrement le velours comme s'il s'agissait de la main du marquis, regarda le vieil homme avec une sollicitude et une bienveillance qui ne lui procurèrent, cette fois, aucun réconfort. Madame de Grampin, de deux ans son aînée, était sa plus fidèle amie, et c'était grâce à elle qu'il trouvait encore le moyen de paraître dans le monde, de se loger et de se vêtir décemment, de faire oublier un peu ses revers de fortune. Il l'aimait sincèrement et aurait volontiers accepté de se confier à elle. Mais il était lui-même bien incapable de savoir précisément ce qui chez cette femme étrange l'avait plongé dans un tel état d'angoisse et de fascination mêlées.

Canilhac émergea de ses pensées et dit de sa voix feutrée, en posant sa main sur celle de madame de Grampin :

«Que savez-vous d'elle?

— Bien peu de chose, en vérité. Des rumeurs, dont il est impossible de dénouer le vrai du faux. Elle vivrait en Nouvelle-France. On la dit mariée à un colon. Elle est apparue à Paris pour la première fois l'an dernier. Voilà tout ce que je peux vous en dire.

— Son nom?

— Brune Archambault.»

Le marquis n'osa aller jusqu'à demander où elle demeurait à Paris. Madame de Grampin l'aurait questionné sur les raisons de son extrême curiosité et il ne savait toujours que lui répondre. Il n'allait tout de même pas prétexter qu'il s'était pris d'une passion brutale pour cette femme ? Même s'il y avait peut-être un peu de cela dans ce qu'il éprouvait… Mais était-ce bien de la passion ? L'effroi n'entrait pas dans les ingrédients de l'amour naissant. Pas autant qu'il s'en souvienne en ce qui le concernait. Et enfin, il n'avait plus l'âge de ces transports soudains. Il ne l'avait jamais eu.

Le marquis endurait à présent une abominable migraine et n'avait plus qu'une envie, rentrer chez lui. Madame de Grampin ordonna qu'on prépare une chaise, et il s'en fut par les rues de Paris, au gré du pas de course maladroit des porteurs noirs, encore peu habitués au froid et aux sols glissants de neige.

De retour en son petit appartement, Armand ordonna à son valet de faire du feu dans sa chambre et se risqua à lui demander un bol de bouillon. Mais Valère refusa tout net de descendre en cuisine. N'était-il pas passé minuit ? Et manger à cette heure tardive empêchait la bonne digestion. Canilhac se sentait fourbu, et ses membres lui semblaient lourds et froids. Le lit qui avait pourtant été bassiné ne parvenait pas à le réchauffer. Il fit quelques pas dans la pièce, alla à la fenêtre regarder tomber la neige. Dans la rue, un petit marchand de chandelles en cire avançait, courbé sous la bise du nord. Depuis deux mois, le marquis ne s'éclairait plus qu'au suif…

Armand retourna au lit, et l'espace autour de lui parut soudain se peupler. Le feu craqua dans l'âtre ; les flammes dansaient vigoureusement. Valère venait de quitter la pièce et Canilhac aurait voulu qu'il restât auprès de lui, comme lorsqu'il était un petit enfant et qu'il suppliait Odelette de ne pas le laisser seul dans sa chambre glaciale. Mais la nourrice avait ordre de dormir ailleurs. Armand se racontait des histoires à voix haute pour conjurer les terreurs et l'abominable silence. Comme alors, il lui faudrait affronter seul ses démons. Il lui faudrait convoquer les lieux et les êtres qu'il s'était donné tant de mal à chasser de sa mémoire. Mais bientôt le valet radouci reparut, précédé d'un bol fumant. Il le déposa sur la table de nuit avec un air las. Le marquis le remercia et but une longue gorgée. Il n'aurait pu dire lequel des deux, du bouillon ou du geste généreux de l'imprévisible Valère, l'avait le plus profondément réchauffé.

*

Alors qu'Armand flotte entre la veille et le sommeil, un regard vient le visiter. Un regard aussi brillant et céruléen que le saphir entraperçu au cou de l'Indienne. Il tente de chasser ces yeux, de les rendre à la nuit, au passé, à l'oubli. Armand de Canilhac ne veut pas sentir les yeux irradier depuis le fond de la pièce plongée dans l'ombre. Ce regard si familier et pourtant redouté, dans lequel sa mère se perdait avec adoration et dont elle souffrait le mépris avec un plaisir coupable. Ce regard qui l'avait, lui, Armand, mille fois meurtri, cent fois tué. Mais qui restait le premier et le seul à s'être attardé au-dessus de son berceau. Ces yeux appartiennent à Loup. Son frère. Et la main baguée était aussi la sienne. Elle portait le saphir dont leur mère Isabelle avait fait cadeau à Loup avant son départ pour Paris, alors qu'il venait d'avoir quinze ans.

Le bijou de l'Indienne était celui de Loup. Armand n'en pouvait douter. Il n'avait pas besoin de vérifier, de tenir la pierre dans ses mains, de lire les mots qu'avait fait graver Isabelle à l'intérieur : *Lumen vitæ meæ*. Qu'existait-il entre cette femme parée comme une sauvagesse et son frère disparu vingt ans plus tôt ? Loup était-il encore en vie ? Si c'était le cas, il ne pouvait demeurer que là d'où venait l'Indienne, en Nouvelle-France. Dans ces immensités oubliées de Dieu où il avait peut-être enfin rencontré une réalité à sa mesure.

Lumen vitæ meæ... Un jour très lointain, cette lumière avait aussi baigné la vie d'Armand. Et lentement la lumière avait fait place aux ténèbres. Il irait à la recherche de l'Indienne. Il apprendrait le lieu où se terrait ce satané Loup, et alors... Alors quoi ? Armand avait passé vingt ans à tenter d'oublier son passé. Il menait à présent une existence tranquille. S'il était pauvre comme Job, au moins avait-il retrouvé son titre et lavé un peu de son honneur perdu. Et puis cette femme n'avait peut-être aucun lien avec son frère... Les bijoux voyagent mieux que les gens. Sans doute la bague avait-elle fait un long et improbable parcours de part et d'autre de l'océan avant de se retrouver pendue au cou de l'Indienne. Mais quelque chose assurait Armand qu'il y avait un lien entre elle et Loup. D'ailleurs ne lui ressemblait-elle pas ? Ses yeux surtout, clairs comme les siens, profondément enfoncés dans leurs orbites... Mais moins perçants, moins présents peut-être ; oui, des yeux plus détachés, un regard comme tourné au-dedans d'elle-même.

Saint-Jacques sonna quatre heures. Le marquis sombra enfin dans un sommeil agité de rêves. Loup lui apparut tel qu'Armand l'avait vu pour la dernière fois, doté de cette beauté ombrageuse qui semblait augmenter avec l'âge et les ennuis. Il le regardait sans animosité, approchait ses lèvres de l'oreille d'Armand et lui chuchotait : « Merci, mon frère, de m'avoir délivré. »

Armand s'était éveillé en sursaut. Loup n'aurait jamais dit ces mots ; il ne savait même pas qu'Armand était responsable de sa chute. Il avait maudit la terre entière après sa disgrâce, avec toute la méchanceté et la fureur froide dont il était capable. C'est du moins le souvenir qu'Armand en a gardé pendant des années… Mais est-ce bien ainsi que Loup s'est comporté ? Armand n'en est plus du tout sûr, à présent. Tout devient flou ; il se sent vaciller, les certitudes se lézardent et lui laissent le sentiment d'un immense malentendu. Mais il sait une chose : un beau jour, Loup s'est évaporé dans la nature pour ne plus jamais revenir. Et la légende, déjà bien vivante, s'était encore nourrie de l'absence : on le disait mort de la peste, de la vérole, en duel, parti se battre chez les Turcs, explorer l'Arabie ou les Indes. Certains prétendaient qu'il expiait ses péchés en vivant comme un ermite au fond des bois de son Gévaudan natal. Et un jour la rumeur s'était tue, Loup avait peu à peu sombré dans l'oubli, et Armand s'était cru apaisé. Il savait aujourd'hui qu'il n'en était rien.

Armand sortit du lit, s'agenouilla et pria. Plusieurs Pater et trois Ave qui ne lui furent d'aucun réconfort. Il avait jeûné quatre jours le mois dernier, plus par nécessité que par excès de zèle, il fallait l'admettre. Et sans grand bénéfice pour la paix de son âme, ni pour son embonpoint. À la demie de quatre heures, il regagna sa couche, contrarié et transi. Le bouillon était figé dans sa graisse et dégageait une odeur de bœuf rance.

*

Armand ne retrouva pas l'Indienne, ni le lendemain ni les semaines qui suivirent. Elle avait quitté Paris pour un lieu inconnu, Bordeaux ou Lyon, personne ne savait au juste. Au printemps, Armand entendit de nouveau parler d'elle. Elle avait pris la mer pour le Nouveau Monde.

2

Appuyé au bastingage du *Saint-Jean-Baptiste*, Armand apprécie la caresse rude du vent sur sa face pâle et hâve de citadin. Et puis il est heureux de pouvoir s'échapper de la cabine exiguë et sale qu'il partage avec son valet. Valère avait refusé fermement d'accompagner le marquis. Mais le matin du départ, on avait vu sa grande silhouette dégingandée courir sur le quai en levant frénétiquement ses bras démesurés. Il avait traversé la passerelle juste au moment où elle allait être relevée.

La somme empruntée par Armand à Louise de Grampin ne permet pas de très bonnes conditions de traversée. D'ailleurs, même pour une personne fortunée, ce navire est trop modeste pour proposer à ses hôtes bien nés un confort réel. Mais il est un agrément que le marquis n'avait pas prévu et qui ne lui coûte pas un écu de supplément : le navire transporte en Nouvelle-France quelques Filles du roi, ces orphelines destinées à épouser des colons et à peupler le pays. Il en est une qui ne manque pas de grâce. Sans sa robe de serge noire bon marché et son chaperon d'un autre âge, elle pourrait même passer pour une dame. Alors que lui, Armand de Canilhac, même paré comme un prince, a toujours eu l'apparence d'un roturier.

Il ne perd pas une occasion de faire la conversation à Antoinette, c'est le joli nom qu'elle porte. La fille a l'esprit vif, est d'un naturel enjoué. Le fait d'être abordée par un homme de la condition du marquis ne l'intimide pas le moins du monde. Armand observe ses formes à la dérobée et se surprend à rêvasser ; il se verrait bien finir ses jours avec une femme, qui apporterait la jeunesse et la joie en son logis, s'inquiéterait de ses rhumatismes et de ses aigreurs d'estomac, lui ferait la lecture et, de temps à autre, lui ouvrirait ses cuisses chaudes et tendres. Ce n'est pas que Canilhac soit encore très porté sur les plaisirs charnels ; cela ne l'a jamais obsédé ; enfin, il lui fallait plus qu'une belle paire de seins et un derrière avantageux pour provoquer son désir. Et justement, la nature a pourvu Antoinette d'une tête bien faite. Mais la fille ne semble éprouver pour Armand qu'une amitié innocente. Il ne lui plaît pas, c'est évident, et la différence d'âge n'est pas pour grand-chose dans cet état de fait. La pauvre n'aura pas l'occasion de faire la difficile très longtemps. D'ici quelques jours, elle se retrouvera dans le lit d'un colon bête et brutal – Armand ne peut concevoir qu'il y en ait d'autre sorte – qui lui fera quinze enfants et la laissera exténuée et vieille avant l'âge.

Quelques mariniers se sont mis à crier en agitant les bras, alertés par un mousse perdu dans le mât de misaine. Les côtes de Terre-Neuve apparaissent, paraît-il, à travers des lambeaux de brume. Mais Armand ne distingue rien, que l'éternel ciel se dissolvant dans la mer et vice versa, que cette étendue grise et sinistre, à perte de vue. Les marins et les passagers se réjouissent bruyamment autour de lui et, s'il n'est pas mécontent de voir cette horrible traversée s'achever, son cœur se serre à la perspective d'accoster dans ce monde mystérieux et immense, inhospitalier, inculte. Et si sa quête se révélait vaine ? Eh bien, il rentrerait en France après avoir fait un beau voyage, voilà tout. Il s'aperçoit que la possibilité de retrouver son frère le plonge plus profondément dans l'inquiétude que celle de ne jamais le revoir. Si Loup vit encore, quel genre d'être est-il devenu ? Comment l'âge et la sauvagerie ont-ils façonné cette nature déjà excessive, farouche, née des profondeurs des ténèbres ? Canilhac s'en veut soudain de s'être embarqué dans cette aventure, d'avoir déplacé si loin son corps vieillissant, gras et affaibli, qui risque à tout moment de lui faire faux bond, de s'affaisser sur cette terre du diable et d'y rester jusqu'à l'heure du Jugement.

Valère vient d'arriver sur le pont. Il semble bien supporter le voyage, la nourriture infecte, le roulis et l'inactivité. Lui qui est toujours à s'affairer se vautre ici dans l'oisiveté. Armand s'aperçoit qu'il déteste voir et même savoir Valère inactif. Le valet se déplace de sa démarche d'échassier en scrutant l'horizon avec un air pénétré. À quoi peut-il bien penser ? Armand a été obligé de lui confier le but de son voyage, de parler un peu de ce frère disparu voilà plus de vingt ans. Mais le marquis n'est pas entré dans les détails. Il a lui-même bien du mal à convoquer cette période obscure et torturée. Tout se mêle dans son esprit, la réalité et la fable, les souvenirs personnels et ceux des êtres qui ont partagé sa vie et celle de son frère, les bribes de légende véhiculées au fil des ans. La petite enfance de Loup ne lui est pas connue, et pourtant il en a des images vives et précises. Sa mère lui a conté tant de fois ces moments. C'était l'unique récit qu'elle était toujours disposée à lui faire.

Le vent de noroît souffle plus fort à présent, et le navire tangue, ballotté par des paquets de mer noire. Armand, afin de ne pas rendre par-dessus bord le pauvre hareng qui semble prisonnier de son estomac, s'arrime à l'image encore très lointaine de ces côtes que l'on dit déchiquetées et arides. Il aimerait penser à Antoinette, qui reste calfeutrée dans l'entrepont, à sa vieille Louise de Grampin, dans son château de Saintonge où elle l'avait convié comme chaque année, aux rues de Paris, ragaillardies par le printemps, aux Tuileries sous le soleil de mai... Mais il n'est pas ici pour son plaisir. Il se tient sur ce bateau de malheur pour affronter son passé, tenter de faire la paix avec ce passé et avec lui-même. Et sans doute aussi avec Loup ; car, au seuil de la vieillesse, Armand de Canilhac sent qu'il a des comptes à rendre à ce frère proscrit. Il cesse de lutter et laisse sur la toile blanche de son esprit s'imprimer les visages des êtres qui ont été les témoins et les acteurs du drame de sa vie. Voici celui de sa mère, Isabelle. Ses yeux gris sans chaleur, ses lèvres minces et sévères, son teint livide.

*

On racontait que cela s'était passé par une nuit glaciale et sans lune, une de ces nuits opaques qui enveloppent comme un lourd manteau le monde endormi et lui inspirent des songes aux odeurs de soufre.

Dans son château perché sur les contreforts des monts d'Aubrac, la marquise de Canilhac ne dort pas ;

elle s'ennuie, s'étiole, désespère de ce corps sec incapable de donner la vie et se languit de sa Provence natale. L'Aubrac, austère, rude, inhospitalier, est une punition. C'est une terre qui semble façonnée par le diable. Rien n'y pousse. Et peut-être est-ce ce pays aride qui a desséché le corps de la marquise, qui l'a rendu exsangue, désolé, à l'image des causses parsemés de rares et minables hameaux, où des êtres primitifs vivent repliés sur eux-mêmes.

Son époux l'aime, lui, ce pays, à la fureur. Il existe entre Hugues et sa terre une connivence sensuelle qui fascine et inquiète. Il la parcourt inlassablement, à cheval la plupart du temps, mais aussi à pied, accompagné d'un métayer, de l'un ou l'autre berger, et même d'un de ces jeunes vachers, orphelins ou enfants pauvres, loués pour surveiller les troupeaux dans les endroits les plus éloignés, les plus dangereux. La marquise se dit que si son époux visitait son corps comme il explore ses terres, la fertilité lui serait peut-être enfin accordée. Dieu leur enverrait un fils s'il était dans un bon jour, une garce dans le cas contraire. Mais Hugues vient rarement s'allonger sur le corps filiforme de sa femme. Il répugne à pénétrer sa chair fade et terne, un peu molle malgré sa jeunesse.

Ce soir, il gèle à souffler de la glace. Isabelle a dîné dans sa chambre derrière ses courtines, trop transie pour sortir de son lit. La nuit est déjà bien entamée, mais Hugues n'est pas encore revenu. Sans doute a-t-il pris son repas chez le Gros Germain. Peut-être a-t-il poussé son cheval jusqu'à Marvejols pour se blottir entre les cuisses de Margon du Cloître, la grasse et belle putain.

Isabelle remonte la peau d'ours tout contre son menton, qu'elle a pointu, et repousse le plateau de nourriture auquel elle a à peine touché. Elle ferme les yeux, se laisse bercer par le doux grésillement du feu. Elle a chaud, elle est rassasiée, elle a sommeil… Dieu tout-puissant ! Elle allait oublier ses prières. Elle se redresse, non sans maugréer, sort du lit et s'agenouille sur le sol froid. Au moment où elle commence son Pater, la porte s'ouvre brusquement. Isabelle sursaute et ouvre les yeux. Son grand mari se dresse dans l'embrasure, enveloppé de sa cape de laine bordée de fourrure, toute parsemée de neige. Quelque chose bouge sous la cape, qui s'ouvre et laisse apparaître un visage.

C'est un enfant, crasseux, échevelé, qui la regarde. Isabelle reste bouche bée, les mains toujours jointes. La créature dégage ses petits bras de la cape protectrice, se frotte les yeux. Ses yeux. Isabelle n'a jamais rien vu de tel : deux fentes en amande d'un bleu violent et pur ; deux joyaux que les flammes de l'âtre incendient à l'instant où le marquis sort de l'obscurité et dépose le bambin par terre. C'est un garçon, sans aucun doute. Une toison noire et bouclée lui descend jusqu'au milieu du dos. Il ne doit pas avoir beaucoup plus de quatre ans. Ses pieds sont nus. Par-dessus sa chemise de chanvre, il porte une sorte de manteau fait de peaux assemblées. Les yeux impossibles du garçon errent dans la pièce et glissent sur chaque meuble, chaque tissu, comme s'ils lui étaient familiers, comme s'ils lui appartenaient déjà. La voix profonde du marquis vibre dans le silence.

« Voici votre fils, madame. Il s'appelle Loup. »

L'enfant plante alors ses yeux dans ceux d'Isabelle, qui reste pétrifiée. Une grande peur s'est insinuée en elle, une sorte d'effroi exquis ; en se perdant dans le regard de l'enfant, elle a l'impression de tomber dans un puits sans fond, de faire une interminable chute dans une caverne pleine de pierreries, d'objets barbares et interdits. Un voyage dont elle ne reviendra plus la même. Le garçon reste parfaitement immobile et la contemple avec aplomb, comme s'il savait exactement ce qu'elle est en train de vivre. Dans un immense effort, Isabelle se redresse et s'assied sur son lit. Alors le garçon s'avance vers elle et, d'un geste compulsif, enlace ses hanches et enfouit sa tête hirsute dans ses cuisses. Isabelle de Canilhac cesse de s'appartenir.

Son corps s'abandonne brusquement au contact de cet autre petit corps chaud et ferme. Elle se laisse envahir par le souffle tiède à travers le tissu de sa chemise, tout contre ses cuisses, son ventre, ça la réchauffe, mais pas seulement la peau, pas seulement la chair, non, plus loin, plus profondément, ça apaise, ça guérit, ça balaie tout. Les bras d'Isabelle entourent Loup. Elle se penche, embrasse sa chevelure, qui sent la terre, l'animal, et le très jeune enfant. Loup relève la tête. La fulgurance de ce regard, difficile à soutenir, impossible à quitter.

« Allons, viens. Dis bonne nuit à ta mère, ordonne le marquis.

— Bonne nuit », dit l'enfant, presque en chuchotant.

Isabelle ne trouva pas le sommeil. Le bouleversement qu'avait provoqué en elle cet enfant surgi de la nuit la laissait pleine d'une joie farouche, d'une sorte d'orgueil semblable à celui d'une mère qui vient de donner la vie. Loup. Son fils. Leur fils. L'héritier des Canilhac.

L'aube la trouva encore éveillée. Elle se glissa hors de son lit, sortit de la chambre pour se rendre dans celle où son époux avait sans aucun doute installé l'enfant, celle qui donnait au sud, la plus lumineuse, d'où l'on pouvait contempler par beau temps l'immensité des terres du marquisat. Le garçon semblait profondément endormi. Son corps était ramassé contre la tête de lit, comme s'il cherchait un coin où se lover dans cette couche trop vaste. La marquise s'approcha sans bruit, se glissa sous la couverture et s'allongea contre lui. Loup remua dans son sommeil, en se rapprochant instinctivement d'Isabelle. Une lumière pâle et laiteuse se répandait lentement dans la pièce, éclairant le visage de Loup, jetant des reflets dans le noir moiré de sa chevelure.

Souvent Armand a imaginé le long corps d'Isabelle lové contre celui, tonique et solide, du petit Loup. Il se rappelle avec une douleur sourde ce besoin physique qu'elle avait de lui. Cette manière de le toucher quand il passait à sa portée, même quand il devint un homme ; cette façon qu'elle avait de caresser furtivement les choses qu'il avait manipulées, même effleurées, un meuble, une étoffe, son chapeau... Armand souffrait si éperdument de la froideur de sa mère qu'il lui arrivait d'entrer en contact charnel avec son frère dans l'unique espoir qu'Isabelle aurait ensuite envie de le toucher, lui. Alors il s'asseyait sur les genoux de Loup ou feignait d'entamer une bagarre pour jouer. Et ce qu'il désirait était arrivé, à deux ou trois reprises. Il avait obtenu la tendresse par procuration, sachant pertinemment que c'était à Loup qu'étaient destinés cette main dans ses cheveux, ce baiser sur sa joue. À cet enfant trouvé, à ce démon généré par les ténèbres…

Armand avait tout tenté pour découvrir la vérité sur la naissance de Loup. Qui étaient ses parents, s'ils vivaient encore ; et, si c'était un enfant abandonné, qui l'avait trouvé et élevé avant qu'il arrive au château. Mais ses questions ne recevaient jamais de réponses. Même la promesse d'une récompense n'était pas parvenue à desceller les lèvres des domestiques. Le fait d'aborder le sujet fermait les visages ; on se détournait et on prétextait une corvée à faire, un service à rendre. Armand avait envisagé que Loup pût être un enfant naturel du marquis, mais sa supposition ne put jamais être confirmée. Et, il ne savait pourquoi, il ne croyait pas à cette éventualité.

Il avait posé une ultime fois la question à sa mère sur son lit de mort. Isabelle était alitée à l'hôpital de la Miséricorde d'Aix, dans la grande salle des malades. Il faisait une chaleur torride et son corps semblait avoir déjà commencé sa décomposition.

Elle répondit ce qu'elle avait toujours affirmé : jamais elle ne crut que Loup fût un bâtard de son mari. Et si une mauvaise langue lui avait suggéré pareille chose, elle n'en aurait tout simplement pas tenu compte. Cela lui aurait été parfaitement égal. Se demande-t-on d'où vient le soleil quand il vous baigne de ses rayons bienfaisants ? Le Ciel, dans sa grande bonté, lui avait envoyé un fils, alors qu'elle avait jusque-là été stérile. Et ce fils incarnait naturellement la force, le courage et l'autorité qui siéent à l'héritier de ces grands seigneurs qu'étaient les Canilhac, une des mythiques familles à se partager les sept baronnies qui règnent sur le Gévaudan depuis les temps les plus reculés. Et Isabelle, sénile et malade, avait commencé à réciter, comme une prière, de sa bouche édentée, la fabuleuse histoire des baronnies.

Armand ne voulait pas de cette légende fantasque dont on lui rebattait les oreilles quand il était enfant et qui ressemblait à un conte de bonne femme. Il aurait aimé faire taire cette vieille radoteuse, lui mettre un coussin sur la tête et fermer pour toujours sa vilaine bouche malodorante. Mais l'autre continuait d'ânonner les aventures stupides de ce berger de Mende parti en Hongrie chercher fortune et qui, là, tombe amoureux de la fille du roi. Le roi ne veut pas entendre parler de cette union. Alors le berger enlève la princesse et la ramène dans son pays natal, où ils crèvent un peu la faim avant que le roi de Hongrie ne les retrouve. Sa colère est tombée, comme par enchantement, et il décide d'acheter le pays et de l'offrir à sa fille et à son gendre. Et ils vécurent heureux et eurent sept fils. Ainsi furent créées les sept baronnies du Gévaudan.

Ce qui dérangeait Armand dans cette histoire était qu'un gueux épouse une fille de roi et que le sang des Canilhac soit le résultat de cette mésalliance. En outre, cette origine douteuse lui apparaissait comme la justification du rôle de Loup dans cette famille, de l'imposture orchestrée au détriment d'Armand, seul enfant légitime de parents dont on pouvait se demander s'ils n'avaient pas perdu la raison.

La voix d'Isabelle était devenue presque inaudible. À peine un murmure rauque; ses bronches en revanche ronflaient comme une forge. Elle finit par s'endormir, un vague sourire sur ses lèvres devenues inexistantes, avalées par sa bouche sans dents. Ses intestins exhalèrent un vent très sonore. Ce fut le dernier souvenir qu'Armand emporta d'elle.

Armand sort brusquement de ses pensées. Une grande gerbe d'eau de mer vient de le gifler. Le navire tangue à présent furieusement ; la tempête s'est levée. Le pont s'est dépeuplé, à l'exception de quelques marins et de Valère, qui vient à la rescousse de son maître.

« Voulez-vous en finir avec la vie, monsieur ? demande-t-il avec agacement. Je veux bien vous suivre chez les Sauvages, mais pas dans cet enfer glacé. Allons, rentrons. »

Valère prend Armand sous les bras et l'aide à regagner leur minuscule cabine dans le château arrière. Le valet ôte du crâne d'Armand la perruque gorgée d'eau et le frictionne avec autant de mauvaise humeur que d'énergie. On dirait qu'il récure un cuivre très oxydé qui refuse de briller sous sa poigne. Armand souffre en silence et se désole de la mode du nouveau règne. Autrefois, une tête chauve inspirait encore le respect, témoignait de la sagesse de l'âge. On portait son absence de cheveux comme un gage d'honnêteté. Le jeune monarque en a décidé autrement ; il n'aime que la jeunesse et les plaisirs, la nouveauté et, par-dessus tout semble-t-il, la beauté et la grâce. Armand se console en songeant que la société des colons sera sans doute plus souple en matière de coiffure. Il pourra peut-être laisser ses perruques dans sa malle et offrir sa tête nue aux rayons du soleil.

« Qu'est-ce qui vous a donc pris ? demande Valère avec aigreur. Regardez dans quel état vous êtes ! Vous attraperez la mort, voilà tout.

« — Pour ça, je ne peux pas vous donner tort, mon ami, nous l'attraperons tous.

— Moquez-vous… Vous savez bien que vous êtes fragile des poumons. »

C'était la pure vérité. Depuis l'enfance, Armand souffrait de difficultés respiratoires sévères dès qu'il prenait froid. Quand il partait à la chasse en hiver en compagnie de son père et de son frère, il revenait souvent avec la fièvre et devait rester au lit pendant des jours. Loup n'était jamais malade, et les rares fois où il mouchait, ses parents et les domestiques l'entouraient de soins comme s'il eût souffert de la fièvre maligne.

Armand revoit la grande chambre froide qu'Isabelle lui avait attribuée ; une pièce mal éclairée, dont l'étroite fenêtre s'ouvrait sur les flancs abrupts de la montagne, hérissés de grands chênes qui apportaient l'ombre et l'humidité, et qui ressemblaient, dénudés par l'hiver, à des silhouettes tourmentées implorant le ciel.

Cette chambre située au nord avait été la chambre de Jehanne avant d'être celle d'Armand. Et ce fait la lui rendait moins inhospitalière. Il pensait à la jeune fille qui avait dormi là même où il reposait, dans le lit dépourvu de courtines, à ses joues pâles, à son visage mince d'enfant longtemps mal nourrie, qui, à défaut d'être beau, possédait un charme étrange qui vous brisait le cœur. Jehanne était arrivée au château un jour d'avril. Ou plutôt une nuit. Car c'était la nuit que choisissait toujours le destin pour servir les desseins de Loup.

Cela s'était passé juste après la messe du jour de l'Assomption. Loup devait avoir six ans. À l'instant où le prêtre lui présenta l'hostie, il la refusa. Sa mère le supplia, son père se fâcha, en vain. Le prêtre le menaça de tous les supplices possibles qui l'attendaient dans l'autre monde s'il persistait dans son attitude impie. L'enfant se leva, traversa la nef en courant et sortit de l'église pour ne plus reparaître. Hugues organisa des recherches, des battues à des dizaines de lieues à la ronde. Il offrit une grasse récompense à celui ou celle qui lui ramènerait son fils sain et sauf. Ce fut en vain. Les mauvaises langues allaient bon train : le démon devait avoir mis son grain de sel dans tout cela. Une paysanne osa comparer la réaction de Loup face à l'hostie à celle des femmes possédées, accusées de sorcellerie. Le marquis fit enfermer l'impudente et l'accusa à son tour d'être sorcière. Elle fut jugée, torturée et bannie.

En réalité, les crises de colère de Loup étaient terribles et fréquentes. Le moindre refus, la moindre contrariété était susceptible de le plonger dans ces états de violence. Isabelle insistait toujours sur l'extraordinaire séduction que Loup exerçait sur autrui ; qu'il s'agisse des nobles amis du marquis ou de la domesticité et des paysans, tous étaient charmés par les qualités d'esprit et la beauté de l'enfant, son exceptionnelle présence au monde, ce surplus de vie dont la nature l'avait pourvu. Elle s'étendait moins sur le caractère versatile, coléreux et despotique de Loup, dont Armand était un des seuls à ne pas avoir trop fait les frais, mais qui inspirait à tout le monde une crainte servile.

Après la fuite de Loup, Isabelle s'alita et refusa de manger. Au bout d'une semaine, elle quitta enfin sa chambre, demanda qu'on selle sa jument. Et Isabelle, qui auparavant sortait à peine de l'enceinte du château, se mit à chevaucher par les bois et la campagne, le plus souvent seule. Elle s'arrêtait parfois chez l'un ou l'autre manant, posait des questions. On lui répondait toujours la même chose, qu'on n'avait pas vu le jeune seigneur, qu'on restait attentif et qu'on priait le bon Dieu et la Sainte Vierge. On aurait bien voulu l'aider, cette châtelaine qu'on ne connaissait que de nom, qui semblait drapée dans sa fierté derrière ses murs, et qui à présent frappait à la porte comme une voisine et venait poser ses belles mains fines sur le bois rugueux de la table. Elle restait un peu, buvait une gorgée d'eau et mordait sans appétit dans la fourme et le pain de seigle qu'on lui offrait, puis elle s'en repartait, reprenait la quête de son «amour perdu», comme on disait dans la contrée.

Isabelle pénètre chaque jour plus profondément dans ce pays qu'elle découvre avec un plaisir triste. Il lui semble que ces longues journées de solitude dans la sauvagerie la rapprochent de son enfant disparu. Parfois, elle monte jusqu'au grand plateau désertique, passé la croix de la Rode, si haut que le souffle se fait plus court, que l'haleine du cheval se fige dans l'air soudain très froid. Elle parcourt les immenses étendues pelées, sillonnées de cascades, où la pierre affleure partout, blocs aux formes fantastiques qui semblent posés là par d'antiques géants, roches rondes à moitié enterrées semblables à des troupeaux d'animaux pétrifiés.

Au milieu des pâturages se lovent de grands lacs profonds qui réfléchissent les ciels et les couleurs de la terre alentour. Isabelle s'approche des berges et y plonge le regard pendant que son cheval se désaltère. Il est un lac qu'elle aime entre tous, le plus vaste et le plus inquiétant, immense conque scintillante qui recueille les sons du plateau, tintements de cloches, meuglements et cris d'oiseau, si présents à l'oreille qu'ils semblent monter des eaux opaques. On a raconté à Armand que sa mère en y nageant par un jour de chaleur a manqué s'y noyer. Mais il sait bien, lui, que ce n'est pas la vérité. Enfant, il a tant de fois imaginé sa mère face à la surface ondulante qui l'envoûte et l'appelle, comme les sirènes d'Ulysse.

Isabelle a ôté tous ses vêtements. L'eau est glaciale. Pourtant, la marquise avance, de plus en plus loin vers le centre, de plus en plus sereine au fur et à mesure que l'eau recouvre ses membres. Seule sa tête émerge encore. Dans le ciel, les nuages bougent à toute allure, se croisent, s'épousent et se séparent aussitôt en une danse dont l'ombre se reflète sur les prairies alentour. Isabelle se laisse aspirer, bercée par la sensation que son cœur s'engourdit et que la douleur s'atténue enfin. Sous ses pieds le sol se dérobe à présent ; elle s'enfonce dans la terre spongieuse ; autour d'elle des bouquets de gentianes frémissent dans la brise, taches radieuses qui la distraient un instant de sa progression. Son regard se détourne et se fixe sur les eaux. Elle prend une inspiration et disparaît sous la surface, et, là, ouvre les yeux.

Elle avait imaginé de longs bouquets de plantes pareilles à des chevelures, des pierres énormes semblant prendre vie sous les rayons de lumière. Mais il n'y a rien qu'une étendue aqueuse trouble et lugubre, désertée de toute vie. Sous ses pieds, la vase l'enserre comme le membre glacé et poisseux d'un monstre aquatique, et la tire doucement vers les profondeurs lointaines. L'évidence la frappe soudain : c'est là que tout va finir, l'attente insupportable, l'horrible sensation de vide. De toute façon, en lui enlevant son enfant, Dieu l'a déjà abandonnée. Il la châtie sans doute de l'outrage qu'elle Lui fait d'aimer cette créature plus que Lui-même, plus que tout en ce monde et au-delà. Que lui importe de brûler pour l'éternité ? C'est ici et maintenant, son enfer. L'air commence à lui manquer ; ses pieds sont prisonniers du marécage. Dans un instant l'eau s'engouffrera dans son corps et fera son œuvre. Et soudain quelque chose en elle sursaute, se réveille, se rebelle, lui ordonne de vivre. C'est comme un grand coup qui l'ébranle depuis les entrailles. Une onde qui pulse malgré sa volonté. Isabelle se débat, lutte pour s'extirper du sol qui l'englue. Ses bras battent l'eau avec une force dont elle ne se serait jamais crue capable. Et elle émerge, prend une grande goulée d'air, avance vers la berge dans le sol traître qui tente de la retenir. Elle se traîne enfin sur la rive, rejoint son cheval, se recroqueville en chien de fusil, nue et tremblante. Voilà comment cela s'est passé.

*

Cette force, cette chose qui intimait à Isabelle de renoncer à la mort, c'était Armand qui grandissait en elle. Déjà il la contrecarrait dans ses plans. Déjà il semait le trouble et le désarroi. Isabelle le lui dira plus tard. Car elle ne lui épargnera jamais rien. Et Armand lui répondra qu'elle aurait dû le remercier, et non le maudire, car ce jour-là cet être qu'elle portait en son sein lui avait permis de revoir Loup, d'accueillir ce fils imprévisible qui avait fini par décider de revenir au bercail. Mais la rhétorique d'Armand la laisse indifférente. Tous les efforts qu'il déploiera pour tenter de la comprendre et de lui pardonner seront voués à l'échec. Et il arrivera maintes fois à ce fils non désiré de regretter l'engloutissement avec sa mère dans les eaux sombres du lac.

C'est donc bien cette nuit-là que Loup a choisie pour son grand retour. Mais il n'est pas seul. Une fillette l'accompagne. Une petite gueuse, maigre et vêtue de hardes ; ses yeux d'un gris indéfinissable semblent démesurés dans son visage étroit et osseux. Loup veut se rendre chez sa mère. On lui oppose qu'elle est au lit, avec la fièvre. Mais il s'obstine. Le marquis cède. Et Loup entre sans bruit dans la chambre, s'approche du lit et entrouvre la courtine. Isabelle dort d'un sommeil agité. Ses lèvres marmonnent des choses inaudibles. Loup s'assied au bord du lit, pose doucement la main sur le front d'Isabelle. Il la regarde plein de compassion, avec un brin de reproche, comme ferait un parent face à un enfant trop sensible. Isabelle ouvre les yeux et se fige. Elle se redresse brusquement et serre Loup contre elle dans un geste de démente, sans dire une parole. L'enfant se dégage doucement mais fermement.

« Où étais-tu ? demande Isabelle d'une voix blanche.

— Avec Jehanne. »

Loup se retourne et fait signe à la fillette d'approcher. La petite s'exécute. Quand elle est assez proche du lit, elle fait une légère révérence, sans quitter le regard de la marquise.

« Je veux qu'elle vive avec nous, mère. »

Isabelle répond oui sans hésiter. Tout ce que Loup désire lui sera accordé. De toute façon, ce n'était pas une demande qui attendait une réponse. Et puis cette petite ne l'a-t-elle pas aidé dans son errance, à trouver un abri, de la pitance, son chemin vers le château ? La marquise tend la main vers la fillette, qui lui donne la sienne. Le visage de l'enfant n'est pas dénué d'intérêt. Ses yeux trahissent une certaine intelligence ; une sorte de bonté habite son expression. Elle restera, si Loup le veut.

On apprit que Jehanne avait huit ans, qu'elle était une bergère louée depuis deux ans par Jalhac, un métayer du marquis. Hugues se préparait à punir sévèrement le bonhomme pour ne pas lui avoir révélé la présence de Loup sur ses pâtures ; il le fit convoquer. L'homme jura n'avoir jamais vu Loup, ni avec ni sans Jehanne. La petite rentrait le soir à l'ousta avec les moutons et allait se coucher dans l'étable avec les vaches, comme à son habitude. La femme de Jalhac allait lui apporter la nourriture chaque soir et chaque matin, mais elle n'avait vu personne d'autre que Jehanne lors de ces brèves visites.

On fixa un prix pour l'enfant. Jalhac négocia comme un marchand du Temple, prétextant l'excellente santé de Jehanne, ses qualités au labeur et le montant élevé qu'il payait à sa famille. La santé de Jehanne n'avait pas semblé si bonne au marquis, qui avait bien vite remarqué le teint cireux et les cernes bleutés. Mais Hugues ne discuta pas. C'était quand même beaucoup moins d'argent que ce qu'il s'était préparé à donner comme récompense à celui qui retrouverait Loup… Jalhac irait prévenir la famille de la petite de sa nouvelle affectation. Ils ne pouvaient qu'approuver. C'étaient des croquants, tout ce qu'il y avait de plus miséreux, et chacun de leurs quatre enfants était loué.

On installa Jehanne dans une chambre de la tour est. Loup venait la chercher dès le réveil et l'entraînait dans des jeux qui prenaient fin quand il devait suivre ses leçons d'équitation, d'escrime, de latin et de géographie, quand son père l'emmenait chasser ou qu'il accompagnait sa mère pour une chevauchée sur le plateau. Alors Jehanne travaillait. Elle aidait aux cuisines, s'occupait des cochons et du poulailler, de toutes ces tâches qu'elle effectuait depuis toujours, lui semblait-il, et que la vie continuait à lui réserver, malgré sa nouvelle situation. Les gens étaient gentils et Mathurine, la cuisinière, lui donnait le meilleur du lard, en quantité généreuse. Mais les châtelains ne savaient trop comment se conduire avec Jehanne. Elle était une fille de rien, une pauvresse, qui tenait compagnie à leur fils et jouissait, quand elle était avec lui, du même traitement, ou presque.

Armand sentait que son père ne pouvait s'empêcher d'éprouver une sorte de répulsion pour la fillette, le sentiment aigu de son infériorité, de l'incongruité de sa présence aux côtés de Loup. Les origines mystérieuses de son fils ne lui avaient jamais causé de souci. La beauté farouche et altière de l'enfant, cette domination naturelle qu'il exerçait sur chacun, sa force physique et sa finesse d'esprit le plaçaient très au-dessus de la plupart de ses semblables. Mais cette petite un peu chétive et timide mettait Hugues mal à l'aise. Il avait interdit qu'elle prenne ses repas avec eux ; elle mangeait à la cuisine avec les domestiques. Loup n'avait pas protesté ; au contraire, il lui semblait tout naturel que Jehanne ne s'associe pas à toutes les occupations des maîtres. Elle devait prendre sa place parmi les personnes de rang inférieur. Car c'était ce qu'elle était.

Armand, devenu adolescent, s'était indigné d'un tel traitement ; il s'était emporté à table, alors que Jehanne venait de servir le repas du soir. Sa mère et son père s'étaient moqués de lui. Loup, immobile, bouillait intérieurement de rage contre celui qui osait remettre en cause une décision qui, si elle n'était pas la sienne à l'origine, n'en demeurait pas moins indiscutable. Armand avait deviné dans l'expression tendue de son frère quelque chose comme un remords, qui s'était aussitôt mué en une honte ravalée qui déformait ses traits d'ordinaire si aimables.

Plus tard ce jour-là, Jehanne était venue trouver Armand. Elle devait avoir une vingtaine d'années alors, et était bien différente de la petite fille fluette et maladive d'autrefois. Grande et mince, la poitrine ronde et haute, la taille fine, elle avait le geste et le parler élégants, même si ses mains et sa peau hâlée trahissaient les lourdes tâches domestiques. Loup lui avait appris à écrire et à lire, et c'est dans un terreau des plus fertiles que ces savoirs avaient pris racine et fructifié.

Jehanne, donc, est assise aux côtés d'Armand. Elle reste d'abord silencieuse. Lui ne parle pas non plus, trop intimidé par la présence de la jeune femme, dont il prononce chaque nuit le prénom dans l'obscurité, dont il revoit chaque geste, se souvient de chaque parole prononcée dans la journée, dont il hume à présent la peau toute proche, qui sent l'épeautre et le bois vert. Jehanne pose une main sur l'épaule d'Armand, et c'est comme une vague de fièvre qui le secoue tout entier. Elle a remarqué son grand trouble et retire sa main.

« Tu ne dois pas être malheureux pour moi, Armand. »

Armand veut répondre mais Jehanne lui fait signe de se taire.

« Parce que je ne suis pas malheureuse, moi. Ton frère m'aime, à sa manière, et cela me convient, comprends-tu ?

— Mais ce n'est pas de l'amour ! s'était écrié Armand. Il te possède, comme il possède tout et tout le monde. Il ne sait pas ce que c'est "aimer". Et que fera-t-il quand il aura trouvé une demoiselle très noble et très riche ? Il l'épousera et t'abandonnera comme si tu n'étais rien. »

La phrase d'Armand s'était terminée dans un sanglot. Les pleurs prirent possession de lui et il détourna le visage.

« Ce que tu dis est très probable. Mais c'est ainsi et ni toi ni moi n'y pouvons rien.

— Attends-moi et je t'épouserai, s'écria Armand. Je ferai de toi la marquise de Canilhac et… »

Armand se tut soudain, épouvanté par ce qui allait sortir de sa bouche.

« Et… ? insista Jehanne.

— Et je le tuerai ! »

Armand se leva et courut vers la porte. Avant de sortir, il se retourna, les yeux brillants de colère et lâcha :

« Je les tuerai tous ! »

Armand. »

3

« Je les tuerai tous… » Armand se réveilla en sursaut, trempé de sueur. Il avisa Valère qui était déjà
debout près de lui et sortait un mouchoir de sa poche
pour en éponger le front du marquis. Le valet dut
s'appuyer contre la paroi de la cabine pour ne pas
tomber sur son maître. La tempête continuait de faire
rage et cela faisait deux jours qu'on vivait terré dans
ses quartiers. Une épidémie de flux de ventre s'était
propagée à bord. Canilhac n'avait pas été épargné,
comme à son habitude, car chaque fois qu'une maladie faisait son apparition quelque part où il se trouvait,
il en héritait sans manquer. Encore heureux qu'il n'ait
jamais croisé la peste sur son chemin… Il devait aller
à la selle, mais avisa le pot de chambre qui était déjà
plein et que Valère avait refusé d'aller vider, de peur
de passer par-dessus bord. Armand se leva, empoigna le puant ustensile et fit mine de sortir. Valère lui
prit le bras en maugréant et s'empara du pot, ouvrit
la porte et gagna en chancelant le tillac. Armand se
laissa retomber sur sa couche.

Dans son état ensommeillé et fiévreux, il ne parvenait pas à chasser le songe qui venait de le visiter.
Chose étrange, ce rêve correspondait en tous points,

lui semblait-il, à la réalité de ce moment avec Jehanne. Tout s'était passé précisément de cette manière, sauf, peut-être, les dernières paroles… Il lui semblait ne jamais avoir osé proférer à voix haute de telles menaces, même si elles correspondaient à l'époque à un fantasme bien vivace. Était-ce toujours le cas ? Ses parents s'étaient éteints sans son aide ; ou peut-être y avait-il mis quand même un peu du sien au moment de ce qu'il avait coutume d'appeler sa «trahison»… Sa mère était déjà à moitié folle ; quant à son père, il était mort de la vérole deux ans avant que Loup ne soit condamné. Et Loup ? Avait-il succombé lui aussi, et les terribles prières d'Armand avaient-elles été exaucées ? Il ne s'était jamais autorisé à se poser ces questions. Elles lui auraient rendu la vie impossible et, au pire, l'auraient fait sombrer à son tour dans la démence. Il se mit à claquer des dents. Des pleurs inondèrent ses joues. Il voulait que son frère fût en vie. Dieu comme il le voulait en cet instant ! Seul, malade et apeuré par le déchaînement des éléments autour de lui, Armand se sentait redevenir l'enfant qu'il avait été. Celui qui avait peur du noir et s'aventurait en retenant son souffle jusqu'à la chambre de son frère, se glissait dans son lit et y trouvait le réconfort et la joie. Loup feignait d'abord d'être dérangé et grommelait, puis il chatouillait Armand jusqu'à le faire pleurer de rire. Il allumait la chandelle et lui disait :

«T'es encore revenu, Grenouille ? T'as pas fini d'avoir les foies ? Je m'en vais appeler le fantôme de l'abbé Tête de lard, t'en auras des raisons d'avoir peur !

— Et qu'est-ce qui m'dira, l'abbé ?

— Il dira (et Loup prenait une grosse voix spectrale) : "Mon enfant, faut toujours désobéir à ta mère, soulever les cottes des filles et faire pipi au lit, et comme ça t'iras droit au paradis !" »

Pas besoin des injonctions de l'abbé pour souiller ses draps… Armand le faisait chaque nuit, sauf quand il dormait avec Loup. Mais ces blagues qui mettaient en scène l'abbé Tête de lard, un personnage inventé par Loup et inspiré par un moine de la domerie d'Aubrac un peu frondeur et bon vivant, détendaient Armand et lui permettaient d'apaiser un peu sa culpabilité.

Armand se recroqueville en chien de fusil. Son ventre le torture et, si Valère ne revient pas bien vite avec le pot de chambre, il inondera son lit de fiente liquide, et ils pourront aller passer le reste de la nuit dans le château avant, et encourir l'ire ou les ronflements des cuistots et des sous-officiers. Armand fait le signe de la croix et dit une prière à voix haute, dans le tumulte et le mugissement de la mer et du vent : « Dieu, faites que Loup soit bien vivant… Et qu'il me pardonne. » Quand il ouvre les yeux, il s'aperçoit que Valère est revenu et l'observe, interloqué. Armand se sent soudain revigoré à l'idée de se soulager.

« Eh bien, Valère, vous n'êtes donc pas noyé ? À la bonne heure, je vais pouvoir chier tranquille. »

Armand s'installe donc sur le pot, en se tenant au rebord de sa couchette afin de ne pas être déséquilibré par les mouvements du navire. Valère s'est recouché et tourne le dos à Armand.

« Monsieur, si je peux me permettre… qu'avez-vous donc à vous faire pardonner ? »

Valère se savait parfois insolent, mais il n'avait jamais été indiscret, bien au contraire. Il se sentait cette nuit un culot tout neuf. C'est que le peu qu'Armand lui avait décrit de la vie et du tempérament de Loup avait provoqué chez lui une vague d'immense curiosité. Il s'était contenu à grand-peine de poser les questions qui le taraudaient. Mais l'état de faiblesse du marquis et l'impression qu'on pouvait d'un moment à l'autre être engloutis dans la tourmente l'incitaient à assouvir son désir de connaissance. Il entendit un gargouillis qui ne pouvait provenir que du ventre dévasté de son maître, se retourna pour voir si Armand avait besoin de son aide, mais ce dernier semblait encore concentré sur la nécessité de libérer ses entrailles. Il tanguait dangereusement au-dessus du pot, s'agrippant d'une main au montant de la couche. Valère se retourna du côté de la paroi pour poursuivre sa réflexion en attendant la réponse éventuelle que voudrait lui faire le marquis.

Les confessions lacunaires d'Armand, le caractère fébrile, outrancier et parfois incohérent de ses émotions, les caprices de sa mémoire rendaient la figure de Loup insaisissable et changeante. Valère avait le sentiment de se trouver devant un de ces tableaux peints par les artistes italiens, qui plongent la moitié d'un visage dans une ombre épaisse, et baignent l'autre d'une lumière presque aveuglante. Il y avait plusieurs toiles de cette sorte chez un de ses anciens maîtres, dont une scène qui avait beaucoup captivé Valère : celle du meurtre d'Holopherne par Judith. La figure de Judith, occupée à trancher la gorge de sa victime, était déchirée par le clair-obscur. C'était comme si la lumière et les ténèbres se livraient une lutte à mort pour la possession de la jeune femme. Elle semblait redoutable, cruelle, et cependant elle générait le désir de la prendre dans ses bras et de la réconforter, d'effacer le sang de sa gorge et de ses mains, comme on frotte la terre et le sang séché sur les joues d'un enfant aventureux.

Certains jours, Loup révoltait Valère, ne lui inspirait que de sombres sentiments, et même une vive aversion. À d'autres moments, le personnage se donnait dans la franche et limpide clarté qui semblait être le propre de son caractère. En ces instants, c'était Armand qui suscitait chez son serviteur des pensées moins compatissantes. Il semblait alors à Valère qu'Armand tentait d'assombrir la personnalité de son frère afin de se donner de l'importance, de se grandir en insistant sur son rôle de martyr. Plus le bourreau est exceptionnel, plus sa victime gagne elle aussi en valeur ; sa souffrance est à la mesure de la cruauté du tortionnaire.

Armand n'a toujours pas répondu à la question du valet. Et ce dernier n'insiste pas. C'est bien ainsi. Armand pense que les circonstances l'invitent, l'obligent presque à se confier à son serviteur, avec qui il s'apprête à partager encore bien des aventures, et qui est la seule personne en qui il puisse mettre à présent sa confiance. Mais il ne se sent pas encore le courage nécessaire. Car il faut d'abord regarder sa faute en face avant de pouvoir la dire.

Il regagne son lit, les muscles de ses jambes tout tremblants d'être restés si longtemps contractés au-dessus du pot de chambre, et se pelotonne dans sa couverture. Des recoins oubliés de son esprit, une vision vient le visiter : son frère le regarde depuis le fond d'un puits. Des pelletées de terre sont déversées à intervalles réguliers sur son visage, entrent dans ses yeux, sa bouche. Lentement les traits et l'éclat des yeux disparaissent sous la terre, et bientôt il n'en reste plus rien. C'est une scène qu'Armand connaît bien ; elle a longtemps hanté ses rêves. Il est naturel qu'elle se rappelle à lui. Et c'est d'un ton résigné qu'il s'adresse à son valet :

« Pas aujourd'hui, Valère. Je vous raconterai, mais pas aujourd'hui. Je suis épuisé. »

*

Le lendemain, la tempête n'était plus qu'un mauvais souvenir. Quand Armand se rendit sur le pont, reposé et moins malade, il fut saisi par l'immensité pâle de l'estuaire du Saint-Laurent. Il avait lu que l'embouchure du fleuve était une des plus larges qui existent ; longtemps après avoir quitté la mer, on avait l'impression qu'il n'en était rien, et c'était encore et toujours l'océan sans limites qui vous enveloppait, jusqu'à ce que les rives finissent par apparaître, bien loin en amont. L'étendue d'eau était nappée de brume marine, d'où émergeaient quelques îles spectrales et incertaines. On avait réduit la voilure du navire, malgré le temps calme, car le passage dans ces eaux était dangereux ; le mélange des courants, les hauts-fonds et les récifs étaient de terribles pièges que seuls les marins expérimentés savaient déjouer. Armand frissonna à la pensée de tout ce qui se liguait contre le navire dans les profondeurs qui l'encerclaient.

Il aperçut Valère, qui ne semblait guère tourmenté par l'idée d'un naufrage. Il s'entretenait avec Antoinette. Armand se dissimula derrière le cabestan et les observa un moment. Antoinette souriait beaucoup en montrant ses jolies dents ; parfois, elle riait à gorge déployée. Armand ne pouvait voir de Valère que son dos un peu voûté et secoué lui aussi par ce qui ressemblait à des rires, auréolé de ses grands bras maigres qui s'agitaient avec vélocité comme les tentacules d'un poulpe. Armand se demanda depuis combien de temps le filou avait l'habitude de faire la conversation à la jeune fille ; car il était facile de voir qu'il y avait entre eux une certaine familiarité. Certes, l'image faisait naître chez Armand une pointe de jalousie ; mais cela n'était rien. Non, ce qui pétrifia Armand de surprise, c'était l'attitude de son valet ; jamais il ne l'avait vu aussi animé, et il était certain que sa longue figure, si Armand avait pu la voir, aurait offert une tout autre mine que celle que le serviteur composait ordinairement à l'intention du marquis.

Armand avait naïvement cru que Valère arborait en toute occasion ce visage peu avenant. Il avait à présent la preuve du contraire et aurait volontiers rossé son valet pour lui avoir imposé pendant toutes ces années sa tête de croque-mort. Enfin, rosser, c'était une façon de parler. Armand n'avait jamais battu Valère. Non seulement il n'en avait pas les moyens, mais mais encore il répugnait à infliger des punitions corporelles aux gens de maison. Il avait sans doute trop vu son père agir de la sorte sans en tirer aucun bénéfice. Loup, quant à lui, ne frappait pas ceux qu'il considérait comme ses inférieurs. Mais la terreur qu'il faisait naître d'un simple regard valait bien mieux que la plus magistrale des bastonnades. Il se faisait obéir, toujours.

À y bien penser, Armand se souvient d'une fois où il n'en fut pas ainsi. Loup avait alors environ quatorze ans, Armand huit. Ils se rendaient ensemble chez un métayer qui n'avait pas honnêtement rempli sa tâche de collecteur d'impôts pour le compte du marquis. Hugues le soupçonnait d'avoir gardé une bonne part des taxes pour lui-même.

Sur la route, un gamin déboule en courant, s'empare du sac qui pend à la selle d'Armand et disparaît dans les bois. Les frères se lancent à la poursuite du croquant. Arrivés au milieu d'une clairière, ils ne trouvent plus aucune trace du voleur. Loup a vite fait de lever le nez en l'air et le découvre, tapi dans un chêne. En quelques gestes d'une agilité déconcertante, il est à hauteur du garçon. Quelque chose d'animal dans les mouvements de son frère trouble singulièrement Armand, une agilité, une rapidité qui le hanteraient longtemps.

Quelques instants plus tard, Loup redescend accompagné du gamin, à qui il intime de ne pas bouger. Maigre et souple, vêtu de hardes sans couleur, le voleur ne doit pas avoir plus de cinq ou six ans.

«Tu sais qui je suis?» lui demande Loup d'une voix sourde.

Aucune réponse. Armand voudrait laisser là le voleur et reprendre le chemin vers la métairie, recommencer à deviser avec son frère de choses et d'autres, à rire et à chanter. Après tout, il n'y a rien dans ce sac qui mérite ce remue-ménage ; une miche de pain et du saucisson, pas de quoi battre un chat.

« Loup, viens, c'est pas grave, laisse-lui le sac… »

Loup se retourne et prend Armand à la gorge.

« Tu ne me contredis jamais, tu entends ? »

Le gamin en profite pour s'éloigner, mais en un éclair Loup est sur lui, le plaque au sol et le maintient immobile avec un genou sur la poitrine. Armand peut contempler l'enfant pour la première fois : ses cheveux longs et emmêlés encadrent un visage presque noir de saleté où brillent deux yeux plus noirs encore, intelligents et fiers. Ces yeux soutiennent avec insolence le regard de Loup. Tous deux restent longtemps ainsi à se défier. L'enfant parle enfin :

« Je sais qui tu es. Tu es le bâtard de Canilhac. »

Une terrible gifle s'abat sur la joue du petit, qui se met à saigner de la bouche et du nez. Armand tremble ; il voudrait s'enfuir, mais n'ose pas. Pas plus qu'il n'ose venir au secours de ce pauvre gosse plus jeune que lui qui à présent reçoit une gifle après l'autre. Entre chaque coup, les yeux du garçon reviennent se plonger dans ceux de Loup, et cette insolence, qu'Armand interprète comme le courage qui lui fait tant défaut, lui vaut une nouvelle raclée. Le gamin ne peut bientôt plus bouger ; ses yeux hagards errent sur les futaies alentour. Soudain ils rencontrent ceux d'Armand. Et Armand n'oubliera jamais l'expression qu'il y découvre : il y a en eux une profonde tristesse, ou plutôt un désespoir, bien plus vieux que le garçon, plus vieux que lui-même et que Loup, que leurs parents et que la vieille Mathurine. Plus tard, Armand comprendra que ce n'était là que l'antique et éternel désespoir des pauvres. Mais sous ce sentiment en émerge un autre qui est destiné à Armand et à lui seul : la pitié pour sa lâcheté. Et sous cette pitié, quelque chose d'encore plus insupportable : le pardon.

L'enfant, rendu inconscient par un ultime coup, ferme enfin les yeux. Loup se redresse, essoufflé, les mains en sang, les pupilles dilatées, de l'écume à la commissure des lèvres. Il reprend son souffle en balayant du regard l'espace autour de lui, sans plus se soucier de la présence d'Armand. Et peut-être l'a-t-il en effet oublié. Mais son regard tombe sur lui. Et alors Armand fait une chose idiote, il se met à courir, comme un fou, n'importe où, n'importe où pour échapper au monstre qui se tient dans la clairière et a pris l'apparence de son frère. Il trébuche bien vite et s'étale dans un bouquet de fougères. Loup le soulève par le col et l'entraîne vers les chevaux. Armand ne peut détourner les yeux du garçon évanoui. Il se risque à s'adresser à la bête :

« Et s'il est mort ?

— Il n'est pas mort. »

Ils remontent en selle et reprennent le chemin vers la ferme du traître qui a osé voler le marquis. Armand est terrorisé à la perspective de ce que Loup est capable de faire là-bas. La créature qui a les apparences de son frère chevauche à ses côtés, sans une parole, mais Armand a l'impression d'entendre sa respiration d'ogre, de deviner les pensées maléfiques qui habitent sa tête. Il prie en silence que son frère lui soit rendu avant d'arriver à la métairie, je vous en supplie,

Seigneur. Et son vœu est exaucé. Juste à l'entrée du hameau, le corps de Loup s'est détendu, il a de nouveau tourné le visage vers Armand et lui a offert ce sourire franc et lumineux comme il n'en existe pas de pareil.

« Ça va, Grenouille ? T'es bien silencieux. T'as pas faim par hasard ? C'est bête, j'ai laissé le sac au croquant… »

Le métayer malhonnête s'est confondu en suppliques et en explications confuses. Loup n'a pas haussé le ton, mais a simplement dit :

« Huit jours, Trussart. C'est tout ce que je t'accorde. »

Au retour, Armand parvint à convaincre Loup d'aller vérifier si l'enfant était toujours là où ils l'avaient laissé. Armand éprouva un indescriptible soulagement quand il vit qu'à la place du corps inerte du garçon il n'y avait plus rien, qu'un peu d'herbe tachée de sang et, un peu plus loin sous un buisson, le sac, dans lequel rien ne manquait.

*

Armand était toujours derrière son cabestan. La vision de Valère et Antoinette en joyeuse discussion ne l'irritait plus le moins du monde. Cela l'amusait au contraire beaucoup à présent et l'aidait à le distraire des images pénibles qui venaient de l'assaillir. Il fit quelques pas sur le pont ; le badineur tourna justement la tête et s'aperçut de sa présence. La gaieté qui illuminait les traits de Valère disparut aussitôt et ce fut le retour de la longue figure de cire.

Armand ôta son chapeau et salua Antoinette. Il fit signe à Valère d'approcher et l'entraîna dans leur cabine, où régnait encore une odeur douceâtre et acide, réminiscence des désagréments abdominaux du marquis.

« Tu faisais donc des galanteries, coquin ?

— Ce n'est absolument pas ce que vous pensez, monsieur.

— Mais voyons ! »

Valère couvait Armand d'un regard de pitié moqueuse, comme si ce dernier était à mille lieues de la vérité sur ses rapports avec la jeune fille.

« Elle te plaît donc ?

— Elle est pleine d'esprit, vous en conviendrez, et si joyeuse.

— Allons donc, pleine d'esprit… Je t'en donnerai, moi.

— Un jour je vous dirai peut-être mon secret, monsieur. Vous n'êtes pas seul à en avoir. Et maintenant, si vous m'en donnez la permission, je m'en retourne sur le pont. »

Armand maugréa. Il ne supportait pas quand Valère lui demandait la permission de faire les choses alors qu'ils étaient seuls, puisque la question était généralement purement oratoire. Il n'était sommé de le faire que lorsque Canilhac avait de la compagnie. Histoire de donner au moins l'apparence de l'autorité.

« Va donc. Allez, ouste !

— Merci, monsieur le marquis. Si je peux me permettre, je vous conseillerais un petit somme. Après les deux nuits que vous venez de passer… »

Et Valère sortit. Comme toujours, il avait raison dès qu'il s'inquiétait de la santé délicate de son maître.

Ainsi donc Armand fit comme il lui était prescrit. Il se couchera mais ne parvint pas à trouver le sommeil. Les yeux noirs du petit voleur le hantaient. Il savait qu'il manquait un fragment à son souvenir, mais ne parvenait pas à découvrir lequel. Il finit quand même par s'endormir, pour s'éveiller au milieu de l'après-midi. Il avait retrouvé ce qui se dérobait à sa mémoire : quelques jours après l'incident, on apprit qu'un garçonnet avait été trouvé, sauvagement battu, sur le chemin de Nogaret et qu'il avait péri de ses blessures dans la maison du paysan qui l'avait découvert. Il semblait que le petit n'eût pas de famille. On le connaissait comme un vagabond, qui louait parfois ses services dans les fermes, ou vivait de la charité. Ni Loup ni Armand ne parlèrent jamais de cet incident. Quand Loup apprit la mort de sa victime, il fut d'une humeur taciturne pendant deux ou trois jours. On oublia l'affaire. Qui se soucie du sort d'un miséreux esseulé ? Armand, lui, s'en préoccupait fort et, du haut de ses huit ans, faisait déjà pénitence ; il se sentait presque aussi coupable que Loup. Ce secret entre eux fut la première faille dans leur amitié, qui n'allait cesser de se creuser.

Pour retrouver le bonheur et l'insouciance, l'amour pur et inconditionnel qui avait embrasé son cœur pour son frère, il fallait à Armand remonter le temps, s'aventurer dans les méandres du premier âge, dans ces années faites de lambeaux de souvenirs, d'images et de sons, d'odeurs surtout, de sensations brutes ; il lui fallait s'enfoncer dans ce magma informe et chaotique de la petite, très petite enfance, cette succession d'heures presque sans mémoire, mais qui semblent régner, sans que l'on s'en aperçoive, sur l'entièreté de la vie. Armand avait toujours pressenti que les premières années de son existence avaient fait de lui l'homme qu'il était devenu. C'était une idée folle, dont chacun se serait moqué s'il l'avait jamais partagée, à l'exception sans doute de Louise de Grampin. Mais Louise était bien loin et Armand devrait se passer de son avis. Comme il regrettait à présent de ne pas l'avoir mise dans la confidence à propos de son voyage. Il devrait lui écrire, une fois arrivé à Québec.

Cette idée qui taraudait Armand, selon laquelle les premières années d'une vie façonnent à tout jamais l'être humain, creusait un sillon chaque jour plus profond dans son esprit et dans son corps, depuis qu'il s'était décidé à entreprendre ce voyage. Sans qu'il s'explique cet étrange phénomène, c'était surtout son corps qui semblait lui envoyer ces très anciennes images lacunaires, ces embryons de souvenance.

Mais, en cet instant, il est incapable de voyager aussi loin dans son passé. De cette époque où il n'était qu'une créature encore ébauchée, si faible et débile, il ne glane que bien peu : un rayon de soleil qui vibre sur un mur, la voix d'Odelette qui chante, la croix d'argent qu'elle porte à son cou et qui miroite quand elle le berce, la peau tendue de son sein contre ses lèvres, presque rien, l'odeur de la bouillie d'avoine, celle des chiens mouillés, du cheval sur les vêtements… Et il y a ce regard, bien sûr, toujours le même, qui se penche au-dessus de lui ; ce regard très présent et limpide, mais qui conservera toujours une lueur féroce, secrète et lointaine, comme une fenêtre opaque interdisant l'accès à quelque chose d'irrémédiablement inaccessible; ce regard qui cependant illumine tout ce qu'il touche, et l'illumine, lui, Armand, le nourrisson délaissé, l'enfant indésiré. Mais c'est si peu de chose. C'est si ténu. Si fragile que cela risque de disparaître à peine surgi. Si fugace et indicible que l'on ose à peine croire que cela a bien existé. Et s'il avait tant désiré ce regard posé sur lui au point de l'inventer, afin de puiser à une source de tendresse, au milieu d'un désert de haine et d'indifférence?

Armand est envahi de crainte. Il n'est pas encore temps d'aller si loin. Peut-être faut-il être prêt, comme pour une confession très intime, comme pour un pèlerinage. Armand se souvient de ce vieil homme qui tentait d'atteindre pour la quatrième fois Compostelle. Les autres tentatives avaient échoué, à cause, disait le vieillard, «de son âme qui n'était pas prête». Armand sent que s'il parvient à remonter le cours de sa vie, quelque chose de singulier lui arrivera. Il ne sait pas ce que ce sera, sous quelle forme se manifestera ce changement. Car ce sera un changement, une mutation, le passage d'un état à un autre... Bercé par le roulis redevenu léger, seul sur sa couche, il rend grâce à Dieu pour cette certitude encore timide et indéfinissable. Pour la première fois depuis qu'il a quitté Paris, Armand sait qu'il a bien fait. Quoi qu'il lui arrive, quel que soit le sort qui l'attend, il a eu raison de partir.

Alors il se laisse emporter par les plus anciennes images qu'il est capable de convoquer sans faillir. Elles lui arrivent avec la netteté, l'évidence d'un souvenir consistant, indéniable. Armand était bien là, ce matin clair et froid, et chevauchait une mule, car il était encore trop petit pour parcourir de longues distances à cheval.

Armand a cinq ans, et pour la première fois il accompagne son frère et son père à la chasse. Loup éperonne sa monture qui prend le trot. Le marquis, son fauconnier et un valet porte-cage sont quelques mètres en avant, avec les chiens. C'est la première fois que Loup emmène son faucon, Hector, voler hors filière. Le marquis n'est pas certain que ce soit une bonne idée ; il pense que l'animal n'est pas prêt. Comme la plupart des oiseaux capturés en vol, Hector est moins docile. Mais Loup a passé une éternité en compagnie du rapace, lui a parlé, est resté à écouter son cœur battre contre sa joue.

Une fois sur le territoire de chasse, au sommet du causse, on sort les rapaces de leur cage. Hector se tient, calme et hiératique, sur le poing de Loup. Un chien est lâché. Il piste, renifle, sent enfin une proie. Loup lance alors le faucon, qui s'élève, donne du bec et des pennes pour augmenter la vitesse de son ascension. L'animal chevauche le vent et se stabilise au-dessus du chien qui talonne le gibier. Le marquis regarde son fils. Loup sait ce que son père redoute : c'est qu'Hector ne revienne pas après l'attaque, qu'il se perde dans la nature et qu'on ne le retrouve jamais. Mais Loup a répété l'exercice tant de fois. Hector revenait toujours à lui, souvent même sans leurre. Le chien lève un gros faisan, qui prend son envol. Hector gagne de l'altitude.

Le cœur d'Armand bat vite, au même rythme que celui de son frère, que celui de l'oiseau en vol, des bêtes de la forêt tout autour d'eux, de tout ce qui vit et respire. Une joie indescriptible étreint Armand, un sentiment de liberté tout neuf, qui lui fait un peu peur. Mais il n'a rien à craindre. Loup est à ses côtés.

Armand sent l'énergie qui se dégage de son frère et semble le lier à cet autre être là-haut dans le ciel, qui est comme son double, une autre forme de lui-même. L'oiseau monte, monte encore, puis opère une légère courbe descendante pour se placer dans l'axe du faisan. Les chasseurs éperonnent les chevaux pour mieux voir l'attaque imminente.

Hector se prépare à piquer, semble s'immobiliser un instant, avant de fondre, ailes repliées, sur le faisan, en une chute presque verticale. Il plaque sa proie au sol, dans un grand bruit d'air pourfendu. Armand observe son frère et contemple sur son visage l'expression d'une jouissance bouleversante.

Quand les cavaliers arrivent, Hector a commencé à plumer le faisan. À l'appel de Loup, il quitte sa victime et regagne le poing de l'enfant. Loup s'empare du gibier ; sa joie redouble quand il voit que le faisan a été tué sur le coup, empalé par les avillons du faucon, qui s'en est servi comme de poignards.

Ce n'est pas au marquis que Loup montre la victime terrassée par Hector, mais à Armand, qui ne comprend pas très bien en quoi cette mise à mort mérite la joie si farouche de son frère. Là où Loup voit de la beauté, lui ne contemple que le sang, la souffrance et la mort. Il lève timidement la main et caresse le corps à moitié déchiqueté, encore chaud et vibrant de la vie qui vient à peine de le quitter. Il en veut à Loup pour sa joie et sa cruauté. Il lui en veut pour sa capacité à vivre et à tuer. En même temps, il voudrait se fondre en Loup, et vibrer avec lui, et devenir lui. Loup s'apprête à récompenser son rapace, il dégaine son couteau, arrache le cœur du faisan et le donne, tout palpitant, à Hector.

Le bec acéré s'attaque à la chose visqueuse, fouille, arrache, se sustente avidement. Un sanglot s'empare d'Armand et le secoue tout entier. Il voudrait expliquer qu'il ne pleure pas de peur, ni parce que le sang l'impressionne. Il pleure à cause de toute la sauvagerie, la vitalité déployées, par Hector, par Loup, par le chien et les chevaux.

Il pleure parce qu'en cet instant, il aime son frère plus que tout. Et parce qu'il souhaiterait le voir disparaître à jamais. Il pleure parce qu'à cette seconde précise où Loup s'approche de lui pour le réconforter, Armand prie Dieu de reprendre son frère, de le renvoyer au néant. Que s'éteigne à jamais ce regard, que se taise cette voix, que meurent ce sourire et ce corps.

4

Valère vient d'entrer, ses joues creuses légèrement rougies par le vent. Il semble en meilleure santé qu'à Paris. L'air de la capitale ne lui vaut décidément rien. Après avoir ôté son manteau, Valère déclare, réjoui :

« Nous serons à Québec dans deux semaines, monsieur. Et si vous vous sentez mieux, il serait bon que vous veniez admirer le paysage. On commence à voir les rives.

— Vous acceptez ma présence à vos côtés, ou vous êtes trop bien accompagné ? demande le marquis sans ironie.

— Allons, monsieur le marquis, ne faites pas l'enfant ! »

Retourner en enfance, c'était précisément l'exercice qu'Armand pratiquait depuis deux jours.

« Valère…

— Eh bien ?

— Auriez-vous l'obligeance de m'aider à changer de linge ?

— Et vous viendrez avec moi sur le pont ?

— Oui.

— Et vous vous souviendrez de votre promesse ? »

Armand ne répond pas.

« Monsieur ?

— Oui ! »

Assis contre le bastingage, le marquis avait tenté de conter avec le plus de sincérité possible les étapes majeures de la vie de son frère, depuis la fameuse nuit où Hugues l'avait ramené au château. Malgré sa bonne volonté, Armand ne pouvait s'empêcher de commenter et de juger les actes de Loup, en fonction des conséquences que ces actes avaient eues sur sa propre vie.

Loup, selon son désir, avait parcouru l'Italie et l'Angleterre pendant un an, alors qu'Armand avait tout juste visité Mende, et écouté les leçons de géographie plus qu'indigentes de l'abbé Choucart. Loup avait pu faire son service dans la maison militaire du roi, où on lui avait acheté une charge de capitaine chez les chevau-légers, alors qu'Armand n'avait intégré l'armée que comme simple soldat d'infanterie, à l'image des cadets des familles nobles les plus pauvres. Loup avait épousé une riche héritière de très haute lignée, une jeune fille timide et délicate qui plaisait fort à Armand et à laquelle il plaisait autant, et que Loup rendit très malheureuse ; Armand reçut en noces la fille laide et stupide d'un petit sire fraîchement anobli, dont le père portait encore des sabots. Ces unions ne donnèrent aucun enfant ; la femme de Loup accoucha de deux bébés qui moururent avant d'avoir un an, et l'épouse d'Armand, malgré ses hanches larges et son apparente bonne santé, se révéla stérile.

Loup lui avait volé sa vie. Loup lui avait pris son espérance et sa lumière, son honneur, sa fortune, l'amour de ses parents, le bonheur d'un mariage harmonieux, le respect du bon peuple. Mais ce qui mortifiait le plus Armand, c'était de ne pas avoir fait de vraies études. À douze ans, il avait supplié son père de l'envoyer dans un collège de jésuites ; Armand pensait en outre que son départ serait envisagé avec soulagement, surtout par Isabelle qui semblait ne plus même supporter sa vue. Mais ses suppliques furent vaines. Il avait dû continuer à souffrir la voix aigre de l'abbé Choucart ânonnant un mauvais latin tout en se curant l'oreille, d'où son doigt squelettique ressortait plein d'une humeur brune et collante qu'il mâchouillait ensuite rêveusement.

Loup n'avait eu qu'un mot à dire pour être dispensé de l'enseignement du vilain abbé et rejoindre le collège. Un beau jour et sans aucune raison, il décida qu'il valait mieux pour son jeune frère ne rien entendre plutôt que ces inepties. Armand avait protesté auprès de Loup qu'il préférait encore Choucart à personne, mais Loup ne voulut rien savoir. On congédia Choucart.

Derrière la frustration, la jalousie et les regrets, derrière cette rancœur dévastatrice que le marquis éprouvait envers Loup, Valère devinait pourtant, tapi au fond du cœur du vieil homme, un amour que rien ne pouvait éteindre, une admiration que rien ne pouvait tarir et, encore derrière cela, une compassion, une forme de tendresse éperdue dont Armand avait à peine conscience, mais qui éclairaient bien plus nettement que toutes ses récriminations et son dépit la personnalité de Loup, la sienne propre et la nature de leur relation. Mais Valère savait que le marquis ne lui avait pas tout dit. Cela viendrait en son temps. Il ne servait à rien de presser cet homme en souffrance ; il se confiait à son serviteur avec une si complète bonne foi, et sa candeur désarmante faisait mieux comprendre à Valère pourquoi son maître était resté une sorte de grand enfant.

Ils restèrent longtemps silencieux alors que le soleil se couchait sur l'eau, du côté où ils voguaient et au-delà, vers cet Ouest inconnu où ne vivaient que les indigènes, plus loin que les rapides mortels et les forêts inextricables, près de lacs si grands qu'on n'en voyait jamais les contours. Des espaces à peine concevables, dans l'esprit de Valère. Étrangement, depuis qu'il avait choisi sur un coup de tête d'accompagner son maître en Nouvelle-France, Valère, d'ordinaire si pusillanime, si casanier, si peu enclin à l'aventure enfin, se sentait parfaitement en harmonie avec lui-même. Il n'avait pas peur, même s'il était conscient des risques que comportait un tel voyage.

Valère était entré au service du marquis alors que ce dernier était au plus mal. Les Canilhac avaient été frappés de déchéance peu de temps avant, et Armand tentait de garder un mode de vie honorable, de ne pas exercer d'occupations lucratives, dans l'espoir de regagner un jour sa noblesse et ses biens. Il avait patienté des centaines d'heures dans des antichambres, intrigué auprès de l'un ou l'autre courtisan en vue ; les efforts déployés étaient pathétiques, mais ils avaient fini par porter leurs fruits : Canilhac était rentré dans les bonnes grâces du jeune roi, par l'intermédiaire de Mazarin, soucieux de s'attirer le soutien de la noblesse après la Fronde, cette noblesse eût-elle des allures de traîne-misère.

Armand n'avait jamais révélé à Valère les raisons de sa disgrâce, mais le valet aujourd'hui devinait qu'elle avait sans doute un lien avec ce frère tant aimé que haï. Valère avait éprouvé une immédiate sympathie pour Armand, ce petit homme rondelet, au regard malicieux, aux goûts simples et à la grande vertu. Il fallait un peu le malmener parfois pour lui faire entendre raison, mais cela était devenu un jeu entre eux, qui ne manquait pas d'agrément. Canilhac n'était sans doute pas le maître le plus nanti, mais il était honnête et juste, et Valère savait ce que c'était que de courber l'échine devant de méchantes gens riches, qui ne déliaient pas plus aisément les cordons de leur bourse, étaient humiliants, grossiers et volontiers violents. D'ailleurs, en entrant au service d'Armand, Valère avait pris la décision de ne jamais plus courber l'échine, quel qu'en soit le prix à payer. Et Armand ne demandait pas bien cher.

De petits pas énergiques claquaient sur le plancher du tillac. Valère et Armand sortirent de leurs pensées et se retournèrent en même temps. Antoinette venait vers eux, le sourire aux lèvres, des mèches folles sortant de son bonnet et volant tout autour de son visage. Armand fut saisi par le charme qui émanait d'elle, par la grâce de son geste quand elle chassa les cheveux de devant sa bouche, par la pulpe bien ourlée de ses lèvres, l'éclat intimidant de ses yeux presque noirs, qui tranchaient avec sa chaude blondeur. Il prit la mesure de sa réelle beauté.

« Marquis, mes salutations ! Monsieur Valère... »

Et elle fit à Armand une petite révérence assez comique, qui provoqua chez le valet un brin de mauvaise humeur ; il considérait qu'il était seul à pouvoir se permettre ce genre d'impertinence. Armand ne s'en offusqua pas ; il appréciait de plus en plus le caractère ferme et indépendant de la jeune femme, et son aisance naturelle lui permettait bien des choses que l'on n'aurait pas pardonnées à des personnes plus communes qu'elle.

« Nous voilà donc bientôt à bon port... Et sans doute séparés. »

Elle lança un rapide regard à Valère qui n'échappa pas au marquis. Il était évident qu'elle appréciait beaucoup la compagnie de son serviteur. Armand observa attentivement la manière dont le valet répondait à ces marques d'affection ; il ne semblait pas mû par les mêmes sentiments qu'elle. Valère se comportait plutôt avec Antoinette comme avec un bon camarade. Cette manière qu'il avait de considérer une femme comme si elle était un homme, du moins comme si elle était l'égale d'un homme, avait quelque chose d'indécent et de fascinant.

« Vous ne semblez pas vous réjouir de votre arrivée, Antoinette, risqua le marquis.

— C'est que, monsieur, cette arrivée signifie pour moi un mariage forcé, avec en outre un homme que je ne connais pas.

— Que vous allez sans aucun doute apprendre à connaître avant vos noces...

— Mais vous rêvez tout haut, marquis ! »

Elle l'avait de nouveau appelé familièrement « marquis », comme si elle était son égale. Armand en fut un peu piqué, ce qui était clairement l'effet recherché.

«Nous autres, Filles du roi, ne sommes ici qu'en tant que ventres sur pattes, destinés à porter de quoi peupler ce continent. Il ne s'agit pas de romances ni de cartes du Tendre, voyez-vous. Je vais être grosse une bonne douzaine de fois, selon la volonté de Dieu, qui passe quand même encore un peu avant celle de notre bon roi, car s'il ne tenait qu'à lui, j'enfanterais jusqu'au Jugement.»

Armand était embarrassé de sa propre maladresse, et de son hypocrisie, car il savait parfaitement quel était le sort réservé à ces filles. Mais Antoinette le regardait avec amusement et ne semblait pas blessée. Décidément sa répartie et ses connaissances intriguaient le marquis. D'où tenait-elle cette histoire de carte du Tendre? Cette personne était un grand mystère. Ce qui était certain, c'est le fameux gâchis que représentait le mariage d'une telle femme avec un de ces colons que l'on disait si grossiers. À moins que les plus belles et les plus éduquées fussent réservées aux bourgeois et aux officiers... Comme si Antoinette eût deviné les pensées d'Armand, elle dit avec ironie :

«Il faut accepter le destin que Dieu nous a tracé, que voulez-vous. Et celui qu'il a prévu pour les orphelines comme moi au royaume de France n'avait pas assez d'attrait pour m'empêcher de m'embarquer dans cet exil. En France, la seule situation possible pour moi était de me mettre au service de gens comme vous, si j'avais eu de la chance, bien pires dans le cas contraire. Et, continua-t-elle en se tournant vers Valère, pardonnez ma franchise, monsieur, mais je préfère encore être mon propre maître ici qu'en servitude chez moi.»

Armand acheva intérieurement : «Car il n'est pas né, celui qui donnera un ordre à cette fille !»

Finalement, Antoinette mènerait probablement sa vie comme elle l'entendait et ferait de son rude mari un homme docile et aimant. Car, fors son bel esprit, elle possédait d'autres charmes plus efficaces pour l'usage qu'elle pourrait en faire.

Valère avait écouté la conversation sans mot dire, mais on voyait bien que les paroles d'Antoinette l'impressionnaient, qu'il admirait la jeune femme ; le regard qu'il posait sur elle témoignait d'une amitié presque fraternelle.

«Monsieur Valère m'a promis que nous nous verrions à Montréal le temps que vous y demeurerez, et le temps qu'on trouve chaussure à mon pied…

— Certes, pourquoi pas ? Si toutefois nous continuons jusque-là.

— Vous êtes passionné de cartographie, monsieur ? C'est bien cela que Valère m'a dit ?

— Hum… en effet.»

Voilà donc comment le valet avait présenté les choses… Cartographe. Lui, Armand, qui n'avait long-temps possédé comme connaissances en géographie que les rudiments approximatifs de l'abbé Choucart, qui situait l'Amazone en Afrique et le royaume d'Abyssinie aux Indes… Valère connaissait les lacunes d'Armand dans cette matière et sans doute était-ce encore là un de ses tours pendables.

«Oh, regardez !» cria soudain Valère en pointant quelque chose sur le fleuve.

À quelques mètres à bâbord, une grosse bête blanche et lisse nageait parallèle au navire et bondissait de temps à autre hors de l'eau. La tête de cet animal fabuleux était énorme et bosselée, fendue d'une gigantesque gueule. La bête semblait sourire, tout en poussant des couinements et de petits claquements de dents. Il y avait une sorte d'allégresse dans le comportement et la mine de cet animal, et il semblait qu'il tentât véritablement d'établir une communication avec le bateau et ses passagers. C'était un réel plaisir de voir disparaître et réapparaître son grand corps immaculé et énergique ; il était chez lui, se dit Armand, et ses manières exprimaient une espèce d'accueil, les marques de l'hospitalité. Armand espérait que les indigènes seraient aussi chaleureux. Mais de cela il doutait sincèrement, car les hommes ont à jamais perdu l'innocence qui se loge parfois dans l'âme pure des animaux et des jeunes enfants. Ne dit-on pas que les Sauvages ne sont pas tout à fait aussi humains que les gens du Vieux Continent ? L'abbé Choucart, en tout cas, le pensait.

Loup se moquait beaucoup de lui, et cela n'était pas difficile, car l'abbé se contredisait souvent. En outre, le caractère superstitieux du bonhomme rendait toute chose qu'il enseignait absurde, ou dénuée d'intérêt. Loup l'emmenait volontiers en terrain glissant, en particulier sur celui de la question de l'âme chez les Noirs et les Indiens. L'abbé haïssait ces «Sauvages ignorés de Dieu», vivant dans la fange et le péché, cannibales, sodomites, dont la peau sombre reflétait, selon Choucart, «les ténèbres abominables de l'âme».

«Mais, objectait Loup, vous dites par ailleurs que les Sauvages n'ont pas d'âme...

— Oui, enfin, non… Les Sauvages d'Amérique ont une âme. Ce sont ceux d'Afrique qui en sont dépourvus.

— Pourquoi ?

— Mais parce que… parce qu'ils sont noirs, sans doute.

— Et les autres, les Indiens, ils ne sont pas noirs ?

— Moins.

— Quoi, moins ?

— Moins noirs. Ils sont moins noirs. »

C'était le moment où Choucart sortait son mouchoir pour trouver une contenance.

« Mon enfant, revenons à notre leçon…

— Chut ! Pas encore, l'abbé. Ma curiosité n'est pas satisfaite. Si je vous suis bien, les Noirs d'Afrique, s'ils n'ont pas d'âme, ne sont donc pas humains ?

— Eh bien…

— Le sont-ils ou non ?

— Non, sans doute…

— Ce sont des animaux, alors ?

— Voyons… Je ne crois pas qu'on puisse l'affirmer.

— Mais ils reçoivent le baptême eux aussi, comme les Indiens ?

— C'est exact.

— Comment peuvent-ils recevoir le baptême s'ils ne sont pas humains et s'ils n'ont pas d'âme ?

— Eh bien… sans doute en ont-ils quand même, mais en très petite quantité…

— Allons, l'abbé, on ne parle pas de poils au dos ni de dents cariées, mais d'humanité et d'âme immortelle. Soit on en a, soit on n'en a pas. Alors ? »

L'abbé, dont le grand front dégarni était toujours suintant, été comme hiver, se mettait à suer des gouttes, qu'il épongeait de son dégoûtant mouchoir. Loup et Armand éprouvaient un immense plaisir à le voir contorsionner son esprit borné pour sortir des pièges qui lui étaient tendus. L'abbé s'avouait toujours vaincu et clôturait la joute par ces mots :

«Mon enfant, vous m'embrouillez avec votre dialectique. Revenons à nos moutons…»

Armand avait un jour demandé à son frère quelle était son opinion, à lui, concernant l'âme des nègres et des Sauvages.

«Soit tous les hommes en ont une, soit personne n'en a. Mais tu sais, Grenouille, je ne suis pas certain que l'âme immortelle existe.

— Et Dieu ?

— Je préfère ne pas parler de lui.»

Armand était épouvanté par ces paroles. Il savait que Loup n'aimait pas la messe, ni l'éducation religieuse. Son frère tournait volontiers en dérision la piété des servantes et même celle, excessive, de leur mère.

Quand Loup avait décidé de rejoindre l'armée du roi contre les protestants du duc de Soubise, Isabelle avait succombé à un accès de désespoir tel qu'il semblait qu'elle fût devenue folle. Il avait déjà participé au siège de Clairac l'année précédente et était revenu galvanisé par le combat, le sang, la victoire écrasante. Mais cette fois, sa mère avait un mauvais pressentiment et passait ses nuits et ses jours en oraisons. Il lui avait lâché, la veille du départ :

«Cessez de vous râper les genoux. Dieu ne vous entend pas. Et de toute façon il a mieux à faire que de se soucier de vos jérémiades. Relevez-vous et profitez encore des heures qui nous restent avant de nous quitter. La vie peut être brève, et vous perdez votre temps.»

Isabelle s'était jetée à ses pieds et l'avait supplié, éplorée, de ne pas aller exposer sa vie. Et Loup avait répondu :

«N'est-ce pas pourtant ce que vous attendez de moi, ce que fait un marquis de Canilhac depuis la nuit des temps, depuis que le jeune berger a troussé la princesse ? N'est-ce pas ce qu'il faut faire, ma mère ? Défendre son roi et son pays, gagner les honneurs et la gloire ? Et satisfaire ainsi ce Dieu qui se moque de tout ça comme d'une guigne… »

Les sanglots d'Isabelle étaient entrecoupés de cris d'effroi, et elle ne cessait de se signer frénétiquement en marmonnant ses prières. Loup était parti le lendemain pour rejoindre les troupes du prince de Condé à l'île de Riez. Il avait enchaîné avec le siège de Montpellier, avait assisté au carnage des armées royales, à la mort de nombreux hommes de valeur et enfin à la défaite que l'on avait déguisée en réconciliation, couronnée par la scène où Rohan, feignant à merveille le repentir, tombait à genoux devant son roi et demandait son pardon. Loup était rentré un peu écœuré, avec une vilaine blessure à la hanche qui le fit terriblement souffrir et lui laissa un léger boitillement. Il était néanmoins couvert de gloire, et généreusement récompensé pour ses services, car le souverain lui avait accordé une charge de capitaine de vol des oiseaux du Cabinet du roi.

Armand était frappé de voir à quel point la guerre l'avait changé. Loup devait avoir presque vingt ans alors, mais son esprit semblait avoir vieilli de dix. Il était devenu taiseux et sombre, et n'aimait plus que la compagnie de Jehanne et la chasse au faucon qu'il pratiquait seul. Il délaissait Armand, qui errait dans les couloirs humides du château, s'arrêtait devant la porte de la chambre de Loup et tendait l'oreille. Des gémissements se faisaient entendre, des soupirs et des mots chuchotés qu'Armand ne comprenait pas ; et parfois un cri s'échappait : c'était la voix de Jehanne, devenue rauque et sourde. Ils faisaient l'amour à toute heure, et un jour, au beau milieu de l'après-midi, Armand avait aperçu par l'entrebâillement de la porte le dos et les reins cambrés de la jeune fille, se mouvant lentement dans la pénombre, sous les mains de Loup, qui glissaient sur cette chair avec une tendresse infinie. Armand avait entrevu le visage de son frère ; il y reconnut une expression de passion éperdue, d'amour vrai, qui le transfigurait ; une expression qu'Armand ne contemplerait plus jamais sur les traits de Loup.

Au printemps, Loup se mit à faire de mystérieuses expéditions. Il quittait le château le matin et ne rentrait que quand la nuit était bien avancée. Armand était dévoré de curiosité mais n'osait poser de questions. Un soir qu'il ne dormait pas et avait entendu le pas énergique, presque agressif, si reconnaissable de Loup, Armand avait vaincu sa crainte de se voir éconduire et était allé frapper à la porte de la chambre. Loup était étendu tout habillé sur son lit, les bras croisés sous la tête. Il lança à Armand un bref regard distrait, puis se remit à fixer le dais au-dessus de lui. Il tapota les couvertures pour indiquer à Armand qu'il pouvait s'asseoir.

«Où étais-tu? se risqua Armand.

— À la chasse, répondit Loup.

— Mais… sans chiens? sans oiseaux?

— Un autre genre de chasse, Grenouille.»

Les yeux de Loup avaient lancé un éclair de malice.

«Une proie bien difficile à prendre…», ajouta-t-il.

Armand commençait à comprendre.

«Et ce n'est pas l'idiote de Blanche de Beaumont, si tu pensais à elle, reprit Loup. Père aimerait me voir engrosser cette oie stupide, mais il n'en est pas question. Celle que je convoite est d'une autre trempe…»

Armand regarda son frère dans les yeux. Ce ne pouvait être qu'elle. L'héritière des grands comtes de Peyre, la fière, la brillante, l'impétueuse Marguerite de Solages. Armand ne l'avait vue qu'une fois; il se rappelait très précisément sa bouche trop large au sourire carnassier, son visage long et acéré, son immense front qui paraissait abriter en permanence une sorte de colère froide. Seuls ses yeux avaient quelque attrait : d'un vert doré, aux pupilles très dilatées, ils donnaient l'impression de lire dans votre âme, et vous laissaient longtemps dans un état un peu égaré et vaguement honteux après qu'ils avaient cessé de vous irradier de leur lumière crue. Marguerite de Solages n'était pas ce qu'il était convenu d'appeler une belle femme, mais elle avait bien autre chose, de plus intrigant, de plus dangereux, de relevé et de puissant, qui excitait la curiosité et la convoitise de Loup comme le plus courageux et le plus rusé des gibiers avant l'hallali.

Bien des années auparavant, Armand avait chevauché avec son frère jusqu'au roc de Peyre, le fief des comtes, seigneurs entre les seigneurs, les maîtres du Gévaudan jusqu'à leur chute. L'immense forteresse, presque en ruine et inhabitée, se dressait sur un éperon de basalte, dominant la Margeride. Loup y venait souvent seul. Avant de raconter l'histoire de ce lieu désolé à son frère, il était resté longtemps, immobile et muet, le regard perdu dans les horizons lointains aux dégradés de verts bleutés.

François-Astorg de Cardaillac de Peyre, protestant, gentilhomme de la chambre du roi, avait été assassiné la nuit de la Saint-Barthélemy. Sa veuve, Marie de Crussol, ivre de douleur et de haine, avait organisé sa vengeance, mettant le pays à feu et à sang. Elle avait armé son intendant, Mathieu Merle, et l'avait sommé de massacrer ce que la région comptait de catholiques. Merle leur mena une guerre sans merci, jusqu'à ce qu'Henri III mette fin à ses exactions et ramène le Gévaudan dans la foi catholique. La veuve refusa de se soumettre, le château fut assiégé et en partie détruit.

Loup n'avait que faire de ces luttes religieuses. Les Canilhac étaient fervents catholiques et fidèles au roi ; Loup était donc catholique et fidèle au roi. Mais il aurait renié sa foi et serait devenu huguenot sur l'heure pour être le descendant des nobles et vaillants Peyre, de cette femme intrépide et cruelle, prête à tout pour venger l'honneur de sa maison. Le fils de François-Astorg et Marie mourut sans descendance. Mais Loup avait entendu dire qu'une enfant avait hérité du comté ; elle était la petite-fille de Geoffroy, frère de François-Astorg. Un jour, Loup épouserait le dernier rejeton de l'antique race, relèverait le nid d'aigle, redorerait le blason des Peyre, en ajoutant l'aigle de sable au lévrier des Canilhac.

Et ce moment était venu. Marguerite avait dix-neuf ans, elle était encore à marier, bien que les prétendants se bousculassent devant sa porte. Loup n'avait cure de ces empressés, pour la plupart laids, rustres ou au contraire trop délicats. La jeune femme lui avait très ouvertement laissé voir qu'elle aimait sa compagnie. Elle lui avait même accordé un baiser. Pas de ces baisers tièdes donnés du bout de lèvres en cul-de-poule et dures comme le bois. La bouche de Marguerite était venue chercher ses lèvres à lui avec souplesse et avidité, avant de s'entrouvrir pour recevoir son souffle et sa langue, et lui donner la sienne, dont le feu et l'impatience laissaient présager des étreintes à venir.

Cette langue et ces lèvres, Loup semblait en être encore tout imprégné alors qu'il souriait à Armand, qui s'était allongé à ses côtés.

«Mais Marguerite n'a plus un sou… Toi qui voulais…, osa Armand.

— Je sais ! Ils font les grands princes mais mangent de la soupe de glands. C'est vrai, Armand, mais au diable l'argent ! Nous en avons encore, et je m'enrichirai. Je veux sa race, son sang, et de nos sangs mêlés nous ferons des merveilles. »

Ce fut Antoine de Groslée qui épousa Marguerite de Solages, quelques années plus tard. La cruelle avait accepté la cour assidue de Loup, l'avait même encouragée, comme elle l'avait fait avec tant d'autres, alors qu'on apprit que son union avec Groslée était arrêtée depuis bien longtemps. L'aigle de sable alla donc s'éployer sur le blason des Groslée. Loup en conçut une rage démentielle. Il provoqua Antoine en duel, mais ne se méfia pas assez des qualités de bretteur de celui-ci. Antoine aurait pu le tuer ; il l'épargna avec dédain. Armand en avait conçu une certaine satisfaction. C'était bien la première fois que Loup subissait une telle humiliation.

C'est à cette époque qu'Armand commença à deviner que son frère dissimulait une profonde blessure liée à ses origines indignes. Dès son adoption, Loup était devenu le personnage d'une histoire rêvée par ses parents et par lui-même, et nourrie au fil des ans par chaque personne qui l'avait côtoyé. Comme au prince des légendes ou au héros antique, le destin lui avait tracé un chemin. Devenir l'époux de l'héritière des Peyre était, pour Loup, ce que ce destin lui réservait. Armand comprit que son frère était prisonnier d'un rôle, et que cela le minait aussi sûrement qu'un cancer. Il suffisait peut-être d'être patient et d'attendre que ce cancer le dévore tout entier. C'est ce qu'Armand avait pensé le jour où il apprit les épousailles prochaines de Loup et de Blanche de Beaumont. Mais ce fut son propre cœur que cette union dévora.

Armand et Blanche avaient le même âge, et avaient appris à se connaître et à s'apprécier pendant les années où les Canilhac retenaient leur souffle et faisaient dire des messes afin que Dieu leur accordât que Loup consentît à épouser Blanche. Car, dans ce conte dont leur fils était le héros, Hugues et Isabelle avaient préféré la richesse au panache. Blanche venait avec cent mille livres de rente, et était de la meilleure noblesse de race. Loup, entre ses campagnes et exploits militaires, ses voyages et sa cour acharnée à Marguerite, ne posait qu'un regard narquois sur les rondeurs tendres et roses de Blanche, sur ses yeux calmes qu'elle baissait toujours dès qu'il apparaissait, comme si elle eût fait partie de ses gens. Elle pensait à Loup avec un tel effroi qu'elle en avait des évanouissements.

« Allons, Blanche, ne faites pas cette tête de condamnée. Ce n'est pas aux galères qu'on veut vous envoyer, mais dans mon lit, et on y est tout de même mieux traité. Je vous promets que nos vieux boucs de pères ne parviendront pas à nous accoupler. Levez vos yeux de martyre, respirez profondément, desserrez votre corset et libérez cette pauvre poitrine qui va exploser. Mon frère vous attend sans doute derrière cette porte… Allez le rejoindre. Et tentez d'en faire votre époux, je vous en serai bien obligé. »

Dès que Loup avait disparu, elle recommençait à remplir ses poumons d'air, son cœur se remettait à battre, elle appelait en effet sa suivante pour qu'elle desserre les liens du corset ; parfois, ce moment était ponctué de petits sanglots de chaton, de quelques larmes, qui coulaient sur ses joues veloutées comme des perles sur des pêches. Armand entendait les pleurs, la respiration saccadée avant qu'elle le rejoigne dans la pièce à côté, dans un froufrou d'étoffes affolées. Il récoltait alors les larmes, en savourait la tiédeur et le sel, puis se mettait en position confortable pour écouter les plaintes de Blanche, qu'elle exprimait sous forme de chuchotements, au creux de son oreille. Il sentait son souffle dans son cou, et rien alors ne lui semblait plus désirable que cette petite femme fraîche et terrifiée. Pourquoi ne pouvait-il l'épouser, lui, Armand, puisque son frère n'en voulait pas ? Pourquoi n'avait-il pas le droit de pétrir sans honte ses seins superbes et de partager l'existence de cette fille délicieuse comme une pâtisserie ?

Blanche. Si mutine avec lui, quand elle lui jetait ses œillades de chatte en étalant ses jupes et ses formes sur le lit. Ils ne s'étaient jamais permis que des attouchements. Il leur semblait à tous deux que, s'il advenait en fin de compte que Blanche épousât Loup, il lui fallait rester vierge. Armand, pourtant aigri et ployant sous le poids des injustices répétées, continuait malgré lui à vouer à son frère un respect et une loyauté indéfectibles, et se méprisait pour cela.

Jusqu'à cet instant fatal, bien des années plus tard, où il avait entrevu l'issue, où il avait accompli ce qui devait l'être, pour mettre fin à ce cycle infernal, et au mensonge. Et après qu'il eut commis l'irréparable, il se méprisa encore davantage.

5

Ce matin, Armand s'est levé avant l'aube. Il espère que le soleil apparaîtra dans un ciel dégagé. Voir le soleil se lever est une splendeur qui fait un peu oublier les désagréments du voyage. Aucun autre passager n'est encore debout. Armand est seul avec le quartier-maître et un jeune mousse. La lumière augmente lentement, mais ce n'est pas le spectacle qu'Armand avait espéré. La couverture de nuages est trop épaisse. Le fleuve est calme, opaque, terne comme une chevelure de malade. Voilà des jours que les grands animaux marins n'accompagnent plus le navire. Ils doivent faire onduler leurs corps gracieux quelque part dans les abysses, là où l'homme ne peut pas descendre, là où même le soleil n'entre pas. Le regard d'Armand est rivé aux flots d'un gris de cendre, qui clapotent tristement contre la carène. Si le vent daigne se lever, on sera bientôt à Tadoussac.

Armand a perdu du poids. Aucun jeûne n'a réussi ce que cette traversée impossible a accompli sur son corps, auquel les masses graisseuses semblaient attachées *ad vitam æternam*, comme la puce au vieux chien. Ils ont fondu, ces satanés bourrelets, poches et rebonds, laissant les membres d'Armand un peu perdus, un peu dépossédés, comme le mendiant auquel on ôte ses innombrables couches de hardes et qui semble soudain plus fragile et plus misérable qu'au jour de sa naissance. Armand a croisé son reflet dans le miroir que le capitaine lui a prêté pour se raser – Valère avait laissé tomber le sien lors d'une tempête et l'avait brisé – et il ne s'est pas vraiment reconnu. Mais sans doute est-ce déjà un des premiers signes de ce changement imminent, de cette transformation de tout son être qu'il est venu chercher ici.

Tadoussac. Un nom aux consonances nouvelles, bizarres, qui évoquent pour Armand le rythme, les odeurs et les couleurs de ce fleuve-mer immense et surprenant, mais aussi une danse rapide et sensuelle, des chants et des sonorités d'un autre âge, un monde plus ancien et à la fois plus jeune que le sien, où le chaos côtoie l'ordre et l'harmonie, où la beauté pure jaillit aux côtés de l'horreur, où le bien et le mal se confondent.

Comme le vent refuse de gonfler les voiles, il faudra attendre peut-être une semaine de plus pour atteindre Tadoussac, et donc Québec, Trois-Rivières, et enfin Montréal… s'il faut aller jusque-là. Le navire est figé dans une immobilité morne, comme englué dans la poix. Il semble certains jours qu'il sombre imperceptiblement, gagné par l'ennui et le désespoir devant ce continent qui se refuse obstinément. Le temps s'écoule avec une lenteur de corbillard. Le soir, sur le pont, on organise des parties de bassette, de trictrac, et on danse, on chante, on se raconte des histoires ; les regards se voilent, errent sur l'horizon, car, pour la plupart des voyageurs, les parents, les amis, les villages évoqués font définitivement partie du passé.

La journée se traîne, semblable à la précédente, semblable à bien d'autres avant elle depuis que le navire ne poursuit plus sa course. Armand a tout le loisir de penser, encore et encore, et il lui semble que l'immobilité physique à laquelle il est contraint favorise un état de rumination incessante qui l'emplit de mélancolie. Depuis que Valère et Antoinette ont lié connaissance avec ce petit couple de Poitevins misérables, ils délaissent beaucoup Armand. La conversation de ces gens est d'un profond ennui. Mais semble émouvoir Antoinette sans modération. À présent que le soir est tombé, les voilà qui jouent à quatre au piquet.

Armand pourrait user de son autorité et sommer Valère de lui tenir compagnie. Mais n'en fait rien. Il espère que son valet va enfin se tourner vers lui et s'apercevoir de sa mine contrite. Valère est concentré sur le jeu. Le couple poitevin rayonne de gaieté et, pour la première fois, leurs visages à la fois creux et rougeauds retiennent l'attention d'Armand. Il est impressionné par la volonté et l'endurance qu'expriment leurs traits ingrats. Un vieil aveugle joue une bourrée triste sur une viole qui a trop vécu ; les feux dans les braseros projettent des ombres dans les voiles qui semblent s'agiter comme sous l'effet d'une brise. Les mères bercent leurs enfants dans leurs bras. On parle à voix basse.

Entre tous ces êtres entassés habituellement dans l'entrepont, vivant dans des conditions inhumaines, dans la promiscuité, les déjections animales charriées depuis les étables les jours de gros temps, les maladies, il règne ce soir une atmosphère sereine et fraternelle. Bien sûr il y a les bagarres, les injures, les viols parfois. Mais lorsqu'ils sont en bonne entente, seuls les pauvres parviennent à créer entre eux cette espèce d'intimité toute simple, cette communion des âmes et cette proximité saine et libre des corps. C'est peut-être à cause de la grande souffrance qu'ils partagent, à cause de leurs angoisses très rudimentaires, qui les unissent plus sûrement que toute richesse et même que le bien-être... Armand, seul contre le bastingage, les envie soudain.

Excepté ce petit gueux battu à mort par Loup, les pauvres sans naissance n'avaient jamais été pour Armand que des silhouettes indistinctes, des êtres informes et non identifiés, formant la masse sans nom et sans visage du peuple sacrifié de toute éternité pour le confort de quelques-uns. Il n'avait jamais eu que faire de ces crève-la-faim. Tout au plus se délestait-il parfois de quelques pièces à l'intention de l'un ou l'autre mendiant, pour se donner bonne conscience ; il ne le faisait que sur le parvis des églises, comme pour faciliter la tâche à Dieu qui, devant sa propre maison, n'avait qu'à baisser les yeux pour remarquer une bonne action et l'ajouter aux autres dans son grand livre de comptes, au nom d'Armand de Canilhac.

Quand Antoinette éclate de rire, c'est comme une cascade d'eau vive et glacée qui arrose l'assemblée enveloppée de tiédeur. Armand est parcouru d'un grand frisson ; il lui semble que la fille a lu dans ses pensées et se moque de sa petite charité hypocrite. Mais Antoinette lui offre son plus limpide sourire, dont la hardiesse et la grâce, en cet instant, lui rappellent celui de Loup. Le rire clair a rompu le charme de cette parenthèse enchantée ; la viole s'est tue. On se retourne, on montre Antoinette du doigt ; la femme poitevine lui lance un regard gêné. Mais Antoinette n'en a cure ; elle tape la carte avec un air triomphant et profère des paroles qu'Armand ne comprend pas. Valère abat son jeu en soupirant. Son long dos voûté semble ployer sous le poids de la défaite. Armand remarque que le haut du crâne en pointe de son valet commence à se dégarnir. Ainsi de dos, dans son habit noir, il a des allures de jésuite. Valère se lève et vient rejoindre son maître.

« On ne gagne jamais contre cette fille-là, monsieur.

— Je l'ai battue une fois, au trictrac, répond Armand avec une pointe d'orgueil.

— C'est elle qui aura décidé de perdre… »

Valère scrute la rive lointaine avec attention. C'est une bande de terre noire qui se distingue à peine du fleuve, à cette heure de la nuit et par ce temps calme. Un bloc infini, sombre et immobile, qui semble déserté par la vie. Pas une lueur n'en jaillit, pas un mouvement ne l'anime, et Valère peine à imaginer ces côtes habitées d'autre chose que de rochers et d'arbres. Même la vie animale en semble bannie. Il sait bien pourtant que c'est tout le contraire, que ces lieux grouillent de créatures étranges et dangereuses, d'espèces inconnues dont l'existence remonte peut-être au Déluge, ou même avant.

Quand il vivait avec sa famille en Lorraine, Valère avait trouvé près d'une rivière un objet énigmatique ; cela ressemblait à une dent, mais d'une taille et d'un poids tels qu'aucun animal n'aurait pu en être pourvu. Valère le montra à son grand-père, qui assura qu'il s'agissait bien là de la dent d'un animal fabuleux, ayant vécu au début de la Création, au moment où le monde était tout neuf. Le curé n'était pas de cet avis ; il assura que c'était une griffe du diable, témoin des luttes effroyables entre Satan et Dieu. Il ordonna à Valère de se débarrasser de «la chose», de la jeter dans la rivière, loin en aval du village et des pâtures. Garder un tel objet auprès de soi ne pouvait qu'attirer des ennuis, à commencer par la visite de Lucifer en personne, prêt à récupérer l'appendice qui lui manquait. Valère n'aimait pas le curé, mais cette fois il suivit ses conseils et jeta la griffe dans un étang. Il ne se résolut pas à la confier à la rivière. Il se refusait à l'imaginer finir dans l'immensité de la mer, perdue à jamais. Dans l'étang d'eau croupissante, il lui semblait possible d'aller la rechercher.

Souvent, au moment de se mettre au lit, Valère repensait à l'énorme dent-griffe, comme il l'appelait, témoin d'époques et d'événements à peine imaginables ; les origines de l'objet, démoniaque et naturelle, cohabitaient dans son esprit en ébullition, pour conférer à la dent-griffe une aura, une puissance qui remplissaient Valère d'une délicieuse épouvante.

Il repensa avec émotion à son trésor qui gisait toujours au fond de l'étang. Il n'avait jamais osé aller le reprendre... Le ciel nocturne s'était un peu éclairci au-dessus de la côte, et on en percevait mieux le relief. Quelles merveilles recelaient ces terres vierges ? Quels animaux avaient prospéré sous ces climats si contrastés ? Quel genre d'hommes y étaient nés ? Valère se sentit redevenir l'enfant qui rêvait de combats titanesques et antédiluviens. Quelque chose en lui frémissait d'un plaisir dont il avait oublié le goût depuis longtemps. Il se retourna et observa son maître. Armand ne lui avait plus rien conté depuis quelques jours, et Valère profita de ce moment d'intimité nocturne pour donner libre cours à sa curiosité.

« Vous ne m'avez pas dit ce qu'il est advenu de Jehanne… »

L'air sembla se glacer soudain. Tout ce qui vivait et se mouvait sur le pont parut se figer, comme sous l'effet d'un charme. Armand resta muet de longues secondes. Il sembla à Valère qu'il avait brusquement cessé de respirer ; il ne pouvait distinguer l'expression de son maître, mais il percevait très clairement son corps raidi, ses traits crispés, sa poitrine gonflée de quelque chose de douloureux, prête à exploser.

Un son étrange s'échappe de la gorge d'Armand. Ses épaules sont secouées de tressaillements ; l'espace d'une seconde, le valet croit à un éclat de rire. Mais c'est tout le contraire qui s'est emparé du marquis. Valère ne sait comment réagir devant cet accès de faiblesse. Il est démuni, incapable de faire un geste, de prononcer une parole. Lui qui toujours trouve la solution, la parade au plus petit souci comme aux catastrophes, qui jamais ne se sent dépassé par les événements, dont la plus grande fierté est cette exceptionnelle capacité à s'adapter et à réagir… En cet instant le voilà inutile, impuissant face au désespoir d'un homme qu'il rase, lave, borde depuis quinze ans, avec lequel il a passé plus de temps qu'avec sa propre mère.

« Jehanne… »

La voix d'Armand est basse et rauque, comme asséchée. Valère aurait voulu ne jamais avoir posé cette question.

« Pardon, monsieur, si je…

— C'est très bien, interrompt Armand. Il m'aurait fallu y venir un jour ou l'autre, de toute façon… »

Quand son valet a prononcé son nom, le visage de la jeune femme a surgi dans l'esprit d'Armand avec la fulgurance et la puissance de la foudre. Et un poids a aussitôt écrasé sa poitrine. Il ne voulait pas se souvenir des dernières années. Il ne voulait garder d'elle que les images d'avant… Avant que Loup revienne de guerre, qu'il courtise Marguerite, qu'il épouse Blanche. Avant… que lui-même se détache d'elle et cesse de rechercher sa compagnie. Car il l'avait délaissée. Il s'était lassé de sa souffrance, de ses traits creusés, de ses longues déambulations dans les corridors, la nuit, une chandelle à bout de bras, l'air égaré. L'aube la trouvait déjà occupée à récurer les sols, à cuire le pain, alors qu'elle n'avait pas fermé l'œil. Et la fatigue s'amoncelait et s'unissait au désespoir pour chasser prématurément de son corps la jeunesse et la beauté.

Un soir, Armand l'avait trouvée endormie à même le sol, devant la porte de la chambre de Loup, recroquevillée et frissonnante, perdue dans un sommeil qui ressemblait à celui, fiévreux et hanté, des malades. Il l'avait éveillée et relevée, l'avait portée dans ses bras jusqu'à sa chambre. Elle ne pesait presque plus rien, même pour Armand qui n'était pas très fort. Quand il l'eut allongée dans le lit, qu'il eut recouvert ses jambes osseuses, il voulut la quitter. Mais Jehanne le retint par la main. Elle lui demanda de lui tenir compagnie jusqu'à ce qu'elle s'endorme. Qu'il reste simplement là, près d'elle, à la veiller, afin de tenir la douleur à distance, d'inviter un sommeil calme et sans rêves à la visiter, pour une fois. Armand la revoit, si frêle, si épuisée, irrémédiablement perdue.

Il s'interrompit brusquement. Il se sentait nauséeux. Une sensation tentait de refaire surface. Une sensation désagréable, dégoûtante même, qui se frayait péniblement un chemin en lui, telle de la nourriture mal digérée qui reste coincée quelque part entre les entrailles et le fond de la gorge, et qui doit absolument ressortir du corps. Armand devait transformer cette impression en images claires et précises, traduire ces images en mots, et les délivrer. Mais il en était incapable. Le silence devint pénible, et Valère le rompit.

« Rentrons, si vous le voulez, il commence à faire très froid.

— Non, pas encore, répondit Armand. Il y a encore ceci, voyez-vous, qui me tourmente…

— Alors restons, répondit Valère avec douceur. Si vous me laissez aller vous chercher une couverture. »

Armand hocha la tête en signe d'assentiment. La courte absence de son valet lui permettrait sans doute d'identifier ce qui l'oppressait. Il fit quelques pas, porta le regard sur l'immensité noire du fleuve et demanda à Dieu de l'aider à affronter son remords. Quand Valère revint avec deux couvertures et un bol de cidre éventé, Armand se sentait prêt. La scène lui était apparue dans toute son abjection. Le serviteur le drapa dans l'étoffe mitée, lui tendit le cidre et reprit la même position que celle qu'il avait adoptée précédemment, accoudé au bastingage.

« Ma faute n'est pas tant de l'avoir laissée à son sort, voyez-vous, Valère… J'ai voulu profiter de sa détresse. »

Il se voit assis sur le lit de Jehanne. Elle lui sourit tristement et tient sa main serrée dans les deux siennes, glacées et rugueuses. Elle lui fait confiance ; il est le gardien de son repos. La jeune femme ferme les yeux, se laisse aller à la somnolence. Sa respiration se calme, ses muscles se détendent. De nouveau tout se brouille dans la mémoire d'Armand ; les images se dissolvent, retournent aux sensations brutes et enfouies, poisseuses, magmatiques. Il frappe le bois de la rampe avec colère. Valère sursaute, tourne la tête vers son maître. Et le regard du valet, comme souvent, parvient à redonner courage à Armand, à apaiser la panique qui s'empare de lui, à lui rendre la force de parler.

Jehanne sombre lentement dans le sommeil alors que lui, Armand, remonte sa chemise, découvre sa poitrine, écarte ses jambes et tente de la pénétrer. Voilà. Il a parlé. Il ne se sent pas soulagé. Au contraire, l'ignominie de son acte le submerge à présent avec une virulence implacable. Il regrette soudain de s'être confié.

Valère reste silencieux. Que pourrait-il dire ? Que peut-il éprouver sinon un profond mépris ? Mais Valère se redresse, se passe une main sur la figure. Et dans ce geste Armand devine, éprouve même presque physiquement l'empathie profonde de son serviteur, une vraie compassion qui vient justifier sa propre sincérité. Car Valère ne le juge pas ; il se contente de recueillir ce qui pèse sur son âme, mieux qu'aucun prêtre ne l'a fait avant lui. Armand se confesse souvent. Mais il n'avoue jamais que le menu fretin. Une pensée malveillante ou impure, un mensonge, la jalousie qui le ronge souvent à l'égard de certaines connaissances à qui la vie sourit de toutes les façons. Mais jamais il n'a osé parler de son passé; peut-être aucun homme d'Église ne lui a donné l'élan, le courage nécessaires… Armand ne sait plus très bien lequel de ses péchés est le plus grand, le mal fait à Jehanne ou bien le fait de ne jamais s'en être ouvert à Dieu.

*

Quand Armand se met au lit, le souvenir de cette affreuse nuit le reprend; il boira la coupe jusqu'à la lie. Il se reverra déboutonner son haut-de-chausses, en sortir son membre dressé, s'allonger sur la jeune femme et tenter maladroitement de s'introduire en elle. Car Armand n'a guère d'expérience que les caresses échangées avec Blanche. Il avait voulu un jour toucher son sexe, dont l'odeur enivrante remontait de sous ses jupes et le rendait fou de désir. Blanche l'avait laissé faire, un peu, mais quand il avait glissé un doigt entre les lèvres charnues, elle s'était comme fermée de l'intérieur, l'avait chassé d'entre ses cuisses d'une simple pression de ses muscles. Elle acceptait de le toucher, lui, jusqu'à ce que le plaisir survienne. Elle avait même pris son sexe dans sa bouche, une fois. Face au corps de Jehanne, Armand s'accroche à ce souvenir afin de ne pas flancher, car il sent déjà la faiblesse s'emparer de lui.

Jehanne ouvre les yeux, pousse un pauvre petit cri; les larmes inondent immédiatement ses joues, mais elle ne se débat pas. Elle le regarde simplement, qui peine sur elle, le sexe devenu mou dans sa main fébrile, des gouttes de sueur perlant à ses tempes. Elle le regarde, avec une pitié tendre, qui le rend ivre de rage et augmente son impuissance. Et il se prend à imaginer Loup à la place qu'il occupe, Loup que Jehanne embrasserait et dont elle chuchoterait le nom, comme il l'a si souvent entendue faire, Loup qui se frayerait un chemin aisé dans sa chair ouverte et humide... Alors Armand s'éloigne, range ses organes inutiles et la frappe, avec toute la sauvagerie de sa honte et de son dépit. Une fois, deux fois. Jehanne ne crie pas ; ses yeux fixent un recoin obscur, et son corps est inerte.

Après cette nuit, Armand n'éprouva plus que dégoût pour elle. Jehanne récoltait une infortune bien méritée, dont il se réjouissait en secret. Il était parfois envahi d'une joie mauvaise en la voyant toujours plus misérable. Puis, peu à peu, Jehanne ne signifia plus rien pour lui. Elle était devenue aussi transparente que n'importe quelle souillon qui s'activait dans le château. Depuis fort longtemps, Hugues et Isabelle la considéraient déjà à peine. Ses semblables l'évitaient ; ils n'avaient d'ailleurs jamais su comment se comporter avec cette fille qui peinait parfois comme eux et cependant avait partagé les jeux puis la couche du jeune maître. Cette ancienne vachère que l'on voyait parée comme une princesse selon les caprices de Loup, et qui le lendemain bassinait les lits et faisait la lessive ; qui savait lire et écrire, danser, chasser, et que l'on trouvait à rapiécer les torchons devant l'âtre de la cuisine... Un beau jour, elle avait déchu, pour une raison mystérieuse. C'était à n'y rien comprendre. La seule qui lui parlait et s'inquiétait d'elle était Mathurine ; elle n'avait pas d'enfant et manifestait à Jehanne une bienveillance maternelle. Ce fut le frère de Mathurine qui la trouva sur les bords du Lot.

C'est quelques jours plus tard qu'Armand éveilla Valère en pleine nuit. Il voulait lui annoncer que Jehanne s'était probablement donné la mort. En se jetant d'une falaise surplombant la rivière. Valère, dont l'esprit n'avait pas encore complètement traversé la frontière qui le séparait des songes, mit de longues minutes à intégrer les paroles d'Armand. Une vision saisissante du cadavre de Jehanne le hanta d'abord, avant qu'il s'éveille tout à fait et envisage cet événement comme un fait avéré, et non un cauchemar. Et lui qui n'avait pas connu cette fille se surprit à éprouver pour elle un intense chagrin. Il fit une prière pour le repos de son âme, sachant que cela avait peu de chances d'adoucir les tourments éternels réservés à Jehanne pour s'être ôté la vie. Mais il s'adressa à Dieu avec une ferveur qu'il n'avait plus connue depuis longtemps. Ensuite, il pria pour son maître. Le valet ne pouvait pas grand-chose face à ce drame, sinon écouter, écouter encore, la nuit, le jour. Il se demandait qui avait le pouvoir en ce monde de pardonner de telles fautes, sinon Dieu lui-même, à la Fin des Temps.

Valère sombre dans une demi-veille, et un cortège d'images aussi absurdes que saisissantes défile dans sa tête échaudée. Des paysages de montagnes acérées et menaçantes, des vallées couvertes de forêts profondes se déploient à l'infini, terres dépeuplées où erre une bête aux yeux bleus et aux immenses crocs, marchant sur deux pattes. La voilà qui surgit de la pénombre des sous-bois ; elle se pourlèche les babines devant une jeune fille appuyée contre un arbre. C'est Jehanne, qui a pris l'apparence de la fillette vêtue de rouge sortie du conte que l'on racontait au village pendant les veillées d'hiver. Elle adresse un sourire triste à la bête et disparaît dans les bois. Le monstre se lance à ses trousses. Valère va pour les suivre, mais un appel retentit dans une autre direction. C'est étouffé, lointain, inaudible, puis peu à peu les sons ressemblent à des mots : « Le marquis de Canilhac se noie ! » Valère se met à courir vers la voix.

Il arrive, essoufflé, au bord d'un étang, d'où dépassent les bras et la tête terrifiée d'Armand. Valère voudrait lui crier d'aller au diable, mais il entre dans l'eau, l'attrape sous les aisselles et le ramène sur la berge. Un immense chat tout habillé arrive à leur hauteur et félicite Valère d'avoir sauvé son bon maître. Valère lui objecte qu'il y a méprise : le marquis n'est pas le maître du chat, mais le sien. S'ensuit alors une âpre discussion. Valère, dans le doute, finit par regarder Armand, qu'il tient toujours dans ses bras. Ce n'est pas le visage du marquis qu'il a devant lui, mais celui d'un jeune homme maigre et accablé. Valère le reconnaît : c'est le troisième fils du meunier, déshérité et miséreux, qui n'a reçu qu'un chat pour héritage. Valère lâche le jeune homme, se lève pour aller à la recherche de son vrai maître. En chemin il croise le loup, qui lui pose amicalement une patte sur l'épaule et lui offre de le guider. Ils s'enfoncent dans les bois. Une voix cristalline de jeune fille s'élève, à la fois proche et lointaine ; elle chante une triste chanson d'amour alors qu'ils marchent en devisant tranquillement. Valère se trouve soudain seul, près d'une rivière tumultueuse au fond d'une gorge. Sur un rocher, le cadavre de Jehanne, vêtue de rouge. Le loup a disparu. Armand est à genoux en prière au bord de l'eau.

6

Au matin, le navire entra dans la baie de Tadoussac. Les passagers laissaient éclater leur joie de pouvoir enfin se poser sur un morceau de terre. Mais, derrière la liesse d'accoster, s'exprimait un sentiment essentiellement généré par la beauté des lieux. Les cris firent vite place à un silence religieux, et certains se signèrent devant la preuve aussi manifeste des pouvoirs et du talent du Créateur.

Valère était encore tout imprégné des images de la nuit. Face au paysage grandiose qui se rapprochait lentement dans l'aube claire, il vit le visage de Jehanne, enfin serein, ses yeux grands ouverts sur le ciel. Plus tard, dans ses souvenirs, son arrivée à Tadoussac serait toujours associée à cette vision de la jeune fille dans la mort, gisant dans un paysage de roches et de forêts sauvages qu'il ne pouvait se représenter autrement que semblable à celui de la baie. Alors qu'ils approchaient du rivage, et que le vert profond des pins tranchait de plus en plus fort sur les bleus du ciel, les ocres des rochers et des dunes de sable, et sur les innombrables nuances de gris de la mer, Valère fut saisi par la certitude que Jehanne était en paix là où elle se trouvait. Il fut aussitôt épouvanté par cette pensée impie, mais rien ne put le délivrer de cette certitude. Il aurait aimé partager cette impression avec le marquis, ce qui était bien sûr une pure folie, dont la seule perspective provoqua chez Valère un haussement d'épaules, qui n'échappa pas à Armand.

« C'est tout ce que cette splendeur vous inspire ?... demanda-t-il avec lassitude.

— Je pensais à autre chose, monsieur », répondit Valère.

Ce n'était pas sans frayeur que le serviteur envisageait à présent le lien qui l'unissait à son maître. Armand avait révélé une part très sombre de lui-même, que Valère n'avait jamais soupçonnée ; cette face enténébrée en faisait soudain un homme imprévisible et changeant.

Le poste de traite de Tadoussac était un des premiers et des plus actifs en Nouvelle-France. Outre la petite chapelle d'écorce et la maison des jésuites, le village comptait cinq ou six bâtiments en bois, qui s'alignaient en suivant la courbe de la plage, sur une terrasse en surplomb. Il faisait doux en ce jour de mai, et nombreux furent les passagers qui prirent un bain de mer. Et voilà qu'Armand se déshabilla et se mit à courir lui aussi vers les flots. Valère resta d'abord interdit. Son rêve semblait devenir réalité : Armand allait se noyer. Le valet se précipita à sa suite en criant et en agitant les bras. Mais Armand ne l'entendait déjà plus ; il se lançait à l'assaut des vagues.

Au grand étonnement de Valère, le marquis savait nager, et même fort habilement. Il effectuait toutes sortes de figures : tantôt ses jambes sortaient alors que sa tête était immergée, tantôt il faisait une culbute, le corps recroquevillé comme un escargot. Chaque fois que sa tête émergeait, elle avait une expression différente et comique. Valère restait inquiet. Il fut tenté de le rejoindre. Mais il nageait mal, et la mer le terrifiait.

Quand Armand sortit enfin, transi et rayonnant, Valère courut à lui en portant ses vêtements. Le marquis les enfila aussitôt, non sans maugréer car ils étaient sales et poisseux.

« D'où vous viennent donc ces manières, monsieur ? On dirait que vous avez été élevé dans une mare…

— Nager est une des rares choses que mon frère ait pris la peine de m'apprendre. Il adorait l'eau. Nous allions souvent dans les lacs du plateau. »

Valère achève de lui ajuster sa perruque quand Antoinette les rejoint.

« Si la cartographie finit par vous lasser un jour, vous pourriez toujours vous reconvertir en comédien, d'un genre particulier. Un comédien d'eau. »

Valère ne peut s'empêcher d'émettre un petit rire. Armand hésite un instant, puis décide qu'il peut bien l'accompagner. En ce moment de détente et de bonne humeur, il aimerait avouer à Antoinette ce qui l'a poussé à entreprendre ce voyage. Pourquoi dissimuler la vérité à la jeune fille ? Ils se sépareront sans doute bientôt et ne se reverront plus.

Ils regagnent le village et, tout en marchant aux côtés d'Antoinette, au rythme de son pas souple et léger, Armand formule intérieurement ce qu'il se prépare à lui dire. Il ouvre plusieurs fois la bouche, mais aucune parole n'en sort. Il s'aperçoit qu'Antoinette le regarde du coin de l'œil, pressentant son désir de parler sans pouvoir. Les mains d'Armand se sont jointes et se tordent nerveusement. Encouragé par le radieux sourire de la jeune femme, il se lance.

«Je n'y entends rien en cartographie.»

Il s'est arrêté de marcher. Antoinette a fait encore quelques pas et se retourne vers lui, amusée. Armand est cramoisi, comme s'il venait d'avouer qu'il était truand ou bourreau.

«Je m'en doutais un peu… Mais pourquoi faites-vous cette tête? Vous n'êtes pas cartographe, à la bonne heure! Je ne vous en aimerai pas moins.»

Valère, qui suivait quelques mètres derrière eux, est parvenu à leur hauteur. Quand il comprend ce que son maître est occupé à faire, il plante dans ceux d'Armand deux grands yeux fixes et interloqués. Mais Armand continue sur sa lancée.

«Je suis venu en Nouvelle-France pour y retrouver mon frère.

— Il s'est installé ici? demande Antoinette gaiement.

— Il a disparu voilà plus de vingt ans… par ma faute. Et j'ai quelques raisons de croire qu'il pourrait se trouver dans ce pays.»

Le visage d'Antoinette s'est brusquement débarrassé de son insouciance. Elle échange un long regard avec Valère. Tous trois restent silencieux un moment.

«Eh bien… Puissent vos recherches vous mener à lui, monsieur.

— À la grâce de Dieu», répond Armand, le regard inquiet, perdu vers les immensités boisées au-delà du village.

Il se demandait à présent pourquoi avoir dit la vérité à Antoinette. Il avait agi sous le coup d'une impulsion soudaine et irréfléchie. Et ne comprenait plus très bien en quoi cela était utile. Elle semblait penser la même chose que lui, ce que son malaise manifestait clairement.

Ils rejoignirent les autres passagers, qui se procuraient de la nourriture auprès des habitants. On leur proposait un légume étrange, sorte de cône recouvert de petites boules jaunes que l'on grille avant de le manger. Ni Armand ni Valère ne voulurent y goûter. Antoinette ne s'en priva pas et trouva cela fort à son goût.

Elle décida de former un petit groupe de filles afin de partir en promenade le long de la côte. Dans la lumière pure du milieu du jour, tout paraissait accueillant. La jeunesse avait besoin de se mouvoir après l'interminable traversée, de respirer l'odeur des pins, de poser le regard sur tout ce que cette terre avait à proposer de nouveau et d'insolite.

Mais un père jésuite ordonna aux jeunes filles de n'en rien faire. Les Iroquois se livraient à des attaques fréquentes contre les colons. Le père leur raconta avec force détails ces raids-surprises : un petit groupe de Sauvages, une vingtaine en général, fondaient sur leurs proies et les massacraient. Ceux qui n'étaient pas tués étaient emmenés en captivité et torturés de la plus horrible manière. On leur arrachait les ongles, les cheveux, on les brûlait lentement, et ces sévices pouvaient durer des jours. D'autres passagers s'étaient attroupés pour écouter le récit de l'homme en noir. Valère était parmi eux.

Voilà qui commençait bien. À peine posé sur la terre au terme d'un voyage pénible, il fallait de nouveau craindre pour sa vie. Rien dans cette assemblée de maisons simples et propres, dans ce paysage grandiose mais aucunement inquiétant ne donnait l'impression d'une menace imminente. À Paris, on entendait parfois parler des guerres contre les Indiens, mais elles faisaient l'effet de contes pour enfants. Douillettement installé derrière ses lambris, on aimait à se faire peur en rêvant de guerriers aux visages peints en rouge, coiffés de plumes, sanguinaires et sans merci. Le récit du jésuite était trop conforme aux fantaisies qui circulaient dans la capitale pour être vrai. Valère se méfiait des hommes d'Église, de leur goût pour l'exagération et la domination des foules crédules. Ce corbeau de jésuite ne tentait-il pas d'impressionner les imaginations fantasques afin de museler la liberté, le plaisir de découvrir et la curiosité ?

Valère s'éloigna alors que le père poursuivait la description minutieuse de ces prétendues abominations, description qu'il accompagnait de grands gestes théâtraux. Valère se demanda si les Sauvages des environs apprécieraient un spectacle de ce genre. Le bon père était doué pour inspirer la terreur, et il ne faisait aucun doute que le tableau qu'il devait peindre de l'enfer plongeait les locaux dans des abîmes d'angoisse. Ou de perplexité.

Valère était animé d'une foi profonde ; mais il croyait de manière très personnelle, se confessait rarement et n'aimait pas trop la messe. Il avait été attiré un temps par la religion réformée. Mais il ne s'était pas converti, car les pasteurs ne lui faisaient guère meilleure im-

pression que les curés. Eux aussi menaçaient, terrori-
saient, culpabilisaient leurs ouailles. Ils n'avaient pas
le pouvoir de remettre les péchés, mais beaucoup faisaient tout comme. Valère préférait croire à sa guise, il
avait ses petits arrangements avec Dieu.

*

Le père Doiseau, le même qui avait interdit aux
filles de partir en promenade, célèbre la messe dans la
petite chapelle faite d'écorce.

Durant l'office, Valère observe Armand. Il ne
semble pas attentif à ce que raconte le prêtre. Sans
doute sent-il approcher le moment inéluctable où il
lui faudra commencer à faire son enquête, poser des
questions ; pour ce faire, il sera bien forcé de se dévoiler
un peu. Que va-t-il révéler ? Comment s'y prendra-t-il
pour amener les gens à lui livrer ce qu'ils savent ? Et
qui interroger, par qui commencer ? À supposer que
Loup ait jamais posé le pied sur ce continent, il y avait
sans doute très longtemps de cela ; et sans doute aussi
s'était-il terré ici pour se faire oublier du monde. Il
avait peut-être changé d'identité, d'apparence…

Armand gardait toujours jalousement secret l'épisode de sa trahison. Mais Valère se doutait un peu
de ce qui s'était produit. Cela devait forcément avoir
un rapport avec la naissance obscure, inavouable, de
Loup. L'usurpation de noblesse était un crime grave.
Le secret de Loup avait dû être révélé. Mais par qui ?
Il ne devait pas manquer d'ennemis ou d'envieux dans
son entourage proche, même parmi les domestiques.
Valère se demanda si lui-même n'aurait pas dénoncé

un maître aussi injuste, imprévisible et violent. Pour autant qu'il le fût véritablement... À quoi donc Loup avait-il été condamné ?

Valère finissait par être agacé par tant de mystère de la part de son maître ; s'il espérait réussir dans son entreprise, Armand allait être forcé de lâcher encore du lest. Valère l'observait qui récitait distraitement le Credo, l'esprit complètement ailleurs, soucieux. Quand ce fut le moment de la communion, Armand eut un imperceptible mouvement de recul alors que le prêtre lui présentait les Saintes Espèces, sur lesquelles tomba un impérieux rayon de soleil oblique.

Valère aimait ce lieu singulier, si semblable, lui avait-on dit, aux abris des Indiens qui vivaient plus à l'ouest. Il y faisait bon, malgré la fraîcheur qui montait avec le soir. La lumière qui pénétrait par de rares ouvertures captait la couleur chaude de l'écorce des murs et la renvoyait sur les visages, leur conférant une grande douceur, les rendant plus beaux, plus attirants. Même les plus ingrats étaient nimbés d'une sorte de grâce ineffable. Il y avait fort peu de décorum ; seul un crucifix de taille moyenne se dressait dans ce qui tenait lieu de chœur. Une petite vierge en bois posait un regard maternel sur la congrégation recueillie. Valère était ému par cette chapelle ; elle lui semblait sortir tout droit des débuts du christianisme, voire du temps du Christ lui-même. Un écrin humble et beau dans sa nudité, bien plus digne de la divinité que ces églises immenses qui poussaient partout dans Paris et ressemblaient à des palais pompeux.

La nuit était tombée quand ils sortirent de la chapelle. Au moment où les passagers allaient regagner le navire, des bruissements de feuillage et des chuchotements se firent entendre dans la forêt non loin. On vit bouger des lueurs vacillantes derrière les branches des pins. Une onde d'inquiétude parcourut le groupe. On se signa. Armand se rapprocha de Valère.

Le temps sembla infini avant que quelques silhouettes apparussent à l'entrée du village, munies de torches. Les passagers s'étaient immobilisés. Les silhouettes elles non plus ne faisaient aucun mouvement. Puis l'une d'elles se détacha du groupe et s'avança vers le capitaine du navire. On put découvrir les traits d'un homme petit, à la peau sombre, aux yeux bridés, aux cheveux longs. Il portait un pagne et des sortes de hauts-de-chausses faits de peau, sur lesquels s'étalaient des motifs peints qui ne représentaient rien de reconnaissable. Son torse était recouvert d'une cape de peau, peinte également.

Le capitaine et l'homme s'embrassèrent. Le père Doiseau alla saluer l'Indien à son tour. Ils échangèrent tous trois quelques mots dans la langue de l'indigène. Puis le visiteur fit signe à ses congénères de le rejoindre. Une dizaine d'hommes semblables au premier s'approchèrent des passagers. Ils les observaient sans animosité. Ils ne souriaient pas, mais exprimaient un amusement bienveillant, comme si les voyageurs venus de France eussent été les Sauvages, et eux les hommes blasés de l'Ancien Monde découvrant les habitants du Nouveau. Tout était étrange dans cette apparition impromptue, dans ce rapprochement silencieux entre les hommes, accompagné par le bruit du vent dans les arbres, celui du ressac, et enveloppé par la nuit épaisse. Les flammes qui dansaient au bout des bras des Indiens embrasaient leur peau, la faisant ressembler à du cuivre.

Tout le groupe s'était immédiatement détendu quand le capitaine avait salué l'Indien. Il ne faisait aucun doute que ce n'étaient pas là les spécimens de cette nation de meurtriers qui faisaient la guerre aux Français et dont parlait le père Doiseau. Les Iroquins ? Les Iraquots ?

Le père Doiseau fit les présentations. L'homme qui s'était avancé en premier était Mahigan, le chef d'une bande de Montagnais, nation amie des Français. De sous sa cape, le chef sortit un paquet emballé dans un morceau de peau et le tendit au capitaine en disant quelques mots. Le père jésuite traduisit : l'objet était destiné à la personne la plus importante parmi les passagers, en guise de cadeau de bienvenue. Le capitaine se dirigea vers Armand et lui remit le présent. Armand fit des yeux ronds et accepta ce qu'on lui tendait d'une main hésitante. Il n'avait pas pris pleinement conscience de son statut d'homme le plus titré sur le *Saint-Jean-Baptiste*, et cette découverte lui procura une certaine émotion ; il restait là, un sourire timide aux lèvres, tenant son cadeau à deux mains, comme un enfant qui craint qu'on le lui reprenne.

Le chef Mahigan fit signe à Armand d'ouvrir le paquet, et Armand s'exécuta. L'enveloppe de peau contenait une paire de chaussons semblables à ceux portés par les Sauvages, ornés de perles de couleur et de petits coquillages. Tout le monde les observait avec un intérêt perplexe. Armand ne savait comment se comporter face à cette marque d'amitié. Il se décida à ôter ses chaussures, non sans éprouver une certaine gêne à exposer ses bas troués et noirs de saleté, et entreprit d'essayer les mocassins. La silhouette qu'il offrait ainsi chaussé était des plus comiques. Beaucoup se retenaient de rire, et même de sourire, mais Mahigan fut pris d'un puissant accès d'hilarité qu'il ne tenta pas d'endiguer, bientôt suivi par ses congénères.

Armand était cramoisi de honte. Valère aurait aimé donner une bonne correction à ce petit chef à moitié nu, qui osait railler le descendant d'un des plus anciens lignages de France. L'Indien finit par fermer sa grande bouche qui laissait voir deux rangées de dents saines d'un blanc éclatant. Valère pensa qu'il ne pourrait quitter ce continent sans connaître le secret de cette superbe bouche. Sa propre dentition lui donnait parfois du tracas...

Le chef demanda, par l'intermédiaire du père Doiseau, quel était le nom d'Armand. Quand Armand le lui donna, le Sauvage voulut savoir ce que cela signifiait. Canilhac venait de deux mots latins, *canis ligati*, «les chiens liés», expliqua Armand. Le bon père traduisit pour l'indigène. Armand se demanda à quoi pouvait bien ressembler son nom en langue indienne... Marquis des Chiens, sans doute, et cela le fit sourire intérieurement. Le chef demanda que fût traduit son propre nom pour Armand. Et on apprit que Mahigan voulait dire «loup».

Le chef s'approcha d'Armand et lui donna l'accolade. Puis il dit quelque chose que Doiseau traduisit par «Mahigan est heureux de rencontrer le Maître des Chiens Liés». Les Indiens se retirèrent et disparurent sans bruit, engloutis par la forêt et la nuit.

Le Maître des Chiens Liés… Voilà qui ne manquait pas de panache. Et qui n'était pas sans rappeler la légende qui associait les chiens avec la famille Canilhac, voulant qu'en des temps très anciens, Ermengarde de Canilhac eût été sauvée par ses lévriers de la mort que voulait lui infliger son mari.

Armand regarda les mocassins qu'il avait toujours aux pieds ; ils n'étaient pas vilains, finalement, et surtout ils étaient d'un incomparable confort. Il était ravi de son cadeau, et fit quelques pas pour confirmer son impression de marcher sur de la mousse. Puis il sautilla en disant des choses à Valère qui ne l'écoutait pas.

Valère était tracassé. Ils ne pouvaient tout de même pas remonter sur le bateau et quitter Tadoussac sans avoir eu l'occasion de s'enquérir du passage de la femme qu'Armand avait entrevue chez la comtesse de Grampin. Il fallait parler à ce jésuite. Il se dirigea vers lui et entama la conversation.

« Mon père, est-ce que tous les navires font escale chez vous ?

— Non, certes pas. Cela dépend des conditions de navigation, de l'état des passagers…

— Le dernier à s'être arrêté ? »

Le jésuite réfléchit.

« Le dernier remonte à l'an dernier, en mai, si j'ai bon souvenir. »

Valère tenta de ne pas montrer sa déception, mais le jésuite la remarqua.

« Pourquoi donc ? Vous cherchez quelqu'un ?

— En quelque sorte… Une femme, que le marquis a rencontrée à Paris et qui a embarqué à La Rochelle voilà environ quatre mois.

— Son nom ? »

Valère regretta ses paroles. Il n'aimait pas la façon que le jésuite avait de poser ses questions, avec une mine d'inquisiteur. Il décida de ne pas lui donner de plus amples précisions.

« Peu importe. Nous la retrouverons sans doute à Québec.

— Il est très probable que quelqu'un ici la connaisse. Les terres du roi sont immenses, mais ses sujets de France encore peu nombreux… »

Valère aurait voulu planter là l'ecclésiastique et courir vers Armand qui regagnait le navire. Mais l'homme en noir le prit par le bras. Valère fut incommodé par son haleine qui puait l'ail.

« Dites-moi donc son nom, mon ami… », susurra le père.

La bouche du jésuite offrit à Valère un sourire carié. Le bon père n'avait certes pas profité des connaissances des Indiens en matière d'hygiène buccale. On commençait à embarquer. Valère fit mine de partir. La serre de Doiseau agrippa le tissu de sa veste.

« Alors, mon fils, son nom ?

— Brune…

— Mais encore ?

— Eh bien…

— Mais pourquoi donc faites-vous tant de manières ?

— Archambault. Brune Archambault. »

Valère était vaincu. Ces coquins d'hommes en soutane parvenaient d'un regard à vous accabler de culpabilité. En leur dissimulant les choses, vous aviez l'impression que c'était à Dieu que vous faisiez des cachotteries. Cela faisait des siècles qu'ils faisaient danser le pauvre monde, et ce n'était pas encore aujourd'hui que ça allait cesser. Le père Doiseau était plongé dans une profonde réflexion, ou du moins en donnait-il l'apparence. Les curés aiment à prendre des airs pénétrés afin de conférer plus de poids à ce qu'ils disent, fût-ce la plus fieffée imbécillité. Enfin il ouvrit sa vilaine bouche pour parler.

« Ce nom ne m'est pas inconnu. Vous voyez comme vous avez eu raison de me le confier. »

Il prenait un malin plaisir à faire lanterner Valère.

« Oui, oui… Archambault. Il y avait un Archambault à Longueuil, près de Montréal. Et sa femme est une vraie splendeur. On dit pourtant qu'elle est à moitié indienne. Mais ce sont sans doute des médisances. Si elle a le privilège d'être de l'entourage de monsieur le marquis… »

Voilà qu'il était devenu obséquieux. Mais l'information était précieuse. Valère remercia le père et s'en fut rejoindre le navire.

7

Quand Armand apprit ce que Valère avait tiré du père jésuite, il se montra d'abord un peu contrarié. Que son valet ait eu le culot d'enquêter à sa place n'était guère acceptable. Mais le succès de l'entreprise finit par avoir raison de sa mauvaise humeur. Cette nuit-là, Armand ne trouva pas facilement le sommeil, malgré la fatigue qui accablait son corps et son esprit après cette journée intense à Tadoussac. Cela allait faire six mois qu'il avait vu l'Indienne, son image était empreinte de la fugacité et de l'étrangeté des circonstances de leur rencontre. Armand en avait rêvé pendant des semaines, alors que pour elle il n'était sans doute qu'une silhouette parmi d'autres. À présent cette espèce d'apparition féminine surnaturelle s'incarnait, prenait une dimension réelle ; elle se mouvait, parlait, riait à quelques lieues de là, alors que le vaisseau glissait sur le fleuve, poussé par un rude nordet, et qu'Armand sombrait enfin dans un sommeil lourd.

La fièvre le prit au beau milieu de la nuit. Il toussait déjà depuis quelques jours ; une petite toux sèche qui semblait sans gravité. Mais les râles qui sortaient à présent de sa poitrine résonnaient comme le souffle d'un dragon. Le médecin de bord n'inspirait rien qui vaille à Valère; l'homme avait la tremblote, les yeux vitreux, et était incapable d'aligner trois mots sans bégayer. Le valet décida donc d'attendre Québec pour faire soigner son maître. Il le veilla pendant deux nuits, au cours desquelles Armand délira. Il parlait, et le mot qui sortait le plus souvent de ses lèvres était le prénom de son frère. Le marquis le prononçait avec une douceur sinistre, un peu funèbre, en traînant sur l'unique syllabe jusqu'à ce que sa voix ne soit plus qu'un pauvre filet, puis un souffle, se finissant en une quinte qui le laissait livide et rompu. Valère était épouvanté. Il avait souvent constaté combien le mal pouvait s'acharner sur le corps d'Armand, mais jamais encore son maître ne lui avait paru si près de la mort. Le valet se voyait déjà seul sur cette terre étrangère. Et seul au monde en vérité. Alors il pria. Mais d'une singulière manière, car il ne pouvait s'empêcher d'invectiver le Seigneur, de le rudoyer sauvagement même, quand il se prenait à contempler sur les traits d'Armand le masque cireux qui les emprisonnait lentement. Valère se mettait à crier, à s'adresser à la mort elle-même pour la faire reculer. Et il serrait la main glacée d'Armand, qui ne répondait plus à la pression de la sienne.

Cela le fait souffrir, cet étau qui lui broie les doigts comme un brodequin. Brave et stupide valet! Et ces cris, ces pleurs, ces reniflements! Cessez, Valère, pour l'amour de Dieu! Il a bien tenté de dire ces mots, mais n'y est pas parvenu. Loup. Loup… Tu dois arrêter! Arrête de hurler et de secouer ce médecin qui va finir par tomber en morceaux. Reviens vers moi, Loup. Calme-toi. Parle-moi, doucement, et prends ma main.

Quelqu'un est entré. La mère. Mais tu t'es levé et tu l'as empêchée de s'approcher du lit. Tu veux qu'elle sorte. Et voilà que c'est déjà fait. Elle a disparu, comme un rat apeuré, elle t'a obéi comme chaque fois. Je ne veux pas mourir. Je veux encore aller nager, chasser avec toi, et que tu me racontes l'histoire de l'ondine de la cascade du Déroc, qui attire la nuit les perdus et les entraîne dans son domaine au fond de la rivière où elle les aime et puis les tue. Quand j'ai peur, tu me dis qu'elle n'emporte que les hommes, et non les jeunes grenouilles comme moi. Même de toi elle ne voudrait pas, dis-tu. Je n'en suis pas si sûr. Tu me regardes, avec tes yeux qui brillent comme des pierres précieuses. Si la fée t'emmenait, ce serait pour ces yeux, pour les voir luire pour toujours dans les profondeurs. Ils deviendraient ses joyaux à elle, son trésor personnel. La mère en serait à jamais privée, et en mourrait. Et quel soulagement ce serait alors ! Mais tu ne serais plus là pour te réjouir avec moi. Tu serais avec l'ondine, en sa demeure secrète, et tu serais mort, toi aussi. Vertudieu, Valère, faites donc silence ! Je parle à mon frère, n'entendez-vous pas ? Il nous faut régler un différend, voyez-vous… Une affaire urgente, oui… Dressez la table, je vous prie, et allumez les chandelles, les vraies !

À l'aube de la deuxième nuit, Valère manda l'aumônier pour les derniers sacrements. Antoinette était venue faire ses adieux au marquis. Avant de quitter la cabine, elle posa une main sur l'épaule de Valère et l'y laissa longtemps. Mais sans prononcer une parole. Qu'aurait-elle pu dire pour consoler cet homme inconsolable, qui avait voué sa vie à un maître qui ne lui laissait sans doute rien, que sa dépouille à enterrer ?

Valère sombra dans un sommeil douloureux, assis, la tête posée près de la main d'Armand. Un tapotement sur son dos le réveilla en sursaut. Il se redressa brusquement, hébété, de la bave dégoulinant au coin de sa bouche grande ouverte. Armand le regardait fixement avec un air de grand-duc outragé.

« Quoi ? gémit-il d'une voix d'outre-tombe.

— Eh bien, mon maître, vous étiez, comme qui dirait…

— Où donc ?

— Mais… loin. Très loin…

— Je suis revenu.

— Dieu soit loué, je le vois bien !

— Et vous ? Où étiez-vous ?

— Ici même, avec vous. Avec ce qui me restait de vous.

— Mon pauvre ami… »

Armand quitta Valère du regard et ses yeux toujours très fixes et écarquillés se posèrent autour de lui avec une sorte d'étonnement circonspect.

« Toujours sur ce fichu rafiot…, souffla-t-il avec humeur.

— Toujours…

— Vous aviez déjà mandé le prêtre, je suppose ? »

Valère ne savait si la question contenait un reproche. Il se contenta de hausser les épaules en guise de réponse. Mais le marquis ne le regardait déjà plus.

« Valère… »

Armand avait prononcé le prénom de son serviteur d'une voix très solennelle. Valère se composa un visage compassé qui s'harmonisait avec le ton.

« Je suis un grand pécheur, n'est-ce pas ? continua Armand.

— Ne le sommes-nous pas tous ? se risqua Valère, sans conviction.

— Ne jouez pas aux jésuites que vous détestez ! Répondez-moi. Je suis presque mort, vous me devez bien ça.

— Monsieur, je ne pourrai sincèrement vous répondre que si vous acceptez de m'en dire davantage sur ce qui vous tourmente.

— Allons donc. Ce que je vous ai conté me damnerait déjà mille fois. Mais vous avez raison. Il n'est plus temps de me défiler. Mais d'abord, j'ai faim ! Trouvez-nous quelque chose de mangeable, et plus de hareng ni de morue, j'en ai mon compte. Allez quérir du vin chez le capitaine, mais pas de cette piquette qu'il nous sert le dimanche. »

Ils dînèrent de porc séché arrosé de vin d'Anjou. Armand était très faible et sa poitrine faisait encore un bruit de forge, mais il reprenait quelques couleurs. Valère l'observait qui mâchait consciencieusement la viande dure comme une semelle, avant de l'avaler à l'aide d'une prudente petite gorgée de vin. Le marquis avait l'air tout à coup d'un très vieil homme, aux gestes mesurés et hésitants, au visage concentré à l'extrême, dont les traits semblaient se replier sur eux-mêmes, se refermer autour de la bouche en mouvement, qui requérait toute l'énergie du visage pour accomplir son fastidieux travail. Il avait vingt ans de plus, soudain. Et ils n'étaient qu'au début de leur quête… Ce pauvre corps épuisé parviendrait-il à trouver la force de supporter ce qui l'attendait ? Comme s'il avait lu dans les pensées de Valère, Armand lui adressa un de ces regards malicieux qui vous rajeunissent un homme d'un coup de baguette magique ; Valère fut un peu rasséréné et rendit à Armand son sourire.

« Savez-vous quelle est la durée de vie d'un galérien, Valère ? demanda soudain Armand d'un ton sec, presque avec reproche.

— Non, monsieur.

— Deux ans. C'est une moyenne, bien sûr. Tout dépend de la santé du condamné, de son endurance de corps et d'esprit. »

Le ton acariâtre d'Armand l'agaçait fort, mais Valère resta silencieux.

« Voyez-vous, le plus dur, sur une galère, ce n'est pas tant de ramer, d'être fouetté, de ne pas manger à sa faim, d'être brûlé par le soleil... Non, le plus dur, c'est l'eau. L'eau partout autour de soi, à perte de vue, et les flaques chaudes et pestilentielles dans lesquelles vos pieds baignent jour et nuit... Et puis il y a le sel...

— Où voulez-vous en venir ? demanda Valère avec humeur.

— Loup était endurant...

— Votre frère ? Aux galères ?

— Je n'en sais rien... Je crois que oui.

— Pour quel crime ? »

Armand porta une dernière bouchée de porc à sa bouche et la mastiqua longuement en silence. Valère aurait voulu secouer le marquis comme un prunier, lui faire avaler sa mauvaise viande filandreuse pour que sortent enfin les mots qu'il ressassait dans sa vieille tête chauve. Armand prit tout son temps pour

112

déglutir, boire encore deux ou trois petites gorgées. Puis il continua :

«La dénonciation anonyme qui a plongé ma famille dans le déshonneur et la pauvreté, c'est moi qui en suis responsable.»

Un hurlement d'ivrogne se fit entendre. Sans doute se chamaillait-on dans l'entrepont. Il était temps que cet interminable voyage se termine, pour tout le monde. Armand repoussa son assiette sur le côté de sa couche et fut pris d'une longue quinte de toux. Valère rajusta plus confortablement l'oreiller dans son dos, lui fit boire un peu de cette eau saumâtre qui avait trop stagné dans les tonneaux et se rassit. Et Armand, d'une voix fatiguée, raconta.

Il avait dénoncé l'origine inconnue de son frère, son adoption par ses parents, qui avaient élevé le bâtard comme leur fils aîné, comme leur héritier, bravant les lois des hommes et celles de Dieu. L'affaire avait été plaidée devant le parlement de Toulouse. Loup avait été condamné au bannissement. Mais la soif de vengeance d'Armand n'était pas satisfaite; il harcela le chancelier, qui finit par évoquer l'affaire au Conseil du roi. Louis et Loup s'étaient rencontrés peu de temps après l'assassinat de Concini, alors que le jeune monarque prenait seul les rênes du pouvoir et exilait sa mère. Après cette première entrevue qu'il n'oublierait jamais, le roi avait assisté, un peu médusé, à la carrière fulgurante du jeune Canilhac dans le métier des armes et à son ascension non moins solaire dans le monde. Louis en était à la fois fier et un peu jaloux. Son amitié pour Loup était violente et teintée d'envie et, à ce que les mauvaises langues racontaient, de concupiscence.

Dès lors, Louis, mortifié par cette imposture qu'il considérait comme une trahison personnelle, fut sans merci. Il condamna Loup à neuf ans de galères.

Armand n'avait pas envisagé que la chute de son frère pût entraîner la sienne. Le roi conçut une haine farouche pour tous les membres de la famille qui avaient toléré et caché un tel crime pendant tant d'années. Armand fut frappé de déchéance, tout comme sa mère. Les armoiries des Canilhac furent brisées, le château familial détruit ; Louis voulait effacer jusqu'au souvenir de leur nom. Dépossédés de leurs titres et de leurs biens, Armand et sa mère mendièrent l'hospitalité auprès d'une lointaine cousine d'Isabelle qui vivait près d'Aix. Isabelle sombra dans la folie et mourut, seule et misérable, à l'hôpital de la Miséricorde. Armand, qui avait alors trente-deux ans, fut recueilli par Louise de Grampin.

Il l'avait rencontrée douze ans plus tôt au cours d'un de ses rares passages à Paris, alors qu'il était venu rejoindre Loup qui rentrait triomphant du siège de La Rochelle. Il se souvient comme il était sorti de ses trois jours de débauche, écœuré jusqu'à la nausée. Pourtant, aujourd'hui, au soir de sa vie, ces heures lointaines ne lui renvoient qu'une grande clarté, une impression d'insouciance et d'ivresse joyeuse.

Ce séjour ne fut qu'une longue fête ininterrompue, dont Loup était le dieu idolâtré, par les hommes autant que par les femmes, par les prudes autant que par les délurées. On buvait, on dansait, on mangeait et on faisait l'amour ; puis, à l'aube, on partait en grand équipage pour l'un ou l'autre château non loin de la capitale, où tout recommençait. Parfois on dormait, on se battait un peu. Il arriva à Armand d'être mêlé bien malgré lui à un duel ; dans une ruelle sombre et étroite où la joyeuse bande s'engouffrait en faisant grand tapage, Armand heurta l'épaule d'un gentilhomme qui marchait en sens inverse. Il fit aussitôt ses excuses au jeune homme, mais ce dernier comptait parmi ces blancs-becs qui arpentent les rues de Paris pour y chercher querelle et croiser le fer. Loup s'en mêla et tenta d'adoucir l'offensé par des plaisanteries, puis se proposa de relever le gant à la place de son frère. Armand balançait entre le soulagement et la honte. Pendant quelques secondes qui lui semblèrent des heures, il passa d'une haine noire à la plus profonde reconnaissance pour son frère. Mais le gentilhomme n'en démordit pas : il voulait se battre, et seulement avec celui qui l'avait offensé. Armand fut donc dans l'obligation de dégainer sa rapière, par une nuit sans lune, sous les regards avides d'une quinzaine de spectateurs éméchés.

Louise était parmi eux ; elle avait suscité l'intérêt d'Armand dès le premier jour parce qu'elle ne tombait pas en pâmoison dès que Loup posait les yeux sur elle. Au premier sang versé par Armand, elle poussa une sorte de hululement de chouette et s'affaissa sur le sol, inconsciente. L'assistance partit dans un grand rire ; on donna des sels à Louise, qui s'éveilla une seconde pour pousser le même cri d'oiseau et retomber aussitôt, les yeux révulsés, dans les bras de ses compagnes. Cet incident détourna l'attention du public, et le gentilhomme, outré de ne plus être l'unique objet des regards, et déjà presque victorieux devant un Armand blessé et moins habile, rengaina, fit une révérence pleine de morgue, balaya le sol des plumes de son chapeau et s'en fut dans la nuit.

On redonna des sels à Louise, on vint soutenir Armand, qui n'avait qu'une égratignure à l'épaule, et la troupe s'en fut passer le reste de la soirée dans un hôtel tout proche. C'est là qu'Armand conversa pour la première fois avec la jeune femme et apprit que ses malaises s'accompagnaient toujours d'exclamations sonores des plus singulières, déjà célèbres dans Paris. Il la posséda le soir même, ému par la grande candeur de Louise, ravi par son esprit des plus fins. Leur liaison ne dura pas longtemps ; ils n'éprouvaient l'un pour l'autre qu'une profonde amitié, et leurs corps enlacés ne vibraient guère plus que deux violons délaissés par l'archet.

Armand s'était tu depuis de longues minutes ; il était tout à ses souvenirs de jeunesse, sans doute, car ses lèvres amorçaient un sourire tendre que Valère ne lui avait pas vu souvent. Le valet était un peu outré de le voir se complaire ainsi dans cet épisode léger et insouciant, juste après avoir révélé sa trahison. Ainsi, tel était le crime de son maître… C'était énorme, il fallait en convenir. Et bas, et lâche, et si enfantin finalement. Mais ne reste-t-on pas éternellement les enfants que nous fûmes ? Ne subsiste-t-il pas au fond de nous une lie très ancienne comme celle qui dort au fond des vieilles bouteilles ?

Valère eut l'honnêteté de se demander ceci : aurait-il jugé Armand avec autant de dureté si lui-même n'éprouvait une affection grandissante pour Loup ? Le personnage lui était de jour en jour plus familier et, en dépit de la rancœur d'Armand et du portrait sombre qu'il faisait de son frère, Valère voyait en Loup un être étonnant, qui l'attirait un peu malgré lui. Un homme déchiré, pétri de paradoxes, ce troublant mélange d'ombre et de lumière qu'il avait déjà deviné les premières fois qu'Armand lui en avait parlé. Il en rêvait souvent, mais c'était plutôt une silhouette qui lui apparaissait, une allure, des gestes, un certain rythme dans la manière de se mouvoir. Jamais Valère ne voyait de visage. Armand lui avait décrit la beauté acérée de son frère, ses yeux si vivants, son nez racé et ses narines sensuelles, qui exprimaient l'ironie, le désir ou la colère ; sa bouche mince, assez petite, s'ouvrant sur des dents saines et bien rangées, une chose si rare qu'elle semblait diablerie. Mais c'était en vain que Valère tentait de se représenter l'ensemble formé par ces traits. Il lui était plus aisé de rassembler les quelques pièces qui composaient le caractère de Loup pour voir apparaître un peu son âme contrastée.

« Et votre frère, monsieur, a-t-il appris qui l'avait dénoncé ? »

Armand jeta un regard noir à son serviteur.

« Je ne crois pas. Mais je ne peux en être assuré.

— Moi, je crois qu'il sait…, se risqua Valère.

— Qu'en savez-vous donc, vous ?

— Oh, rien bien sûr. Je ne comprends même pas pourquoi je vous dis cela.

— Dans ce cas, gardez vos déductions pour vous. »

Armand se recoucha, bourru. Il marmonna deux Pater et s'endormit sans souhaiter la bonne nuit à son valet.

Neuf ans de galères… Le marquis aurait pu le dire plus tôt ! Ils ne se seraient pas aventurés aux Amériques afin d'y chercher un homme mort depuis longtemps. On ne survit pas aux galères. On ne s'en échappe pas non plus. On rame, on souffre et on meurt lentement, les pieds dans l'eau et la tête mangée de soleil. On y devient fou, éventuellement. Valère se souvenait de cette histoire que lui contait son grand-père à propos d'un galérien qui avait fini par croire qu'il était déjà mort, plongé en enfer, harcelé par les gardes-chiourmes qui n'étaient pour son esprit dérangé que les serviteurs du diable. Il ne craignait dès lors plus rien ni personne. Fort de cette absence de peur, il tint la mort à distance, et le grand-père disait qu'il devait encore ramer à l'heure où il racontait cette histoire. Valère s'endormait, hanté par la vision d'un vaisseau rempli de cadavres enchaînés sous un soleil de plomb ; au milieu de tous ces squelettes desséchés, dont les mains étaient toujours crispées sur les rames, dont les faciès grimaçants semblaient figés dans la souffrance, seul un homme vivait encore, les muscles bandés par l'effort incessant ; il poussait, tirait, poussait, tirait, et répéterait ce geste pour l'éternité.

8

L'arrivée à Québec fut des plus tristes. Il pleuvait des cordes, et la petite bourgade, ramassée en contrebas de falaises qui semblaient prêtes à la broyer, ne fit pas très bonne impression aux voyageurs exténués. Armand était encore souffrant, et il fut décidé qu'il passerait quelques jours à l'hôtel-Dieu. Antoinette prétexta qu'elle désirait aider les Augustines à l'hôpital pour pouvoir rester auprès d'Armand et de Valère.

Ce dernier était logé chez un marchand de la place Royale, un certain Le Guen, homme méfiant et avare, qui avait deux filles dont la laideur n'avait d'égale que la méchanceté. Valère remarqua très vite qu'elles connaissaient tout sur tout le monde en ville et au-delà. Il les écoutait parfois derrière la porte, caqueter et cracher leur venin sur de braves gens dont les oreilles devaient carillonner comme les cloches de Notre-Dame. Valère tenta à plusieurs reprises de les faire parler devant lui ; ce fut en vain. Une fois que le valet était en leur compagnie, elles perdaient subitement leur langue vipérine et faisaient des minauderies, gloussaient, rougissaient, lançaient des œillades pleines d'une langueur mal feinte, telles de mauvaises comédiennes sur le retour, car les sœurs n'étaient plus si jeunes. Tout ce ridicule mettait Valère à la torture, et il ne le supportait que dans l'espoir de glaner quelque précieux potin. Mais, hormis des soupirs malodorants encadrés de répugnants sourires ajourés, absolument rien d'intéressant ne se décidait à sortir de la bouche des sœurs Le Guen.

Un jour, Valère comprit enfin pourquoi les pimbêches lui faisaient tant de caresses. Elles n'aspiraient qu'à quitter ces terres peuplées de gens grossiers et d'indigènes; elles voulaient vivre en France, à Paris! Et notre Valère s'engouffra dans la brèche. Que désiraient faire ces demoiselles, une fois en France? Il y manquait de femmes honnêtes et travailleuses, dévotes comme elles. Les bonnes familles avaient lieu de se plaindre des mœurs de plus en plus dissolues de leurs gens... Ah, vraiment? Eh bien, à la vérité, une place au service d'une personne de qualité comme le marquis ne serait pas pour nous déplaire... Et monsieur Valère est-il marié? Non? Oh, quelle étrange chose... Un homme si bien fait de sa personne, et si obligeant! Mais il faut y remédier, il n'a que trop attendu! Canilhac, Canilhac... c'est de quel pays? Du Languedoc, oui, bien sûr... Les noms en «ac», on aurait dû y penser... Cela sonne bien, Canilhac, et très ancien... Et que vient donc faire monsieur le marquis en ces lieux ensauvagés? Chercher une dame? Répétez donc le nom... Archambault, Archambault... Oh, oui! Bien sûr! Une femme qui voyage en France. À moitié indienne? Allons donc! Mais c'est très possible après tout... Elle a la peau un peu moite, m'a-t-il semblé, et le blanc des yeux légèrement rouge... Oui, c'est une particularité des Sauvages, ça, la peau moite, allez savoir pourquoi… Ses parents ? Morts, dit-on. Comment ? Non, veuve. D'un homme qui a fini par être tué par les Iroquois en faisant la traite. On raconte qu'il travaillait tranquillement la terre sur sa concession à Montréal, et que c'est elle qui l'a entraîné à courir le pays… Enfin, c'est ce qu'on dit… Où est la vérité, dans tout ça, mon bon sire ? Seul notre Seigneur qui voit tout peut sonder les cœurs… Nous ne sommes que de simples filles, nous… Oui, elle est passée par notre ville le mois dernier. Elle était à la messe du dimanche, tout en noir, les yeux baissés sur son missel. Des plumes sur la tête, dites-vous ? Jésus Marie ! Pas le moins du monde. Non, une mise très sobre, une allure modeste, très chrétienne en vérité. Oui, très chrétienne. Enfin… pour ce que l'on peut en juger, naturellement. Son visage ? Eh bien, tout ce qu'il y a de plus banal. Ce n'est pas une beauté, pour ça non ! Mais elle n'est pas vilaine non plus. Brune, petite, un peu grasse peut-être… Pardon ? Un bijou ? Elle n'en portait aucun. Pour où ? Ma foi, nous n'en savons rien. Montréal, sans doute. Où d'autre ? Au-delà, c'est le Pays-d'en-Haut… c'est ainsi que l'on nomme par ici les terres à l'ouest et au nord du fleuve. C'est l'antre du diable, là-bas. N'y vivent que les Sauvages et les coureurs des bois. Et quelques hommes d'Église, que Dieu les garde ! Une femme seule ne peut s'y rendre sans craindre pour sa vie et sa pudeur. À moins qu'elle n'ait quelque accointance avec les locaux et les bêtes sauvages…

Voilà qui était très éloigné de la description que le marquis avait faite de l'Indienne… Valère ne doutait pourtant pas que la femme connue des sœurs Le

Guen fût bien la même que celle aperçue par Armand chez Louise de Grampin, la même encore que celle évoquée par le père Doiseau. Les deux aigres laiderons avaient tout simplement tordu le cou à la grâce et à la séduction que dégageait, à n'en pas douter, Brune Archambault, si tant est que ce fût bien là le véritable nom de cette femme. La pluie avait enfin cessé quand Valère se mit en route pour l'hôtel-Dieu.

Armand y était comme un saint en paradis, bordé, soigné, baigné, entretenu par quelques augustines d'assez bonne compagnie. Le premier jour, le marquis avait dû souffrir de dormir dans une salle au milieu d'une vingtaine de malades en tout genre. Il ne ferma pas l'œil de la nuit, parce que l'homme installé dans le lit à sa droite priait à voix haute dans son sommeil. Armand le réveillait, l'autre s'excusait, puis se rendormait et reprenait presque aussitôt ses litanies. Armand se plaignit et fut installé dans une chambre à part, que trois sœurs furent obligées de lui céder. Là, il reprit du poil de la bête, grâce aussi aux médecines administrées par la mère supérieure, très versée en cet art qu'elle avait appris du sieur Hébert, apothicaire à l'hôtel-Dieu pendant des années. Cet homme s'était entiché des remèdes indiens, qu'il prescrivait avec autant de sérieux et de confiance que les autres. La mère supérieure, convaincue de l'efficacité de la méthode d'Hébert, continuait dans cette voie et en obtenait quelque succès. Armand avait tout d'abord rechigné à boire les tisanes à base d'herbes inconnues, à respirer des fumigations aux odeurs étranges et qui le laissaient dans une sorte d'état second, proche de l'ébriété. Mais il avait été obligé de constater les bienfaits étonnants et rapides de ces médications sur son corps.

Les gens en religion ont souvent une façon extravagante d'appréhender la vie et de tenter de la maintenir… Chaque jour après le repas de la mi-journée, la jeune sœur Marie du Saint-Sacrement venait faire boire au marquis un petit verre d'une eau trouble au goût de pourriture. Elle refusait de lui dire de quoi il s'agissait, et un jour Armand avait à son tour refusé de boire l'infect liquide et ordonné que la mère supérieure vînt lui révéler quelle en était la nature. La pauvre Marie du Saint-Sacrement fondit en larmes : elle lui avoua qu'il s'agissait d'une eau dans laquelle les restes du corps du père Jean de Brébeuf avaient macéré pendant des années. Armand en vomit aussitôt la pleine assiettée de haricots en sauce qu'il venait de manger. Il se fâcha, invectiva la pauvre religieuse qui continuait de verser des larmes en nettoyant le sol couvert de fèves à moitié mâchées.

« Et qui est donc ce sieur de Brébeuf que j'ingurgite depuis une semaine, je vous prie ?

— C'est un saint homme, monsieur, un martyr de la foi ! »

Et la pauvre sœur lui fit le récit du père jésuite, qui s'était dédié à la conversion du peuple huron et qui finit assassiné par leurs ennemis mortels, les Iroquois. C'est encore tout scandalisé par cette mésaventure que Valère trouva son maître ce jour-là.

« Vous rendez-vous compte, Valère ? Quelle vision ces femmes ont-elles eue, de me faire boire la décoction du cadavre d'un illustre inconnu, torturé par les Sauvages ? Si c'était un grand saint en devenir, fameux

123

de par le monde civilisé, passe encore ! Mais cet obscur jésuite ! »

Valère fit la grimace. Lui qui ne supportait déjà pas
les jésuites ne pouvait que se féliciter de ne pas devoir
s'en nourrir. Antoinette les rejoignit, encore couverte
du sang d'un homme à qui il avait fallu couper la jambe.

« Et vous, la tança Armand, qui êtes à présent de la
maison, vous ne saviez rien de ce remède de cannibale ?

— Ce n'est pas moi qui l'administre, monsieur, et
en effet je ne savais pas ce qu'il contenait. Mais vous
n'en êtes pas mort, que je sache…

— Attendez, certains poisons mettent du temps à
agir… »

Antoinette lui ôta sa chemise toute maculée de
vomi, lui en passa une propre, changea ses draps.

« D'après la mère supérieure, vous pourrez sortir
demain. Des chaloupes appareillent pour Montréal le
matin, dit-elle.

— Dieu…, soupira Armand. Déjà !

— Mais vous vous plaignez chaque jour, matin,
midi et soir, de devoir rester ici !

— Je vous l'accorde, Antoinette… Mais finalement
je n'y suis pas si mal. On m'y traite bien, sauf lorsque
l'on veut me faire avaler de la soutane.

— Prenez garde, Dieu vous entend, déclara Valère
avec ironie. Il n'est plus temps de traîner au lit, monsieur. J'ai du nouveau pour notre affaire.

— Parlez, mon ami. Antoinette sait tout. »

Valère eut un hoquet. Son regard alla de son maître
à la jeune femme, de la jeune femme à son maître, avec
des mouvements d'automate. Ainsi Armand avait
parlé. Ainsi lui, Valère, n'était plus le seul dépositaire

du secret. Il en éprouva soudain une cruelle jalousie et une grande tristesse. Il avait cru que ce voyage l'avait rapproché du marquis d'une manière indissoluble et absolue, en avait fait son intime, et même son véritable ami. Il s'était enorgueilli de la confiance que l'on mettait en lui. Pour la seconde fois depuis toutes ces années au service d'autrui, il s'était senti exister. Ce qu'il considérait comme une trahison de la part d'Armand venait de le plonger dans un abîme de doute. Il n'avait aucunement le désir de révéler ce qu'il avait appris des sœurs Le Guen. Il se mit à fixer stupidement ses chaussures.

« C'est sans importance, monsieur. Les rumeurs de deux langues de vipère…

— C'est vous qui faites l'enfant, à présent, Valère. Parlez, voyons ! Je vous l'ordonne !

— Et moi je vous dis que je ne dirai rien. Je reviendrai faire vos malles demain matin. D'ici là bon vent ! »

Et Valère sortit en claquant la porte. Alors qu'il marchait vers les quais, il entendit de petits pas rapides et un froufrou de jupes. Une main se posa sur son épaule. Une longue main chaude. C'était celle d'Antoinette.

« Vous ne devez pas lui en vouloir… C'est ma faute. J'ai été curieuse.

— Mais je n'en veux à personne, mademoiselle. Et certainement pas à vous. Je ne vous connais même pas.

— C'est vrai. Mon histoire n'a pas beaucoup d'intérêt.

— Et je ne veux rien en savoir. À demain ! Vous serez sans doute du voyage ?

— On m'attend à Montréal…

— Bien sûr, on vous attend… Eh bien, je vous souhaite une belle journée. »

Il tourna les talons et planta là Antoinette, au beau milieu de la rue, toute frissonnante dans sa vieille robe maculée de sang.

*

Le lendemain, avant le départ, Armand avait reçu la visite du gouverneur qui venait lui faire ses adieux avec ce qu'on considérait sans doute en ce pays comme une certaine pompe. Il était accompagné de quatre soldats et de deux Hurons. Ceux-ci étaient bien plus spectaculaires que les Montagnais rencontrés à Tadoussac : le crâne rasé sur les côtés et coiffés d'une crinière très fournie jusque sur la nuque, ils avaient le visage peint de rouge et de noir, portaient des sortes de pagnes de peaux et des mocassins. Ils parurent à Armand plus grands que les Montagnais, plus graves aussi. Une certaine noblesse se dégageait de leur maintien. La mère supérieure avait expliqué à Armand que ce peuple avait été décimé quelques années plus tôt par les Iroquois. Leur territoire et leur autorité étaient autrefois très grands, mais aujourd'hui les survivants vivaient en petites communautés sous la protection des colons ; leurs activités commerciales et guerrières étaient soumises au bon vouloir des Français.

Pendant que le gouverneur palabrait, Armand observait les Indiens. Le regard d'un des deux, le plus grand, était mélancolique, comme préoccupé de choses anciennes et révolues, bien au-delà de la compréhension des hommes emperruqués et gesticulants de l'Ancien Monde. Les plumes du chapeau du gouverneur battaient l'air au rythme de ses gestes un peu grandiloquents. Que disait-il ? Qu'il était «honoré de recevoir en sa ville un personnage aussi honorable que le marquis de Canilhac, issu d'une glorieuse famille, ayant donné au royaume de France "des fils et des filles remarquables" », et bla-bla-bla…Le gouverneur n'avait en réalité aucune idée de qui était véritablement Armand. L'histoire de sa disgrâce n'avait pas traversé l'océan. Depuis son arrivée, tout le monde faisait des courbettes devant lui et le traitait comme un prince, alors qu'à Paris il n'était pas grand-chose. Cela ne lui déplaisait pas d'être enfin reconnu comme la personne de qualité qu'il était. Mais aujourd'hui, ces deux hommes presque nus, droits et fiers en leur barbare simplicité, lui faisaient paraître son propre orgueil mesquin et futile. Le regard de l'Indien croisa une seconde le sien, et Armand baissa les yeux, comme un gamin pris en faute.

Le voyage vers Montréal fut des plus éprouvants. On avait dû abandonner le navire pour des barques à voiles fort peu confortables ; elles étaient pleines de marchandises destinées aux colons, laissant peu de place aux passagers. La navigation près de l'île d'Orléans fut mouvementée, et on crut dix fois chavirer. Valère restait claquemuré dans le silence, et Armand avait l'orgueil trop mal placé pour entamer une conversation. Il savait pourtant qu'il n'avait pas été très délicat, qu'il aurait dû prévenir Valère de ses aveux à Antoinette avec toutes les précautions d'usage. Il craignait que quelque chose fût définitivement brisé entre son valet et lui.

De son côté, Valère nourrissait la même crainte. Il s'étonnait de ressentir une si cuisante déception. Mais était-ce uniquement l'indiscrétion et la maladresse d'Armand qui le blessaient tant, ou bien y avait-il autre chose ? Depuis que son maître lui avait conté la bassesse de son crime, le regard que posait Valère sur la personne d'Armand avait changé. Il n'en avait pas pris conscience immédiatement. Mais, à présent qu'il n'avait rien d'autre à faire que penser, il ne pouvait nier l'effet néfaste qu'avait eu sur lui la confession du marquis.

Son tout premier maître, le vicomte d'Épinal, merveilleux vieillard sage et plein d'humour, avait eu une véritable toquade pour Valère, lui avait appris à lire et fait découvrir Dante, Plutarque et les Anciens. Hormis cet homme et Armand, le valet n'avait jamais aimé aucun de ses employeurs. Il les respectait parfois, les raillait souvent, mais la plupart du temps les considérait avec la plus parfaite indifférence. Le marquis avait pris une place toute particulière dans la vie de Valère. De treize ans le cadet d'Armand, Valère le considérait comme une sorte de figure paternelle, pleine de bonté et bien incapable de nuire.

Ce portrait était à présent défiguré. Une grande ombre s'était étendue sur les traits un peu poupins d'Armand, sur son regard doux et spirituel. Et pourtant, si Valère voulait être honnête, il lui fallait bien se souvenir d'autres épisodes moins dignes dans la vie de son maître. Lui revient en mémoire ce laquais de madame de Candale qu'Armand avait fait mettre sur le pavé, à cause que le pauvre garçon lui avait donné plusieurs fois du «monsieur le marquis» avec un certain air, qu'Armand n'était jamais parvenu à décrire, mais un air qui ne lui plaisait pas, un de ces airs qu'on ne devrait jamais voir à la face d'un laquais, un air enfin qui suffit à ce que madame de Candale se défasse de l'insolent sans lui faire aucune recommandation. Benserade en fit même quelques vers, qui auréolèrent le marquis d'une petite gloire teintée de ridicule pendant une ou deux semaines. Quelques années plus tard, Valère avait reconnu l'ancien laquais qui mendiait sur le parvis de Saint-Germain-l'Auxerrois. Il en fit part au marquis, espérant que son maître regretterait son geste et réparerait le tort fait au pauvre homme. Mais il n'en fut rien : «Quand on a de ces airs, on travaille à la ferme!» lâcha Armand. Et on n'en parla plus.

Et il n'y avait pas eu que l'affaire du laquais… Valère s'aperçut que chaque fois qu'Armand avait fait preuve d'injustice, c'était lorsqu'il s'était senti méprisé. Le sentiment de son infériorité, nourri par des parents malveillants, par un physique disgracieux, par une jalousie débordante à l'égard du frère qui lui était préféré et, enfin, par l'horreur qu'Armand avait de sa propre vilenie, expliquait fort bien certains écarts de conduite que Valère avait longtemps choisi de pardonner ou d'ignorer. Aujourd'hui, serait-il capable de faire de même ? La simple vue d'Armand conversant avec Antoinette le rendait nerveux. Il leur tourna le dos et tenta de contraindre son esprit à se concentrer sur le paysage, à en apprécier les beautés, à faire le vide en se perdant dans les espaces infinis, d'eau, d'arbres et de rocs entremêlés.

Et ce répit lui fut accordé. Les rives boisées embrasées par le soleil, le miroitement des rayons sur l'eau vive, le ciel d'un bleu rare et pur enveloppaient Valère d'un bien-être salvateur. Il se sentait bien vivant dans ce décor qui évoquait l'origine du monde, invitait à la découverte, à une forme d'errance enfantine et à une profonde humilité. Malgré son animosité pour les jésuites, il lui semblait partager un peu de ce qui animait ces hommes lorsqu'ils se hasardaient dans ces contrées vierges comme aux premiers jours. On pouvait se perdre ici pour peut-être, enfin, se trouver.

9

À Montréal, Armand fut logé chez le gouverneur. Pendant qu'il y dînait, Valère avait enfin accepté de prendre son repas en compagnie d'Antoinette, dans une auberge des environs du séminaire de Saint-Sulpice. La jeune femme insistait depuis trois jours pour obtenir cette entrevue. Valère avait le nez dans sa soupe, amenait ses lèvres à la cuillère et lapait bruyamment comme un manant. Antoinette se doutait qu'il le faisait exprès.

«On ne vous a pas encore trouvé de mari ? lança Valère sans lever le nez de son assiette.

— Justement si. Mais ce n'est pas de cela que je veux vous parler.

— Qui est-ce ?

— Personne. Je voudrais vous dire que…

— Cela n'existe pas.

— Quoi ?

— Quelqu'un qui n'est personne.

— Vous allez m'écouter à la fin ! »

Antoinette avait frappé du poing sur la table. Des mines sombres et une rumeur de désapprobation les enveloppèrent. Valère leva enfin la tête et balaya l'assistance d'un regard réprobateur d'ecclésiastique en chaire. On se remit à parler, à manger et à boire comme si de rien n'était. Ses yeux plongèrent dans ceux d'Antoinette. Leur expression n'était pas des plus affables, mais il en fallait plus pour impressionner la jeune femme.

« Que notre amitié soit bien finie, je le conçois, et je l'accepte, même si j'en ai du chagrin et… de la colère. Mais vous ne pouvez pas continuer à bouder votre maître. Il en est tout dévasté.

— Dévasté ? Il n'en a que faire. Il préfère à mon voisinage celui de ce pédant de gouverneur qui lui lèche les bottes. D'ailleurs, m'est avis qu'il va rester ici plutôt que d'affronter le voyage dans le Pays-d'en-Haut…

— Le Pays-d'en-Haut… Vous avez des nouvelles de l'Indienne ? »

Valère se referma, il en avait trop dit. Il lâcha :

« Il a certes dû vous en parler !

— Il ne m'entretient plus de cela depuis que vous êtes brouillés…

— À la bonne heure ! »

Valère n'avait en réalité rien appris de nouveau sur l'Indienne. Tout simplement parce qu'il n'avait rien demandé à personne. Il s'était mis à douter qu'il vaille la peine de s'engager plus avant dans les recherches. Il ne parlait plus à son maître depuis des jours et avait attendu en vain un geste de la part d'Armand. Ce dernier ne semblait guère souffrir de ce silence. Il profitait de l'hospitalité du sieur de Maisonneuve, qui conviait chaque jour à sa table les personnes importantes de la ville, lesquelles se résumaient à un juge et trois marchands. Armand se plaisait pourtant infiniment en leur compagnie ; ces gens qui ne recevaient pas souvent la visite de nobles parisiens ne se lassaient pas des contes que leur faisait le marquis sur la vie mondaine dans la capitale. Sa manière de narrer les histoires était pleine d'images drôles et souvent assez féroces, et mettait son auditoire des confins de la terre en grande joie. Tout repu de bonne chère et de vin fin, Armand faisait chaque soir à son valet le récit de ses succès, pendant que Valère le déshabillait et le mettait au lit dans le mutisme le plus complet.

Et Valère de se demander si Armand ne caressait pas le désir secret de passer encore un peu de ce bon temps dans la petite ville, pour s'en retourner bien tranquillement en France à la fin de l'été. Il aurait « fait un beau voyage », comme il l'avait répété à Valère durant la traversée, quand ce dernier craignait qu'ils ne retrouvent jamais ni l'Indienne ni Loup. Armand n'avait en outre pas une seule fois posé lui-même les questions susceptibles de le mener à son frère. Il laissait Valère se charger d'une besogne qu'il trouvait sans doute indigne de son rang. Fouiner, faire l'indiscret, forcer un peu la confidence, voilà qui lui répugnait visiblement ; Valère avait eu l'occasion de s'en rendre compte à plusieurs reprises. Il avait fini par accepter de partager les informations glanées chez les sœurs Le Guen. Armand en avait paru satisfait. Satisfait, mais, à y bien repenser, pas ravi. Valère avait bien perçu la grimace de dégoût lorsqu'il avait parlé du Pays-d'en-Haut…

Le valet n'avait pas osé évoquer Loup devant qui que ce fût. Il existait un accord tacite entre Armand et lui à ce propos, un accord trouvant son origine dans une sorte de crainte confuse, aux multiples objets. Parler de Loup nécessitait de révéler son lien de parenté avec Armand, et donc de dévoiler leur histoire. Il n'était pas dans l'intérêt du marquis d'éventer de telles choses, même au bout du monde. Le passé qu'il avait pris tant de soin à enterrer pour retrouver une place dans la société aurait tôt fait de traverser les mers pour venir le hanter en France et détruire sa fragile réputation. Par ailleurs, si Loup était en vie, il devait avoir changé d'identité, et sinon être resté caché, comme l'homme déchu qu'il était. S'il avait commis des actes condamnés par la loi, il pouvait faire l'objet de recherches. Il était peut-être hors la loi simplement pour avoir échappé à sa peine vingt ans auparavant ? La plus grande discrétion s'imposait ; Valère ne prononçait donc jamais le nom de Loup devant personne d'autre qu'Armand, et ne doutait pas que son maître en fît autant, lui qui avait déjà tant de peine à convoquer son frère en pensée.

En mangeant sa soupe trop salée devant le visage chagrin d'Antoinette, Valère eut soudain envie de planter là son maître et de partir seul à travers ce Pays-d'en-Haut que redoutaient tant les colons. Il se sentait investi d'une mission et se mettait à prendre à son compte l'histoire d'Armand. Soudain, sa propre attitude envers son maître et Antoinette lui parut sotte. L'aventure à laquelle il prenait part le plaçait bien au-dessus de la jalousie ou de la rancœur, de ces passions humaines sans grandeur. Lui, Valère, irait jusqu'au bout de la quête et braverait les dangers et la peur pour retrouver cet homme qui le fascinait jusqu'à l'obsession. Valère n'avait jamais éprouvé cela

134

pour personne, sauf peut-être quand, installé dans sa petite chambre en soupente chez le sieur d'Épinal, il rêvait aux héros de Plutarque. Il frémissait alors d'une agitation presque sensuelle à l'évocation de Coriolan ou d'Alexandre, imaginait leurs tourments et leurs passions, qu'exprimaient des corps vigoureux et splendides, vêtus de tuniques légères qui dévoilaient leur chair dorée, offerte aux regards.

C'est à cette époque que Valère avait pris conscience que les femmes ne l'attiraient pas. Il les aimait certes, mais ne ressentait aucun désir de les posséder. Elles lui inspiraient une immense curiosité, de l'admiration, souvent une compassion presque douloureuse. Comme Antoinette en ce moment même, seule et perdue dans cette ville qui n'avait de ville que le nom, peuplée d'hommes affamés de chair féminine, plus sauvages en leur désir que les Sauvages qu'ils redoutaient; Antoinette dont les beaux yeux tentaient d'accrocher les siens. Il les leva et lui sourit, le moins tristement possible.

« Vous avez donc trouvé chaussure à votre pied ? demanda-t-il.

— Le pied est trop petit, ou bien c'est la chaussure qui est trop grande...

— Qui est-ce ?

— Un soldat. Nous passons devant le notaire demain. Monsieur le marquis a accepté d'être mon témoin. Et je me demandais, monsieur Valère, si vous-même...

— Dites-moi l'heure, j'y serai. »

Antoinette détourna le regard pour cacher à Valère les larmes qui y perlaient. Elle avait rencontré son promis à une sorte de bal organisé dans l'école de la ville. Aux sons aigres d'un violoneux et d'un flûtiste médiocres, on avait dansé, d'abord fort timidement. Les célibataires présents n'étaient pas de première jeunesse ; la plupart avaient entre trente et cinquante ans. Une extrême tension se dégageait des corps masculins depuis trop longtemps privés de femmes ; elle suintait de leurs gestes fébriles, de leurs regards lascifs, qui glissaient comme des couleuvres sur une poitrine ou une taille, une cheville entrevue sous la robe ; même l'odeur âcre de la chair de ces hommes témoignait de leur épouvantable solitude.

Quand le vin eut un peu grisé l'atmosphère, les danses perdirent leur caractère empesé, on se frotta l'un à l'autre avec moins de pudeur. C'est au cours d'une gavotte qu'Antoinette fut fixée sur son sort. L'homme avec qui elle dansait la regardait comme s'il allait la manger. Il y avait tant de fureur dans ce désir que la jeune femme s'arrêta brusquement de danser et regagna sa chaise en prétextant que la tête lui tournait. Il la rejoignit et tenta maladroitement de prendre soin d'elle, lui apporta un verre d'eau, l'éventa comme il put avec son chapeau. Mais chaque geste d'une apparente bienveillance trahissait l'envie bestiale qu'il avait d'elle.

Antoinette était vierge. Jamais un homme n'avait touché d'autre partie d'elle que sa main, pour la baiser selon les convenances. Sa bienfaitrice, madame de Meaux, qui venait la soustraire à l'hôpital certains dimanches et les jours de fête, l'emmenait dans le monde, chez ses amies ou au théâtre. Antoinette y rencontrait des jeunes gens bien faits de leur personne et fort aimables, qui badinaient parfois avec elle. Mais la jeune fille ne se faisait aucune illusion sur leurs intentions : c'est à son corps qu'ils en voulaient et, s'ils l'avaient obtenu, ils l'auraient oublié aussitôt. Malgré les robes à la mode, le parler élégant, les charmes et le bel esprit qu'elle possédait naturellement, Antoinette restait une fille de rien, une orpheline déposée au Grand Bureau des pauvres de Paris, un matin de février, jour de Sainte-Dorothée.

Un jour, madame de Meaux disparut de sa vie, aussi mystérieusement qu'elle y était apparue. Elle avait dix-neuf ans. C'était le jour de la fête de sa sainte patronne ; pour tout présent, Antoinette avait reçu le baiser annuel de la bouche édentée de la mère supérieure et attendait, fébrile et joyeuse, l'arrivée de celle qu'elle appelait sa marraine. Mais les heures passèrent et le calme austère de la maison ne fut jamais troublé par le rire en cascade, les petits pas pressés, les bruissements de soieries de madame de Meaux. Il n'y eut même pas un billet, ni ce jour-là ni après. Et on ne parla plus d'elle. C'était un peu comme si elle n'avait jamais existé. Antoinette craignit qu'elle ne fût morte. Mais non, ce n'était pas cela, lui assura-t-on avec des airs de mystère.

Certains jours où la puissance du souvenir lui écrasait la poitrine, Antoinette se disait qu'elle aurait préféré que cette femme fût dans la tombe. Cela aurait eu le mérite de ne pas lui mettre en tête que c'était sa propre faute si on l'avait délaissée. La jeune fille passait des nuits entières à se demander ce qui avait pu blesser, agacer, lasser cette personne si aimante, si constante, qui n'avait pas manqué à un rendez-vous pendant les cinq années où elle avait pris Antoinette sous son aile. Et ces questions venaient rejoindre celles qu'elle se posait depuis toujours sur les raisons de son abandon quand elle était un bébé.

En guise de marque d'amitié, elle avait conté cela à Armand après qu'il lui eut fait le récit de sa vie. Le marquis n'avait pas semblé très intéressé. Peut-être était-il démuni face à cette histoire triste et sans grandeur ? Antoinette savait que les personnes bien nées ne sont guère à l'aise avec la pauvreté et la tragique banalité de l'existence des petites gens.

Madame de Meaux passait pour une sainte à s'occuper d'une orpheline sans fortune. Tous louaient sa grande bonté, l'exemple qu'elle offrait à chacun, la peine qu'il y avait à s'inquiéter d'une fille qui n'était pas d'elle. Mais personne ne s'intéressait véritablement à Antoinette, à sa vie, à ce qu'elle connaissait, à ce qu'elle aimait ou n'aimait pas. Au fond, se disait-elle depuis quelque temps, madame de Meaux recueillait bien des louanges de sa charité, et Antoinette finissait par se demander si là n'était pas l'unique dessein de la belle dame.

*

Le valet en a assez de rester cloîtré à l'intérieur du fort. C'est un spectacle affligeant que celui de ces colons apeurés, abrutis de misère, de ces rues dépeuplées de femmes, excepté les sœurs de la congrégation de Notre-Dame et quelques hospitalières. Il n'y a décidément que les religieux qui prospèrent en ce pays. Les enfants y meurent comme des mouches, dévorés par le froid, la faim, la maladie. Une terre sans enfants est un désert sans joie et sans espoir. C'est un lieu abandonné de Dieu. Comment ces rustres butés ne s'en aperçoivent-ils pas ? Comment, après cinquante ans, n'ont-ils pas compris que ce pays ne veut peut-être pas d'eux, malgré les efforts fanatiques des soutanes et des voiles, et du bon roi Louis qui aimerait continuer, envers et contre tout, à toucher de ses rayons glorieux les confins de l'univers.

Déambulant de sa démarche d'échassier le long du fleuve, sur le chemin qui borde les champs cultivés, Valère aperçoit des paysans occupés aux tâches agricoles. Ils peinent, courbés vers le sol, dans une chaleur écrasante. Les étés dans ce pays sont aussi chauds que les hivers sont glacés. C'est une terre de contrastes violents, qui pèse sur les hommes et les bêtes habitués aux climats plus cléments. Certains se redressent et font un petit salut au promeneur, ôtent leur chapeau. On lui lance des regards mi-figue mi-raisin, où perce une certaine anxiété, qui ne lui est pas destinée. Ces gens ne sortent jamais pour les travaux des champs sans crainte de se voir attaquer par les Indiens. Ils vivent sur leurs gardes, comme en temps de guerre. La ville possède une brigade de chiens, entraînés à sentir les Indiens à distance et à attaquer en cas de danger. Valère a entrevu la meute sortir un soir, accompagnée d'hommes hurlants, excitant les animaux déjà survoltés. Comme pour une chasse.

Comment se conduisent ces chiens avec les Sauvages qui vivent à Montréal ? Ces gens ont-ils une odeur différente de celle des Iroquois ? Valère a croisé quelques-uns de ces indigènes alliés des colons ; ils sont toujours très déférents, calmes, le menton haut mais sans arrogance. Leurs corps sont puissants et droits, même ceux des vieillards et des jeunes enfants. Des êtres qui semblent taillés pour le lieu où ils vivent, en accord parfait avec lui, du moins avec ce que le valet en devine. Même s'il trouve un peu étranges les visages décorés qui lui rappellent des masques de carême, les coiffures effrayantes et les peintures corporelles qui donnent l'illusion du sang, Valère ne peut s'empêcher de penser que ces hommes et ces femmes dégagent une sorte de grâce naturelle, dénuée d'artifice, que pourraient leur envier bon nombre de Français, à commencer par lui-même.

Ses longues foulées ont vite fait de le ramener en ville, où il rejoint Armand, qui est déjà dans son lit, occupé à lire un beau petit volume des *Confessions* de saint Augustin prêté par Maisonneuve. À peine Valère a-t-il fermé la porte derrière lui qu'Armand bondit hors des draps et se met à gesticuler en criant sur le souffle.

« Ça y est, mon ami ! Je l'ai retrouvée. Elle est ici, Valère ! Vous entendez ? Ici même, à Montréal ! Et je n'ai pas eu besoin de vos services, cette fois, mon bon ! Vous en faites une tête, allons, assoyez-vous là, non, pas là, ici, sur cette chaise, non, vous serez mieux ici, oui, comme ça, écoutez-moi, Valère, ne dites rien, soyez tout ouïe ! »

Armand avait manipulé le grand corps de Valère comme s'il s'agissait d'une marionnette, le faisant tourner sur lui-même, l'emmenant d'une chaise au coffre, du coffre au fauteuil, le faisant asseoir et croiser les jambes. Puis il s'était lui-même installé sur le lit.

« Vous l'avez vue ? demanda Valère.

— C'est-à-dire… Non, pas encore, mais cela ne saurait tarder. Cette dame Archambault est insaisissable, voyez-vous, un jour ici, un autre là…

— Vous ne m'apprenez rien de nouveau. Mais encore ?

— Mais nous chauffons, Valère !

— Nous verrons… Où vit-elle ?

— Je n'en sais rien.

— Bravo !

— Lorsqu'elle demeure à Montréal, elle loge parfois chez le juge de Sailly. Ou alors chez la veuve Rimbert.

— Bien. Mais est-elle seulement en ville ?

— Rien n'est sûr… mais Maisonneuve a promis de faire chercher l'Indienne et de la mander à dîner. Il semble assez bien la connaître ; il aurait fait appel à ses services lors de transactions avec les Iroquois. Sa mère, paraît-il, est de cette race et… »

À ces mots, Valère leva brusquement la tête et Armand s'interrompit.

« Cette femme est iroquoise ? Elle continue d'entretenir des relations courtoises avec ce peuple qui décime les habitants, et en retour ceux-ci l'hébergent comme une des leurs ? Que me contez-vous ?

— Oui, c'est alambiqué, mais c'est la mode en ce pays, d'avoir parfois un pied dans chaque camp. Vous connaissez l'histoire de Guillaume Couture qui avait été prisonnier des Iroquois et qui était devenu leur porte-parole auprès des Français ? Non ? Il faudra que je vous en parle, c'est passionnant… »

Mais Valère s'était levé et faisait déjà mine de sortir quand Armand lâcha :

« Pardon, Valère, si je vous ai blessé. »

Le valet resta pétrifié un instant, puis se retourna et fit face à son maître. D'une voix chancelante de surprise et d'émotion, il répondit :

« C'est pardonné, monsieur.

— Alors, c'est la paix ?

— C'est la paix. »

Armand tira une chaise et vint s'asseoir près de Valère avec un air de conspirateur.

« Vous voulez savoir ce que j'ai bien pu raconter à Maisonneuve pour expliquer ma présence en sa bonne ville, mais vous êtes trop fier pour me le demander, n'est-ce pas ? »

Valère se tortilla sur sa chaise ; il était en effet dévoré de curiosité depuis des jours. Mais il ne répondit rien.

« Eh bien, je vais vous le dire quand même, puisque nous sommes de nouveau bons amis : j'ai brodé auprès du gouverneur et de ses petits notables que je venais visiter le pays afin de savoir s'il valait la peine de m'y installer. J'ai entendu dire que les gentilshommes pouvaient ici commercer sans déroger… Ainsi je me promène, j'observe, je questionne, à propos de tout et de rien. Que pensez-vous de mon stratagème ?

— Astucieux. Mais vous aviez raconté à peu près la même chose à Québec… Et pour l'Indienne ?

— Ah, elle, c'était plus délicat… J'ai dit que je la cherchais de la part d'un ami français qui veut garder l'anonymat. J'ai prétexté que je profitais de ce voyage pour l'obliger en cette affaire, et remettre de sa part à cette femme un message important… dont je ne puis révéler le contenu, bien évidemment. »

Armand roulait des yeux exorbités, tirait sur la manche de son valet et lui postillonnait dans la face ; Valère était partagé entre le rire et l'admiration. Il devait reconnaître qu'il avait sous-estimé son maître et ses capacités à obtenir des informations. Armand lâcha enfin la manche et se recula un peu, l'air soudain tracassé.

« Mais ? relança Valère.

— Mais… mais… ma petite histoire de message secret inquiète Maisonneuve.

— Pourquoi donc ?

— Les temps sont troublés par ici. Le roi a promis d'envoyer une grande armée pour venir en aide à la colonie contre les Iroquois, et cette armée se fait attendre. Les habitants sont sur les dents, et les Sauvages aussi ; il se pourrait bien qu'ils sachent ce qu'on leur réserve. Une ambassade iroquoise qui venait demander la paix s'est fait massacrer par des Sauvages alliés des Français ce printemps ; le Français ne croit plus la parole de l'Iroquois, l'Iroquois ne fait plus confiance au Français. La méfiance est partout, les haches de guerre sont déterrées, Valère ! Dans ces conditions, l'Indienne provoque des suspicions. »

Armand n'avait décidément pas perdu son temps durant tous ces longs soirs chez le gouverneur à se goinfrer de pâté en croûte et de citrouille grillée. On aurait dit un homme qui vivait depuis des années en ce pays et en maîtrisait toutes les complexités. Même son langage faisait penser à celui de l'homme du cru : « Le Français ne croit plus la parole de l'Iroquois…

Les haches de guerre sont déterrées…» Armand prononçait ces mots avec une emphase comique. Il se prenait véritablement au jeu. Espérons que ça dure, pensa Valère.

Cela dit, il semblait que jamais les haches ne furent véritablement enterrées entre les colons et les Iroquois. À écouter les habitants, il y avait eu pléthore de traités de paix conclus et aussitôt trahis, malgré les promesses et les innombrables «porcelaines» que ces Sauvages offraient en gage de leur bonne foi et de leur amitié, ou en compensation des meurtres commis. «Mais cette femme sang-mêlé avait pourtant bien aidé les Français…» Valère avait pensé à voix haute.

«Oui, en effet, mais elle reste iroquoise, et du peuple le plus hostile aux Français, les Agniers…»

Ce mot jeta un froid. Cette branche de la confédération des Cinq-Nations iroquoises, les Agniers, était aussi la plus belliqueuse et la plus cruelle. Armand poursuivit :

«Et de plus l'Indienne rentre de France; quelles informations y a-t-elle entendues qu'elle se prépare peut-être à donner à son peuple? Qui sait si elle ne cherche pas une alliance avec l'Angleterre, dont on dit qu'elle se prépare à attaquer la Nouvelle-Hollande? Dans la perspective d'une guerre de représailles contre les Iroquois, sera-t-elle dans leur camp ou dans celui de la France? Maisonneuve est perplexe. Il craint une attaque iroquoise sous peu. Voilà trois mois qu'il ne s'est plus rien passé ici. Ce n'est pas habituel…

— Bon… Et avez-vous quelque indice que votre frère soit ici et en vie?

— Aucun. Il existe des dizaines de Français qui, à peine arrivés en Nouvelle-France, sont partis vivre dans la forêt, comme des Sauvages. On les appelle les "coureurs des bois". Certains ont disparu pour ne jamais revenir… »

Le silence tomba. Un chien hurla au loin. Armand avait soudain perdu de sa belle assurance. Il se mit à frissonner ; il regagna son lit, et Valère ajusta les oreillers sous sa tête, tira sur les draps et les borda ; il faisait ces gestes machinalement, l'esprit ailleurs, le regard vagabondant sur le mur tendu de tapisserie où une scène de chasse au sanglier semblait prendre vie, baignée de la lueur frémissante des chandelles posées sur le coffre en dessous. La facture en était splendide, les couleurs subtiles ; cette pièce venait des Flandres, à n'en pas douter. Sa richesse tranchait avec l'extrême austérité de l'ameublement de l'habitation du gouverneur Maisonneuve. L'homme était sec, de figure et de manières ; il parlait en allant droit à l'essentiel, son débit était vif, sa langue limpide. Il semblait qu'il se trouvait toujours en conseil de guerre ; même lorsqu'il évoquait le bilan des récoltes, l'organisation d'une fête, la naissance d'un enfant, c'était sans se départir de son ton martial. Maisonneuve avait vécu vingt-trois ans dans cette petite colonie dont la survie tenait du miracle. Il s'était forgé, comme tous les hommes et les femmes d'ici, un caractère dur, opiniâtre, courageux jusqu'à la témérité la plus insensée.

Mais Valère percevait derrière cette façade abrupte qu'offraient les habitants un goût immodéré et presque enfantin pour l'aventure et la découverte ; et quelque chose qui le troublait beaucoup : au-delà des sempiternelles récriminations sur la fourberie et la cruauté des Iroquois, sur la faiblesse du roi qui ne se pressait pas pour secourir ses sujets, il existait chez les colons une espèce de dépendance à l'état de siège, un besoin de danger et de risque, comme si les dernières décennies de violence incessante et les contacts avec les Indiens avaient semé chez certains Français le désir irrépressible de la guerre. Ils auraient prétendu le contraire à hauts cris, car il s'agissait là d'un élan qui n'était pas volontaire; et Valère sentait bien que les habitants n'en avaient aucune conscience. Cela faisait partie des choses que l'on est incapable de voir en soi-même et qui vous apparaissent chez les autres aussi clairement que s'ils vous en faisaient l'aveu. Voilà qui fascinait Valère, cette certitude que l'homme est animé de sentiments dont il est lui-même ignorant, et que ces sentiments guident son existence avec bien plus d'empire que tout ce qu'il croit connaître.

« Alors si votre frère est parti se mêler aux Sauvages dans ces territoires où la plupart des Français ne s'aventurent pas, autant chercher une aiguille dans une botte de foin… »

Mais Armand ne l'entend plus. Déjà au pays des songes, il est sur le chemin du plateau, sous un ciel menaçant, et ses petites jambes un peu arquées tremblent, ses yeux fouillent la forêt immobile, où même les oiseaux ne chantent plus.

Armand monte à travers bois; il n'est pas très rassuré, seul sous les frondaisons épaisses que ne pénètre plus guère la lumière du jour; des grondements ébranlent le ciel, et un vent froid se lève, agitant la cime des feuillus loin au-dessus de l'enfant. La forêt s'est mise à frissonner comme un grand corps inquiet. Armand aimerait faire marche arrière, redescendre en courant vers le château, comme le pleutre qu'on lui répète qu'il est et sera toujours. Mais il veut rejoindre son frère. Il faut qu'il le trouve, cette fois. Ce n'est pas l'orage imminent qu'Armand craint pour Loup, ni la nuit qui tombe et risque de lui faire perdre son chemin, ni les bêtes sauvages, les loups, pour ne pas les nommer ; Armand répugne à penser à l'animal cruel dont son frère porte le nom. Quelle bizarrerie, d'ailleurs, que ce nom. Qui donc le lui a donné ? Est-ce Hugues ou Isabelle qui l'a choisi ? Ou bien les mystérieux êtres qui se sont chargés de l'enfant quand il était bébé ? Un grondement éclate au-dessus de la tête d'Armand ; un éclair zèbre le ciel. Le garçon s'accroupit, se bouche les oreilles et ferme les yeux.

Quand le calme revient, il se redresse et son regard erre dans les futaies. Il a entendu quelque chose comme une course. Entre deux troncs, il a cru apercevoir un pelage fauve… Il prend une profonde inspiration et se remet à marcher, lentement, sans bruit, en retenant son souffle. Il est sorti du sentier et se guide à ce frémissement qu'il devine, là-bas, devant lui, qui l'entraîne plus loin de son chemin, plus profondément dans la forêt. Il fait presque nuit à présent, Armand se retourne, hésite. Il est incapable de savoir dans quelle direction il a marché. Perdu pour perdu, il continue d'avancer, presque à l'aveugle. Ses yeux tombent soudain sur quelque chose de foncé, qui tremblote dans le vent. C'est un chapeau piqué de plumes. Celui de Loup. Plus loin, des hauts-de-chausses et un pourpoint, une chemise et des bottes. Armand suit les vêtements, les ramasse, un à un ; ils sont encore tout empreints de l'odeur de son frère. Pourtant, il n'est pas certain que ces choses lui appartiennent toujours. Elles pourraient lui avoir été volées par un malandrin, qui l'aurait assassiné et jeté dans quelque fondrière… Mais si c'est le cas, pourquoi a-t-on laissé là ces habits de grand prix ?

L'épouvante est si grande qu'Armand croit qu'il va rendre l'âme. Il s'arrête brusquement et lâche les vêtements. Devant lui, lové dans une anfractuosité entre les racines d'un chêne, gît un corps. Nu. Le visage est à moitié caché par la chevelure, épaisse, d'un noir luisant. Un éclair illumine la joue, la bouche volontaire. C'est bien le visage de Loup, pâle et presque cireux dans la lumière froide et brutale. Est-il mort ? Armand s'affaisse sur le sol et joint les mains, supplie Dieu pour la vie de son frère. L'enfant ne sait pas ce qu'il redoute le plus : perdre Loup à jamais, ou subir la haine infinie d'Isabelle lorsque la nouvelle lui sera apportée par la bouche de celui qu'elle méprise déjà tant. Armand doit s'approcher du corps, le toucher, mais l'être qui gît là, et qui a bien l'apparence de son frère, le terrorise au-delà de tout. Il semble que la vie l'ait déserté, et pourtant quelque chose dans cet abandon, dans l'énergie immobile qui se dégage de ces membres marmoréens, est comme un condensé de la vie elle-même. Il faut se mouvoir, s'arracher à l'effroi mêlé de fascination. Un éclair formidable s'abat non loin du corps et embrase de nouveau la chair blanche, la faisant ressembler à celle du Christ gisant dans la crypte de Saint-Urcize. Le corps s'anime, frémit, le visage s'ébroue, dans un mouvement animal, et les yeux s'ouvrent...

Armand tourne le dos à la vision et court, tombe, se redresse, s'égratigne aux branches et aux ronces. Il court sans se retourner, dans la pluie qui s'est mise à tomber avec la violence d'un châtiment. Il retrouve miraculeusement le chemin du château. Trempé, épuisé et mort de peur, il se glisse dans l'escalier sans se faire voir des domestiques. Lorsqu'il arrive à hauteur de la chambre de sa mère, Armand se fige : la puissante silhouette de son frère se découpe comme une ombre dans l'embrasure de la porte ouverte. Il porte le large chapeau orné d'une pleureuse et les vêtements qu'Armand avait vus éparpillés dans la forêt. Il semble parfaitement sec. Leur mère bêle quelque chose depuis l'intérieur de sa chambre, mais Loup n'y prête pas attention et tourne son visage vers Armand. Dans le clair-obscur, ses yeux sont animés de lueurs qu'Armand ne parvient pas à interpréter. Il semble que Loup le regarde sans le voir. Il se tourne brusquement vers sa mère et interrompt son débit frénétique.

« Oui, oui, j'entends bien. C'est certainement grâce à l'intercession de saint Antoine si je ne me perds jamais. À défaut d'être bonne, vous êtes très pieuse. Ce sera toujours ça à votre compte au jour du Jugement.

— C'est vous qui êtes bien méchant avec votre pauvre mère ! »

Mais Loup marche déjà vers Armand et ne se préoccupe plus d'Isabelle. Elle sort et le rejoint, à moitié dévêtue et les cheveux défaits ; elle lui prend le bras et l'oblige à se retourner. Armand a fermé les yeux. Il n'entend plus que la voix suave, qui se transforme en une espèce de halètement de bête.

« Vous ne m'avez pas embrassée… »

Le clocher de Saint-Joseph n'a pas encore sonné cinq heures, mais Armand est éveillé, encore hanté par ce rêve singulier, dont il ne sait pas très bien s'il évoque une réalité vécue ou une chimère. Armand est allé tant de fois, sur l'ordre d'Isabelle, à la recherche de son frère disparu. Depuis qu'il était sorti de l'enfance, Loup prenait régulièrement la liberté de fuir le château pour aller vivre Dieu savait où et revenait tout changé, l'œil plus vif encore, les gestes coulés.

Armand ne cherchait jamais bien loin, ne s'écartait pas des hameaux ni des sentiers qu'il connaissait. Il arrivait que son père le forçât à partir accompagné du chien préféré de Loup, mais même alors Armand se gardait bien de suivre la bête et faisait demi-tour quand elle l'entraînait où il ne voulait pas se rendre. Jamais donc Armand ne put découvrir où se cachait son frère durant ses absences. Ce rêve lui procurait néanmoins une sensation de déjà-vu… Se pouvait-il qu'il ait réellement vécu ces instants dans la forêt ? Avait-il vraiment contemplé ce corps inerte, et était-ce celui de son frère ?

Loup rentrait bien souvent dans la nuit, et Isabelle se perdait alors en reproches mêlés de joie intempestive. Une fois, elle s'était pendue au cou de Loup et lui avait baisé les lèvres avec une fougue qui n'avait plus rien de maternel. Mais il l'avait repoussée et l'avait envoyée se cogner la tempe contre un banc-coffre dont le bois vermoulu avait cédé sous le choc.

Le geste de Loup avait outrepassé sa volonté et il s'était jeté aux pieds de sa mère avec un empressement qu'Armand ne lui connaissait pas. Il l'avait portée à sa chambre, avait appelé son père et avoué aussitôt l'avoir frappée. Hugues ne parut pas peiné de ce qui s'était passé ; voilà des années qu'il délaissait sa femme, sans doute parce qu'elle l'avait elle-même délaissé depuis que Loup était entré dans sa vie. Isabelle restait inconsciente et Loup semblait dévasté. Il l'avait veillée pendant trois jours sans dormir. Quand enfin la marquise émergea d'un sommeil qui s'apparentait à la mort, Loup avait accepté de quitter la chambre, hâve et défait. Armand avait senti pour la première fois combien son frère était attaché à Isabelle ; il avait en même temps compris que la puissance de cet attachement n'avait d'égal chez Loup que le désir de s'en libérer. Était-ce nouveau, ou bien Armand n'avait-il simplement jamais voulu rien savoir des sentiments que nourrissait Loup pour leur mère ? Ni de la manière dont s'exprimaient ces sentiments entre elle et ce «faux fils» ? Par quels gestes inavouables, par quels mots interdits ?… Voilà les pensées qui agitaient Armand quand enfin les cinq coups résonnèrent à travers la bourgade encore assoupie, que les lueurs de l'aube apparurent.

Il soupira de soulagement car le monde s'éveillait, le rejoignait enfin au bout de cette longue nuit bouleversée par les soubresauts d'une mémoire vacillante. Était-ce le grand âge qui brouillait ses souvenirs ? Ou bien quelque chose d'autre, d'aussi énigmatique et insaisissable que le songe lui-même ? La souvenance mêlée au fantasme né des profondeurs de l'enfance, quand on habille la réalité des voiles de l'imagination et que l'on projette sur le monde et les êtres la lumière de ses propres frayeurs, de ses propres désirs, de ses propres dégoûts.

C'est sans doute ainsi que naquirent les mythes, se dit Armand, dans la matière d'une réalité transfigurée par une humanité à peine née, en quête de réponse à l'énigme de son existence. Quel abîme de souffrance devait être la vie humaine avant la Révélation de Dieu à travers le sacrifice de son fils ! Combien vide et triste doit être celle des Sauvages qui n'ont pas encore embrassé la foi ! Et ce pauvre Valère, pétri d'ironie et d'orgueil, qui glisse lentement mais sûrement sur le chemin qui éloigne de la Vérité…

Armand se leva et s'agenouilla pour prier ; il sentait un immense réconfort à l'évocation du Fils de l'Homme en ces instants où tout se dérobait à lui… Il pria pour tous ceux qui vivaient dans l'ignorance du vrai Dieu, il pria pour Loup, mais aussi pour sa vieille amie Louise, pour Valère, pour Antoinette, et même pour sa mère qui pour la première fois lui inspirait une pitié sincère. Il était transporté jusqu'aux larmes par la ferveur et la compassion ; quand il eut fini de penser à ses semblables, il pria un peu pour lui-même, et cela lui fit si grand bien qu'il se sentit naître une douceur, un amour infini pour la Création, et même pour ces indigènes qu'il se préparait sans doute à rencontrer et auxquels il se sentait disposé à pardonner tous les péchés, passés, présents et à venir. C'est qu'Armand, dans son grand élan de sollicitude, n'avait aucune idée de ce dont les Indiens étaient capables.

10

Antoinette et Jacques Leroy étaient donc unis par les liens du mariage. Le prêtre avait prononcé les paroles consacrées, on avait mangé du lapin bouilli dur comme de la semelle, bu du vin offert par Maisonneuve, et puis on s'était séparés. Antoinette avait longtemps regardé Valère et Armand avancer vers la maison du gouverneur; elle ralentissait l'allure que tentait de maintenir son époux et n'accepta de hâter le pas que lorsque les basques noires du manteau de Valère eurent disparu au coin de la rue.

À présent il fallait pénétrer dans le logis conjugal; il y faisait sale et sombre. C'était l'antre d'un homme solitaire et vieillissant qui ne se lavait guère et cuisinait trop gras. Un chat maigre et gris observait les nouveaux mariés avec hauteur; il cligna des yeux puis se détourna, l'air dégoûté. Leroy soupirait sans cesse et frottait ses grandes paumes sur les pans de sa veste; il chercha un bougeoir, en alluma la chandelle et le transporta à hauteur de son visage jusque près d'Antoinette. Il donnait l'impression de vouloir qu'elle le contemple tout à loisir et souriait benoîtement. Il n'avait pas l'air méchant, au fond. Il se tenait à présent tout contre elle et la regardait bien dans les yeux.

Antoinette n'aurait su dire ce qu'elle y lisait : désir, gêne, envie de bien faire, peur... Ils auraient pu rester ainsi jusqu'à la Trinité si elle ne lui avait pas pris le bougeoir de la main pour le poser sur la table, si elle n'avait pas marché vers le lit dans un coin de la pièce, n'avait pas ôté ses bas, défait son corsage, fait glisser sa jupe, alors qu'il l'observait, médusé.

Quand il se coucha sur elle, elle ferma les yeux. Elle aurait voulu se détendre, mais chacun de ses muscles était crispé. Madame de Meaux lui avait dit que, la première fois, il fallait tenter de ne pas résister et se rendre aussi molle que de la pâte à choux ; la pénétration faisait alors moins souffrir. Cela n'en devenait pas agréable pour autant, mais c'était préférable. Et le plaisir ? avait demandé Antoinette. Le plaisir venait parfois, plus tard, avec l'habitude, ou grâce à un homme soucieux d'en donner. Ce qui était une rareté. Beaucoup de femmes n'en éprouvaient jamais et mouraient sans même savoir que cela existait.

Leroy avait enfin réussi à introduire sa verge où il fallait, non sans avoir tâtonné longuement à l'entrée du sexe d'Antoinette, dont la sécheresse et l'étroitesse ne facilitaient pas la tâche au pauvre homme. Il faisait son possible pour rester doux malgré la grande excitation qui s'emparait de lui. Il allait et venait sans emportement, respirait sans ahaner, ne se pressait pas. Antoinette s'était absentée d'elle-même et observait la scène avec détachement : l'homme ne manquait pas de délicatesse ; il lui avait demandé si elle souffrait, ce à quoi elle avait répondu que oui, un peu, c'était bien aimable de s'enquérir. Il lui donnait de petits baisers dans le cou, et ce n'était pas désagréable. Il se redressait parfois pour regarder ses seins sous la chemise, et cela non plus ne lui déplaisait pas trop.

Le chat s'était installé sur une table et les regardait faire avec circonspection. C'était peut-être cela qui gênait le plus Antoinette. Elle aurait voulu se lever pour chasser le vilain animal, puis venir se recoucher sous le corps de cet inconnu qui était son mari et la besognait avec application. Elle se demanda combien de temps cela durait en moyenne et si elle était censée faire quelque chose. Et si oui, quel genre de chose et dans quel but ? La cadence des allées et venues devenait plus rapide, lui semblait-il. L'homme la regarda dans les yeux, et quelque chose en elle s'émut. Ce fut comme un pincement dans ses entrailles, très bas, une sensation infime, sur laquelle Antoinette se concentra tout entière. Mais au moment où il lui semblait que cette vague étrange allait s'amplifier, l'homme lui posa sans raison une main sur la bouche et accéléra brutalement le rythme avant de pousser un grognement sourd. Il se retira aussitôt, l'air soudain dégoûté, et se coucha sur le dos en fixant le plafond.

Antoinette se recroquevilla sur le côté, tout au bord du lit. Elle se sentait effroyablement seule et vide, honteuse de ce qu'elle avait éprouvé sous ce corps étranger. Le chat s'était endormi sur la table et la nuit tombait derrière le carreau recouvert de crasse. Demain aux aurores, il faudrait aller rejoindre les autres filles à l'école, où des religieuses dispensaient un enseignement qui consistait exclusivement à inculquer aux arrivantes la manière de vivre en ces lieux, de cuisiner, de cultiver, de résister au froid et aux attaques des Sauvages.

Armand et Valère seraient bientôt loin, perdus en leur quête insensée, à la recherche de cet homme impossible qu'Armand avait décrit à la jeune femme en des termes contradictoires. Elle tentait de se faire une idée du caractère du personnage sans y parvenir. En lui, la cruauté le disputait trop à de rares et insolites qualités de cœur et d'esprit. Le mal était dans son âme, comme le ver dans la pomme. La curiosité qu'il suscitait avait un goût malsain et vous laissait comme souillé.

Rien dans ce que lui avait conté Armand ne venait dorer ce sinistre tableau. Loup avait abandonné Jehanne et tourné le dos à l'amour fou qu'elle lui portait. Marié ensuite à la femme qu'Armand aimait, il l'avait rendue malheureuse à son tour, l'avait laissée se faner et s'éteindre d'une maladie mystérieuse, dans une tour sombre et froide de l'un ou l'autre de ses fiefs. Les parents de Blanche avaient tenté de la ramener chez eux, Armand avait supplié son frère de la laisser partir. Mais Loup leur opposa un refus catégorique. L'agonie de Blanche avait duré deux ans. Et pendant ce temps Loup chassait, donnait des fêtes délirantes, courtisait la mort à la guerre ou en duel ; dans son lit se succédaient les maîtresses, de préférence des femmes mariées que les cocus venaient réclamer par les armes et dont ils vengeaient l'honneur dans le sang, qui était toujours le leur, jamais celui de Loup.

Des paysannes commencèrent à disparaître aux abords des châteaux où il demeurait, et la rumeur alla grand train dans les campagnes : le marquis de Canilhac enlevait les jeunes filles, abusait d'elles et les tuait, se débarrassant de leur corps dans les caves et les souterrains de ses domaines. On évoquait l'histoire de Gilles de Rais, et on tremblait le soir dans les chaumières. Quelle était la vérité dans tout ça ? Armand ne croyait pas que son frère fût capable de telles horreurs ; il aurait juré sur la Bible que ce n'étaient que des calomnies imaginées par des jaloux. Il avait peut-être raison, peut-être pas… Loup vivait sous la protection du roi, et chaque fois que la rumeur des meurtres arrivait aux oreilles de Louis, ce dernier faisait taire et punissait parfois les persifleurs. Mais quand le roi avait condamné Loup à neuf ans de galères, qui sait si son implacable sentence ne fut pas rendue plus cruelle par le souvenir qu'il gardait de cette époque où le seigneur de Canilhac faisait naître les contes les plus diaboliques ?

Une femme, une seule, parvint à mettre un frein à sa vie de débauché : Gabrielle de Valognes, une veuve fantasque qui s'habillait en homme et se battait comme quatre. De cinq ans l'aînée de Loup, elle possédait une beauté vénéneuse dont l'âge semblait révéler mieux que la jeunesse le charme «méphitique». C'est le mot qu'Armand utilisa pour décrire son exceptionnelle et dangereuse séduction. Et Antoinette, après s'être fait expliquer le sens du terme, se demanda quand même si le marquis n'exagérait pas un peu la noirceur de cette femme et de tout ce qui se rapportait à son frère. D'autant qu'Armand avait dit ne l'avoir vue qu'à deux reprises : la première fois à une chasse au rapace, la seconde au bal donné par Loup pour fêter la victoire de Corbie, où il avait comme à l'accoutumée fait preuve d'un courage sans nom, bientôt récompensé, disait-on, par le bâton de maréchal. Gabrielle apparut fort tard, en Diane chasseresse toute brillante de l'or qui tissait sa tunique et ses cheveux, qui irradiait de son arc et de son carquois, et recouvrait son visage, ses bras, sa gorge et ses pieds nus. Elle avait partagé la vie de Loup pendant quatre ans, jusqu'à sa condamnation en 1640. Après cela, personne n'entendit plus jamais parler d'elle.

Antoinette s'aperçut qu'elle trouvait un plaisir très vif à se raconter cette histoire en cet instant, dans ce lit malodorant, aux côtés de cet être soudain indifférent à sa présence. Elle puisait dans les images de la vie de Loup le moyen de s'échapper, de gagner une liberté qui lui semblait nécessaire afin de ne pas sombrer immédiatement dans le désespoir.

Le chat se lavait bruyamment de sa langue râpeuse, Leroy ronflait, et Antoinette ne cherchait pas le sommeil. Elle voulait continuer à se laisser bercer par ses réflexions et à accueillir les émotions nouvelles qu'elle sentait naître. Malgré les qualités et les défauts surhumains dont Armand le dotait, Loup n'était qu'un homme. Un homme qui avait été préféré à son frère. Et cela avait étendu une ombre épaisse sur la vie d'Armand. Cette ombre avait altéré chacune de ses émotions, de ses perceptions, et l'injustice dont il avait été victime s'était trouvée peu à peu justifiée par le caractère de héros tragique prêté au frère adoré. Il était préférable d'être écarté au profit d'un demi-dieu plutôt que d'un simple mortel.

Mais par qui ce héros avait-il lui-même été abandonné ? Voilà une question qu'Armand ne semblait pas s'être posée, pas plus que ses parents. Les innombrables cas d'abandon d'enfants ne suscitaient jamais la moindre curiosité ; ces êtres étaient les fruits du péché, de la misère, et portaient le poids de cette mauvaise fortune leur vie entière. Quelle folie aveugle s'était un jour emparée de ce couple pour qu'il vénère ce bâtard avec cette ardeur insensée ? Antoinette refusait encore de croire que l'enfant lui-même avait su allumer pareil brasier. Comment l'aurait-elle pu, elle qui n'avait pas été capable de conserver l'amitié de la seule personne qui se fût jamais préoccupée d'elle ? Un sentiment aigre commençait à envahir la jeune femme, vague et ténu d'abord, qui s'amplifia en se précisant : Antoinette était jalouse. Il n'y avait pas d'autre mot pour décrire ce qu'elle éprouvait à présent, dans ce lit aux draps douteux, auprès de ce vieux garçon à l'odeur aigre. Elle en aurait pleuré de détresse et de dégoût d'elle-même, mais ses yeux étaient secs. Elle imaginait Loup évoluant dans le château ancestral comme s'il était issu de la race qui l'avait accueilli, choyé par sa mère démente ; Antoinette éprouvait une véritable répulsion pour Isabelle mais, à choisir, ne l'aurait-elle pas préférée à l'absence ? Elle voyait Loup tel que décrit par son frère lors de son arrivée au château, sale et recouvert de peaux de bête, les cheveux tombant presque sur ses hanches, farouche et vivant, qui se jette brusquement dans le giron d'Isabelle avec l'instinct d'un jeune animal. Mais tout cela était-il vrai ?

D'une chose Antoinette est certaine : couché dans le grand lit, enveloppé de cette solitude infinie que seuls ont éprouvée les orphelins, Loup s'est heurté de longues heures au mystère insondable de sa venue au monde. Peut-être s'est-il raconté des fables, plus invraisemblables les unes que les autres. Antoinette s'est inventé cent naissances ; elle a fait défiler des milliers de fois dans son esprit les raisons qui poussent une mère à se débarrasser de son enfant pour le confier à l'hôpital, à des sœurs qui le donneront à une nourrice méchante et avare, puis l'enverront tenir les torches et mendier aux enterrements, dans la neige et la pluie. Elle s'est représenté autant de fois le moment de la décision, du départ, les langes, le bonnet qu'on emporte, la dernière tétée peut-être, le dernier baiser. Ou bien n'y eut-il pas d'étreinte, juste le bébé qu'on trimballe comme un fardeau, la porte qu'on claque. Antoinette est légitime. C'est du moins ce qu'avait déclaré le couple qui l'avait abandonnée ; c'est ce qui était consigné dans les registres, ce qui la faisait échapper au sort encore plus misérable des enfants trouvés ; c'est cette légitimité qui lui avait permis de prendre le large vers une nouvelle vie, vers cette chambre triste à mourir, sous le regard de ce chat malingre, qui lisait dans son âme et la brûlait comme l'œil de Dieu. Antoinette n'avait jamais réussi à cesser de se torturer à propos de son abandon. L'apparition de madame de Meaux l'avait distraite, avait un peu diminué l'intensité de son tourment, mais ne l'avait pas fait taire.

La plupart de ses compagnes d'infortune vivaient très bien avec ces questions sans réponses. Mais les hommes ne naissent pas égaux, même au regard de leur aptitude à vivre, de leur besoin de chercher un sens derrière les choses. Beaucoup vivent et meurent sans se demander pourquoi, en se contentant de la réponse des prêtres. Antoinette n'était pas de ceux-là, et il y avait fort à parier que Loup non plus. Ces réflexions l'avaient emmenée au cœur de la nuit et, dans le silence et l'obscurité complète, il lui apparut soudain, il s'incarnait, prenait enfin sa dimension humaine, la rejoignait par-delà les années et la distance, se dépouillait des oripeaux d'une légende qui s'était obstinée à le lui dérober.

*

Monsieur,

Monsieur de Maisonneuve m'a fait part de votre désir de me remettre un message confidentiel en provenance de France. Je ne puis hélas pas honorer l'invitation du gouverneur à souper ce soir. Je vous prie donc de me rendre visite demain chez la veuve Rimbert, où j'ai mes quartiers. Soyez-y vers cinq heures.

Votre très humble et dévouée,

Brune Archambault

Armand s'était présenté au rendez-vous, mais l'oiseau s'était envolé. Il tenta d'entamer la conversation avec la veuve, mais n'obtint en réponse à ses questions que des grommellements et des haussements d'épaules, des regards de biais qui glissaient sur ses habits avec mépris.

Sans doute lassée de ses bavardages auxquels il n'était pas certain qu'elle entendît grand-chose, la bonne femme finit par le mettre dehors, le repoussa loin de son seuil, tête baissée, comme une vieille chèvre en colère. Elle lui jeta presque au visage un billet chiffonné, et lui claqua la porte au nez. Armand, une fois passé le choc de cette réception, défroissa le billet. De son écriture nerveuse et élégante, l'Indienne y expliquait qu'elle avait dû quitter en hâte Montréal pour Trois-Rivières, afin d'y rencontrer des gens de

161

son peuple qu'elle accompagnerait ensuite dans leur pays. Elle invitait Armand à la rejoindre sur la rivière Richelieu, à l'ancien fort, qui est à deux jours de canot de Montréal. Elle mettait à sa disposition six Indiens de la nation des Onnontagués, une des tribus iroquoises en assez bons termes avec les Français.

Que faire ? Suivre cette Indienne et risquer de se faire attaquer par une bande de Hurons ou d'Algonquins ? Ou rester ici dans l'inertie ? De Maisonneuve il ne fallait pas attendre d'encouragement à partir. Armand lui demanda quand même son conseil et voici ce qu'il récolta :

« Ce qu'il pourrait vous arriver de plus fâcheux ? Eh bien, que Brune Archambault et ses amis vous fassent prisonniers et vous gardent en otage dans l'espoir de signer la paix avec la France, et d'éviter la grande guerre qui les attend. Votre tête vaut son poids en vies humaines. Vous êtes de haute naissance, nouveau en ce pays, vous ferez un prisonnier de choix. Mais si les Agniers sentent que vous ne leur serez d'aucune utilité, alors ils vous tueront, et de la plus atroce façon. »

Armand se demanda comment sa vieille tête chauve pouvait bien avoir la capacité de changer le cours de l'Histoire. Si le roi avait décidé d'exterminer de la surface des Amériques le peuple iroquois, il était peu probable qu'il arrête son geste vengeur pour sauver la peau d'un homme dont il se souciait aussi peu que de son dernier valet d'écurie. Et si les Indiens croyaient le contraire, ils seraient vite déçus et n'auraient même pas la satisfaction de scalper ce crâne inutile.

Le risque était grand, en effet, mais Armand était bien près de le prendre. Quelque chose lui disait par ailleurs que le gouverneur, obsédé par la nécessité de pourvoir la colonie en nouveaux habitants, aurait souhaité y voir vivre Armand précisément dans ce but. Un aristocrate, même sans fortune, était une sorte d'ornement en ces lieux, et en attirerait immanquablement d'autres plus nantis. Le gouverneur se tourna vers Valère.

« Et vous, monsieur, quel est votre sentiment ? »

Valère ouvrit la bouche, mais aucun son n'en sortit. Il était décontenancé par le ton courtois et la déférence avec lesquels le gouverneur s'était adressé à lui, comme s'il était son égal. « Et vous, monsieur… » ; les mots sonnaient avec suavité aux oreilles du valet. Maisonneuve eut un geste d'impatience.

« Eh bien ? »

Le ton avait changé. Le valet revint à lui.

« Mon avis, monsieur le gouverneur, est que si nous ne rejoignons pas l'Indienne, il se pourrait bien que mon maître ne la retrouve jamais, ou au mieux dans plusieurs mois. Or le message qu'il doit lui délivrer ne peut attendre. »

Armand lança un regard de gratitude à Valère, qui avait déclaré avec fermeté ce qu'il n'osait dire. Maisonneuve impressionnait beaucoup Armand, qui avait de la peine à exprimer un avis différent du sien. Il se contenta d'ajouter, d'une petite voix :

« C'est comme dit mon valet.

— Tudieu, Canilhac ! Allez-vous me dire ce que vous mijotez à la fin ? Il y va peut-être de l'avenir de cette colonie et je n'en saurais rien ?

— Rassurez-vous, cette affaire n'a aucun lien avec la politique de la colonie. Je vous donne ma parole de gentilhomme. »

Maisonneuve hésita encore un instant avant de lâcher à regret :

« Bien, dans ce cas, allez ! Je mettrai à votre disposition deux de mes meilleurs soldats : Leroy, qui connaît le huron et l'iroquois, et Hautcœur, un jeune homme qui porte bien son nom. Que Dieu vous tienne en sa garde, messieurs.

— Leroy ? L'homme qui a épousé hier Antoinette Leblanc ? demanda Armand.

— En effet. Sa qualité de nouveau marié ne le soustrait pas à ses fonctions, et je ne connais pas de meilleur truchement. »

Le lendemain, grâce à Maisonneuve, Armand rencontra un homme qui aurait changé la perception que Valère avait des jésuites s'il avait pu s'entretenir avec lui. Le père Simon Le Moyne était plus âgé qu'Armand et avait passé de longues périodes chez les Agniers. Peu de Français dans la colonie connaissaient aussi bien que lui ce peuple et son pays. Il était un des rares jésuites à inspirer aux Iroquois une forme de respect. Ils l'appelaient Ondessonk, ce qui signifie « oiseau de proie ».

Comme Armand ne pouvait parler librement devant Maisonneuve qui avait tenu à participer à l'entretien, il demanda à être entendu en confession. Alors seulement il raconta au père la raison de sa présence en Nouvelle-France, son passé, son crime envers Loup. Quand Armand demanda si le jésuite avait rencontré un homme qui correspondait à la description de son frère, Le Moyne répondit qu'il avait croisé en Iroquoisie quelques Blancs qui avaient adopté les coutumes des Indiens et épousé leurs femmes, mais aucun ne ressemblait à celui que cherchait Armand. Cependant, avait ajouté Le Moyne, «la vie avec les Sauvages vous change un homme, parfois plus profondément que la foi change un Sauvage; dès lors votre frère est peut-être méconnaissable, de visage et de cœur». Le Moyne resta songeur un moment, puis il parla à Armand de cette légende qui circulait parmi les Indiens amis ou ennemis de la France, celle d'un Blanc qui vouait une haine brûlante à ceux de son peuple. On racontait qu'il avait tué plus de Français qu'aucun Iroquois. Le Moyne n'avait jamais rencontré l'homme et pensait qu'il n'existait que dans l'imagination fertile des indigènes. Il se rappelait parfaitement l'Indien qui lui avait conté cette fable. C'était un chaman, un homme majestueux et beau comme un de ces félins immenses qui hantent les forêts d'ici.

Lorsque Armand lui demanda ce qu'il pensait de l'Indienne, Le Moyne lui fit part des doutes qu'il nourrissait lui aussi à son encontre. Il l'avait vue parmi les Agniers, vêtue comme eux, parfaitement dans son élément au milieu de ceux qu'elle considérait comme ses frères de sang. Elle avait pourtant presque toujours appuyé le père dans ses tentatives de faire régner la paix et de libérer des captifs. En revanche, il n'était jamais parvenu à savoir si elle était chrétienne au fond de son cœur. Elle s'était fait baptiser à l'âge de seize ans, quand elle avait épousé le jeune habitant de Montréal qui lui avait donné son nom et qui était mort peu de temps après. Elle semblait avoir eu une liaison avec Claude de Brigeac, le secrétaire de Maisonneuve, mort en captivité chez les Iroquois de la nation des Onneiouts.

Attachée à son peuple et apparemment fidèle à ses croyances, l'Indienne avait pourtant épousé un

Français et en avait séduit un autre ; elle nourrissait pour la France une fascination puissante. Pour le père Le Moyne, Brune Archambault était un mystère aussi impénétrable que celui de ce pays tout entier, qui abrite aujourd'hui deux mondes très dissemblables. Sa qualité de sang-mêlé rendait ses choix difficiles ; sa loyauté était partagée. C'est ainsi que l'esprit ouvert et subtil du jésuite considérait ce que d'autres auraient pris pour de la fourberie ou de la duplicité.

Quand Le Moyne demanda à Armand ce qu'il espérait obtenir de cette femme, celui-ci lui avoua qu'il se posait cette question depuis des mois sans pouvoir trouver de réponse satisfaisante. Bien sûr il y avait le bijou, l'espoir fou de revoir son frère et de demander son pardon. Mais la vision de l'Indienne avait ébranlé tant de choses chez Armand, ses souvenirs, sa conscience, et quelque chose qu'il croyait mort depuis longtemps, la passion, ce transport de l'âme et du corps tout ensemble vers l'objet du désir, d'autant plus désirable qu'il est inaccessible. Mais c'était plus que cela. Devant cet homme de Dieu qui recueillait sa vérité profonde, Armand se devait de mettre des mots sur ce qu'il avait éprouvé, qui dépassait de très loin les inclinations de la chair. L'Indienne incarnait l'ailleurs absolu, l'ultime voyage. La vague de sensualité où la fascination d'Armand puisait sa source l'avait emmené plus haut, dans un élan de tout l'être vers un changement profond, un périple spirituel, le dernier sans doute avant la mort.

Le père Le Moyne l'écoutait avec un intérêt très vif. Ce petit homme sincère en proie à un éveil fulgurant et possédé par une témérité tardive l'émouvait au plus haut point. Il interrompit la rêverie soucieuse d'Armand pour lui dire :

«S'ils vous font prisonnier, dites-leur que vous êtes mon ami, mon frère, cela vous gardera peut-être en vie. S'ils vous traitent bien, faites-leur savoir qu'Ondessonk pense à eux et les aime.»

Le père se tut un instant avant d'ajouter :

«Et s'ils vous traitent mal, dites-le-leur quand même. C'est étrange, malgré la menace sempiternelle de la mort et les atrocités que j'ai vues, les années que j'ai passées là-bas furent les plus heureuses de ma vie.

— La mort ? Mais vous étiez leur ami ?

— Oui… Mais parfois j'étais leur prisonnier. C'est difficile à concevoir. Vous comprendrez peut-être.»

Ondessonk leva lentement la main droite et commença à dire l'absolution.

«*Deus, Pater Misericordiarum,*
Qui per mortem et resurrectionem filii sui
Mundum sibi reconciliavit…»

Armand se laissait bercer par la voix chaude et ample qui scandait les mots salvateurs. Pourtant ils n'avaient pas l'effet escompté. Ces mots, cette fois, n'étaient pas pour lui. Seul Loup pouvait lui pardonner et le laver de sa faute. Quand le jésuite prononça le «*ego te absolvo*», Armand fut parcouru d'un léger tremblement qui n'échappa pas au père. Ce dernier plongea ses yeux perçants dans les siens et Armand sut qu'il avait deviné la pensée qui le traversait et ne s'en offusquait pas. Quand il serait loin, dans le doute et la crainte, Armand se rappellerait le regard d'Ondessonk posé sur lui. C'était un regard qui vous voyait vraiment, qui savait qui vous étiez, et aimait cet être-là, avec sa force et sa médiocrité. C'était la première fois qu'Armand rencontrait cette exceptionnelle clairvoyance mêlée de compassion. Non pas cette pitié condescendante que pratiquent la plupart des hommes d'Église, mais l'amour vrai.

Dans ces deux puits sombres et pénétrants qui plongeaient au fond de votre âme bouillonnait aussi toute la sauvagerie qu'ils avaient contemplée. Une sauvagerie habitée d'une beauté au-delà de l'entendement. Cette beauté, une fois qu'elle avait pénétré vos sens et votre cœur, ne vous quittait plus et vous appelait inlassablement.

*

Trois jours plus tard, Armand, Valère, les Onnontagués et les soldats embarquaient pour le fleuve Richelieu. Valère fut surpris de constater que ces Sauvages étaient presque en tous points semblables aux Hurons qu'il avait croisés : même type de physionomie, mêmes coiffures, et il n'était pas jusqu'aux peintures corporelles et aux tatouages qui ne lui firent penser à ceux portés par leurs ennemis jurés de la nation huronne. Les langues des deux peuples étaient similaires, lui avait-on appris, ainsi que bon nombre de croyances. C'était vraiment troublant, ces hommes qui partageaient à peu près tout et qui se livraient une guerre sans merci.

Antoinette était venue faire ses adieux. Elle avait encore passé la dernière nuit à tenter de convaincre son époux de l'emmener avec lui, en vain. Armand aussi avait été amplement sollicité, mais il était resté intraitable. Valère aurait volontiers emmené la jeune femme. Qu'est-ce qui la retenait dans ce bourg minable ? Pas d'enfants, de père ni de mère, personne, et sans doute guère de rêves non plus, avec ce maroufle qu'on lui avait donné pour mari. Il n'était pas méchant néanmoins, pour autant que Valère ait pu en juger quand il était allé rendre visite à Antoinette la veille du départ. Une lueur de tendresse avait même animé les yeux de l'homme quand il avait tenté de calmer la colère de sa femme. Mais elle s'en souciait comme d'une guigne, et c'était naturel. Un homme comme lui avec une femme comme elle ! Ils avaient l'art de mal assortir les couples dans ce pays. Ce n'était déjà pas brillant en France, mais on se demandait si les gens d'ici ne le faisaient pas exprès.

Quand il fallut mettre les canots à l'eau, Antoinette avait suivi le mouvement et était entrée dans la rivière jusqu'à la taille. Elle avait glissé sur le sol pierreux et s'était immergée jusqu'au cou, et en ressortant avait offert le spectacle de ses seins moulés sous la chemise trempée, ce que les Indiens n'avaient pas manqué d'apprécier avec force exclamations. Leroy, furieux, les avait fait taire. Les canots glissaient, souples et rapides, malgré les gestes empotés d'Armand et de Valère, qui donnèrent aux Indigènes de nouvelles causes de réjouissance.

Valère se retourna pour apercevoir la silhouette d'Antoinette, comme posée sur l'eau calme, telle une apparition. Il s'en voulut de ne pas l'avoir embrassée. Pour une fois dans sa vie, il aurait dû lui offrir un vrai geste d'amitié. Personne d'ailleurs ne l'avait embrassée, même pas son époux, trop gêné sans doute de manifester le moindre élan sentimental devant d'autres hommes. Voilà qui avait l'art de révolter Valère, cette honte que doit éprouver le mâle lorsqu'il montre ses émotions à d'autres mâles. Valère était bien sûr lui aussi prisonnier de ce principe idiot, comme il venait à peine de le démontrer. Armand, qui s'en sortait bien mal avec sa pagaie et était déjà trempé de la tête aux pieds, lui lança un regard espiègle, comme un gamin qui s'apprête à faire un mauvais tour. Il pouvait être si jeune parfois, souvent dans les situations les plus inattendues. Ils voguaient vers les immensités hostiles, et Armand lui souriait, plein de malice, et voilà qu'il se mettait à singer la mine grave et le maintien royal de l'Indien qui était devant lui.

Antoinette devenait de plus en plus petite, bientôt elle disparaîtrait, et peut-être Valère ne la reverrait-il jamais. Il se concentra pour tenter de calquer ses mouvements sur ceux des Indiens devant lui, qui bougeaient comme un seul homme. Leurs muscles longs et puissants roulaient sous leur peau mate, tatouée par endroits, luisante d'huile. Dans le grand calme qui régnait sur le fleuve, les Indiens entonnèrent un chant, qui déconcerta Valère par son caractère monocorde. Mais peu à peu il se surprit à apprécier les phrases mystérieuses psalmodiées par les voix rauques, les notes tendues qui s'amplifiaient en s'élevant pour se perdre dans la cime des arbres des berges. Quand le chant mourut, l'Indien à la proue du canot dit quelque chose à ses compagnons, que Leroy traduisit par :

« C'est un beau jour pour voyager sur le Chemin qui Marche. »

11

La Croisée des Chemins est en retard ; il devait être au camp avant la tombée de la nuit. Il sait que Vieille Épée n'aime pas qu'il revienne après qu'il a allumé sa pipe. Ces fois-là il est de mauvaise humeur, car le moment de sa pipe est sacré, et il ne veut rien entendre d'autre en fumant que les bruits de la forêt, et éventuellement la musique que joue Niawen. La Croisée des Chemins aime cette musique, souvent triste, qui lui fait penser à sa mère. Sa mère était belle et triste, elle aussi. Un jour, elle s'en est allée à la rivière et n'est pas revenue. La Croisée des Chemins la voit parfois en rêve, glissant au fil de l'eau, elle passe devant lui qui est assis sur un rocher et elle lui sourit.

La lune n'est que la moitié d'elle-même et disparaît souvent derrière les nuages, mais la Croisée des Chemins connaît si bien la piste qui mène à Vieille Épée qu'il pourrait la suivre les yeux bandés. Voilà longtemps que Vieille Épée vit dans l'ancien pays des Wendats, le peuple que les Français appellent les Hurons, à proximité des ruines de la mission Sainte-Marie. Cela ne lui ressemble pas de s'attarder au même endroit. Il a combattu ici, voilà bien longtemps. Il y a tué plus de Hurons qu'il y a de poissons dans un lac. Aujourd'hui, plus personne ne vit en ces lieux dépeuplés, sauf Vieille Épée, Niawen et la Croisée. C'est une terre désolée, où on ne fait que passer. La Croisée, certaines nuits, entend le sang des morts qui coule dans la terre et crie vengeance. Il sait que Vieille Épée l'entend aussi, et qu'il attend que la mort le prenne à son tour, afin que la terre absorbe son sang et l'accepte en compensation des vies qu'il a prises. Vieille Épée a une santé magnifique, et pourtant il parle de plus en plus souvent de sa fin proche. La Croisée ne croit pas que cela arrivera bientôt, parce qu'il ne voit pas encore la mort de Vieille Épée dans ses rêves.

La Croisée accélère le pas, et bientôt se profile le rocher en forme de castor dressé, puis l'arbre brûlé et enfin la petite butte… Le mince filet de fumée s'élève, un petit feu crépite et l'air embaume la viande grillée et le tabac, où domine l'écorce d'aulne rouge. La Croisée fait les derniers mètres au pas de course, ses trousseaux de clefs tintinnabulant à son cou. Vieille Épée a beau lui dire qu'il a l'air d'un geôlier, la Croisée aime l'effet de ces petits objets luisants aux formes étranges sur sa poitrine. Ce sont des amulettes efficaces, les dépositaires de l'esprit des Blancs qui se répandent sur cette terre comme des armées de fourmis surexcitées, et qu'il faut essayer de comprendre et d'apaiser, à défaut de les aimer.

Quand il se plante devant Vieille Épée avec un grand sourire innocent aux lèvres, celui-ci fait mine de ne pas le voir. La Croisée sait bien qu'il est inutile d'entamer la conversation quand le vieux est aussi ronchon. Il va déposer son sac près de sa couverture, s'enduit la peau de graisse d'ours contre les moustiques et vient s'asseoir près du feu. Longtemps Vieille Épée garde le silence. Puis enfin il propose la pipe à la Croisée, qui tire une longue bouffée. Ensuite Vieille Épée retourne la broche au-dessus des braises, boit une gorgée d'eau et se rassied, son unique œil braqué sur l'obscurité à présent complète.

Niawen n'est pas au camp. Sans doute est-il parti pour une de ses longues marches-prières à Jésus-Manitou. Vieille Épée dit que les tortures ont peut-être brouillé son esprit, mais qu'elles l'ont rendu moins bête. Il regrette que les mauvais traitements n'aient pas eu le même effet sur toutes les Robes Noires, qu'il déteste dans l'ensemble. Le moment de la pipe prend fin. Vieille Épée la retourne au-dessus du feu et en fait tomber le tabac. La Croisée n'a jamais bien compris cette habitude de fumer en silence, contraire en tous points à la coutume de leur peuple. La Croisée peut enfin parler.

« J'ai rencontré des gens de la nation de la Grande Montagne, ils se rendaient chez nous.

— Chez nous…

— Ossernon est encore chez nous, que je sache. Même si tu cours le monde et que je suis assez stupide pour te suivre comme un chien docile.

— Tu es libre, la Croisée.

— Je sais, vieux corbeau ! Donc, je disais, ils allaient chez nous. Il paraît que les nouvelles sont mauvaises. Le roi de France va envoyer une grande armée. Bientôt.

— Qu'il envoie ses petits soldats ! Cela ne me concerne plus. Je suis fatigué.

— Les Anglais vont attaquer la Nouvelle-Hollande.

— Eh bien qu'ils attaquent !

— J'ai appris que Naiekowa est en route pour Ossernon... »

À ce nom, Vieille Épée a un infime mouvement de la tête, et son œil lance un éclair noir à la Croisée des Chemins. Celui-ci prend un air boudeur, comme s'il en connaissait davantage mais n'en voulait rien dire. Il sait que le vieil homme n'a plus vu la jeune femme depuis au moins deux années. Ils s'étaient violemment querellés à propos d'un galant de la belle, un capitaine du Peuple du Fer qui lui faisait des promesses aussi vaines que celles d'un Indien qui a bu.

Vieille Épée se lève et se met à marcher autour du feu. Quand il est en mouvement, il est difficile de lui donner l'âge que ses traits accusent certains jours. Sa silhouette ferme et svelte, sa chevelure sombre seulement parsemée de quelques rares fils d'un blanc pur, la vivacité de ses gestes sont encore celles que la Croisée avait admirées quand il avait vu Vieille Épée pour la première fois, quinze ans plus tôt.

Il en était tombé éperdument amoureux. Un amour sans espoir d'être partagé. Vieille Épée, qui à l'époque s'appelait encore Œil Éclair, ne prenait de plaisir qu'avec les femmes. La Croisée voyait des couples d'hommes vivre comme des époux, mais cette union sacrée n'était pas pour lui et Vieille Épée.

La Croisée l'observait qui trépignait toujours autour du feu sans savoir quoi faire de son grand corps agité. Il se décida enfin et prit la direction de la rivière. La Croisée s'aperçut qu'il était parti sans arme.

*

On avait établi un campement pour la nuit sur une île plate, à environ sept lieues de Montréal. Le vent avait poussé les embarcations, facilitant grandement l'activité des rameurs. Armand et Valère étaient pourtant hébétés de fatigue, au point qu'ils touchèrent à peine le poisson grillé que les Indiens leur proposèrent. C'était une espèce d'immense brochet avec une tête prolongée par un museau plat à l'expression terrifiante. On aurait dit le survivant d'une race vieille comme le monde, le dernier titan d'un règne disparu. Valère était fasciné, mais son intérêt ne parvenait pas à réveiller son appétit, c'était plutôt le contraire.

Les muscles des deux nouveaux arrivants étaient douloureux comme après une bastonnade formidable, mais il n'y avait que Valère pour ressentir cette comparaison dans sa chair. Leurs genoux étaient éraflés, puisqu'il fallait être assis sur ses talons à la manière des Indiens pour avoir une chance d'harmoniser ses propres mouvements avec les leurs. Armand frottait ses membres douloureux en geignant. Pour le faire taire, Valère consentit à lui masser le dos et les épaules. Les Sauvages et les deux Français observaient la scène avec perplexité. Armand leur demanda ce qui les retenait ainsi prisonniers de ce tableau banal ; Hautcœur, le jeune soldat qui ne devait pas avoir plus de vingt ans, répondit que ces manières de l'Ancien Monde n'avaient pas encore traversé les océans, mais que, si cela arrivait jamais, il n'y aurait personne en Nouvelle-France pour tripoter ainsi qui que ce soit, fût-il marquis, mise à part une fille de joie ou une épouse complaisante.

Le valet eut bien envie de fermer le caquet de cet effronté, mais ce fut Armand qui le fit à sa place.

«Mon jeune ami, vous verrez que quand vous aurez mon âge, vous apprécierez un geste d'amitié virile comme celui-ci.

— Sauf votre respect, monsieur, n'est-ce pas censé être un devoir de la part d'un serviteur? demande Hautcœur.

— Cela est vrai. Mais, dans le cas présent, Valère me témoigne sa sollicitude en soulageant mes vieux os, n'est-il pas, Valère? Et je ferais de même à son égard s'il souffrait comme je souffre.»

Valère sursauta.

«Je vous rappellerai cette aimable proposition, mon maître. Lorsque nous aurons beaucoup marché et que mes pieds n'entreront plus dans mes chaussures…»

Hautcœur éclata d'un grand rire franc, si gai, si communicatif que les Indiens se mirent à rire eux aussi, sans comprendre pourquoi. Mais celui qui connaissait le français avait alors expliqué aux autres ce qui s'était dit. Ils rirent de nouveau. L'Indien se tourna vers Valère et lui demanda gravement :

«Toi esclave de Tête de Courge?»

Les deux Français replongèrent dans un moment d'hilarité. Valère et Armand étaient sans mots. Ils percevaient tous deux la férocité involontaire du Sauvage, qui tentait de comprendre selon ses propres mœurs et son vocabulaire la relation qui les unissait. Mais il y avait quelque chose d'essentiellement vrai dans cette remarque. Hautcœur s'empressa de dissiper le doute de l'Indien et répondit qu'en aucun cas monsieur Valère n'était esclave de monsieur le marquis. Il était important, expliqua-t-il, de mettre les choses au clair avec ces gens-là, il ne faisait pas bon être esclave chez eux.

Le soleil en se couchant se dissolvait en lueurs roses et orange qui s'effilochaient en s'étirant vers le sud. Un vol de huards traversa le ciel et leur cri déchira ce silence unique qui ici n'en était pas un : toujours habité de sons infimes, de bruissements à peine audibles, de mouvements furtifs qui tissaient une espèce de présence sonore, rassurante en ce soir d'été, mais qui pouvait à n'en pas douter se révéler inquiétante aussi. Armand avait remarqué que les Indiens avaient toujours les sens aux aguets, tendus vers ce fourmillement de vie dissimulée sous le grand calme apparent. Même Leroy et Hautcœur manifestaient une attention particulière à tout ce qui les entourait.

Armand et Valère se couchèrent l'un contre l'autre sous une couverture en peau d'orignal. Les Indiens et les soldats se relayaient pour monter la garde. Ce n'était pas dans les mœurs des Sauvages de veiller pour protéger un campement. Chez eux, on ne s'attaquait pas de nuit. Mais le contact avec les Européens commençait à influencer leur mode de vie, et, en présence des soldats français, ils faisaient comme eux.

Armand ne parvenait pas à s'endormir malgré l'incommensurable fatigue ; il sentait les genoux cagneux de Valère contre son dos et lui demanda de se reculer un peu. Le valet dormait déjà et ne l'entendit pas. Au milieu de la nuit, Armand n'en pouvait plus de rester immobile et se leva pour aller tenir compagnie à l'Indien de faction, qui ne parlait pas un mot de français. L'homme l'accueillit par un hochement de tête et ses mains se mirent à faire de beaux gestes larges qu'Armand ne comprenait pas, mais qui lui semblèrent amicaux ; cette danse des mains s'accordait parfaitement avec le lieu et le moment, quoi qu'elle signifiât. Ils restèrent tous deux silencieux, mais ce silence n'avait rien de pesant. C'était simplement un moment de paix sans paroles, où chacun pouvait errer au gré de ses pensées sans avoir besoin de les partager, mais sans être seul pour autant. Après ce long moment apaisant, l'Indien regarda Armand intensément ; il le montra du doigt, mit la main droite sur son cœur et dit :

« Naiekowa. »

Leroy venait d'arriver pour prendre la place de l'Indien. Il le vit refaire le même geste en direction d'Armand et prononcer le nom encore une fois.

« C'est le nom de l'Indienne, dit Leroy d'un ton maussade.

— Ah, bon ! s'écria Armand. Oui, oui, monsieur ! dit-il à l'Indien. Nai… Naio… kiewa. Vous la connaissez donc ?

— Naiekowa, rectifia l'Indien en souriant.

— Naiekowa », répéta Armand, docile.

Puis l'Indien répéta encore le nom en montrant Armand et en posant sa large main sur son torse, à l'endroit du cœur, comme la première fois. Armand rougit violemment. L'Indien se leva et vint poser une main sur son épaule avant de le quitter. Leroy prit sa place, mais sa compagnie était loin d'être aussi agréable que celle de son prédécesseur. Il faisait d'ignobles bruits de bouche, crachait souvent une chique presque noire, ôtait sans cesse son chapeau pour le remettre deux secondes plus tard. Armand se dit qu'en refusant à Antoinette de les accompagner, il l'avait au moins soustraite à la vie avec ce sinistre bonhomme. Pour combien de temps, voilà qui était impossible à savoir. Peut-être pour toujours.

Naiekowa… Il brûlait de savoir ce que ce nom voulait dire, mais n'avait aucun désir de parler d'elle avec le rustre assis en face de lui. Il aurait tout le loisir de poser la question à quelqu'un d'autre. Et il pouvait tout aussi bien vivre encore quelques jours avec ce mystère non résolu, et s'imaginer mille choses. Il quitta Leroy en le saluant sèchement d'un petit signe de tête ; l'autre ne bougea pas. La bienséance exigeait qu'il se lève et se découvre. Mais ces règles-là semblaient ici démodées. On s'en passerait donc, comme on se passait de toit au-dessus de la tête, de lit, d'assiettes et de linge propre. Valère en avait emporté un peu, mais il fallait le faire durer. Armand avait tenu à se munir de son bonnet de nuit, malgré le ridicule qu'il y avait à dormir dans la nature en plein été avec un bonnet sur la tête, comme le lui déclara Valère. Mais le chauve prend rapidement froid par le crâne, Valère aurait dû s'en souvenir. Armand enfila donc le bonnet, dit en vitesse un Pater et un Ave et se recoucha aux côtés du valet, étalé de tout son long comme un gisant. Naiekowa… Cela évoquait le bruit de la rivière, le nom d'une fleur des marais, la pluie d'été qui dégouline des feuilles… Quelque chose en rapport avec l'eau.

Le lendemain matin, avant d'embarquer, Leroy vint vers Armand et lâcha :

« Si ça vous intéresse, Naiekowa veut dire la Grande Vaniteuse, ou l'Orgueilleuse, enfin, une femme foutrement forte en gueule, quoi…

179

— Je vous remercie infiniment, monsieur Leroy. Antoinette doit être ravie d'être la femme d'un homme si délicat, et si instruit… »

Leroy s'en alla vers son canot en maugréant. La seule manière de toucher cet homme était clairement de lui parler de sa femme. C'était bon à savoir.

On se remit en route. Le vent était toujours derrière et, à l'allure où étaient lancés les canots, Leroy estima qu'on arriverait deux bonnes heures plus tard à l'endroit du rendez-vous. Jusque-là, on pouvait dire que tout allait bien.

*

Vieille Épée et Niawen ne rentrèrent que tard dans la nuit. Niawen s'était de nouveau perdu. Vieille Épée l'avait trouvé assis au pied d'un arbre, prostré. Il était épuisé, comme toujours quand il passait de longues heures à errer en chantant les prières qu'il improvisait au gré de son inspiration. La Croisée des Chemins connaissait leur contenu par cœur, pour l'essentiel. Il y était question de Jésus qui apparaissait aux chamans de tous les peuples des Cinq-Nations, sur la montagne de l'Est. Il leur révélait qu'il ne faisait qu'un avec le Maître de la Vie, et qu'il parlait aux hommes par les roches et les rivières, l'ours et le loup, l'érable, le pin et tous les êtres animés et inanimés qui peuplent notre Mère la Terre. Il annonçait que l'enfer n'existe pas, pas plus que le paradis, mais que tous, les hommes et les animaux, la pierre, l'eau et le vent, un jour, dans des milliers d'années, ne formeront plus qu'un Grand Tout, qui à son tour deviendra une nouvelle terre

180

quelque part dans l'Univers, au-delà du ciel étoilé. Et sur cette terre, d'autres hommes vivront et mourront. C'était pour le moins original, et la Croisée n'était pas insensible au principe du Grand Tout qui absorbait toutes les énergies. Mais Vieille Épée disait qu'en France, ces fantasmagories auraient valu à Niawen de mourir sur le bûcher. La Croisée se demandait pourquoi le pauvre homme aurait payé de sa mort ces histoires qui ne faisaient de mal à personne, qui étaient pleines d'images belles et puissantes inspirées par des esprits bénéfiques. Elles avaient fait le bonheur de son peuple quand tous trois vivaient encore en Anniégué.

Vieille Épée lava le visage et les pieds de Niawen, lui donna à boire, l'obligea à avaler un peu de viande et quelques fèves. Il était maigre comme un loup au cœur de l'hiver et se serait laissé mourir de faim si Vieille Épée n'avait été là pour veiller sur lui. La nuit, Niawen avait parfois des crises subites de larmes, qui secouaient sa carcasse pendant des heures. Alors Vieille Épée s'approchait de lui et le prenait dans ses bras. Il lui chantait une berceuse, et lui parlait comme à un enfant en l'appelant par son nom français, Jean.

Niawen s'était endormi calmement ; la Croisée était allé s'allonger près de lui. Il savait que Vieille Épée ne se reposerait pas beaucoup d'heures. Il veillerait en pensant à ce que lui avait dit la Croisée, il ressasserait la possibilité de retourner à Ossernon parmi les siens pour prendre part au conseil. Car les mères des clans ne manqueraient pas de réunir les membres du village au sujet de l'invasion possible des soldats du roi, et de celle des Anglais. Naiekowa aurait des nouvelles fraîches et un avis sur la façon dont il fallait agir, comme elle en avait sur tout. La Croisée ne trouvait pas toujours ses opinions très avisées. Son cœur battait autant pour la France que pour le Peuple du Silex.

Il était inutile de parler à Vieille Épée pour l'instant. La Croisée attendrait d'avoir une vision ou un rêve clair. Alors seulement il lui en ferait part, et peut-être le rêve ne les conduirait pas en Anniégué… Dans ces moments d'incertitude, la Croisée aurait aimé que sa mère fût encore auprès de lui. Elle aurait su le conseiller. Il l'invoqua et s'endormit. Au lieu du visage maternel, c'est le hibou qui vint le visiter. L'animal ne lui apporta aucun message précis, mais sa présence indiquait que la Croisée allait devoir voyager dans l'avenir, souvent, à partir de maintenant. Alors que pendant des années il n'avait pas été nécessaire de savoir de quoi demain serait fait. Le hibou avait tourné la tête à gauche ; le vent avait changé de direction.

*

Vieille Épée avait rallumé sa pipe. Elle l'aidait à réfléchir quand il le fallait. Mais le fallait-il ? Ne pouvait-il continuer simplement à vivre loin de ses semblables, avec pour seuls compagnons le chaman et le fou ? Il avait depuis longtemps abandonné la guerre contre les Français. Les Agniers se feraient mettre au pas par le roi de France ou d'Angleterre, ou les deux. C'était perdu d'avance, et depuis très longtemps, depuis que l'Homme Blanc avait mis le pied sur cette terre, en vérité.

Comment avait-il eu la folie et la prétention de croire le contraire ? Il s'était battu, avait pris d'innombrables vies dans l'espoir de faire vaciller cette insignifiante colonie peuplée de croquants incultes. Mais ils étaient aussi tenaces et résistants que des rats. C'était bien la peine de quitter sa hutte et ses navets pourris du Perche pour venir crever de faim ici. Mais voilà qu'ils se mettaient à prospérer ! Après avoir été incapables de faire fructifier cette terre fertile entre toutes. Leur Dieu semblait enfin s'intéresser à leur sort. Et surtout leur roi, qui s'était bien gardé pendant des années de faire parler de lui, jusqu'à ce que la colonie eût enfin l'air de quelque chose, quelque chose que l'on pouvait gouverner de loin sans en avoir honte quand on s'appelait le Roi-Soleil.

Il avait entendu dire que Louis avait demandé au brave Boucher, un gars de Trois-Rivières qui avait fait cinq mois de voyage pour mendier son aide, s'il y avait ici de beaux enfants. Et le bon Boucher de répondre, plein d'empressement : «Oh, Sire, les plus beaux qu'on puisse voir ! » Et voilà ce qui avait décidé le roi. Les enfants ! On les cherchait encore en vain dans les rues de Montréal… Il n'y avait plus promené ses bottes depuis qu'il avait atterri là, un jour pluvieux de septembre de l'an 1642, avec pour tout bagage la pipe de Morel, la même qui était entre ses lèvres.

Cela faisait plusieurs semaines que les époques anciennes de sa vie lui revenaient en mémoire, alors qu'il n'y pensait jamais auparavant. Il ne rajeunissait pas, et quand il disait à la Croisée qu'il allait bientôt rejoindre le Pays du Soleil Couchant, l'autre se moquait de lui. Mais puisque la Croisée lui assurait qu'il ne voyait pas sa mort dans ses rêves… La Croisée ne s'était jamais trompé. C'était un grand sorcier. Il avait le don.

Il lui semblait qu'il lui était devenu à peu près égal de mourir. Il avait eu une longue et belle vie. En réalité, il en avait eu plusieurs, et l'homme qu'il était aujourd'hui n'avait plus grand-chose en commun avec tous ceux qui s'étaient succédé au fil du temps. Mais toujours, en toutes circonstances, il avait aimé la vie avec fureur, s'y était accroché désespérément, au-delà de ce qu'il croyait possible. Son corps s'était révélé d'une force et d'une résistance qui n'avaient jamais cessé de l'étonner. Il aurait dû mourir vingt fois au moins, depuis le jour de sa naissance. Les siens disaient qu'en lui le Grand Esprit avait déposé un surplus d'orenda. Mais aujourd'hui il se sentait las. Les choses qu'il aimait n'avaient plus la même saveur ; la chasse, la pêche, l'errance dans ce pays qui l'éblouissait hier encore comme au premier jour, les visites de Cœur Bleu quand elle partait ou revenait de la grande chasse d'hiver, ses longues jambes autour des siennes, tout cela n'excitait plus comme auparavant ses sens et son esprit. D'ailleurs, Cœur Bleu n'était pas venue ce printemps, et il s'aperçut qu'elle ne lui avait pas manqué.

Il tira encore une bouffée de sa pipe ; elle ne lui apporta pas la réponse à sa question. Devait-il se rendre à Ossernon ? Ce ne serait pas pour palabrer au conseil, mais seulement pour revoir celle qu'il avait quittée dans la colère et la tristesse. Il voulait contempler son visage une dernière fois. Car de toutes les choses et les êtres merveilleux qu'il lui avait été donné de connaître, Naiekowa était la plus étonnante et la plus chère à son cœur.

12

Elle se tenait, droite et fière sur la rive, entourée d'une quinzaine d'hommes dont la taille égalait la sienne. Armand l'avait reconnue de très loin, et il se sentait envahi par une euphorie enfantine. Il avait envie de battre des mains, de sauter, et il se mit à faire des gestes désordonnés avec sa pagaie. Valère, depuis l'autre canot, lui enjoignit de se calmer et l'Indien assis derrière Armand, qui avait échangé avec lui ce moment de fraternité la veille, posa encore une fois la main sur son épaule.

Bientôt les Sauvages se hélèrent à distance, mais elle restait parfaitement immobile, légèrement déhanchée, une main en visière au-dessus de ses yeux pour se protéger du soleil. Soudain, à mesure que la silhouette de la jeune femme se précisait dans la lumière de midi, Armand fut la proie d'une angoisse sourde, qui montait en lui et serrait sa poitrine et sa gorge. Il avait tant imaginé, tant rêvé ce moment qu'il le redoutait à présent. Brune Archambault, Naiekowa, était là, devant lui qui avait traversé la mer pour la retrouver, qui avait quitté le confort modeste de sa vie parisienne, ses certitudes. Elle l'attendait, lui, Armand, et il allait pouvoir lui parler, la connaître, lui raconter ce qui lui était arrivé ce soir neigeux chez Louise de Grampin, ce qui s'était produit en lui quand il l'avait vue. Il allait enfin savoir si ce qu'il devinait depuis ce fameux soir était juste. Il tenta d'apaiser les battements de son vieux cœur, reprit la maîtrise de lui-même et descendit du canot. Sans plus se soucier des autres, Armand de Canilhac fendit l'eau en grandes enjambées détermi-nées, vers celle aux pieds de qui il venait mettre son destin.

Arrivé sur la berge, il se découvrit et fit une pro-fonde révérence, en un geste empli de panache et d'humilité. Personne ne songea à rire du marquis à cet instant. Quelque chose dont Armand était par-faitement ignorant se dégageait de sa personne, des qualités dont il se croyait totalement dépourvu : la prestance et l'autorité de sa race devenaient palpables, et forçaient le respect et l'admiration. Il était transfiguré par le moment, et conférait à cette rencontre toute la puissance et l'importance dont il l'avait chargée en imagination depuis des mois. Cela était perceptible pour tous, et même pour l'obtus monsieur Leroy : il avait instinctivement ôté son cha-peau, tel le paysan ébaubi qui, au bord de la route, regarde passer son seigneur. Les Indiens observaient Armand avec un regard différent. Ce petit Français chauve aux habits usés prosterné jusqu'à terre devant une des leurs était quelque chose qu'ils n'avaient pas coutume de voir.

L'Indienne lui retourna la révérence et l'invita à s'asseoir sur un tronc d'arbre, comme s'il se fût agi d'un fauteuil confortable. Il ne pouvait détacher les yeux de son visage, qui l'étonnait par les changements qui l'avaient pénétré ; ou peut-être était-ce simplement son souvenir d'elle qui n'était pas fiable. Elle paraissait plus jeune parée de perles et vêtue à la mode indigène, moins froide, moins dure. Ses yeux clairs étaient parsemés de lueurs dorées et semblaient plus présents, moins impénétrables. Sans doute le soleil en y insufflant sa lumière en transformait-il l'éclat autant que l'expression. Armand remarqua les tatouages qui ornaient ses bras nus : deux serpents qui sinuaient depuis le coude jusque derrière l'épaule. Ils avaient été conçus pour ne se révéler que lorsqu'elle portait les vêtements de son peuple. Dans une robe à la mode de France, ces animaux comme brodés à même la peau restaient parfaitement invisibles.

Elle lui demanda s'ils avaient fait bon voyage, et il répondit que oui, même si le canot n'était sans doute pas son moyen de transport préféré.

Ils mangèrent des outardes et des galettes de maïs, cet aliment omniprésent même chez les colons et qu'Armand avait finalement été obligé de goûter. Les Indiens onnontagués et les Agniers, compagnons de l'Indienne, discutèrent avec animation pendant tout le repas. Elle échangeait des politesses avec Armand, lui parlait de la France, lui posait des questions un peu futiles. Elle n'avait aucun souvenir de l'avoir croisé chez Louise de Grampin. Bien que cela ne le surprît pas, il fut néanmoins déçu. Après le repas, ils s'isolèrent un moment. L'Indienne l'emmena marcher sur les berges ; de nouveau il eut l'impression saugrenue de se trouver au cours la Reine en compagnie d'une dame de ses amies. Brune marchait d'un pas mesuré et tranquille, selon une cadence régulière ; et Armand n'eût pas été étonné d'entendre le glissement d'une robe à chacun de ses pas.

Valère les observait à distance, et s'inquiétait de ce que choisirait de dire son maître lors de cette première rencontre. Le valet lui avait enjoint de rester prudent et assez discret, mais il savait à présent combien Armand pouvait être impétueux, et à quel point l'impatience où il se trouvait depuis des mois rendait tous les conseils absolument vains. Valère était littéralement ébloui par Brune Archambault. La jeune femme était physiquement au-delà de ce qu'il avait pu concevoir. Comme l'avait dit Armand, sa beauté était si étrange, si peu conventionnelle, qu'elle vous désarçonnait d'abord pour vous emmener très vite ailleurs, loin de tout ce que vous connaissiez, vous laissant sans repères, perdu, envoûté.

Ses traits aigus paraissaient façonnés par un sculpteur tentant de donner chair dans une urgence convulsive à une vision avant qu'elle s'évanouisse définitivement. Et ce regard d'un bleu froid et lumineux, jaspé d'éclats d'or, ce regard qui avait pétrifié Armand et lui en avait rappelé un autre aussi étonnant et inoubliable… Ce regard à lui seul aurait damné le moins hardi des hommes. Mais il y avait en cette femme quelque chose d'indéfinissablement masculin, qui se dégageait de son maintien, de ses gestes, de sa voix même ; c'était plutôt un trait de son caractère qui devait s'exprimer coûte que coûte, et venait habiter un peu malgré elle ce corps qui était l'incarnation même de l'idéal féminin. Un idéal qui semblait universel, ainsi révélé par ces quelques lambeaux de peau aussi souple et fine que celle, vivante, qui offrait sa matité aux rayons du soleil. En cette créature, on pouvait voir les deux mondes embrassés, imbriqués l'un dans l'autre selon les règles d'une harmonie parfaite. Jamais Valère n'avait été aussi ému par une femme, et il était bien près de se demander si ses préférences pour le sexe fort ne devaient pas être réévaluées.

Armand était volubile ; on pouvait voir ses mains accompagner ses paroles en gestes un peu fébriles. Elle écoutait, paisible et attentive, la tête légèrement penchée vers Armand qui était plus petit qu'elle. Non loin d'eux, deux Agniers étaient postés, veillant sur celle pour qui ils semblaient tous éprouver un respect mêlé d'une espèce de crainte. Ils étaient, de même que leurs compagnons, parés comme pour une occasion, le corps et le visage peints de rouge et de noir. Leurs cheveux dressés sur le haut du crâne leur donnaient une allure effrayante.

Valère laissa son regard errer sur la berge opposée, où commençait immédiatement la forêt, qui s'étendait à perte de vue. Non loin de l'endroit où ils avaient mangé, les restes du fort en bois, abandonné des années plus tôt, témoins de l'échec des Français à pénétrer ce pays hostile dans lequel Valère et Armand allaient peut-être s'engouffrer comme dans la gueule du loup.

L'Onnontagué qui parlait français et dont on avait appris qu'il s'appelait Marche en Dormant avait rejoint Valère et lui adressa la parole. Il semblait rechercher la compagnie des Français, les observait avec plus de chaleur que ses concitoyens, toujours distants.

« Ton ami, courageux, dit-il.

— Oui, répondit Valère sans conviction, coura-geux… Peut-être fou. »

L'Indien éclata de rire. Valère n'était pas encore habitué à la manière assez intempestive dont ces Sau-vages manifestaient leur hilarité. Sans doute mon-traient-ils leur colère ou leur haine avec autant de virulence.

« Fou, courageux, parfois même chose.

— Vous parlez bien notre langue. Comment l'avez-vous apprise ?

— Avec Ondessonk. Toi, tu as connu Ondessonk ?

— Je l'ai rencontré.

— Lui grand ! »

À la mine dubitative de Valère, l'autre parut cho-qué. Valère se sentit obligé de s'expliquer :

« C'est que je n'aime pas beaucoup les Robes Noires… »

L'autre était si incrédule que Valère se mit à rire à son tour. À partir de ce jour, Valère s'appela Celui-qui-n'aime-pas-les-Robes-Noires et, si ce nom pouvait lui être utile là où il allait, il pria afin qu'il ne le suive pas en France au cas où il y retournerait. Marche en Dormant lui demanda comment il se faisait qu'il se méfie de ses propres hommes-médecine. Avait-il eu une mésaven-ture ? Était-il la victime d'un sorcier malveillant ?

« Quand j'étais un enfant, une Robe Noire a fait mourir une vieille femme de mon village. Une femme… guérisseuse. »

L'Indien semblait perplexe.

« Mais les Robes Noires sont guérisseurs… Et ils disent que les femmes ne peuvent pas avoir ce don… répondit-il.

— Et pourtant elles le possèdent souvent. La Robe Noire a dit que la femme était sorcière, ce n'était pas la vérité. Pourtant, elle a été torturée et brûlée vivante.

— Tu aimais cette femme ?

— Oui. Elle était de ma famille. »

L'Indien se tut pendant un long moment, puis dit : « Les Robes Noires se méfient des femmes, de toutes les femmes. Pourquoi ?

— Parce qu'ils croient que la femme est le mal.

— Si toi et moi encore ensemble sur la Rivière-où-il-y-a-beaucoup-de-nourriture, je te raconterai l'histoire de la Femme Ciel, et comment la terre est née.

— Avec grand plaisir !

— Mais peut-être je n'irai pas plus loin.

— Vous nous laisserez seuls avec les Agniers ?

— Je ne sais pas. Mais un autre te racontera, si tu demandes. »

L'Indien s'éloigna. Valère en était attristé. Il aurait préféré continuer à deviser avec lui et écouter l'histoire de la Femme Ciel plutôt que de ruminer cet épisode horrible de son enfance. Car si personne ne lui tenait compagnie, c'est ce qu'il allait faire ; les images le submergeaient à présent sans qu'il puisse rien faire pour les chasser. Le petit crachin glacé de cette aube de décembre, l'odeur âcre de la fumée, le corps de Bertrande agité de toux et de tremblements. Ce vieux corps rond et chaud au creux duquel il faisait bon s'endormir les soirs d'hiver…

Bertrande était la sœur de son grand-père maternel, celui qu'il adorait, qui l'abreuvait d'histoires et d'amour. Elle soignait les maladies et les blessures en échange de nourriture ou d'objets ménagers, de vêtements, de tout ce qui pouvait lui être utile. Il était évident qu'elle avait un don, mais sa grande bonté et sa piété la mettaient à l'abri des accusations de sorcellerie. Arriva un nouveau curé à Joudreville, un jeune exalté qui s'était mis en tête de chasser le démon qui, selon lui, sévissait au village sous diverses formes. Il s'en prit à Bertrande, la dénonça aux autorités civiles et un procès eut lieu. Elle nia farouchement pendant quatre jours, mais les supplices finirent par avoir raison de sa résistance et de son âge avancé. Elle fut brûlée vive. Le curé avait obligé ses ouailles à venir assister au supplice, sous peine de les accuser de complicité. Ainsi la famille de Valère était-elle présente en ce matin si humide que le bois ne s'embrasait pas assez vite. La vieille Bertrande avait hurlé une bonne demi-heure. Valère s'était bouché les oreilles et hurlait en même temps. Puis il avait fini par s'évanouir dans les bras de son grand-père. Il avait dix ans. Il comprit soudain que ce jour-là, au plus noir de son jeune cœur, il devint en secret Celui-qui-n'aime-pas-les-Robes-Noires.

*

Les yeux de Naiekowa restent impénétrables. Elle a écouté Armand pendant de longues minutes. Il a raconté l'essentiel. Cependant, elle reste impassible et silencieuse. Armand guette dans son attitude le moindre signe, la plus petite indication qui lui laisserait penser qu'elle connaît cet homme dont la destinée, à présent qu'il la résume pour de nouvelles oreilles, lui semble à peine croyable. La bague ornée d'un saphir n'est pas au cou de la jeune femme. Lorsque Armand lui a conté l'effet que ce bijou avait eu sur lui, Brune n'a rien dit. Elle semblait n'avoir aucune connaissance de l'objet décrit par Armand. Au demeurant, personne n'avait encore affirmé l'avoir vue porter le bijou, ni les sœurs Le Guen, ni Maisonneuve, ni même le père Le Moyne. Serait-il possible que cette bague ne soit pas celle de Loup ? Armand ne dit plus un mot depuis un temps qu'il ne peut évaluer. Elle est toujours à ses côtés, debout dans sa courte tunique ; le soleil qui traverse les frondaisons anime les serpents qui semblent prendre vie lentement et sinuer sur sa peau. Une brise tiède courbe les herbes hautes des rives et agite la chevelure de l'Indienne, parsemée de fils ornés de perles.

« Je ne suis pas certaine que vous retrouverez votre frère, mais pourquoi ne pas m'accompagner dans mon pays ? Je ne doute pas que vous y rencontrerez des Anciens qui pourront vous ouvrir le chemin. »

Elle a parlé, de sa voix grave et voilée. Armand a sursauté, comme si elle le tirait d'un rêve agréable pour le plonger dans une réalité angoissante. Et c'est effectivement ce qu'elle a fait. Il accroche son regard au sien, tentant désespérément de déchiffrer ses pensées. Mais il en est bien incapable ; il ne peut que contempler le mystère réverbéré par ses yeux. Il aimerait plonger dans ceux de Valère afin d'y trouver le conseil muet qu'il ne manque jamais d'y déceler. Mais l'Indienne retient son regard prisonnier du sien et dit :

« Cette décision n'appartient qu'à vous, monsieur de Canilhac. »

Armand a l'impression d'avoir vécu cet instant en imagination ; il sait depuis le début qu'il aura à faire ce choix fou de suivre l'Indienne en enfer, sans même espérer y retrouver Loup. Malgré le silence de Brune, Armand a le pressentiment que son frère ne peut être qu'ici, sur ce continent, et nulle part ailleurs. Et que Brune Archambault est celle qui lui permettra de le rejoindre.

« J'accepte votre invitation, madame. Mais vous devrez être indulgente avec un vieillard maladroit et ignorant de vos coutumes.

— Votre humilité vous honore, monsieur. »

Quand Armand rejoint son valet, Valère comprend : ils s'embarqueront dans les canots pour continuer la route, plus loin sur le fleuve, jusqu'au pays des Agniers. Qu'il en soit donc ainsi. Valère, lui, s'est depuis longtemps préparé à ce voyage au-delà du monde civilisé. Il crânerait s'il affirmait n'être saisi d'aucune crainte. Mais ce sentiment est contrebalancé par l'ivresse de l'aventure. La perspective de mourir ici ne l'angoisse pas. Il préfère néanmoins s'abstenir de penser aux tortures qu'on lui a décrites maintes fois. Au moins lui a-t-on expliqué que les faibles qui se plaignent beaucoup sont achevés bien plus vite que les autres. Ce sera son cas s'il se retrouve attaché au poteau du supplice. Il n'aura aucun courage, il en est certain. Et cela n'a absolument aucune importance à ses yeux. Il n'a jamais compris ce besoin effréné de prouver sa valeur par la résistance à la souffrance physique. C'est au moins un trait de caractère que les Sauvages partagent avec les Blancs : une espèce de dévotion à la violence donnée et reçue. La capacité à infliger la douleur et à y faire face, considérée comme une preuve ultime de bravoure virile.

Les Onnontagués repartirent dans les canots avec lesquels ils étaient venus. Leroy et Hautcœur décidèrent d'accompagner Armand et Valère en pays agnier, malgré les protestations d'Armand, bien tièdes cependant. Il préférait se savoir encadré de deux compatriotes, l'un des deux lui déplût-il au plus haut point. À vrai dire, Hautcœur était celui qui continuait la route avec le plus de bonne volonté. Leroy avait manifesté sa décision avec son habituelle mauvaise humeur.

Marche en Dormant avait fait ses adieux à Valère. Il lui avait souhaité un voyage sans danger, mais avec un air si grave que celui-ci en fut fort accablé. L'Indien dut le remarquer, car sa belle main cuivrée s'était posée longtemps sur le bras de Valère. Elle était chaude et distillait en lui une sorte d'intime bienveillance.

Lorsque Armand prit place devant Valère dans le canot, celui-ci s'aperçut qu'il portait les mocassins offerts par le chef montagnais à Tadoussac. L'Indien devant Armand les vit lui aussi et les toucha comme s'ils étaient la chose la plus curieuse au monde ; il suivait du doigt le dessin des perles, les coutures. Soudain Valère eut peur que les Agniers reconnussent ces chaussures comme ayant été fabriquées par un peuple ennemi. Le Sauvage continuait à scruter l'ouvrage avec intérêt, et ses yeux ourlés de noir allaient des mocassins au visage d'Armand avec une lueur de curiosité qui sembla suspicieuse à Valère, puis l'Indien sourit, se retourna brusquement et se décida à ramer.

Une paire d'heures plus tard, quand il fallut accoster et porter les canots pour contourner des rapides, Valère comprit tout l'intérêt pour Armand d'avoir chaussé ces sortes de pantoufles. Son maître avançait d'un pas ferme et ne semblait pas trop souffrir d'un effort auquel il n'était pas habitué. Les Indiens les avaient dispensés de porter les embarcations, mais Hautcœur et Leroy avaient dû s'y atteler. Brune marchait en tête de file, et c'était pour Armand et son valet un spectacle absolument insolite que cette grande jeune femme hautaine et sûre d'elle suivie par douze guerriers qui semblaient tous plus féroces les uns que les autres.

Elle posait sur toute chose l'œil du propriétaire, ce en quoi elle ne ressemblait pas aux Sauvages que Valère avait fréquentés pendant ce voyage. Ces derniers donnaient l'impression de se fondre dans leur environnement naturel, de ne pas vivre au-dessus de celui-ci mais avec lui. Valère avait observé attentivement la façon qu'ont ces gens de manipuler l'animal mort qui fera le dîner, le bois pour le feu, l'herbe qu'ils repoussent pour se frayer un chemin. Il y avait toujours une forme de respect dans le geste et l'attitude tout entière, de sollicitude. Les indigènes ne portaient pas sur le monde qui les entourait le regard dominateur des hommes de l'Ancien Monde. S'ils étaient fiers cependant, ce n'était pas de cette fierté confite de prétention si commune aux Français. Mais Naiekowa la bien nommée était plus impérieuse que la Grande Mademoiselle. Elle semblait régner sur le moindre arbre, la moindre pierre, sur l'oiseau et l'abeille, sur les flots impétueux qui bondissaient en cascades dans le sens opposé à leur marche, sur le ciel d'un bleu voilé où couraient des nuages blancs et hauts.

Un vent soufflait du sud et faisait frissonner les chevelures sombres des Indiens. Il couchait les joncs, faisait bruire les feuilles des arbres, se faufilait sous les chemises et rafraîchissait un peu les corps dans l'effort. Pour la première fois depuis qu'il vivait dans cette chaleur écrasante, Valère regretta de ne pouvoir ôter ses vêtements et offrir sa chair à l'air libre, comme le faisaient sans complexe les Sauvages. Sans doute aurait-il eu honte de son torse maigre et de son dos un peu voûté, de sa peau d'un blanc grisâtre de poisson mort. Comparée à ces anatomies parfaites, la sienne faisait pitié, alors qu'en France il ne se considérait pas comme un homme particulièrement contrefait. Mais ici toutes ces appréciations devaient être réévaluées au diapason de ce que les locaux avaient à proposer. Ils étaient d'une beauté ébouriffante aux yeux de Valère. Les hommes tout au moins, car il avait vu moins de femmes, et, excepté Naiekowa, les autres n'avaient pas le pouvoir d'émerveiller ses sens avec autant d'intensité.

13

Le rêve était enfin venu visiter la Croisée des Chemins, et son message était clair. Vieille Épée devait retourner à Ossernon. La Croisée devait l'accompagner comme il le faisait depuis si longtemps, car il se voyait marchant aux côtés de son vieil ami sur la terre de leur peuple. Vieille Épée avait pris la forme de l'aigle et planait, loin au-dessus des rives de Kentake, le Fleuve des Mauvais Esprits, qui traverse le pays. La Croisée s'était souvent demandé ce qu'il ferait si un rêve ou une vision lui intimait de quitter Vieille Épée. Il ne pourrait se soustraire à la route qui lui était désignée, mais il en éprouverait un chagrin tel que la vie n'aurait plus beaucoup de saveur à ses yeux. Mais cette fois encore il allait suivre les pas de celui pour qui il aurait donné sa vie. Ils rentraient enfin chez eux, après tant d'errances dans les territoires mystérieux du Nord et de l'Ouest. Ils avaient vécu un temps parmi ceux qui restaient du Peuple des Chats, qui avait été en partie décimé par leur propre nation ; ils avaient voyagé jusqu'au nord de la Grosse Mer et y avaient rencontré des gens qui n'avaient jamais vu d'Homme Blanc et qui prenaient ce qui leur parvenait des colonies au sud et à l'est pour des légendes. Puis ils s'étaient échoués dans l'ancien pays des Wendats, de triste mémoire.

Vieille Épée disait qu'il voulait aller à la rencontre des âmes des morts afin de les apaiser, puisque plus jamais les Wendats ne pourraient venger leurs défunts. Ceux qui avaient échappé au massacre ou à l'assimilation aux peuples des Cinq-Nations s'étaient terrés près des Français et avaient perdu toute dignité, toute force, tout désir de vengeance. Ils étaient des carcasses vidées de leur orenda, des morts vivants. La Croisée pensait qu'ils auraient bien mieux fait d'accepter la mort plutôt que cette vie qui n'en était plus une. Ces Wendats avaient été si braves, si sanguinaires. Un peuple aussi fier et fort que les Haudenosaunee. Mais les relations avec les Français les avaient affaiblis ; leur esprit avait été gagné par la mollesse, et par ce caractère propre aux Français dont parlait Vieille Épée : quelque chose qui ressemble à ce qu'on rencontre chez les petits enfants qui veulent se faire pardonner leur faute, qui trouvent toujours une justification à l'erreur qu'ils ont commise, inventent un autre fautif ou n'importe quelle raison indépendante de leur volonté afin d'échapper au blâme et aux conséquences de leurs actes. Il paraît que beaucoup de personnes de l'Ancien Monde sont ainsi. Vieille Épée a vécu parmi eux pendant une longue partie de sa vie. Il sait parfaitement de quoi il parle. Il parle aussi de lui-même.

Aujourd'hui, ils lèvent le camp. Niawen semble heureux et chante doucement de sa belle voix profonde. Pourtant la Croisée pensait que la perspective de rentrer au pays ne lui procurerait qu'une joie mitigée. Niawen préfère vivre ailleurs, dans la solitude. Il semble que le souvenir des tortures qu'il a endurées voilà plus de vingt ans hante encore son esprit et se rappelle à sa chair. C'est pourquoi il n'est à l'aise dans aucun village, malgré les attentions dont il est l'objet et les marques d'amitié et de respect que tous lui témoignent. Quand on se prépare à « caresser » des prisonniers, il faut toujours prendre soin d'emmener Niawen hors des palissades, bien loin afin qu'il ne puisse entendre leurs cris, ni respirer l'odeur des chairs brûlées.

Dans son rêve, la Croisée a aussi vu Naiekowa entourée de guerriers, qui remontaient le Fleuve-qui-apporte-beaucoup-de-nourriture. Quatre Français les accompagnaient. L'un d'eux a particulièrement frappé l'esprit de la Croisée : un petit homme potelé, chauve et gesticulant, qui porte sur ses bas blancs des mocassins cousus chez un Peuple des Fourrures. Depuis le rêve, la Croisée a souvent pensé au petit homme, au-dessus duquel un corbeau volait en cercle. Il en a parlé à Vieille Épée, qui n'a pas paru y accorder beaucoup d'importance. Il a simplement dit : « Si le Français est rondelet, il fera un bon festin à notre arrivée. » La Croisée sait que Vieille Épée ne parle pas sérieusement ; voilà bien longtemps qu'il ne mange plus la chair de ses ennemis. Il ne se nourrit d'ailleurs presque plus que de baies, de plantes sauvages, de blé et de maïs quand il peut s'en procurer. Le gibier à plumes et le poisson font l'essentiel de la chair animale qu'il consomme. En cela il ressemble à Niawen. Mais ce régime n'a pas sur Vieille Épée les mêmes conséquences : Niawen est maigre et fragile, alors que Vieille Épée reste vigoureux et endurant ;

son corps est aussi musclé que celui d'un guerrier dans la force de l'âge. On lui donnerait quinze années de moins si son torse n'était parsemé de quelques poils gris. Longtemps il est resté imberbe, mais à présent il ne se soucie plus guère de son apparence et ne se rase plus que rarement. Ses cheveux qu'il huilait et ornait de plumes colorées pendent aujourd'hui le long de son visage en vagues emmêlées. Seuls deux rangs de coquillages nacrés offerts par Cœur Bleu, mêlés aux rares mèches blanches, luisent dans la masse noire et soyeuse, comme des étoiles dans une nuit d'hiver.

Perché sur la branche haute d'un érable, un gros corbeau les observe, et la Croisée repense avec une certaine appréhension au petit Français aux mocassins. Il est pour l'instant impossible pour la Croisée de savoir si l'homme représente un danger ou si au contraire il est en péril. Ou les deux. Il détache son regard de l'oiseau et observe Niawen ; celui-ci emballe précautionneusement son précieux instrument de musique. Il l'enveloppe de plusieurs peaux de cerf maintenues à l'aide de cordes de chanvre avant de le glisser dans une housse en fourrure de castor entièrement brodée, qu'il porte à l'épaule. Cet objet est mieux paré qu'un sachem un jour de fête, mais il le mérite amplement. Jamais la Croisée n'a entendu de son plus agréable, plus mélancolique, plus délicat que celui qui sort de cet instrument quand Niawen en pince les cordes. La caisse de bois semble soudain se gonfler de vie et respirer comme un corps humain sous la caresse. Les Français ont beau avoir autant de défauts qu'un porc-épic a d'épines, leur musique est merveilleuse et compense leur drôle de caractère.

Vieille Épée aime quand Niawen leur joue de son luth ; il s'isole alors en lui-même, un peu comme lorsqu'il fume. La Croisée se demande dans ces moments-là quelles images peuvent bien peupler l'esprit de Vieille Épée. Ces sonorités et ces mélodies lui parlent-elles d'un temps où il n'était pas encore un Haudenosaunee, quand il vivait dans de grandes maisons de pierre pleines de meubles et de fenêtres, quand il dormait seul dans un lit qui aurait pu accueillir une famille entière, quand il faisait la guerre sur le dos d'un cheval, brandissant sa grande épée pour transpercer ses ennemis de part en part ? La Croisée l'avait vu souvent se battre avec cette arme redoutable et difficile à manier, requérant la maîtrise d'une sorte de danse à la fois précise et imprévisible, délicate et brutale. Les Anciens racontaient que c'était avec cette arme que Vieille Épée avait pris la vie du jeune Aigle Tranquille avant d'être capturé et de prendre sa place. Et quand il fut attaché au poteau du supplice, c'est avec la même épée chauffée à blanc qu'on lui avait entaillé la chair, écorché la peau, tranché des doigts, brûlé les pieds et les mains, et enfin arraché l'œil gauche. Par cette arme, il était mort à celui qu'il était et avait connu une seconde naissance parmi le Peuple du Silex. Et c'est encore grâce à elle qu'il avait tué son premier Wendat, son premier Français et beaucoup d'autres ensuite. Avec cette épée il prit le cœur d'une Robe Noire et le dévora encore tout palpitant.

La Croisée des Chemins n'avait pas assisté à tous ces événements. On les lui avait contés lorsqu'il était enfant. L'histoire de l'homme qui a été le fils de quatre mères. Car on disait que Vieille Épée avait été adopté deux fois lorsqu'il était très jeune, avant de l'être de nouveau par la mère d'Aigle Tranquille. Vieille Épée ne savait pas qui était la femme qui l'avait mis au monde, ni pourquoi elle n'avait pas voulu de lui. Il était inconcevable pour la Croisée qu'une mère refuse de vivre avec son enfant, surtout s'il est beau et fort comme devait l'être Vieille Épée. Les Haudenosaunee n'abandonnent pas leurs bébés.

Niawen ouvre la marche. Il s'éloigne parfois de la piste pour toucher un arbre, un rocher qui affleure. Il pose tendrement sa joue creuse sur la pierre ou l'écorce et prononce tout bas une de ses prières. D'habitude Vieille Épée le laisse faire et l'attend patiemment. Mais aujourd'hui il est fébrile. Il appelle fermement Niawen et lui ordonne de marcher sans s'arrêter. Ils ont une longue route à faire pour atteindre leur pays. Et Niawen doit souvent se reposer depuis quelque temps. Il est pris de violentes quintes de toux que la guérisseuse du peuple de Cœur Bleu n'a pas réussi à soigner. Il se retourne et offre un regard lumineux à Vieille Épée.

« Oui, merci bien, mon ami, bien sûr, j'arrive. »

Niawen porte très bien son nom. Il remercie toujours celui qui s'adresse à lui. Quelle que soit la question posée, la remarque faite, « niawen » est son premier mot. Peu après sa capture, pendant qu'on le torturait, Niawen remerciait ses bourreaux. C'est de là que lui vint son nom, qui n'a plus changé depuis. Ceux qui lui infligeaient ces souffrances étaient stupéfaits d'entendre un Blanc exprimer sa gratitude. Seuls les guerriers les plus courageux parmi les peuples qui sont nés sur cette terre sont capables de cela.

La plupart des Blancs supplient qu'on fasse cesser leurs tourments. À de rares exceptions près, ils n'ont ni courage, ni honneur, ni saine curiosité. Le désir de connaissance et la sagesse sont nécessaires pour pouvoir subir avec dignité la torture. Car le supplicié découvre de grandes choses. La puissance de son esprit se révèle à lui ; quand la chair est exsangue, quand il semble que l'excès de douleur a tué la capacité à sentir, alors l'esprit s'élève et *voit*.

Niawen, paraît-il, n'a pas longtemps remercié ses bourreaux. Son corps fragile a vite cessé de résister, il s'est évanoui, et tous les moyens de le réveiller se révélèrent vains. Œil Éclair était allongé non loin. Il a poussé un grand cri au moment où on s'apprêtait à fendre le crâne de Niawen. Loutre Opulente y a vu un signe : le jeune homme devait vivre. Pour Œil Éclair, le supplice durait depuis quatre jours. On venait de lui brûler la plante des pieds. On l'avait détaché et laissé récupérer des forces pour affronter la suite. La mère d'Aigle Tranquille commençait à se dire qu'elle n'avait pas fait un mauvais choix en décidant de remplacer son fils mort par ce grand Blanc arrogant. Elle avait eu le nez fin quand elle l'avait vu traverser, droit et fier, la haie d'hommes, de femmes et d'enfants qui le frappaient de leurs bâtons, lui lançaient des pierres, lui crachaient au visage. Cet homme-là ferait un bon fils, et un bon mari pour Rit Beaucoup, sa jeune et splendide belle-fille en deuil.

Lors des festins, c'est en ces termes que Loutre Opulente racontait l'histoire de l'adoption de son fils Œil Éclair. On l'écoutait toujours avec passion, car malgré son grand âge elle avait l'esprit très alerte et un

204

don incomparable de conteuse. Elle aimait à rappeler à l'assistance, et en particulier à ceux qui, comme la Croisée, étaient trop jeunes pour avoir connu ces événements, qu'elle avait sauvé Œil Éclair de la mort, car, prétendait-elle, les autres mères étaient jalouses et préféraient le voir mourir plutôt que de devenir son fils. Elles avaient quand même réussi à obtenir pour le vieux chef l'œil du captif, cet œil aussi bleu que le ciel de juillet, aussi pur et tranchant que les vagues de glace qui hérissent la surface des lacs en hiver; un œil qui semblait voir aussi profondément dans les esprits des hommes et des bêtes que loin par-delà les étoiles. Le chef l'avait dévoré, afin de s'approprier son pouvoir et sa beauté. Loutre Opulente riait fort quand elle racontait que les yeux du vieil homme étaient restés aussi myopes et sombres que ceux de la vieille taupe qu'il était. L'œil de son fils, au contraire, était devenu plus puissant et plus éclatant de lumière depuis qu'il avait perdu son jumeau.

Qu'était devenue Loutre Opulente? Avait-elle fait le voyage vers l'ouest, vers le continent des âmes? La dernière fois qu'elle avait embrassé Vieille Épée, qu'elle se refusait à appeler ainsi, elle lui avait déclaré qu'elle ne le reverrait pas. Mais la vieille femme lui disait cela chaque fois qu'il devait la quitter. Rit Beaucoup était morte depuis longtemps. Mais son souvenir était bien vivant parmi son peuple. Sa courte vie avait embrasé de joie et de beauté celle des hommes et des femmes qui l'avaient connue. Vieille Épée prononçait encore son nom en dormant. Mais, depuis quelques nuits, la Croisée entend un autre mot sortir des lèvres de son ami, un mot français, qui doit sans doute être aussi un prénom : Jehanne. C'est peut-être vers cette personne que va aujourd'hui l'esprit de Vieille Épée quand il écoute Niawen jouer de son luth.

*

À la chaleur immobile a succédé un vent brûlant, qui apporte avec lui de sombres nuages bas, filant à toute vitesse au-dessus des toits de la bourgade. On attend l'orage avec un mélange de crainte et de soulagement. Mais le ciel ne se décide pas à éclater. Antoinette lève de temps en temps les yeux de son ouvrage de couture et lance un regard à travers la fenêtre de l'étable qui sert d'école. Elle espère apercevoir les premières gouttes de pluie, peut-être un éclair. Devant elle, Feuille d'Érable est concentrée sur le torchon qu'elle reprise. Voilà trois mois que la jeune Iroquoise est arrivée en ville. Elle y a été envoyée par le grand Garakontié, l'Ami des Français, pour prouver la volonté des Onnontagués de faire la paix avec eux.

La jeune fille se montre docile, apprend le catéchisme que dispensent les religieuses aux Amérindiennes de la colonie ; elle est aimable et serviable, habile aux travaux ménagers. Mais Antoinette sait qu'en elle gronde une immense colère, qui le dispute souvent à l'abattement et au désespoir. Elle la trouve parfois prostrée, le regard vide, le corps pétrifié, assise sur le petit lit qu'elle occupe parmi ses semblables dans le dortoir de l'étage. Alors Antoinette prend la main de la jeune Indienne, lui caresse les cheveux, lui chuchote des paroles de réconfort que Feuille d'Érable ne comprend pas toutes, mais qui distillent dans ses membres et dans son esprit un peu de paix, car elle se détend et respire plus lentement.

Quand Feuille d'Érable n'est pas trop abattue par l'ennui et la peine, elle raconte. Avec ses belles mains souples, elle fait les gestes qui accompagnent ses paroles, un mélange de sa langue et de français maladroit. De ce ballet ardent rythmé par les phrases hybrides aux sonorités tantôt nouvelles, tantôt familières, naissent des images puissantes, qui plongent Antoinette dans une espèce d'état second, de rêve éveillé. Elle voit la forêt et les rivières, où vivent ensemble bêtes et hommes ; elle voit la grande nuit qui enveloppe le monde, les feux qui éclairent les visages ouverts encadrés de tresses et de cheveux longs, riant, chantant, mordant à belles dents dans la nourriture, elle voit les yeux sombres et brillants voilés par la fumée bleue qu'exhale la longue pipe que l'on se passe à tour de rôle ; elle voit le jeune homme s'allonger auprès de sa femme et l'enlacer, la caresser et la prendre dans la tiédeur des peaux de castor, des chairs nues qui se touchent ; elle éprouve presque physiquement la douceur de la fourrure et l'odeur des corps... Il y a tout cela et bien plus dans la geste que lui offre Feuille d'Érable, la déracinée, qui a un jour déclaré à Antoinette qu'elle préférait la mort à la vie parmi les colons.

Mais la mort de Feuille d'Érable n'est pas encore pour maintenant. Ainsi en a décidé Antoinette. Elles quitteront ensemble la petite ville et tenteront de rejoindre le Peuple de la Grande Montagne. Les parents de Feuille d'Érable seront heureux de la revoir ; ils n'étaient pas d'accord de la laisser partir, mais

Garakontié, le grand orateur, a fini par les convaincre. Il fallait offrir aux Français des marques de confiance et de fraternité. Quoi de mieux que de donner son enfant au peuple-frère, afin qu'il en apprenne les coutumes, les croyances ? Feuille d'Érable est la nièce d'un grand chef, sa présence parmi les colons garantira la paix présente et à venir. Feuille d'Érable n'a que faire de cette paix, tant de fois promise et rompue. Il n'y a pas, il n'y aura jamais de paix avec le Peuple du Fer.

Voilà des jours qu'Antoinette sent monter en elle ce désir de fuite. Elle l'a d'abord ignoré, mais il ne se laisse pas si facilement dompter. La vie au bourg n'a rien qui soit de nature à rivaliser avec les merveilles décrites par Feuille d'Érable. Les durs travaux des champs, l'enseignement rudimentaire dispensé sans joie aux jeunes Sauvagesses éteintes et lointaines, la perte des seules personnes à qui elle tenait la désespèrent ; et puis, surtout, il y a la curiosité frustrée, le cuisant dépit d'avoir été mise à l'écart d'une aventure à laquelle elle a pris part en pensée depuis des semaines. Mais, au-delà de tout, règne en elle le fantasme de cet homme insaisissable et plus désirable à ses yeux que tout ce que la vie semble capable de lui offrir.

Elle n'a cessé de penser à lui depuis son arrivée à Montréal. Chaque personne qu'elle rencontre lui semble receler une part du secret qui entoure l'arrivée de Loup en Nouvelle-France. Chaque maison pourrait bien l'avoir abrité ; chaque regard avoir croisé le sien. Armand et Valère partis au diable Vauvert, Antoinette ne se sentait plus autant tenue au secret ; elle avait fini par céder à la curiosité en interrogeant les habitants, qu'elle commençait à connaître et desquels elle était généralement appréciée ; certains lui confiaient déjà leurs petits mystères, les fiertés et les hontes de leur existence.

Forte de cette confiance qu'elle inspirait à beaucoup, Antoinette avait recueilli quelques récits troublants, bouts de fables, images fugaces, témoignages de première et de seconde main, que jamais Armand ni Valère n'auraient eu la chance d'ouïr, puisqu'ils s'étaient toujours interdit de parler de Loup. Les plus âgés parmi les colons se rappelaient un homme arrivé de France du temps des premières années de monsieur de Maisonneuve. Cet homme, qui répondait en tous points à la description physique qu'Armand avait faite de son frère, ne s'était guère attardé en ville, mais le peu de temps qu'il y avait passé avait suffi pour que son souvenir perdure dans ces esprits forts et curieux, séduits par ce qui leur ressemble autant que par ce qui leur est totalement étranger, pourvu que ce fût étonnant et nouveau.

Avec les habitants de la colonie, l'étranger partageait la puissante constitution de corps et la fermeté de caractère ; il parlait clair et droit, semblait engendré pour vivre en ces lieux extrêmes. Ses manières trahissaient parfois le grand seigneur, mais l'instant d'après il redevenait l'homme du commun qu'il prétendait être. Ce qu'il était véritablement, d'où il venait, voilà qui était tout bonnement impossible à savoir. Chacun avait son idée mais personne ne connaissait la vérité. Ou plutôt tous semblaient s'entendre sur le caractère multiforme de cette notion appliquée à un homme comme celui-là. Son nom aussi restait un mystère ;

Malaquin, Malassin, Malevoisin, on n'était sûr que de la première syllabe et elle sonnait drôlement… Certains disaient qu'il s'était lié avec des coureurs des bois et était parti faire la traite avec eux dans le Pays-d'en-Haut. D'autres, qu'il avait loué ses services lors d'une expédition de guerre menée contre les Iroquois. On le disait tué par les Sauvages, vivant parmi eux, mort de faim et de froid, dévoré par les animaux…

Une histoire à laquelle Antoinette accorda beaucoup de crédit venait d'une femme, une grande veuve d'une cinquantaine d'années. Un jour qu'elle moissonnait en lisière de forêt, du temps où elle vivait à Trois-Rivières, elle avait fait une étrange rencontre. Il faisait déjà sombre et les arbres proches étendaient leur ombre autour d'elle. Le mari et les trois fils étaient un peu plus loin, dans la partie du champ encore éclairée par les derniers rayons du soleil. Soudain, un cri s'éleva, qu'elle identifia immédiatement comme celui d'un Sauvage avant l'attaque. Quand un cri comme celui-là retentissait, il était déjà trop tard pour s'enfuir ; les Iroquois vous fondaient dessus comme la faim sur le monde avant que vous ayez pu dire amen. Et c'est ce qu'ils firent.

La femme se défendit vaillamment, et blessa deux Indiens de sa faux, broya les parties génitales d'un autre qui la traînait par les cheveux et qui la lâcha aussitôt. Un quatrième l'attrapa et brandissait déjà sa massue au-dessus de sa tête. À l'instant où elle croyait sa dernière heure arrivée, son assaillant l'abandonna ; elle se retourna, se leva, et l'homme qu'elle découvrit n'était pas l'Indien qui l'avait attrapée ; c'était un Iroquois lui aussi, de cela elle aurait mis sa main au feu, mais un Iroquois d'une autre sorte, car son œil unique était aussi clair que celui de son fils aîné, et les peintures noires qui l'ourlaient le faisaient briller si fort que vous ne pouviez pas soutenir ce regard.

Ils se tinrent immobiles l'un face à l'autre pendant quelques secondes qui parurent des heures ; le visage de l'Iroquois exprimait une espèce de lassitude mêlée d'admiration. Il se mit à marcher à reculons sans la perdre de vue et s'évanouit dans les bois. Il ne lui avait fait aucun mal, il n'avait rien tenté, et peut-être même avait-il arrêté le geste de celui qui voulait prendre son scalp. Peut-être était-ce grâce à lui que son mari et ses fils eurent la vie sauve. Elle aimait à le croire. Jamais elle n'avait raconté cette histoire à personne, et l'Indien à l'œil clair revenait parfois visiter ses nuits ; debout dans l'obscurité, il se contentait de la regarder, lui faisait un signe de la main comme pour la saluer et disparaissait.

Le tonnerre gronda du côté du fleuve. Feuille d'Érable poussa un petit cri ; elle s'était piqué le doigt avec son aiguille. Elle suça la goutte de sang qui perlait au bout de son majeur, puis leva les yeux et rencontra ceux d'Antoinette qui brillaient d'une lueur farouche. La jeune Indienne sut que le départ serait pour bientôt.

14

On naviguait depuis plusieurs jours dans des conditions favorables ; pas de vent contraire, peu de pluie,
pas un seul orage alors qu'ils étaient fréquents à cette
époque de l'année, aucune attaque ennemie. Le lac
auquel Champlain avait donné son nom s'étirait à
perte de vue ; Armand et Valère étaient prisonniers du
spectacle de cette étendue moirée, sorte de mer intérieure qui semblait née d'un récent déluge, si majes-
tueuse comparée aux lacs du Vieux Continent. Un
immense héron planait au-dessus des embarcations.
Les Indiens le suivirent un moment des yeux en souriant, comme s'ils avaient aperçu un proche qui leur
était cher. Armand le premier s'était remis à pagayer,
mais Valère ne pouvait détacher les yeux de l'oiseau
gracieux, qui vint se poser sur un minuscule rocher
et se figea dans une immobilité parfaite, ligne pure
se découpant dans le contre-jour. Car Valère partage
désormais son nom indien avec le grand échassier.

Héron Pensif est le surnom que lui ont donné les
Agniers. Celui-qui-n'aime-pas-les-Robes-Noires, dont
l'avait doté Marche en Dormant, semble s'être évanoui
avec lui. Ou bien ne servira-t-il qu'en certaines circonstances ? La pratique des noms chez les Sauvages reste

un mystère. D'abord profondément vexé, Valère s'était vite radouci en comprenant que ce grand échassier était considéré par les autochtones comme un animal sage et porteur de chance. Les hérons de ce pays sont bien plus grands que ceux de France, plus élégants aussi. Tout ici est à la fois harmonieux et démesuré, paisible et pourtant vibrant d'une énergie furieuse. La vie semble pulser de chaque pierre, de chaque arbre, de l'eau omniprésente et souveraine, qui dicte aux hommes leur conduite, leur impose son propre rythme; Valère ne s'étonne plus que les Indiens prêtent aux objets inanimés une espèce d'âme. Cette terre confère aux choses un surplus d'existence. Il semble à Valère que même l'Homme Blanc le plus obtus doit être perméable à ce phénomène. Mais cette perception lui est sans doute toute personnelle, elle ne peut germer que dans son esprit troublé, inquiet, fasciné par la nouveauté et l'étrange.

La veille, pressée par Valère de raconter l'histoire de la Femme Ciel, Naiekowa s'est exécutée de bonne grâce. Les Iroquois croient que la terre fut créée à partir d'une femme tombée du ciel dans le grand océan; les animaux la réceptionnèrent et la déposèrent sur le dos d'une tortue. Ils tentèrent ensuite d'aller chercher de la terre au fond de l'eau, mais seul le rat musqué parvint à en rapporter. Il la déposa sur le dos de la tortue, et elle grandit, grandit pour devenir la terre. La femme accoucha d'une fille qui, à son tour fécondée par le vent de l'ouest, donna naissance à des jumeaux, un bon et un mauvais, qui créèrent tout le bien et le mal qui existent dans le monde.

Armand avait été profondément choqué par cette histoire. Il était allé se coucher sans dire un mot, et avait passé une heure à ânonner ses prières en se signant sans arrêt, ce qui faisait bouger la couverture et empêchait Valère de s'endormir. Celui-ci s'était donc résigné à se lever et à attendre qu'Armand s'assomme par ses propres incantations. Assis sous un chêne, il avait été rejoint par Naiekowa. C'était la première fois qu'elle s'adressait à Valère seul. D'ordinaire, elle faisait assez peu de cas de sa personne, alors que ses compatriotes au contraire manifestaient au valet beaucoup de bienveillance. Elle l'observa longuement de ses yeux qui luisaient comme des opales dans la nuit épaisse. Un sourire passa sur ses lèvres.

«Vous semblez vous plaire en notre compagnie, monsieur…

— Beaucoup, madame, en effet.

— Depuis combien de temps êtes-vous au marquis ?

— Cela fera quinze ans en décembre.

— L'aimez-vous ?»

Valère avala sa salive de travers et toussa. Est-ce qu'on pose de telles questions à un valet ? Que voulait vraiment savoir Brune Archambault ? Valère était certain que cette femme ne posait jamais une question innocemment. Il y avait toujours une raison occulte.

«Mon maître est un homme honnête, et je n'ai jamais eu à m'en plaindre.

— Voilà une réponse bien tiède, qui ne vous ressemble pas. Je suis déçue.

— Le marquis a beaucoup souffert dans sa jeunesse ; il lui en reste une grande amertume, une blessure profonde qui saigne encore souvent. Mais il a ses torts, les reconnaît et n'a de plus grand désir que de

214

les expier. Pour tout cela et bien d'autres choses qui me lient à lui, il m'est très cher. »

Elle sembla méditer pendant quelques secondes sans quitter Valère des yeux, comme pour tenter de lire en lui ce qu'il cachait derrière les mots. Puis elle détourna la tête et fixa son regard sur la surface du lac, vaste miroir frémissant où se reflétaient les étoiles. Valère se demanda pourquoi il avait évoqué de façon indirecte l'histoire de Loup. Brune ne lui avait rien demandé à ce sujet. Pourquoi cette réponse s'était-elle imposée à son esprit ?

« Le croyez-vous sincère ? reprit-elle brusquement en plantant son regard dans celui de Valère.

— Absolument sincère, répondit Valère avec un brin d'humeur. Mon maître a de nombreux défauts, mais pas celui de la dissimulation.

— Bien, bien… »

Un clapotis se fit entendre non loin. Naiekowa tourna vivement la tête en direction du bruit, en même temps qu'elle faisait un geste à Valère pour lui intimer le silence. Sa belle main fine n'était qu'à quelques millimètres de la bouche du valet. Il observait le visage tendu, les narines sensuelles qui palpitaient comme celles d'un animal. Le silence était revenu. Elle se détendit bientôt et baissa la main ; ce n'était sans doute que le mouvement d'une bête aquatique. Quand elle le regarda à nouveau, Valère fut parcouru par un frisson glacé. Les prunelles de l'Indienne, complètement dilatées, étaient traversées d'une expression à la fois dure et douloureuse. D'une voix blanche et distante, Brune demanda :

« Si ce frère dont il parle est vivant, votre maître ne craint-il pas sa vengeance ? »

L'onde glacée qui avait saisi Valère le reprit avec plus d'intensité. Il s'ébroua pour la chasser, se passa une main dans les cheveux. Jamais en effet Armand n'avait évoqué cette possibilité. Elle avait dû l'effleurer cependant, même s'il ne s'en était pas ouvert à Valère. Comment lui-même n'y avait-il jamais songé ? Il resta plongé dans l'abîme de perplexité qu'avait fait naître la question de l'Indienne et, quand son esprit émergea de cette angoisse et reprit contact avec les formes qui l'entouraient, elle avait disparu.

*

En regagnant sa couche, Brune s'arrête un instant près d'Armand. Il dort profondément, la main repliée sous le menton. Ses traits sont parcourus d'infimes tressaillements ; parfois, ses sourcils se froncent, sa bouche s'entrouvre comme pour parler, puis il se détend et pousse une espèce de ronronnement confiant. Il semble parfaitement à l'aise durant ce voyage en terre ennemie, comme s'il se déplaçait dans sa province française. On dirait qu'il se sent en sécurité, protégé de tout danger. Est-ce de l'inconscience ? De l'outrecuidance mêlée de bêtise ? Le sentiment d'être intouchable si caractéristique des aristocrates de l'Ancien Monde ? C'est sans doute un peu tout cela à la fois.

Quand Maisonneuve lui avait conté qu'un gentilhomme français désirait la voir pour lui confier un message de la plus haute importance, Brune s'attendait à quelque chose en lien avec sa mission en France. Elle était sur le point d'accepter de souper chez le gouverneur quand il prononça le nom de Canilhac. Elle dissimula parfaitement le trouble qui la saisit, fit mine d'avoir déjà pris un engagement et déclina courtoisement l'invitation. Lorsque Maisonneuve eut quitté la maison de la veuve Rimbert, Brune s'installa dans le fauteuil confortable que la vieille réservait à son usage exclusif et médita.

Canilhac. Ç'était le nom que portait son père quand il était un puissant seigneur parmi le Peuple du Fer. Brune avait de nombreuses fois répété ce mot avant de s'endormir quand elle était enfant. Elle psalmodiait les syllabes à l'infini pour ne pas les oublier, car son père ne les avait prononcées qu'une seule fois et avait juré que plus jamais elles ne passeraient par ses lèvres. Dès lors, il fallait qu'elles s'impriment dans la mémoire de la fillette pour ne plus jamais en sortir. Ce nom était, avec la bague au saphir, tout ce qui restait de l'homme d'autrefois, celui qui avait ôté sa peau pour en revêtir une nouvelle, au terme d'une transformation qui semblait irréversible.

Il était possible que le Canilhac qui voulait la rencontrer n'eût aucune part dans les événements qui avaient précipité Vieille Épée dans la honte et l'infamie. Il n'était peut-être qu'un parent éloigné, issu de l'une des multiples branches de ces familles nobles, qui se ramifient comme les très vieux arbres. Brune décida de le laisser venir à elle, hors du bourg, sur un terrain où le marquis ne serait pas protégé, ne bénéficierait d'aucun conseil. Et Armand accourut comme un chien docile, tout convulsé de joie et d'admiration ; elle devait admettre qu'il l'avait presque émue lorsqu'il était descendu dans l'eau jusqu'à la taille et qu'il était venu s'abîmer à ses pieds. Elle pensa qu'elle s'était trompée, que ce petit homme démonstratif n'avait rien à voir avec son père.

Armand était pourtant bien celui qu'elle croyait : il s'ouvrit à elle sans détour et lui conta son histoire. Il était le frère d'un homme appelé Loup de Canilhac, condamné par sa faute à perdre ses titres, ses biens, et à ramer sur les galères royales durant neuf années. Loup. C'était donc à ce prénom qu'avait un jour répondu Vieille Épée. Brune eut un petit rire intérieur : même si le nom avait été voué à l'oubli, l'esprit de l'animal était sans aucun doute encore attaché à l'homme dans sa nouvelle vie : Vieille Épée avait été le maître des chasses, le vaillant défenseur de son clan, prédateur, endurant, loyal et libre. Mais depuis quelques années c'était au vieux loup isolé qu'il s'apparentait.

En l'observant lui décrire son action indigne, avec des gestes emphatiques et un ton où perçait parfois la complaisance, Brune avait senti monter en elle l'envie d'égorger Armand et de jeter son corps arthritique à la rivière. Pendant quelques longues secondes, cette pulsion était venue l'enfiévrer tout entière. C'était alors le sang de son père qui bouillait dans le sien. Mais Brune tenait de sa mère une aptitude exceptionnelle à se rendre maîtresse de ses émotions. Elle s'était préparée depuis des jours à cette rencontre, elle avait anticipé l'aversion que ferait naître en elle cet homme lâche et sans honneur, elle était parfaitement capable de cacher sa haine derrière un visage opaque, et même avenant.

En outre, ce n'était pas le moment de porter la main sur un Français, noble de surcroît, en ces temps incertains. Le roi voulait détruire l'Iroquoisie, cela avait été confirmé à Brune lors de son voyage en France. Il ne désirait pas seulement mater ce peuple, mettre fin aux raids, aux meurtres, à la terreur ; Louis rêvait d'un massacre, d'une extermination pure et simple. Il voulait frapper comme la foudre et détruire de ses rayons aveuglants ceux qui ne se soumettaient pas à sa volonté. Il était le soleil et entendait qu'on le sache. Le pouvoir que cet homme exerçait avec la magnificence d'un dieu antique, cette foi absolue en son ascendance divine, cette passion de lui-même dans laquelle il emportait tout le monde avec lui, à laquelle Brune avait succombé, et dont elle avait honte, tout cela ne cessait de la hanter, de provoquer en elle un curieux mélange d'adoration et d'écœurement. Elle n'avait aperçu le monarque que de loin. Il dansait au rythme des notes de cet Italien aussi sorcier que musicien ; drapé d'or et de pierreries, il était la vivante image de la gloire et de la beauté.

Malgré tous ses efforts, Brune n'avait pu l'approcher. Mais elle avait réussi à s'entretenir quelques minutes avec le comte d'Estrades, qui faisait miroiter au roi la possibilité d'une alliance avec les Anglais pour détruire l'Iroquoisie. Si ce vieux renard avait eu la confiance de Louis, et le fat de Stuart la fantaisie d'être de la partie, cela aurait sonné le glas des Haudenosaunee. Vieille Épée déclarait depuis des années que c'était inéluctable : les premiers habitants de ces terres seraient balayés par l'homme du Vieux Continent. Mais Brune, qui n'avait pas décidé de se retirer du monde et de le regarder s'éteindre sans réagir, pensait que le plus tard serait le mieux. Louis n'avait pas conclu cet accord avec l'Angleterre. Brune aurait aimé croire que c'était peut-être grâce aux mots qu'elle avait utilisés pour décourager Estrades ; mais elle connaissait assez les hommes pour savoir qu'une gorge généreuse et une croupe offerte avaient bien plus de pouvoir de persuasion que les conseils les plus avisés.

Elle avait assuré le comte qu'une invasion de l'Iroquoisie par le nord était plus judicieuse que par la Nouvelle-Hollande et la Noort River, alors qu'en réalité les pauvres soldats sans connaissance du terrain allaient droit à la catastrophe en descendant le Richelieu ; perdus dans une immensité sauvage et hostile, rutilants dans leur livrée de couleurs vives visibles à des lieues à la ronde, ils allaient s'offrir à leurs ennemis comme le lièvre à l'aigle. Elle avait appris que c'était pourtant ainsi que les choses allaient se passer. Ce ne serait pas encore pour cette année, mais pour la suivante, à n'en pas douter. D'ici là, tant d'événements pouvaient se produire.

Une attaque anglaise sur la colonie hollandaise semblait inévitable ; cette dernière était plus minable encore que la Nouvelle-France. Les Agniers bénéficiaient depuis longtemps de l'aide des Hollandais, et surtout de leurs armes à feu. Mais l'anéantissement de cette colonie était sans grande importance, dans la mesure où il serait toujours possible de s'allier aux Anglais si les choses tournaient au plus mal. Dans ce contexte chahuté, la détention du petit marquis était une aubaine. Il fallait simplement savoir qu'en faire, et tenter d'accorder ses propres nécessités avec celles de la politique.

Brune se retourna, s'installa sur le dos. Elle expira longuement l'air de ses poumons en fermant les yeux. Quelque chose pesait sur son cœur. C'était une puissante sensation qui la perturbait beaucoup, mais qu'elle était incapable d'interpréter. Certaine qu'elle ne trouverait pas le sommeil, elle se leva et retourna auprès d'Armand et de Valère, à présent tous deux endormis. Plus Brune le regardait vivre, plus elle était troublée malgré elle par la détermination d'Armand. Par son esprit vif, et surtout par cette candeur désarmante qui le rendait pareil à un enfant. Et il y avait en lui quelque chose qui la déroutait par-dessus tout : une expression du visage lorsqu'il était contrarié, une espèce de moue orageuse et butée qui lui rappelait son père. Brune savait que la longue habitude d'être ensemble provoque souvent ce genre de ressemblance entre des êtres qui ne partagent pas le même sang. Elle avait observé cela chez les personnes adoptées très jeunes. Cette affinité entre son père et cet étranger qu'elle détestait faisait vaciller sa haine. Mais alors elle se souvenait des paroles prononcées par Vieille Épée dix ans plus tôt, lorsqu'il avait raconté son histoire pour la première et la dernière fois, lors d'un festin en l'honneur des morts que l'on venait de transporter dans le nouveau village. Quand Loutre Opulente lui avait demandé s'il désirait se venger, il mit un temps avant de répondre. Non que la question le plongeât dans le doute, mais parce qu'elle demandait qu'il exprimât une volonté terrible qui le taraudait encore comme au premier jour. Oui, il se vengerait de son frère s'il croisait jamais sa route. Il prendrait sa vie.

Maintenant, Naiekowa a le pouvoir d'apporter à son père Vieille Épée la tête de l'homme qui a brisé sa première existence. De celle-ci, elle ne connaît que peu de choses, trop peu. Elle sait qu'il possédait des terres et des châteaux, les plus beaux chevaux qui soient, des oiseaux de proie avec lesquels il chassait le gibier, des armes de toutes sortes, des bijoux et du linge fin, et des gens qui ne vivaient que pour satisfaire ses désirs et obéir à ses ordres. Mais de tous ces privilèges, de toutes ces richesses, il n'a plus que faire, et n'aurait échangé pour rien au monde une seule de ses journées parmi les Haudenosaunee pour toute une vie en France. La part de Brune qui appartient au Peuple du Silex comprend cela et sait que c'est le signe d'une grande sagesse ; mais celle qui est au Peuple du Fer est en colère devant ce qu'elle ne peut interpréter que comme une faiblesse, une soumission. En elle, l'Iroquoise mène une guerre contre la Française qui ne lui laisse pas de répit. Depuis qu'elle a découvert le pays de son père, la lutte est devenue inégale ; les attraits de l'Ancien Monde l'emportent dans le cœur de Brune. Elle redevient la fillette de dix ans qui écoute, rageuse, le récit de la Grande Chute d'Œil Éclair ; peu à peu, de la caverne secrète où son cœur d'enfant l'a enfermée, elle déterre un formidable rêve, celui de regagner ce que son père a perdu.

Brune s'empara du sac-médecine qui pendait à son cou, l'ouvrit et en sortit la bague ornée d'un saphir et sertie de diamants. Elle la regarda luire doucement dans la nuit et, comme chaque fois, cette contemplation la rassura. Elle n'avait jamais compris pourquoi son père avait tenu à conserver ce bijou, lui qui avait voulu bannir jusqu'au souvenir de ce qu'il fut, et jusqu'à son nom. À l'intérieur de l'anneau d'or étaient gravés des mots que Vieille Épée lui avait traduits : « lumière de ma vie ». Ces mots, il les lui offrait, bien sûr. Depuis sa naissance, Naiekowa est cette lumière qui brille sur l'existence de Vieille Épée. Jusqu'à ce jour de triste mémoire où l'orage éclata entre eux à propos de la liaison de Brune avec le jeune Brigeac. Son père avait tenté de la protéger du chagrin et de l'humiliation. Elle n'avait pas voulu l'écouter ; elle avait décidé de croire aux promesses du jeune homme de l'emmener en France et d'en faire sa femme. Elle avait durement parlé à Vieille Épée, lui reprochant d'avoir renoncé à son ancienne vie. Elle suivrait un autre chemin.

Elle l'avait quitté avec des mots cruels et un visage fermé, et ne l'avait plus revu. Bien des fois elle fut près d'aller à sa recherche, dans le Pays-d'en-Haut où elle savait qu'il se terrait. Elle l'aurait trouvé, elle aurait fumé la pipe avec lui devant le feu, en observant son visage aigu, vif et beau, qui s'illuminait d'une douceur qu'elle seule était capable d'engendrer. Elle lui aurait dit qu'elle regrettait, qu'elle n'avait été qu'une orgueilleuse obstinée. Mais c'était ce même orgueil, dévorant, inextinguible, qui l'avait retenue de n'en rien faire. Et trois hivers étaient passés sans qu'ils se revissent. Les paroles de Vieille Épée disaient vrai pourtant : Claude de Brigeac n'avait pas tenu sa promesse. Il l'avait chèrement payé, car il fut fait prisonnier par les Onneiouts ; Brune en fut avertie, mais le leur laissa pour qu'ils en fassent ce que bon leur semblait. Et il leur sembla bon de le torturer, de le tuer et de le mettre à bouillir dans la grande chaudière car il avait fait preuve d'un courage immense et méritait d'alimenter le festin. C'était encore une trop belle fin pour un homme sans parole.

Elle enfouit la bague dans le sac de peau et ferma les yeux, espérant que quelques heures de sommeil lui seraient accordées. Cette nuit-là, elle se vit avec Vieille

Épée dans la forêt, en route pour la chasse. Il avait toujours permis qu'elle l'accompagne, contre l'avis de tous. Il n'avait pas de fils, leur opposait-il, alors il éduquait sa fille unique comme si elle était aussi un homme; elle en aurait bien besoin. Et cela s'était vérifié.

Dans le rêve, ils étaient embusqués derrière un mélèze et guettaient un grand cerf qui paissait non loin. Vieille Épée fit signe à sa fille de tirer la première. Elle banda son arc, arma, et sa flèche alla se ficher dans un arbre. Le cerf détala et, quand elle voulut tourner le regard vers son père, il avait disparu. Elle s'approcha de l'endroit où la flèche s'était plantée et, au pied de l'arbre, aperçut son sac-médecine. Elle le ramassa, l'ouvrit et regarda à l'intérieur. Au fond brillait un œil qu'elle reconnut pour être celui de Vieille Épée. Quand elle voulut le prendre, il se ferma et disparut. Autour d'elle, la forêt n'était plus. Il n'y avait qu'un grand vide pareil à la nuit, qui semblait vouloir l'engloutir. Elle se sentait triste et seule au monde.

En se préparant au départ peu après l'aube, Brune était nerveuse; elle redoubla de prudence et ordonna à la petite troupe de ramer sans faire aucun bruit. Les trois canots glissèrent comme des ombres sur le lac immobile. Armand et Valère faisaient des progrès à la pagaie, gagnaient chaque jour en efficacité et en discrétion et c'était heureux, car dans le grand silence qui régnait ce matin-là, les eaux réverbéraient le moindre son. Des nuages bas s'amoncelaient en direction de l'est, mais il n'y avait pas un souffle de vent. La chaleur était humide et écrasante.

Après quelques kilomètres, une dispute éclata entre Leroy et un Agnier. C'était encore l'eau-de-vie qui en était la cause. Leroy connaissait l'attrait qu'exerçait l'alcool sur certains indigènes et leur en donnait volontiers, en échange de nourriture supplémentaire. Naiekowa avait pourtant interdit que ses compatriotes bussent l'eau-de-vie ; ils n'en supportaient pas les effets, qui semblaient décuplés par le peu d'habitude qu'ils en avaient.

Leroy venait de s'apercevoir que sa gourde d'eau-de-vie avait disparu et accusait un homme nommé Descend les Rapides de la lui avoir volée. Ce dernier niait farouchement. Le ton montait, et Leroy finit par empoigner l'Agnier par le cou. L'autre sortit son couteau et entailla un des bras de Leroy. Les deux autres passagers du canot parvinrent à les séparer avant que les choses s'enveniment pour de bon. Naiekowa cria quelque chose dans sa langue, et les quatre occupants du canot reprirent leur position à genoux. Leroy mit plus de temps à se rasseoir. L'Indien qui l'avait ceinturé lui tendit un morceau de tissu afin qu'il en entoure son bras légèrement blessé.

Valère, qui avait veillé une bonne partie de la nuit, avait vu se faufiler Descend les Rapides vers la couche de Leroy. Le Sauvage avait fouillé aux alentours du Français et s'était redressé avec quelque chose dans la main, que Valère n'avait pas pu identifier. Il devinait pourtant l'objet du larcin, car il avait vu Descend les Rapides téter à la gourde de Leroy à plus d'une reprise quand Naiekowa n'était pas dans les parages. Valère et Armand, plus pour ne pas vexer Leroy que par envie, avaient un soir accepté de goûter cet infâme liquide. Descend les Rapides était naturellement coléreux, et il était évident que ce tord-boyaux surpuissant agitait ses humeurs noires.

On accosta sur le rivage d'une des nombreuses îles qui parsèment le lac, afin de faire descendre la tension et de partager une collation. Naiekowa prit Leroy à partie. Elle demanda qu'il lui remette l'alcool qu'il transportait avec lui. Le Français refusa d'abord, mais elle menaça de le laisser seul sur l'île, sans embarcation et sans nourriture. La jeune femme semblait immense, et son visage courroucé était terrible à voir sous les masses de nuages qui l'assombrissaient encore. Leroy ne se fit pas prier et lui confia sa petite réserve clandestine. Elle déversa le contenu de trois gourdes dans le lac, et les jeta avec mépris aux pieds du soldat. Puis elle se contenta de lancer un regard noir à Descend les Rapides, qui le soutint avec une expression qui se voulait dédaigneuse ; mais ses prunelles étaient fixes et vitreuses, ses paupières mi-closes. Ce qu'elle lui dit alors fut traduit à voix basse par le jeune Haut-cœur : « Tu fais honte à ton peuple. Il va falloir que tu te reprennes, car sinon c'est la mort que tu trouveras dans les rapides. »

On reprit la route dans une atmosphère morose. L'air semblait manquer aux rameurs, qui se mirent à transpirer ; même le front des indigènes était couvert de perles de sueur, leur nuque devenait moite sous les lourdes chevelures. Armand haletait et avait interrompu son effort. Les Indiens lançaient des regards inquiets dans toutes les directions. Le silence était épais. Descend les Rapides, qui se tenait devant Valère, se pencha par-dessus bord et se mit à vomir bruyamment. Entre deux hoquets, on entendit un sifflement, et une flèche vint se planter dans la gorge de l'homme qui ramait à la proue du canot. L'Indien touché s'immobilisa et oscilla un instant, puis on vit son grand buste s'affaisser lentement sur le côté et emporter tout son corps dans l'eau.

Valère a l'impression que le temps s'est distendu pendant cette scène, comme si chaque mouvement de l'homme avait duré une éternité. Quand il prend pleinement conscience qu'ils sont attaqués, les canots filent à toute allure pour échapper aux quatre embarcations pleines de Sauvages qui les poursuivent en les criblant de flèches et de balles. Les Agniers ripostent avec les mêmes armes. Descend les Rapides est complètement dégrisé et se sert de son arquebuse ; Naie-kowa manie son arc avec une rapidité et une précision déconcertantes. Valère n'a jamais, de près ou de loin, été exposé à pareille situation. Il est envahi par une espèce de douce torpeur qui engourdit ses facultés de réaction. La scène semble se dérouler dans une autre réalité que la sienne ; il la contemple avec le sentiment de ne pas en être.

Armand s'est emparé d'un mousquet. Voilà des années qu'il ne s'est plus servi de cet engin. Mais les gestes reviennent comme par enchantement ; son esprit craint d'avoir oublié, mais son corps, lui, sait. À son grand étonnement, il charge l'arme avec adresse avant de viser. Les embardées de l'embarcation le font hésiter, enfin il tire ; le recul le propulse en arrière, presque sur les genoux de l'Indien derrière lui. Mais il se remet en position, puis recharge avec des gestes sûrs, qui s'enchaînent sans hésitation, comme malgré lui, d'abord la poudre, puis la bourre et la balle, que le bras enfourne avec la baguette. Vite, vite, encore un coup, et puis recharger ; il n'a plus le temps de ramer. Il faut toucher, blesser, tuer. Il faut vivre. Le canot manque chaque seconde de chavirer, mais l'habileté des Indiens le maintient miraculeusement à flot.

Valère est rivé à Armand, à ce ballet ininterrompu de gestes précis et efficaces, qui lui révèlent un autre homme. Cette vision est pour Valère aussi peu crédible que l'attaque-surprise dont ils sont les cibles. Il faut qu'il reprenne pied dans la réalité qui l'entoure, qu'il agisse. N'y entendant rien au maniement des armes, le valet met toute sa force à faire progresser son canot.

Les hurlements des assaillants se mêlent aux détonations et aux cris des blessés, à l'odeur de la poudre, à celle dégagée par les corps gagnés par la fureur du combat ; deux canots se heurtent au milieu de clameurs guerrières. Un casse-tête s'élève au-dessus des têtes et s'abat dans une éclaboussure de sang. Est-ce l'ennemi qui a frappé ? Un des leurs ? Devant Valère, Descend les Rapides a reçu une flèche dans le dos. Il l'attrape et l'arrache en poussant un rugissement, laissant une large plaie, qui ressemble à une fleur étrange. Toute cette débauche de sauvagerie semble sortie de l'imagination d'un dément. Et Valère a besoin de la solidité de sa raison pour ne pas se croire au milieu d'un cauchemar. Il rame, et lui aussi se met à hurler sa rage, sa peur, sa volonté de vivre. Le cri qui sort de sa gorge le stupéfie, le galvanise, propulse ses bras, lui donne la force de continuer à ramer au-delà de l'épuisement.

Une subite et fulgurante douleur dans le côté gauche lui arrache un gémissement. Cela vient de son flanc, juste au-dessous des côtes. Valère ne veut pas regarder, ne veut rien savoir. Ce corps qu'il croyait faible et sans ressources lui prouve qu'on peut compter sur lui. L'odeur douceâtre qui l'enveloppe, ce n'est pas son sang, mais celui de la blessure de Descend les Rapides. Valère rame, et ramera jusqu'à l'heure du Jugement s'il le faut. Mais la souffrance est trop forte.

Il glisse la main sous sa chemise, et elle lui revient toute couverte de sang. Il n'avait rien senti au moment de l'impact, mais à présent c'est comme si on lui lacérait les chairs avec une lame brûlante. La douleur gagne chaque seconde en intensité. Valère n'est plus capable du moindre effort. La fumée dégagée par les tirs brouille sa vision, les êtres qui l'entourent ne sont plus que des formes vagues ; ou bien est-ce son esprit qui se trouble, sa conscience qui le quitte lentement ? Il fait encore le geste de ramer, mais la pagaie ne fait qu'effleurer la surface.

Les sons sont devenus sourds et étouffés, comme atténués par une grande distance, et évoquent ces échos de fête qu'il entendait dans son lit depuis le village en été. Chez lui. Il voit le sentier qui borde la maison, le très vieil orme sacré percé de milliers de clous, le petit bois de bouleaux et, au-delà, les champs baignés de soleil, blonds, chauds, accueillants… Il doit encore faire quelque chose… Mais quoi ?

Le corps du valet s'est levé au beau milieu de cette pagaille. Armand l'entrevoit entre deux coups de feu, puis sa longue silhouette debout dans l'air bleuté s'effondre dans le lac avec un mouvement étrange de polichinelle soudain lâché par son opérateur-marion-nettiste. Avant que la moindre pensée ait le temps de se former en lui, Armand plonge. Son propre canot n'est qu'à une trentaine de pieds de celui de son valet. Il l'aperçoit, les bras grands ouverts, les cheveux flottant autour de son visage, des filaments de sang s'échappant de son flanc ; il est déjà loin sous la surface quand Armand le rejoint, inconscient, lourd comme une statue de pierre, si lourd à remonter, à faire émerger.

Armand tient Valère sous le menton, comme il l'a fait tant de fois avec Loup pour jouer aux noyés. Mais aujourd'hui, c'est la vraie vie qui impose au corps d'être fort et endurant, c'est la vie qui met entre les bras d'Armand celle de son valet. Il n'est pas mort, car Armand peut sentir un souffle ténu lui frôler le bras. Il faut nager, tenter de regagner le canot de Naiekowa, qui reste le plus proche. Quand il se retourne, Armand peut voir que les quatre occupants sont toujours indemnes et continuent de tirer balles et flèches et de pagayer. Le courant est plus fort qu'il n'y paraît, et entraîne Armand et Valère loin des Iroquois, vers un canot ennemi qui arrive en sens inverse. Armand se démène comme un forcené pour nager contre le courant, avec ce corps inanimé qui l'attire vers le fond. Les assaillants se rapprochent, et Armand commence à s'essouffler. Valère est toujours évanoui, cela vaut sans doute mieux, se dit Armand ; éveillé, Valère se serait débattu et l'aurait entraîné au fond du lac.

Une course se livre entre le canot ennemi et celui de Naiekowa. Armand donne tout ce qui lui reste d'énergie pour rejoindre les siens, qui arrivent bientôt à sa portée. Naiekowa lui tend une rame ; Armand l'agrippe. Il pousse le corps de Valère devant lui afin que les Indiens le soulèvent. Mais ils n'en font rien et tentent de le prendre, lui. Il lance un regard incrédule à l'Indienne, qui lui offre son masque dur et implacable. Armand comprend : elle ne veut pas de ce corps à demi mort qui ne fera que la gêner.

Le canot ennemi n'est plus qu'à quelques pieds d'eux. Armand tient toujours la rame, mais se refuse à attraper les mains que lui tendent les deux Indiens. Il essaie encore de leur faire empoigner le corps inerte de son valet, en vain. Tenant toujours Valère contre lui, Armand donne un grand coup de jambes pour se défaire de leur étreinte. Naiekowa le regarde avec un mélange d'admiration et de colère. Armand sent la présence des ennemis derrière lui. Dans quelques secondes, c'en sera fini. Il n'a plus de force, plus de souffle. Il est dévasté par la peur, mais, sans qu'il sache pourquoi, rien au monde ne pourrait lui faire lâcher Valère. Il ne quitte pas des yeux l'Indienne. Elle cédera, ou elle les perdra tous les deux. Le bruit des rames derrière sa nuque, les cris des attaquants. Enfin, les deux Indiens qui avaient tenté d'attraper Armand bravent l'ordre tacite de l'Indienne, font signe qu'ils vont prendre Valère ; Armand s'approche, ils agrippent le grand corps du valet et le hissent dans le canot. Armand sent ses muscles devenir raides ; ses jambes ne lui obéissent plus. Il sombre une seconde, l'eau s'engouffre dans sa gorge. Il refait surface en toussant ; le canot de l'Indienne s'est éloigné, lui semble-t-il, ou est-ce lui qui dérive ? L'eau le submerge de nouveau ; il fait un ultime effort pour émerger. Derrière lui un hurlement. Quelque chose s'abat sur sa tête alors qu'il se sent soulevé par un bras invisible.

15

Brune dut faire un immense effort pour ne pas laisser éclater sa rage. Elle aurait voulu battre Castor et Matin d'Hiver, ces deux imbéciles qui avaient sauvé le valet au lieu du maître. Elle se retrouvait avec un homme gravement blessé et parfaitement inutile. Les attaquants étaient des Sokokis, des Mohicans et des Pocumtucs, de ces nations de l'Est que le Peuple du Silex avait écrasées l'été précédent.

Voilà deux jours que Brune ne voyage plus tranquille, et que la forêt, l'air, la terre lui disent qu'ils ne sont pas seuls, que l'ennemi rôde et les observe. Elle ne peut s'empêcher de penser que l'esclandre entre Leroy et Descend les Rapides a décidé le parti d'ennemis à passer à l'action. Ils n'étaient guère plus nombreux que les Agniers; à peine une quinzaine de guerriers. Brune sait que les Mohicans et leurs voisins ne prennent pas de risques inutiles. Voilà plusieurs jours qu'ils observent les Agniers; la dispute leur a indiqué une faiblesse, une faille dans le groupe par laquelle il leur a été possible de s'engouffrer.

Il y avait eu cette dispute, et encore autre chose, une chose à laquelle Brune évitait d'accorder trop d'importance, mais qui s'imposait à présent aussi

232

implacablement à son esprit qu'une vision ou un rêve à la signification claire. Une femme iroquoise ne manie pas les armes, ne verse pas le sang hors du village. Une femme appartenant aux Cinq-Nations ne peut pas faire la guerre, sous peine d'attirer le malheur sur son peuple. L'épidémie de mort rouge qui avait décimé les Haudenosaunee deux ans plus tôt avait frappé quelques jours après que Brune eut tué son premier ennemi d'un coup de hache... Il avait fallu toute l'autorité et l'éloquence de sa grand-mère Loutre Opulente pour convaincre le Conseil de ne pas punir la jeune fille. Elle-même fut si bouleversée qu'elle ne s'engagea dans aucun parti de guerre pendant plusieurs mois.

Lorsqu'elle alla s'accroupir derrière les buissons pour uriner, elle vit une tache de sang sur la feuille avec laquelle elle s'était essuyée. Elle avait touché son arme alors qu'elle avait ses Fièvres Tremblantes, ce qui rendait encore plus grave la faute qu'elle commettait en bravant l'interdit de se battre. Brune se releva, observa les nuages d'orage qui glissaient au-dessus d'elle. Elle eut l'impression qu'ils la frôlaient presque et auraient pu l'emporter dans leurs bras ondoyants, loin vers l'est, vers la France qui lui manquait déjà. Quelle torture que cette impatience qu'elle éprouvait de revoir le pays de son père, ses carrosses, ses fontaines, ses violons et ses chevaux ; alors que lorsqu'elle s'y trouvait, rien ne semblait plus lui manquer que les forêts et les cascades, le silence des lacs, le son des voix autour du feu, les cris et les chants. Vieille Épée avait trouvé la paix, lui. Il avait choisi, il y avait bien longtemps. En revoyant son visage, elle tressaillit. Quelque chose au fond d'elle s'ébranla. Comme cette fois où, enfant, elle l'avait vu en rêve, alors qu'il était parti en guerre depuis des mois. Le lendemain, il était de retour. Brune rejoignit ses compagnons. Valère gisait, plus pâle qu'un rabat de sulpicien. Castor lui posait des compresses d'eau fraîche sur le visage et le torse.

Armand et Descend les Rapides, aux mains de l'ennemi, n'avaient plus longtemps à vivre. Aller les rechercher était pure folie. Deux guerriers avaient trouvé la mort au combat, et quatre hommes étaient blessés. Que pouvait faire une bande de dix hommes affaiblis contre un village entier ? Et pourtant Brune ne pouvait envisager de perdre sans rien tenter cet homme si précieux.

Elle s'assit non loin de Valère. Castor était parvenu à endiguer le sang qui se déversait de ses entrailles en lui faisant un garrot avec une peau de cerf qui avait servi de sac à munitions ; Hautcœur, malgré sa blessure au bras, s'activait lui aussi auprès du valet pour lui faire reprendre ses esprits. En vain. Brune entendit Castor parler de la balle, qui n'était pas ressortie du flanc ; il fallait l'enlever, sinon Héron Pensif mourrait. Et personne parmi eux mieux que Naiekowa n'était capable d'entrer dans ce corps et d'en chasser ce qui le tuait. Hautcœur vint vers elle et lui demanda très humblement son aide. Elle plongea ses yeux dans ceux du jeune homme, qui soutint son regard avec un aplomb qui la surprit. Que possédait donc ce grand échalas de Valère pour attirer ainsi la sympathie de tous, y compris celle des Indiens ? Elle soupira. Ses membres étaient lourds, son esprit fatigué. Le sort venait-il de se retourner contre elle ?

Elle se décida à se lever et vint s'agenouiller près de Valère. Tant qu'il était inconscient, l'opération serait plus facile. Elle demanda à Castor de placer un morceau de bois dans la bouche du valet. Elle regretta amèrement d'avoir jeté toutes les gourdes d'alcool, qui aurait pu aider Valère à supporter la douleur quand il reprendrait connaissance. Elle ôta les bandages autour de la taille, plongea sa main dans le flanc et commença à fouiller les chairs. Valère gémissait et sa mâchoire se crispait autour du bâton, mais sa conscience était toujours en sommeil. Les yeux fermés, l'Indienne prononçait des paroles dans sa langue, sur un ton monocorde.

Le visage de l'Indienne s'éclaira, ses yeux s'ouvrirent, comme si elle revenait d'un long voyage intérieur, et sa main réapparut, ensanglantée. Entre le pouce et l'index, elle tenait la balle. La jeune femme avait l'air épuisé, comme si cette opération l'avait vidée de l'immense ressource d'énergie qu'elle possédait. La plaie saignait abondamment. Castor la nettoya à l'eau claire, l'enduit de gomme de pin que Matin d'Hiver avait préparée, refit le garrot et attendit en silence. Valère vivrait peut-être. Une pluie fine s'était mise à tomber. On ne pouvait pas transporter le blessé pour l'instant, et il fallait se mettre à l'abri. On construisit des tentes d'écorce et de branchages et on s'y installa, pendant que deux Indiens montaient la garde.

Lorsque, vers le soir, Valère s'éveilla, la première personne qu'il vit fut Castor, qui l'observait avec une joie manifeste. Valère lui rendit son sourire, et aussitôt voulut se redresser pour chercher Armand des yeux. Mais la douleur et la faiblesse étaient si grandes qu'il retomba aussitôt. Castor lui donna à boire quelques gorgées d'un breuvage qui avait le goût de plantes où dominait l'essence de sapin. Il essuya avec affection les gouttes qui avaient coulé dans le cou de Valère, puis lui parla dans sa langue. Il accompagnait ses paroles de gestes, et Valère comprit qu'Armand avait été fait prisonnier. Castor répétait souvent ce mot : *kiatanoron*. Quand Hautcœur entra pour prendre de ses nouvelles, Valère l'implora de lui dire que ce qu'il avait compris des mimiques de l'Indien était absolument faux, qu'Armand était ici, parmi eux, indemne. Hautcœur lui expliqua que son maître avait bien été assommé et enlevé alors qu'il venait de sauver Valère de la noyade. Le jeune Français omit de lui faire part de l'attitude de l'Indienne.

Valère était effondré, à la fois dévasté de chagrin et de culpabilité et transporté de reconnaissance, et les larmes se mirent à couler sur ses joues creusées. Hautcœur, gêné par cet accès d'émotion, fit mine de s'en aller, mais Valère le retint d'un geste.

« *Kiata… Kiatano…* » Il avait parfaitement mémorisé le mot, mais sa souffrance et sa fatigue retenaient les sons prisonniers de sa gorge.

Hautcœur avait compris ce que Valère voulait savoir. Il enleva son chapeau et prit un air solennel avant de déclarer :

« *Kiatanoron*. C'est un mot qui signifie personne noble, de grande valeur, brave et intrépide. C'est dorénavant le nom iroquois du marquis votre maître. »

Le jeune homme salua Valère avec cérémonie, comme si, en l'absence du marquis, ce fût au valet qu'il convenait de manifester son respect. Hautcœur n'en avait jamais fait autant pour Armand, et Valère s'étonna de cette déférence soudaine qui se trompait de destinataire. Peut-être la bravoure d'Armand avait-elle gagné auprès de ces colons singuliers ce qu'aucun titre ne pouvait obtenir.

Valère ferma les yeux. Le visage de son maître lui apparut, baigné de soleil et souriant, tel qu'il s'était donné à voir durant ce voyage en canot : un visage transfiguré par l'aventure, l'air neuf, la beauté du pays, et par la certitude de ne pas avoir fait ce terrible périple en vain. Armand lui avait confié un des derniers soirs que, quoi qu'il arrive, rien de tout cela ne serait inutile. Même s'il ne retrouvait pas son frère, il était sur le chemin de la lumière ; les confessions qu'il avait faites à Valère étendaient déjà sur son âme tourmentée une clarté bienfaitrice. Rien que pour cela, Armand était reconnaissant à Dieu. Et à son serviteur, qu'il remercia très simplement.

Le visage d'Armand se brouilla dans la conscience troublée de Valère et fut lentement remplacé par celui de son grand-père. Valère sentit sur son front la peau fine et parcheminée d'une vieille main familière. Il lutta contre le besoin irrépressible de se laisser happer par le sommeil, afin de formuler une prière pour son maître, livré à l'ennemi. Il refusa de se projeter plus avant dans l'abîme d'horreurs à peine concevables que représentait la captivité d'Armand et, puisant dans les ultimes ressources de sa volonté, il chassa ce qui commençait à se former en lui, l'ignoble idée embryonnaire de sa mort. Cet effort lui fit venir un haut-le-cœur, il poussa un gémissement rauque, ouvrit les yeux et découvrit le visage d'un Indien. Était-ce Castor ou l'autre, dont il ne se remémorait plus le nom ? Il voulait parler à l'Indienne, il le dit, enfin il n'était pas sûr que les paroles qui se formaient dans sa tête prissent corps dans sa voix. Il était si faible… L'Indienne devait sauver Armand ! Que faisait-elle à l'instant ? Il fallait qu'elle se rende sur-le-champ chez ces autres Sauvages qui tenaient Armand prisonnier, qu'elle ordonne, qu'elle menace, qu'elle offre des centaines de ces ceintures de perles qui achetaient la vie, l'amitié, la paix ou la guerre, qu'elle leur jette un sort, qu'elle… Valère retomba évanoui, sous l'œil inquiet de Castor.

*

Cela faisait une semaine que l'on remontait le grand fleuve en direction du pays de Feuille d'Érable. Il fallait souvent faire des portages, sur des sentiers étroits et glissants, dans le bruit assourdissant des rapides en contrebas, dans la chaleur torride. Le frère de Feuille d'Érable, Otsihkwa, jeune capitaine plutôt arrogant et maussade, semblait en vouloir à Antoinette d'avoir encouragé leur départ de Montréal. N'étant pas particulièrement en faveur des Français, il redoutait la réaction de Garakontié lorsqu'il s'apercevrait que sa décision n'avait pas été respectée et que Feuille d'Érable avait trahi ses hôtes.

Otsihkwa, de passage à Montréal, avait d'abord refusé d'emmener les deux femmes. Mais le manque de joie de vivre de sa sœur, son teint terne, ses cheveux moins brillants avaient fini par le convaincre qu'elle perdrait la santé en restant avec les Français. La présence d'Antoinette n'était pas bienvenue, et celle-ci ignorait ce que Feuille d'Érable avait raconté à son frère pour l'obliger à se charger d'elle. Personne d'autre que la jeune Indienne ne lui adressait la parole. Les quatre hommes ne lui offraient jamais le moindre regard, sauf dans les moments difficiles, quand elle peinait à l'arrière de la file, trébuchait, se massait les pieds le soir avant le coucher. Alors ils l'abreuvaient de regards de mépris ou se moquaient d'elle. En toute autre circonstance, leurs yeux peints glissaient sur elle sans la voir.

Feuille d'Érable avait cessé de lui manifester la bonté, la douceur auxquelles Antoinette s'était arrimée pendant les premières semaines dans la solitude d'une ville inconnue. La sauvagesse était devenue assez indifférente, alors que ses mouvements devenaient plus vifs, que ses yeux et sa chevelure gagnaient un éclat qu'Antoinette ne leur avait jamais connu, et qu'elle trouvait presque insolent.

Après trois jours de voyage, la jeune femme avait décidé de retourner en ville. Elle s'était glissée hors de la couche qu'elle partageait avec Feuille d'Érable et s'était enfuie dans l'obscurité; munie d'une lanterne qu'elle avait emportée dans son petit bagage, elle reprenait le chemin en sens inverse, parfaitement consciente du danger de son entreprise. «Je ne serai pas une grande perte pour eux», se dit-elle à voix haute. Elle se rappela qu'elle n'avait jamais été une grande perte pour quiconque depuis sa venue au monde, et que, s'il lui prenait l'idée de s'attacher à quelqu'un, elle ferait bien de s'en souvenir et de ne se faire aucune illusion. Elle se maudissait pour sa crédulité, ses rêves aussi puérils que stupides, où elle s'était vue partager béatement la vie de ces êtres si différents, si opaques. Mais, au-delà de tout, elle s'en voulait de s'être fait manipuler par cette jeune Sauvage. Tout comme elle s'était laissé abuser par les bontés de madame de Meaux. Ces femmes ne désiraient qu'une chose, arriver à leurs fins grâce à Antoinette. La première voulait une réputation de sainte et une place au paradis, et la seconde rentrer chez elle. C'était Feuille d'Érable qu'Antoinette comprenait le mieux, malgré tout. Elle avait éprouvé presque physiquement la souffrance du déracinement, la nostalgie, le désespoir d'être privée de ceux qu'on aime. Elle avait vécu ces choses par procuration, à travers les yeux de Feuille d'Érable, ses gestes hypnotiques, sa voix inspirée. Et elle avait fini par désirer follement ce que désirait l'autre. Elle s'était dissoute en elle, dans cette fille étrangère qui était devenue une espèce de double d'elle-même, mais libre et indomptable.

Elle en était là de ses réflexions lorsque Otsihkwa surgit et se planta en travers de son chemin. Il était sorti de nulle part ; elle ne l'avait pas entendu venir, et pourtant il était là, devant elle, sa peau tatouée luisant sous la lune. Il la regardait enfin, mais elle aurait préféré ne jamais sentir ces yeux-là posés sur elle. L'homme était furieux. Il l'invectiva dans sa langue, l'attrapa par les cheveux et la poussa devant lui jusqu'au campement. Là, les trois autres hommes l'accueillirent par des rires, qui semblaient adressés aussi à Otsihkwa. Ce dernier lui lia les mains et les chevilles et l'obligea à se coucher contre lui. Le lendemain, on reprit la route en silence. Antoinette avait toujours les poignets liés, attachés par une corde au poignet gauche d'Otsihkwa. Elle demanda à Feuille d'Érable ce que cela signifiait, et quel sort on lui réservait. La jeune Indienne se détourna, l'air embarrassé, sans lui répondre.

*

Brune naviguait en compagnie de deux de ses hommes à la poursuite des attaquants. Le reste de la petite troupe des Iroquois faisait route vers Ossernon, transportant le valet dont l'état restait précaire. Le lendemain de l'attaque, Naiekowa avait pris la décision de tenter de faire libérer Armand. Elle ne possédait rien qui fût de nature à être échangé contre la vie d'un Homme Blanc de noble condition. Rien que son éloquence, et des promesses. Celle de renvoyer au pays les captifs mohicans et sokokis détenus à Ossernon, de laisser ces peuples traiter avec les Hollandais à Fort Orange et de partager un peu de cette suprématie économique et diplomatique que les Agniers avaient acquise au détriment des autres nations voisines depuis plus de trente ans.

Alors qu'ils commençaient à longer le territoire ennemi au sud-est du lac Champlain, Brune sentait qu'elle était prête à offrir à peu près n'importe quoi pour récupérer Armand. La veille, dans un moment d'abattement, elle s'était dit que les Sokokis n'avaient qu'à lui régler son compte ; cela aurait le mérite de la libérer des élans contradictoires que faisait naître en elle le petit marquis. Mais à l'aube, elle éprouva une espèce de panique à la perspective de laisser Armand à son sort. Il lui appartenait ; c'était elle qui l'avait attiré dans ses filets, et jusqu'à ce que Vieille Épée décide ce qu'il convenait d'en faire, cet homme serait en son pouvoir.

*

Le sang lui brouille la vue à tel point qu'il ne distingue plus la silhouette de Descend les Rapides, attaché à ses côtés. L'Indien n'est pas encore mort, et Armand se demande comment c'est possible, après ce qu'on lui a fait subir. Lui-même a cru que son cœur éclatait au moment où l'ongle de son pouce fut arraché. Mais il ne s'est pas évanoui, pas avant qu'on lui découpe un morceau de la peau du dos. On l'avait réveillé aussitôt en l'éclaboussant d'eau fraîche. Et cela avait recommencé. L'ongle de l'index, puis ils étaient passés aux pieds, plante du pied droit brûlée avec un tison, ou bien était-ce le gauche? Ensuite il avait eu des doigts coupés, dont un par des dents, qui s'étaient activées sur sa chair si longtemps que la souffrance avait fini par cesser, par se muer en une sensation tolérable, ou du moins mesurable.

Ce corps qu'il envisageait jusqu'ici comme un ensemble, certes disgracieux, mais cependant compact et complet, articulé de manière cohérente, ne lui semble plus à présent qu'un amalgame de membres atrophiés, comme déplacés et réassemblés par la douleur en un tout assez grotesque; du moins est-ce ainsi qu'il l'imagine quand un peu de répit lui est accordé, et qu'il s'oblige à réveiller son esprit anesthésié, qu'il se force à penser, pour ne pas devenir fou.

Il supplie les images de venir peupler sa conscience vacillante. Mais pas celles du lointain passé, de sa mère, de Loup, non, il convoque des images sans résonance particulière, de celles qui ne ressuscitent pas l'enfant fragile. Voici celles du Grand Carrousel deux ans plus tôt ; Louis en empereur romain, rayonnant dans son corps de cuirasse d'or et d'argent orné de rubis, Monsieur en roi de Perse, tout d'incarnat et de blanc vêtu, et puis les Turcs, menés par le Grand Condé, et enfin les Sauvages d'Amérique, avec à leur tête… Qui donc en roi de l'Amérique ? Était-ce Guise ? Méconnaissable sous son costume de branchages qui recouvrait aussi sa monture ? Et les Sauvages… Une ribambelle de figurants, petits courtisans désireux de s'élever, bourgeois à l'affût d'un titre, d'une charge, arborant des airs importants, poudrés et emperruqués, avec des plumes qui leur sortaient de partout. La plupart de ces déguisés étaient à cheval, se déplaçaient selon une chorégraphie bizarre : cela piaffait et semblait hésiter entre un combat et une partie de chasse. Quelle pantalonnade ! Il avait été impressionné alors, envoûté par la débauche de richesse, de décorum. Il se serait bien laissé planter une plume dans le cul pour participer à la mascarade, pour passer devant le Maître de l'Univers et espérer recueillir une infime parcelle de l'éclat de son regard.

Des dizaines de paires d'yeux sombres le dévisagent à présent ; ou bien cela dure-t-il depuis des heures et ne s'en aperçoit-il que maintenant ? De son œil encore capable de voir, il tente de déchiffrer ces regards, d'y discerner une expression qui ressemblerait à de la pitié, à une forme de sollicitude, mais rien. Il n'y a rien de tel dans ces puits sombres et secrets, qui n'ont que faire des Rois de l'Ouest, de leur pompe, de leur ascendance divine, de leur volonté. Une femme lui jette une braise à la figure. Une autre lui crache dessus. Les Sauvages et le duc de Guise s'éloignent, empêtrés dans leurs capes et leurs plumes. «N'espérons plus, mon âme, aux promesses du monde; sa lumière est un verre, et sa faveur une onde; que toujours quelque vent empêche de calmer…» Il ne sait plus la suite. N'a jamais eu une bonne mémoire pour les poèmes. Mieux vaut faire ses prières. Il les hurle quand ses bourreaux s'en reprennent à sa chair. Descend les Rapides, lui, préfère chanter. Une mélopée assez monocorde qu'il parvient à tenir malgré les supplices. L'Indien fait preuve d'un courage qui dépasse l'entendement. Qui plonge Armand dans une telle consternation qu'il est distrait de ses propres souffrances, et prie pour cet ivrogne qu'il n'apprécie pas tellement.

Armand ne veut pas mourir maintenant. Il n'est pas venu si loin pour se faire anéantir par des indigènes qu'il n'a même pas l'heur de connaître. Depuis qu'il a rencontré l'Indienne, dont il ne sait pourtant rien, il s'est persuadé que s'il devait trouver la mort en ce pays, ce ne pouvait être que de sa main. Mais c'était sans doute une fausse impression, car voilà qu'un jeune homme s'approche de lui armé d'un couteau. L'adolescent s'arrête et lève l'arme comme pour se préparer à frapper. Dieu, recevez mon âme pécheresse. L'odeur des chairs brûlées, les cris des femmes et des enfants tout autour. Il voit encore les yeux noirs de cette fillette qui lui offre un triste sourire édenté. Enfin. Il voudrait la remercier. Armand lève les yeux vers la voûte céleste déjà empourprée par le soleil naissant. C'est la dernière chose qu'il verra jamais.

DEUXIÈME PARTIE

16

La Croisée est formel, le petit homme aux mocassins s'est signé le front et a embrassé ses doigts avant de sauter à l'eau pour aider cet autre Blanc blessé. C'était Loup qui avait appris à Armand à faire ce geste avant de descendre dans le lac, afin de conjurer sa terreur devant les eaux sombres. Le rituel accompli, le petit acceptait de plonger avec lui, retenait calmement sa respiration, sans le quitter des yeux, le suivait le plus loin possible vers le fond opaque. Lorsqu'il sentait que l'enfant avait atteint l'ultime limite de ses forces physiques et mentales, ils remontaient ensemble, émergeaient en inspirant une grande goulée de l'air du plateau.

Quand il avait entendu le récit de la vision du chaman, il avait dû s'asseoir, ou plutôt ses jambes l'avaient lâché, et il s'était d'abord appuyé contre un tronc avant de se laisser glisser vers le sol. Ses compagnons l'avaient observé avec circonspection, puis l'avaient imité. Son esprit s'était empli d'une sorte de masse glacée et impénétrable, comme un ciel soudain saturé de neige. Armand. Armand. Ce nom lui martelait les tempes, sans qu'il pût l'associer encore à rien d'autre qu'à deux syllabes à la sonorité fade. Puis, peu à peu, explosa en lui une myriade d'émotions contradictoires qui se faisaient la guerre et d'où émergèrent, comme deux vieux soldats pugnaces et increvables, l'amertume et le sentiment d'abandon.

Armand de Canilhac, l'être qu'il a le plus aimé en ce monde avant Brune. Celui qu'il a le plus haï. Plus encore que la créature qui lui a donné la vie et l'a aussitôt abandonné, plus qu'Isabelle, cette âme damnée qui l'a damné à son tour, plus que Bastien, le comite qui s'acharnait sur le corps exsangue du pauvre Morel, pendant les passe-vogues de deux heures d'affilée contre le vent ; plus que Maisonneuve, ses bouseux de colons, ses petits soldats, ses Robes Noires et tous ceux qui suivront.

Il fait encore nuit, et il ne parvient pas à sortir définitivement de son rêve, une sorte de course à travers bois quand il était un très jeune enfant. Il est hanté par l'odeur d'humus automnal, par le confort d'être transporté, par la sensation si singulière d'être à peine ébauché, en vie depuis peu. Il est enivré par l'odeur des feuilles mortes qui se confond avec celle de son propre corps, et de cet autre corps qui le porte. Son œil garde encore la sensation de la lumière, brutale, des rais qui percent les feuillages, telles des épées dorées lancées par un géant. Un songe comme il n'en a plus fait depuis ses premières nuits au château dans la chambre du sud.

La Croisée et Niawen sont profondément endormis. Ils ont déjà parcouru une petite distance vers Skanadario, le Lac aux Eaux Étincelantes, depuis qu'ils ont appris la venue de cet homme qui n'est autre qu'Armand. La première réaction de Vieille Épée fut pourtant de repartir là d'où il était venu, sur l'ancienne terre des Wendats. Mais il abandonna bien vite ce projet. Il bouillait trop, et se consumerait certainement s'il n'acceptait pas ce que la vie lui apportait. Il avait appris cela, entre autres choses utiles, depuis qu'il vivait parmi les Haudenosaunee. Fuir son passé ne sert à rien ; c'est lui qui vous retrouve. Il vous surprend dans le dos et abat la hache qui vous mettra à genoux. Mieux vaut aller à sa rencontre et le regarder bien en face. Tenter de le tenir en respect.

Il allume sa pipe, observe le fourneau incandescent, les volutes s'échapper de ses lèvres et s'enrouler dans les ténèbres. Tu viens me chercher, petit homme ? Eh bien tu vas me trouver.

Pendant près de vingt ans, il a travaillé. C'est un labeur exigeant, incessant, celui qui consiste à tenter de faire mourir la haine en soi, de tuer le besoin de vengeance. Cela demande de la sagesse. Et ce n'est pas une vertu qu'il possède naturellement. Loup de Canilhac n'en avait guère moins qu'Œil Éclair. Les Haudenosaunee pensent que l'on peut mourir à soi-même pour renaître différent. Mais ils ne connaissent pas Aristote, ils ignorent que ce n'est pas parce qu'on déclare une chose qu'elle est vraie. Ou plutôt le savent-ils pertinemment mais n'en ont-ils rien à faire. Et sans doute ont-ils raison, car ce qu'ils désirent ou affirment finit bien souvent par se réaliser.

Celui qu'ils ont nommé Œil Éclair, au lendemain de son adoption par Loutre Opulente, était encore le jumeau de Loup, terrassé par le même démon. Ni l'amour de Rit Beaucoup, ni la naissance de Brune, ni l'amitié que son peuple lui témoignait ne parvinrent à tarir sa soif fratricide. Et comme cette pulsion lui était une souffrance permanente, et que le monde merveilleux qu'il découvrait était teinté de la couleur de son propre cœur, noir comme un fond de chaudière vide, il se mit en quête de cet homme nouveau dont ses proches attendaient patiemment l'aurore. Il l'appela, le guetta au cours des nuits de fête, dans la transe des danses et des chants, il crut le reconnaître sur la piste du gibier, dans la solitude de l'hiver, quand le corps, gelé par l'attente de la proie, engourdi par l'immobilité, n'éprouve plus rien ; quand le temps ne coule plus comme l'eau, mais s'étend dans toutes les dimensions, devient épais comme l'éternité. Alors il lui sembla le voir se profiler et marcher à sa rencontre, mais ce n'était qu'une illusion. Il le chercha dans la guerre, dans le sang, la peur, la fureur, dans la chair de l'ennemi ingérée par sa propre chair, dans le supplice, infligé et reçu. Et là, au cœur de cette folie, il crut le trouver.

Un vieil homme de la Nation du Chat qu'il venait de torturer longuement lui avait dit, juste avant de mourir, que sa quête approchait de la fin, que la hache de guerre serait bientôt enterrée pour lui. Il avait pris cette prémonition très au sérieux, s'était retiré, était parti errer dans le grand cimetière des Wendats. L'âge et l'isolement avaient semblé faire leur œuvre. Tout son être soupirait enfin de soulagement. Plus rien n'avait d'importance que le gibier tué et le poisson pêché, le passage des saisons, la pipe et les mélodies de Niawen. Quand il pensait à Armand, il l'imaginait mort. Il se préparait donc à mourir à son tour, en paix avec lui-même. Mais la vision de la Croisée lui dit que l'heure n'est pas encore venue.

En changeant de position, un élancement dans la hanche lui arrache un gémissement. Son œil vivant a perdu de son extraordinaire acuité, même s'il le cache habilement. Une lassitude l'envahit souvent au réveil, et il lui faut bien du courage en hiver pour sortir de son sac en fourrure et aller casser la glace pour se laver.

Quel âge est-ce que je peux bien avoir ? Isabelle avait décidé que j'avais quatre ans, en ce jour de Sainte-Lucie 1606, où le marquis m'arracha à Menou et m'enveloppa de sa cape pour m'emporter en son château. Menou. Ses traits sont indistincts. Mais je sais encore le contact de ses mains, son odeur, je me souviens de ses colères, de ses jours de Grande Peine. Je crois me rappeler la masure en bois dans la clairière, avec le toit qui touchait terre. Dans le rêve, était-ce Menou qui me portait ? Je n'ai pas le souvenir que Menou m'ait jamais porté. J'avais deux jambes comme elle, je n'avais qu'à m'en servir. Je n'étais jamais qu'un chiard craché par la nuit, une boule de cheveux et de crasse débusquée par le chien Drac au fond d'un terrier.

L'homme est près de l'âtre. Je sais que je vais partir un jour avec lui, et ne jamais revenir. Il boit lentement l'alcool de plantes que Menou lui offre, lorgne intensément vers moi. Je sens son envie de me voir, mais je reste à moitié caché derrière l'unique meuble de la maison, un coffre bancal et vermoulu censé venir de chez les Turcs. Le bois du coffre a une odeur de terre et d'autre chose que je reconnaîtrai plus tard dans les églises. Hugues ne m'approche pas et ne m'adresse jamais la parole. Il est fébrile. Il a besoin de moi. Pourquoi ? Je n'en sais encore rien. Mais je suis certain d'une chose : je désire plus que tout m'enfuir avec cet homme et sa monture, pénétrer dans sa vie, dans ses meubles, dans ses habits et ses pensées, l'imiter et lui ressembler, jusqu'à faire oublier que je n'ai ni mère, ni nom, ni âge, ni rien. Jusqu'à l'oublier moi-même.

*

La Croisée vient le rejoindre. Il s'étire et fait craquer ses os. Le chaman pose sur lui ses yeux pénétrants, qui glissent sur sa chair et sa chevelure avec la même tendresse que lorsqu'ils s'étaient rencontrés des années auparavant. Loup ne s'en soucie pas. Une fois qu'il fut clair pour tout le monde que la Croisée n'obtiendrait de lui qu'une fidèle amitié, il ne se préoccupa plus de ces petites choses qui révélaient le désir de l'Indien. Il ne comprit jamais pourquoi cet homme bien plus jeune que lui avait pris la décision de le suivre comme son ombre, sans espoir de recevoir autre chose qu'une conversation restreinte et de longs moments de rêverie silencieuse. Et pourtant, avec les années, Loup sentait combien cette vie côte à côte avec la Croisée lui était devenue précieuse.

« Tu as bien vu le geste qu'il a fait avant de plonger ? demande-t-il encore une fois.

— Comme je te vois.

— À quoi ressemble-t-il ?

— Le geste ? »

La Croisée amorce le mouvement en soupirant.

« Non. L'homme, comment est-il ?

— Pour la troisième fois donc, il est petit et gras, très droit sur deux courtes et maigres jambes ; son crâne est aussi lisse que la boule d'un casse-tête, mais quelques cheveux gris et filasses y poussent encore en cercle, comme de l'herbe malade.

— Est-il en vie ?

— Je ne peux pas le voir. »

Chauve. Gros. Il n'était déjà pas beau étant bébé. Laid comme le péché, disait Odelette, qui en connaissait un brin en la matière. Oh, Seigneur, doit-il vraiment se remémorer ces années ? Les images lui reviennent avec une précision presque terrifiante. Niawen vient d'émerger du sommeil à son tour ; il s'assied auprès de ses compagnons en s'enveloppant dans une grande couverture de laine rouge. Loup n'aime pas cet écarlate violent, visible à des lieues. Mais il n'y avait rien eu à faire. Niawen avait fondu en sanglots sous les regards consternés des deux Français avec qui ils traitaient, et il avait obtenu ce qu'il désirait. Les deux filous avaient profité de la situation pour demander plus cher, et Loup avait fini par leur donner un troisième castor.

Niawen entonne une vieille chanson de France, alors que l'obscurité laisse lentement place à la lumière, que les rochers se laissent deviner sous la surface du lac, qui passe progressivement du noir aux infinies nuances de vert et de bleu de pierres précieuses. « Le roi Louis est sur son pont, tenant sa fille en son giron, elle se voudrait bien marier, au beau Déon, franc chevalier… » La Croisée prépare la bouillie de maïs, donne un bol à chacun de ses compagnons. Il écoute très attentivement Niawen. Vieille Épée lui a traduit les paroles de la chanson. Cette histoire de fille de roi qui ne peut épouser celui qu'elle a choisi, et que son père envoie dépérir sept ans dans une tour, le dépasse complètement. Le vieux va lui rendre visite et s'enquiert de sa santé : « Bonjour, ma fille, comment vous va ? — Hélas, mon père, il va bien mal… » Drôles de gens que ces Blancs.

*

Nous avons l'air d'une bande de rats pris au piège, honteux et dégoulinants de pluie. Assis sur la berge boueuse, au milieu de dizaines d'autres, j'attends le ferrement. La longue chaîne gît au sol. À cette chaîne, chacun d'entre nous sera relié par une autre plus petite, attachée à notre cou par un collier. Le forgeron est arrivé. Il rive le premier collier à un jeune homme qui ne doit pas avoir vingt ans. La masse s'abat sur l'enclume. Sous le choc, la mâchoire du gars s'ouvre comme celle d'un Arlequin surpris. Les larmes embuent son regard. Il se met à trembler comme un chiot. La moindre maladresse du forgeron entraînerait un geste fatal, et le prisonnier se retrouverait avec le crâne en compote. Nous avons tous saisi le principe. La peur s'exhale des corps comme un relent d'ail mal digéré. Le forgeron attaque le deuxième homme dans la file. Sur la Seine passe une barque. Ses occupants nous adressent des gestes obscènes. Mon voisin de gauche, un vieillard au doux regard, m'offre un sourire désolé.

C'est alors, les yeux perdus dans ceux du vieil homme, que je comprends. Gabrielle était venue me voir à la Tournelle. Mais je ne voulais pas la croire, même pas l'entendre. Nous nous sommes querellés, et je n'ai pas accepté la nourriture qu'elle m'apportait. Et tu es partie, Gabrielle, tu as disparu avec ce geôlier puant ; et comme je puais aussi, j'ai soupiré de soulagement, car je ne pouvais pas supporter l'idée que ma propre odeur t'indispose.

C'était donc toi, Grenouille, qui m'avais trahi. Déçu par la condamnation du parlement, tu étais monté plus haut, tu en avais appelé à Louis. À quarante ans, il était devenu encore plus méfiant et amer, passait sa vie en oraisons, ne touchait plus ni femme ni homme, craignait Dieu, les nobles, la reine, le cardinal. J'entendais Richelieu, le vieux renard, exciter sa rage et lui parler d'exemple, de la nécessité de faire marcher droit sa vieille noblesse, souveraine en ses provinces reculées, et qui n'en faisait qu'à sa tête. «Combien d'autres crimes n'a pas commis cet imposteur, mon prince, qui n'ont jamais été punis faute de preuves ? Souvenez-vous des dernières disparitions autour de son château du Plessis... Cet homme est un démon. Car celui qui est capable de mentir à son roi de la sorte est capable du pire. Il est le péché même.»

Il m'avait toujours semblé que tu n'accordais aucune importance au fait que je sois un enfant trouvé. Tu étais jaloux de l'adoration dont je faisais l'objet, de cela j'ai toujours été conscient, et, crois-moi, j'ai souffert de te voir méprisé, rejeté, raillé. Mais te venger de cela en révélant le secret de ma naissance était d'une lâcheté et d'une bassesse qui ont failli me rendre fou.

Ce que tu n'avais pas prévu, Grenouille, c'est que toi aussi tu tomberais, et toute notre maudite famille avec toi.

Pendant cette marche à travers la France, je vois chaque jour mourir les faibles, les vieux, les coléreux qui ne sont pas capables de se maîtriser. Tu me croyais de ces derniers, n'est-ce pas ? Tu te trompais. Quand la mort te fait de l'œil, non pas celle du champ de bataille ou du duel, mais celle qui te toise telle une vieille putain insolente, alors tu apprends vite à être quelqu'un de plus tempéré, de plus accommodant. Tu fermes la bouche, excepté quand on te donne à manger. Tu deviens invisible. Moi, Loup de Canilhac, invisible ? Cela ne peut être, dis-tu. Eh bien, si. Invisible tout au long de ce chemin de croix vers l'enfer. Les paysages défilent, et le bon peuple de France accourt et se masse pour contempler le serpent pitoyable de chair chancelante, sinuant dans un cliquetis de ferraille ; ils viennent te voir trébucher, te crachent au visage. La populace misérable et malveillante ; plus que de pain, cette engeance est affamée du spectacle de souffrances plus grandes que les siennes.

Comment suis-je arrivé jusqu'à Marseille ? Aujourd'hui encore, cela me semble un exploit digne d'Hercule. J'avais déjà assisté à une vente d'esclaves noirs en Espagne, et c'est à une inspection très semblable que nous fûmes soumis pour décider de la position que chacun de nous allait occuper dans la brancade. C'est une expérience étrange, mon frère, que d'être ainsi considéré comme un animal de bât ; ton corps nu passé au peigne fin par les gardes-chiourmes qui ont des airs de vouloir te voir faire autre chose que ramer, ou qui se demandent déjà comment démolir ta charpente, comment te mettre au désespoir, te rendre méchant, vicieux, servile. Mais tu essaies de ne pas y accorder d'intérêt et tu bombes le torse, tu serres la mâchoire, tu ancres tes pieds au sol. Car il est dit que les plus robustes seront les plus chanceux, comme toujours, partout, en tout temps au royaume des hommes. Sur une galère, il convient pour survivre d'être aussi rusé, menteur, vénal et flagorneur que la maistrance. Ce n'est pas un bon exercice pour entrer au Royaume des Cieux, n'en déplaise aux prêtres qui nous sermonnent constamment. Une fois arrivé chez votre Dieu, il vaut mieux être fragile, laid, honnête et pauvre. Mais son paradis n'est pas pour moi, je le sais depuis longtemps. J'ai d'ailleurs toujours nourri de sérieux doutes sur son existence.

On m'a mis en bout d'aviron, à la poupe. Vogue-avant et espalier. Un galérien expérimenté me déclare que je ne pouvais rêver mieux. Je me retiens de ne pas lui mettre une paire de gifles. À nous, les espaliers, d'animer la cadence, de recevoir des rations supplémentaires, car nous portons presque seuls le poids de la rame ; à nous de former les nouveaux, de régner sur la misérable brancade. On a même le droit de choisir le chant qui accompagnera la vogue. C'est dire si on a de la veine.

Commence alors le long voyage. Le sel qui te ronge la chair, l'eau qui vient à manquer quand tu rames depuis des heures sous un soleil de plomb, le fouet, les excréments qui se mélangent à l'eau de mer dans laquelle baignent tes pieds, l'épuisement après une passe-vogue, la sensation que ta cage thoracique est un étau d'acier brûlant, que tu vas étouffer si tu dois encore faire un mouvement, un seul, pour ramener à toi cette damnée rame.

Les nuits à terre pendant l'hiver, abrités seulement par la galère retournée contre le vent et la pluie. Ces jours-là étaient-ils meilleurs ? Je ne sais pas. Le temps semblait s'arrêter ; le soir mettait une éternité à venir. Certains d'entre nous tenaient le compte des jours qui leur restaient à supporter. Je n'ai jamais rien fait de tel. Neuf ans, c'est bien trop long pour qu'on y pense sérieusement. Chaque jour était un jour de plus en vie. Un jour de plus vers celui où je serais libre et où je te retrouverais, Grenouille ; celui où je te ferais passer de vie à trépas.

En attendant, il fallait tenir. À terre, il était possible de se procurer nourriture et vêtements de meilleure qualité si on avait quelque talent pour le commerce. Je n'y entendais rien mais j'appris vite. Et puis, comme tu sais, j'ai toujours réussi à convaincre à peu près n'importe qui de me donner la chose que je désirais. Je me rendis compte que les titres et la fortune ne m'étaient absolument pas nécessaires pour exercer cette emprise sur mes semblables. Eh oui, c'est vrai, je mangeais mieux que la plupart, j'avais moins froid, moins chaud, moins mal, je survivais. Sous un déguisement et après avoir soudoyé un des gardes, j'allais même retrouver nuitamment une fille qui m'ouvrait les cuisses avec une espèce de passion languide et détachée qui me plaisait. Margot. C'est grâce à elle que je me suis évadé avec Morel, mon quinterol. L'homme du bout du banc, celui qui vit l'échine courbée pour accompagner la rame, le plus faible, le plus petit de tous. Mais Morel était aussi le plus drôle, le plus honnête compagnon que cette existence de renégat m'ait offert. De plusieurs années mon cadet, il m'appelait pourtant « fils ». Fils, passe-moi donc une pinte ! Fils, raconte-moi encore La Rochelle, la Cour, le Louvre, l'Angleterre, l'Italie. Je n'avais plus raconté autant d'histoires depuis ton adolescence. Ces guerres, ces bals, ces contrées et ces visages me semblaient appartenir à un autre désormais, et au beau milieu du récit je devenais soudain muet ; c'était le vide, la mémoire qui refuse d'obéir, et je restais égaré comme un homme frappé d'oubli à la suite d'une blessure ou d'une chute de cheval. Je devais alors fournir un immense effort pour ne pas laisser Morel à son attente déçue, et j'inventais. Je contais des demi-mensonges, des rodomontades. Je trompais Morel, je trompais le monde et je me trompais moi-même, comme il me semblait l'avoir toujours fait.

Le pauvre vieux. Je l'ai abandonné dans la forêt près de Saint-Tropez. Son corps maigre ratatiné dans une tache d'ombre sous les pins. Encore un splendide geste d'égoïsme, diras-tu. Peut-être. Mais je ne crois pas. J'aimais Morel. Sa blessure nous aurait empêchés de fuir, il ne s'en serait pas sorti, il m'a supplié de le laisser. Et m'a offert sa pipe. C'est celle que je fume depuis. Aucun calumet, si ouvragé et précieux soit-il, n'est jamais parvenu à la détrôner. Et la bague, me demandes-tu ? Comment ai-je pu la conserver ? Car tu l'as vue, n'est-ce pas ? C'est sans doute elle qui t'a mené jusqu'à moi. Elle n'a jamais quitté mon doigt tant que j'étais prisonnier. On a tenté de l'acheter, de la voler dans mon sommeil, de me couper le doigt, de l'échanger contre la vie de Morel. Ce n'est pas que j'y tenais tant, à ce bijou. Mais il était l'unique et dernier vestige de ma vie passée, de l'homme qui était marquis de Canilhac et qui disparaissait lentement sous le fouet, dans la sueur et la peine, dans la négation de toute dignité.

Après mon évasion, je ne suis pas venu te tuer. J'ai préféré fuir ce pays et tout ce que j'y avais perdu. C'est dans une maison en ruine au bord du Rhône que j'ai pris ma décision. J'étais affamé et, par-dessus mes hardes de forçat, je n'avais qu'un manteau trop petit, volé à un marchand que j'avais égorgé aux abords d'Avignon. Comprends-moi bien, je n'ai eu d'autre choix que de prendre sa vie ; l'homme m'avait caché dans sa charrette pendant des lieues, jusqu'à ce qu'en lui la cupidité supplante la compassion. La prime pour un galérien évadé est coquette et aurait fait envie à de plus riches que lui. J'ai deviné ses intentions quand il m'a invité à descendre du chariot. Sa voix n'était plus la même, elle tremblotait comme celle d'une vieille chèvre. Et je n'ai pas hésité. Je l'ai pris par-derrière et je l'ai saigné d'une oreille à l'autre. J'ai acheté à manger avec le contenu de sa maigre bourse jusqu'à ce qu'elle fût vide.

Dans cette ruine ouverte au mistral glacé, tout couvert de sang, dévoré par la faim, claquant des dents, j'ai soudain eu peur. Peur de vivre comme un paria, d'une cache à l'autre, en manquant de tout, dans la solitude et la détresse morale. Tu étais déjà puni, puisque je savais que tu avais tout perdu et que tu vivais comme un misérable. J'ai quitté la masure et j'ai pris le chemin de la mer ; pas celle qui m'avait rongé le corps et l'âme, ce mesquin petit lac d'un bleu lassant, traître sous ses airs tranquilles. Mais l'océan gris et froid, avec sa houle, ses rugissements, ses monstres cachés, ses déchaînements dans lesquels je me reconnaissais et auxquels je pouvais confier ma vie brisée.

J'ai donc choisi de t'oublier. Je croyais y être arrivé. Mais à présent que tu foules de ta démarche de Blanc présomptueux cette terre sacrée, je ne sais plus. Dois-je prendre ta vie d'un coup de hache, rapide et indolore, et te laisser sans sépulture, comme le mérite le scélérat que tu es ? Le sang bout dans mes veines comme en ce jour pluvieux de la mise aux fers. Comment, dis-moi, comment peut-on rajeunir à ce point ? J'ai appris que la haine fait vieillir, et non l'inverse. Depuis des jours, viennent me visiter les images de l'enfance. Mais je les chasse, comme une bande de petits mendiants en guenilles. Je ne veux pas te voir à deux ans, cinq ans, douze ans. Je ne veux pas retrouver ton sourire radieux, tes joues rebondies, ton air de vieux clerc gourmand et malicieux. Je serais tenté de t'aimer à nouveau.

Je dois quitter la Grande Baie. J'ai laissé derrière moi les plages de pierres dorées, les rochers plats, lisses et ronds comme des dos de baleine affleurant l'eau ; j'ai laissé les vagues et les vents violents de l'hiver, les tortues immobiles qui semblent avoir mille ans et qui veillent sur la solitude et la beauté des lieux. Je salue les fantômes des guerriers wendats, de leurs femmes et de leurs enfants. Je leur ai tant parlé qu'ils me semblent aussi familiers que ma fille, ma mère du Peuple du Silex, que la Croisée, Niawen ou que toi, mon frère. Pourquoi ce besoin de les porter en moi comme ceux de ma propre chair ? me demandes-tu. Alors que je les ai massacrés, torturés, traqués jusqu'au dernier, jusqu'à ce qu'il ne reste plus âme qui vive en leur pays pour raconter leur gloire et leur chute ? J'ai fait ce que mon peuple, ma nouvelle famille attendait de moi. Comme lorsque, enfant, je suis arrivé chez Hugues et Isabelle. J'ai agi comme il convenait pour être considéré comme un membre du corps auquel j'appartenais désormais. Plus qu'un membre, un organe essentiel à sa survie. Son cœur même.

Nous avons adopté de nombreux Wendats. Ils marchent parmi nous vers l'anéantissement, car, au fil des générations, il n'y aura plus personne pour se souvenir de leur langue, de la manière dont ils récoltent le maïs, cousent les peaux, chassent, prient Aataensic la Femme Ciel, aiment les morts et les vivants. Ils nous sont si semblables que quelque chose d'eux survivra toujours en nous, jusqu'à ce que nous aussi soyons balayés par la cupidité et l'outrecuidance de l'Homme Blanc.

Comment avons-nous vaincu cette nation puissante et prospère ? Grâce à notre tempérament cruel et belliqueux, à notre nature perfide, au diable qui nous soutient dans notre entreprise ? C'est ce que tu entendras de la bouche des Français. Et ce ne sont pas que des sornettes. Mais il y a ceci qu'ils omettent souvent : nous avions des armes à feu, que les Hollandais nous vendent depuis belle lurette. Les Hurons devaient combattre avec leurs arcs et leurs flèches, parce que les Français refusaient de leur procurer des mousquets. Et si nous sommes forts et invincibles, c'est en vertu de la grande loi qui nous lie. La légende raconte qu'un jour vint un homme nommé Deganawida, le Grand Pacificateur, qui prêcha à nos peuples de s'unir au lieu de s'entretuer. Il créa la Grande Loi de

Paix et, depuis, nos nations étendent leur puissance sur les autres, et même sur les nations d'Europe qui se disputent ces terres et se chamaillent comme des charognards.

Pourquoi avons-nous eu besoin d'annihiler la nation huronne ? Parce qu'elle était élue des Français et détenait le monopole de la traite ? Qu'il devenait vital d'étendre notre territoire de chasse, dépeuplé d'animaux à fourrure en quelques décennies ? Parce qu'il nous fallait remplacer les innombrables morts au combat et ceux détruits par les maladies des Blancs ? Certes. Mais pas seulement. Une sorte de frénésie guerrière s'est emparée de nous ; le grand Agreskwe, notre dieu de la guerre, nous a remplis de sa fureur aveugle et nous a poussés à mener le combat contre des nations éloignées, que nous avons rayées de la surface de la terre, ou obligées à se déplacer, à vivre comme des chiens errants, à s'amalgamer à d'autres. Certains d'entre nous sont allés si loin à l'ouest pour verser le sang qu'ils n'en sont jamais revenus. On dit qu'ils se sont perdus, sont morts de faim et de froid. Nous avons combattu le Peuple du Chevreuil, les Nez Percés, la Nation du Pétun, le féroce Peuple du Chat, les Illiwinek. Nous étions tout-puissants, les maîtres de ce monde face aux Blancs. C'est alors que j'en ai eu assez.

Ai-je le sang de nombreux Français sur les mains ? Je m'en suis gorgé jusqu'à en être malade. Chaque homme né par-delà la mer ou engendré par une femme de France a payé pour ce que la France m'a infligé. Ceux qui ont le plus souffert par ma faute sont sans conteste les Robes Noires. La haine que j'éprouve pour cette engeance est infinie. Ce sont eux qui ont fait le plus de mal à mon peuple, à tous les habitants légitimes de cette terre. Je n'ai fait preuve d'aucune pitié à leur égard. Une seule chose m'impressionne : leur capacité à endurer la torture. Leur foi a ceci de surprenant : elle les aide à vivre la douleur comme une expérience de l'esprit ; un peu comme pour les plus forts de nos guerriers. Mais il y a chez vos hommes de Dieu une forme de certitude inébranlable tout à fait singulière. Cela me fascinait tant que j'ai mangé le cœur d'un des leurs. Je voulais comprendre. Ce fut un échec. Le goût d'un organe non cuit, encore chaud de vie, est vraiment quelque chose d'exécrable, qui te poursuit longtemps.

Mais tu sais à quand remonte mon dégoût pour la racaille d'Église ? Tu te rappelles notre maître, l'abbé Choucart, la colère qui s'est emparée de toi quand Père a pris la décision de faire cesser les leçons qu'il te donnait ? Le bon Choucart, comme l'appelait Isabelle…

Je n'avais pas dix ans. Sa main jaune et osseuse s'était d'abord glissée dans mes cheveux, puis elle était descendue le long de ma joue. Jusque-là, c'était tolérable, même si l'abbé n'avait d'ordinaire pas le geste bienveillant et préférait la badine. Ce jour-là, précisément, il venait de me donner quelques coups pour une traduction de Cicéron que j'avais malmenée. Après la punition, lorsque je me fus reculotté et rassis, sa main se posa brusquement sur mon ventre, glissa comme un animal apeuré dans mon haut-de-chausses. Je me levai, le poussai si fort qu'il s'affala sur le sol, et m'enfuis. Je pressentais quelque chose d'ignoble que j'étais incapable de nommer. Il ne me toucha plus jamais. Mais bien plus tard, un jour que je passais devant la porte entrebâillée de la salle où il te donnait ta leçon, je te vis penché devant lui, le derrière à nu, prêt à recevoir les coups. L'abbé respirait de façon saccadée, ses yeux luisaient d'un désir coupable au fond de leurs profondes cavités ; sa main libre suivait sans y toucher la courbe de ton postérieur. J'entrai, le pris par le col, le traînai dans ses appartements, lui lacérai le dos de sa maudite badine. C'est ainsi que l'abbé quitta le château. Tu m'en as tant voulu. Que pouvais-je bien te dire ? Tu n'avais pas dix ans.

Le soleil est déjà moins haut dans le ciel, des bandes d'oiseaux passent au-dessus de nos têtes ; il est trop tôt pour la migration... L'hiver est encore loin, mais il s'annonce à la tombée du jour, dans l'air un peu mordant sous l'apparente douceur, dans la lumière nacrée de l'après-midi, dans la brume qui nappe la rivière au petit matin. Que viens-tu faire ici aux portes de la saison d'Atho ? Serais-tu devenu courageux, endurant ? Il faut plus que du courage pour chasser l'ours dans sa tanière. Il faut de la témérité, le mépris absolu de la mort. Est-ce la mort que tu désires ? L'as-tu déjà trouvée, dans le lac où tu as plongé pour sauver ton ami ? La Croisée m'a affirmé que ma fille était en vie. De toi il ne sait rien.

Je tente de ramer sans penser à toi. Mais c'est impossible. Comment faisais-je avant d'apprendre ta venue, quand il n'y avait que les gestes rassurants de la Croisée, les chants de Niawen et la vie qui vibrait tout autour de notre cabane ? Quand seule Brune venait habiter mes pensées, éveiller mon inquiétude, raviver

mes regrets ? Nous l'avions appelée Eniska, qui signifie Petite Lune ; c'est aussi le nom de notre mois de
février. Celui de sa naissance fut exceptionnellement
clément. Notre village n'avait pas épuisé ses provisions ; nous n'étions pas morts de faim, comme c'est si
souvent le cas à la sortie de l'hiver. Naiekowa lui a été
donné dans le courant de sa quinzième année, quand
il fut clair qu'elle me ressemblait trop.

As-tu fini par avoir des enfants ? Quand Blanche et
moi perdîmes les nôtres peu après leur naissance, tu
pensais que c'était le châtiment que Dieu me réservait pour t'avoir volé la femme que tu aimais. Mais
t'aimait-elle ? Tu le croyais, tu le croyais si fort que tu
m'as accusé de la retenir prisonnière alors qu'elle était
malade. Blanche était libre d'aller mourir où bon lui
semblait, dans un couvent, chez ses parents, auprès
de toi si cela lui chantait. Mais c'est elle qui voulait
rester. Elle a tout accepté de moi, les adultères, les
beuveries et les orgies auxquelles je l'obligeais à assister, le mépris, la moquerie. Je l'ai fait abominablement
souffrir. C'est la vérité. Pourquoi ? Parce que j'en
avais le pouvoir, sans doute. Parce que son caractère
faible m'y autorisait. Parce que c'était une intrigante,
une hypocrite, qui minaudait et jouait l'effarouchée
devant moi et te jurait un amour éternel, alors qu'elle
ne rêvait que d'une chose : devenir ma femme et porter ma descendance. Pourquoi aurais-je refusé ce que
tout le monde voulait, excepté toi ? C'était un splendide parti, et elle n'était pas trop vilaine. Un peu
potelée à mon goût, un peu bête, trop dévote. Suis-je
responsable de sa maladie et de sa mort ? C'est très
possible. En ai-je du remords ? Non.

Et toi, en éprouves-tu aujourd'hui ? Alors que nous prenions un bâtiment ennemi en chasse et qu'il fallait soutenir une cadence d'enfer, quand le fouet s'abattait, que nos poumons se déchiraient, pour ne pas flancher je pensais à ça. Au remords qui devait te tordre l'âme au point de la faire hurler. Je m'accrochais à cette unique idée, celle de ta souffrance morale. Elle me permettait de ne pas crever comme tant d'autres, l'œil vide révulsé, la langue épaisse et desséchée, le dos si zébré par le fouet qu'il n'est plus qu'une difformité putride et sanguinolente. Sais-tu que j'ai vu un contrebandier de mon âge, plus robuste que moi, supplier qu'on lui ôte sa chaîne, ne fût-ce qu'un bref instant. Il avait perdu la raison ; mais il aurait suffi que le comite libère sa cheville quelques secondes par jour pour qu'il continuât de ramer sans faire d'histoires, avec la puissance et l'adresse dont il était capable. Sa demande a été refusée, et il a sauté à l'eau, s'est fait abattre d'une balle dans le dos. Celui qui l'a remplacé comme vogue-avant était immense et bien bâti, mais fragile en dedans. Il n'a pas tenu un mois.

*

À l'embouchure du lac que les Hurons appellent Oentaronk, cabane un parti de traite ; des Algonquins et quelques Hurons, en route pour le nord-ouest. Cinq grands canots remplis de marchandises à échanger contre des peaux : poudre à fusils, chaudières, outils en fer, couvertures… Dans la bande, trois Français. Deux d'entre eux sont un peu sur leurs gardes, ils semblent ne s'être toujours pas remis de l'immensité et de la majesté des lieux. C'est leur premier voyage dans le Pays-d'en-Haut. La Grande Manitourie, dit l'un d'eux, le plus jeune, et il sourit en découvrant sa bouche édentée.

Après les premiers moments un peu tendus, les coureurs des bois et les Indiens comprennent rapidement que le trio étrange n'a aucune intention belliqueuse et ne vient pas en éclaireur pour un parti de guerre resté en arrière. Ils partagent un repas, s'échangent les nouvelles. Vieille Épée n'a pas grand-chose à raconter, depuis le temps qu'il vit en retrait du monde, en un lieu désert ou presque… Jean-Jean, le Français le plus âgé, celui qui est chargé de l'expédition, parle pour dix. Il égrène des histoires insignifiantes sur la colonie, il annonce qu'un séminaire s'est construit à Québec, que Maisonneuve a créé la milice de la Sainte Famille afin de protéger la communauté contre ces mangeurs d'hommes d'Iroquois, qu'un tremblement de terre a eu lieu l'année dernière. Devant les visages qui manifestent plus d'attention à cette dernière nouvelle, il se compose un masque d'acteur, ralentit son débit.

« Le cinq de février, l'avant-dernier jour du carnaval, c'était la fin du monde ! Plus une pierre qui tenait en place, le sol s'ouvrait pour engloutir les maisons, les arbres, les bêtes et les rochers. Les cloches se mettaient à sonner toutes seules. Et puis le tonnerre… Des grondements terribles ; on aurait dit des centaines de carrosses martelant le pavé au grand galop ! C'était comme si Dieu en personne s'allait montrer dans tout son courroux. »

Jean-Jean ménage ses effets. Il sent bien que les trois voyageurs l'écoutent de toutes leurs oreilles. Même le plus vieux, avec son œil du diable : il abandonne enfin son air supérieur et vaguement narquois. Lui aussi ça l'intéresse. Et c'est bien naturel. N'est-ce pas un prodige comme on n'en voit pas souvent dans une vie d'homme ? Où en était-il ? Ah oui, la colère de Dieu…

« C'est Dieu qui vous punit, ont dit les gens d'Église, les Jésuites surtout. Vous les égarés, les créatures en perdition, qui buvez, dansez, forniquez depuis le début du carnaval, comme des démons lubriques. Vous qui vendez à nos Sauvages l'eau-de-vie, alors que votre mère l'Église vous l'a formellement interdit. Dieu vous prévient, vous ordonne de mener une vie pieuse. »

Il s'interrompt de nouveau, observe son auditoire. Les Indiens sont eux aussi captivés, alors qu'ils ont peut-être assisté au cataclysme, ou qu'ils l'ont entendu raconter. Ils sont pareils à des enfants, plongés dans un état d'émerveillement presque extatique.

« Pour l'eau-de-vie, dit Loup, je suis assez d'accord avec vos religieux. Pour le reste… Mais je parie que les conversions se sont multipliées comme les pains dans les mains du Christ…

— En effet, mon bon monsieur, en effet, vous y êtes tout juste ! Les Sauvages ont accouru chez les Robes Noires comme des moustiques en été. Ça manquait de prêtres pour les baptiser. Un vrai miracle !

— Voilà une calamité qui aura été presque aussi utile à l'Église qu'un raid guerrier par les Iroquois », répond Loup.

Les mâchoires se serrent, les muscles saillent chez les indigènes. La Croisée aimerait assommer Loup et l'emmener loin d'ici.

« Y a-t-il eu beaucoup de morts ? reprend-il, comme s'il parlait de la pluie et du beau temps.

— Pas un, monsieur, pas un seul. Et n'est-ce pas la preuve de l'intervention du Seigneur, je vous le demande ?

— Oh, moi, vous savez, je suis un peu comme saint Thomas… »

Pourquoi Jean-Jean donne-t-il donc du « monsieur » à cet indigène ? En voilà un qui ne lui inspire pas confiance. Il a tout l'air d'un Indien, si n'était cet œil clair et perçant qui n'a rien de très local, et cette allure ; impossible de la qualifier, d'en deviner l'origine. D'autant que les Sauvages sont souvent aussi arrogants que les Blancs bien nés. Difficile de se faire une opinion. Et Jean-Jean n'a pas l'audace de demander. Il se dit que ce Vieille Épée est peut-être un de ces sang-mêlé comme on en voit de plus en plus courir la campagne. Ces bâtards qui ne doutent de rien, arborent leur métissage comme un blason, se prennent pour des princes du sang et font régner leur loi. Il songe à cette espèce de Hollandais qu'on appelle le Bâtard Flamand, un gars du même genre ; et puis la fille là, l'Iroquoise qui fait tourner la tête à Maisonneuve… Il ne l'a vue qu'une fois. Quel brin de femme ! Enfin, il n'en voudrait pas dans son lit, elle risquerait de le transformer en crapaud.

Les deux jeunes Français sont silencieux. Ils ne sont pas très à leur aise et ne savent manifestement que penser de cette soirée. Ces trois-là ne sont-ils pas de la nation des Agniers, les plus cruels parmi les Iroquois ? Ne devrait-on pas les combattre, au lieu de discuter tranquillement avec eux et de fumer la pipe ? Leur présence apparemment pacifique ne cache-t-elle pas un piège ? Les Hurons et les Algonquins se taisent eux aussi, arborent des visages sombres, mais ils ne semblent pas partager les craintes des jeunes Français. L'un d'eux, un Huron d'un certain âge, fixe intensément Loup.

« Voilà bien des années que je ne t'ai vu, Œil Éclair. Je te croyais mort, dit-il en français.

— Pas encore, mon ami, pas encore », répond Loup.

Les Indiens sont aussi immobiles que des statues. Les Français se lancent des regards inquiets. Le Huron qui a parlé contemple Loup avec une expression indéfinissable. Loup mâchonne sa viande séchée sans s'en préoccuper. La Croisée est aux aguets. Il connaît l'homme qui vient de s'adresser à Vieille Épée ; et ce dernier le connaît mieux encore. Quand les Français ont lancé leur invitation, la Croisée avait tenté de faire comprendre à son ami qu'il valait mieux ne pas s'attarder avec ces gens. Mais Vieille Épée n'avait rien voulu savoir.

Le silence pèse de manière presque insupportable sur l'assistance. Enfin Niawen se décide à prendre son luth. Il semble parfois si absent, tellement absorbé par des choses accessibles à lui seul, mais il est capable de revenir dans le monde matériel avec un à-propos saisissant, et d'y poser l'acte adéquat. La Croisée lui tapote le dos avec tendresse et s'installe plus confortablement. Les notes emplissent l'air du soir, détendent les corps et les esprits, semblent chasser l'ombre qui règne sur le visage du Huron. Mais voilà le Français sans dents qui demande, avec un sourire idiot :

« Vous connaissez donc Cerf Agile, monsieur Vieille Épée ? Ou faut-il vous appeler Œil Éclair ? »

Avec autant d'esprit et une aussi belle bouche, en voilà un qui fera certes long feu comme coureur des bois… Loup lève lentement le visage et plante son œil dans ceux du jeune homme, qui pâlit instantanément. Jean-Jean se racle la gorge. Niawen a interrompu sa mélodie. Loup ne quitte pas le Français du regard quand il dit :

« Nous sommes en effet de vieilles connaissances. Mais je crains que Cerf Agile n'ait guère le désir d'évoquer les circonstances de notre rencontre. »

Enfin il quitte le visage décomposé du Français pour se tourner vers le Huron.

« Ai-je bien parlé, Cerf Agile ?

— Mon cœur est aujourd'hui apaisé, et je n'ai nul désir de venger mes morts. J'ai écouté les paroles des Robes Noires, la loi de Christ est de pardonner à ses ennemis. Je crois en votre Sauveur. Je suis son chemin.

— À la bonne heure. C'est là une parole sage, même si je ne partage pas l'opinion du Christ en la matière. »

Loup se départit de son ironie pour ajouter :

« Sache que je prie chaque jour la Femme Ciel pour qu'elle prenne soin des tiens à Eskanane.

— Et sache à ton tour que je n'ai que faire d'Eskanane et de la Femme Ciel. Ce sont des contes pour enfants. Je ne suis plus un enfant.

— Et c'est fort regrettable. »

Tout le monde alla s'installer pour la nuit. Loup s'endormit comme un bienheureux, mais la Croisée veillait. Cerf Agile avait peut-être été touché par le dieu des Blancs, cependant son visage disait autre chose. Ses traits durs, son expression amère parlaient de sa captivité en pays iroquois, des actes de cruauté de Vieille Épée sur lui et les siens, de la mort de ses filles et de son épouse, des membres de son clan réduits en esclavage alors que le Peuple du Silex leur avait promis un sort clément s'ils acceptaient de venir vivre avec lui. C'était quelques années après la destruction de Wendake, quand les survivants avaient trouvé refuge dans la colonie, sur l'île d'Orléans. Pauvres gens, ils avaient eu le choix entre rester les chiens de garde des colons, à bonne distance mais pas à l'intérieur de leurs villes, ou bien partir vivre en Iroquoisie. Ils s'y étaient rendus un peu contre leur gré, pressés par les Agniers, livrés par les Français manipulateurs. Et voilà ce qu'on récolte à faire confiance à la parole de l'Homme Blanc... Cerf Agile s'était échappé d'Ossernon et avait rejoint la colonie. Et à présent il accompagnait les coureurs des bois, allait errer sur sa terre désolée, et peut-être affronter la colère de ses ancêtres. Un Algonquin avait dit à la Croisée que beaucoup parmi les siens avaient cru que le tremblement de terre annonçait des armées d'âmes tourmentées venues reconquérir leurs terres. La Croisée n'aimerait pas être à la place de ces nations faibles qui ont pactisé avec les Français. Il sait combien grande est leur honte devant les conséquences des choix qu'ils ont faits.

Au bout de la nuit, aucun incident ne s'est produit. Vieille Épée a fort bien dormi, la Croisée pas du tout, et Cerf Agile offre un visage plus avenant que la veille.

On se salue, et on met les canots à l'eau. Loup s'apprête à monter dans le sien, où l'attendent déjà ses deux compagnons, quand le Huron surgit brusquement devant lui. Il le prend par le bras et le serre fort.

« Je suis content de voir que tu es encore en vie, Œil Éclair. Je sais à présent que je peux te trouver sans attendre d'être au pays des morts, quel qu'il soit, dit-il sur le souffle, dans la langue du Peuple du Silex.

— Ce sera toujours une joie de partager la pipe avec toi », répond Loup.

Il fait un geste pour se dégager de l'étreinte du Huron, monte dans le canot. Longtemps, il sent le regard de l'Indien peser sur son dos comme s'il déversait sur lui du plomb fondu. Et tout le jour, l'accompagnent le visage de Cerf Agile et ses derniers mots.

*

Me faudra-t-il quitter cette vie sans avoir pu prendre la tienne ? La Croisée me dit que l'hiver ne s'annonce pas encore, que mes sens me jouent des tours. Sans doute a-t-il raison, comme d'habitude. Alors cela veut-il dire que le froid vient de l'intérieur de mon être, grignote mes os et mon âme ? À cela il ne répond rien. Voit-il quelque chose qu'il veut me cacher ? Il n'a pas aimé ce que Cerf Agile m'a dit, je l'ai vu à sa manière nerveuse de ramer tout le jour. Il fut un temps, pas si lointain, où la perspective de cesser d'être me remplissait d'incrédulité. La mort n'était pas pour moi. La vie au contraire semblait m'avoir élu entre tous, depuis la minute où je fus projeté en ce monde.

Père et moi rentrions de Mende, un jour d'hiver ; je devais avoir douze ans. Nos chevaux peinaient dans la neige. Je ne parvenais pas à me réchauffer à la chaleur du mien, et mes mains étaient devenues insensibles. Ma monture fit une légère embardée, surprise par un cri. C'était plutôt un gémissement grêle, un peu languissant, qui me fit remonter le cœur au bord des lèvres. Nous nous dirigeâmes vers l'origine du bruit. Derrière un chêne, une silhouette en hardes, la tête recouverte d'un châle, était penchée sur quelque chose par terre. Je descendis de cheval et m'approchai. Entre deux racines, un bébé nu, mauve, de la neige dans la bouche et partout sur le corps. La femme se redressa, et ses yeux me fixèrent. Ils avaient beaucoup pleuré. Je revis ceux de Menou les jours de Grande Peine. Je me souviens très bien de ce moment ; le goût minéral de l'air gorgé de neige, la forme des racines où se lovait le bébé, pareilles à une tête de cheval de profil, et le visage de cette pauvresse… Le nourrisson n'émit bientôt plus qu'un halètement ; je restais rivé à sa bouche obstruée par la neige. Quelque chose en moi me poussait à ramasser l'être qui gisait à mes pieds, et j'en étais pourtant incapable, tétanisé par une espèce d'épouvante mêlée de répulsion. Mon esprit se refusait encore à comprendre le sens de la scène.

C'est Père qui parla. Il demanda si c'était un gars ou une garce. La femme ne répondait pas. Je m'entendis dire : « C'est un mâle. » Père fit marcher la femme devant les chevaux jusqu'au château. Elle avait fait disparaître l'enfant sous ses guenilles. Il ne faisait plus de bruit et, quand nous parvînmes dans la cour et qu'une servante voulut le prendre, il était mort.

Durant les heures qui suivirent notre retour, je m'enfermai dans ma chambre, refusai d'en sortir, ne touchai aucune nourriture. Ma mère avait-elle aussi choisi un jour d'hiver? Avait-elle tenté elle aussi d'éteindre la vie en moi en me fourrant de la neige, de la terre, des feuilles dans la bouche? Ou bien s'était-elle servie de ses mains autour de ma gorge, de ses guenilles pour me les appliquer sur le visage et me priver d'air? Avait-elle apporté un couteau qu'elle a brandi au-dessus de moi et a-t-elle arrêté son geste au dernier moment, comme Abraham? Mais je m'égarais, cette image était trop puissante, trop sublimement tragique, trop proche de celles que je m'étais inventées pendant mes premières années chez Hugues. La femme qui était ma mère n'avait peut-être même pas eu le courage de poser le moindre acte, excepté celui de me laisser là, seul et hurlant, et de s'en retourner vers son foyer misérable…

Un sentiment de honte avait pris possession de moi. J'étais un de ces innombrables croquants venus rejoindre les morveux faméliques d'une famille exsangue, un enfant du désespoir et de la misère, conçu dans la couche sale d'une masure déglinguée, par une de ces nuits glaciales où les corps se rapprochent par nécessité, se chevauchent sous les couvertures pour former une bête immonde qui râle et sue, pendant que les marmots entassés et grelottant sur des paillasses bavent en rêvant d'un croûton de pain rassis. Pire, j'étais le bâtard d'une gueuse violée par son père ou son oncle, ou bien séduite par le colporteur, le temps d'un soir de beuverie, en échange de quelques rubans, d'une promesse.

Ton Dieu hait les bâtards; je suis peut-être une offense à sa majesté toute-puissante mais, ne lui en déplaise, je suis fait pour la vie comme le poisson est fait pour l'eau. J'étais bien autrement bâti que cette petite chose fragile que j'avais vue disparaître avec un hoquet. Menou disait que les loups s'étaient «chargés de mon éducation». J'y ai cru quand j'étais enfant. J'étais comme Romulus, promis à un avenir glorieux. Je sais bien, aujourd'hui que je connais mieux l'animal dont je porte le nom, qu'il ne se soucierait pas d'un petit d'homme plus que d'un souriceau. Il en ferait un bon repas, voilà tout, et il aurait raison. La Croisée prétend que parfois les loups peuvent agir comme des humains; ils partagent avec les meilleurs d'entre nous bien des qualités. C'est une belle histoire à raconter aux enfants, Loutre Opulente ne s'est pas privée de la narrer à ma fille. Et je sais qu'une part de Brune y croit dur comme fer. Malgré ses grands airs, elle est comme sa mère, sensible au merveilleux.

Hugues avait, pour une raison obscure, pris cette femme en pitié; il aurait souhaité que la sentence ne fût pas trop dure. Mais je m'y opposai farouchement, le priai d'exiger que le juge demande la peine capitale, qui fut confirmée par le parlement. Et la mère infanticide fut pendue un jour de janvier sur la place de la Canourgue, sous une bruine glaciale. J'assistai à l'exécution, avec Hugues et Isabelle. Tu étais trop jeune pour ce genre de spectacle.

À partir de ce jour-là, je fus pris d'une haine farouche pour ce que la terre comptait de miséreux, cette fange qui m'avait enfanté. Je les aurais tous massacrés si j'avais pu. Envoyés rejoindre leur Créateur, le maître absolu de leurs petites existences de rats, celui qui présidait à leur souffrance et à leur médiocrité, ce Dieu qu'ils prétendaient vénérer et qu'ils s'empressaient de trahir avec toute la redoutable force dont ils étaient capables, et une des plus grandes qui fût au monde, celle du désespoir. Mais je me gardai bien de manifester mes sentiments. Je devais me préparer au moment où je prendrais la relève de Père et régnerais sur ces campagnes rudes et obtuses. Je les détestais déjà, tous ces gueux, mais je voulais m'en faire aimer. Je ne t'apprends plus rien, tu m'as assez blâmé pour cette duplicité ; pour ces visites que je faisais le dimanche aux indigents et aux malades de la domerie, à qui je prenais la main, épongeais le front, que je laissais chier dans mes bottes, et je te promets que ce n'est pas une métaphore.

C'est à peu près l'époque où… Mais je n'ai pas envie de penser à elle. S'il y avait un Dieu à mon image, c'est pour elle qu'il me demanderait des comptes au jour du Jugement. Pour elle seulement.

*

La Croisée couvre mieux le corps de Vieille Épée, car la nuit est fraîche. La fièvre a commencé à monter l'avant-veille, peu avant qu'ils installent le campement. Il n'avait rien voulu manger depuis deux jours. Les remèdes ne parviennent pas à calmer les braises brûlantes qui lui dévorent l'intérieur du corps. Il dort depuis la veille, parfois il parle, mais la Croisée ne comprend pas ce qu'il dit. Il prononce des noms qu'il ne reconnaît pas.

La Croisée est inquiet. Il n'a plus de vision depuis quelque temps, se voit incapable d'interpréter les signes que la vie lui envoie. Les paroles de Cerf Agile, par exemple. Le chaman ne peut les associer à rien d'autre, qui pourrait les éclairer et lui permettre de choisir une conduite à adopter. Il est heureux d'avoir refusé d'échanger la carapace de tortue contre un petit coutelas qui faisait envie à Vieille Épée. Il sort la carapace de son sac, la pose sur le sol, passe doucement la main sur la surface lisse, parsemée de dessins identiques, parfaits. C'est sur le dos d'une tortue que la femme tombée des cieux a été recueillie. Et cette tortue est devenue la terre qui porte les hommes et les arbres, les montagnes. Les écailles luisantes font comme un miroir à la clarté du feu, et la Croisée observe un instant le reflet flouté de son propre visage soucieux. Puis il retourne l'objet. Il prélève une bonne poignée de grains de maïs crus dans un sac, les jette dans la carapace et la secoue en entonnant un chant. Niawen l'accompagne. Au rythme du cliquetis des graines, ils demandent à la Femme Ciel et au Soleil de redonner la force et la santé à leur compagnon. Ils chantent les mérites de Vieille Épée, ses hauts faits d'armes, ils chantent sa glorieuse existence parmi les Blancs, sa chute, sa mort et sa renaissance, ils évoquent l'amour de sa mère, de sa fille, de ses frères, la douleur sans nom qu'ils éprouveront s'il les quitte. Les voix résonnent dans le silence profond qui règne sur le lac. Celle de la Croisée s'éteint la première.

Dans la grande salle illuminée de dizaines de chandelles, Jehanne danse. Elle porte la robe de soie orange brûlé qu'il lui a rapportée de Paris. Armand est assis dans un fauteuil près de l'âtre. Dans ses yeux gris pâle se reflètent les flammes ; il a l'air morose, alors que la maisonnée est toute vibrante de joie, occupée aux préparatifs de Noël. Des étoiles dorées et des guirlandes de houx sont suspendues aux murs et aux portes. Mathurine prépare le pain d'épice, et l'odeur de cannelle est si puissante qu'elle se répand dans les escaliers et les couloirs, imprègne les tapis, les vêtements, les cheveux. Assis dans l'embrasure de la grande fenêtre à meneaux, Loup regarde tomber les premiers flocons de l'année.

Le voici à l'extérieur, sur le sentier qui grimpe vers le château. La neige tombe plus dru, le vent s'est mis à souffler. Une silhouette s'approche, droite et fière malgré les bourrasques. C'est Aigle Tranquille. Loup s'inquiète soudain. Vieille Épée a-t-il bien rempli son rôle auprès de Loutre Opulente et de Rit Beaucoup ? L'âme d'Aigle Tranquille est-elle en paix ? Il sait que l'Indien a quelque chose à lui délivrer, un objet, peut-être un message. Il arrive à sa hauteur. C'est un homme splendide, au corps sculpté comme une statue. Loup pense au Persée de Cellini. L'Indien ne tient pas de tête sanguinolente au bout de son bras élégant, mais une chaîne à laquelle pend une croix d'or incrustée de pierres précieuses. Des rubis, qui lancent des feux incandescents dans la lumière poudrée. Aigle Tranquille la lui passe au cou, puis se retourne et s'en va comme il est venu. Loup le suit. Il grelotte, trébuche sur les pierres, chaussé de ses souliers à talons. Il marche à la suite d'Aigle Tranquille, qui parfois se retourne et lui sourit. Enfin, ils se trouvent au milieu de la clairière où il a vécu avec Menou. Aigle Tranquille le salue et s'évanouit, avalé par les ténèbres alentour.

Loup reste là, à frissonner dans l'air tranchant, jusqu'à ce que la chaumière apparaisse. Il observe la vieille Menou vaquer à ses affaires aux abords de la cahute : elle dépèce un lièvre bien gras. Assis à côté d'elle, un chien que Loup ne connaît pas attend patiemment que Menou lui jette les abats de l'animal mort. Les yeux du chien sont très clairs et intelligents. Une femme sort de la chaumière, vêtue de hardes et tenant un paquet dans les bras. Elle s'éloigne de la cabane, dépose le paquet au pied d'un arbre, ôte le châle de sa tête et découvre son visage. Isabelle. Elle se penche, déballe ce qui gît par terre. C'est un nourrisson, qui se met à hurler. Isabelle prend une poignée de neige et la fourre brutalement dans la bouche du bébé. Loup s'approche. Il reconnaît le visage d'Armand à deux ou trois ans, au sommet d'un corps âgé de quelques semaines.

Loup comprend à présent le sens du présent d'Aigle Tranquille ; il enlève la croix de son cou et la tend à Isabelle, en échange de la vie d'Armand. Elle délaisse le bébé, contemple un instant avec convoitise le bijou qui scintille dans la main de Loup. Elle est soudain parée d'un manteau de nuit bordé de fourrure, ses très longs et épais cheveux lâchés autour de son visage qui semble luire comme une lune. Elle ouvre son manteau et marche vers Loup. Il voudrait se blottir contre le corps chaud, sentir les longues mains fines dans sa chevelure. Il a si froid, se sent si fatigué. Mais il fait un effort et recule. Isabelle le dévore des yeux. Quand sa main se pose sur son épaule, il la repousse, et elle s'évanouit dans la nuit. Loup cherche Armand, mais il a disparu lui aussi. Quelque chose se balance à une branche. Loup s'approche. Il reconnaît un corps de femme. La femme infanticide qu'il a condamnée, ou bien est-ce sa propre mère? Il ferme les yeux pour chasser la vision et serre dans sa main la croix d'or aux rubis.

Bientôt il ne sent plus le froid, ne perçoit plus les limites de son corps. Il lui semble s'être déployé dans l'espace. Il est un élément de la forêt, de ce magma familier et protecteur, cruel, impitoyable et beau. Il se sent appartenir si profondément, si essentiellement à cet univers que sa conception et sa naissance lui apparaissent soudain comme des phénomènes indistincts de la création du monde, avec les arbres et les océans, les montagnes et les astres, les bêtes, bien avant les hommes, bien avant Dieu. Dieu n'existe pas. Dieu est le temps lui-même, qui suit sa course égale et nécessaire, qui n'a ni commencement ni fin.

Il ouvre les yeux. Jehanne est au-dessus de lui. La tête enveloppée de la couverture écarlate de Niawen. Elle pose une main sur la poitrine de Loup. Et le feu qui le consumait s'éteint instantanément à son contact. La douleur qui irradiait dans tous ses membres cesse. Il ferme les yeux à nouveau et replonge dans le monde des rêves.

17

Vieille Épée a déliré pendant trois jours et trois nuits, entre la mort et la vie. Le temps que Jonas a passé dans le ventre de la baleine, dit Niawen, le temps que Jésus a mis pour ressusciter d'entre les morts. Il avait dit : «Je détruirai le temple et le reconstruirai en trois jours.» L'ancien donné des Jésuites a beaucoup changé depuis la maladie de Vieille Épée. Il se tient les épaules en dedans, ses yeux papillonnent avec angoisse dans toutes les directions. Les tics qui l'assaillent parfois quand il est troublé ont pris possession de son corps avec une virulence inquiétante. Et ce qui consterne le plus la Croisée, c'est qu'il s'est remis à déclamer les prières des Blancs, des Ave, des Pater à la suite, qu'il murmure très vite, en haletant.

Les nerfs de la Croisée sont mis à rude épreuve. Vieille Épée ne leur a jamais donné tant de frayeur. Sauf une seule fois peut-être, après avoir reçu une balle dans le dos ; mais ils étaient rentrés au village, entourés des leurs, des mères de clan, d'autres chamans puissants. La Croisée éprouve jusqu'au cœur de ses os leur terrible solitude, leur vulnérabilité face à la maladie, aux hommes qu'ils rencontrent, aux éléments. Il ne sent plus planer sur eux l'ombre protectrice de leurs ancêtres, ni celle de l'ours, l'animal totem de leur clan. Ils ne seront pas prêts à repartir avant quelques jours. Vieille Épée est si faible… Niawen vient s'asseoir à côté de lui. Il lui chuchote quelque chose à l'oreille en multipliant les signes de croix sur sa poitrine.

« *Pater Noster, qui es in cælis*
Sanctificetur nomen tuum
Adveniat regnum tuum
Fiat voluntas tua
Sicut in cælo et in terra… »

Le chapelain Magloire a la voix qui grimpe dans les aigus. Il prend une inspiration, se racle la gorge et continue.

« *Panem Nostrum quotidianum*
Da nobis hodie… »

*

Le cercueil est au bord du trou, au cimetière de l'église Saint-Vincent. Loup est venu avec Armand et Mathurine, la seule des domestiques à avoir bravé l'interdiction faite aux gens de maison d'assister aux funérailles. Loup a dû livrer une rude bataille auprès de son père afin que Jehanne fût enterrée en terre consacrée. Et maintenant il regrette. Il aimerait être loin de l'abbé à tête de vautour qui remplit son office avec mauvaise grâce, de cette boîte en sapin trop frais aux planches mal jointes qui laissent voir la chair d'une main, la peau tendue sur l'ossature rigide. Il ne supporte pas la vision qu'ils offrent, là, tous les trois, collés les uns aux autres comme des mendiants sous la pluie, exposant leur chagrin aux paysans qui se tiennent en retrait, avides du moindre reniflement, d'une larme sur une joue. Armand avait pourtant promis de se tenir, mais il se met à sangloter comme une vieille femme, pour le plus grand bonheur des loqueteux assemblés.

Il aurait dû faire comme il en avait d'abord décidé : la porter sur le causse, enterrer son corps mutilé au pied d'un rocher ou d'une des nombreuses croix de pierre qui jalonnent le paysage. Elle aurait été mieux là, dans cette terre où la vie l'avait sauvagement projetée quand elle avait à peine six ans, seule, pour garder les troupeaux. Mais Armand avait fait une colère noire, ce qui chez lui s'exprimait sous la forme de bêlements et de menaces de ne plus manger, et Loup avait cédé, par lassitude. Et sans doute aussi parce que, sous ses airs bravaches, il éprouvait une crainte obscure à l'idée de mettre lui-même un cadavre en terre, au milieu de nulle part. Alors il se tient devant la fosse, déserté par la douleur, par la moindre capacité à éprouver quoi que ce soit d'autre que l'agacement face aux airs contrits du prêtre et aux simagrées d'Armand.

C'était le frère de Mathurine accompagné de deux valets de ferme qui avait trouvé son cadavre. La veille, elle lui avait semblé un peu absente, les yeux voilés, le teint blême. Cela faisait quelques semaines qu'il ne la trouvait plus allongée devant sa porte le matin. Elle avait regagné sa chambre sous les toits, cette pièce contiguë à un immense grenier rempli de trésors où ils jouaient enfants, où il lui avait appris à lire. Il se souvenait du jour où il l'avait vêtue comme la reine de Saba, avec de grandes courtines de velours cramoisi, qui laissaient voir une épaule, dégageaient son splendide cou blanc, son port de tête plus racé que celui d'une princesse de sang. Elle devait avoir seize ans alors, et entrait dans la fugace et éblouissante période où elle faisait vraiment illusion, elle aussi. Presque autant que lui.

Sa chair est crémeuse à l'intérieur des cuisses et semble chuchoter sous sa paume, alors il approche son visage pour mieux entendre, et le parfum de son sexe l'émeut tellement qu'il sent les larmes l'envahir.

Être en elle lui avait paru aussi naturel que de courir les bois, de monter à cheval, de chasser, de dormir enveloppé de fourrures. L'union de leurs corps ne faisait que prolonger la parfaite entente de leurs esprits, depuis longtemps jumeaux.

Un matin, peu avant leur première étreinte, alors qu'elle s'appliquait à un exercice de lecture, une tendresse déchirante s'était emparée de lui, un élan de tout son être vers elle, une adoration soudaine et éperdue pour ces lèvres estropiant encore le texte, pour cette voix claire et un peu fragile, pour la main déjà abîmée par les travaux ménagers, pour le bois de la table par cette main touché, pour chaque objet que Jehanne avait effleuré, pour l'air qu'elle respirait, pour le sol qu'elle foulait, pour les choses qu'elle disait, celles qu'elle n'avait pas encore dites. Loup la revit quand ils s'étaient rencontrés, dans ce pré où elle surveillait les vaches en mangeant des noisettes. Elle lui avait donné tout ce qu'elle possédait de maigre nourriture. Elle n'avait rien gardé pour elle. Et Loup sut qu'elle en ferait toujours de même, et que lui au contraire n'avait rien à lui offrir.

Il ne croyait pas aux contes de bergères épousant des fils de roi, encore moins lorsque le fils de roi était un miséreux déguisé. Les gueux ensemble produisent d'autres gueux, pour les siècles des siècles. C'est à peu près ce qu'il lui avait répondu quand elle lui avait annoncé qu'elle attendait un enfant. Elle était morte quelques semaines après.

Tu sais, Grenouille, j'aurais voulu mourir moi aussi. Je devine ton air incrédule. Mais c'est la vérité, si j'avais ta foi je jurerais devant Dieu que c'est vrai. Je prends à témoin la Femme Ciel ; non qu'il me paraisse plus plausible que le monde dût son existence à sa chute sur le dos d'une tortue plutôt qu'au caprice d'un vieillard omnipotent et despotique. Cette histoire-là m'enchante davantage que l'autre, voilà tout. C'est une femme qui a fait le choix de me vouer à la mort, mais son geste a été racheté par toutes celles qui m'ont ouvert les bras et m'ont pris pour fils ; par celles qui m'ont ouvert leur corps et offert le bonheur. Partout, depuis toujours, c'est la femme qui donne la vie. Mes frères indiens l'ont bien compris, eux, et n'en font pas un drame. Ils ne tentent pas de salir l'être qui est source de leur existence, mais au contraire le tiennent en très haute estime. Tu dois déjà t'en être aperçu depuis que tu es parmi nous, en compagnie de ma fille. Elle est un peu hybride, j'en conviens. Je l'ai élevée comme un homme, en opposition avec la tradition de mon peuple. Elle ne se sentira probablement jamais chez elle nulle part, car le monde n'est pas prêt à recevoir un être comme elle.

J'émerge à peine de l'état de léthargie délirante où la fièvre m'a maintenu pendant plusieurs jours. Tout mon corps me fait souffrir ; c'est comme si une poigne d'acier avait tordu chacun de mes muscles, chacun de mes organes. Ma tête semble habitée de nuées de bourdons agités. J'ai peine à marcher, à ramer, je ne peux rien porter, et je dois me contenter de regarder la Croisée et Niawen faire tout le travail. Mon œil a encore perdu en acuité, et, à la tombée du jour, les lignes du ciel et de l'eau se dissolvent pour ne faire qu'une masse indistincte. Je ne perçois plus l'expression du regard de la Croisée lorsqu'il est à plus de vingt pas. J'enrage de cet état de faiblesse extrême. Comment vais-je me présenter à toi quand le moment viendra ?

*

Niawen chante : « Le roi Renaud de guerre revint, portant ses tripes dans ses mains, sa mère était sur le créneau, qui vit venir son fils Renaud… », sa voix s'élève, claire et pure, dans les dernières lueurs du jour. Il se parle à lui-même : « Encore mélanger un peu, Niawen, jusqu'à ce que ce soit uniforme, sans grumeaux, onctueux, a dit la Croisée. » C'est comme disait sa mère, quand il insistait pour pétrir le pain. Uniforme… Sans grumeaux… Vieille Épée n'a pas bonne mine. La potion va lui faire le plus grand bien. Et quelques prières aussi… La Croisée a dit pas celles du temps que tu étais donné des Jésuites, pitié pour mes oreilles ! Vieille Épée non plus ne les aime pas. Ils veulent qu'il parle du Grand Tout et de l'univers. « Renaud, Renaud, réjouis-toi, ta femme est accouchée d'un roi. Ni de la femme ni du fils je ne saurais

288

me réjouir… » Pour s'adresser au Grand Tout, pour le penser, le concevoir sous forme d'images et d'impressions, Niawen aussi doit être en joie.

Quand il est revenu de son long sommeil, Vieille Épée a dit : «Bien le bonjour, mon père ! » Il aime taquiner Niawen. Alors que Vieille Épée est lui-même le père de Niawen. Il n'a pas suffi qu'il lui sauve la vie, il a fallu qu'il l'arrache aux griffes de la vieille Aiguille de Pin qui l'avait adopté et le traitait comme son esclave. Niawen ne supportait plus son rire. Quelque chose se déchirait dans son crâne chaque fois qu'il l'entendait. Vieille Épée comprenait cela. Vieille Épée comprend beaucoup de choses. C'est parce qu'il a été un Blanc, lui aussi, dans une autre vie. Rit Beaucoup et lui l'avaient accueilli comme le fils qu'ils venaient de perdre au bout de quelques jours. Peu après est née la Petite Lune, Naiekowa, image vivante de la beauté et du mystère du monde, de sa dualité, absolument contenus et incarnés en elle.

Vieille Épée ne devrait pas lui dire «mon père», même pour rire. Un donné des Jésuites ne peut pas porter l'habit religieux, ne prononce pas de vœux. Non, c'est ainsi. Sa mère de France ne voulait pas qu'il entre dans les ordres. Alors il avait dit : je serai donné. J'irai rejoindre les missions chez les Sauvages. Et il était parti. Il n'avait pas fait vingt lieues sur la rivière des Outaouais que les Iroquois avaient attaqué le convoi et l'avaient capturé. Mais le Créateur de l'Univers lui avait ouvert de nombreuses portes depuis que Niawen était devenu sauvage. Il lui avait montré la voie de l'entendement du Tout et de ce qui le constitue. Il lui avait appris l'allégresse profonde de cette merveilleuse mécanique universelle, à laquelle chaque être animé et inanimé est essentiel. Il lui avait laissé entrevoir la destinée de tout ce qui existe, sa place dans l'infini, dans l'éternelle transformation des mondes. Parfois, il préférait chanter tout cela avec son luth plutôt qu'avec les mots.

Il touille, et touille encore. La pâte d'herbes est parfaitement homogène depuis de longues minutes. Et le roi Renaud a fini de mourir, la terre s'est ouverte pour recevoir sa femme désespérée. Une main se pose sur l'épaule de Niawen. Il sait à qui cette main appartient. Il reconnaîtrait son contact entre toutes. C'est la main de son père. La main de Vieille Épée.

Une main plus froide qu'à l'ordinaire, moins assurée. Il s'assied auprès de Niawen. Son œil est voilé, comme un lac noyé de brume. Il frissonne un peu dans le manteau de la Croisée, pris sur le corps d'un soldat mort. Un bel habit chaud, à larges manches bordées de boutons dorés. La Croisée ne le porte que l'hiver venu, sous une peau de martre. Vieille Épée n'aime pas ce manteau ; Niawen est surpris de le voir sur son dos. Avec sa chevelure non huilée et bouclée, il ressemble au Français qu'il fut. C'est même si troublant que Niawen a un mouvement de recul quand son ami tend la main pour obtenir le bol de remède. Niawen avait toujours eu beaucoup de peine à imaginer Vieille Épée dans un château, dans une armée française, à la cour. À présent, il le peut.

Loup pose le bol et se lève. Il a vite assez de cette mixture qui l'a toujours écœuré, même s'il lui reconnaît des vertus presque miraculeuses sur le corps affaibli. C'est de cette pâte que Loutre Opulente l'avait

290

gavé pour le remettre sur pied après quatre jours et quatre nuits de supplice. Chaque fois qu'il doit l'ingurgiter, il sent un grand froid parcourir ses membres ; une vague nausée le prend, et le goût ferrugineux du sang lui emplit la bouche.

Ces jours et ces nuits ne le hantent pas comme Niawen, qui rêve encore fréquemment qu'on le torture et se réveille en hurlant. Néanmoins, ces heures sont ancrées en lui comme doivent l'être celles de l'accouchement pour la femme. Elles la transforment à jamais. La douleur lui a révélé des contrées cachées de son esprit, des lieux inconnus de sa volonté, de son désir de vie et de son mépris de la mort. Car les deux ne font plus qu'un pour celui qui traverse cette épreuve. Vivre et mourir vous semble la même chose. Il n'y a plus de frontières. Rien ne vous dit que votre âme n'a pas quitté votre corps ; rien ne vous assure qu'elle n'est pas ailleurs, très loin, alors que votre carcasse supporte sans plus rien éprouver le fer chauffé à blanc.

J'ai toujours été terrifié par la souffrance physique. Comme toi, mais je me gardais bien de l'admettre. J'étais convaincu qu'elle me terrasserait rapidement, me ferait avouer n'importe quoi, me rendrait lâche et pitoyable. Les Indiens ne pratiquent pas la torture afin d'obtenir des informations, de convaincre un homme de reconsidérer ses convictions, de confesser ses crimes. Pour cela, ils le font asseoir et lui posent des questions, en personnes civilisées. La torture ici n'est pas destinée à avilir. Au contraire, elle grandit, elle distingue, elle révèle celui qui la subit. Celui qui passe l'épreuve avec honneur, qui l'a supportée sans se plaindre en chantant sa chanson de mort, peut quand même ne pas avoir la vie sauve. S'il est décidé qu'il mourra, il en sera ainsi, et on fera un repas avec ses restes, afin de s'approprier sa force, pour que son esprit ne vienne pas habiter le corps de ses bourreaux. Le lâche, qui couine et supplie, sera achevé et ses membres donnés en pâture aux chiens.

Mon sort n'était pas arrêté au moment où on m'avait attaché au poteau. Mais je n'en savais rien. J'avais été recouvert de peinture noire et rouge. Niawen était seulement peint en noir. J'appris plus tard que cela signifiait qu'il était condamné. On m'a dit que j'avais hurlé si fort au moment où on s'apprêtait à l'abattre que la lune parfaitement ronde s'est montrée brusquement dans le ciel, illuminant Niawen. C'était un présage, le signe qu'il fallait le laisser en vie. Mon peuple croit que la lune est ce qu'est devenue la Femme Ciel après la création du monde. Astre dangereux, imprévisible, auquel il ne faut surtout pas déplaire. Je l'avais appelée par mon cri, elle avait élu Niawen.

C'est la première fois que je marche depuis des jours. Je n'ai pas fait cent pas et je suis aussi fatigué que si j'avais couru pendant une journée. Alors je m'assieds sur une souche. D'ici où je me trouve, le lac paraît bien plus grand qu'il n'est en réalité. C'est un lac modeste, comparé aux autres. Il y a tant d'eau sur cette terre ; c'est comme si elle venait d'émerger d'un déluge, fraîche et neuve, encore ruisselante sous le soleil. Je me prends parfois à imaginer ce pays recouvert par une gigantesque mer, peuplée d'animaux fantastiques, de montagnes, d'arbres et de plantes démesurées, qu'un hiver interminable fige dans la glace. En un temps si ancien que l'homme ne peut l'appréhender. J'ai une fois fait ce rêve saisissant : j'assistais à la fonte brutale de cette étendue glacée ; dans un fracas assourdissant, la masse se fendait, se décomposait en d'énormes blocs ballottés par les eaux ; les arbres, soudain libérés de leur immobilité, se mettaient à onduler, à se tordre sous la pression de courants sous-marins furieux ; des déferlantes d'une violence inconcevable emportaient les plus robustes, qui flottaient comme des algues, leurs racines s'étendant en longs filaments jusqu'à une profondeur abyssale. Des bêtes aux têtes difformes roulaient des yeux fous, accrochaient leurs tentacules aux rochers, s'enroulaient ensemble dans une danse délirante ; d'autres encore dérivaient, inertes, descendaient lentement dans les lointains fonds opaques.

On dit qu'au-dessus de nous, loin vers le nord, s'étend une immensité gelée comme celle que je vois en rêve. Des Anishinabe m'ont un jour parlé de cet endroit. Le silence y est si intense qu'il t'enveloppe comme les bras aimants d'une femme sans âge. La nuit est d'une beauté impossible à décrire, rassurante et gorgée de mystère. L'aube radieuse te dit que tu es jeune et que la vie t'attend ; la nuit du nord t'invite à entreprendre ton voyage vers l'ouest avec la sérénité de la montagne. Aucun Blanc n'a jamais atteint ce pays.

*

Je me souviens du jour où j'ai su que tu avais été conçu. Nous chevauchions au grand galop, Isabelle et moi, sur le causse. Elle a ralenti l'allure brusquement ; elle avait soudain les traits tirés. Je l'ai rejointe, l'ai aidée à descendre de cheval. Elle s'est assise sur une pierre et je me suis installé par terre à ses pieds. J'ai posé la tête sur son ventre. Sa respiration était courte. Une odeur singulière émanait de sous ses jupes, de ses mains qui erraient sur mes joues et sur ma nuque. Je me suis redressé et j'ai plongé mes yeux dans les siens. J'avais deviné. Tu étais là, sous le tissu et le corset, lové dans cette chair un peu flasque. Elle n'en savait absolument rien. Elle ne voulait pas de toi, t'aurait fait disparaître si elle n'avait pas craint l'enfer. Je ne lui ai rien dit ; mais le lendemain, elle a commencé à vomir. Dans les semaines qui ont suivi, elle s'arrondissait, ses seins tendaient sa chemise de nuit. Je l'ai trouvée en pleurs affalée sur son prie-Dieu. Je ne craignais rien. De quoi aurais-je pu me défier ? Pour être légitime, tu n'en étais pas moins abhorré avant même de naître. Je te plaignais déjà.

Je ne m'attendais pas à éprouver tant de tendresse devant le pauvre nourrisson que tu étais. Fripé, malingre, minuscule petite chose laissée au détour d'un couloir dans les vents coulis. Tu observais l'ombre de tes menottes danser sur les murs. Le plus vieux de nos chiens venait souvent se blottir contre ton berceau. Il restait des heures à te regarder dormir, montait la garde. Quand Isabelle passait à proximité, il grognait et lui montrait les dents. Un jour qu'elle tentait de l'éloigner de toi, il la mordit. Elle le fit battre comme plâtre et il mourut de ses blessures. Ce fut la première fois que je la giflai.

Je ressentais une affreuse jouissance à la faire souffrir, par tous les moyens possibles. Après la crise, je m'abîmais à ses genoux, demandais son pardon, et elle prenait un plaisir morbide à se laisser de nouveau aimer après l'humiliation. Tu te demandes depuis toujours si je l'ai possédée. Je ne peux pas te répondre, pas honnêtement. Je veux dire que si cette chose est arrivée, je ne m'en souviens plus. Je l'ai chassée aux frontières de ma conscience, là où elle est suffisamment en sommeil pour ne pas me faire perdre la raison.

Bien qu'aujourd'hui, je crois que je pourrais affronter cette réalité. Je pourrais accepter avoir uni ma chair à celle de notre mère. Les images que cela fait naître en moi sont distantes, sans odeur, sans couleur, comme si elles ne m'appartenaient pas. Mais en vérité, je ne peux pas te faire le serment que cela se soit passé. Qu'Isabelle l'ait désiré, cela ne fait pas l'ombre d'un doute. Que je me sois laissé aller à combler ce désir, parce que je voulais posséder complètement cette femme, étendre sur elle mon emprise, jusque dans sa chair, jusque dans la moelle de ses os, c'est très possible… Mais de là où je suis, assis sur ce moignon d'arbre au bord de l'eau, à des distances infinies de cette époque et de cet homme que j'étais, je sais ceci : la gratitude que j'éprouvais pour Isabelle était telle que je ne pouvais rien lui refuser. Aujourd'hui encore, cette reconnaissance est intacte. Hugues est venu me débusquer chez Menou et m'a emmené. Mais c'est Isabelle qui me voulait, avant même de me connaître. C'est le fruit de ses songes qui s'est immiscé dans l'esprit et le regard de son mari, quand il me couvait depuis son tabouret devant l'âtre. Elle m'attendait dans sa chambre, priait chaque soir pour me voir apparaître, non en son sein, mais là, devant elle, fini, achevé, tel qu'elle me rêvait. Je ne crois pas qu'elle ait jamais véritablement désiré un enfant né de ses entrailles.

Je ne l'ai plus revue après ma condamnation. J'ai attendu sa venue au fort de la Tournelle. En vain. Juste avant le départ de la chaîne des forçats, Gabrielle m'a annoncé qu'un bruit courait : Isabelle avait commencé à sombrer dans la démence. Elle continuait de vivre comme si rien ne se fût passé. Son esprit avait sans doute refusé la réalité et se réfugiait dans un autre monde, où j'étais toujours le marquis de Canilhac, l'ami du roi, celui à qui sourit la fortune, un monde où je venais lui présenter mes hommages et converser avec elle près du feu, où elle pouvait encore porter ma main à sa joue et voir luire à mon doigt la bague de saphir qu'elle m'avait offerte. Lumière de ma vie…

Pendant la lente progression de la chaîne à travers le royaume, j'ai cru la voir cent fois au milieu de la foule ; je pensais reconnaître sa silhouette longiligne, son attitude hiératique, son mince visage impassible voilé par une gaze, à moitié caché par le bord d'un chapeau. Mais ce n'était qu'une chimère, pareille à ces images trompeuses projetées par la chaleur aux hommes moribonds errant dans les déserts.

Et toi, où étais-tu donc ? Dans quel trou à rats as-tu enfoui ton ignominie après le procès ? Lors des premières audiences, tu étais absent. Mais après, il te fallut bien apparaître. Je te revois à la barre des témoins, suant à grosses gouttes, jurant sur la Bible que tu croyais que j'étais ton frère aîné légitime, conçu dans la couche d'Hugues et Isabelle de Canilhac, tes parents. J'étais si fier que tu mentes devant ton Dieu, pour moi. Comment t'y es-tu pris pour me dénoncer sans révéler ton identité ?

Les servantes, les valets, les marmitons, l'abbé Magloire qui a falsifié les registres de baptême, les métayers, même l'un ou l'autre berger, tous ont nié farouchement être dans le secret de ma naissance, effrayés par Hugues et Isabelle, qui tenaient leurs sujets dans un gant de fer comme au temps des croisades. Terrorisés par moi, leur digne héritier, sinon par le sang, du moins par le cœur et l'esprit. Car si je venais à sortir gracié et blanchi de ce procès, ne me vengerais-je pas de leur déloyauté ? On préférait être mal embouché avec Dieu plutôt qu'avec moi.

Jusqu'à ce que Dieu me supplante, et que la perspective de son châtiment finisse par délier les langues. Subitement on se souvenait, ou on faisait tout comme si on n'y était pas, on évoquait ce matin de décembre, immobile et glacial, où est apparue cette créature qui ressemblait à une bête ; oui, messire, aussi dégoûtant qu'un cochon, puant comme un putois, et fier avec ça, comme s'il était né de la cuisse de Jupiter. Déjà, oui, l'orgueil incarné, que je vous dis. Méchant comme la gale. Et nous qu'on a dû faire comme si c'était l'empereur César, on avait pas le choix, comprenez, depuis si longtemps au service de la famille… J'ai tout entendu : je mangeais de la chair humaine, j'avais ensorcelé Isabelle, Blanche, j'avais violé toutes les servantes, je parlais le langage des animaux, je pouvais me trouver à deux endroits en même temps. Il s'en est fallu de peu que l'affaire se termine devant un tribunal ecclésiastique et que je sois jugé pour sorcellerie. Ce fut la parole des seigneurs contre celle de la valetaille. Et je fus banni et dépouillé de mes titres et biens. Mais tu savais tout cela, même si tu ne promenais plus ta mine affligée aux audiences. Et pour cause.

Comment as-tu débattu avec ta conscience après ton parjure ? Tu as payé le prix fort pour me voir descendre en enfer. Mais pourquoi ? Cette question ne m'a pas quitté pendant des années. Te souviens-tu de ce jour d'octobre où ce chien avait fondu sur toi, alors que nous rentrions de la Canourgue, dans le soir qui tombait ? Ses yeux flamboyants perçant la pénombre comme deux comètes embrasées. Ne me suis-je pas mis en travers de son chemin, n'est-ce pas ma chair que ses crocs ont déchiquetée, l'artère dans mon cou qu'il tentait d'atteindre alors que je le repoussais ? Je serais mort pour toi. Je ne le savais pas, mais c'était dans mes capacités ; mourir pour que tu vives.

*

Loup ne s'est même pas aperçu que la nuit est tombée, ni que la Croisée des Chemins l'a rejoint. Le chaman l'observe comme s'il était un enfant perdu. Loup se détourne. Il se lève, fait mine de s'en aller, en prenant bien soin de ne pas laisser paraître son manque d'énergie, ni les caprices de sa hanche. La Croisée ne bouge pas.

Vieille Épée lui fait de la peine. En quelques jours, il a vieilli de dix ans. C'est comme si le temps s'était subitement souvenu de lui et s'était dit : « En voilà un qui ne subit pas ma loi. Il est l'heure de me rappeler à son bon souvenir. Voici donc quelques rides, un peu de lourdeur dans la démarche, davantage de lenteur, de l'imprécision dans le geste, et pourquoi pas quelques cheveux blancs supplémentaires ? » Et c'est bien vrai que la chevelure si sombre et brillante de Vieille Épée s'est éclaircie pendant la fièvre…

La Croisée n'accepte pas ce changement. Sa sagesse ne va pas jusque-là : son amour est bien plus puissant que sa sagesse. Mais son savoir n'est pas aussi vaste que son amour ; ses dons et ses connaissances ne peuvent lutter contre le temps, contre le passé qui ronge Vieille Épée, contre sa peine et son désarroi, sa colère. La Croisée ne peut que lui donner la main dans cette épreuve, baliser un peu son chemin, l'envelopper de sa bienveillance, de cette tendresse qu'il aimerait lui prodiguer avec sa chair, bien plus encore aujourd'hui qu'aux heures fastes. Les jeunes gens pensent que le désir meurt lorsque le corps vieillit. Ses amis et sa famille lui avaient dit, avant qu'il quitte le village : « Bientôt il sera vieux, faible et laid. Et tu le quitteras et nous reviendras. Tu te choisiras un homme de ton âge, aussi vaillant et beau que toi. » Mais ces prédictions s'étaient révélées fausses. Sans doute parce que Vieille Épée ne vieillissait pas comme la plupart des hommes. Mais était-ce bien la vérité ? Ou est-ce le regard passionné de la Croisée qui conservait à son ami une éternelle jeunesse ? Une des tantes de la Croisée lui avait avoué qu'elle ne parvenait pas à regarder son mari comme le vieux grabataire ronchon qu'il était devenu. À ses yeux, il était encore celui qu'elle avait connu à seize ans. L'amour est plus fort que le temps.

La Croisée met ses pas dans ceux de Vieille Épée, sur le chemin vers le campement. Bientôt se fait entendre le luth de Niawen. La Croisée reconnaît le morceau, un des préférés de Vieille Épée. La passacaille. C'est une danse et, même si la Croisée ne sait pas du tout en quoi elle consiste, la consonance du mot et la musique lui évoquent deux corps brûlant d'une passion retenue, qui s'approchent jusqu'à s'effleurer puis se séparent ; deux corps qui se désirent mais ne peuvent encore s'étreindre. C'est une ode au plaisir différé. Les Français savent traduire ces choses en musique. Ils ont cet immense talent. Qui explique peut-être qu'ils parviennent à soumettre à leur volonté des nations si éloignées de la leur et les entraînent à adorer leur dieu crucifié. Car les chants qu'ils ont inventés en son honneur sont d'une beauté puissante. Ils vous emportent contre votre volonté, abolissent le doute, les questions que vous vous poseriez encore à propos des choses que vous ne comprenez pas, comme par exemple le fait que le fils soit aussi son propre père, en même temps qu'une espèce d'esprit ; que ce fils soit revenu du pays des morts, en chair et en os, pour disparaître mystérieusement. Ou encore qu'il soit mort pour vous sauver d'une faute qui se perd dans la nuit des temps et dont vous portez encore la responsabilité : une pomme que vos ancêtres auraient mangée… et bien que vous soyez sauvé de ce péché nébuleux à connotation vaguement sexuelle, il vous faut encore craindre de brûler pour l'éternité en un lieu de désolation.

Voilà tout le fatras que vous êtes capable d'avaler quand vous entendez cette musique sublime. Ou quand vous regardez les images peintes qui, paraît-il, tapissent les murs de leurs églises. La Croisée a vu une de ces images qu'une Robe Noire gardait dans son bagage. On y contemplait la mère de Dieu avec son fils dans les bras, quand il était bébé. La Croisée avait ressenti beaucoup de compassion pour cette scène, car cette femme allait un jour éprouver la douleur de voir son enfant torturé sous ses yeux. Mais il avait dit à la Robe Noire qu'il fallait aussi se réjouir pour elle, car son fils allait supporter le supplice avec un grand courage, faire honneur à son peuple et à ses ancêtres. Le jésuite l'avait regardé bizarrement.

Le poisson grillé est savoureux. Niawen a pour une fois bien surveillé la cuisson, pendant que la Croisée allait à la rencontre de Vieille Épée. Niawen n'est pas doué pour faire la cuisine. On ne peut pas lui faire confiance ; il laisse brûler les aliments ou vous les sert encore crus. Vieille Épée ôte son cache-œil et frotte la cicatrice. Il dit parfois que son œil manquant le fait souffrir comme s'il était encore au fond de son orbite. C'est une absence qui le démange, lui rappelle qu'un jour il y eut à la place du vide un organe utile.

Il aimerait être ailleurs. Pour la première fois depuis qu'il est sur ce continent, il aimerait être en France. Revenir d'une longue chevauchée et s'étendre sur des peaux d'ours devant un âtre, dans une pièce couverte de tapisseries aux couleurs subtiles, changeant avec la lumière ; tourner les pages d'un livre, boire du vin de Bourgogne dans un verre délicat, lécher la cuillère de purée de marrons à la dérobée sur le potager, tremper le doigt dans la sauce épaisse et vineuse qui mijote depuis la veille ; sentir l'étoffe de fine batiste glisser sur sa peau après être sorti du bain d'eau tiède, entendre le martèlement des talons de ses bottes sur les tomettes, et l'écho de ses déplacements tapageurs emplir les corridors et les escaliers, jeter sa cape sur ses épaules, éprouver le poids du velours souple, passer la main sur la veine d'un bois précieux, sur l'argent ciselé d'un pichet, sur les perles au cou d'une femme, sur un corsage brodé dont un sein menace de s'échapper. La chair bombée et tendue, le mamelon presque entrevu, deviné sous la ruche de dentelle... Tous ces artifices qui lui semblaient parfaitement vains depuis son arrivée chez le Peuple du Silex lui font soudain l'effet d'un raffinement sans égal.

La Madeleine qui était au-dessus de la cheminée de son cabinet lui apparaît ; le visage renversé, impudique, baigné de larmes, la chair un peu cireuse, comme si le sang la quittait, les lèvres qui semblent exhaler un dernier soupir en même temps qu'elles invitent au baiser... Un corps exténué, frémissant encore du spasme d'un ravissement qui ne serait pas tout à fait de ce monde. Il suit en pensée la courbe de l'épaule ferme et ronde qui vient effleurer l'oreille, celle de l'autre épaule voilée de cheveux. Il avait acheté le tableau en Italie. On disait que le peintre prenait des prostituées pour modèles. Qui était cette femme abandonnée et pourtant inaccessible, perdue en un plaisir ineffable ? Elle l'avait hanté au point de troubler sa raison. Il en rêvait, croyait la reconnaître dans les inconnues qu'il croisait dans la rue, à l'heure où la nuit naissante donne à la silhouette et à la chair du visage entrevu un supplément d'attrait tragique et poignant. Si on lui demandait à l'instant ce qu'il choisirait s'il pouvait retrouver un seul objet lui ayant appartenu, sans hésiter ce serait cette Madeleine. Il s'enfermait parfois des heures avec elle. Elle s'offrait, au milieu des coquillages, des carapaces de tortues, des morceaux d'ambre et des pierres précieuses, dans ce lieu où ne pénétrait jamais la lumière du jour, éclairé de chandelles se reflétant à l'infini dans les miroirs en bois doré.

Il donnerait cher pour vivre encore un jour, un seul, dans un de ses châteaux. Que sont-ils devenus, ces lieux de luxe et de plaisir ? Confisqués par le roi. Certains d'entre eux peut-être donnés à des sujets plus méritants, en récompense de services rendus, tout comme ils lui avaient été accordés pour les mêmes raisons.

Une journée à Plessis, le plus ancien et pourtant le plus confortable. Petites pièces, boiseries, bonnes cheminées, parfaite exposition au soleil. Un vieux couple l'habitait toute l'année, le préparait comme ils auraient paré leur fille unique pour ses épousailles chaque fois que Loup arrivait. Les lits sentaient la lavande, de bons feux brûlaient dans chaque pièce, les enfants du village venaient lui offrir ce que la saison et les récoltes permettaient, des chapons, de la farine légère et blanche comme l'hostie, des confitures et des compotes. Et au printemps, toujours des fleurs, par énormes brassées. Il savait que les enfants avaient passé des heures à les récolter, s'étaient usé les mains à la tâche. Les fillettes rayonnaient de fierté, leurs petits bras maigres ployant sous la charge. Elles provoquaient en lui une vague d'émotion rare, qui balayait, l'espace d'une heure, son aversion pour les pauvres ; les petites lui apparaissaient comme de bonnes fées apportant la chance et la joie en son logis. La solennité avec laquelle elles offraient leurs présents leur conférait une grâce indicible, qui transcendait leur misérable condition. Il les invitait à entrer dans la grande salle pour y déposer leurs offrandes, puis elles descendaient aux cuisines où Mathurine leur préparait un repas.

Il revoit Anne, ses yeux noirs démesurés dans son visage famélique. Il sent ce regard sourdre de sous l'escalier où elle s'est retranchée, loin des autres enfants. Il éprouve ce regard avant de le voir. Il en recueille toute la perplexité, la méfiance justifiée. Qu'a-t-il en effet à lui offrir, qu'un peu de bouillon de volaille, un gâteau de miel qu'elle ne prendra même pas la peine de mâcher et qui donnera à son estomac vide une brève illusion de satiété ? Il lui demande d'approcher. La petite s'exécute et sort de l'ombre, entre dans la cuisine à pas lents, son petit corps décharné raide comme un arbre mort, enveloppé jusqu'aux hanches par une chevelure aussi noire que la sienne. Il a ce geste qui le surprend au point de le faire trembler : il lui tend la main. Elle a un mouvement de recul, puis lui donne sa menotte, froide comme la pierre gelée.

Anne est morte un an plus tard, d'une fièvre maligne, à l'âge de dix ans. C'est alors que s'est élevée la rumeur. C'est alors que la populace a commencé à répandre le bruit qu'il l'avait tuée, après avoir abusé d'elle. Et ce fut la fin des processions d'enfants chargés des fleurs de mai, des voix vibrant dans les odeurs de miel et de cannelle, des silhouettes graciles évoluant dans la poussière de lumière se déversant des fenêtres hautes.

Tu as prétendu que je choyais cette enfant pour racheter le mal que j'avais fait à Jehanne. Et tu avais raison. Cela dit, en quoi était-ce condamnable ? Je ne suis jamais parvenu à éteindre le remords d'avoir abandonné Jehanne. La vision d'Anne me plongeait parfois dans un état de souffrance extrême. C'était une forme de torture que je m'infligeais, de l'observer gambader dans le château, et rire et me céder lentement sa confiance, se laisser apprivoiser, se dépouiller de la crainte ancestrale du maître que des générations de miséreux avaient instillée dans son sang. Comme je l'avais fait avec Jehanne, je n'ai pu m'empêcher de la parer comme une fille de roi, lui offrant la vêture qui convenait à sa silhouette enfin détendue, respirant la santé.

Je n'ai pu résister au désir dévorant de réaliser sur cette enfant de saisonniers affamés la transformation physique et spirituelle à laquelle il me semblait que son être intime et vrai aspirait. En réalité, c'était moi-même que je contemplais en elle ; j'observais se réaliser ce processus au cours duquel j'avais laissé derrière moi l'enfant trouvé dans un terrier pour devenir un des grands du royaume. Je tentais de comprendre par quelles voies cela se produisait, comment le corps, le premier, amorce sa mutation. C'est une chose passionnante, sais-tu, de contempler un dos courbé et frissonnant de méfiance et de servilité, qui chaque jour se dresse un peu plus fièrement vers la lumière ; un visage buté, auquel la faim ou son fantôme ôtait toute autre préoccupation, qui s'ouvre et sourit, pense, cherche, résiste, puis s'illumine. C'est assister à une espèce de miracle que d'observer les premiers signes d'un esprit qui s'éveille et s'anime, se laisse pénétrer de choses nouvelles, s'émeut de la beauté.

Isabelle m'a dit un jour que, le premier soir de mon arrivée, je me conduisais déjà comme celui que j'étais appelé à devenir. J'ai toujours eu des doutes à ce propos. Je crois que cela fait partie de la légende qui a tissé son manteau autour de moi. Je ne saurai jamais.

Il me semble que je pars enfin à la rencontre de cet être crotté et obscur que Menou a élevé dans les bois. Je sens parfois son cœur palpiter en moi, je vois son œil me regarder avec un intérêt teinté d'ironie. Quand je guette les traces du castor le long de la rivière, quand j'affûte mon couteau, que je découpe l'animal destiné au repas, que j'écoute la forêt palpiter, me dire que faire et où dormir, je sais que cet enfant marche à mes côtés. Il savait tanner une peau et tendre un piège, courir tout le jour, choisir le champignon qui ne tue pas, bien avant que j'accoste sur ces rivages et réapprenne ces choses. Tu m'as un jour raconté que tu croyais m'avoir vu dans la forêt, un soir d'orage, alors que tu arpentais les alentours du château sur ordre d'Isabelle pour me ramener auprès d'elle. J'étais couché, nu, entre les racines d'un vieux chêne. Ce n'était pas moi, Grenouille. Je te l'ai déjà affirmé et je le redis. Du moins ce n'était pas une image réelle. C'était ce que nous appelons une vision. Elles sont puissantes, et précieuses. Tu m'as vu tel que tu me rêvais, et tel sans doute qu'une part de moi se rêvait à cette époque de ma vie, alors que je passais de l'enfance à l'âge d'homme, et que les lueurs du passé enfoui irradiaient une dernière fois avant de se coucher pour longtemps.

La Croisée croit que tu m'as envoûté. Il dit que tu étends ton ombre sur mon esprit et mon corps, et que tu brises l'équilibre fragile que j'avais patiemment trouvé avant ta venue. La nuit dernière, il a fait brûler de la sauge, de la poudre de cèdre et des cheveux de la Terre Mère dans une coquille d'œuf de serpent ; il a offert la fumée aux ancêtres, à la Femme Ciel, à la terre et au ciel. Avec une plume il a soufflé longtemps vers l'est, le nord, l'ouest et le sud, avant de la diriger vers moi avec ses gestes experts qui ont le pouvoir de me plonger dans un état très particulier, naviguant entre le sommeil et la veille, perméable à ce qui m'entoure mais purgé de toute inquiétude.

Il sait que toi et moi, nous devons nous rencontrer. Mais il craint ce moment, parce qu'il sent ma propre appréhension. Je te parle, je ne cesse de te parler, depuis des jours, et parfois j'ai le sentiment que cette intimité chasse mon désir de t'ôter la vie. Mais alors je me réveille en pleine nuit, parce qu'une image, une sensation perçue en rêve m'a apporté la certitude du contraire. La Croisée me dit que ma fille et toi, vous êtes séparés. Vous ne marchez plus sur le même chemin depuis l'attaque. Pourquoi ? Cela reste un mystère… Où es-tu donc passé ? Mystère aussi. Brune ne se dirige plus vers Ossernon, et la plupart de ses hommes ont disparu. Sont-ils morts ? Il est souvent frustrant de vivre avec la Croisée et ses visions. Elles sont presque toujours lacunaires. C'est un peu comme si on te racontait une histoire sans te révéler la fin, ou le commencement, ou en omettant une bonne tranche du milieu. Au début je m'impatientais, je me fâchais et je finissais parfois par le supplier de ne plus rien m'annoncer qui ne fût complet. Une habitude de Blanc qui le faisait sourire. Il avait un peu pitié de moi.

Je suis souvent d'accord avec mon ami la Croisée. D'abord parce que ses révélations sont presque toujours justes. Quand elles revêtent la forme de poèmes incompréhensibles, il suffit de les laisser reposer dans un recoin de son esprit et de les convoquer plus tard ; elles t'apparaissent alors aussi lumineuses que l'eau du torrent traversée par un franc soleil d'été. L'autre raison qui me fait adhérer aveuglément à ses prédictions est que je n'éprouve plus autant qu'avant de jubilation à me quereller avec lui à cause de mon scepticisme ; je m'amuse moins à observer son visage s'étirer de tout son long et fixer sur moi un œil navré, comme si j'étais simplet.

Son esprit a été frappé hier par un arbre dont les branches avaient une forme de ramure de cerf. Il est à présent persuadé que le Huron Cerf Agile est sur nos traces. Ou que cela arrivera un jour. C'est bien possible après tout. J'ai massacré la famille de cet homme, ai fait de lui un esclave qui dormait avec les chiens. Il a autant de bonnes raisons de me tuer que j'en ai de te régler ton compte. Enfin, peut-être en a-t-il un peu plus… Tu me croiras si tu veux, je ne sais pas si je survivrais à la mort de Brune. J'ai vu disparaître mes deux premiers enfants. Je n'en ai pas éprouvé de chagrin. Absolument pas la moindre once. Les cris et les accès de désespoir de leur mère me laissaient froid aussi. Ils ont même fini par m'indisposer au point que j'ai prié Blanche de s'installer dans la tour nord, afin de ne plus troubler mon sommeil ni celui des invités. Elle se promenait dans les couloirs en chemise et hurlait comme une bête. Même les domestiques se plaignaient de la nuisance nocturne et remplissaient mal leur office à cause de la fatigue.

Je lui avais promis que dès qu'elle serait disposée à cesser de se donner en spectacle, elle serait autorisée à regagner sa chambre. Mais elle n'a rien voulu savoir. Il est vrai que l'air peu salubre de la tour nord n'a pas dû être bénéfique à sa maladie de poitrine… Je mérite peut-être le sort que tu me réservais, après tout. Depuis combien de temps préparais-tu ta revanche ? Combien de mois, ou peut-être cela se compte-t-il en années ? Combien d'années, au cours desquelles tu venais me rendre visite, tu me serrais dans tes bras, dînais à ma table, profitais de mes largesses, toujours faramineuses en ce qui te concernait ? Y penser me rend de nouveau aigre et misérable. Je me rappelle… Mais non, je ne dois pas me souvenir de ce moment. C'est le dernier que nous avons passé ensemble. Et je ne veux pas le convoquer. Qu'il reste enfoui dans la tour nord de ma mémoire. Celle-là, je la trouve bien trop fiable aujourd'hui. Je voudrais être comme ces vieillards qui confondent leur mère et leur femme, le passé et le présent, les noms et les lieux.

Mais les souvenirs m'assaillent, comme la mer démontée s'élance à l'attaque du rocher qu'elle finira par ronger lentement. Leur acuité, leur force implacable ne me laissent aucun répit. Les champignons que la Croisée a cueillis à ma demande et qui d'ordinaire me plongent dans une torpeur sereine n'ont fait au contraire qu'accroître cet assaut infernal. J'ai vu des choses dont l'existence s'était entièrement effacée de ma mémoire, des êtres disparus dans des abîmes d'oubli que je croyais insondables, des sentiments que je pensais ne jamais avoir éprouvés, et qui me semblent à présent indissociables de celui que je suis. Ce sont peut-être là des fantasmagories qui n'ont rien de réel, me diras-tu, des figures envoyées par celui que tu nommes Satan, afin de me troubler. Cet ange déchu n'existe pas plus que le Dieu qui l'a fait choir. Les visions sont nées de moi et de moi seul, nul besoin de les imputer à quelque esprit malveillant qui me serait extérieur. Elles font partie de moi, m'appartiennent de plein droit.

J'ai vu un garçon d'une dizaine d'années qui me ressemblait beaucoup, sauf qu'il était maigre et noueux, sale, l'œil chassieux, le geste brutal, la démarche vulgaire. Il errait sur la petite place d'un village de chez nous, un jour de marché. La faim le tiraillait. Je le savais, car je ressentais dans mon propre corps les tourments du sien. Il me semblait me tordre sous les morsures de mon estomac vide, retenir le filet de salive au bord de mes lèvres, à la vue des jambons, des pains sur les étals. Je suivais le mioche qui dansait d'un pied sur l'autre, désœuvré et hagard ; il se dirigea vers le parvis de l'église et s'assit sur la pierre, dos au porche. Les cloches se mirent à carillonner et les premiers paroissiens sortirent de la messe. Le garçon tendit la main droite en un geste fébrile, à la fois honteux et revanchard ; il gardait le visage baissé, le regard caché par sa tignasse chiffonnée. Il ne bougeait pas, attendant l'aumône. Une femme le toisa avec mépris et s'éloigna, comme s'il allait lui donner la peste. Une autre sortit de sous ses jupes un gâteau d'amandes semblable à ceux que faisait Mathurine. Le petit mendiant le prit et le porta à sa bouche sans remercier, sans même regarder celle qui lui faisait ce don. Il mâchait consciencieusement, sans trop se presser malgré l'immense envie qu'il avait.

J'étais de nouveau dans son corps, dont je connaissais chaque mouvement et chaque sensation, la pâte mastiquée, le goût délicieux du beurre et des amandes, trop vite disparu alors que la dernière portion mêlée de salive descend dans mon gosier. Je suis submergé par le regret d'avoir mangé trop vite. J'ai encore si faim. Mais il n'y aura plus rien. Sauf si je parviens à voler quelque chose à un marchand. Je lève les yeux sur l'attroupement de gens sur le parvis, qui discutent et rient comme si je n'étais pas là. Ils ne me voient pas plus que la poterne sur la place, bien moins que les statues des saints qui ornent le porche. Je ne suis rien. Je pourrais disparaître, me dissoudre dans l'air, cela ne ferait aucune différence, pour personne. Alors je disparais. Seules deux miettes de gâteau attestent que j'étais bien assis à cet endroit une seconde plus tôt. Mais il pourrait s'agir de quelqu'un d'autre, je n'ai aucune certitude.

Quand mon esprit redescend dans le temps et l'espace présents et que les champignons perdent leur emprise, je sais que ce gamin n'est autre que moi-même. Celui que je serais devenu si ma mère ne m'avait pas abandonné à la forêt. Je raconte ma vision à la Croisée. Il tire des bouffées de sa pipe en réfléchissant longuement. J'attends une réaction, mais il ne prononce pas une parole. Jusqu'au lendemain. Alors que nous filons sur le fleuve, j'entends sa voix derrière mon épaule : «C'est sans doute la Femme Ciel qui t'envoie un message.» Mais encore? Je n'en saurai pas plus jusqu'au soir. Après le repas, il dit : «Tu dois te réconcilier avec la femme qui t'a porté dans son ventre.» Je n'ai plus proféré un son intelligible à mon tour pendant des heures. La parole de la Croisée ne pénètre pas volontiers au-delà de mon oreille. Je la chasse à peine entendue.

Te souviens-tu de Madeline Dupérin, la servante qui est entrée chez nous au moment où Odelette nous a quittés pour se marier à cet abruti de charretier de Langogne? On disait qu'elle avait du sang bohémien, et elle nous prédisait l'avenir. Je ne pense pas qu'elle excellait dans cet art, car aucune de ses prédictions, très vagues au demeurant, ne s'est jamais réalisée. Les parents l'ont chassée assez vite quand ils ont découvert ses activités impies. Je me suis toujours demandé qui avait mouchardé. Je n'ai jamais pensé que cela puisse être toi. Aujourd'hui je me repose la question. Je me souviens de Madeline parfaitement, comme si je l'avais vue hier encore. Pourquoi elle? Je n'en ai pas la moindre idée. Elle est là, souriante et replète, aussi présente à mon esprit que l'arbre sous lequel je m'endors. Elle est sans doute morte depuis longtemps, et c'est peut-être son âme qui vient me visiter. Pour quelle raison?

Jehanne croyait que les morts pouvaient rester attachés au monde des vivants et établir un lien avec eux. J'ai espéré qu'elle vienne à moi. Je l'ai appelée, l'ai suppliée de se manifester. Jamais je n'ai obtenu le moindre signe d'elle. Et voilà que Madeline Dupérin, à qui je n'ai plus jamais accordé la moindre pensée quand elle s'est évanouie de nos vies, vient occuper presque chaque jour mon esprit égaré.

Quand ce n'est pas le souvenir de Madeline Dupérin ou son fantôme qui me tiennent compagnie, il y a ceci, à quoi il faut décidément que je me soumette… Il y a ces dernières images dont je ne voulais pas me souvenir, mais qui forcent les digues de ma faible volonté et ne me quittent pas : nous sommes toi et moi sur le plateau, dans la tempête, devant cet immense char tiré par deux chevaux qui peinent à avancer contre le vent. Les bâches ornées d'une grosse lune mauve au sourire mystérieux, qui claquent et se soulèvent, les hommes et les femmes et les enfants qui courent tout autour, criant des mots emportés par les bourrasques, tentant de retenir leurs vêtements contre leurs corps, recevant dans leurs bras les accessoires et les costumes que la tourmente chasse de l'intérieur de la roulotte, des masques et des échasses, des tambours, des couronnes de pacotille. Et nous qui nous précipitons à leur aide, qui attachons nos chevaux avec les leurs et les exhortons à avancer ; nos voix, nos gestes se mêlant à ceux des baladins un peu embarrassés et surpris que nous leur prêtions main-forte. Et ton regard émerveillé, dans ton visage déjà sillonné de quelques rides, aux tempes grisonnantes. Soudain tu as dix ans de nouveau. C'est la dernière image que je veux garder de toi après ta mort.

La Croisée revient avec cette histoire de me réconcilier avec «la femme qui m'a porté dans son ventre», mais je ne veux pas l'entendre. Je me mets en colère, et c'est comme autrefois, tu sais bien, quand je cassais les meubles, les portes, les gens. J'ai bien failli démolir mon cher la Croisée. Il ne m'a plus vu dans cet état depuis des années, et je crois que je lui ai fait beaucoup de peine. Mais il a dit : «C'est le tambour de la vie qui bat à nouveau.»

Pendant trois jours, je me suis isolé dans la forêt. Je cherchais un chemin pour mon âme en détresse. J'ai jeûné. J'ai prié le Grand Esprit de me guider.

Nous nous approchons de l'endroit où la rivière du Passage se jette dans le Beau Lac dont la rive sud borde le pays des Haudenosaunee. Mon corps se meut de nouveau avec vitalité et endurance. L'appétit m'est revenu. J'aimerais revoir Cœur Bleu, connaître de nouveau le contact de sa peau, celui de ses lèvres autour de mon sexe, de ses mains sur ma poitrine. Je veux entendre encore les mots qu'elle murmure dans le plaisir ; je veux l'écouter me raconter qu'un arbre qui pourrit et tombe ne meurt pas, mais s'endort seulement, en attendant de renaître à nouveau. Je sens le tambour de la vie battre dans tout mon être. Je bois avec délectation l'air chargé de brume matinale et de battements d'ailes ; il m'emplit la poitrine, se fraie un passage dans mon sang, dans ma tête où les pensées coulent enfin sans se heurter. J'arrive, Grenouille, tel l'ogre des contes. Tremble, petit homme, car je viens à toi.

Au commencement du temps, la terre était submergée par les eaux. Le firmament existait dans un monde sans froid, sans chaleur, sans lune ni étoiles, ni soleil. Dans ce monde vivait une femme qui tomba par un trou à travers la voûte céleste. Des bernaches la rattrapèrent et la déposèrent sur le dos de la tortue. La femme portait un enfant. La tortue s'offrit pour former le plancher d'un nouveau monde sur sa carapace. La femme céleste donna naissance à une fille nommée Rafales de Vent. Celle-ci se baigna dans l'océan et fut fécondée par la vie de la mer. Elle mit au monde des jumeaux, Porteur de Ciel et Silex. Silex, qui portait un andouiller, ne put sortir par le ventre de sa mère ; il naquit par son flanc et la blessa à mort. Des seins de la femme émergea le maïs, de sa blessure naquirent les courges et les haricots, de ses pieds le tabac. La Femme Ciel, grand-mère des jumeaux, éleva les petits puis prit le chemin de la Voie lactée et se changea en lune ; elle devint l'astre des femmes et la gouvernante du continent des morts, situé vers l'ouest lointain. Porteur de Ciel conçut les étoiles à partir du ventre de sa mère, le soleil avec son visage, et donna à la terre les montagnes et les rivières. Mais son frère Silex sema les embûches en créant les accidents sur le relief de la terre et en jalonnant les rivières de rapides. Porteur de Ciel créa les humains avec de l'argile, et Silex engendra les monstres hideux. Une lutte eut lieu entre les deux frères, Porteur de Ciel en sortit vainqueur et obligea Silex à se terrer dans une caverne où il vit encore et engendre ses sortilèges.

18

Antoinette vivait parmi eux depuis deux semaines,
peut-être trois. Elle avait fait tout le voyage au bout
de la corde d'Othsikwa. Les rapides, les portages, la
navigation lente et les rives qui défilent, somptueuses
et pourtant lointaines, comme mises à distance de ses
sens par le chagrin et les regrets, le dépit, la honte, la
fatigue et la douleur, le chaud, le froid… Et puis un
matin, tout lui devint égal. Le dernier souvenir qu'elle
gardait du voyage était un troupeau d'étranges cervi-
dés qui les regardaient passer, pensifs.

Au terme du périple, Feuille d'Érable s'était subitement souvenue de la présence d'Antoinette et lui
avait expliqué, d'un ton pontifiant, qu'Onondaga
était la capitale du territoire des Iroquois. C'était
ici que se tenaient les grands conseils réunissant les
sachems des Cinq-Nations, ici que se prenaient toutes
les décisions d'importance, que se jouait le sort des
Français de la colonie. Érigée sur une colline, la ville
comptait de nombreuses et grandes maisons d'écorces
entourées de hautes palissades. Des champs cultivés
s'étendaient autour de cette enceinte protectrice.
Des centaines, peut-être un millier de gens allaient et
venaient à l'intérieur et à l'extérieur des palissades,

dans une atmosphère trépidante et gaie. Parmi les Indiens, Antoinette put reconnaître quelques Blancs.

Othsikwa l'avait présentée à sa famille ; il serait plus juste de dire exhibée. Elle était restée debout au milieu d'une de leurs maisons longues, encerclée par des hommes, des femmes et des enfants assis qui la dévisageaient sans grand intérêt, sans véritable animosité non plus. Certains s'approchaient pour toucher sa robe déchirée, sa main, la peau de sa cheville. Les femmes riaient ; les plus âgées cachaient leur bouche avec leur main. Les hommes les premiers se lassèrent de l'insipide spectacle qu'elle était certaine d'offrir, se levèrent et sortirent de la maison en discutant. Othsikwa les suivit et ne s'occupa plus d'elle. Il ne devait plus jamais lui adresser un regard. On finit par la laisser s'asseoir parmi les femmes avec qui elle partagea le repas, puis on lui indiqua sa couche pour la nuit, par terre au pied de la banquette d'une femme qui devait être la sœur de Feuille d'Érable. Plus tard dans la nuit, certains hommes revinrent et se couchèrent. Depuis la natte de branches où elle était allongée sans trouver le sommeil, Antoinette écoutait monter les bruits des corps qui se cherchent et s'enlacent, baisers humides, peaux qui se pressent, halètements, gémissements ténus. Tout un univers intime qui avait alimenté ses fantasmes de fille mal aimée, et qui cette nuit la faisait frémir de répulsion.

Les dernières fois que Leroy avait pris possession de son corps, il avait été brutal ; il l'avait un jour pénétrée de force et, comme il n'arrivait pas à jouir, il l'avait frappée. Comme chaque soir, il s'enivrait à la taverne avant que les cloches sonnent la retraite obligatoire. Elle préférait qu'il soit fin saoul, car alors il s'endormait sur elle et ne la battait pas. La nuit avant sa fuite de Montréal, après avoir fait rouler son corps avachi sur le côté, elle avait longuement observé son dos gras sous la chemise sale, sa nuque qui exprimait autant que son faciès la nature bornée et malveillante de son caractère. C'était la dernière fois, s'était-elle dit, qu'elle tolérait dans sa chair cette autre chair obscène.

Au moins aucun mâle ici n'avait encore tenté de la forcer. Ils semblaient n'en éprouver aucun désir. Elle savait qu'elle offrait une apparence bien peu avenante, amaigrie, malodorante. Elle se sentait ternie depuis qu'elle avait quitté Montréal. Comme un vieux tissu usé par la lumière et le vent, dont il est impossible de connaître la couleur originelle. Une toile dont la trame s'amenuise au point de disparaître.

Le lendemain de son arrivée, elle fut affectée par la sœur de Feuille d'Érable à diverses tâches, mais principalement celles d'aller chercher de l'eau et de ramasser du bois pour le feu. La femme, belle et hautaine, la traitait avec dureté et mépris, la rudoyait même physiquement quand Antoinette ne comprenait pas ses ordres.

Elle se retrouva seule aux abords du village, hors des palissades, au-delà des cultures, sa hotte sur le dos. Mais l'envie de fuir ne lui traversa pas l'esprit. Pour aller où ? Seule dans la sauvagerie, elle mourrait en quelques jours. On lui avait raconté des histoires de colons expérimentés et grands connaisseurs du pays qui s'étaient sauvés de villages iroquois et qu'on avait retrouvés morts de faim, de froid, de soif, de désespoir ou de folie. Elle s'était échouée ici, dans cette grande bourgade qui se trouvait au beau milieu de l'Iroquoisie, et se tuait au travail, dans l'indifférence générale. Elle l'avait bien cherché. C'était la juste punition de Dieu.

Où était donc le grand Garakontié dont lui avait parlé Feuille d'Érable, l'ami des Français ? Il serait sans doute ravi d'apprendre comment on traitait les femmes blanches dans son pays. À y bien penser, le sort réservé aux Indiennes dans la colonie n'était guère plus enviable. Ramasser du bois ou repriser des bas, c'était un peu du pareil au même. Au moins on ne l'obligeait pas ici à rendre un culte aux dieux locaux, à psalmodier des prières sans savoir ce qu'elles signifiaient.

Antoinette avait si bien réussi à se distancier du monde extérieur qu'elle retrouvait avec un certain apaisement cet état qui l'avait protégée durant toutes ces années dans la maison de charité, et en particulier au moment de la perte brutale de madame de Meaux. Elle vaquait donc aux tâches ingrates qu'on lui confiait, subissait le mépris silencieux des hommes, les moqueries des femmes, des enfants aussi parfois, sans presque plus rien éprouver. Mais cette armure, si solide fût-elle, ne l'avait pas immunisée contre le spectacle qui s'offrait chaque jour à son regard. Tout ici répondait aux principes d'une harmonie inédite qui pénétrait son esprit et ses sens malgré eux.

Pendant les moments où elle n'avait rien à faire et pouvait errer dans le village, elle s'asseyait sur l'espèce de place principale et regardait s'exprimer la vie autour d'elle ; le ballet des corps qui passent, les femmes épluchant les épis de maïs, les mains qui s'affairent, habiles, ou accompagnent les paroles en mouvements amples, d'une élégance jamais compassée ni artificielle ; les visages ouverts et francs, miroirs sans fard d'une humeur, d'une pensée. Beaucoup de rires, de chants, des cris et parfois des querelles d'une virulence qui retombait comme elle était montée. Des enfants courant partout, libres et gais, jamais battus, rarement grondés. Ils se blottissaient dans les jambes de leurs parents, et ceux-ci les accueillaient, les prenaient dans leurs bras, sans jamais les repousser.

Il en allait tout autrement en France : pour le peu qu'elle en avait vu, il avait semblé à Antoinette que les chattes ou les chiennes des rues de Paris manifestaient plus de tendresse à l'égard de leur progéniture que les femmes. On était loin des images de Madones à l'Enfant éperdues de tendresse. Ici, il n'y avait que cela, des mères débordant de chaleur, de caresses, d'amour exprimé par des corps libérés de toute pudeur. Est-ce que les Indiennes abandonnaient aussi leurs bébés ?

Armand et Valère étaient devenus un peu flous dans le souvenir d'Antoinette ; ils dérivaient lentement vers les contrées lointaines de sa mémoire. À vrai dire, elle les y poussait sans vraiment le vouloir, persuadée qu'elle ne les reverrait jamais. Quant à Loup, il n'était plus qu'une chimère, le produit déjà presque évanoui d'un rêve dont on ne retient au réveil qu'une vague impression, qui se dissipe complètement avec le passage des heures.

Au bout de quelques jours, un Français était venu lui parler. Elle l'avait déjà aperçu parmi les villageois mais, bien que sa petite taille et son manque d'allure l'aient un peu surprise, elle n'aurait jamais deviné qu'il n'était pas un Sauvage comme eux ; jusqu'à ce qu'il lui adresse la parole dans la seule langue qu'elle connaissait. Justin Redouté avait été fait prisonnier trois ans plus tôt avec de nombreux autres habitants de Montréal. Le père Le Moyne, Ondessonk pour les Indiens, était venu en ambassade et avait obtenu leur libération. Mais lui, Justin Redouté, n'avait pas voulu rentrer au bercail. Son bercail, c'était la Vendée, de toute façon ; là au moins, on pouvait travailler aux champs sans se retourner sans cesse pour voir si une hache n'allait pas s'abattre sur votre tête ; plutôt que de s'en retourner vers la colonie avec la trouille sempiternelle d'être attaqué, capturé, scalpé, brûlé, il avait préféré les Sauvages. Il en avait épousé une et n'en était pas mécontent. Une chose le tracassait pourtant, c'était le fait que ces gens vivent dans l'ignorance du vrai Dieu, et que lui s'en trouve un peu éloigné par la même occasion. Il montra à Antoinette sa main droite à laquelle il manquait trois doigts ; ils lui avaient été arrachés avec les dents par le frère de sa femme ; il regardait ses moignons avec une sorte de tendre nostalgie, comme s'ils représentaient un présent offert par son beau-frère pour le nouvel an.

Il expliqua qu'avec cette main il lui était arrivé de baptiser des enfants lorsqu'ils passaient à sa portée. Au début il baptisait du soir au matin, et parfois du matin au soir lors des fêtes, enfants, vieux, adultes, chiens. Les Indiens pensèrent d'abord que c'était un geste amical, sans conséquence ; mais quand ils comprirent que Justin effectuait sur eux un acte rituel qui visait à les faire entrer contre leur gré dans les bras du crucifié, ils lui ordonnèrent de tenir sa main mutilée loin des têtes, dans sa poche puisqu'il en avait encore une dans son haut-de-chausses qui tombait en loques. Il se le tint pour dit, et ce ne fut qu'à cette condition qu'il lui fut permis d'épouser Petite Abeille. Mais, de temps à autre, sa main le démangeait et il se voyait forcé de céder à son appel et de faire quelques chrétiens de plus.

Il débita son histoire à la vitesse de l'éclair et, quand il eut terminé, lança des regards inquiets tout autour de lui en dansant d'un pied sur l'autre comme un gamin qui doit uriner. Puis sans crier gare :

«J'dois vous donner mon congé, ma bonne dame, dit-il dans un murmure.

— Je ne vous retiens pas», répondit Antoinette, à qui l'homme n'inspirait pas beaucoup de sympathie.

Elle s'en voulut aussitôt de son ton glacé; après tout, il était un compatriote, bien que ce mot ne garantisse pas toujours la solidarité qu'il laisse espérer en de telles circonstances.

«Comprenez, reprit Redouté avec une stupide condescendance, parler avec une esclave comme avec sa voisine sur le perron de sa maison, par ici, c'est pas convenable. Pas plus ici qu'ailleurs d'ailleurs, vous me direz?

— P... Pardon?

— Ben, oui, quoi, Othsikwa vous a donnée à sa femme, Voit Très Loin, la sœur à Feuille d'Érable...

— Donnée?!

— Oui, da, donnée, comme dans donné! Y a quelque chose que vous ne comprenez pas dans ce mot?»

L'homme semblait prendre plaisir à contempler la mine pâle d'Antoinette, la manière dont tout son corps s'affaissait sous le poids de ce qu'elle commençait à entrevoir. Il approcha de son visage sa bouche qui sentait mauvais.

«Le couple bat de l'aile depuis quelques mois. Voit Très Loin n'a plus fait ni une ni deux, elle l'a divorcé.

Un beau matin, elle a flanqué ses petites affaires sur le pas de la porte, et il n'avait plus qu'à aller voir ailleurs. Oui, c'est comme ça que les femmes d'ici divorcent. Si vous voulez mon avis, c'est pas chrétien, mais bon, on est plus à ça près, hein ? Mais lui, Othsikwa, il a pas envie, d'aller voir ailleurs. Alors il essaie de la récupérer, par tous les moyens. Le dernier, c'est vous. Notez, ça a pas l'air de marcher très fort… »

Il l'abreuvait à présent d'un regard faussement désolé. Antoinette fit un effort surhumain pour ne pas se laisser tomber là. Elle était incapable de prononcer le moindre mot. Au moment où elle sentit que son corps allait s'effondrer, une vague ébranla ses entrailles, déferla dans sa poitrine et la redressa d'un coup ; c'était un grand rire sonore, pas le rire d'une démente, pas un rire de désespoir, ni de rage, non, un vrai rire, celui qui vous vient devant une situation ou un mot d'esprit vraiment cocasse, un rire qui vous prend pour ne plus vous lâcher, et vous tord, et vous fait mal aux côtes.

Redouté, d'abord abasourdi par la réaction d'Antoinette, s'en fut clopinant sur ses petites jambes tortueuses et arquées, et la vision de son corps chétif auquel les peaux et les perles conféraient un surplus de ridicule propulsa Antoinette dans un nouvel accès d'hilarité. Justin se retournait parfois, l'air dégoûté et gêné, et faisait de grands gestes autour de lui comme pour chasser les moustiques. Des villageois commençaient à faire un cercle autour d'Antoinette, qui ne parvenait pas à reprendre son sérieux. Lui, Redouté, se sentait d'humeur moins allègre ; il s'était donné en spectacle avec l'esclave et se préparait à vivre dans l'angoisse de retrouver lui aussi ses petites affaires sur le pas de sa porte.

Pendant qu'ils naviguaient sur la rivière des Agniers et se rapprochaient chaque jour de leur capitale, Hautcœur sentait grandir en lui la désagréable impression qu'ils ne seraient pas accueillis avec toute la bienveillance que l'Indienne avait promise. Il n'avait jamais réussi à faire confiance à cette femme chez qui il ne percevait que duplicité et dissimulation. Et puis ils devraient se présenter devant les siens sans elle, qui avait eu la lubie d'aller récupérer son petit marquis chez les Sokokis, seule avec deux guerriers, et rien à échanger… Et eux qui voguaient vers Ossernon, la capitale du pays des Agniers, un lieu qui ne lui évoquait que souffrance et mort. Combien n'avait-il pas vus revenir de pauvres gars de cet antre du diable, mutilés, abîmés dans leur corps et parfois autant dans leur tête ? Si tout autre que monsieur de Maisonneuve lui avait demandé de faire ce voyage, il n'aurait pas accepté. Mais au gouverneur, personne ne pouvait rien refuser, et surtout pas lui, Hautcœur, qui l'aimait comme un père, l'admirait comme un héros.

Il ne lui plaisait pas de faire route avec Leroy, ce soudard égoïste et impie ; il l'avait dit bien franchement au gouverneur, qui lui avait répondu qu'il n'avait jamais eu à se plaindre de Leroy ; il remplissait ses devoirs de soldat, était un bon chrétien, et à présent qu'il avait pris femme, on pouvait espérer qu'il se départirait bientôt de ses airs de rustre. S'il n'y avait que les airs… avait pensé Hautcœur.

Le valet ne se portait pas bien. Il dormait la plupart du temps ; de sa plaie suppurait un liquide épais et visqueux qui sentait fort mauvais. Les deux Sauvages qui le soignaient depuis l'attaque veillaient sur lui comme sur leur enfant, surtout celui nommé Castor. On le voyait souvent perdu dans la contemplation du visage blême et émacié de Valère. Hautcœur avait entendu Castor dire à Matin d'Hiver qu'il se réjouissait de pouvoir mettre Valère entre les mains d'un guérisseur. Si Valère mourait en chemin, Hautcœur se retrouverait seul avec Leroy. Deux proies faciles, deux Blancs sans valeur qui ne servaient plus à rien ni personne, et qui se retrouveraient dans la chaudière après de longues heures de supplice.

Lors d'une nuit passée dans un petit village, il avait pourtant apprécié l'hospitalité de ces gens, la beauté de leurs femmes, la simplicité de leurs manières, empreintes de dignité. Il lui avait été difficile d'imaginer ces Sauvages aussi cruels qu'on le disait. Jusqu'à ce qu'il voie un étrange personnage sortir d'une maison longue, harnaché de peaux, de plumes, de morceaux d'os qui faisaient un boucan d'enfer quand il marchait. C'était une vision surgie des ténèbres les plus noires, qui emplit Hautcœur d'une terreur comme il n'en avait plus connue depuis l'enfance. La face du bonhomme était recouverte de peintures, surmontée d'une tête d'ours aux yeux grands ouverts incrustés de billes blanches qui semblaient en vie. Le chaman était venu s'accroupir au-dessus du corps de Valère et avait dit des choses à peu près incompréhensibles, fait des gestes au-dessus du blessé, agité des fumerolles, des hochets, puis il était reparti d'où il était venu et on avait dû transporter Valère jusqu'à sa cabane où il avait passé la nuit. Castor n'avait pas dormi, attendant le retour de son protégé avec angoisse. À l'aube, le valet avait reparu, tout raide sur son brancard, toujours aussi endormi, encore plus pâle, l'expression de son visage plus proche des rivages de la mort.

Castor avait dit : «Cet homme-médecine n'est pas assez puissant; si seulement la Croisée des Chemins était à Ossernon...» Hautcœur lui avait demandé qui il était, et Castor avait répondu : «La Croisée est un puissant guérisseur, un des plus puissants parmi le Peuple des Cinq-Nations. Mais il est parti vivre au-delà du Beau Lac, avec Vieille Épée, et il ne reviendra pas tant que Vieille Épée ne reviendra pas... Ses pas suivront toujours les siens.» Aussitôt cette dernière phrase prononcée, le visage de Castor se referma; il se leva promptement et quitta Hautcœur, le laissant en proie à ce que son imagination lui proposait comme images, des personnes mystérieuses aux noms fantasques, parties errer dans des contrées encore plus extravagantes.

*

L'ours se penche sur son visage, et il peut sentir son souffle puissant sur sa peau froide. Cela le réchauffe. Il n'a pas peur. L'ours l'enserre de ses gros bras poilus, lui dit des choses à l'oreille, des choses dans son langage d'ours. Valère répond à chacune d'entre elles que oui, il a parfaitement compris, et qu'il sera attentif, très attentif à l'avenir. Il ne serait pas capable de formuler précisément à quoi il sera attentif, mais il sait qu'il le sera. Ensuite l'ours chante, d'une belle voix pleine et grave d'ours. Et Valère sait alors ce que l'ours lui a murmuré à l'oreille; il a dit : «Je ne peux pas te guérir, mais tu dois être patient. Le voyage à l'ouest n'est pas encore pour toi. »

Quand il s'éveille trois jours après, il ne se souvient de rien, sinon qu'il doit prêter une attention particulière à certaines choses, mais il ne sait plus lesquelles. Son corps lui semble être devenu un morceau de bois, un squelette sans chair, mais dont les os peuvent souffrir autant que la chair. Tout le jour le regard sombre de Castor le couve avec une sollicitude qui le gêne beaucoup, autant qu'elle lui redonne espoir. Espoir de ne pas mourir tout de suite, de revoir son maître, de goûter encore au plaisir de marcher, de rire, de regarder les traits de Castor… Il se fait pour la première fois cette réflexion : cet homme est beau. Tout simplement beau. Objectivement beau. Il est beau ici, serait beau en France, en Angleterre, en Espagne, peut-être même en Chine. Le genre de visage parfaitement équilibré, pur, régulier, expressif sans excès. Un visage parfait, comme sorti de la main créatrice de Dieu à l'aube du monde. Sa vie est dans les mains de cet homme depuis des jours. Sans les soins et l'attention constante de Castor, Valère sait qu'il ne serait plus parmi les vivants. Et il ne peut rien dire à cet homme, il est incapable de le remercier dans sa langue. Il faudra qu'il demande à Hautcœur comment on dit « merci » en iroquois. Il faudra…

*

Loin en aval d'Ossernon, des femmes et des enfants accourent sur les rives en poussant des cris assourdissants, sortes de hululements aigus qui font se dresser les poils sur tout le corps du jeune Hautcœur, l'emplissant d'un effroi mêlé d'excitation. Enfin se termine ce long voyage, épuisant tant par les obstacles du fleuve et de ses rives qu'à cause de l'incertitude du sort qui sera le sien. Il va bientôt savoir s'il vivra ou mourra, s'il reverra sa mère, Montréal et Maisonneuve, ou jamais, s'il souffrira la torture ou pas. L'accueil est des plus enthousiastes. Mais ce n'est qu'un début.

Leur petite troupe est l'objet de tous les regards, on les touche, on leur parle, on leur présente des bébés, des vieux, on chante. Mais bien vite tombe la nouvelle que Brune n'est pas parmi les arrivants. Un grand silence s'installe. On les fait entrer dans la plus grande des maisons, au centre de la ville. Ils prennent place au milieu d'hommes et de femmes. Castor a allongé Valère à côté de lui. Le valet tente de garder les yeux ouverts et de faire bonne figure, mais on voit bien qu'il préférerait se reposer au calme. Hautcœur se propose de lui traduire ce qu'il pourra comprendre, de lui décrire ce qui se passera, car Valère est trop faible pour rester assis.

«L'homme qui prend la parole, c'est le chef la Grande Cuillère, dont j'ai souvent entendu parler et qui ne vient jamais à la signature des traités de paix. Un des guerriers lui fait le récit de ce qui est arrivé sur le lac Champlain, du départ de Brune chez les Sokokis et les Mohicans. Le chef n'a pas l'air ravi. Il cause à une vieille et forte femme qui s'appelle Loutre quelque chose. Il lui dit qu'elle doit tempérer le cœur de Naiekowa, qu'elle n'a pas assez d'autorité sur cette fille imprévisible, aussi… hum, oh, comment qu'on dit ça? aussi… impétueuse qu'un jeune guerrier. Je n'ai pas bien compris qui est l'Indienne pour cette vieille femme. Sans doute plutôt sa petite-fille que sa fille, ou peut-être sa nièce. Aïe, la vieille se fait sonner les cloches, mais elle se laisse pas démonter. Elle a un petit rictus très insolent. Elle répond au chef que Naie-kowa a fait plus pour le Peuple du Silex que tous les fils du chef réunis, et qu'elle a plus de… pardonnez le langage, monsieur Valère, plus de couilles au derrière qu'eux. Vous entendez le raffut ? Ils se tapent les cuisses de rire, se donnent des coups de coude. Les deux jeunes types de part et d'autre de la Grande Cuillère ont bien l'air qu'on viendrait de les leur couper ; ça doit être eux, les fils, pour sûr… La Grande Cuillère est bien emmerdé lui aussi. Bon, la vieille a pas tort, qu'on dirait. Là, toutes les bonnes femmes se lèvent et… elles s'en vont. Y a plus que des hommes. Vous en pouvez plus, hein, m'sieur Valère ? je le vois bien… »

Mais Castor est déjà là ; il profite du départ des femmes pour installer Valère sur la civière et fait signe à Hautcœur pour qu'il l'aide à le transporter hors de la maison. Ils vont l'installer dans une autre maison où deux femmes qui semblent être de la famille de Castor les reçoivent. Valère se redresse légèrement pour voir Hautcœur.

« À présent retournez-y, Hautcœur ! C'est important. Vous me rendrez compte demain. Je suis entre de bonnes mains. Dites…

— Monsieur ?

— Comment dit-on "merci", en iroquois ? »

Une fois Hautcœur parti, Valère profite d'un moment où Castor passe à sa portée et le retient par le poignet. Il regrette aussitôt ce geste audacieux qui lui a échappé. Alors que son corps n'a plus de secret pour cet homme qui l'a pansé, lavé, porté pendant des jours, ce simple geste semble soudain d'une impudeur éhontée. L'Indien, nullement troublé, s'accroupit près de la banquette et attend.

« Nia… Nia… wen », dit Valère, et il a senti perler la sueur dans son cou au moment où il ne se souvenait plus de la fin du mot.

Voilà, c'est dit, c'est fait et bien fait, il l'a fait, il lui a parlé, dans sa langue, l'autre a compris, enfin il a l'air, bon voilà, maintenant il peut partir. Castor, vous pouvez disposer, ça va aller, avec ces dames, ne vous faites pas de souci, allez rejoindre vos amis autour du feu chez la Grande Chaudière, la Grande Crinière, ou quel que soit son nom, ne vous occupez plus de moi, vous avez tellement fait, si, si, oh si, non, je vous assure, ça ira très bien, je me sens déjà beaucoup mieux… Une pression sur son poignet arrête le flot des phrases dans sa tête. Castor le regarde et lui sourit. D'une voix très douce, il lui répond un mot que Valère ne comprend pas, mais qui le réchauffe au plus profond de lui-même.

Comment a-t-il osé lui prendre le bras ? Qu'es-pères-tu donc, espèce d'imbécile ? Regarde-toi, tu es au bord du tombeau, tu sens la charogne, tu dois avoir une face de cire, et tu t'imagines que cet homme s'intéresse à toi ? Il est charitable, voilà tout. Ces gens peuvent être charitables, comme n'importe quel bon chrétien. Ils viennent en aide à leur prochain. C'est ce que fait Castor, et il a bien du mérite, car tu es répugnant, indigne de sa beauté, de sa grâce, de tout ce qu'il incarne en ce nouveau monde et à quoi tu ne pourras jamais prétendre. Il est le soleil levant et tu es un vieux nuage qui pleure sa misère. Ressaisis-toi et vois la réalité en face. Tu vas mourir, voilà la vérité, et les paroles de l'ours n'y peuvent rien. C'est peut-être cela que tu inspires à Castor : la pitié, la pitié pour celui qui va mourir.

Et alors que les femmes changeaient son pansement, une immonde odeur s'échappa de la plaie. C'était bien l'odeur de la mort, et il semblait à Valère que son haleine depuis quelques jours avait un peu le même parfum doucereux de pourriture. Où était donc la Croisée des Chemins, ce chaman surpuissant dont lui avait parlé Hautcœur ? Loin au nord, avec un homme nommé Vieille Épée, son ami le guerrier non moins surpuissant. C'était un conte, une de leurs histoires merveilleuses qu'ils se disent au coin du feu et à partir desquelles ils tissent leurs rêves. Comme celle de la femme tombée du ciel qui atterrit sur le dos de la tortue et crée la terre. Des contes pour rêver, voilà tout… Il ferma les yeux. Dieu qu'il se sentait épuisé. Les femmes lui donnèrent à manger à la cuillère, comme à un tout petit enfant. C'était la première fois que ce n'était pas Castor qui le nourrissait. Elles avaient des gestes adroits et doux, mais ce n'était pas la même chose. Quand il fut lavé, pansé, nourri, abreuvé, elles le portèrent sans effort jusqu'à une banquette contre la cloison où il s'endormit, le cœur lourd et sans certitude de se retrouver en vie le lendemain. Il remercia son dieu des merveilles qu'il lui avait permis de contempler, de cette grâce qu'il lui avait faite d'avoir reçu sinon l'amitié, du moins la compassion de Castor ; il ne put tout de même s'empêcher de prier pour le retour du chaman et du guerrier. Juste avant de sombrer dans le néant, il vit deux silhouettes avancer sur l'eau d'un lac gigantesque, miroitant dans les rayons du soleil levant.

*

Le lendemain, Valère fut heureux de s'apercevoir qu'il n'était pas mort. Il reposait sur la banquette où il s'était endormi. La lumière filtrait au travers des parois de cette longue habitation où s'animait à présent beaucoup de monde. Il remarqua que la maison était subdivisée en plusieurs sortes d'alcôves, séparées entre elles par des cloisons, préservant à chaque groupe qui y vivait une relative intimité. De même, les banquettes où l'on dormait étaient elles aussi séparées les unes des autres par de semblables cloisons. Aux murs et aux éléments de la charpente pendaient des épis de maïs, des courges sèches, des armes, des tambours, des peaux, des vêtements et toute une ribambelle d'objets ménagers, récipients, chaudières. D'autres objets similaires et le bois de chauffage occupaient l'espace entre les premières banquettes surélevées et le sol. Dans l'allée centrale s'alignaient cinq foyers.

Des hommes entraient et sortaient par l'unique porte de la maison. Les femmes vaquaient à diverses tâches, couture, cuisine, vannerie... Elles bavardaient gaiement, mais Valère remarqua que les deux femmes qui s'étaient occupées de lui ne faisaient pas trop de bruit afin de ne pas le déranger. Il se laissa bercer par leurs chuchotements et sentait le sommeil le reprendre, mais bientôt Hautcœur fut devant lui.

« Vous imaginez pas ce que j'ai entendu hier, m'a fallu veiller jusqu'à pas d'heure, mais alors...

« — D'abord bonjour, mon vieux. Calmez-vous, et asseyez-vous, vous me donnez le tournis. »

Hautcœur fit ce qu'on lui demandait et pensa à ôter son chapeau.

« Alors vous êtes prêt ? Voilà, le Vieille Épée qu'est en goguette avec le guérisseur, et ben c'est le père à l'Indienne !

— Bon, mais en quoi est-ce si extraordinaire ?

— Oh, bougre d'idiot que je suis, je commence par la fin ! Vieille Épée, c'est le frère au marquis vot' maître. Je comprends enfin pourquoi que vous vous êtes acoquinés avec l'Indienne ! À moi qu'on disait rien ! Sauf vot' respect, monsieur Valère, mais c'est vrai, on savait pas vraiment ce qu'on faisait là, à vous escorter chez les Iroquois, Leroy et moi... Enfin, donc... ça va pas, monsieur Valère ? »

Valère avait rejeté la tête en arrière. Il respirait trop vite, et Hautcœur vit la transpiration dégouliner subitement le long de son cou et mouiller sa chemise. Le jeune homme le redressa et trouva à terre un gobelet d'eau qu'il lui fit boire. Valère reprit quelques couleurs, mais il sentait son cœur battre à ses tempes. Avait-il bien entendu ? Hautcœur avait-il bien compris ? Après tout l'iroquois n'était pas sa langue maternelle. Il demanda à Hautcœur de reprendre plus lentement et plus sereinement ses révélations.

« Si j'ai tout bien suivi, le dénommé Vieille Épée, qui est pas là en ce moment, est le frère de monsieur le marquis, le père de Brune Archambault, ici appelée Naie-kowa. Je peux point vous en dire plus, parce que c'est tout ce que j'ai entendu. Les hommes qui nous accompagnaient ont raconté tout sur vot' maître qui cherche son frère, et que Brune est tombée sur lui par hasard à Montréal, et comment qu'elle voulait le ramener ici, sans encore trop bien savoir quoi en faire. Y a certainement moyen d'en savoir plus de la vieille Loutre machin chose; c'est la grand-mère. Elle sait tout, depuis le début, je suis sûr. Mais attention, faut prendre des gants avec elle, c'est une mère de clan, et une puissante.»

Valère avait d'énormes bourdonnements dans les oreilles. Il se sentait bien mal, et en même temps son impatience de pouvoir éclaircir tout ça était si grande qu'il n'imaginait pas rester sans rien faire avant d'aller mieux, si jamais cela était encore possible. Il n'y croyait pas beaucoup, et c'est pour cette raison qu'il décida de ne pas perdre de temps et demanda par l'intermédiaire de Castor une entrevue avec Loutre quelque chose. Et ce fut accordé. Elle avait même accepté de déplacer son imposante personne dans la maison de Castor, parce que Valère était trop faible pour se rendre dans la sienne.

Vers l'heure où le soleil commençait à descendre derrière les palissades et plongeait les habitations dans la pénombre, Loutre Opulente fit son entrée, se planta devant Valère avec une mine impassible. La sœur de Castor lui apporta une sorte de tabouret où elle déposa ses formes pleines en resserrant autour d'elle sa peau de daim toute brodée de perles minuscules. Hautcœur se tenait debout à côté d'elle, prêt à traduire.

Le début de la conversation fut assez laborieux, car la vieille femme faisait des circonvolutions, ne répondait pas directement aux questions de Valère, se perdait sans cesse en digressions. Lui s'acharnait à poser les mêmes questions plusieurs fois. Et la vieille se raidissait et l'observait avec une certaine perplexité qui finit par ressembler à de la condescendance. Hautcœur ne savait plus où donner de l'oreille et de la voix, entre les pompeuses palabres de la vieille Loutre et les interventions hystériques de Valère. Celui-ci finit par pousser un cri de détresse et déclara :

« Mais elle ne semble pas vouloir répondre. Si c'est le cas, cela ne fait rien, qu'elle le dise, et elle peut rentrer chez elle. »

Sans attendre la traduction, la vieille se remit à parler. Quand elle eut fini, Hautcœur expliqua que Valère ne respectait pas les usages des Sauvages. Tenir une conversation importante pour deux personnes qui ne se connaissent pas demande du temps, il faut observer certaines règles, comme par exemple celle de ne pas être trop direct. Il faut bien tourner ses phrases, y mettre des images, des comparaisons. Hautcœur avait souvent observé cela avec les Onnontagués. Une conversation avec un indigène peut se révéler un délicat exercice pour l'esprit. Ils veulent de l'éloquence. Et Valère en manquait cruellement. C'est ce que la vieille Indienne venait de dire.

C'en était trop pour le pauvre Valère. Il en aurait pleuré de rage et d'impuissance. Il se passa une main sur le front et soupira. La vieille s'aperçut de son découragement et lui sourit. Elle dit ceci, qu'Hautcœur déclama sur un ton inspiré et sans hésitation, comme si la vieille parlait directement par sa bouche :

« Tu dois te reposer avant de parler. Parler demande du souffle, de la vitalité, de la grandeur. Penserais-tu à partir à la chasse sans ton arc et tes flèches ou sans ton fusil ? Si tu veux me parler de mon fils Vieille Épée, que je n'ai plus vu depuis deux longues années et qui est si cher à mon cœur, alors il te faut retrouver des forces. Regagne ton souffle, Héron Pensif, et ensuite nous nous reverrons. Mais d'abord il faut guérir. »

Sur ces mots, elle se leva majestueusement et sortit. Où était-on ? Au Sénat romain ? Et elle se prenait pour Cicéron ? Il ne vivrait sans doute pas assez pour avoir le loisir de jouter verbalement avec elle. Il faut guérir, ben voyons ! Hautcœur ne savait quoi dire ni où se mettre. Il finit par faire un petit salut et par s'en aller. Plus tard dans la journée, Castor apparut. Enfin, se dit Valère avec humeur. L'Indien n'était pas souvent à son chevet depuis leur arrivée à Ossernon. Il avait sans doute à faire ailleurs. Sa présence apaisa instantanément l'esprit tourmenté du valet. Castor commença à lui parler en posant une main sur sa poitrine osseuse. Puis il jeta un coup d'œil au cataplasme autour du flanc de Valère et tenta de cacher son inquiétude à la vue de la tache de pus qui le maculait. Il dit encore quelques mots d'une voix pleine de sollicitude et alla se coucher sur la banquette à côté de celle de Valère. La maisonnée entière se préparait pour la nuit ; les rires des enfants emplissaient l'atmosphère, les petits couinements des jeunes filles qui échangent encore quelques confidences avant de se mettre au lit, les toussotements des vieux, une voix de femme qui chantait une berceuse. Tout cela formait un tapis sonore douillet qui reçut l'âme frissonnante du malade et l'entraîna dans le sommeil.

Le matin, la fièvre de Valère revint en force. Castor ne quitta plus son chevet. Le soir, il expliqua à Hautcœur que le conseil avait décidé, à la demande de Loutre Opulente, de réunir la société des Masques pour tenter de venir en aide à Valère. Castor décrivit à Hautcœur une confrérie secrète constituée d'hommes et de femmes, qui opéraient masqués, réputés grands guérisseurs. C'était un immense privilège pour un Blanc d'être soigné par les Masques, ou les Faux Visages comme on les appelait aussi.

Le lendemain soir, il fut donné à Hautcœur d'assister à un spectacle aussi terrifiant qu'énigmatique. À la nuit tombée, une dizaine de personnes masquées entrèrent dans la maison et se disposèrent en cercle autour du corps brûlant de Valère, qu'on avait déposé au centre. Les masques de bois étaient affreux, grotesques, difformes, nés des pires cauchemars d'un esprit malade. Les Faux Visages se mirent à piétiner le sol en agitant des hochets, ils répandirent les cendres d'un foyer éteint sur le corps du malade, dansèrent, psalmodièrent, devant une assistance pétrifiée, et tout cela dans une chaleur de forge, dans des odeurs étranges d'herbes que l'on avait fait brûler pour l'occasion. Cette scène était si barbare, si absolument nouvelle pour le jeune Français qu'il éprouva une sorte de honte d'en avoir été le témoin. Il n'allait jamais en parler à quiconque. Il ne voulait même pas s'en souvenir.

Pendant la cérémonie, il avait croisé le regard de Leroy et y avait lu quelque chose de malsain, de lubrique, qui l'avait épouvanté. Au fond, c'était peut-être ça qui l'avait le plus choqué et avait déteint sur sa perception de la scène dans son ensemble, ce regard veule, ces yeux où se devinaient des pulsions inavouables, une cruauté sordide dont l'objet restait mystérieux. L'homme semblait ne rien observer en particulier, ni les danseurs, ni Valère inconscient, ni l'une ou l'autre personne de l'assistance. Ses yeux étaient tournés vers le dedans de lui-même et y contemplaient sans doute quelque chose de fort laid pour être ainsi allumés de lueurs bestiales.

Les Masques n'avaient pas été convoqués en vain. Au bout de deux jours, la plaie cessa de suinter le pus, Valère reprit quelques forces. Mais il restait bien faible, se réveillait la nuit en sueur et plein d'angoisse, et sa chair ne semblait pas vouloir cicatriser. Castor le quittait le moins possible, recommença à faire lui-même le pansement. Ses deux sœurs et ses parents, qui vivaient tous dans la même alcôve où habitait aussi Valère, les regardaient parfois à la dérobée et tenaient des conversations à voix basse. Valère les sentait très attentifs à ce qui se nouait entre Castor et lui. Il ne lui semblait pas qu'ils considèrent cette amitié avec désapprobation. Mais rien ne disait qu'ils l'approuvent non plus. Castor ne paraissait pas accorder d'importance à la manière dont son attachement à Valère était perçu par les habitants de la maison. Car Valère ne pouvait plus en douter à présent, c'était bien une forme d'affection que lui témoignait l'Indien. Quand la fièvre l'avait quitté après le rituel des Masques, Castor n'avait pas caché son bonheur, qu'il avait exprimé par un chant.

Quelques jours plus tard, Valère reçoit de Castor un cadeau. C'est une figurine qui semble sculptée dans de l'os et qui représente une tortue. Castor montre le même animal tatoué sur sa cuisse. Valère manipule l'objet, s'émerveille, remercie. Il a du mal à cacher son émotion. Il n'a aucune idée de ce à quoi peut bien servir ce présent, ni ce qu'il est censé en faire. Doit-il le pendre à son cou, le garder dans un sac ? Le disposer près de sa couche pour la nuit, comme il a vu faire les guerriers pendant le voyage ? Hautcœur n'est pas là pour le lui dire, et Valère s'en félicite, car l'instant est précieux ; il ne veut pour rien au monde qu'il soit partagé par une autre personne que Castor et lui-même. L'Indien s'installe en tailleur, à bonne distance de Valère, et lui fait signe d'être attentif à ce qu'il va lui montrer. Il s'allonge sur le sol et mime celui qui dort. Bientôt, dans la tête du dormeur surgissent les rêves, les bons rêves, évoqués par une joie sereine s'épanouissant sur le visage de l'Indien. Mais bien vite son expression change, annonçant l'arrivée d'un mauvais rêve. Un abominable cauchemar, à en juger par les expressions de colère ou de crainte de Castor. Arrive alors la tortue, mimée par Castor avec beaucoup de talent. Valère ne peut s'empêcher de rire alors que le cou de Castor semble s'allonger, surmonté d'une tête qui oscille lentement, une tête à l'expression un peu ensommeillée et vénérable. L'animal s'avance paisiblement dans le rêve du dormeur et repousse les forces du mal qui l'assaillent. Les êtres malfaisants figurés par l'Indien font des grimaces, se tordent, comme s'ils étaient sous l'emprise de la rage impuissante ou de la douleur. La tortue continue sa progression, et bientôt le chaos fait place au calme, les démons sont chassés. Castor se recouche et fait mine de replonger dans un sommeil paisible.

Quand Castor se relève et va s'asseoir près de Valère, celui-ci s'aperçoit qu'ils ne sont plus seuls, mais que des femmes, des enfants, quelques jeunes hommes se sont groupés autour d'eux ; ils reproduisent les gestes de Castor, miment l'animal qui protège et chasse le mal. Les bras et les mains dansent dans la lumière tamisée de fin d'après-midi. Les visages regardent Valère comme jamais on ne l'a regardé, sans jugement, sans crainte, sans calcul. Castor lui sourit avec une complicité qui ne lui fait pas honte, qu'il ne cherche pas à cacher, à maquiller par autre chose. Une fillette vient se coucher contre lui, pose la tête sur sa poitrine et joue avec la figurine. Une vérité frappe Valère : il sait ce qu'il voit, ce qu'il vit, ici et maintenant, avec Castor, avec ces femmes, ces enfants, ces hommes : c'est l'innocence. Celle qui était avec l'homme au jardin d'Éden et que les Blancs ont perdue à jamais. Qui sont ces gens ? Pourquoi ne les laisse-t-on pas tranquilles dans leurs forêts ? Pourquoi leur envoie-t-on des prêtres ? Ils n'en ont pas besoin. Ils portent Dieu en eux. Ils ont son visage. Son souffle les traverse. Dieu les vénère, il les serre chaque jour dans ses bras comme ses enfants bien-aimés. S'ils disparaissent de la surface de la terre, sa colère sera terrible, son chagrin inconsolable.

*

Loutre Opulente l'a enfin convié dans sa maison longue pour une conversation. Il en est sorti au bout de trois heures, épuisé et la voix cassée d'avoir trop parlé. Ce qu'il a appris dépasse les fruits de l'imagination la plus fertile. La vieille femme a un immense talent de conteuse, crée des silences pleins de mystère, accompagne ses paroles de gestes éloquents, qui laissent à la pensée le temps de créer des images, la tiennent en alerte, la rendent avide de la suite du récit.

Celui qui s'appelait un jour Loup de Canilhac porte à présent le nom de Vieille Épée. Trahi par son frère, il a été condamné à ramer sur les bateaux de guerre du grand Onontio des Français, le roi. Traité comme un esclave, il a souffert le déshonneur jusque dans le tréfonds de son cœur.

Valère n'a presque pas besoin de la traduction de Hautcœur. Les mains et le visage de la vieille Loutre lui font voir les galères royales, le soleil, la pluie, le fouet, et les hommes répétant le même mouvement, inlassablement. Et puis un jour, l'évasion de Loup, et la traversée vers les Amériques sur le grand navire ; les bras de Loutre, projetés par le feu sur les parois de la maison comme des ombres chinoises, évoquent les voiles qui claquent au vent, la mer démontée, à perte de vue.

Voici l'accostage, la bourgade de Montréal, où Loup trouve à s'engager dans un parti de traite en compagnie de coureurs des bois et de quelques Hurons. Loutre crache par terre quand elle prononce le nom des Wendats. Le convoi de canots s'engage sur le fleuve de la nation des Outaouais ; bien vite, les voyageurs sont cernés par un parti de guerre mené par le fils de Loutre Opulente, Aigle Tranquille, grand guerrier parmi les Haudenosaunee. La vieille conte avec une énergie impressionnante le combat au terme duquel son fils trouva la mort de la main de Vieille Épée.

Toutes ces informations, Valère les obtient de haute lutte, non sans répondre à son tour aux nombreuses questions de Loutre, qui interrompt son récit lorsque cela lui chante. Ces questions n'ont pas toujours de rapport avec le sujet ; elle évite parfois de répondre à celles de Valère en lui demandant ceci ou cela à propos de la France, du grand Onontio des Français, de ses châteaux, de ses habits. Valère doit lui faire un portrait assez détaillé de la mode à la cour, depuis les bas jusqu'aux perruques. Il a une furieuse envie de dire à la grand-mère de demander toutes ces choses futiles à sa petite-fille Naiekowa, ça leur ferait gagner du temps, mais il ne veut pas risquer de se faire remballer comme la dernière fois et explique, sans broncher, les dentelles, les guimpes, les passements, les chaussures à boucles. Et on passe subitement, selon le caprice de la vieille, du linge de corps à la capture de Vieille Épée sur la rivière des Outaouais.

De retour à Ossernon, Vieille Épée avait été soumis à la torture pendant quatre jours et quatre nuits. Loutre répète le chiffre plusieurs fois, en montrant avec ses doigts. Dès qu'elle l'avait vu subir la bastonnade, elle avait su qu'elle adopterait ce Français arrogant et résistant ; elle n'avait pas douté qu'il remplacerait dans son cœur le fils qu'elle avait perdu. Loutre énumère avec orgueil les « caresses » infligées à celui sur lequel elle avait jeté son dévolu. Valère est perdu, pourquoi parle-t-elle de caresses ? C'est par ce terme, précise Hautcœur, que les Iroquois désignent la torture ; Loup avait subi brûlures, morsures, découpage de peau, arrachage d'ongles, de doigts, entailles dans la chair brûlée, durant des jours. Valère en a la nausée. La vieille le remarque, s'arrête et lui sourit, de ses yeux pleins de malice ; puis elle fait mine de s'arracher l'œil. Valère regarde Hautcœur, qui, un peu secoué lui aussi, traduit les paroles de Loutre. On arracha à Vieille Épée son œil gauche, et le chef le mangea afin de s'en approprier la clarté et la capacité de vision.

Celui qui répondait désormais au nom d'Œil Éclair était devenu l'époux de Rit Beaucoup, la veuve d'Aigle Tranquille, avec qui il avait eu quatre enfants. Les deux premiers étaient partis vers l'ouest alors qu'ils n'avaient pas encore marché. Et puis arriva Petite Lune, nommée ensuite Naiekowa, l'orgueil de la famille. Elle prit le nom français de Brune lorsqu'elle épousa le colon Archambault et qu'elle fut obligée pour ça de recevoir l'eau sacrée des Blancs sur la tête. Vieille Épée et Rit Beaucoup avaient aussi adopté un jeune Français qui voulait aller rejoindre une mission de Robes Noires en pays huron, mais que le Peuple du Silex a définitivement soigné de sa folie.

Vieille Épée a raconté un jour son passé chez le Peuple du Fer, un récit que les Haudenosaunee appellent «La Grande Chute d'Œil Éclair». Naie-kowa a entendu parler du Frère Blanc de Vieille Épée qui la cherchait à Montréal. Elle l'a attiré à elle, il est venu. Et maintenant il est prisonnier des nations de l'Est avec qui les Agniers sont en guerre depuis longtemps. Et Naiekowa est partie pour le récupérer.

Arrivée au terme de son récit, Loutre Opulente s'enquiert d'Armand. À quoi ressemble-t-il, qu'aime-t-il manger, que porte-t-il comme habits, où vit-il?… Des préoccupations qui semblent à Valère plutôt hors de propos mais, au fur et à mesure qu'il les aborde, il s'aperçoit à son tour de l'intérêt qu'elles recèlent lors-qu'on veut se faire une première idée d'un homme. Et c'est bien ce qui, mine de rien, motive les questions de la vieille Loutre. Elle veut se faire une idée de celui qui a trahi son fils, qui est venu à sa recherche et qui, s'il n'est pas déjà mort, va sans doute bientôt rencontrer son destin.

*

Il y avait à Ossernon des Français captifs, et d'autres qui n'avaient simplement pas voulu retourner à leur ancienne vie. Valère les avait peu fréquentés depuis son arrivée, pas seulement parce qu'il avait été alité la plupart du temps chez Castor. Il ne lui plaisait qu'à moitié de retrouver là des gens qui lui ressemblaient trop, et tranchaient, comme il devait le faire, avec les lieux et les êtres qui les peuplaient si gracieusement. Il avait déjà beaucoup à faire pour se supporter lui-même, sa gaucherie, sa faiblesse, son ignorance des coutumes, des croyances et de la langue.

Hautcœur allait souvent rejoindre le petit groupe, et Valère les observait de loin qui discutaient, riant fort ou poussant des gueulantes, se grattant les cheveux ou la barbe avec des gestes grossiers. Certains étaient venus lui parler, prendre de ses nouvelles, et il avait écourté la conversation avec un peu trop de sécheresse. Depuis, il savait qu'on l'appelait «Môssieur du Condemamère». Ils l'avaient mal compris, et il le dit un jour à Haut-cœur; il ne se croyait pas supérieur à eux, d'ailleurs il ne l'était pas, c'était même plutôt le contraire, car eux n'étaient à personne. Il avait seulement du mal à… À quoi? demanda Hautcœur avec impatience. Eh bien… Oh, puis baste! Il n'avait rien de commun avec ces gens, voilà tout. Mais il n'allait tout de même pas expliquer à Hautcœur qu'eux n'étaient pas touchés comme lui par cet endroit, par les Indiens. Il n'allait pas lui dire que ses compagnons étaient des rustres guère évolués, il le prendrait pour lui. Alors qu'il n'était pas idiot du tout, ce petit Hautcœur, et valait mieux que ces bougres qu'il fréquentait. Valère avait quand même noté que dès que Leroy se joignait à la bande, Hautcœur détalait comme un qui a vu Satan. Le rustaud avait déjà fait parler de lui en agressant une jeune Indienne à peine pubère. Il avait présenté ses excuses, offert un cadeau et l'affaire n'était pas allée plus loin.

Valère songeait parfois à Antoinette et se demandait ce qu'elle avait dû supporter avec cet homme infect pendant le peu de temps qu'elle avait passé avec lui... Antoinette. Il s'en voulait toujours de ne pas lui avoir fait correctement ses adieux. Il la revoit parfois, dans l'eau jusqu'à la taille, agitant les bras comme une perdue. Elle aurait dû les accompagner. Lui, Valère, aurait dû insister auprès d'Armand. Elle serait ici aujourd'hui, et nul doute qu'elle aurait partagé son enchantement. Ou peut-être serait-elle morte pendant l'attaque, ou emmenée avec Armand chez les autres Sauvages. Elle était prête à affronter tout ça pour les suivre. Elle avait trouvé en eux une famille. Et qu'est-ce qu'on cherche tous après tout, si ce n'est une famille ? Armand, Loup, Brune, lui-même, après quoi courent-ils, pourquoi traversent-ils les océans ? Armand cherche son frère, Loup a trouvé une nouvelle famille d'adoption, Brune part sur les traces de celle que Loup a perdue, et lui-même, Valère, ne voulait pas quitter la seule famille qui lui restât : Armand.

*

Voilà trois jours que le village est en effervescence. Les hommes partent à la pêche, les femmes s'activent à préparer un festin, courent remplir d'eau les vases de terre cuite, préparent la bouillie de maïs en quantités colossales, cousent de nouvelles robes. Le travail d'Antoinette est harassant ; elle ne dort que peu d'heures par nuit, et la nourriture qu'on lui accorde n'est pas suffisante. Le poids de sa solitude est un peu allégé par la présence d'un petit chien, un de ces chiens qui peuplent le village, dorment dans les maisons et sont tolérés jusqu'à ce qu'ils finissent dans la chaudière. Le sien est tout jeune. Elle le nomme Pouic. Il dort auprès d'elle, ne la quitte pas d'une semelle. Les Indiens ricanent de la voir si attachée à cet animal pour lequel ils n'ont aucune considération.

Redouté, qui ne peut s'empêcher de venir la tourmenter, lui a expliqué que les esclaves comptent pour aussi peu que ces chiens. Antoinette lui a demandé si elle aussi risquait de finir dans la chaudière. Ah non, lui a-t-il répondu, là, c'est pour les grands guerriers ennemis, les hommes courageux. Eux, on les mange pour acquérir leur force. Les esclaves, quand ils meurent, on jette leurs membres aux chiens justement. Quand elle a demandé ce qui se passait au village, quelle fête allait avoir lieu, il a pris un air mystérieux et l'a bien fait poireauter avant de déclarer avec une mine confite : « De grands hommes vont arriver au village. Un guerrier et un chaman, tous deux du Peuple des Agniers. Ils sont en chemin vers Onnondaga, des pêcheurs sont venus en messagers nous annoncer la nouvelle. »

19

Quand ils sont arrivés, c'était comme si tous les
saints du paradis étaient revenus parmi les chrétiens. Comme quand le roi passe en carrosse dans
les faubourgs pauvres. Les gens hurlent leur joie, le
bénissent, lui apportent des enfants à toucher. C'était
pareil. Avec en plus les cris des femmes, les battements de tambour, les torches et les feux qui crépitaient sous les étoiles. Antoinette n'avait pu assister
à l'entrée triomphale que de loin. Elle avait entrevu
non pas deux mais trois silhouettes marchant côte à
côte, deux grandes et une petite. Ils étaient restés un
moment sur la place, à recevoir toutes les marques
de respect, d'affection, les touchers des enfants, puis
ils avaient été avalés par la maison longue du chef
Otreouti, la Grande Gueule, et n'en étaient pas sortis
de la nuit. Antoinette avait été sans cesse houspillée
par Voit Très Loin pour apporter toujours plus d'eau,
plus de bois, plus de bouillie, de fèves… Mais elle
n'avait pas le droit d'entrer dans la maison longue.

Le lendemain, elle l'avait vu en pleine lumière.
Très grand et large d'épaules, les cheveux noirs et
luisants comme les plumes d'un corbeau, et le rayon
de cet œil unique et clair qui l'avait percutée comme

un projectile. Il ne lui avait adressé qu'un bref regard distrait, entre deux mouvements pour échapper aux bras d'un petit garçon qui tentait de l'attraper. Elle avait continué son chemin vers les bois, toute chamboulée, et s'était assise longuement avant de commencer à ramasser des branches. Feuille d'Érable lui avait révélé son nom le matin même : Vieille Épée. Mais avait refusé d'en dire plus. À présent affluaient dans la mémoire d'Antoinette soudain ranimée les images et les récits glanés en ville. Et en particulier celui de cette veuve qui avait été épargnée par un Iroquois à l'œil bleu… C'était lui, cet homme qu'elle venait d'apercevoir sur la place, c'était lui l'Iroquois borgne de Trois-Rivières, et peut-être le Jean-Baptiste Malaquin arrivé dans la colonie vers le début des années quarante. Antoinette fut prise d'un vertige. Se pouvait-il que le guerrier accueilli comme le messie dans cette ville perdue en pleine Iroquoisie fût Loup, marquis de Canilhac, le frère recherché par Armand, disparu depuis plus de vingt années ?

Non, elle était le jouet de son imagination rendue folle par les humiliations et la solitude, la fatigue et la malnutrition. Elle se mit à rire ; c'était, depuis le jour où elle avait appris qu'elle était esclave, ce que son corps et son esprit avaient trouvé de mieux pour lui éviter les larmes, l'abattement, la démence. Son cerveau malade avait échafaudé cette légende, sur la base de quelques bribes gonflées et adaptées pour s'emboîter les unes dans les autres et continuer l'histoire racontée par Armand, lui trouver des ramifications dans ces contrées et l'y enraciner. Elle doutait à présent de tout ce qu'elle avait entendu, comme elle doutait de sa santé mentale.

Pouic poussa un petit aboiement pour lui signifier que quelqu'un approchait. C'était Feuille d'Érable, qui venait la chercher parce que Vieille Épée avait demandé à la voir. Feuille d'Érable avait un petit air lascif en disant ces mots. Et Antoinette comprit pourquoi on désirait sa compagnie. Elle allait affronter ce à quoi elle avait échappé pendant des semaines. Elle qui avait espéré être définitivement à l'abri d'un viol…

De retour dans la maison longue, Voit Très Loin lui ordonna de se déshabiller. Antoinette ôta ses hardes, les déposa en un petit tas à ses pieds. Les femmes présentes autour d'elle l'observaient avec attention, désignaient des parties de son corps, riaient, prenaient des airs dégoûtés. Enfin, on lui jeta une robe de peau, toute simple, sans broderies, et une paire de mocassins. Feuille d'Érable lui brossa les cheveux, lui débarbouilla grossièrement le visage, puis elle fut poussée hors de la maison jusqu'à celle de la Grande Gueule. Voit Très Loin lui donna un coup dans le dos pour lui faire passer la porte, et à Pouic un coup de pied pour l'empêcher de suivre sa maîtresse.

Antoinette distingua cinq hommes assis dans la pénombre. Vieille Épée était un peu en retrait et il avait le visage baissé. Le chef Otreouti lui dit quelque chose et il leva les yeux. De nouveau l'éclair de ce regard ébranla Antoinette comme la possibilité qu'elle n'ait pas tout inventé. Vieille Épée dit à son tour quelques mots d'une voix ferme. Les autres poussèrent des grognements d'insatisfaction, puis se levèrent et sortirent. Ils étaient seuls.

«Vous êtes française? Moi aussi. Enfin, il y a longtemps. Asseyez-vous.»

C'était dit sur le ton d'un ordre. Mais Antoinette
ne s'assit pas. Elle avait envie de bouger au contraire,
de marcher pour calmer ses nerfs. Elle ne savait si
elle devait poser les questions qui lui brûlaient les
lèvres. Mais elle craignait que cet homme ne fût pas
celui qu'elle croyait; elle passerait alors pour une folle
et laisserait filer la seule opportunité qu'elle aurait
peut-être jamais de sortir de cet enfer. Il la regardait
attentivement, mais pas comme un homme qui aurait
envie d'une femme. Elle se sentait godiche dans cette
robe mal coupée qui ne lui allait pas, avec ses cheveux
ternes dégoulinant le long de ses joues. S'il pouvait
regarder ailleurs, ou avec moins d'insistance, elle lui
en serait infiniment reconnaissante. Elle s'aperçut
qu'elle avait dit ces mots à voix haute. Et immédiatement s'en excusa.

«Je vous en prie, répondit-il. Mais cela ne vous
gêne pas que je vous parle en regardant une poutre,
ou une banquette?

— Faites, au point où j'en suis…»

Il sourit. Elle n'était pas stupide, vraiment pas
vilaine, un peu décharnée, mais on ne pouvait pas
trop en demander, avec le peu qu'on lui donnait à
manger. Il se surprenait à trouver agréable de parler
français. Il avait fait le serment de prononcer le moins
possible de mots de cette langue jusqu'à la fin de ses
jours. Mais discuter avec cette fille lui allait parfaitement. Elle s'exprimait beaucoup mieux que ces
incultes de colons, ne jargonnait pas un de ces hor-
ribles patois de province. Quand il l'avait aperçue,

il ne lui avait d'abord prêté aucune attention. Elle était blanche, et esclave de surcroît. Rien qui fût susceptible d'attiser sa curiosité. Mais il l'avait vue revenir de la forêt avec son bois sur le dos et il avait senti monter un désir abrupt, impérieux. Il ne savait pas ce qui l'avait excité, la démarche, déliée malgré le corps courbé et l'équilibre précaire, la vieille robe en haillons, mangée jusqu'aux genoux, la taille bien prise dans le corsage délavé, les cheveux épais, ondulant telle une coulée de miel, toute cette blondeur qui l'éclaboussait comme la lumière du pays natal soudain retrouvée. Ou tout simplement le fait qu'il n'avait plus touché de femme depuis des mois. Comme Voit Très Loin n'aurait pas toléré qu'il aille à la rencontre de son esclave et la retourne dans un fourré, il avait bien fallu la faire venir à lui par la voie officielle. Otreouti était vexé. Son village regorgeait de belles filles disponibles, et Loup lui faisait l'affront de demander l'esclave blanche !

Son œil délaissa la poutre pour se reposer sur la fille. Elle marchait de long en large ; sa nervosité était palpable, se diffusait dans l'air ambiant, venait se heurter aux objets, s'infiltrait en lui. Cela devait cesser et il lui ordonna de nouveau de s'asseoir en face de lui, cette fois avec un ton plus dur. Elle obéit à contrecœur. Il regrettait la vieille robe loqueteuse. Cette tunique de daim n'allait pas du tout, elle tombait sur elle comme un sac sur un épouvantail. Il avait cru qu'une fois seul avec elle, il lui suffirait de l'attirer contre lui, de lui écarter les cuisses et de la pénétrer. Et cependant il ne pouvait pas la forcer. Il en était incapable physiquement. Le désir avait disparu. Ils restaient là, face à face, immobiles et muets. Il fut soulagé qu'elle parle la première.

« Je sais qui vous êtes », déclara-t-elle solennellement comme si elle était devant un tribunal.

Il eut un rire bref et sonore, où elle reconnut un brin d'inquiétude.

« À la bonne heure. Cela me vient à point, car personnellement j'ai des doutes à ce sujet. Et qui suis-je donc, mademoiselle… ?

— Antoinette Leblanc. »

Elle avait donné le nom qu'elle avait reçu à la maison de charité, pas son nom de femme mariée.

« Qui suis-je, mademoiselle Antoinette Leblanc ?

— Vous êtes Loup de Canilhac. »

Son sourire narquois tombe instantanément. Antoinette sait qu'elle n'est pas folle ; elle n'a pas inventé cette histoire d'Iroquois blanc et borgne. Elle l'a reconnu. L'homme la regarde comme si elle était une apparition venue lui délivrer un secret terrible et dangereux.

Le passé le rattrapait de tous les côtés, le chargeait sur tous les fronts. Depuis vingt ans, c'était la première fois qu'il entendait son nom prononcé par une autre personne que lui-même. Les syllabes déclamées par la voix étrangère, sur ce ton distant de clerc, réveillèrent les fantômes de sa vie de manière encore bien plus impitoyable que ne l'avaient fait ses errances intérieures pendant son voyage de retour parmi les siens. Il se revit soudain sur le banc des accusés.

Il soupira, changea de position, se passa une main dans les cheveux, une main à laquelle elle remarqua qu'il manquait un doigt. D'une voix sourde, il demanda :

« Et vous, qui êtes-vous ? Et comment se fait-il que vous sachiez des choses que moi-même j'aimerais avoir oubliées ?

— Je connais votre frère, nous avons fait le voyage de France sur le même navire. Il m'a parlé de vous. »

Armand, Armand, encore toi ! Tu as réussi à envahir ces lieux démesurés, à les remplir de ton insipide présence, tu as semé notre histoire à tous les vents, et maintenant elle voyage, elle est sur d'autres lèvres, dans d'autres esprits, elle est dans celui de cette fille ; à combien d'autres encore es-tu allé confier ton petit secret ? À qui, à Québec, Montréal ? Maisonneuve est sans doute dans la confidence, et qui d'autre, ici, en France ?... Tu es toujours ce cafteur invétéré à qui je devais faire jurer sur la tête de Dieu lui-même de tenir sa langue. Je vais te la faire avaler, tu n'as pas idée de quelle manière !

Il restait silencieux, mais elle voyait bien qu'une tempête s'était levée dans sa tête.

« Vous savez où il est ? » demanda-t-il.

Elle lui raconta ce qu'elle savait, le départ d'Armand, de Valère et de l'Indienne pour le pays des Agniers. Quand elle en vint à sa propre histoire, il ne l'écoutait plus, s'était levé et faisait mine de se diriger vers la porte.

« Et moi ? » cria-t-elle presque, la voix rauque.

Il se retourna.

« Vous... Eh bien, vous n'avez rien à voir là-dedans et ne m'êtes d'aucune utilité. »

Il sortit. Pouic en profita pour entrer ; il se jeta dans ses jambes et manqua le faire tomber.

Elle avait tenté d'approcher l'homme plus jeune nommé Niawen. Mais il ne semblait pas comprendre ce qu'elle lui disait. Il était français aussi, pourtant, mais on aurait dit qu'il ne parlait plus sa langue maternelle. Il lui souriait doucement, lui avait même caressé la joue avec une expression désolée. L'homme-médecine les avait surpris. Il s'était planté debout au-dessus d'elle et l'avait longuement observée en silence. Quand Voit Très Loin avait déboulé, furieuse, un bâton levé dans la main, il avait arrêté son geste et l'avait renvoyée.

La Croisée a parlé. Il faut que la Femme Soleil parte avec eux. C'est le nom qu'il lui a trouvé. Les Onnontagués ne lui en avaient pas donné. Il l'a déjà achetée à Voit Très Loin, avec un sac brodé, des couteaux et une paire de boucles d'oreilles en perles de verre de fabrication française. La Croisée a toujours quelques objets destinés à être échangés, au cas où… Il est prévoyant. Si on écoutait Vieille Épée, on ne transporterait que le strict minimum. Vieille Épée est de méchante humeur. Il ne veut pas se déplacer avec cette fille dans son dos, qui sait des choses sur lui. Pourtant il a eu envie de son corps la première fois qu'il l'a vue. La Croisée l'a senti. Plus maintenant. Le désir de Vieille Épée a toujours été brutal et aussi changeant que le caprice d'une femme. Elle n'est pas très ferme sur ses jambes, la Femme Soleil, elle a besoin de manger. Alors la Croisée lui apporte de la soupe qui contient tout ce dont le corps a besoin, du maïs, de la viande, des courges, des baies sauvages. Il n'est pas question qu'ils quittent le village tant que cette femme n'aura pas repris un peu de graisse sous la peau.

Le jour du départ, les femmes et les enfants les accompagnent sur le chemin. Ils leur ont préparé des provisions pour la route, qu'ils leur donnent avant de les quitter. Antoinette est équipée de bons mocassins, vêtue d'une robe mieux coupée, dont le col et les manches sont brodés de perles de nacre. Pendant le trajet, tout le monde garde le silence, sauf Niawen ; il chantonne et se lance dans de longs monologues en saluant le ciel, les arbres, les rochers. Antoinette ne comprend pas grand-chose à ce qu'il dit ; le peu d'iroquois qu'elle a glané en captivité lui permet de saisir quelques mots, comme vent, étoile, eau, et un mot qui revient souvent et doit signifier monde, ou univers.

Le soir autour du feu, les hommes discutent entre eux dans leur langue, sans faire attention à elle. Cela ne la change pas beaucoup.

Elle a retrouvé cet homme pour lequel Armand a traversé la mer. Elle l'a imaginé, l'a rêvé. Et à présent il est là, devant elle, à mâcher son cuissot de chevreuil. Superbement désinvolte, impénétrable, inaccessible. Il aurait préféré la laisser à son sort chez les Onnontagués. Il se moquait qu'elle y meure d'épuisement. Elle repense à ce qu'Armand lui a dit de lui, de sa cruauté, de sa suffisance. Et lui reviennent les toutes premières impressions défavorables qu'il lui avait inspirées. Malgré tout elle ne le déteste pas. On ne peut pas haïr un homme comme lui. Cela n'aurait aucun sens. C'est un peu comme haïr l'orage, le soleil brûlant, les rochers sur lesquels se brisent les navires. Elle l'observe, chaque jour, sa manière d'attacher ses mocassins, de ranger ses couvertures, de découper la viande, de souffler sur les braises, de pagayer ; la façon qu'il a de sortir la langue et de la pincer avec les dents dans les passages difficiles. Un jour il s'est mordu et on en a entendu parler jusqu'au lendemain. Pour un homme qui a perdu un œil, qui a combattu toute sa vie, sans doute subi et infligé la torture... Antoinette a la vague conscience qu'il incarne le meilleur et le pire des deux mondes. C'est un être hybride, une sorte de monstre engendré par la folie des Blancs et l'univers mystérieux des Sauvages. Qu'est-ce qu'un homme comme Armand pourra bien avoir à dire à un homme comme lui ? C'est comme s'ils ne faisaient plus vraiment partie de la même espèce. Mais tout ça ne la regarde pas, comme il le lui a si bien dit.

Alors elle tente de ne plus penser, elle se concentre sur la présence enveloppante de la nature tout autour d'eux, si proche à nouveau. Elle retrouve avec bonheur le ciel nocturne, la seule chose qui l'émouvait encore quand elle voyageait avec Othsikwa et Feuille d'Érable. Pouic endormi contre son flanc, elle reste longtemps les yeux perdus dans la voûte céleste et ne trouve le sommeil que bien après les hommes.

Une nuit, elle se lève et s'en va marcher le long de l'eau. Une fois arrivée près des rapides qu'ils avaient franchis quelques heures plus tôt, il lui semble clair que c'est là que tout doit finir. L'idée ne la plonge pas dans la tristesse ; aucune forme d'amertume, de regret, de mélancolie ne s'empare d'elle. C'est absolument vide à l'intérieur. Vide et calme. Elle se souvient du passage en canot, l'adresse de la Croisée avec qui elle naviguait. Il lui avait fait signe de ne plus ramer, de rester tranquille, en se tenant aux bords des deux mains. Et elle avait trouvé cela exaltant, alors qu'elle n'éprouvait que peur quand elle naviguait avec Othsikwa. Elle avait crié son euphorie comme une enfant, et il lui semblait avoir croisé le regard de Vieille Épée quand il s'était retourné, un regard surpris d'où avait jailli un éclair d'amusement. C'était juste avant d'établir le campement. Elle était encore un peu présente à elle-même, elle s'était laissée aller à ressentir le danger, la vitesse, la fureur de l'eau sous l'embarcation. Elle était encore en vie. C'était à ces impressions qu'elle allait penser en sautant. Pouic, terrorisé, gémit à ses côtés. Mais elle ne l'entend plus. Sa tête est saturée du bruit assourdissant des chutes. Elle ouvre bien grand les yeux et les bras, comme si elle pouvait s'incorporer les tourbillons d'écume, et se penche.

*

La Croisée l'avait attrapée au moment où elle étendait les bras. Il l'avait enlacée et ramenée en arrière, surpris de la docilité de son corps, de sa légèreté. Longtemps l'avait-il gardée contre lui dans la même position, son dos à elle frissonnant contre sa poitrine, ses cheveux frôlant son visage, dans l'air humide et le chant de l'eau. Elle finit par se tourner face à lui avec une expression d'incompréhension. Lui qui trouvait toujours le geste, le mot adéquat, était pétrifié, encore sous le choc de ce qu'elle avait failli réussir. La Femme Soleil devait les accompagner, de ça il était certain. Il lui prit la main et la ramena au campement, la borda sous la couverture comme une enfant et veilla sur son sommeil pendant le reste de la nuit.

À partir de ce moment, la Croisée ne la laissa plus jamais seule. Il l'intégrait aux conversations, même si elle ne parlait pas beaucoup et que Vieille Épée ne semblait pas décidé à briser la glace. Il pouvait bien faire sa tête de vieux putois, un jour il voudrait d'elle, et il unirait son corps au sien. C'était ainsi que les choses devaient être. Mais pas trop vite. La Croisée veillerait à ce qu'aucun mal ne lui soit fait et qu'elle soit entièrement prête à se donner. Déjà à Onnontahé, il avait vu la grande blessure au milieu d'elle, et son cœur avait saigné. Et pourtant il n'avait pas été prudent. Elle avait bien failli couper le fil de sa trop courte existence. Les Blancs avaient été cruels avec cette fille. Elle aussi avait été abandonnée par sa mère et son père. La Croisée l'avait deviné la première fois qu'il lui avait parlé.

Oui, Vieille Épée la désirerait. Il la désirait déjà, mais ne voulait pas le savoir. Pourquoi cachait-il dans son bagage la robe en loques qu'elle portait au village ? Il avait eu souvent par le passé de ces lubies qui lui tombaient dessus quand il avait envie d'une femme. Il fallait qu'elle porte ceci ou cela, qu'elle sente telle plante et non telle autre… Sans doute un reste d'habitudes de Blancs riches. Parce que la Croisée avait bien remarqué que les petits colons sans manières faisaient moins les difficiles quand ils voulaient faire l'amour. Les gens de son peuple aussi, d'ailleurs. Avec la Femme Soleil, Vieille Épée prendra patience, et il la traitera comme un être humain, il lui parlera avant d'entrer en elle ; comme la plupart des hommes, il manquait soudain d'éloquence quand il s'agissait de posséder le corps d'une femme. Bien sûr, avec Rit Beaucoup, c'était différent. Cœur Bleu recevait elle aussi un traitement de faveur lorsqu'ils se croisaient l'hiver sur la route de la chasse. Il leur arrivait de passer des heures à discuter dans le wigwam. Parfois la belle ne prétendait même pas ouvrir les cuisses ni rien d'autre, et alors quelle agréable journée on avait le lendemain !

*

Un violent orage suivi de pluies diluviennes les oblige à faire halte presque toute la journée, dans un abri sous roche. Loup fabrique une torche ; il a repéré une percée dans le rocher, un début de couloir qu'il veut explorer. Mais la Croisée le met en garde. L'endroit est sacré, de puissants esprits l'habitent, et il ne faut pas les déranger. Il connaît bien le lieu, c'est ici qu'il a reçu la vision qui lui a annoncé qu'il serait un chaman. Il fait brûler quelques herbes et du tabac, puis fait signe à Loup qu'il peut y aller. Il adresse aussi un geste à Antoinette pour qu'elle l'accompagne. Loup lui lance un regard mauvais, elle hésite, mais se lève quand même et le suit dans l'obscurité. Ils pénètrent dans un corridor. L'espace se rétrécit rapidement autour d'eux, le plafond touche presque la tête de Loup, ils avancent dans un silence étouffé, la flamme lèche les murs humides où se dessinent des formes dans la pierre. Ce sont plutôt des gravures qui évoquent des animaux étranges, sortes de gros coquillages ou de carapaces de crustacés. Antoinette ne sait pas si ce sont les irrégularités de la roche qui ont créé ces formes, ou si elles sont nées d'une main humaine. Elle pense à un drôle d'objet que la Croisée transporte avec lui parmi tous ces talismans non identifiables : une petite pierre qui a la forme parfaite d'une coquille d'escargot. L'a-t-il trouvée ici ?

Elle marche juste derrière Loup. L'aigle en vol tatoué entre ses omoplates ondoie à travers les mèches sombres. Elle s'imprègne avec un peu de honte de son odeur. Une odeur qui ne ressemble pas à celle d'un Indien, ni à celle d'un Blanc. Une suavité, qui fait penser au miel et au lait chaud, mêlée au cuir et à la sueur. C'est entêtant au point qu'elle trébuche et se heurte à son dos.

Le boyau s'élargit brusquement et ils se trouvent à l'entrée d'une salle haute et large. Loup avance en brandissant sa torche et dévoile un espace peuplé d'objets clairs qui semblent couler du plafond, ayant la couleur et l'apparence de la crème, très semblables aux larmes de glace qui ornent les gouttières en hiver. D'autres formes identiques naissent du sol et se dressent pareilles à des cheminées. Les parois de la salle sont parsemées de coquilles d'animaux marins semblables à celles qui apparaissaient dans le couloir. À la lueur frémissante de la torche, on croirait que ces animaux sont prisonniers de la pierre et tentent de s'en libérer. Antoinette est au cœur de la terre, là où seuls les esprits dont parle la Croisée peuvent se rendre. Peut-être les humains ne sont-ils pas les bienvenus en ce lieu ? Le silence l'oppresse et elle a besoin de le rompre.

« Ce sont des gens de votre peuple qui ont créé ce décor ? »

Loup se retourne et la regarde si intensément qu'elle regrette d'avoir ouvert la bouche. Sa voix grave percute les parois de pierre comme si elle sortait d'un tombeau quand il dit :

« Je n'en sais rien. »

Il l'observe longuement, éhontément, sans se soucier le moins du monde de l'embarras où il la met.

« Qu'êtes-vous venue faire ici ? »

Elle ne sait pas quelle attitude adopter. Il se moque bien de sa vie, pourquoi lui pose-t-il la question ? Mais il s'impatiente, alors elle se lance. Elle lui raconte la maison de charité, les Filles du roi, le mariage à Montréal, Feuille d'Érable, la fuite. Ils se sont assis sur un affleurement rocheux. Il l'écoute attentivement, sans l'interrompre. Quand elle se tait, il lui dit :

« Vous avez mangé votre pain noir, n'est-ce pas ?

— Oui, enfin, l'expression aurait du sens s'il y avait un pain blanc...

— Vous ne pouvez pas savoir ce qui vient après. Vous n'êtes pas la Croisée. Il faut vivre pour savoir... »

Il est donc au courant. Antoinette est cependant certaine que la Croisée ne lui a rien dit. Mais elle aussi sait des choses sur lui. Elle a entrevu un morceau de sa vieille robe qui dépassait de son bagage, au moment où il s'installait pour la nuit. Il faut vivre... vient-il de dire avec sa belle assurance.

« Oui, il faut vivre, répète-t-elle, et si Dieu a voulu que je...

— Dieu n'a rien voulu du tout. C'est la Croisée qui vous a empêchée de vous jeter à l'eau. Dorénavant épargnez-moi vos sottises sur Dieu. Je ne l'aime pas.

— Je suis désolée, j'en parle assez peu souvent, à vrai dire. »

Elle en a assez de cette conversation. Elle a froid et le dit. Il a un mouvement d'épaules comme si ça lui était égal de partir ou de rester, ramasse la torche à terre et se lève.

« Alors rentrons ; la vieille sorcière doit croire que je vous trousse. »

Ils reprennent le couloir en sens inverse, elle toujours dans son dos, devant ses muscles ondoyants, ses cheveux, dans son odeur d'enfant et de bête.

Elle l'insupporte quand il sent ses yeux posés sur lui, épiant ses moindres faits et gestes. Il ne peut s'empêcher de se demander ce qu'elle sait précisément. Il devrait se moquer de ce qu'elle sait ou de ce qu'elle pense comme de sa première chemise, comme il l'a toujours fait vis-à-vis de n'importe qui. Mais cela ne lui est pas possible. Il aimerait lui faire ravaler son expression entendue, son air de dire : « Je sais quel genre d'homme vous êtes, vous pouvez tromper tout le monde, sauf moi. Je sais d'où vous venez, et votre prestance, votre force, votre réputation, toutes vos peintures et tous vos tatouages, et votre œil manquant n'y changent rien. Vous êtes un vieil orphelin, un pauvre gosse ballotté par l'existence, vous n'avez pas de nom, ni d'âge. »

La Croisée assure qu'elle a une place parmi eux. Mais laquelle, ça reste nébuleux. C'est une bouche à nourrir, un poids mort dans le canot, une présence indésirable. S'il ne craignait pas la colère du chaman, il l'emmènerait dans la forêt et l'y abandonnerait. Ou il la laisserait dans un village, et ils pourraient bien en faire ce qu'ils veulent.

À Onnondaga, il a passé deux nuits avec la fille aînée d'Otreouti. Mais il n'a pas trouvé avec elle le plaisir qu'il espérait. Il était pourtant gonflé de désir, après tous ces mois sans femmes. Il y avait bien eu la petite du Peuple des Cheveux Relevés pendant l'été, mais, à part elle et Cœur Bleu l'hiver précédent, il vivait comme ces stupides Robes Noires. Il lui semble que depuis que son œil s'est arrêté sur la Française, plus rien n'a de saveur. Il a demandé à la Croisée si elle lui avait jeté un sort, l'autre a éclaté de rire et lui a dit que c'était bien une réaction de Blanc, de rendre les autres responsables des tourments de son propre cœur. «Après toutes ces années ici, Vieille Épée, tu viens encore me déranger avec des questions aussi bêtes ! La Femme Soleil est sur ton chemin pour une bonne raison, sois patient. La Femme Soleil t'indispose aujourd'hui car il est nécessaire que tu sois indisposé.»

La Croisée des Chemins est parti dans la forêt, seul, pendant le reste de la journée. Il cherchait une vision. Quand il est revenu, son visage était sombre. Au repas, il a annoncé, dans son français approximatif pour qu'Antoinette comprenne aussi, que les Anglais avaient attaqué la Nouvelle-Hollande. Il avait vu une immense flotte dans la baie, avec le drapeau de l'Angleterre. La vision est fraîche, mais l'événement s'est déjà produit depuis un temps que la Croisée ne peut évaluer. Le silence est tombé.

Face aux Hollandais, les Iroquois avaient encore une chance de garder la main sur leur territoire et sur la traite. La Nouvelle-Hollande était pauvre, peu peuplée. Mais avec les Anglais au pouvoir, ce serait une autre chanson. Les Anglais voudraient s'étendre au détriment des Français, avoir le monopole de la traite. C'étaient des conquérants avides et sans scrupules. Non pas que les Français en nourrissent beaucoup plus, de scrupules, mais ils n'avaient tout simplement pas les moyens d'en avoir. Si le roi de France envoyait son armée comme promis, l'Iroquoisie deviendrait un sacré champ de bataille, prise en tenaille entre les deux puissances. Loup avait expliqué tout cela à Antoinette, avec beaucoup de gravité. Elle savait qu'il faisait ce compte rendu plus pour lui-même que pour elle.

«Mais qu'est-ce que ça change, au fond?» dit-elle avec lassitude.

Elle se fichait éperdument que les Anglais remplacent les Hollandais, que les Iroquois survivent ou non à ce changement de propriétaire, qu'ils aillent tous au diable, tous ces hommes qui faisaient la guerre, ces Blancs avec lesquels les Sauvages étaient trop contents de jouer. Qu'ils se battent donc, se mentent, se volent, s'allient puis se trahissent, c'était ainsi que le monde allait depuis toujours. Elle ne voyait vraiment pas en quoi les choses étaient pires aujourd'hui, pourquoi les trois types en face d'elle arboraient ces faces de croquemitaines.

«Vous avez raison, répondit Loup. Ce sera seulement plus rapide. La destruction de l'Iroquoisie, et après elle de tous les peuples qui vivent sur ce continent. Ce sera plus rapide avec les Anglais. Nous sommes déjà "des morts qui marchent".»

Des morts qui marchent… Quand ils furent couchés, la Croisée expliqua à Antoinette que c'était ainsi que son peuple appelait les captifs condamnés. Ils s'étaient tous endormis, sauf elle, qui veillait toujours très tard. Cette nuit-là, Vieille Épée avait parlé dans son sommeil, s'était débattu, en proie à un mauvais rêve. Il devait être assailli par des hordes de Britanniques assoiffés de sang de Sauvages, dévorés par la cupidité. Il se battait comme un diable, à le voir bouger frénétiquement et jurer en français. Il n'aimait pas le parler, mais il n'avait plus le choix, le rêve était son maître. Il finit par s'éveiller en sursaut, se redressa sur un coude, balaya du regard l'espace autour de lui et y rencontra ses yeux. Quelque chose dans ce regard la poussa à se glisser hors de la couverture. Elle alla vers le bagage de Loup, l'ouvrit. Il l'observait sans rien dire. Elle fouilla et en ressortit son corsage et sa jupe en lambeaux, se déshabilla, enfila la jupe, laça le corsage à même son corps nu. Elle resta au-dessus de lui, immobile. Puis elle s'éloigna vers la forêt. Quelques minutes après, il la rejoignit, enveloppé dans sa couverture ; il se coucha contre elle et en recouvrit leurs corps. Longtemps, ils restèrent sans bouger.

Cette femme a pris possession de son esprit, elle l'a envoûté, n'en déplaise à la Croisée. Jamais depuis ses jeunes années il n'a été à ce point désarmé face à un corps féminin qui s'offre à lui. C'est peut-être parce qu'elle s'abandonne avec autant de simplicité qu'il est si troublé. La voir dans la vieille robe l'a rendu fou. Et voilà qu'il est incapable de faire un mouvement. C'est elle qui se tourne vers lui et lui pose une main sur la joue. C'est un geste confiant, candide. Soudain, le visage de Jehanne se substitue au sien. Jehanne, claire et sereine, qui le regarde et attend qu'il la touche, qu'il la prenne, qu'il se fonde en elle et qu'elle se fonde en lui. Il étouffe un soupir, veut se détourner, mais Antoinette ramène son visage vers elle et l'embrasse. Il n'ose lui faire ce qui lui est passé par la tête quand il l'a vue debout dans la faible lueur des braises : parcourir chaque parcelle, chaque recoin de son corps, la retourner et que se révèlent à sa paume, à ses lèvres, ses fesses, et l'intérieur de ses fesses et son dos, et puis enfin explorer son intimité avec sa bouche et ses doigts avant de la pénétrer de son sexe. Mais il n'ose rien faire de toutes ces choses. Il ne la déshabille pas, se contente de relever sa jupe. Elle l'accueille entre ses cuisses, il lui écarte les lèvres et entre doucement en elle. Il sent son impatience et son désir, mais aussi une peur viscérale ; il comprend, quand il la pénètre plus profondément et qu'elle resserre imperceptiblement les cuisses et les muscles de son sexe, qu'elle a dû souffrir la présence d'autres corps qui n'étaient pas les bienvenus. Il sent la béance au fond d'elle, il entrevoit l'enfant délaissée, et au-delà, encore plus loin dans les profondeurs de sa chair, il contemple l'image de son propre visage.

À l'aube, il la trouve endormie sur sa poitrine. Son poids, son souffle sur sa peau, son odeur, tout lui plaît et l'emplit d'une paix qu'il ne se souvient pas d'avoir connue depuis de longues années. Depuis Rit Beaucoup. Non, s'il veut être sincère, cela remonte à bien plus longtemps, bien avant son arrivée sur ces rivages, bien avant Gabrielle et toutes les autres ; il survole les années et se retrouve dans le grenier, dans le lit branlant aux courtines pourpres, avec Jehanne. Pourquoi la Femme Soleil l'emmène-t-elle auprès d'elle ? L'âme de Jehanne s'est-elle glissée dans son corps pour le rejoindre, comme il avait espéré tant de fois que cela se produise ?

Il a le sentiment, après toutes ces semaines de tourments dus à l'afflux douloureux du passé, qu'il recueille les morceaux épars de sa personne et les assemble pour la recomposer. Ils n'en ont plus pour longtemps jusqu'à Ossernon. Bientôt retentiront les tambours des réjouissances. Bien plus encore qu'à Onnondaga, la joie éclatera sur les visages et dans les cœurs. Le festin rassasiera les corps et les paroles échangées nourriront les esprits. Que le corbeau vole annoncer la venue de Vieille Épée, de la Femme Soleil, de la Croisée et de Niawen. L'Anglais et le Français se disputeront jusqu'aux miettes de ce pays et anéantiront ses peuples, le castor et l'ours disparaîtront, les rivières s'assécheront, le ciel s'assombrira et la terre criera sa douleur, mais, avant, que le sang bouillonne et que la sève monte. Voici venir les vivants qui marchent.

20

Valère n'en croit pas ses yeux. Il a devant lui l'homme qu'ils sont venus chercher, pour lequel ils ont pris la mer, Armand et lui, voilà plus de quatre mois. Cet homme, il n'avait jamais douté de son existence, même s'il l'avait souvent cru mort. Mais il est vivant, plus vivant que tout ce qu'il a été donné à Valère de rencontrer en matière de vivant. Il parle, il rit, mange et boit, fait d'amples gestes, et son «œil éclair» si cher à Loutre Opulente se pose sur toute chose et sur toute personne avec un scintillement et une acuité sans pareils. La vieille Loutre, assise à côté de lui, ne contient pas sa joie. C'est troublant de voir comme elle le mange des yeux, lui touche l'épaule, les cheveux. Lui est un peu agacé mais la laisse faire. Valère pense à Isabelle, à ce qu'Armand lui contait de son besoin constant et éperdu d'étreindre son fils ; qu'y a-t-il chez cet être pour provoquer de tels débordements de tendresse ? Lui-même, s'il se laissait aller, aurait bien envie de le serrer, de s'abriter contre son corps imposant, dans un élan fraternel.

Antoinette est assise entre Vieille Épée et la Grande Cuillère. Valère n'a pas encore eu l'occasion de lui dire combien il est reconnaissant au Ciel de l'avoir gardée en vie. Sa surprise était si grande qu'il a dû s'asseoir quand il l'a vue entrer dans le village. Il a mis quelques secondes avant de la reconnaître, ainsi vêtue à la sauvage.

Le couple qu'elle forme avec Vieille Épée ne fait pas que des heureux. Leroy a revendiqué sa femme haut et fort. On l'a fait taire, et il a quitté la fête pour morigéner dans son coin. Une femme a agi à peu près de la même manière vis-à-vis de Vieille Épée. Castor a expliqué à Valère que deux ans auparavant ils avaient été ensemble, mais qu'elle n'était pas sa femme, contrairement à ce qu'elle prétendait. Elle est allée ravaler son chagrin et son dépit dans sa maison longue, sans le soutien de sa famille qui ne l'a jamais considérée comme l'épouse de Vieille Épée.

On a beaucoup mangé. Les Indiens se gavent jusqu'à ce qu'ils ne puissent plus se lever. Valère est excusé de ne pas respecter cette coutume, car il est encore souffrant. Quand les chaudières et les plats sont vides, on allume les pipes. Commencent alors les chants et les danses. Étourdi par la fumée, le bruit et le mouvement hypnotique des corps en transe, Valère se retire.

Sa maison longue est parfaitement silencieuse car tout le village est à la fête. Enfin un peu d'intimité avec lui-même. La solitude est rare chez les Indiens, et ils ne semblent pas en souffrir. Sans doute ont-ils des occasions d'y goûter dans la nature, au moment de la chasse d'hiver ? Et les femmes lorsqu'elles vont piéger le petit gibier et faire la cueillette des plantes sauvages, ou se laver à la rivière ?

Il profite de ce moment pour prier à genoux. Mais quand il s'est signé, l'inspiration lui manque. Il ne sait plus comment s'adresser à son Dieu. Il ne sait plus improviser comme autrefois. Alors il commence le Pater. Mais les mots consacrés sonnent si faux, leur obséquiosité, la menace larvée qu'ils contiennent le révulsent ; de quelles tentations parle-t-on, de quelles offenses faut-il être pardonné ? Que ton règne vienne ! Mais il est advenu, il est ici ! Déçu, presque dégoûté, il se couche et, à la lueur des flammes du dernier foyer allumé à son intention, il contemple l'amulette en forme de tortue, qui repoussera jusqu'à l'aube, il n'en doute pas, les images néfastes susceptibles de hanter son sommeil ; il se prend à espérer que, comme le croient Castor et ceux de son peuple, l'animal bienfaisant étende véritablement son pouvoir au-delà des songes, jusque dans le monde réel.

Le lendemain a lieu le conseil des chefs. Un conseil de haute importance, car il réunit cinq des neuf chefs civils de la nation des Agniers, appelés sachems, et les Anciens. Valère a l'autorisation d'y assister, car il est étroitement lié aux questions qui seront débattues et concerneront le sort d'Armand. Hautcœur l'accompagne comme truchement. Vieille Épée est moins accommodant et moins gai que la veille. On lui a déjà appris que sa fille était partie tenter de libérer Armand des griffes des Sokokis et de leurs alliés, seulement accompagnée de deux guerriers. Elle n'est toujours pas rentrée et les mères de clan sont inquiètes. Avec leur approbation, Vieille Épée demande aux chefs la permission de prendre le commandement d'un parti de guerre et de quitter le village sans tarder. Les chefs sont indécis. Le Peuple du Silex a mené une campagne militaire contre ces nations de l'Est l'été précédent, en représailles du meurtre des ambassadeurs agniers venus sceller la paix avec eux un mois plus tôt. La victoire fut éclatante, la vengeance complète. Les capitales des Sokokis et des Pocumtucs sont en cendres, leur peuple massacré, les quelques survivants se sont dispersés dans les montagnes ou ont mendié l'aide des Français dans les missions. Ils ne se relèveront jamais. Les Mohicans ont été épargnés par la rage des Iroquois et se tiennent plus tranquilles pour l'instant.

À présent il faut laisser retomber la colère, respecter une trêve. On ne peut pas encore savoir comment se conduiront les nouveaux maîtres de la colonie hollandaise avec les peuples qui occupent leur territoire. Ils pourraient prendre le parti des Mohicans et de leurs alliés contre les Iroquois. Vieille Épée n'est pas d'accord : les Anglais agiront comme l'ont fait les Hollandais et reconnaîtront la suprématie des Iroquois sur les autres nations de la région. Ils ont besoin d'eux contre les Français. Mais, rétorque la Grande Cuillère, il n'y a pas de guerre entre la France et l'Angleterre. S'il n'y en a pas maintenant, il y en aura une, affirme Vieille Épée. On n'a jamais vu ces deux pays-là rester longtemps amis. Et puis peu importe, il faut venir en aide à Naiekowa, quel que soit le contexte politique. La Grande Cuillère reste silencieux. Il tire une longue bouffée de la pipe. Puis il dit :

« Naiekowa se bat comme un homme alors que la loi de son peuple l'interdit. Naiekowa n'écoute jamais rien, n'en fait qu'à sa tête, toujours. Je ne voulais pas qu'elle aille chercher le petit homme qui est ton Frère Blanc. Elle n'a pas respecté ma décision. Le sort se retourne peut-être contre celle qui ne respecte pas l'autorité ni la tradition de ses ancêtres. Maintenant qu'elle se débrouille seule. »

Vieille Épée se lève alors. Son corps n'est qu'une crispation. Il tremble de rage. Mais il parvient à se maîtriser pour dire :

« Je demande à me retirer, puisque toi et les autres sachems n'avez pas accueilli favorablement ma demande, et que dès lors nous ne pouvons nous entendre.

— Va donc, Vieille Épée. J'espère que la nuit t'apportera la lumière et que tu comprendras qu'il est temps que ta fille subisse les conséquences de ses actes. Tu devrais en avoir assez de la protéger comme une mère louve. Quant à ton Frère Blanc, si tu veux aller le chercher, tu iras seul. C'est une vieille histoire, et tu devrais enterrer la hache de guerre. La vengeance est un plat qui se mange froid, disent les Blancs. Nous autres trouvons que quand il est trop froid, il n'a plus aucune saveur.

— Ce n'est pas la vérité qui sort de ta bouche, et tu le sais très bien. La vengeance coule dans le sang de ton peuple, qui est aussi le mien, depuis toujours. Aussi longtemps qu'il n'est pas vengé, l'homme ne peut trouver le repos. Je partirai chercher ma fille et mon frère avec ceux qui voudront me suivre et ne craindront pas ta colère. »

*

Me voici en face de ton valet. Tu as tout de même réussi à conserver un semblant d'équipage, à sauver les apparences. Un valet, c'est vraiment le moins que le dernier des hobereaux crottés puisse se permettre d'entretenir. À bien le regarder, avec sa face blême et son corps maladif, il n'a d'ailleurs pas l'air très entretenu. Je suis certain que tu rationnes même son eau. Enfin, je persifle, mais c'est peut-être son état naturel. Ou sa blessure qui l'affaiblit à ce point. La Croisée s'en est occupé car elle ne se décidait pas à se fermer.

Ton valet tente de me dissuader de me venger de toi. Il semble très au fait de nos différends, de l'odieuse trahison dont tu t'es rendu coupable. Je tiens à préciser qu'«odieuse» est un adjectif choisi par lui. Ce n'est pas courant, un valet qui en sait si long de la bouche de son maître. Car il assure que c'est toi-même qui lui as conté notre histoire. Les domestiques s'arrangent toujours pour savoir ce qu'on veut leur cacher. Mais celui-ci n'a eu qu'à tendre l'oreille vers ta langue indiscrète. Je vous imagine dans ton minable logement, toi assis dans ton fauteuil, les pieds sur la chaufferette, lui debout, un peu penché, la tasse de bouillon refroidi à la main.

Comme tu as dû te plaindre, et te justifier, comme tu as dû te rouler dans l'apitoiement sur ta propre personne, tel le cochon dans sa fange ! Cela je le devine, car le valet n'en dit mot. Il est bien trop malin. Ah, pour ça, tu ne l'as pas choisi idiot, et je t'en félicite. Plus il parle, avec sa voix ferme et ce je ne sais quoi de huguenot modéré dans l'attitude, plus je l'apprécie. Mais il peut parler tant qu'il veut, il n'est pas né celui qui fera ployer ma résolution. La Femme Soleil a déjà tenté de tempérer ma rage. Mais sans trop insister. L'aurais-tu déçue ? Notre bon Valère se donne bien du mal, et je le vois peiner sous les gouttes de sueur qui commencent à perler à son front. Il n'est pas encore remis, le pauvre. Ou bien est-ce moi qui lui fais cet effet ? Il ne faut pas être sorcier pour voir qu'il aime les hommes. Mais je ne crois pas que ce soit cet amour-là qui le lie ainsi à toi. Car il t'aime, c'est indiscutable. Il t'aime d'amitié vraie.

C'est donc toi qui l'as sauvé, petit homme ? Tu as bonne réputation parmi les miens. Ils t'appellent Kiatanoron. L'homme courageux et noble. Ils ne craignent pas les contresens, ici. Ou bien ils ont parfois la mémoire un peu courte. Le valet m'apprend que tu es pétri de remords. Je n'en attendais pas moins. Je lui dis que ton remords ne me rendra pas ma vie, mon titre, mon honneur, mon nom. Ta mort non plus, me répond-il. On peut aussi tourner en rond comme cela pendant deux bonnes heures, mais j'ai mieux à faire. Je fais mine de m'en aller, mais il me rappelle, désespéré. Soyez charitable, supplie-t-il. Il faudra trouver mieux, bonhomme. Aussitôt il se repent ; son instinct lui dit que ce n'est pas comme cela qu'il faut s'y prendre avec moi. La charité n'a jamais signifié grand-chose à mes yeux. Le mot est depuis trop longtemps teinté de cette hypocrisie jésuitique inventée bien avant les jésuites, mais qu'ils ont portée à une sorte d'infâme perfection. Je me rassieds néanmoins.

Le valet n'a plus d'arguments. Il est défait, brisé. Je lui dis qu'après tout tu es peut-être mort, ou tu mourras quand nous serons sur la route. Mais c'en est trop pour lui, et il s'effondre en larmes. Comme cet homme est seul. Tu es tout ce qui lui reste. Il a dû quitter sa pauvre famille il y a longtemps, a toujours été seul, et maintenant ils sont tous morts, ou bien il ne saurait plus quoi leur dire, après tout ce temps. Je le plains de toute mon âme. Je lui dis qu'il t'oubliera, qu'ici il retrouvera des amis, une famille, plus jamais de maître ;

il vivra une vie libre et heureuse avec son amant Castor, qui est un homme bon et droit. Sa face baignée de larmes rougit violemment. Il bredouille, proteste mollement. Qu'est-ce que votre monde a fait de ses hommes ? La honte vous brouille le cœur, vous rend faibles et lâches. Et vous tournez le dos à la vie. Mon cher Valère, vous valez mieux que ça. Redressez-vous, respirez, regardez autour de vous, et vivez, aimez, baisez, pardieu ! Le valet a souri dans ses larmes. Je crois qu'il comprend. Tu ne l'as pas choisi idiot.

*

Castor sera de l'expédition. Il suivrait Vieille Épée et sa fille en enfer. Valère est dévasté, mais tente de n'en rien montrer. Il sait que partir en guerre est un honneur, en particulier sous le commandement d'un capitaine comme Vieille Épée. Et Castor lui fait bien comprendre que lorsqu'il sera complètement guéri de sa blessure et affermi dans son corps, il sera temps pour lui de faire la guerre, de partir à la chasse, comme chaque homme valide de la communauté. Épouvanté, Valère repousse les visions que cela lui évoque. S'imaginer en guerrier le plongerait sur-le-champ dans la plus complète hilarité s'il n'éprouvait une peur indicible.

Ils ne partagent pas la même banquette. Le jeune Indien perçoit clairement l'immense malaise de Valère à la perspective d'une relation charnelle. Mais Castor est patient. Le moment viendra où il pourra prendre son ami dans ses bras et aller à la découverte de son corps, et Héron Pensif à la découverte du sien. Mais l'heure est aux préparatifs de guerre. Il faut aiguiser les haches, tailler les flèches, nettoyer les mousquets. Le départ est pour la nouvelle lune, dans deux jours. On emmènera quelques Sokokis et des Mohicans capturés lors du dernier raid sur leurs villages. Et deux splendides wampums. Vieille Épée va peut-être d'abord tenter de négocier avec ces chiens de Mohicans. Et s'ils restent sourds à sa parole, alors qu'ils se préparent à mourir et à souffrir.

*

Antoinette le trouve préoccupé, nerveux, absent. Son bonheur avec lui aura duré peu de temps. Mais si sa vie se résumait à ces moments, ce serait une belle vie. Le pain blanc. Jamais elle n'avait imaginé exulter à ce point dans les bras d'un homme. Elle s'étonnait de cette femme qui était en train de naître dans le plaisir, et s'en épouvantait un peu. Après l'amour, lorsqu'elle reprenait conscience de la réalité autour d'eux, elle se demandait ce qu'elle avait pu faire ou dire sous l'emprise de la jouissance. Elle s'abandonnait sans aucune pudeur et prenait des initiatives qui lui faisaient honte quand elle y pensait hors du contexte de ces instants suspendus, presque irréels. Loup provoque chez elle des transports violents et irrépressibles, que son corps doit sans doute exprimer contre sa volonté. C'est ce qui plonge Leroy dans cet abîme de rage qu'il ne fait rien pour cacher.

Il s'en est fallu de peu que Loup ne tranche la gorge de cet homme qui est son mari. Son mari devant Dieu et les hommes. Elle ne peut s'empêcher de penser cela. Personne d'autre qu'elle ne semble ici se soucier que Leroy vive ou meure. Loup l'a épargné, pressé par ses suppliques. Et il a dit : «J'espère que tu ne le regretteras pas.»

À présent ils ne sont plus jamais seuls. Ils doivent dormir dans l'alcôve avec Loutre Opulente et le reste de la famille. Faire l'amour au milieu de tous ces corps qui dorment ou veillent ne lui plaît pas. Elle le fait quand même, un peu contrainte. Il le sent et lui en veut. Il sait qu'elle éprouve moins de plaisir. Le sien n'est plus le même non plus.

«Si je dois mourir, où iras-tu?» demande-t-il. S'il doit mourir, elle ne sait pas ce qu'elle fera. Il veut qu'elle vive avec ceux de son peuple, dans la maison de Loutre Opulente, qu'elle épouse un guerrier et lui fasse des enfants. Il dit que si beaucoup de Blanches faisaient comme cela, le roi de France et celui d'Angleterre hésiteraient à mettre cette terre à feu et à sang. Il rêve éveillé! Mais elle n'a aucune idée de ce qu'elle veut. Et elle aimerait décider seule, pour une fois. Qu'il la laisse tranquille! Elle ne veut rien! À peine a-t-elle trouvé une raison de vivre que la vie la lui confisque. Si la vie ne le lui rend pas, alors elle avisera. Peut-être retournera-t-elle dans la colonie. Il s'emporte à ces mots, qu'ira-t-elle faire là, sinon aider les bonnes sœurs à abrutir et à déposséder les Indiens? La France, alors. Ah, oui, la France! Comme servante? Blanchisseuse? Putain?

Voilà comment ils trouvent à passer leur temps pendant les rares moments où la maison ne grouille pas de monde. Elle s'assied, se passe une main sur le visage. Que veut-il? Il y a une semaine, il était prêt à l'assassiner, et voilà qu'il se préoccupe de son avenir. Elle sent bien qu'elle lui rappelle quelqu'un. Une femme infiniment aimée. Une femme à qui il a fait du mal et qui lui donne du remords. C'est pour ça qu'il est si perdu. Cela lui passera.

Quand elle l'a attiré à elle ce soir-là, elle était consciente qu'elle ne devait rien attendre d'un homme comme lui. Elle est convaincue que cela n'a pas changé. Cela lui passera, cette angoisse à la perspective de devoir la laisser seule. Il ne peut rien pour elle. Il peut juste la regarder, la caresser et lui donner du plaisir, la bercer de l'illusion qu'elle existe pleinement, qu'elle compte. Et même s'il revient sain et sauf de cette expédition guerrière, dans quelques semaines, il l'aura oubliée, il se sera lassé. De toute façon, il est encore vivant pour l'instant. Elle aimerait tant qu'il cesse de crier, qu'il se couche et qu'il la prenne, là, maintenant, pendant qu'ils sont seuls, oui, comme ça, qu'il la touche, qu'il l'embrasse, chut, qu'il se taise et se concentre sur ce que font ses mains, ses lèvres sur elle, qu'il entre en elle, non, pas tout de suite ! mais bientôt, quand elle sera prête, qu'il entre et la regarde bien dans les yeux ; qu'il descende, qu'il plonge encore plus loin, encore plus profondément en elle, et qu'il caresse son âme tout au fond. Après, on avisera.

*

Vieille Épée n'a pas respecté la règle qui veut qu'un capitaine aille seul dans la forêt et jeûne pour avoir sa vision de guerre. Il ne s'est pas enduit de couleur noire, n'est pas revenu frapper le poteau au centre du village. Il est trop pressé de partir. Il craint que Naiekowa aille rejoindre Rit Beaucoup et tous les ancêtres à l'ouest. Castor et le reste de la bande redoutent que ce mépris de la tradition ne leur porte malheur. La Grande Cuillère ne viendra pas saluer les guerriers. Mais toutes les mères de clan seront présentes.

Le matin du départ, Loup apparaît à Valère comme un démon craché par l'antre de Lucifer. Entièrement enduit de noir et de rouge, les cheveux relevés en une crête huilée, piquée de longues plumes de couleur. À sa ceinture pendent des scalps. Son corps est luisant, et ses tatouages semblent prendre vie au contact des rayons du soleil levant, venu adouber ceux qui vont se battre. Son œil cerné de peinture noire brille d'un feu dévorant. Il est armé de pied en cap. Outre un mousquet et un tomahawk, il porte au côté une longue rapière au pommeau ouvragé. C'est son arme de prédilection, a expliqué Castor ; elle a tué une multitude d'ennemis et ne lui a jamais fait faux bond. L'épée dort depuis deux ans dans une peau de cerf brodée, sous la bonne garde de Loutre Opulente. Celle-ci se tient devant lui pour lui faire ses adieux. Droite et fière, elle ne montre rien des sentiments qui l'habitent. Mais Valère peut voir trembler ses vieilles mains. Elle fait un geste de bénédiction au-dessus de la tête de son fils, lui demande de lui rendre sa petite-fille bien-aimée. Elle fait le vœu que les obstacles s'aplanissent sur son chemin, qu'il ramène des scalps et des captifs en grand nombre. Après l'avoir serré dans ses bras, elle se déplace de deux pas pour laisser venir Antoinette qui arbore un visage aussi impassible que celui des Indiennes, le menton haut, l'œil froid. Ils s'étreignent ; c'est elle qui finit par se libérer de ses bras.

Les guerriers sortent du village, sous les hululements des femmes. Valère a les sangs retournés. Ces cris et ces battements de tambour n'ont rien de commun avec ce qu'il a entendu en temps de fête. Ce qui s'élève aujourd'hui dans l'air cru est sinistre et majestueux, presque funèbre. Il suit la cohorte des accompagnantes. Seules les femmes ont le droit de faire un peu de route avec les guerriers, mais Valère est pour tous le compagnon de Castor et, à ce titre, il est le bienvenu. Des haltes sont prévues, pendant lesquelles on donne aux voyageurs des paquets de nourriture. Valère se rapproche d'Antoinette. Elle marche d'un bon pas, talonnée par son chien, les yeux rivés à Vieille Épée. Elle aussi a apporté des galettes de maïs qu'elle a faites elle-même. Au moment où elle s'arrête pour les donner à son homme, Valère remarque qu'elle les a emballées dans un tissu très élimé, d'une couleur indéfinissable. Loup prend le paquet, le déballe, et noue le morceau de tissu à une mèche de ses cheveux. Puis il lui sourit, lui dit quelque chose que Valère ne comprend pas, et ils se séparent, Loup reprenant sa place en tête de file.

Valère se souviendrait longtemps du départ des guerriers dans cette aube étincelante. Malgré la crainte qu'il avait pour la vie de Castor, il ne pouvait s'empêcher de partager l'onde de jubilation qui planait dans l'air et vibrait dans chaque être en présence. Elle vous gagnait le cœur, la poitrine, puis se distillait dans vos entrailles, et irradiait en vous et hors de vous comme si vous abritiez le soleil lui-même. Cette vague d'exultation vous liait à chaque personne, aux guerriers qui allaient au-devant de la mort, aux femmes qui les exhortaient à tuer et à vivre, à la nature qui était l'écrin parfait de ce moment barbare et somptueux. C'est ce jour-là que Valère se sentit pour la première fois appartenir pleinement à ce peuple, et qu'il sut que quoi qu'il arrive, où que la vie l'entraîne, il était désormais un des leurs.

*

Voilà bien des années qu'il n'a pas livré de bataille. Tout en marchant à la tête de ses guerriers, il sent son corps lui rappeler qu'il n'a plus vingt ans, ni même quarante. La blessure qu'il a reçue à la hanche lors d'un de ses premiers combats dans l'armée française le contraint depuis toujours à un léger boitillement. Aujourd'hui, il a l'impression de marcher comme un véritable estropié. Ses épaules lui semblent raides ; il doute qu'il pourra encore manier l'épée, la hache avec adresse. Il reste l'arme à feu… Qu'il méprise depuis qu'il vit ici. Depuis qu'il a vu tomber tant de Wendats de ses coups d'arquebuse, soudain cloués au sol dans des postures grotesques, la mine figée par une surprise épouvantée.

Il se revoit à la veille du siège de Clairac. L'armée royale avait pris Saint-Jean-d'Angély sans trop d'efforts ni de pertes. On décida de descendre plus au sud. Le siège dura à peine deux semaines, et les trois quarts de la population furent massacrés. Il n'avait sans doute pas vingt ans, et rien ne lui paraissait au-delà de ses forces ou de ses capacités. Il écumait du désir de se battre, contre n'importe qui, à n'importe quel propos. Il se fichait pas mal des huguenots ; ils pouvaient tous aller au diable, et c'est là qu'il les envoya, sans remords ni regrets. Non parce qu'ils étaient protestants, mais simplement parce qu'ils étaient les ennemis du roi.

Jamais durant son existence en France il ne s'inquiéta du sens des guerres qu'il menait. On avait besoin de lui, il devait l'impôt du sang, il s'armait, il arrivait ; il connaissait la peur, la folle excitation qui précède le combat, si semblable au désir charnel, il faisait semblant de prier avec les autres, puis il chargeait, tranchait, perçait, tuait comme on joue à la paume.

Et quand il n'y avait plus un cœur à transpercer, un membre à trancher, quand le champ de bataille n'était qu'une mare de sang débordant de cadavres et que les corbeaux commençaient à décrire des cercles dans le ciel, il attendait, ivre et écumant, la venue de celle qu'il vénérait entre toutes, la Gloire. Il la voyait parfois descendre sur lui sous la forme d'une femme ailée, pareille à ces victoires antiques ; elle atterrissait dans un grand bruissement d'ailes, corps idéal drapé de voiles plaqués sur la chair par la brise ; souple et légère, elle lui effleurait le visage de sa belle main marmoréenne, et il sentait son souffle glacé frôler sa bouche et pénétrer sa gorge et ses poumons, courir dans son sang ; elle était sa récompense et sa destinée, elle l'enlaçait et ils quittaient le sol et s'élevaient dans les airs, dérivaient, loin au-dessus des vivants et des morts.

La Gloire tenait ses promesses, car toujours il recevait l'admiration éperdue de ses hommes, qui clamaient leur joie frénétique, le portaient en triomphe, lui baisaient les mains et bavaient leur adulation sur ses bottes maculées de sang. Les femmes l'idolâtraient tel un dieu, et le désiraient tel un homme. Les puissants le jalousaient. Le roi lui témoignait sa reconnaissance. Toute sa vie en France n'avait été qu'une course effrénée à la Renommée, une poursuite délirante qui ne lui avait laissé aucun répit. Car la Renommée était bien plus exigeante qu'aucune mortelle. Elle en voulait toujours plus, plus de victoires, plus de morts, plus de sang.

Tout avait basculé lorsqu'il avait livré son premier combat avec les guerriers du Peuple du Silex. La mort n'avait plus tout à fait le même visage, et la manière de la donner prenait une dimension nouvelle. Les gens d'ici adoptent souvent leur ennemi, en font un fils, un mari, un père. Mais s'ils décident de le tuer, ils prennent sa vie avec une forme de déférence fraternelle. Il n'est rien qu'ils ne lui infligent qu'ils ne souhaiteraient qui leur fût infligé. L'ennemi est leur reflet dans un miroir. Il est leur égal, leur semblable. Ces considérations ne rendraient pas à la vie la nation wendat et toutes les autres qui avaient disparu. Cela ne justifiait pas les massacres, la folie guerrière qui avait gagné son peuple les dernières années. Il savait confusément que toutes ces manifestations de violence extrême étaient la conséquence de la présence des Blancs sur leur terre. Pour se faire respecter d'eux, il était impératif de leur inspirer la terreur. Et il avait lui-même excellé à faire régner cet effroi qui accordait aux siens une grâce provisoire.

À présent, il ne partait en guerre ni pour sacrifier à la Gloire ni pour semer la terreur. Il prenait une ultime fois les armes pour sauver sa fille, et tirer son stupide frère d'un piège où il semblait qu'il se fût lui-même jeté.

À la nuit tombée, il détache le morceau de tissu noué à une de ses mèches. Il le porte à ses narines, en éprouve l'odeur et la douceur, et ces sensations le rassurent. Comme lorsque, enfant, il frottait entre le pouce et l'index le mouchoir d'Isabelle. Il lui semble que le tissu usé garde encore la trace du parfum de la peau d'Antoinette. Il préfère ne pas penser à leurs derniers jours ensemble, les étreintes tièdes, l'attitude lointaine qu'elle avait finalement adoptée, sauf cette fois où il l'avait prise alors qu'ils étaient seuls. Il l'avait retrouvée telle que les premières fois, sincère, perméable, pleinement elle-même. Le sentiment d'être jugé par elle s'était évanoui dès qu'il lui avait fait l'amour. Peut-être cette impression ne reposait-elle sur rien de réel, au fond. Peut-être n'était-elle que le fruit de sa propre crainte, de ses propres inquiétudes.

Aux galères, les condamnés connaissaient la raison de sa présence parmi eux. La plupart considéraient que sa peine valait bien son crime. Même pour ces hommes du commun qui avaient des motifs d'en vouloir à l'appareil de la justice, au roi, aux classes dominantes, l'imposture dont il s'était rendu coupable méritait une sévère punition, sinon la mort. On ne bernait pas impunément le monde. On ne changeait pas les règles de l'ordre social, on ne mentait pas aux hommes sans que Dieu s'en mêle et finisse par traîner le criminel devant ses juges. Ce qu'il endurait n'était que son juste châtiment. Et il s'en était fallu de peu, dans les moments de souffrance intolérable et de profond désespoir, qu'il ne fût lui-même convaincu du bien-fondé de ce que ses compagnons d'infortune pensaient de lui.

Il lui était arrivé de se détester tant qu'il se laissait insulter, maltraiter sans offrir la moindre résistance. Cela avait duré trois ou quatre mois, avant que sa nature reprenne le dessus, qu'il se redresse et fasse regretter à ses accusateurs leurs mots et leurs actes. Le jour où cela arriva, ce fut un véritable cataclysme parmi les galériens et la maistrance. Il savait que ce moment correspondait précisément à sa rencontre avec Morel. Morel l'avait remis sur pied, Morel lui avait redonné confiance, le regard que Morel posait sur lui, sur son intelligence, sur sa force physique, sur son passé éclatant, lui avait redonné l'estime de soi. Morel avait, de son grand sourire sale, balayé la honte qui, pour la seconde fois de sa vie, s'était frayé un chemin jusqu'à son cœur.

La vie, encore une fois, le menait sur une terre dévastée par les siens. Il se préparait de nouveau à contempler le spectacle de la désolation, à humer dans l'air l'odeur de la mort, de la fin d'un monde. Il lui semblait que ses vieux jours étaient destinés à un singulier pèlerinage. Ces Indiens sokokis, cowasucks, pocumtucs ou quel que soit leur nom n'étaient pas de nature très belliqueuse. Ils avaient été rapidement mis au pas par les Iroquois, écartés des relations commerciales et diplomatiques qui redessinaient la carte des Amériques et le destin de ses peuples. Les Mohicans étaient différents ; ils avaient réussi à maintenir de bonnes relations avec les Hollandais et à se tailler une part du gâteau. Il leur était même arrivé de s'allier aux Agniers pour venir en aide aux petits colons de Nouvelle-Hollande houspillés par d'autres Indiens. Mais cela remontait à vingt ans. Depuis, les rapports n'avaient cessé de s'envenimer. Aujourd'hui, beaucoup de Mohicans s'étaient déportés à l'est du fleuve Cohatateha, la Noort River comme l'appellent les Hollandais ; ils avaient été obligés de partager leur espace de chasse, de culture, de vie, avec toutes les autres nations, elles-mêmes harcelées par les Iroquois et par les bouseux anglais et hollandais qui leur achetaient des terres pour quelques tonneaux d'alcool.

Il se demandait où pouvaient bien se trouver ces hommes qui avaient emmené son frère et détenaient sa fille prisonnière… S'étaient-ils rendus dans les débris de leurs villages, ou se terraient-ils dans les montagnes du Nord, à présent que l'hiver approchait ? Les captifs interrogés lui donnèrent des informations contradictoires à ce sujet, n'étant pas certains eux-mêmes des décisions prises par les survivants après la débâcle ; peut-être étaient-ils désireux de garder l'information secrète. Ce qui était certain, c'est que cette attaque sur le lac Champlain était un geste de désespoir, un dernier sursaut d'honneur, une ultime velléité de ne pas sombrer sans résister. Il fallait espérer que les Mohicans et leurs alliés nourrissent l'espoir d'obtenir quelque chose en échange de la vie de Brune et de celle d'Armand. Un captif mohican avait assuré à Loup que son peuple, épuisé par la guerre, désirait une paix durable avec les Cinq-Nations et qu'il y avait de grandes chances que la fille de Vieille Épée fût en vie.

Chaque fois que Loup dépassait les chutes Gahaoose, la splendide porte que la nature avait donnée au territoire du Peuple du Silex, il éprouvait un sentiment de vulnérabilité, qui ne s'estompait qu'au fur et à mesure que le rugissement de l'eau se dissolvait derrière lui. Son Peuple racontait qu'une lutte avait eu lieu entre les bons et les mauvais esprits pour la possession de ce pays. Les bons esprits en furent vainqueurs et jetèrent les mauvais esprits dans le fleuve où ils les retinrent prisonniers par un charme. La turbulence, l'impétuosité de la rivière est causée par les efforts de ces esprits maléfiques pour se libérer des eaux.

Ils firent halte à Fort Orange, tout récemment rebaptisé Fort Albany par les Anglais. Mis à part le nom, pas grand-chose n'avait changé dans la bourgade mitoyenne de Beverwijck depuis la dernière fois que Loup s'y était rendu ; l'atmosphère respirait peut-être un peu moins la prospérité. On voyait bien plus de pauvres dans les rues ; un bâtiment leur avait même été consacré. Loup ne se lassait pas, devant le spectacle de la misère, de s'interroger sur ce qui pousse les hommes à aller la chercher si loin de chez eux.

Par ailleurs, le nombre d'esclaves noirs avait considérablement augmenté. Il fallait croire qu'ils étaient extrêmement bon marché. Loup apprit qu'un bateau en avait débarqué trois cents à New Amsterdam en août. Un forgeron lui proposa de lui en vendre deux, des hommes bien bâtis et encore jeunes, mais il déclina. Que pouvait-il bien faire de deux pauvres nègres éteints ? Il y avait assez d'esclaves chez les Haudenosaunee, des gens qui connaissaient au moins les usages, la terre et même souvent la langue. Les esclaves d'Afrique détonnaient trop violemment à son goût dans ces contrées, presque autant qu'en Europe. Leur présence chez certains de ses amis français l'avait toujours mis mal à l'aise.

Il rôdait depuis toujours à Beverwijck des indigènes et des Blancs qui pour un ou deux verres d'eau-de-vie vous racontaient ce que vous vouliez savoir. Des gars désœuvrés, imbibés, déracinés, qui vendaient leurs ragots au plus offrant. Loup n'avait plus mis les pieds dans les tavernes du coin depuis bien des années. Il y régnait toujours cette atmosphère sombre et feutrée de fin d'après-midi où l'on n'entrechoque pas les chopes et où les hommes parlent à voix basse, comme de vieux cardinaux ou comme des truands prêts à faire un mauvais coup, ce qui revient à la même chose.

Ils furent accueillis avec le respect et la crainte que les Agniers inspirent en tous lieux. Le patron, un certain Adriaan Tobaerts, connaissait Loup depuis des années, et c'était toujours avec appréhension qu'il le voyait passer la porte de son établissement. Rarement Loup en était sorti sans que des coups soient échangés.

Dans un coin près de l'âtre, deux bonshommes discutaient. L'un était blanc, laid, sale et aviné, l'autre offrait l'apparence hybride et négligée de l'Indien qui ne sait plus trop qui il est. Les indigènes qui adoptent des éléments de la tenue des Européens le font la plupart du temps avec infiniment de recherche et de coquetterie. Ceux qui n'accordent aucune importance au résultat esthétique du mariage des styles sont perdus pour leur nation comme pour les Blancs. Ils ne sont plus personne. Celui qui discutait au coin du feu était de ceux-là. Impossible de dire de quel peuple il était originaire. Sans doute l'avait-il oublié lui-même.

Loup fit signe à l'aubergiste de servir de l'alcool à l'Indien, qui se retourna aussitôt vers celui qui lui faisait ce don ; il leva son gobelet en signe de remerciement, clôtura sa conversation, quitta son compère et vint se poser à la table des Agniers. L'homme ne savait en effet pas à quelle nation il avait jadis appartenu. Il parlait plusieurs langues, dont celles des Onnontagués et des Agniers, le hollandais, l'anglais et le munsee, une langue très proche de celle des Mohicans. Il vivait dans la colonie depuis un temps qu'il lui était impossible d'évaluer. Séparé de sa famille très jeune, il avait travaillé un temps pour des fermiers anglais, puis hollandais des environs de Fort Orange. Il louait souvent ses services comme truchement. Il se vantait que rien de ce qui se passait de part et d'autre du fleuve à moins de cinquante lieues ne lui était inconnu.

Les yeux de l'Indien étaient voilés par les brumes de l'alcool, ses pupilles dilatées. Rien en lui n'inspirait confiance. Loup lança un rapide regard interrogateur à la Croisée, et celui-ci répondit par un clignement de paupières qui signifiait qu'on pouvait entamer sérieusement la conversation. Loup sortit de son sac en peau un mousquet et de la poudre et les posa sur la table. Il n'y allait pas par quatre chemins ; l'Indien fut parcouru d'un frisson de crainte, mais Loup poussa l'arme dans sa direction, signifiant qu'il s'agissait d'une monnaie d'échange plutôt que d'un instrument de persuasion. Les brumes se dissipèrent un instant dans les yeux sans couleur de l'homme ; il fit tourner l'arme dans sa main, la reposa, l'air satisfait. Oui, il avait entendu parler d'une femme captive chez les Mohicans, une personne d'importance, la fille d'un capitaine du Peuple du Silex. Mais il n'avait aucune idée de l'endroit où elle était prisonnière. Toute la région à l'est du fleuve était un tel champ de ruines depuis... L'Indien s'interrompit, n'osant pas achever sa phrase. Ce fut Loup qui s'en chargea :

« Depuis que mon peuple a mis le pays à feu et à sang. »

Les épaules de l'Indien semblèrent se disloquer en un bizarre petit haussement. Il jeta un regard avide au mousquet, renifla et dit encore :

« J'ai entendu parler d'un village, proche de la rivière Potatuck, mais rien n'est sûr... »

Puis ses yeux opaques se fixèrent sur la porte, comme s'il voulait sortir. Il dut prendre le silence qui régnait à la table pour un encouragement à le faire, posa une main sur la crosse de l'arme et décolla son derrière de la chaise. Mais la main de Loup avait déjà gagné son épaule et l'obligeait à se rasseoir.

« C'est un peu maigre, en échange de ce splendide mousquet. Cherche encore ; peut-être un verre rempli pourrait-il t'aider ? »

Loup fit un signe et aussitôt le patron arriva. L'Indien se détendit à la vue du liquide transparent qui allait bientôt se déverser dans son gosier. Loup fut pris d'un haut-le-cœur. Il eut soudain envie de frapper au visage cet homme qui avait perdu toute dignité et offrait un avant-goût de ce à quoi ressembleraient sans doute la plupart des indigènes dans quelques décennies. Il ne put se contenir et lui flanqua une gifle. L'autre se contenta de se passer une main sur la joue. Il devait avoir l'habitude. Loup se leva et sortit. Il respira profondément en faisant quelques pas dans la rue. Une femme et son petit garçon le croisèrent. L'enfant le regarda intensément et, quand il l'eut dépassé, il se retourna, lâcha la main de sa mère, revint vers Loup, se planta devant lui, ôta son chapeau et lui demanda, dans sa langue gutturale que Loup parlait un peu :

« Es-tu Vieille Épée ?

— C'est moi », répondit Loup.

Le visage du petit s'éclaira et rougit violemment. Ses yeux pâles presque dépourvus de cils furent traversés d'un éclair de férocité quand il se lança dans une suite ininterrompue de questions, sur un ton de plus en plus fébrile, presque agressif :

« C'est vrai qu'on a mangé ton œil ? Et que tu es le frère secret de l'ancien roi de France ? Il paraît que tu peux te battre contre cent hommes, que tu peux tuer un ours à mains nues, que tu manges de la chair humaine… Est-ce que tu as donné ton âme à Satan pour vivre éternellement ? Tu as plus de mille scalps dans ta maison ? Et pourquoi… »

La mère était venue reprendre fermement la main de son fils et lui intimer de se taire. Elle était mortifiée et n'osait pas regarder Loup dans les yeux. Elle tira son enfant par le bras et ils s'en furent par les rues boueuses, la tête du garçon toujours tournée dans sa direction et ses yeux plantés dans ceux de Loup, qui ne pouvait lui non plus détacher son regard.

Il se sentait triste. Et las. Une grosse pluie drue se mit à tomber ; les gens se pressaient de rentrer chez eux, dans l'église, les commerces. Bientôt il se retrouva seul au milieu de la rue, l'eau dégoulinant sur ses peintures de guerre, sur ses cheveux qui commençaient à tomber le long de ses joues. Son œil se brouilla. Il s'aperçut qu'il ne distinguait plus que des formes floues autour de lui, qui se mettaient à osciller comme un corps ivre qui danse. Il éprouva une sorte de vertige, se sentit chanceler, mais, au moment où il eut l'impression qu'il allait tomber, un bras se plaqua dans son dos. La Croisée était près de lui et empêchait sa haute silhouette de s'affaisser là, dans la boue, devant ces bonnes gens de Beverwijck l'épiant derrière leur fenêtre. L'enfant était sans aucun doute quelque part derrière un de ces murs, embusqué pour l'observer perdu et tremblant dans la pluie, lui, l'homme aux mille scalps, qui a vendu son âme au diable et tue les ours à mains nues. Mais ne sais-tu pas, gamin, que je ne tue pas d'ours, moi, car l'ours est l'emblème de mon clan ? Je ne tue pas d'ours, sauf si l'ours m'attaque et que je dois défendre ma vie. Soudain, il se mit à ricaner. Il pouvait tuer autant d'ours qu'il lui plaisait. Il n'était pas plus du clan de l'Ours de la Nation du Silex qu'il n'était le frère caché de Louis XIII, le fils du pape ou celui du marquis de Canilhac.

La Croisée l'aida à rentrer dans la taverne où était toujours assis l'Indien sans nation, qui lui non plus ne savait pas par quel con de femme il avait été jeté dans le monde. Loup s'affala sur une chaise, remplit une pinte avec l'eau-de-vie qui restait au fond de la cruche posée sur la table, la vida d'un coup. Il en redemanda, se resservit et remplit le gobelet de l'Indien, puis il cogna si fort avec son propre gobelet d'étain contre celui de l'autre que le liquide jaillit et éclaboussa le bois, les mains, les cuisses. Les autres clients lui jetèrent des regards outrés. Mais l'un d'eux, attablé seul, commença une petite gigue à la manière des Anglais sur un instrument à cordes non identifiable. Loup offrit une tournée générale, ce qui acheva de détendre l'atmosphère. Après le quatrième verre vidé, la Croisée paya et entraîna Loup à l'extérieur. L'autre les suivit. Ils sortirent en titubant hors des murs pour rejoindre le reste de la troupe qui les attendait près du fleuve.

Tout tangue. Tout se révèle pour se dérober aussitôt. Il retrouve avec bonheur l'ivresse, cet état familier mais depuis longtemps inconnu. Il a tant abusé par le passé, il a tellement bu que plusieurs fois son esprit a sombré dans un sommeil semblable à la mort. Il en était chaque fois revenu, mais sentait bien que son corps souffrait de ces pertes de conscience répétées. Il n'a avalé que peu de ce mauvais alcool de grain, mais cela lui fait l'effet de cinq ou six bouteilles de vin. Il aimerait poser la tête sur le ventre de sa Femme Soleil. Il la revoit qui marche sur le chemin de la rivière, son paquet de galettes à la main, avec son fichu chien sur les talons, ses cheveux comme des coulées d'or épousant son dos et ses épaules. Il a bien failli la laisser crever chez cette salope de Voit Très Loin. Il a bien failli, s'il n'y avait pas eu la Croisée. Comme toujours. Sans la Croisée, il n'est rien. Aveugle et sourd. Bête et méchant. Le cauchemar des enfants. Le fantasme de ce petit Flamand effronté et cruel qui rêve de scalps, de cannibalisme, du diable.

Il est couché mais ne parvient pas à s'endormir. Quelque chose tourbillonne à l'intérieur de sa boîte crânienne ; son cœur se soulève et retombe, des images absurdes font la sarabande, une danse infernale qui lui retourne les tripes et fait remonter le mauvais alcool au bord de ses lèvres. Il tue un ours à mains nues. Il tue le garçon à mains nues. Il tue son frère à mains nues. Il sent le pouls sous ses doigts, la vie qui s'éteint à chaque nouvelle pression.

*

Le lendemain reprenait la navigation vers le sud. L'Indien avait décidé de les accompagner pour prouver sa bonne foi, et sans doute aussi parce qu'il en avait assez d'attendre Dieu savait quoi à Fort Orange, méprisé et endetté jusqu'au cou. Pendant que Loup s'était absenté de la taverne la veille, la Croisée avait sondé l'ivrogne, pour s'apercevoir qu'il était fiable.

Déchu, certes, mais pas indigne de confiance. Il semblait fort bien renseigné sur les mouvements de population des vallées et des montagnes à l'est du fleuve. On avait appris qu'il s'appelait Jan. Jan tout court, sans nom de famille, ni surnom, ce qui était rare. Faute de mieux, c'est sous ce vocable que l'on s'adressa à lui, jusqu'à ce que Loup le rebaptisât à l'occasion d'un incident qui resterait dans les mémoires.

Alors que la bande de voyageurs se sustentait, Jan déclara qu'il n'avait pas faim et alla cuver son brandy contre un rocher très proche de l'eau dont le courant était puissant à cet endroit. Personne ne fit attention à lui et, au moment de remonter dans les canots, on s'aperçut qu'il n'était plus à l'endroit où il s'était endormi. On l'appela, en vain, et on en conclut qu'il avait faussé compagnie à la troupe, comme cela arrivait souvent avec ce genre de personnage nébuleux et sans attaches. On se remit en route. La Croisée manifestait clairement son mécontentement : le départ du bonhomme prouvait que son intuition l'avait trompé. Après quelques minutes de navigation, un guerrier poussa un cri en montrant quelque chose dans l'eau. C'était Jan, qui dérivait au gré du courant. Il avait les yeux fermés ; ses membres semblaient détendus ; un doux sourire illuminait son visage. Il était difficile de savoir s'il était mort ou vif. Un homme sauta à l'eau pour le repêcher. Quand il fut hissé dans le canot de Loup et de la Croisée, on le frictionna et on lui donna une ou deux gifles. Il ouvrit les yeux, se redressa instantanément et jeta autour de lui des regards effarés.

Jan expliqua qu'il n'avait plus aucun souvenir après le moment où il s'était endormi contre son rocher. Il avait dû glisser et être emporté par le courant, trop abruti par la boisson pour s'éveiller. Loup reconnaissait l'état de perte de conscience qui s'était si souvent emparé de lui du temps où il vivait en France. L'Indien s'était mis à rire de ce qui lui était arrivé. Il remercia chaleureusement celui qui l'avait sauvé. Mais, dans l'ensemble, tout ça paraissait n'avoir guère d'importance à ses yeux. Un peu absent, il souriait à ses nouveaux compagnons tout en avalant une rasade d'alcool à même l'outre que la Croisée lui tendait.

Loup déclara solennellement qu'il répondrait désormais au prénom de Moïse, et raconta le sauvetage de l'enfant juif sur le Nil par la sœur de Pharaon, alors que les canots glissaient sur le fleuve, dans la lumière dorée de la fin du jour. Le prénommé Moïse écoutait de toutes ses oreilles, d'où s'écoulaient encore, par intermittence et parfaitement symétriques, deux filets d'eau. Loup captivait son auditoire comme aux jours fastes de ses exploits guerriers. La Croisée était bien aise de le voir si plein d'éloquence, de joie de vivre, après l'épisode de la taverne, mais ne s'en étonnait pas. Le caractère versatile, les humeurs violemment contrastées de son ami n'avaient plus de secret pour lui. Néanmoins, les chutes que Vieille Épée faisait au fond du gouffre du doute et de l'amertume étaient depuis quelques semaines plus vertigineuses et plus fréquentes. La Croisée sentait se rompre une corde à l'intérieur de l'homme. Une corde qu'il avait cru relâchée depuis des années et qui s'était brusquement tendue depuis que son Frère Blanc avait refait surface. Vieille Épée était désormais un arc bandé, prêt à se briser ou à lâcher sa pluie de flèches.

21

Loutre Opulente et sa famille prenaient grand soin d'Antoinette. Jamais de sa vie elle n'avait été autant considérée. Elle se prêtait avec adresse et bonne volonté aux activités qu'une femme doit accomplir chez le Peuple du Silex. Elle apprit à coudre, à moudre le maïs, à tanner les peaux, à s'occuper des cultures, à faire la cueillette. Et les jours passaient, les nuits lui apportaient un sommeil profond et réparateur, hanté de rêves. Loup lui apparaissait souvent. Elle désirait aller à sa rencontre et le toucher, mais il s'éloignait au fur et à mesure qu'elle approchait. Le matin la trouvait un peu contrariée, mais les occupations de la journée dissipaient rapidement ce malaise.

Valère se remettait complètement. Sa mine était radieuse, sa démarche énergique, plus déliée que lorsque Antoinette l'avait rencontré. Ils se retrouvaient quand elle avait un peu de temps. Tous deux étaient préoccupés, mais tentaient de ne pas trop le montrer. Malgré tout, les conversations revenaient toujours aux sujets qui ne quittaient pas leurs esprits, le voyage de Loup à l'est, le sort d'Armand et de Naiekowa. Et de Castor. Bien que Valère ne prononçât jamais son nom, Antoinette savait que le jeune guerrier ne quittait pas ses pensées. Elle n'osait poser aucune question. La relation des deux hommes la plongeait dans un abîme de réflexion qui la troublait beaucoup. Elle s'était vite aperçue que les Sauvages acceptent comme parfaitement naturel l'amour entre deux hommes. Elle n'était pas certaine d'être capable de l'envisager avec autant de bienveillance.

Elle savait enfin à présent pourquoi Valère n'avait jamais semblé sensible à ses attentions. Elle ne lui plaisait pas. Pas comme une femme plaît à un homme. Elle-même s'était trompée sur ses propres sentiments. Quelque chose en lui l'émouvait, mais elle savait à présent qu'elle n'avait aucune envie d'être touchée par lui, pénétrée et aimée par son corps. Elle avait si peu d'expérience quand elle avait quitté la France qu'elle était à l'époque incapable de comprendre les émotions qui l'envahissaient. Même son abominable époux lui avait paru, la nuit de leurs noces, capable d'éveiller son désir.

Ce que Valère lui avait témoigné depuis leur rencontre était totalement nouveau pour elle, unique, pur et vrai. C'était bien un des nombreux visages de l'amour. Car elle aimait Valère et ne doutait pas de son amour pour elle. Un amour qui devait ressembler à celui d'un frère pour sa sœur, ou du moins à l'idée qu'elle s'en faisait. Valère avait une sœur. Il lui en avait un jour parlé. Voilà presque vingt ans qu'il ne l'avait plus vue. Elle avait épousé un meunier d'un village voisin du leur, avait cinq enfants. C'est à peu près tout ce qu'il savait.

Mais sa mémoire débordait de souvenirs avec elle, du temps de leur enfance, et ces souvenirs semblaient l'emplir d'une sérénité et d'une confiance étranges pour celle qui n'avait pas connu le bonheur d'avoir de famille. Parmi ces souvenirs lumineux, le grand-père occupait une place primordiale. Valère avait lâché un jour, perdu dans ses pensées, que l'âme du vieil homme devait planer quelque part près de lui, tapie dans cette forêt qui les entourait, dans la rivière, le rocher ou l'écureuil. Il aimait penser que le vieil homme l'avait suivi par-delà l'océan et veillait sur lui.

Les conceptions de Valère en matière religieuse déroutaient Antoinette. Elle le sentait glisser chaque jour sur la pente qui menait à toutes sortes d'hérésies dangereuses, qui lui coûteraient cher s'il regagnait un jour la France. Il prétendait que le Royaume existait ici-bas, qu'il était advenu chez les Indiens. Le Christ avait élu domicile dans le cœur de ces gens sans qu'ils en sachent rien et cela n'avait aucune importance. Ils n'avaient besoin d'aucun prêtre, d'aucun sacrement. Ils rayonnaient de la Bonté et de la Vérité de l'Évangile. Et c'était aux Blancs de les prendre en exemple, de les aimer comme les enfants préférés de Dieu.

Antoinette était certaine qu'il avait toute sa raison. Il était d'une lucidité parfaite, cela ne faisait aucun doute. Ce n'était pas comme Niawen, dont l'esprit avait été endommagé par les sévices, et qui délirait comme un poète fou. Valère resplendissait au contraire de bon sens et d'humour. Sa pensée s'énonçait clairement. Il apprenait la langue de ses hôtes avec rapidité. Tout en lui témoignait d'un épanouissement qui forçait l'affection et l'admiration. Les Indiens ne s'y trompaient pas, qui s'assemblaient autour de lui pour discuter, dans un mélange de mots et de gestes.

Certains parlaient un peu de français, ce qui n'était pas pour déplaire à Antoinette qui n'avait pas le talent de Valère pour apprendre une langue étrangère.

Valère avait officiellement libéré Hautcœur et Leroy de leur engagement. Ils pouvaient, s'ils le désiraient, reprendre le chemin de Montréal. Hautcœur n'était pas fâché de cette proposition, même s'il était tiraillé par l'envie de connaître la suite des événements concernant Vieille Épée, sa fille et le marquis. Et puis il s'était attaché à Valère et, il fallait bien qu'il l'admette, aux habitants d'Ossernon, en particulier une petite fille orpheline qui vivait avec la famille qui hébergeait Hautcœur. L'enfant était de la nation des Hurons. Elle était née en captivité, d'une femme huronne convertie au christianisme, qui était morte peu de temps après sa naissance. Matin d'Hiver l'avait adoptée comme sa fille. La petite était traitée exactement comme les autres enfants du couple, mais quelque chose chez elle la maintenait à distance. Pourtant, ils étaient nombreux à être de parents étrangers, ou orphelins adoptés, et à se conduire comme des Iroquois. Elle, Esther, était différente. Elle parlait le français, posait beaucoup de questions sur la vie dans la colonie. L'arrivée d'Antoinette fut pour elle une source de joie et d'intérêt insatiable. Une femme blanche dans le village, c'était une chose qu'on ne voyait jamais.

Esther passait le plus clair de son temps entre Hautcœur et Antoinette, à poser des questions. Elle n'appelait Antoinette que par son nom français et s'étonnait qu'elle ne porte pas de croix d'argent au cou, comme le faisaient les femmes de la colonie, d'après ce que lui avait dit Hautcœur. Antoinette avait dû se défaire de son bijou alors qu'elle voyageait avec Loup vers Ossernon. Il l'avait un soir arraché avant de lui faire l'amour. Depuis, elle le conservait dans ses maigres effets personnels, qui consistaient en la vieille robe, un chapelet et cette croix d'or, cadeau de madame de Meaux, dernière relique de cette amitié frauduleuse.

Antoinette expliqua à Esther que Vieille Épée n'aimait pas ce pendentif, car il ne croyait pas au Seigneur Jésus-Christ mort et ressuscité sur la croix pour nos péchés. L'enfant sembla méditer les paroles d'Antoinette. Elle demanda à voir la croix et s'en émerveilla tant que la jeune femme lui en fit cadeau. Elle avait encore le chapelet, se dit-elle, comme si l'objet eût à lui seul la capacité de la relier à la communauté des chrétiens. Elle devait admettre qu'elle ne priait plus guère. Elle ne pouvait s'empêcher de se blâmer pour le péché d'adultère, et la perspective de prier pour sa faute la remplissait de terreur. Il lui semblait que le simple geste de joindre les mains et de s'agenouiller déclencherait un phénomène redoutable : elle imaginait les cieux se déchirer au-dessus de sa tête et laisser place au visage du crucifié, aveuglant, rayonnant d'un courroux indicible ; son regard rougeoyant la foudroyait. Elle suppliait qu'il lui accorde son pardon, mais il restait sourd à ses pleurs et disparaissait dans un éclair doré.

Quand elle croisait Leroy, celui-ci la saluait sans jamais se départir d'un sourire mauvais. Ses yeux sombres lui disaient qu'un jour il aurait sa vengeance, qu'elle ne perdait rien pour attendre. Il était animé du calme souverain de celui qui se sent dans son droit, que rien ni personne n'impressionne. Un matin, il s'avança vers elle et lui déclara à brûle-pourpoint :

« Je m'en retourne à Montréal. Le départ est pour demain. Prépare-toi, tu rentres avec moi. »

Elle resta sans voix d'abord, attendant que la colère s'empare d'elle et lui souffle les paroles qui s'imposaient. Mais il n'en fut rien. Aucun sentiment de révolte ne se fit jour en elle. Pas la moindre velléité de refus. Elle était pétrifiée par la culpabilité et la honte. Elle courba la nuque et répondit d'une petite voix qu'elle serait prête. Dès qu'il se fut éloigné, elle rentra dans sa maison où elle trouva Loutre Opulente et une de ses sœurs, occupées à tresser des mocassins en cosses de maïs.

Antoinette s'effondra en larmes, et les deux vieilles lui prirent chacune une main et lui caressèrent les cheveux. Elle tenta tant bien que mal de leur raconter ce qui venait de se passer entre Leroy et elle. Loutre soupira et répondit en riant que ce chien de Français n'avait pas toute sa tête et qu'il fallait le laisser dire et rêver. Antoinette n'avait qu'à prononcer un mot pour que cet homme perde la vie ou soit mis en esclavage. Le désirait-elle ?

Elle le désirait tant et s'en voulait tant de ce désir ! Elle aurait souhaité devenir transparente, invisible, aussi négligeable qu'elle l'avait été chez Voit Très Loin. Il lui était impossible de supporter le poids de son péché, le poids du regard de Leroy, du plaisir qu'elle avait pris avec Loup, de la certitude d'être délaissée et, par-dessus tout, celui de sa propre inaptitude à la liberté.

Elle se décida à aller en parler à Valère. Elle avait désespérément besoin d'une confession. Valère remplacerait assez avantageusement le prêtre. Même s'il ne pouvait lui donner l'absolution. Et lui, elle le savait, lui seul était capable de comprendre, sans qu'elle ait besoin de les nommer, les secrets de l'union de sa chair avec celle de Vieille Épée.

Ils allèrent s'installer près de la rivière, sur une berge sablonneuse sous les frondaisons. Valère remarqua pour la première fois les couleurs des arbres, virant au roux, à toutes les nuances d'ocre et de fauve. Il savait bien ce qui motivait Antoinette à se confier. Il avait surpris par hasard une conversation entre Leroy et Hautcœur à propos d'un départ imminent. Leroy avait évoqué la présence d'Antoinette. Quand elle eut fini de parler, Valère resta un instant silencieux. Il était abasourdi par la souffrance que s'infligeait la jeune femme, et ne savait trop par quoi commencer afin d'alléger son fardeau.

«Vous êtes malheureuse, dit-il stupidement. Alors que le bonheur est à votre portée», ce qui n'était pas moins inepte.

Il se faisait penser aux curés qu'il méprisait tant. Ils avaient toujours un onctueux petit lieu commun de derrière les fagots, une phrase toute faite ou une citation des Écritures qui convenait en toutes circonstances, quand ce n'était pas une parabole hermétique car complètement hors contexte. Vous n'aviez qu'à intégrer la chose en évitant surtout de chercher le rapport entre elle et vous. Vous vous contentiez de la répéter à mi-voix, l'air pénétré, puis il ne vous restait plus qu'à avouer que vous aviez jalousé l'habit de votre voisin ou le matelas de votre maître, que vous aviez eu des pensées impures, mangé gras un jour de carême, et abracadabra, vous direz trois Pater et cinq Ave, *in nomine Patris*, etc. Allez dans la paix du Christ, et le tour était joué.

Il ne pouvait pas faire cela et s'en félicitait. Il fallait trouver mieux. Il fallait aider Antoinette. Il fallait la convaincre de renoncer à cette vie ignominieuse que Leroy lui préparait, lui faire comprendre que ce n'était pas en partant avec lui qu'elle sauverait son âme, mais bien en assumant de mettre la plus grande distance possible entre cet homme et elle. C'est en brisant les liens de son mariage qu'elle ferait la volonté du Christ et marcherait vers la lumière.

Il tenta de lui dire tout cela, et bien plus, par ses regards, ses gestes, le langage de tout son corps qui se tendait vers elle afin de l'extirper du puits de ténèbres où son âme se débattait. Il avait appris avec les Indiens que les mots peuvent manquer de conviction, d'engagement, de sincérité, alors que le corps ne ment jamais ; le corps peut exprimer pleinement une pensée, une émotion, et la communiquer plus subtilement, avec la chaleur qui manque souvent au verbe.

Alors qu'elle l'observait et l'écoutait presque avec recueillement, il percevait sa perméabilité, mais aussi sa crainte immense, viscérale, et lui revinrent en mémoire les paroles de Loup lors de leur unique rencontre : «Qu'est-ce que votre monde a fait de ses hommes ? La honte vous brouille le cœur, vous rend faibles et lâches...»

« Vivez, Antoinette, morbleu ! s'écria-t-il soudain. Prenez le meilleur que la vie vous offre. Et, croyez-moi, ce n'est pas Leroy. »

Il s'abstint de lui dire qu'il doutait que ce fût Loup. Il ne lui avait parlé qu'une fois et il ne savait quoi penser de cet homme, qui lui semblait un nœud de contradictions, un être répondant assez bien à la description d'Armand, enténébré et lumineux à la fois, terrifiant et absolument insondable. Il ne pouvait nier avoir retrouvé Antoinette changée. Aux côtés de Loup, elle irradiait. Elle était véritablement la Femme Soleil que ce chaman avait vue en elle quand il l'avait nommée.

Valère savait que le plaisir charnel avait le pouvoir d'opérer d'étonnantes métamorphoses. Il n'en avait bien sûr aucune expérience. Adolescent, il avait connu une fille de ferme, et le moment avait été d'une tristesse mortelle. Il y avait eu un baiser et quelques attouchements avec un apprenti perruquier, dont il n'avait gardé qu'un très vague souvenir honteux, dominé par des odeurs puissantes de poudre bon marché et de crin. Pour le reste, il n'avait fait que s'autoriser quelques visions, quelques rêves timides et raffinés, qui venaient le visiter les rares fois où il s'offrait un plaisir solitaire.

Le couple formé par Loup et Antoinette laissait deviner de somptueuses étreintes, des extases infinies, desquelles Valère ne pouvait – ne voulait – se faire une représentation concrète. Il ne pouvait imaginer que cet homme fît preuve au lit de la tempérance qui lui manquait si singulièrement ailleurs. Il ne pouvait raisonnablement supposer qu'il ne donnât ni ne prît sans modération, avec toute la générosité et l'égoïsme qu'il déployait en toutes circonstances. Mais le problème n'était pas là. Ou peut-être que si, finalement. Peut-être que c'était cela, cet éveil, cet élan passionné de la chair, qui projetait Antoinette dans une telle honte, un tel désarroi, à présent que l'homme qui avait fait naître cette effusion n'était plus auprès d'elle pour balayer de sa présence impérieuse tous les obstacles à sa culpabilité.

Valère soupira. Il ne savait plus que dire, comment faire pour détourner Antoinette de sa volonté d'accompagner Leroy à Montréal, d'accepter ainsi cet époux légitime comme une pénitence pour son péché. Il lui prit les mains et fit un geste que jamais il n'aurait osé faire quelques semaines plus tôt : il embrassa ses poignets. Pourquoi les poignets? se demanda-t-il au moment où sa bouche effleurait la peau fine et blanche. Il eut sa réponse lorsqu'il sentit le pouls, calme, fragile, palpiter sous ses lèvres. Il se redressa et lui dit simplement :

«Restez. J'aurai besoin de vous. Vous m'avez manqué durant toutes ces semaines. Restez.»

*

Le départ de Leroy et Hautcœur se fit dans une quasi complète indifférence. Accompagnés de cinq Indiens, ils prirent la route dès l'aube. Le soir, Loutre Opulente s'étonna de ne pas voir Antoinette dans la maison longue. On la chercha aux alentours du village, en vain. Valère craignit que la jeune femme ne fût revenue sur sa promesse de ne pas quitter le village. Si c'était le cas, il avait pourtant fait tout ce qui était en son pouvoir pour l'en dissuader. Cela ne changeait rien au chagrin cuisant qu'il éprouvait de la savoir peut-être dans le canot de son affreux mari. La nuit passa sans qu'il pût trouver le sommeil. Le lendemain, on poursuivit les recherches, mais Antoinette n'était nulle part. Il fallut se rendre à la conclusion qu'elle avait accompagné les Français sans rien en dire à personne.

*

On approchait de la montagne sacrée des Mohicans ; la Croisée connaissait ce très long éperon rocheux qui dresse ses parois verticales à une hauteur vertigineuse. Ils le contournèrent par le nord. À chaque pas le chaman éprouvait le pouvoir de la pierre qui l'observait et jaugeait ses intentions. Je viens libérer des prisonniers, disait-il intérieurement, je ne veux plus la guerre avec le peuple qui habite sous ta protection. Mais s'il le faut, nous la ferons. Il sentait la masse minérale pleine d'animosité et voulut faire halte afin de l'apaiser. Il prit quelques morceaux de roche qui avaient un jour appartenu à la montagne, les mélangea avec son escargot-pierre et un morceau de Lumière Solide qui lui appartenait, les plaça en cercle et s'adressa à eux en leur faisant l'offrande de la fumée du tabac. Ses compagnons l'observaient, dans le profond silence de la forêt.

Il sembla à Loup que quelque chose se produisait loin au-dessus de leur tête, sur les sommets qui se perdaient dans la végétation. Soudain poussé par son instinct, il s'élança à l'assaut de la montagne, suivi par la Croisée, Castor et un autre guerrier.

Depuis le sommet, on apercevait les fumées s'échappant de deux villages au bord du lac au nord-ouest. La Croisée fit encore une prière. Sans qu'il sût trop bien pourquoi, le paysage replongea Loup dans son Aubrac natal ; aux monts à perte de vue tapissés de feuillus se substituèrent les cascades et les causses désolés, les forêts des bords du Lot, les rochers du plateau, pareils à des animaux préhistoriques endormis, les lacs troubles et immobiles. La Croisée dut l'appeler deux fois pour qu'il sorte de sa contemplation intérieure. Ils redescendirent rapidement, légers comme le vent. Cette ascension les avait revigorés. La montagne leur avait transmis un peu de sa puissance tranquille et ancestrale. Ils retrouvèrent un Moïse très perplexe, qui déclara ne rien comprendre à ce caprice qui consistait à escalader un monceau de rocs abrupts et dangereux. Tous le plaignirent du fond du cœur.

Ils établirent le campement au pied de la montagne. Il fut convenu que le lendemain, quand le soleil serait haut dans le ciel, on enverrait deux hommes en ambassade dans le premier village, celui qui avait l'air le plus peuplé et que protégeait une palissade. Moïse fut désigné, ainsi que Castor, qui avait un grand talent pour la diplomatie. Ils emmenèrent un captif mohican, qu'ils devaient rendre aux siens, « quoi qu'il arrive », avait déclaré Vieille Épée. Les deux hommes avaient échangé un regard perplexe. Que signifiait cette expression ? Devaient-ils libérer le captif même si l'attitude des Mohicans était hostile, s'ils faisaient de la rétention d'informations, s'il s'avérait que Naiekowa était leur prisonnière ? Il était clair que leur capitaine voulait éviter autant que possible de prendre le sentier de la guerre.

*

La Croisée ne pense pas que Brune et toi vous trouviez dans ce village où sont partis les ambassadeurs. Et moi non plus. En attendant leur retour, je suis remonté au sommet de la montagne, seul, et j'ai allumé la pipe de Morel. Un aigle tournoie dans le ciel ; il rétrécit ses cercles, descend lentement. Te souviens-tu de cette fois où, tout jeune encore, tu nous as accompagnés, Père et moi, chasser sur le plateau ? Bien sûr que tu t'en souviens. Je ne t'avais jamais vu si vivant, toi l'enfant blême, chétif, timide, tu te déployais soudain, tu planais, tel mon faucon Hector qui volait hors filière pour la première fois.

Sais-tu que ton visage et le sien se confondent quand je convoque cette journée ? C'est sans doute ma longue habitude des Indiens qui me procure ces sortes d'étranges associations d'images. Un moment dans le temps peut, pour nous, revêtir un seul visage fait de nombreuses faces. La réalité est quelque chose de multiple et changeant, mais le souvenir ou le rêve nous en donne une perception encore plus profonde, plus complexe. Armand et Hector ce jour-là, dans la joie, la lumière, l'ivresse, la liberté de la chasse, ne font qu'un.

Comme j'aimerais que tu sois encore mon frère bien-aimé ! Je t'aurais appris que cette manière de voir le monde n'est pas de la folie, mais le moyen le plus sage que les hommes aient trouvé de vivre les mystères de leur condition humaine. Je te parle comme si tu avais encore dix ans. Mais tu es vieux à présent. Je me demande à quoi ressemble ta tête de vieux, ton regard de vieux, ta démarche, ton rire de vieux. Je m'étonne que la mort ne se soit pas encore présentée à ta porte, sous la forme d'une de ces maladies avilissantes que vous apportez à l'homme rouge et qui le déciment plus sûrement que le commerce, les armes à feu ou les boniments des Robes Noires.

Lorsque tu avais trente ans, je ne donnais pas cher de ta peau. J'avais déjà réussi à te maintenir en vie en te soustrayant à quelques batailles et quelques sièges. Tu n'en as jamais rien su, bien sûr. Tu as appris à te battre, comme il se devait. Mais tu n'as eu que très peu d'occasions de faire montre de tes capacités au cours de ton existence. Et ce n'est certainement pas après mon départ que tu t'y es mis. Et enfin il y eut l'attaque du lac Champlain… C'était ton jour, ton heure de gloire.

On m'a conté l'adresse et la rapidité avec lesquelles tu maniais ton mousquet. Peut-être aurais-tu fait une belle carrière militaire, après tout… Il est possible que je me sois trompé sur ton compte, influencé depuis toujours par Hugues et Isabelle ; épouvanté à la perspective de te savoir mort sur un champ de bataille, après avoir été entièrement possédé par l'effroi et la souffrance, dans la solitude la plus complète. Car, crois-moi, il n'y a pas de solitude plus grande que celle des champs de bataille du Vieux Continent. Au milieu des obscènes soubresauts des corps en lutte, dans le fourmillement de la vie qui s'accroche désespérément à elle-même, tu es absolument, irrémédiablement seul au monde. Tes semblables passent à ta portée sans te voir. Tu es vivant, tu es mort, cela n'a aucune importance. Personne ne te portera assistance, personne ne te prendra la main. Moi-même, dans la fureur du combat, je t'aurais laissé mourir sans te voir. Surtout moi.

L'aigle continue de tourner un peu en contrebas du rocher sur lequel je suis assis. Je l'observe, fasciné, comme je l'ai toujours été par les rapaces. Celui-ci est le plus grand, le plus beau, le plus puissant de tous. Il n'a pas d'égal dans les cieux. C'est le premier animal qui m'est apparu lorsque j'ai émergé des rivages de la mort, après le long supplice que m'a infligé le Peuple du Silex. Je suis sorti de la maison de Loutre Opulente, encore vacillant et faible, et je l'ai vu planer loin au-dessus du village. C'était le signe que mon esprit était désormais uni au sien.

Je le vois se préparer ; il s'incline, replie ses ailes et amorce la chute finale. Bientôt, mais il sera si loin que je ne verrai plus qu'un point en mouvement, il fondra sur sa proie, ouvrira ses serres et les plantera dans la chair, les refermera et emportera l'animal pantelant, le soulèvera en reprenant de l'altitude, au rythme de ses grands battements d'ailes. Un lièvre, une marmotte, un renard, un daim ou même un jeune loup. J'ai vu un aigle attaquer un robuste chevreuil ; il n'a pas remporté la partie, mais il a quand même réussi à soulever l'animal et à le traîner sur plusieurs dizaines de pieds. L'aigle présume souvent de ses forces, et je ne l'en aime que davantage.

Je vais vous rejoindre, ma fille et toi, et vous emporter, chacun dans une de mes serres, pour vous ramener au nid. Toi pour y être dévoré, elle pour y être nourrie.

C'est ta faute si elle est aux mains de ces maudits Mohicans et de tous leurs alliés. Mon peuple n'a pas dû les frapper assez fort pour qu'ils se tiennent tranquilles. Mais oui, c'est ta faute, ta très grande faute, et tu es déjà responsable de tout ce qui est arrivé à Brune de fâcheux, de tout ce qui lui arrivera jusqu'à ce que je la sorte de là, si cela est en mon pouvoir.

La Croisée m'appelle en imitant le cri du faucon. Les hommes sont sans doute rentrés. Ma vue n'est plus assez bonne pour que je les distingue à cette distance. L'aigle est revenu à ma hauteur, les serres vides.

Le village mohican est dépeuplé. Castor et Moïse n'y ont trouvé que des femmes, des vieux et des enfants, pour seulement une quinzaine d'hommes en âge et en état de se battre. L'arrivée des émissaires a provoqué une vague de terreur. Aux questions posées à propos d'Armand et de Brune, Moïse a obtenu des réponses sans se donner trop de mal. La libération du captif y a grandement concouru. Mais aussi, et peut-être surtout, le fait que Moïse ait déclaré que le père de Brune en personne, Vieille Épée, attendait avec ses guerriers à l'abri de la montagne, le cœur plein de colère.

Armand et Brune sont en vie, ils sont gardés en un lieu lointain et isolé, au cœur des montagnes du Nord, en territoire sokoki. D'après les villageois, les Sokokis et les Pocumtucs sont les plus hargneux. Les Mohicans tenteraient de tempérer leur soif de vengeance. Est-ce un mensonge, destiné à préserver les Mohicans lors d'un éventuel conflit ? Il est bien possible que ces gens disent la vérité. Les Mohicans n'ont pas autant souffert du dernier passage des armées iroquoises, et ont donc moins de motifs que les autres de se venger.

412

Une femme est venue parler à Castor en aparté ; elle lui a dit que le grand sagamore des Sokokis vouait une haine mortelle aux Agniers, qui ont tué son fils aîné, et que, sans l'aide des Mohicans, la fille de Vieille Épée serait déjà allée rejoindre ses ancêtres depuis longtemps. Le fils cul-de-jatte de cette vieille femme révéla que le lieu où on avait emmené Brune et Armand était difficile à trouver, imprenable, gardé par de nombreux guerriers.

*

Les ceintures de wampums et les quelques captifs ne suffiront pas à apaiser la rancune de ceux qui détiennent Brune prisonnière. Loup a fait un rêve la nuit dernière qui lui soufflait clairement que le sang allait bientôt couler. Et il sent monter lentement en lui cette vague d'appréhension mêlée d'impatience à la perspective du combat, ce serrement qui prend naissance au bas de l'abdomen et irradie dans tout le corps, se répand en vous telles les coulées de lave d'un volcan en éruption. Il retrouve tout cela avec une sorte d'étrange nostalgie. Il se sent remonter le temps, revenir vers ses jeunes années. L'élancement dans sa hanche a disparu et ses articulations – il s'en est rendu compte en escaladant deux fois la montagne – sont de nouveau souples et solides. Agreskwe, dieu de la guerre, lui a rendu ses pouvoirs. Il est prêt à affronter tous les rejetons de ces races moribondes, il est parfaitement disposé à les envoyer dans l'autre monde.

Loup sort sa rapière du fourreau, contemple la luxueuse garde en *taza*, damasquinée d'or, décorée de figures de monstres : un phœnix et un aigle à deux têtes, une gorgone, un centaure, reliés entre eux par des entrelacs de feuillages argentés, incrustés d'ambre. Il soupèse l'arme, la lève en la faisant pivoter ; les rayons de soleil obliques accrochent l'acier de la lame. Il fend l'air deux ou trois fois. Cette épée, il l'avait obtenue du gouverneur de la Nouvelle-Hollande en échange d'un jeune jésuite à moitié mort, bien des années auparavant. Il n'avait pas fait une mauvaise affaire : c'était une arme d'une valeur inestimable. Il est heureux de la réveiller de son long sommeil auprès de sa mère du Peuple du Silex. Le contact du pommeau est doux à sa main, son poids agréable à son bras et à son épaule, ses ornements un éblouissement pour l'œil. Il se met en garde, se fend, effectue quelques estocades. Il rêve de pouvoir, une ultime fois, défier un adversaire qui connaisse comme lui le maniement de l'épée. Ce ne pourrait être qu'un Blanc, car rares sont les Indiens qui possèdent ces armes ou leur manifestent de l'intérêt.

La Croisée l'observe. Il n'avait pas pensé revoir de son vivant la vieille épée hors du fourreau. Depuis quelques années il se disait que le spectacle de son ami maniant cette arme merveilleuse ne lui serait plus offert que dans l'autre monde, lorsque l'âme de Vieille Épée partirait combattre celles de ses ennemis avec l'âme de sa rapière. Vieille Épée se déplace avec la rapidité et l'agilité du lièvre. L'acier de sa lame luit aussi fièrement que sa pupille. Le soleil se couche derrière la montagne, loin au-delà de la grande rivière et du pays des Haudenosaunee.

Demain ils reprendront leur quête, leurs pas les mèneront dans les monts verts du Nord, terres vierges où l'Homme Blanc n'a pas encore étendu son bras destructeur. Ils seront à la merci de l'ennemi, qui connaît ce pays comme le corps de sa femme ; qui les épiera depuis les forêts impénétrables, sera averti de leurs moindres faits et gestes, sera témoin de leur détermination. Avant la nuit, la Croisée dispose, face au nord, les amulettes qui assureront leur protection pendant le voyage et fait une prière à leur intention. Vieille Épée a rengainé sa vieille amie ; trois gouttes de sueur perlent à son torse. Moïse a entonné un chant en flamand qui parle de bateau et de rhum.

22

Chaque jour, on emmène Armand à la cascade, pour
s'y laver l'entièreté du corps. Les Sauvages sont obsé-
dés par l'eau, ils s'y baignent presque tous les matins,
et il paraît qu'en hiver ils brisent la glace des lacs ou
des rivières pour pouvoir s'asperger. Armand a appris
à apprécier ces ablutions quotidiennes. Elles lui revi-
gorent les membres et l'esprit. Au début, il avait peur des
miasmes. Et puis il avait honte d'exposer sa vieille chair
molle, mais les vieillards indigènes se moquent de tout
cela et profitent sans complexe des bienfaits de l'eau ; il
est vrai qu'ils ont moins de motifs que lui de vouloir se
cacher, car ils restent fermes et vigoureux, même dans
le grand âge. Il ne sait pas depuis combien de temps
il est prisonnier. Il tient un compte, sous la forme de
traits gravés sur un morceau de bois. Il en a vingt-neuf,
mais il n'a pas commencé à compter depuis le début. Ce
calendrier est donc parfaitement inutile. Mais Armand
ne manque pas un seul jour, cela le rassure, lui donne le
sentiment de pouvoir se raccrocher à quelque chose de
mesurable et d'objectif, au milieu de cet univers essentiellement dominé par le mystère et l'aléatoire.

Quand il a été sauvé de la mort, après avoir subi
les plus affreux supplices, on l'a brusquement traité

comme un petit enfant malade. Des femmes l'ont couché dans une de leurs cabanes de branches, l'ont lavé, ont pansé ses plaies, lui ont administré toutes sortes d'onguents et de potions. Et il a dormi, dormi pendant des jours, lui a-t-il semblé. Il n'a pas compris pourquoi cet homme était venu empoigner le bras du très jeune garçon qui se préparait à le frapper au cœur. Une fois guéri de ses blessures et un peu raffermi, il avait bien tenté de parler à ces gens, de communiquer avec eux par gestes, mais on le regardait avec un amusement distrait et on lui faisait signe de se calmer et de se recoucher. Les jours passaient et se ressemblaient, et il avait l'impression d'errer dans un rêve dont il aurait été un spectateur plutôt qu'un acteur ; il observait les Sauvages aller et venir, se parler, manger, dormir, travailler, depuis une distance qui paraissait infranchissable, alors qu'il ne se trouvait jamais qu'à quelques pas d'eux.

De cette nuit de tortures, il a gardé quelques séquelles : le majeur de la main gauche et l'auriculaire de la main droite ont été sectionnés, il lui manque deux orteils au pied droit et un au gauche, trois dents presque au milieu de la bouche, son œil droit est barré d'une balafre et voit beaucoup moins bien, sa lèvre inférieure a été entaillée profondément. Il n'y a pas un centimètre carré de sa peau qui n'ait été brûlé.

Et cependant il doit bien en convenir, il est en meilleure forme qu'avant son départ de France. C'est comme si la douleur indescriptible qui s'est gravée à jamais dans sa chair et dans sa mémoire avait banni les minables petits désagréments qui lui pourrissaient la vie auparavant. Il lui semble que la torture a définitivement fermé le bec à ses accès d'hypocondrie, à ses angoisses quotidiennes à propos de la qualité de ses selles ou de son urine. Il s'en fout, aujourd'hui, de ses selles, de ses glaires, de ses aigreurs d'estomac, de ses rhumatismes. Ils ont disparu et, quand ils se rappellent à son bon souvenir, il les méprise, sa volonté les repousse d'une chiquenaude.

Il a marché durant des lieues avant de parvenir à ce village perdu dans les montagnes. Il a escaladé des rochers, a dégringolé des sentiers escarpés qu'il venait péniblement de gravir, et il les a gravis à nouveau ; il en a pleuré, hurlé, il a arraché ses derniers cheveux, cette ridicule couronne de moine, il l'a fait disparaître. Il les a maudits, ces sales Sauvages qui se moquaient de lui, le regardaient tomber, le sourire aux lèvres. Il les a maudits, puis il s'est maudit ; d'être aussi naïf et prétentieux, d'être aussi faible, aussi vieux.

Et, pendant ces moments d'intense souffrance morale, il a compris. Il a compris qu'il ne retrouverait jamais son frère, que Loup n'était pas sur ce continent ; il avait mis les voiles pour un pays plus clément, plus hospitalier, qui recueillerait sa douleur et son amertume, et lui ferait oublier ses malheurs. L'Italie ou l'Angleterre, sur une île lointaine et à peine peuplée, quelque part dans un recoin secret de la bonne vieille Europe. Mais pas ici. Loup était bien trop raffiné, bien trop friand de luxe, de bonne chère, d'art, de femmes, pour s'être enterré parmi ces fous furieux des Amériques. Ce voyage n'avait donc jamais eu aucune chance de succès. Lui, Armand, finirait ses jours parmi ce peuple incompréhensible, sans que jamais lui soit révélé le sens de tout ceci. Il priait chaque jour, et la seule chose qu'il suppliait le Seigneur de lui donner, c'était un signe, un indice qui lui permettrait de percevoir le sens caché de cette fin de vie douloureusement énigmatique. Mais ses questions restaient sans réponses.

Un beau jour, dans une aube grise et brumeuse, il la voit arriver. Les poignets liés et encadrée de deux guerriers, s'avance Naiekowa. À cette vision se superpose instantanément celle qu'il eut d'elle la première fois, dans les ors et les glaces de l'hôtel de Grampin ; il la revoit souveraine dans sa robe de satin, la tête auréolée de plumes. Sa tunique de peau est déchirée, son visage mat maculé de poussière, et cette ombre rend son regard encore plus clair. Elle est venue le chercher. Elle s'est jetée dans la gueule du loup pour venir à sa rescousse. Rien ne peut exprimer la gratitude qu'il éprouve alors pour cette femme qui ne lui est rien et risque sa vie pour lui. On ne lui a pas laissé l'occasion de lui parler. Les hommes l'ont immédiatement emmenée dans la hutte du chef, et elle n'en est sortie que le soir. Elle ne lui a adressé qu'un bref regard las, pour entrer dans une autre habitation où elle a passé la nuit.

Le lendemain, elle le rejoint devant la cabane où il est logé et sur le seuil de laquelle il passe le plus clair de ses journées. Elle l'observe longuement avant de parler ; ses yeux vagabondent sur son visage couvert de cicatrices et ses mains mutilées. Il a honte soudain. Il ne s'est plus regardé dans un miroir depuis une éternité et ne s'inquiétait pas de son apparence. Mais, sous les yeux de Brune, il s'aperçoit qu'il doit sans doute avoir une tête à faire peur, ou rire, c'est selon. Elle remarque son trouble et lui sourit avec bonté. Armand croit même apercevoir dans son expression une forme de commisération. Mais c'est sans doute un effet de son imagination.

Elle lui explique qu'elle est partie à sa recherche accompagnée de deux de ses hommes, mais que ces derniers ont été tués par leurs gardes peu avant d'arriver au village. En s'enfonçant dans les montagnes, ils avaient rencontré des éclaireurs qui les avaient capturés et emmené auprès du grand sagamore. Elle lui apprend chez qui ils se trouvent, car Armand n'en a aucune idée. Il sait seulement que les gens de ce village sont les ennemis des Agniers. Une des femmes qui l'avait soigné lui avait fait comprendre que le chef avait perdu un fils lors des récentes attaques des Iroquois. Elle prenait un air féroce et regardait longuement Armand, comme s'il était personnellement responsable de ce drame. Quand il demandait ce qui allait advenir de lui-même, elle haussait les sourcils et s'en allait.

Ils sont en territoire sokoki, un peuple qui a souffert une cruelle campagne militaire des Iroquois et a perdu beaucoup de vies, ainsi que sa capitale. Le village est aussi peuplé de quelques personnes de nations voisines et alliées des Sokokis, dont des Mohicans. C'est sur la présence de ces derniers que Brune compte pour obtenir la libération d'Armand et la sienne.

Elle avait déjà tenté d'amadouer le sagamore par des promesses de paix durable, de wampums, de captifs relâchés, mais sans beaucoup de résultat. Il était dévoré par la haine, à l'image de son peuple, comme le prouvait le sort réservé aux guerriers qui escortaient Brune. Le sagamore garda le silence pendant de longues minutes avant de demander à Brune si elle estimait juste qu'il prenne sa vie en compensation de la mort de son fils. Elle répondit qu'elle trouvait cela juste, mais pas très diplomate, que les représailles seraient bien pires que tout ce qu'ils avaient connu, que cette fois les Français et les Anglais s'en mêleraient. Le chef répondit que cela lui était égal, que le Peuple du Silex ne pouvait pas blesser le sien plus profondément qu'il ne l'avait déjà fait, en décimant ses guerriers, ses femmes et ses enfants, en annihilant le foyer de leur nation. Il ne croyait pas que les Blancs feraient grand cas de la mort de Naiekowa, dont ils se méfiaient depuis longtemps, ni qu'ils s'engageraient dans un combat qui ne leur rapporterait rien. Quant à Armand, le sagamore espérait le proposer aux Français en échange de leur protection contre les Iroquois. Brune savait que sa propre vie ne tenait qu'à la volonté du sagamore, à sa perméabilité aux paroles des Mohicans qui prêchaient la concorde.

Elle était surprise de constater le changement qui s'était opéré chez le petit marquis depuis sa capture. Mutilé, diminué, émacié, totalement désorienté, il dégageait cependant quelque chose qui ressemblait à ce que son peuple appelait la sagesse. Du moins était-il sur le chemin qui y mène. Son regard avait gagné en profondeur, sans doute était-ce amplifié par cet œil gauche qui était traversé par une cicatrice. Celui-là même qui manquait à son père. À écouter et à observer Armand au milieu de ce village étranger où leur vie ne valait pas grand-chose, elle se surprenait à sentir naître un commencement d'affection pour lui. Et la ressemblance entre cet homme et son père, qui l'avait frappée des semaines auparavant, venait se rappeler à elle de temps à autre, au détour d'un sourire, d'un simple geste, d'une expression qui animait le visage d'Armand.

Elle ne voulait pas mourir sans lui avoir avoué la vérité. Elle ne voulait pas continuer à mentir à cet homme candide qui croyait qu'elle risquait sa vie pour le libérer. Un soir où l'air était doux, où ils étaient assis autour d'un feu, entourés d'enfants qui jouaient et de jeunes filles qui se racontaient des histoires en gloussant, Brune se rapprocha de lui. Elle accrocha son regard, trembla d'y trouver autant de sollicitude. Elle ouvrit la bouche mais ce fut lui qui parla avant elle.

«Si je pouvais donner ma vie pour la vôtre, croyez bien que je la leur offrirais. Mais la mienne n'a aucune valeur pour eux. Enfin, pas en échange de la vie d'un jeune prince.»

Décontenancée, Brune quitta son regard et soupira. Elle ne trouva rien à répondre à cette offre qui respirait la plus complète sincérité. Elle chassa le grand trouble qui avait pris possession d'elle et dit, d'une voix basse :

«Je vous ai menti, Armand. Loup de Canilhac est mon père. Et il est vivant.»

Armand respira profondément. Il détourna la tête et ses yeux se mirent à errer sur les gens et les choses alentour sans les voir, puis se fermèrent pendant de longues secondes. Il les ouvrit et les plongea dans ceux de Brune comme l'homme écrasé de chaleur s'immerge dans la rivière. Son visage rayonnait dans la pénombre. Un grand soulagement l'envahit.

Ils pouvaient faire ce qu'ils voulaient de lui, ces Sauvages enragés, à présent cela n'avait plus trop d'importance. Loup était dans ce pays. Lui, Armand, avait eu raison d'écouter les émotions qu'avait fait naître la vue de Brune chez Louise de Grampin, en ce jour glacial qui lui semblait appartenir à un passé très lointain. Il s'était entièrement soumis aux yeux de cette femme, à sa démarche, à tout ce qui en elle lui parlait de son frère. Il avait marché dans ses pas, comme un homme envoûté, et l'avait retrouvée. Il observa le splendide visage taillé comme le masque de pierre d'une divinité antique, dans lequel il décela pour la première fois une trace d'affaiblissement, de vulnérabilité. Il aimait cette femme, depuis le premier regard, il n'avait jamais cessé de l'aimer avant de la connaître, et maintenant qu'il savait la vérité, il ne l'en aimait que davantage. La désirait-il ? Il ne le savait pas ; il ne pensait pas qu'il pût oser avoir de telles inclinations pour elle. Ce dont il ne doutait pas, c'est qu'il lui vouait un culte, et que cette sorte d'adoration se moque bien des élans de la chair. Cette femme l'avait elle aussi reconnu et attiré auprès d'elle afin sans aucun doute de le livrer à son père ; elle devait lui vouer une haine féroce, larvée depuis longtemps, et espérer qu'il fût châtié pour sa faute. Eh bien, malgré tout cela, il n'était rien au monde qu'il n'eût fait pour la garder vivante.

Le lendemain, Brune lui annonça qu'elle avait vu son père en rêve. Il était au sommet d'une montagne, occupé à fumer sa vieille pipe française. Après son réveil, elle avait aperçu un aigle voler au-dessus du village en tournoyant, comme s'il cherchait quelque chose. C'était sans doute l'esprit de Vieille Épée qui s'était glissé dans le corps de l'aigle afin de pouvoir parcourir une grande distance et repérer les lieux avant que les jambes de son père ne le portent jusqu'ici. Elle resta pensive un instant après avoir dit cela.

Armand eut bien de la peine à rester sérieux. Son étonnement était grand devant la crédulité, le caractère superstitieux de Brune. Elle lui avait toujours semblé plutôt raisonnable, semblable aux Blancs en ce qui concernait tout ce qui touchait aux croyances et aux fantasmagories propres aux Sauvages.

Un grand cri retentit au-dessus d'eux et ils levèrent ensemble la tête. «Le voilà !» clama-t-elle avec euphorie. L'aigle survolait le village, ses ailes immenses découpant leur ombre devant le soleil. Le visage de Brune s'éclaira d'un radieux sourire. Et soudain il vit la fillette en elle. Avec le même excès que celui qui avait fait naître l'adoration d'Isabelle, et de toutes les femmes qui avaient fait partie de sa vie, Loup avait déversé un torrent de ferveur dans le cœur de Brune. C'était limpide, lumineux, comme ce sourire qu'elle lui offrait. Il en éprouva un peu de dépit. Beaucoup même, s'il devait être honnête.

Il se sentit misérable et s'éloigna pour cacher ce changement d'humeur. Elle ne lui prêtait plus la moindre attention, mais avait relevé la tête, s'abritait les yeux de la main pour soutenir l'éclat du soleil qui faisait une aura aveuglante à l'oiseau en vol. Armand l'observait à la dérobée, prisonnier de ce visage tendu et plein de confiance, auquel la naïveté donnait un surplus de séduction. Il s'imprégna pour la toute première fois du fait que cette femme qui avait pris possession de tout son être était née de la chair et de l'esprit de son frère. De nouveau la jalousie revint le tarauder. Tout ce qui émanait de Loup possédait la beauté et l'étrangeté, la cruauté, la grâce et la puissance. Tout ce qu'il engendrait avait un pouvoir de fascination prodigieux.

Il n'existait pas de malédiction, aucun sort ne pesait sur Loup, ni sur lui-même, qui les aurait empêchés de procréer ou de garder en vie leurs enfants. Armand était sans doute stérile, car la nature l'avait fait ainsi, et Loup n'avait, jusqu'à la naissance de Brune, pas eu de chance : ses descendants étaient morts en bas âge, au moment où meurent la plupart des enfants. Il n'y avait jamais eu de malédiction. Brune en était la preuve resplendissante. Et cette femme qui le renvoyait à sa médiocrité et à son impuissance, il l'aimait au lieu de la haïr, tout comme il avait adulé son père.

Elle vint vers lui et fit quelques pas à ses côtés en silence. Un groupe d'enfants les avaient encerclés. Un petit garçon commença à taquiner Armand en se faufilant entre ses jambes. Armand tenta de l'attraper ; les autres se mirent aussi à le provoquer. Il était bien aise de cette diversion. Lui qui n'avait jamais fréquenté d'enfants découvrait les joies de leur compagnie, du jeu avec eux.

Brune alla s'asseoir à l'écart et l'observa. Elle avait conscience qu'elle le fascinait. Elle ne pouvait dire s'il l'aimait. Elle-même ne savait pas grand-chose de l'amour. Elle aurait fait n'importe quoi pour le jeune Brigeac. Dans ses bras, elle n'était plus maîtresse d'elle-même, son cœur et sa chair n'étaient plus qu'une seule grande torche qui ne voulait que brûler pour l'éternité. Plus rien n'avait d'importance. Elle avait perdu sa fierté, son orgueil, elle avait oublié qui elle était, d'où elle venait. Elle avait même refusé d'écouter son père qui tentait de la protéger d'elle-même. Un tel embrasement, un tel anéantissement de la volonté, une telle souffrance ne peuvent être les symptômes de cet amour dont les Blancs font des poèmes et des romans, pour lequel ils meurent, le seul des sentiments à pouvoir rivaliser avec la violence et la cupidité. Mais si ce n'était pas de l'amour, alors qu'était-ce ?

Armand revint, tout haletant, s'asseoir à côté d'elle. Il tenta de remettre de l'ordre dans sa mise ; sa chemise était en lambeaux, sa veste avait perdu ses manches, ses culottes étaient trouées à maints endroits, et il portait toujours ses mocassins, seuls éléments de son habillement qui conservaient une certaine tenue. Il passa une main sur son crâne comme s'il était encore pourvu de cheveux. Elle remarqua que sa peau était rouge à cause du soleil et qu'elle pelait par endroits. L'œil qui avait été endommagé coulait et il l'essuya avec un mouchoir délicat, usé et maculé de toutes sortes de fluides incrustés dans la trame. Cet homme allait-il vivre ou mourir ? Il y avait de grandes probabilités qu'il meure très bientôt. Et elle encore plus. Elle caressa les tatouages sur ses bras, invoqua l'esprit du serpent et le pria de veiller sur elle et de la guider comme il l'avait toujours fait. Elle scruta le ciel, que l'aigle avait déserté depuis longtemps. Un vent du nord s'était levé, apportant des senteurs de mélèze et de neige à venir. Armand frissonna.

La Croisée ne peut pas dire à son ami ce qu'il a vu. Il est lui-même si ébranlé qu'il ne pourrait en parler. D'abord lui est apparue l'image de la lune, progressivement cachée, recouverte d'une masse noire. La Croisée n'a assisté qu'une seule fois à ce phénomène effrayant, que les Blancs, paraît-il, parviennent à prédire. Dans sa vision, l'astre nocturne était progressivement rongé par les ténèbres, jusqu'à ce qu'il n'en reste qu'une moitié, luisant tristement dans un ciel opaque, dépeuplé d'étoiles. Quand la Croisée s'est éveillé, c'est le visage de la Femme Soleil qui a surgi devant son œil intérieur. Une moitié de ce visage était dans l'ombre et l'autre dans la lumière. Son expression respirait la douleur et la honte. Des pleurs de femmes berçaient cette vision terrible.

Il a demandé à Agalkouchoua, le dieu des songes, de le guider pour comprendre le sens de celui-ci, mais il n'a obtenu aucun signe. Tout le jour, il a été hanté par ce visage mangé d'ombre, par l'astre des nuits grignoté par un démon.

Au moment du départ, le ciel s'est rempli de nuages, rendant dangereuse la progression dans ces forêts mal connues. La Croisée a proposé que l'on remette le voyage au lendemain, mais Vieille Épée a insisté pour partir.

Et comme la Croisée l'avait craint, ils se sont perdus. Le ciel était chargé d'orage. L'air pesait sur leur poitrine. Les croassements des corbeaux leur cassaient les oreilles. Vieille Épée s'arrêta, lâcha son bagage et se mit en colère. Il s'emporta contre les rochers qui semblaient identiques partout où il posait le regard, contre les arbres, si semblables à tous les autres déjà rencontrés, contre le pauvre Moïse, responsable de tout ; il reprochait à celui-ci de les embrouiller intentionnellement et l'accusait d'être un traître. Moïse ne bronchait pas, se contentant d'arborer son sourire distant qui n'en pensait pas moins. Loup fit un suprême effort pour ne pas s'emporter de nouveau, se détourna et fit trois pas dans la direction opposée. Une détonation retentit, et le guerrier aux côtés de Castor s'effondra.

Cette première balle fut suivie par une pluie d'autres, mettant encore deux hommes au sol. Vieille Épée se jeta dans les fougères, ses hommes l'imitèrent. L'ennemi cessa ses tirs. Le silence tomba. Un voile bleuté et une forte odeur de poudre planaient entre les troncs. Soudain des cris retentirent, et on vit surgir au-dessus des fourrés des armes brandies par des bras frénétiques ; haches, casse-têtes, lances, qui avançaient rapidement dans un grand bruit de feuilles fauchées. La Croisée posa la main sur l'épaule d'un homme et lui fit un imperceptible signe de la tête ; aussitôt ce guerrier vint se placer à la gauche de Loup. Le chaman avait un pressentiment ; il devait veiller à ce que le flanc aveugle de son ami ne soit pas exposé sans protection. Quand Loup dégaina sa rapière et entonna son cri de guerre, quand le parti d'Agniers s'élança à sa suite comme un seul homme et que le choc des armes résonna dans l'air lourd, la Croisée avait disparu.

L'homme qui protégeait Loup fut rapidement neutralisé par un coup de hache dans le genou. Un autre prit sa place et eut le crâne fracassé. Une fois les deux hommes hors d'état de combattre, quelques ennemis se ruèrent à l'assaut de Vieille Épée et l'encerclèrent. Il se retrouva seul contre cinq hommes. La rapière faucha les jambes de l'un, blessa le bras d'un autre et se planta dans l'épaule d'un troisième, au terme d'un seul et même mouvement. Sa main gauche armée du casse-tête avait dans le même temps entaillé une cuisse et sectionné un tendon d'Achille. Mais les deux hommes blessés reprirent la lutte, dans l'angle mort de Loup. La rapière donnait des coups de taille, mais les assaillants empêchaient habilement les coups d'estoc, et l'un d'eux parvint à s'emparer du casse-tête. L'homme le regretta aussitôt lorsque l'épée lui perfora l'abdomen, libérant les intestins dans un flot de sang.

Loup tourne sur lui-même, en petits pas souples ; il n'a pas besoin de voir, il sent la présence mouvante de l'ennemi tout autour de lui. Le dernier coup porté aux tripes d'un très jeune guerrier a libéré quelque chose en lui, l'a galvanisé. C'est toujours comme cela. Le début du combat se passe comme si son esprit était un peu hors de son corps, comme s'il n'était pas pleinement incarné. Il voit les visages de l'ennemi, ses mouvements, les lieux alentour, il se voit lui-même, il essaie d'évaluer les distances, chose difficile pour qui a perdu un œil. Il n'est pas encore entièrement dans le moment. Ses premiers gestes lui semblent décalés, pas tout à fait à propos. C'est une sorte d'échauffement. Et brusquement, souvent après un coup mortel, rapide et proprement exécuté, son esprit et son corps s'emboîtent, ne font qu'un seul être, uniquement, absolument dédié au combat, à la violence et à la mort.

L'épée tournoie, s'abat sur une tête, repousse une silhouette trop proche, perce un flanc ; l'arme est le prolongement de son bras, de tout son corps, elle est lui-même. Chaque mouvement en entraîne un autre parfaitement coordonné et nécessaire pour rester en vie ou pour tuer. Trois de ses attaquants sont à terre. Castor et un autre de ses guerriers entrent dans son champ de vision, brandissant leurs cassetêtes. Leur aide lui permet de jeter un regard alentour. Il aperçoit des hommes en fuite. Le sang lui brouille la vue. Il essuie son visage avec son poignet. Une douleur lui déchire l'omoplate. Il perd l'équilibre, tombe à genoux. Un homme se rue sur lui, la hache levée. Mais son visage plein de haine vire à la surprise. L'homme se disloque et s'affale dans la poussière, une hache fichée dans le dos. Derrière lui apparaît Castor. Les cris se sont tus, on entend encore un bouillonnement de sang au fond d'une gorge et quelques chuintements de chair meurtrie. La lutte est terminée. Loup se redresse puis se lève avec difficulté. Il a cent ans soudain. C'est ce qu'il éprouve et c'est ce que Castor ressent, lui aussi, frappé par ses traits soudain creusés, son œil délavé et un peu hagard. Une plaie profonde bée entre ses deux omoplates.

Vieille Épée se dirige vers les quatre hommes qu'il a terrassés ; il soulève la tête du plus proche, encore vivant. Il prend le petit couteau qui pend à son cou ; empoignant la chevelure du blessé dans la main gauche, de l'autre il découpe la peau du crâne tout autour du visage jusque derrière les oreilles, puis arrache toute la partie supérieure du cuir chevelu, comme s'il dépeçait un lapin. Il jette le scalp au sol et fait de même avec les chevelures des trois autres. Ses propres guerriers en font autant avec leurs victimes, et lorsque cette tâche est terminée, l'un d'eux ramasse les chevelures et les attache au bout d'un long bâton qu'il pose contre un arbre, à l'ombre des frondaisons. Puis ils se rassemblent tous au centre de la clairière où a eu lieu l'assaut, forment un cercle au milieu duquel ils poussent les captifs, cinq hommes encore en assez bon état, qu'ils forcent à s'agenouiller. À la gauche de Loup, un peu en retrait, se tient la Croisée. Et à côté de la Croisée, Moïse, barbouillé de sang, l'œil vif, son casse-tête rouge et poisseux à bout de bras. Des captifs mohicans qui les accompagnent, il ne reste que deux hommes. Deux se sont enfuis avec l'ennemi.

Le chaman a bien vu, depuis son point d'observation, comment l'ennemi avait concentré son attaque sur Vieille Épée, tentant de profiter de sa faiblesse en s'acharnant sur son côté gauche. Vieille Épée n'a pas perdu beaucoup de son adresse, de sa rapidité, de son intuition. Néanmoins, il n'est pas passé loin de la mort. Et trop de ses hommes l'ont trouvée de la main de ces Sokokis. Car c'est bien eux qui ont attaqué. Ce sont eux qui doivent détenir Naiekowa et le Frère Blanc. Les Mohicans de la vallée n'ont sans doute pas menti. Les rescapés vont s'empresser d'aller annoncer la nouvelle de cette bataille à leur chef, et ne vont pas manquer de préciser que la troupe a été considérablement affaiblie. En effet, cinq hommes sur vingt sont morts. Trois sont légèrement blessés.

Les captifs refusent de divulguer la moindre information au sujet de Brune ; les questions que Moïse leur pose ne recueillent qu'un silence plein de mépris. Loup aimerait leur couper les parties génitales, leur en faire des colliers et les renvoyer chez eux avec un bon coup de pied au cul. Il aimerait avoir à sa disposition deux cents hommes, et non pas quinze dont trois éclopés. Deux cents soldats munis d'armes à feu, de canons, et faire exploser ces captifs arrogants et tous leurs semblables. Il voudrait une guerre à l'européenne, pour une fois, juste pour cette fois. Et puis plus rien, plus de sang versé par ses mains, plus de chevelures portées en trophées, dégoulinantes et bruissantes de l'éternel cortège de mouches affolées. Le sang dégage déjà cette odeur âcre caractéristique d'un fluide corporel qui a tourné. Tout ce qu'exsude le corps humain finit vite par puer la pourriture. La salive, l'urine, le sperme. Écœuré, il tente de se concentrer sur autre chose. Son œil retombe sur les captifs muets. Leurs visages butés, stupides. C'est insupportable. Il observe ses propres guerriers, est frappé par ce qu'ils lui inspirent. La même chose que les Sokokis : une grande lassitude et de la pitié. Ils sont si vulnérables, au fond, ces hommes orgueilleux.

Brutalement un élancement dans le haut de son dos le fait chanceler et étouffer un gémissement. Il perçoit le frémissement d'inquiétude de la Croisée contre lui. Que faire à présent ? Il n'en a plus la moindre idée. Ou plutôt si : tout lui est égal. Tuer ces gens, les relâcher indemnes, ou mutilés, en garder deux, en libérer trois, ou l'inverse... Aucune de ces perspectives ne lui donne l'impression d'être plus efficace qu'une autre, d'augmenter les chances de sauver sa fille. Il souffre, aimerait s'asseoir, fermer son œil, dormir peut-être. Mais il sent tous ces regards immobiles fixés sur lui, comme des yeux de chouette. Et il faut bien faire ou dire quelque chose. Avec la tête de circonstance, féroce et solennelle, et la voix profonde qui va de pair. Rien que d'y penser le fatigue déjà. Alors il vient se placer derrière le prisonnier le plus ostensiblement décoré, il lève sa rapière à deux mains et l'enfonce dans la nuque de l'homme. Celui-ci émet un gargouillis. Loup lève son regard au ciel, soupire, réassure sa prise sur la garde et retire l'épée du cou. L'homme s'effondre sur le côté, écumant de sang. Les autres captifs n'ont pas bougé, n'ont rien exprimé, comme toujours. Ces peuples sont braves, c'est le moins que l'on puisse en dire. Mais il s'aperçoit que cette bravoure, manifestée par ce sempiternel masque indéchiffrable, commence à l'importuner. Il veut voir la peur, le doute, la douleur, l'envie de vivre. Car ces jeunes gars pleins de force veulent encore chasser, faire l'amour, chanter, fumer… De nouveau la douleur déchire sa chair. Il a envie de crier. Mais lui aussi se doit d'arborer le masque insondable. Il sort du cercle et s'aperçoit qu'il titube. Un de ses guerriers vient lui demander ce qu'il faut faire des prisonniers. Il fait un signe vague et las, que l'autre ne comprend pas. C'est la Croisée qui traduit : « Laisse-les partir. »

Et ce n'est sans doute pas la chose à faire. Que proposera-t-il au chef en échange de Brune ? Trois wampums sont aux bons soins de deux guerriers. Sur le plus beau, les broderies de perles figurent une rivière sur laquelle naviguent deux canots côte à côte. Le canot pourpre représente le Peuple du Silex, le blanc l'autre nation, celle qu'il faut apaiser, convaincre, séduire. Ce sera la nation des Sokokis, qui décideront de croire ou pas à cette histoire de réconciliation et de navigation de conserve sur le grand fleuve de la vie. Mais ces objets ne serviront pas, il le sait. Le sang a déjà coulé et coulera encore.

Les quatre captifs se sont évanouis dans les bois. Il ne sera pas très difficile de suivre leurs traces, si le ciel s'obstine à retenir la pluie. La Croisée est occupé à panser la plaie dans le dos de Loup. Il prépare le fil et l'aiguille. Loup serre les dents. Rester impassible, comme si on ne sentait rien.

Pendant que le chaman perce la peau et y glisse l'aiguille, Loup rejoint la femme blonde qui l'attend au village. Il tente de sentir la tendresse de sa peau, à l'intérieur des cuisses, le grain serré, la finesse, la blancheur, et l'odeur qui s'échappe du triangle de poils clairs. Il fait surgir sa nuque, mince, fragile, la chair souple où il plonge, ses dents près des tendons, contre la veine où le pouls s'accélère ; déjà elle part, renverse la tête, ses yeux prennent une teinte de marais trouble, un aspect laiteux et inquiétant, ses lèvres exhalent des senteurs de sucre brûlé. Elle s'ouvre tout entière, dans un spasme.

Depuis longtemps n'avait-il été autant touché par l'expression du plaisir. De nombreuses femmes qu'il a connues en France feignaient souvent, ou prenaient des poses. Cela sentait l'artifice et finissait par le lasser. Les Indiennes sont authentiques, bien que

434

très réservées. Mais la Femme Soleil le met dans un émoi affolant, parce qu'il sait que chaque fois qu'il la touche, il vient apaiser quelque chose en elle, il tarit la soif, il comble la faim, il suture une plaie. Ce n'est pas une illusion née de son immense orgueil, c'est une certitude qu'elle lui transmet, dans la plus parfaite transparence.

Il a un désir fou d'elle, et cette montée annihile la douleur causée par le travail de couture effectué par la Croisée sur sa chair. Il est presque comblé auprès de cette femme ; il a commencé à aimer celui qu'il voit au fond de ses yeux, celui qu'elle seule, peut-être, a le don de voir. C'est ce petit gars qui sentait la bête et l'humus, celui qui mordait le mulot encore vivant, qui se confondait avec l'écorce et la fourrure, la pierre et les feuilles mortes. Celui qui lui avait déjà tenu la main sur la route du retour vers Ossernon.

Tu ne m'as jamais rien demandé sur ma vie avant le château. Et si tu l'avais fait, je crois que je ne t'aurais pas répondu, ou bien j'aurais inventé, comme je le faisais volontiers. Jehanne savait. Elle savait le peu que j'étais capable de me remémorer. Et si ma mémoire me faisait défaut, elle pouvait compenser ses lacunes et reconstituer un peu de la vie qui avait été la mienne, imaginer les émotions qui avaient habité mon être en devenir. Elle connaissait ma solitude, le froid malgré le feu dans la maison, la joie de sentir les premiers rayons après l'hiver, de boire à la source où la glace a fondu. Elle pouvait se représenter Menou et ses peaux sur le dos, ses cheveux jamais peignés qui formaient une énorme tignasse de boudins gris, auxquels elle attachait des feuilles quand elle braconnait, pour se confondre avec les arbres.

Jehanne pouvait voir la masure dans la clairière, toute de bois, avec les peaux et les animaux séchés suspendus au toit. Elle savait qu'au début je ne voulais pas dormir avec Menou dans la maison, que je restais blotti dans la fourrure de Drac, le chien qui m'avait trouvé. Je ne sais plus si c'est moi qui lui ai confié cela ou si c'est elle qui l'a deviné. Elle avait une imagination fertile et je me reposais sur elle pour combler le vide. Mais le grand vide d'avant Menou, elle n'a jamais été capable de le remplir d'images, de sons, d'odeurs, de vie. Aujourd'hui encore, c'est une étendue infinie, nue et désolée.

Nous avons tenté de retrouver la maison de Menou. C'était un après-midi d'automne tourmenté. Nous étions partis à cheval ; elle était assise derrière moi sur Alexandre, le limousin que tu m'enviais tant. J'ai mené le cheval où je pensais qu'était la chaumière. J'étais si sûr de moi, après toutes ces années. Mais dans la clairière, il n'y avait rien. Pas le moindre vestige d'habitation, aucun signe qu'une vie humaine se fût consumée là. Menou n'avait rien laissé derrière elle. Que les arbres, les rochers, la source. J'ai compris qu'elle était morte. Elle avait dû aller se cacher au plus profond de la forêt, comme les animaux malades. Et les murs branlants qui l'avaient abritée s'étaient affaissés, s'étaient évanouis, le peu de mobilier aussi. Menou avait marché sur terre légère et discrète comme l'air. Comme le font ceux de mon peuple. Quant à moi, j'ai fait beaucoup trop de bruit. Mais le moment venu, je vais essayer de disparaître en silence.

23

En l'absence de prêtre, Valère prononce lui-même le discours et les prières des morts, devant la fosse où Hautcœur vient d'être déposé, enveloppé de superbes peaux. Valère égrène le De Profundis avec moins de conviction que s'il s'agissait des tables de multiplication. Il doit faire un effort, pourtant, pour son jeune ami. Mais son esprit est tout entier tourné vers Antoinette, qui gît sur sa couche, le visage défiguré par le feu, un immense L gravé dans la chair de son ventre. C'est grâce à son petit chien qu'on l'a trouvée, attachée à un arbre. Leroy avait sans doute laissé l'animal en vie afin qu'il mène les villageois jusqu'à elle. Il ne la voulait pas morte, mais punie. Il ne lui a mutilé qu'une moitié de visage, et le résultat est sans doute encore plus affreux que s'il avait dévasté toute la face. Le contraste entre son profil intact, si pur, si lisse, et celui labouré par les charbons et les lames chauffées à blanc est si saisissant qu'il vous laisse foudroyé.

«*Sustinuit anima mea in verbo eius, speravit anima mea in domino.*» Non, l'espoir de Valère n'est pas en Dieu, il est en quelqu'un d'autrement plus concerné, et plus dangereux. L'imagination exaltée de Valère chancelle au bord du charnier d'images qui s'imposent à la seule évocation de la rage de Loup quand il découvrira ce qui est arrivé à Antoinette, s'il revient vivant de son voyage. Tout en psalmodiant, Valère se laisse glisser dans ce gouffre plein de visions infernales, il s'y vautre même avec complaisance, se repaissant sans honte des souffrances qui attendent Leroy, un jour ou l'autre, avant que la mort mette fin à son calvaire. C'est la seule consolation de Valère face au drame d'Antoinette et à la mort de Hautcœur. Il rend grâce à Vieille Épée de la légendaire cruauté que le monde lui attribue, et fait le vœu que ce ne soit pas qu'une rumeur.

*

Voici encore un crépuscule. Un jour de plus derrière lui, une nuit qui s'avance, venant rejoindre la longue cohorte de jours et de nuit depuis sa naissance, en ce jour de février. Le vent secouait les vieux murs, faisait grincer les planchers. Isabelle avait souffert le martyre pendant une trentaine d'heures. Son bassin était trop étroit, avait dit la sage-femme. Elle avait failli perdre la vie, et il sait qu'Hugues avait supplié que, dans le cas où il y aurait un choix à faire, on sauve la mère plutôt que l'enfant. C'est Odelette qui lui avait conté cela. Armand n'a jamais pu se représenter sa mère et son père unis dans un lit, leurs chairs emboîtées, le sexe d'Hugues pénétrant le corps froid d'Isabelle. Que ce corps l'ait porté, lui, Armand, et l'ait délivré au monde relève toujours pour lui d'une sorte de miracle contre nature.

Un jour qu'il était allé rendre visite à Loup et Blanche au Plessis peu après la naissance de leur deuxième fils, il avait été frappé par un changement profond chez Blanche. La maternité lui conférait un charme étrange et nouveau ; ce n'étaient pas tant ses formes plus pleines, plus affirmées, car elle était gironde avant d'être grosse ; c'était quelque chose au fond de ses yeux, dans ses gestes. Une espèce d'abandon d'une sensualité singulière. Il s'était dit que peut-être Isabelle, quand elle avait découvert le bonheur d'être la mère de Loup, avait irradié d'une séduction semblable, et avait ravivé chez son époux l'envie d'elle, d'aller à la rencontre de cette femme transfigurée par l'amour. C'est ce qui expliquait peut-être la conception d'Armand. Ainsi lui apparut Blanche après son second accouchement : transfigurée par l'amour. Il avait voulu croire que c'était la maternité qui en était la cause.

Une nuit, Armand s'était relevé et il les avait surpris dans la cuisine ; chaque image de cette scène, chaque mouvement est gravé aussi profondément dans sa mémoire que les brûlures indiennes dans sa chair : elle, penchée en avant sur la table, entourée de pots et d'ustensiles, les cheveux lâchés éparpillés autour de son visage, les jupes relevées, les fesses offertes, d'une éclatante blancheur dans la pénombre parsemée de clartés cuivrées. Loup occupé à la besogner, une main posée fermement sur sa nuque, l'autre sur ses reins. Lui, Armand, muet et immobile dans l'embrasure de la porte, prisonnier de la scène qui le révulse autant qu'elle le captive.

Blanche gémit doucement, comme sous l'emprise d'un rêve. Elle tente de se redresser, mais la large main qui enserre son cou la plaque contre le bois.

Elle pousse un râle, lutte encore, dégage ses cheveux d'un geste brusque, attrape cette main qui la maîtrise, la porte à ses lèvres et commence à lui sucer les doigts. Le sang pulse douloureusement aux tempes d'Armand, sa tête, son ventre, sa gorge, son cœur se tordent, hurlent, agonisent, mais il est incapable de détourner le regard, encore moins de s'en aller.

Loup ralentit la cadence jusqu'à s'immobiliser, se penche sur elle, sa chevelure noire inondant le dos blanc ; il respire profondément, avidement ses cheveux à elle, enfouit son visage sous son aisselle, lui mord la partie charnue de l'arrière du bras. Elle, secouée d'un grand frisson, relève un peu la tête. Armand aperçoit ses joues baignées de larmes. Cela coule sur la peau de pêche, goutte sur le bois usé et forme une petite flaque dans laquelle trempent ses cheveux. Loup, lentement, se remet à bouger, puis accélère le rythme ; il lui met le pouce dans la bouche puis le retire et le glisse entre ses fesses. Elle se cambre, pousse une sorte de feulement, frappe la table du poing au moment où il jaillit en elle en brusques saccades. Les yeux de Blanche, restés fermés jusque-là, s'entrouvrent alors. Armand sort précipitamment et va vomir dans un couloir.

Le lendemain, épuisé, en proie à un désespoir hystérique, il s'abîma aux genoux de Blanche et lui déclara qu'il avait vu Loup la posséder comme une bête au milieu des marmites.

« Je le sais, lui répondit-elle sans émotion. Je sais que tu étais là.

— Tu n'as pas à subir cela. Quitte-le ! »

Elle lui offrit un sourire blasé ; et il remarqua pour la première fois les cernes sous ses yeux. Puis elle se

440

détourna pour fixer une potiche chinoise; sans le regarder elle finit par lui dire :

«Ne vous tourmentez pas pour moi. Priez pour mon âme.»

Ce soudain vouvoiement lui planta une lame en plein cœur. Et en même temps lui rappela douloureusement le début de leur relation, les baisers furtifs entre deux portes, les caresses timides et les serments. Elle le regardait à présent avec bienveillance. Il remarqua combien son teint était vif, lumineux. Comme ses mains potelées semblaient douces, posées sagement sur la robe gris perle. Comme ses lèvres étroites et charnues invitaient à la tendresse. Mais il les revit soudain s'agiter autour des doigts de son frère, exhaler des râles répugnants. Il revit le dos se cambrer voluptueusement alors que ces mêmes doigts pénétraient son fondement.

C'était la dernière fois qu'il voyait Blanche saine de corps et d'esprit. Les visions de cette terrible nuit n'ont cessé de le hanter, de venir contaminer les souvenirs plus tardifs des années où Blanche perdait la raison et la santé. Armand ne pouvait s'empêcher de croire que Loup avait damné cette femme, avait pris possession de son âme comme on dit que Satan prend possession de celle des sorcières.

Le souvenir de cette étreinte est aussi frais que s'il datait d'hier. La déchirure ressentie est, elle aussi, toujours à vif, palpitante, pareille à un morceau de viande fraîche sur l'étal du boucher. Le temps ne fait rien à l'affaire. Ni la certitude que Loup soit en vie. Comme les sorciers d'ici avec leurs répugnants talismans, Armand se trimballe harnaché de ses vieux démons, de ses blessures suintantes. C'est ainsi qu'il s'avancera vers Loup, tout chargé d'amertume, rotant son aigreur comme après un mauvais vin blanc.

La nuit est descendue. Les Sauvages s'attardent près du feu. Brune est parmi eux. Il est difficile de croire que le sagamore lui réserve une mise à mort prochaine. Il la traite en hôte respecté, veille à son confort, lui sourit sans cesse. Mais lui-même n'a-t-il pas agi de même avec Loup, à partir du moment où il a décidé de se venger ? Ne l'a-t-il pas serré avec chaleur avant de le quitter au Plessis, alors que sa résolution était prise ? Et ce manège n'a-t-il pas duré encore des années, parce qu'il ne savait pas comment s'y prendre ? Et qu'une fois le moyen arrêté, il ne trouvait pas la lâcheté nécessaire pour dénoncer Loup aux autorités ? Il a fini par la dénicher, terrée au fond de lui, mais elle était maigre, mal nourrie, vacillante sur ses membres anémiés. Alors il l'a gavée de toute sa haine, de toutes ses frustrations, de ses dissimulations et de ses mensonges éhontés, et elle a grandi.

Il n'a pas été capable de faire d'enfants, mais il a engendré la fourberie et en a fait une laide fille robuste et redoutable. Chacun selon sa mesure, répétait l'abbé Choucart. Telle est sa mesure à lui, Armand. La rançon de cet enfantement monstrueux fut une torture permanente. Il lui fallut endurer le sourire confiant de son frère, la générosité de son frère, la gaieté de son frère, et se consoler de la méchanceté que Loup était capable de témoigner aux autres. Car elle frappait souvent et parfois aveuglément, cette férocité soudaine et sans limites, et heureusement ! Sinon le jeu n'en aurait pas valu la chandelle, et lui, Armand, aurait sombré sous le poids de sa conscience polluée et du remords anticipé. Alors il jubilait chaque fois que son frère perdait son sang-froid, violait une servante, frappait un laquais, délaissait une femme, chassait un métayer. Il jouissait en esprit, à défaut de pouvoir exulter dans sa chair.

Sa bouillie d'entrailles et de fèves reste à fermenter dans son estomac et pèse comme une langue de mouton mal mâchée. Brune lui sourit, croit-il, d'après ce qu'il entrevoit de son visage derrière la fumée et les éclats de braises rougeoyantes. De son esprit misérable est née la lâcheté et, de la chair de Loup, cette créature sans égal. Chacun selon sa mesure.

L'hiver approche. L'eau de la rivière où il se baigne perd chaque jour sa tiédeur bienfaisante. Armand se rend moins volontiers près de la cascade avec les autres hommes du village. Cette chute d'eau l'a terrifié la première fois qu'il l'a vue. Depuis une hauteur vertigineuse, des quantités diluviennes d'eau se déversent furieusement dans un bassin cerné de rochers énormes, et ce torrent écumant continue sa course en rapides jusqu'à la rivière. Il fallait passer derrière la cascade pour atteindre le village. Il n'y avait qu'un autre chemin, beaucoup plus long et périlleux à travers la montagne.

Les Sauvages semblent vénérer cet endroit. Les femmes répandent du tabac au-dessus de l'eau avant de faire leur lessive ou leurs ablutions. Parfois un vieillard s'assied sur la berge et se lance dans une longue incantation accompagnée de gestes. Quand Armand a demandé ce qu'il faisait, un des enfants a pris la peine de lui répondre par mime que le vieux remercie la rivière pour le poisson qu'elle apporte en abondance à son peuple. Armand avait vu les Onnontagués et les Agniers s'adonner à des pratiques similaires sur le chemin vers l'Iroquoisie.

Ces indigènes ne cessent de manifester leur reconnaissance à la terre et au ciel, à la forêt, aux bêtes, aux lacs et aux rivières pour la nourriture, l'abri, la beauté qu'ils offrent à l'homme. Armand en avait d'abord souri avec un peu de condescendance. À présent, ces usages l'intimident au contraire. Juste avant l'arrivée de Brune, il avait éprouvé le désir de se joindre à un groupe de pêcheurs qui faisaient leurs dévotions avant de capturer le poisson. L'un d'eux l'avait aperçu qui les observait, fasciné, et lui avait fait signe de les rejoindre. Et il les avait accompagnés, avait imité leurs gestes et tenté de suivre les modulations de leurs voix. Il en avait ressenti une profonde sérénité ; il avait expérimenté la disparition, fugace certes, mais complète, du poids de la solitude. Bien plus que dans aucune église s'était-il senti en bonne entente avec ses semblables, livré aux mêmes dangers, aux mêmes puissances, dans ce monde absolument mystérieux. Cela n'avait duré que le temps du rituel. Les hommes après cela l'avaient laissé seul de nouveau, l'avaient renvoyé à son statut d'étranger, à ses tourments et à sa crainte de Dieu.

Les villageois se préparent à regagner leurs maisons pour la nuit. Seules quelques braises éclairent les visages. Le chef secoue sa pipe et en fait tomber le contenu dans le foyer. Armand remarque que Brune s'est retirée. Une fillette qui ne doit pas avoir plus de cinq ans vient s'asseoir à ses côtés. Il la connaît bien, cette enfant. Elle le suit parfois dans le village, silencieuse et calme. Une fois, elle lui a pris la main. Le contact de la chair chaude et soyeuse l'avait tant surpris et ébranlé qu'il avait dû ravaler un sanglot. À présent, elle s'est appuyée contre son bras ; sa tête dodeline déjà, glisse et se pose sur sa cuisse, ses yeux se ferment. La mère de la petite s'approche, observe sa fille un instant avant de la prendre dans ses bras et de l'emporter loin d'Armand. Il aurait voulu garder l'enfant auprès de lui, veiller sur son repos, ne pas être seul. Il se retire dans le wigwam qu'il partage avec deux familles, s'allonge sur sa couche et sombre à son tour dans un sommeil habité d'images lointaines et insolites, où la fillette et Jehanne se confondent, où le visage de Brune se dissout dans celui de Loup au même âge, où la cascade du Déroc en Aubrac est aussi celle qui jouxte le village indien ; il y barbotte en compagnie d'un homme qu'il ne reconnaît pas bien, mais qui pourrait être Valère. Valère qui ne serait plus tout à fait le même. Ils échangent des politesses, des banalités sur la température de l'eau, sur le climat, puis se présentent comme s'ils ne s'étaient jamais rencontrés.

Un bruissement l'éveille. Brune est penchée au-dessus de lui. Il ouvre grand les yeux. Elle lui met une main sur la bouche, et de l'autre l'invite à la suivre. Il voit qu'elle porte un arc et un carquois ; un long couteau pend à sa ceinture. Ils sortent de la maison, traversent le village endormi, se retrouvent dans la forêt. Elle veut fuir. Elle sent que son père et le chaman ne sont pas loin. La Croisée lui a envoyé un signe. Un signe ? Mais lequel ? Et qu'est-ce que la Croisée ? La Croisée de quoi ? Armand n'est pas bien éveillé. Il maugrée, s'en veut d'avoir suivi cette femme comme l'esclave qu'il est, qu'elle a fait de lui. Il peste intérieurement, mais il sait que l'expression qu'il offre est tout autre. Il sourit bêtement, en tentant de camoufler l'absence de ses trois dents en haut à gauche. Elle l'envoûte de ses yeux qui déchirent la nuit autour d'eux et les tiennent dans un halo opalescent. Oui, d'accord, il la suivra, ils partiront au péril de leur vie, sans provisions, sans vêtements, il mettra ses pas dans les siens, comme il ne cesse de le faire depuis l'hôtel de Grampin, comme il le fera jusqu'à ce que mort s'ensuive. Et la voilà qui se retourne et prend la piste qui s'enfonce dans la forêt, vers la cascade. Elle le prive de la lumière de ses yeux, et il doit tenter de ne pas perdre le mouvement de sa silhouette qui avance rapidement devant lui. Il accélère le pas, se retourne une dernière fois vers le village où il a passé les semaines les plus singulières de son existence. Brune s'écarte de la piste et trace son chemin comme si elle connaissait les lieux par cœur. Et leur parvient déjà le bruit de la cascade, effrayant dans la nuit.

*

Valère est au chevet d'Antoinette. La moitié défigurée de son visage est enveloppée de bandes de tissu imbibé d'onguent. Les brûlures laisseront des traces à jamais. Pas de simples cicatrices. Mais une surface entièrement boursouflée, la structure des os disparaissant sous la peau qui semble avoir fondu comme la cire. Il y a un Français au village dont le visage est brûlé de la sorte. Au début, on n'ose pas laisser le regard errer longtemps sur lui. Et, au fur et à mesure que les jours passent et qu'on le croise, on s'attarde plus longuement, et on finit par ne plus trop y prendre garde. Enfin, on fait un peu semblant. Parce que cette vision vous prend chaque fois par surprise. On ne s'y habitue jamais vraiment.

Antoinette s'est murée dans le silence. Ses yeux semblent vides. Elle accepte de manger, de boire, elle se laisse laver, panser, sans offrir de résistance. Elle parlait, jusqu'à ce qu'elle trouve un miroir.

Valère lui prend la main ; elle reste inerte et froide dans la sienne. Esther vient d'entrer, apportant de quoi changer le pansement. Les femmes ont montré à Valère comment faire. Il s'en charge chaque jour. Esther se met à caresser Pouic, qui ne quitte pas la couche de sa maîtresse. Valère entreprend d'ôter le cataplasme. Il sait que c'est douloureux, très douloureux, car la matière colle à la chair, malgré les onguents. Il faut être d'une lenteur et d'une délicatesse extrêmes.

Un chaman vient parfois lui rendre visite à la nuit tombée, alors que toutes les familles sont réunies pour le coucher. L'homme ressemble un peu à celui qui avait tenté de soigner Valère dans ce petit village le long du fleuve des Mauvais Esprits ; accoutré comme lui, avec des peaux superposées auxquelles pendent des lézards, des serpents séchés, des breloques en tous genres, dont certaines en provenance d'Europe ou de la colonie. Il agite une carapace de tortue remplie de graines alors qu'il se déplace à petits pas rythmés le long du corps d'Antoinette. Elle ne semble pas se préoccuper de sa présence, pas plus que de celles des êtres qui l'entourent et s'inquiètent de son état et de son mutisme. Le chaman parle, chante, fait brûler toutes sortes d'herbes qui sentent bon et moins bon, fait cliqueter son hochet, et tout cela a le mérite de plonger Antoinette dans un sommeil paisible, si on le compare à celui de la journée qui imprime sur son profil indemne d'incessantes crispations, mouvements intempestifs des globes oculaires, froncements de sourcils. Valère a l'impression que la jeune femme revit chaque jour son supplice. Elle porte souvent la main à son ventre et le frotte violemment, comme pour effacer la lettre capitale immense, d'une calligraphie soignée, qui occupe presque toute la surface abdominale sous les seins. Et ces mouvements agressifs empêchent la chair de cicatriser. La plaie continue de saigner, comme si celui qui l'a infligée lui avait jeté un sort afin qu'elle ne guérisse jamais.

La Croisée des Chemins n'aurait pas été capable de rendre à Antoinette son visage d'autrefois. Ni lui ni personne ne pouvait accomplir ce prodige. Le feu laisse des traces dont seule la mort vient à bout. Mais il aurait pu sans doute mener l'âme d'Antoinette sur le chemin de la guérison.

Valère a tout le temps de penser. De se souvenir de son maître, qui lui manque cruellement. De convoquer le visage de Castor. Le jeune homme semble avoir laissé quelque chose de lui, une trace de sa présence, car souvent Valère se sent enveloppé, suivi de très près par une onde de chaleur, un phénomène indéfinissable et invisible qui a la saveur, la sérénité, qui possède l'essence de Castor.

Un jour, Matin d'Hiver lui déclare que les premiers froids seront bientôt là et que la chasse va commencer.

Valère a parfaitement compris ce que Matin d'Hiver signifie par là. Il lui répond qu'il se tiendra prêt à partir dès que l'on aura besoin de lui. Et une semaine plus tard, l'Indien revient lui annoncer qu'il doit se préparer à quitter le village à l'aube. Ils se rendront dans les montagnes du Nord-Est pour y traquer la sauvagine, l'orignal et ce qui reste de castors. Ils ne seront partis que deux semaines, puis reviendront au village avant une nouvelle expédition.

En faisant son bagage, Valère a le cœur lourd de laisser Antoinette. Mais il n'a pas le choix. Il lui faut se rendre utile. Il en a assez de vivre aux crochets d'une communauté qu'il n'aide pas à subsister. Aux premières lueurs du jour, il se joint à la bande de chasseurs, une vingtaine d'hommes, et ils prennent le chemin du fleuve. Ils emportent, outre leurs arcs et couteaux de chasse, des pièges et des collets, des sacs de maïs, des haricots secs, des galettes semblables à celles offertes aux guerriers.

Une fois à genoux dans le canot, Valère observe les arcs, les carquois et les flèches. Un arc iroquois a la taille d'un homme, est fait de cèdre rouge que l'on a durci au feu. La corde est en tendon de cerf. Les flèches, longues d'un mètre, sont munies de pointes d'os ou de pierre. Valère a assisté à la confection de certaines armes avec un grand intérêt. Il les admirait un peu comme il aurait apprécié un sabre turc ou une presse, un objet dont on n'aura jamais l'utilité. Le regard qu'il pose sur elles a changé. Ces grands arcs l'impressionnent, le terrorisent même. Il ne se voit pas manier l'un d'eux, encore moins tuer un animal avec. Valère n'a jamais rien tué de sa vie, que des mouches, des guêpes et des rats. Ceux-ci infestaient les caves de l'immeuble où il vivait avec Armand, et on en voyait souvent rôder la nuit dans les pièces à vivre.

Valère les haïssait et se repaissait de les voir agoniser après qu'il les avait transpercés de son tisonnier. Lorsqu'il n'était pas trop fatigué de sa journée, quand Armand ne l'avait pas fait courir dans tout Paris pour véhiculer du courrier, payer le perruquier ou la blanchisseuse en retard, Valère s'embusquait derrière la cheminée et attendait que le silence complet régnât dans la pièce. Parfois rien ne se passait : la vermine ne se montrait pas. Mais certains soirs il entendait enfin le bruit des petites pattes trottinant sur le plancher, et bien vite il voyait les queues gigoter, les yeux luire dans la nuit. Il en choisissait un, attendait qu'il fût à sa portée et alors brandissait son arme ; avec la rapidité et la précision que toute sa haine et son dégoût lui insufflaient, il embrochait sa victime. La bête couinait pendant de longues secondes sous son regard implacable et, quand le spectacle commençait à le lasser, il l'achevait et brûlait le cadavre.

Généralement il ne faisait qu'une seule prise, car le bruit et le mouvement que nécessitait la mort du premier faisaient fuir tous les autres. Une fois cependant, alors qu'il agitait avec cruauté le tisonnier dans les chairs perforées de celui qui venait de tomber sous sa vindicte, il avait été attiré par deux yeux flamboyants qui l'observaient depuis un coin de la pièce. C'était un vieux rat roux et à moitié pelé. Une vilaine bête qui suintait la malice. L'animal se déplaça, et Valère s'aperçut qu'il lui manquait une patte. Chaque soir à partir de ce jour, il guetta l'apparition du vieux rat roux, et chaque nuit le vieux rat roux pointait son museau ridé et ses petits yeux cruels dans le même recoin, près du fauteuil d'Armand, et observait Valère assassiner ses semblables. Il paraissait lui dire : « Vas-y, ne boude pas ton plaisir. Un jour, tu paieras. Un jour, le dieu des rats se vengera des souffrances que tu nous infliges. » Une nuit, le vieux rat manqua au rendez-vous, et il ne se montra plus. À partir de ce jour, Valère cessa de massacrer les rats. Le goût lui en était passé.

Armand, dérangé par le vacarme nocturne à côté de sa chambre et intrigué par les taches qui s'incrustaient dans le plancher malgré les soins de Valère pour les faire disparaître, avait un matin demandé à son valet s'il organisait des sabbats en son logis. Valère avait avoué ses crimes. Et le terme de sabbat lui avait donné à réfléchir sur la portée de ses actes. Il y avait quelque chose de réellement diabolique dans son attitude, dans la jubilation qui s'emparait de lui à la seule perspective de voir la souffrance et de contempler l'agonie.

Alors qu'il se réaccoutume à l'effort, que son corps engourdi depuis des semaines se réapproprie la pagaie et réapprend à synchroniser ses mouvements avec ceux de ses compagnons, il repense au vieux rat roux. Chaque Homme Blanc a au fond de sa tête un vieux rat roux et hideux qui l'observe, tapis dans l'ombre, qui attend son heure.

L'arc le nargue depuis le fond du canot. Valère apprendra à l'utiliser. Et il tuera de nouveau, non plus par plaisir, comme un sale petit morveux qui torture les grenouilles et les chats, mais comme un Indien, avec dignité, avec respect. Et lui aussi dira les paroles de remerciement au-dessus de la dépouille de l'animal qui donne sa vie pour maintenir celle de quelques hommes. L'aventure est au bout du chemin, il a hâte d'être dans ces montagnes sauvages, il se réjouit de tout ce qu'il aperçoit sur les rives boisées, de tout ce qu'il n'a pas pu voir en arrivant par cette même rivière parce qu'il était aux portes de la mort. Ces montagnes grandioses entre lesquelles le fleuve creuse son chemin avec impétuosité lui inspirent une admiration craintive. Il rend grâce à Armand, à Castor, aux chamans, à tous ceux qui ont gardé intact le fil de sa vie.

*

Voilà des jours que nous avançons dans ces montagnes. C'est un pays rude, exigeant; il semble ne se donner pleinement qu'à ceux qui le connaissent depuis toujours; il nous murmure que nous ne sommes pas ses fils, que nous ne sommes pas chez nous. Ainsi en était-il de Wendake, avant et même après le départ des Wendats. Une terre sans pitié pour ceux qui ne sont pas nés d'elle. Mais dont les beautés, lorsqu'elles se dévoilent, n'en sont que plus précieuses. Notre Gévaudan était de cette sorte. Il m'a fallu vivre vingt ans ici pour m'apercevoir de l'attachement que je lui portais, que je lui porte encore.

Es-tu retourné à Canilhac? As-tu contemplé le château en ruine? Du temps que nous y vivions, c'était déjà un vieillard usé, ses murs se fendillaient, sa toiture se clairsemait; il y faisait froid, humide et sombre, le vent hurlait tout l'hiver dans les cheminées qui tiraient mal. Il flairait le Moyen Âge à plein nez.

S'il a été épargné par la fureur royale, qui en aura voulu pour abri ? Vaudrait-il encore quelque chose comme témoin de pouvoir, d'ancienneté, de prestige ? Le règne inauguré par le jeune soleil ne semble pas faire grand cas des blasons qui se perdent dans la nuit des temps. Le roi préfère la jeunesse et la modernité. Noble, oui, mais pas trop. Pas trop ancien, pas trop farouche, pas trop puissant.

Déjà son père le treizième se méfiait de tout ça comme de la peste. Et notre famille a eu de la chance de ne pas voir la plupart de ses tours crénelées et de ses donjons détruits sur ordre de Richelieu sans avoir commis d'autre crime que celui d'avoir traversé le temps. «Les châteaux forts narguent le pouvoir royal. Ils sont une bravade et doivent disparaître», déclarait le vieux renard. Jusqu'à ma déchéance, les nôtres n'ont pas disparu, parce que tel était mon bon plaisir, qui devenait assez naturellement le bon plaisir de Louis.

On a dit qu'il était amoureux de moi. On a même insinué que nous avions commis le péché de chair. Le péché de chair. Cette expression de Robe Noire me répugne. Pourquoi ne pas appeler un chat un chat ? Louis ne m'a jamais touché, n'a jamais eu la moindre velléité de sodomie ni d'attouchement quelconque. Il se conduisait en parfait gentilhomme. Il aimait les hommes mais dédaignait les relations charnelles. C'était un vertueux, un tourmenté, qui craignait l'enfer, un homme abîmé par sa religion, dépossédé de lui-même.

J'ai eu quelques amants. Je n'aimais pourtant pas le contact du corps masculin. Je ne le convoitais que par esprit de conquête, afin de mesurer l'étendue de la séduction que j'exerçais, ce qu'elle pouvait exiger des hommes. Je m'abreuvais jusqu'à l'écœurement du désir frénétique au fond de leurs yeux, à même leur peau, dans la salive qui perlait au bord de leurs dents alors que je ne les avais même pas encore effleurés, à peine regardés. Aucune femme amoureuse ne m'a procuré cette jubilation cruelle. Aucune, je t'assure, pas même Blanche. Mais voir s'abaisser à mes pieds l'orgueil du mâle, le fouler à l'envi, le réduire à néant... Cet orgueil dont j'étais moi-même confit et que j'en venais parfois à détester. Peut-être, en avilissant mes congénères, espérais-je tuer en moi cette force destructrice qui m'avait privé de Jehanne. En réalité je ne faisais que l'alimenter.

La seule et unique fois où un homme me troubla véritablement, ce fut à Rome. Un jeune prostitué des rues. Dans la nuit, sa tournure, ses cheveux très longs, son visage hâve et ses grands yeux à la teinte indéfinissable m'avaient rappelé celle que j'ai cherchée ma vie entière à travers chaque visage qui croisait mon chemin. Il lui ressemblait si fort... Tu en aurais été troublé toi aussi. Sans doute pas jusqu'à lui enfourner ta verge dans le derrière, comme je l'ai fait avec désespoir au fond de cette venelle puant l'urine et le jus de poisson fermenté au soleil. Je l'ai payé, me suis enfui à travers la ville et j'ai noyé mon chagrin dans l'alcool et le jeu.

À l'aube, j'ai failli perdre la vie dans un duel avec une femme déguisée en prêtre. Elle m'avait traité de porc de Français, ce qu'après tout j'étais à outrance cette nuit-là, mais je me serais battu pour beaucoup

454

moins que ça. Je ne me suis aperçu de la supercherie qu'après lui avoir passé mon épée au travers du corps : en retirant l'arme, j'ai dénudé sa gorge et j'ai aperçu un petit sein rond et blanc dans l'échancrure du pourpoint, un sein au mamelon dressé et encore frémissant de vie. C'était la nuit des malentendus, digne d'une farce italienne. La surprise fut si grande et j'étais si ivre que je me suis effondré sur elle et me suis endormi la tête sur sa poitrine jusqu'à ce que mon valet me retrouve à la nuit tombée. J'ai fait les rêves les plus étranges au contact de cette morte. Quand je me suis éveillé, son sein était d'un rose bleuté, et le téton toujours dur et pointé victorieusement vers le ciel.

J'étais heureux de retrouver notre foyer après ces aventures étrangères où je me perdais souvent, heureux de te retrouver toi, ravi, curieux, attentif. Mais je percevais aussi ton envie, ta profonde, inconsolable déception de ne pas avoir droit, toi aussi, à la découverte d'horizons nouveaux. J'ai bien tenté de faire céder Hugues afin que tu puisses partir faire un Grand Tour, ou tout au moins un séjour en Italie. Je n'ai sans doute pas assez insisté. Je me donnais trop peu de mal, sauf lorsqu'il s'agissait de satisfaire ma personne. Je te plaignais, crois-moi, mais à quoi cela a-t-il servi ?

Peut-être que si je m'étais préoccupé un peu plus de toi ne serais-je pas ici à l'heure qu'il est, marchant dans mes mocassins, des morceaux de peau humaine pendus à ma ceinture. Peut-être n'aurais-tu jamais désiré mon malheur et n'aurais-tu jamais révélé notre secret. Je serais encore marquis de Canilhac. Tu sais, je dois être honnête avec toi ; aujourd'hui, je sais enfin ceci : je n'ai que faire de ma gloire passée, de mes titres, de mes richesses. Tu m'as permis de renaître. Tu as fait de moi un homme nouveau, un homme que je préfère à l'autre. Et je devrais te remercier pour cela. Mais c'est quelque chose qui n'est pas en mon pouvoir. Cela m'est impossible. Je ne parviens pas à laisser le pardon et la gratitude prendre le pas sur la colère, le dépit, la soif de vengeance. Qu'espérais-tu en venant ici ?

Il nous faut des heures pour parcourir un dérisoire arpent de territoire. Les traces des captifs relâchés et des guerriers sont encore fraîches, mais ils semblent bien plus rapides que nous sur ce terrain qui est le leur. Je marche en oubliant complètement la présence de mes compagnons, excepté celle de la Croisée. Je sens toujours l'esprit de la Croisée, même lorsqu'il est loin et qu'il prend une autre forme. Je mets un pied devant l'autre, sans me soucier du paysage, du vent, du mouvement de la cime des arbres, des sons, de la position du soleil. Je compte sur ceux qui m'accompagnent. J'avance, je regarde devant, toujours devant, je voudrais être rapide comme l'oiseau, ne pas me préoccuper des obstacles de la terre.

Les jours de Brune sont comptés, un rêve me l'a dit. Il y était question d'un serpent qui se dressait au milieu d'un grand brasier. Et depuis ce rêve, des images d'elle me parviennent de l'époque où elle était une petite fille qui n'avait pas encore de dents. Des moments que je croyais avoir oubliés tant ils sont nimbés de la banalité du quotidien. Mais qui pourtant viennent aujourd'hui me déchirer le cœur et les entrailles. Elle est mon unique enfant, la seule qui ait survécu. Je ne me suis jamais demandé à quoi auraient ressemblé ceux que j'ai perdus. Sauf celui que Jehanne portait quand elle s'est donné la mort. Celui-là vient parfois hanter mes nuits, à présent que le passé me tient en sa main de fer. C'est une fille que je vois, très douce et pâle comme un ciel de janvier sur le plateau. Elle a de petites dents comme sa mère, un front haut et calme, des gestes mesurés, mais dans ses yeux gris l'orage semble toujours prêt à éclater. Mon peuple croit que les âmes des bébés morts attendent sur le bord des chemins que passe une femme en qui ils pourront se glisser et croître pour parvenir enfin à venir au monde. Mon enfant est peut-être en vie quelque part, dans un obscur hameau battu des vents.

De Jehanne, il ne me reste rien, que les souvenirs lancinants et le remords. Et la lumière qui irradiait de chaque instant auprès d'elle, avant que je la bannisse et la jette dans les ténèbres. Pourquoi ai-je commis cette faute dont rien ni personne ne peut m'absoudre ? L'orgueil, la vanité, la convoitise d'une vie glorieuse, de richesses, de tout ce dont mon infamante naissance aurait dû me priver et que la vie mettait à ma portée ? C'est bien pis que tout cela. Je l'ai rejetée parce qu'elle était ma semblable, ma sœur. Elle me rappelait chaque seconde celui que j'étais vraiment, et qui n'était personne. Je l'ai condamnée le jour où je l'ai ramenée au château, celui où Isabelle a dit oui, où Hugues a acheté Jehanne pour cinquante livres. Il me l'a offerte, comme il m'a offert chevaux, rapaces, épées, gants et bottes, voyages, équipages et armées.

C'est toi qu'elle aurait dû aimer. Pour elle, tu aurais peut-être relevé la tête face à Isabelle et Hugues, tu aurais fait ce dont j'étais incapable. En nous habitent ceux qui ne sont plus. En toi et moi, Jehanne survit un peu. Après ta mort, je serai la dernière personne à l'avoir connue. Je l'emporterai avec moi vers l'ouest. Je sais depuis toujours que son âme n'est pas en repos, qu'elle erre quelque part, non loin des vivants. J'ai parfois la prétention de croire qu'elle m'attend.

Le soleil se couche déjà mais la lumière est suffisante pour continuer la route. Je veux encore marcher, mais les hommes sont fatigués. Quand j'accepte à contrecœur l'endroit qu'ils ont choisi pour passer la nuit, je m'aperçois que la Croisée n'est pas avec nous. Il nous rejoindra plus tard, je ne m'inquiète pas. Castor et un homme appelé Chêne qui se Dresse sont en conciliabule et, quand je passe à leur portée, ils se taisent subitement. Moïse s'est affalé contre un arbre, un peu à l'écart. Il fait un sort à sa gourde d'eau-de-vie. Je remarque ses traits tirés, ses yeux un peu vitreux, la sueur à ses tempes, qui dégouline de son cuir chevelu. La journée a été dure pour lui. Il est jeune encore mais ne vivra pas longtemps. L'eau-de-vie agit comme un poison sur le corps et l'esprit des Indiens. Quand j'avais son âge, je buvais sans modération toutes sortes d'alcools, j'aimais l'ivresse, la sensation de perdre la maîtrise de moi-même, d'être hors de mon corps, de voir le monde à distance. Et paradoxalement, mes sens étaient acérés comme jamais. J'étais loin et proche, certaines choses ne m'atteignaient pas, d'autres au contraire me pénétraient avec une intensité presque terrifiante. C'est un état qui rappelle l'enfance. Je ne bois plus, mais j'ai retrouvé ces sensations depuis que je vis ici. Les Indiens n'ont pas besoin d'alcool pour être à l'écoute du monde.

Vois-tu autrement depuis que tu es prisonnier des Sokokis? Entends-tu ce que la terre a à te dire? Maître Valère semble avoir déjà appris la leçon. Je ne le connaissais pas lorsqu'il n'était que ton valet, qu'il brossait tes perruques et vidait ton pot de chambre, mais je sais avec certitude que cette terre l'a déjà transformé. Valère est un précieux ami, un homme qui te sera loyal jusqu'à la mort, qui t'aime tel que tu es. Je ne crois pas que j'aie eu un semblable compagnon avant ce que nous appellerons, avec ceux de mon peuple, ma «Grande Chute». L'affection que les hommes me témoignaient était motivée par la volonté de s'élever, par la crainte de me déplaire, le désir charnel. Celle des femmes avait toujours un caractère sexuel. C'est lorsque j'ai perdu mes biens que j'ai découvert l'amitié vraie, désintéressée. Je n'ai jamais imaginé lier des liens particuliers avec aucun membre de ma domesticité. C'était absolument incompatible avec ma répulsion pour le commun, avec la peur que j'inspirais et que j'étais bien décidé à cultiver. Je ne crois pas que tu aies tendu la main à Valère. Ton sentiment d'infériorité ne te permettrait pas une attitude d'une telle liberté. Le mien ne l'a pas permis non plus. Au fond, nous ne sommes pas si dissemblables.

Je me suis couché un peu en retrait des autres. La promiscuité m'indispose. La blessure dans mon dos me fait souffrir. La plaie traverse l'aile gauche de l'aigle tatoué. Il ne sera plus jamais indemne. Je digère mal la cuisse sèche de vieux lièvre que je n'ai pourtant pas terminée. Il n'y avait déjà presque plus de vie

459

dans cette chair avant sa mort. L'animal devait avoir quinze ans et être à moitié paralysé. Je serai bientôt aussi rouillé que cette bête. Je vois les vieux dans les villages, assis tout le jour, regardant passivement la vie des autres se déployer autour d'eux. Je ne veux pas de cette existence de mort vivant. Je marcherai jusqu'à ce que mes jambes ne puissent plus me porter. Et alors je tomberai pour ne plus me relever. Je frissonne dans ma peau d'orignal. Cette fois, j'en suis certain, mes sens ne me jouent pas de tours ; Atho, le dieu de l'hiver, s'approche, drapé de sa grande cape de fourrure agitée par le vent et parsemée de neige. Je l'imagine pareille à celle dans laquelle Hugues m'a enveloppé en sortant de chez Menou. Mon corps s'accommode bien du froid. Sa température augmente alors que celle de la terre descend. Mais ce soir, je ne parviens pas à me réchauffer.

À quelques pouces de moi brille un objet. Je tends la main. C'est un morceau de roche qui semble émettre sa propre lumière. Et sa propre chaleur. Cette pierre que je serre dans mon poing repousse vaillamment les ténèbres qui me guettent. Elle me réchauffe. Même toi, la Croisée, tu me laisseras partir le moment venu. Tu ne pourras pas me retenir, mon vieil ami. Mais j'accepte encore volontiers ta compagnie et ta protection pour un peu de temps.

*

Assis sur une éminence dégagée dominant un ruisseau, la Croisée observe la lune surgir et disparaître derrière les nuages. Il aimerait comprendre la vision qu'il a eue de l'astre et de la Femme Soleil. À l'aube, il sera temps de rejoindre la troupe. Ils se dirigeront vers le nord-est, toujours plus haut, toujours plus profondément dans les montagnes. Ce soir, sa mère lui apparaît. Elle porte des plumes d'aigle dans les cheveux, disposées en éventail tout autour de la tête. Son ventre est rond. La Croisée l'habite déjà depuis plusieurs lunes. Sa mère pose la main sous ses seins et descend vers le nombril, puis continue sa caresse en petits cercles paisibles. La Croisée peut sentir la douceur du mouvement, la tendresse qui irradie à travers la peau fine et le pénètre. Il sait la sérénité qu'elle éprouve, l'amour, la sensation d'être vivante dans le monde des vivants. Il voit comme elle les couleurs qui se déclinent sur la rivière proche, les nuages qui courent au-dessus d'eux. La main passe encore sur son corps en une courbe fluide. Il est cette fluidité, il est cette main et tout le corps auquel elle appartient. Sa mère lui transmet la force et la confiance, pour les moments où elle ne sera plus là, pour la vie entière et au-delà.

La Croisée n'a pas le pouvoir de procurer cela à Vieille Épée. Il ne peut inventer des souvenirs et les lui insuffler. Tisser une mémoire. Tout ce qu'il est capable de faire, c'est éclairer un peu la nuit et chasser le froid.

*

Il n'y a plus de piste. La forêt n'est qu'un enchevêtrement de troncs et de broussailles où perce à peine un des derniers rais de soleil. Armand va à l'aveuglette,

461

se prend les pieds dans les racines énormes, se heurte aux branches, tombe et se relève. Quand les Sokokis sont arrivés, Brune était derrière lui et c'est elle qu'ils ont encerclée. Deux hommes ont couru vers Armand, l'un d'eux avait déjà empoigné son bras, mais il s'est affalé et a glissé dans le ravin, touché par une flèche de Brune. Elle a neutralisé le deuxième poursuivant en envoyant son couteau lui perforer le dos. Armand est resté une seconde immobile, incapable de faire un geste, alors qu'elle tentait de repousser quatre hommes. Une fois sorti de sa stupeur, tout est allé très vite : il s'est vu retirer le couteau du corps de l'Indien, se ruer vers eux, en poignarder un dans le dos ; il a vu l'homme se retourner avec un regard de dément et a juste eu le temps de penser qu'il avait raté son coup avant que la lame d'une hache se lève au-dessus de sa tête en lançant un éclair.

Quand il reprit connaissance, il gisait dans le même ravin où il avait vu rouler le corps de son attaquant touché par la flèche de Brune. Mais il était seul. Il ne put se lever, sa tête lui tournait trop. Il avait un peu mal à l'arrière du crâne et, quand il passa la main à cet endroit, elle lui revint toute poisseuse de sang. Il ne comprenait pas pourquoi il était vivant. Pourquoi ne lui avait-on pas fendu le crâne ? En réalité, c'était peut-être fait, mais mal fait. Même les bourreaux les plus experts peuvent rater une décapitation. Alors pourquoi pas un Sauvage, qui agit par réflexe et sans préparation ? On l'avait laissé pour mort, sans aucun doute. Et c'était ce qu'il était presque. Il se vidait de son sang par la tête et allait se vider jusqu'à ce qu'il n'en ait plus une goutte.

Il pensa à rester là, au fond du ravin, dans le jour qui déclinait. Juste se laisser aller à la torpeur et se reposer en laissant la vie le quitter peu à peu. Il ne ressentait plus de douleur. Il était simplement très fatigué. Ils avaient tant couru. Brune avait fini par l'obliger à marcher devant elle tellement il faisait de haltes. Elle avait été dure, le houspillant sans cesse. Elle l'avait même obligé à se lever en l'aiguillonnant avec une pointe de flèche. Et ils avaient perdu à la course. À cause de lui, de sa faiblesse. Elle n'aurait pas dû l'attendre. Il l'avait suppliée plusieurs fois de l'abandonner. Une part de lui le voulait vraiment, mais une autre espérait qu'elle l'attendrait, le guiderait, le protégerait dans cette forêt comme il n'en avait jamais vu, aussi menaçante que celles décrites dans les contes de son enfance.

À présent Brune était de nouveau aux mains de l'ennemi et sans aucun doute bien mieux gardée. Peut-être cette évasion avait-elle scellé son arrêt de mort. Et lui... Lui se retrouvait dépossédé de celle qui était devenue sa raison de vivre, non seulement parce qu'elle était bien le lien entre son frère et lui, mais parce qu'il l'aimait comme il pensait qu'il fût impossible d'aimer. Il se mit à marmonner une vieille chanson oubliée qui fit surgir en lui les couleurs du plateau, le vent aigre qui vous fait monter les larmes aux yeux. «Belle qui tient ma vie, captive dans tes yeux, qui m'a l'âme ravie, d'un sourire gracieux, viens donc me secourir, ou me faudra mourir...»

Le cri d'un oiseau de proie avait interrompu sa mélopée et l'avait glacé jusqu'à la moelle. Alors il s'était extirpé de son inertie, puis du fossé, et s'était remis à courir en titubant, une main sur la plaie qui ne s'arrêtait pas de saigner, l'autre tâtonnant devant lui, comme un aveugle.

Armand ne distingue plus à présent que des ombres mouvantes qui se rapprochent comme pour l'étouffer ; il les repousse en les invectivant. Comme dans cette histoire espagnole où un imbécile de vieil hidalgo s'en va livrer bataille à des moulins à vent, accompagné de son fidèle valet. C'est Loup qui lui avait donné à lire cet ouvrage qui, à l'époque, lui avait paru manquer singulièrement de dignité et d'esprit. Ce soir, il éprouve un poignant sentiment de fraternité pour le gentilhomme exalté. Il sent sa main osseuse se poser avec compassion sur son épaule alors qu'il tente de conjurer les fantômes qui l'assaillent. Belle qui tient ma vie… Il chante de nouveau, mais sa voix chevrote, cassée par les sanglots. Il s'arrête, hagard, devant un tronc énorme qui lui barre le passage. Il reconnaît ce tronc, il l'a enjambé tout à l'heure, quand il faisait encore jour. Ou en est-ce un autre ? C'est assez, il n'en peut plus, ses membres ne répondent plus à sa volonté. Sa volonté ne répond plus à elle-même. Elle a disparu, elle a cessé d'être. Il devrait être mort, avec tout ce sang perdu. Il est peut-être mort, qu'est-ce qui lui prouve le contraire ? L'hidalgo hirsute aux yeux exorbités lève son épée d'un autre âge, éperonne sa vieille rosse et charge dans un grand vent de poussière. Le visage de Brune envahit le ciel brûlé de soleil, la plaine désertique ondule de chaleur.

24

Tu es là. Je me frotte l'œil, je secoue la tête. Tu es toujours là. Tu gis à mes pieds. C'est bien toi. Les hommes sont silencieux. Je suis pétrifié de stupeur devant ton corps abandonné, devant ta carcasse inconsciente qui semble avoir été déposée là par un esprit farceur, pour me confondre et me mettre en colère. Je suis venu te chercher. Je devais te débusquer, te délivrer, t'imposer ma présence et ma loi. Au lieu de ça je bute presque sur ton corps abandonné sur mon chemin. Ton corps si changé, ton visage absolument méconnaissable sous la saleté et le sang. Tes mains très veinées, tes jambes trop petites et noueuses, tes pieds chaussés de ces mocassins que tu portais déjà dans la vision de la Croisée. Et pourtant, cet ensemble un peu ridicule qui me serre la poitrine, c'est bien toi. Je te reconnais, alors que rien de ce que tu es devenu ne m'est connu.

Tu es là, et je suis submergé par trop de pensées chaotiques, trop d'émotions contradictoires. Un vent s'est levé dans ma tête, une tornade qui hurle et arrache le moindre balbutiement de pensée cohérente et le fracasse contre les parois de mon crâne. Je me prends la tête à deux mains et il me semble que je pousse une sorte de grognement de bête. Je m'écarte de toi, je marche un peu. Mon cœur bat beaucoup trop vite; il me fait mal. La Croisée guette les signes d'une colère, mais ce n'est pas la colère qui fait rage en moi, c'est une véritable panique. Je commence à comprendre : j'ai peur, je suis liquéfié de terreur devant ton corps endormi, chargé d'années, de questions, de reproches, de remords, de malheur. Tu m'offres, dans cette inertie inoffensive, le plus redoutable miroir, celui de ma propre détresse, de mes propres incertitudes.

Quand nous t'avons trouvé, la Croisée a palpé ton pouls. À cet instant précis où il a dit : «Il est vivant», je ne voulais pas encore admettre que c'était toi. Je ne voulais pas que ce fût toi. Castor avait découvert des taches de sang frais, nous avions suivi ta trace à travers la forêt, tes déambulations d'animal désorienté, trois pas de côté, puis deux à droite, une paume rouge mutilée sur un tronc, deux doigts sur un autre, et retour en arrière, en avant de nouveau, et ainsi de suite jusqu'à ce que la Croisée aperçoive ton corps engourdi. Tu avais tourné en rond.

La peur. Voilà une vieille bique que je n'ai plus croisée depuis bien longtemps. Je savais que je la retrouverais un jour, mais pas avant le moment de quitter ce monde. Je reviens vers ton corps, qui commence à remuer sous les soins de la Croisée, qui te soulève la tête et porte sa gourde à tes lèvres. Je vois tes yeux bouger sous les paupières. Je voudrais m'approcher mais je n'y arrive pas. Je m'aperçois que mes hommes me lancent de drôles de regards. Je tremble. Je me déplace pour imposer à mes membres d'obéir à ma volonté. Ta présence me remplit d'une crainte viscé-rale.

Tes lèvres se mettent en mouvement ; on dirait que tu parles. Je parviens enfin à me rapprocher de toi. En effet, des sons émergent, mais ce ne sont pas encore des mots. Les chairs molles autour de ta bouche trem-blotent et se retroussent comme les babines d'un chien qui rêve. Je note qu'il te manque pas mal de dents. Et aussi quelques doigts. Une balafre traverse ton œil gauche, le faisant ressembler à un organe à peine ébauché. J'ai l'impression d'assister à l'éveil d'un vieux nourrisson. Je me décide à m'accroupir afin de mieux t'observer. Tes traits se contractent, des expressions diverses se succèdent sur ton visage. Je vois ton long voyage jusqu'ici, le bateau et la mer démontée, toi couché dans ta cabine bon marché, malade à en mourir, tu es tout pâle sur le tillac, petit homme médusé devant la majesté du lieu où le Che-min qui Marche se déverse dans la mer ; devant ce monde incommensurable où tu t'apprêtes à poser le pied. Tu es hardi, mon frère. J'avais oublié ce qu'il fallait d'intrépidité pour accoster sur ces rivages.

Tu ouvres un œil blanc et tu parles enfin. À présent c'est toi qui te mets à trembler. « Un aigle… dis-tu. Un aigle plane, il vient pour moi… »

*

Quand Armand s'éveille, l'œil unique déverse son fleuve de lumière dans son propre regard. Il n'a aucun doute quant à l'identité du propriétaire de cet œil. Sous les peintures et la chevelure huilée et coiffée en crête, c'est bien son frère qui lui apparaît. C'est son frère, et ce n'est pas lui. Armand se redresse, son visage s'approche de l'œil, qui ne bouge pas. Il continue de le scruter sans ciller, sans que la paupière frémisse et fasse disparaître pour une brève seconde la glace qui brûle mieux qu'un tison. Alors c'est Armand qui ferme les yeux.

Quand il les ouvre de nouveau, l'œil n'est plus là. À la place, il y a un visage de Sauvage, très beau et très grave, qui le couve d'un regard impénétrable. Au cou de l'homme pendent des clefs de cuivre qui brillent comme si on les avait astiquées pendant des heures. De vieilles clefs de portes et de coffres, d'armoires, de celliers et de greniers, rémanences d'un monde lointain où l'on garde les choses jalousement pour soi. Frémissantes et serrées contre la peau mate de l'Indien, elles dégagent un charme inédit ; Armand est captivé par leurs formes, leur patine, leur éclat, comme si ces objets, dans leur nouvelle affectation, révélaient enfin leur pouvoir caché, leur réelle efficacité, absolument magique. Le visage et les clefs s'éloignent, laissant place au soleil qui pénètre les frondaisons, aveugle son regard en même temps qu'il enveloppe son corps d'une chaleur bienfaisante.

Armand sait qu'il doit à présent se redresser, se lever, affronter celui qu'il est venu chercher. L'homme qui, quelques secondes plus tôt, dardait sur lui le rayon fulgurant de son œil. La première chose qui s'est offerte au regard d'Armand est celui de Loup. Comme aux temps anciens où il n'était qu'un être tout neuf, comme lorsque, à l'aube de sa vie, il émergeait d'une somnolence quasi permanente pour découvrir son frère penché sur lui. Il sait, à présent. Il a parcouru ce long chemin afin de se retrouver ici, de sortir du sommeil et de s'éveiller au monde sous le regard de Loup. C'est ainsi que cela doit être. Il s'appuie sur ses mains, se met en position assise et le cherche des yeux. Mais il ne voit personne. Armand craint d'avoir rêvé. Le Sauvage aux clefs est assis à sa droite et lui parle en français.

«Il va revenir.»

Armand sent quelque chose s'apaiser en lui. Il va revenir, a dit le Sauvage. Il suffit d'attendre, patiemment, en buvant encore de cette eau au goût de fleurs que lui donne l'Indien à petites gorgées. Armand empoigne la gourde, et l'autre lui fait signe : «Doucement, pas trop vite !» D'autres hommes sont éparpillés un peu partout dans la clairière. Ils discutent et ne font pas attention à lui. Seul l'homme aux clefs l'observe attentivement, d'un air pénétré, comme un qui se souviendrait d'avoir déjà vu son visage. Armand est un peu mal à l'aise, alors il prononce cette ineptie :

«Je n'ai pas l'heur de vous connaître…

— Moi bien», répond l'autre en l'interrompant d'un geste impérieux et amical.

Impérieux et amical. Armand ne savait pas qu'il était possible d'être à la fois l'un et l'autre. Voilà que, sans sourire le moins du monde, le visage entier de l'homme est à présent illuminé par l'expression de la gaieté la plus radieuse. Armand se laisse immerger dans ce qui émane de ce visage et semble à lui seul destiné. Sous les yeux de l'Indien, il se sent important, unique, singulier. Mais bien vite la mine réjouie du sauvage s'assombrit. Une espèce de tristesse désolée l'envahit. Puis de l'indifférence, pareille à celle qui fleurit sur les traits de l'enfant lassé. Il détourne les yeux et les pose sur un point au loin, par-delà les arbres, et soudain Armand a le sentiment de rapetisser jusqu'à avoir la taille du caillou, du scarabée, du bouquet de mousse à ses pieds. Il devrait poser des questions à cet homme, mais il n'ose pas. Jamais un Sauvage ne lui a fait tant d'impression.

Après de longues minutes de silence, l'homme aux clefs semble se souvenir de sa présence. Il se lève et lui tend la main pour l'aider à faire de même. Armand est surpris de se mettre si aisément debout. Il a un peu le tournis mais, dans l'ensemble, il est moins mal en point que ce qu'il craignait. Ils rejoignent les autres qui se sont rassemblés avec armes et bagages. Armand reconnaît Castor, qui lui sourit et vient lui faire l'accolade. L'Indien lui annonce avec le peu de français qu'il connaît que Valère est vivant et se porte bien. À cette nouvelle, Armand fond en sanglots. Ce sont les longues semaines d'angoisse inexprimée qui déferlent dans ces larmes et ces hoquets. Castor lui pose une main sur l'épaule, et, cette fois comme chaque fois qu'un Indien a eu ce geste envers lui, une immédiate sensation de paix le traverse, bientôt suivie par un regain de force physique.

L'homme aux clefs prend la tête de la file et commence à marcher. Encore un peu chancelant, Armand lui emboîte le pas, suivi par les Indiens. Ils s'enfoncent dans la forêt, dans la direction du village sokoki ; ils ne font aucun bruit, et Armand tente d'être aussi discret que ses compagnons, se concentre sur la nécessité de bien lever les pieds, de ne pas tousser ni renifler.

Le rythme de marche n'est pas trop rapide ; il semble que les Indiens s'accordent à son pas encore malaisé. Il ne peut s'empêcher de jeter des regards en arrière, pour s'assurer que son frère ne les a pas rejoints. Il lui semble parfois apercevoir une ombre fugitive entre les branches basses et les troncs.

Le repas est terminé, les Indiens se glissent dans leurs couvertures. Les flammes projettent des ombres étranges et mouvantes sur leur peau, transforment leurs traits, les rendent alternativement hostiles ou avenants. L'homme aux clefs s'est assis à quelques pas du feu. Armand l'observe qui fume son calumet, le regard dans les étoiles, très brillantes ce soir dans un ciel d'un violet bleuté subtil, dense et vivant comme une soie.

Sa tête ne le fait plus souffrir ; l'homme aux clefs a recousu la plaie et lui a appliqué un cataplasme très odorant. Armand se sent glisser lentement dans le sommeil. Il a toujours aimé ces dernières minutes de pleine conscience avant le grand saut dans cet univers où l'esprit se déplace sans le corps, vit une existence autonome, une existence qui, parfois, a un goût plus puissant que le réel. Il a toujours aimé dormir, et rêver ; du plus loin qu'il s'en souvienne, dormir a été un refuge face à la cruauté du monde, à l'ennui, à l'insupportable nécessité d'être en vie.

Ses paupières se ferment, ne laissant plus filtrer que les couleurs et le contour flou des choses. Il peut se laisser aller, il ne se sent pas en sécurité mais n'en a que faire. Voilà des mois qu'il n'est plus en sécurité, mais cela ne l'a jamais empêché de dormir. Même au plus noir de ces semaines de captivité en territoire ennemi, alors que son sort était on ne peut plus incertain, dès qu'il se glissait dans sa couverture et que le calme prenait possession des êtres autour de lui, il plongeait dans le sommeil avec la volupté d'un chat repu. Bien sûr, les rêves qui l'habitent depuis qu'il a quitté la France continuent de le tourmenter de temps à autre. C'est sa vie entière qui se raconte à son esprit en sommeil, lui livre ses secrets, lumineux ou inavouables ; c'est éprouvant, cette petite musique lancinante susurrée à ses oreilles de dormeur, mais Armand ne voudrait pour rien au monde s'y soustraire. Les Sauvages accordent beaucoup d'importance aux rêves et en cela il leur donne raison. Il ne pourrait se prononcer sur la nature exacte de l'utilité des rêves. Il sait simplement qu'ils ont un rôle à jouer.

Ses yeux se sont clos deux ou trois fois ; il repousse un peu la couverture dont les poils lui chatouillent le nez. Et au moment où il croit que plus rien ne s'opposera à son abandon, il sent une pression sur son bras. Il ouvre les yeux et découvre l'homme aux clefs. Celui-ci lui fait signe de le suivre. Armand obéit ; il se dresse comme un somnambule, suit l'homme sans résistance, comme il avait suivi Brune la nuit de leur évasion. Mais pourquoi donc s'obstine-t-on à le soustraire au sommeil ?

Il sait où l'autre l'emmène. Il se demande seulement pourquoi ce qui va avoir lieu ne s'est pas produit plus tôt. Pourquoi Loup a préféré les suivre comme un animal furtif plutôt que d'entamer la conversation au moment où cela se présentait, bien tranquillement, dans la clarté et la chaleur du milieu de journée. Il a bien peu changé, ce frère, s'il continue à se mettre en scène, à dramatiser les moments, à leur donner un caractère sibyllin, et à les jouer comme si on était dans une tragédie de Corneille.

Il suit l'homme aux clefs ; ils quittent les restes du foyer, marchent quelques dizaines de pas jusqu'au ruisseau où ils ont bu plus tôt dans la journée. Là, au bord de l'eau qui court rapide et sonore, assis sur un tronc, l'attend Loup. Un petit foyer brûle à ses pieds.

Armand s'immobilise et l'observe : droit et fier, une jambe repliée et l'autre étendue devant lui, une main posée avec nonchalance sur sa cuisse nue. C'est tout lui, comme au temps de sa superbe, la même allure, la même morgue, et Armand n'a pas besoin de voir son expression pour deviner la lippe dédaigneuse, les narines légèrement dilatées, comme s'il vous jugeait d'abord par l'odeur, et que l'odeur fût encore bien autre chose qu'un parfum, mais une espèce d'émanation tant sensuelle que spirituelle de votre être, un halo invisible qui vous définit tout entier.

L'homme aux clefs, encore présent deux secondes plus tôt, s'est évanoui dans la nuit. Il n'y a plus qu'eux deux sous la grande indienne parsemée d'étoiles. Il n'y a plus que Loup et lui, et il serait temps que Loup se décide à faire un mouvement, à l'inviter à s'approcher, à s'asseoir, qui sait ? Temps qu'il dise quelque chose, car ils ont l'air ridicules, plantés là comme deux acteurs qui auraient oublié leur texte.

Armand fait un pas, puis deux, puis se décide à venir poser une demi-fesse sur le tronc auquel son frère confère par sa présence souveraine la qualité d'un trône. Armand doit se persuader qu'il ne s'agit que d'un arbre mort, qu'il a parfaitement le droit d'élire comme siège. Heureusement que le bruit du torrent les soustrait au silence. Loup se décale un peu vers la gauche, afin sans doute de mieux voir Armand de son œil valide. Dans ce mouvement, Armand surprend un infime accent de lassitude. Les épaules de Loup se sont un peu affaissées, sa nuque très légèrement courbée. C'est un vieil homme, en réalité, et cette évidence plonge brusquement Armand dans une infinie tristesse. Il s'étonne de souffrir tant à cette découverte. Qu'avait-il imaginé ? Que son frère échappait aux lois du temps ? Qu'il avait passé un pacte avec le diable pour conserver sa jeunesse ? Il y avait un peu de cela dans les projections d'Armand. Un peu de cela déjà dans la perception qu'il avait de Loup quand ils étaient enfants.

L'œil unique le toise à présent ; il le pénètre et l'enveloppe à la fois. Il y a toujours eu une double impulsion dans ce regard. Il vous perce, s'invite avec violence à l'intérieur de vous autant qu'il vous embrasse et vous maintient dans la magnitude de son rayonnement. Armand a mis un bon moment à se rendre compte que ce regard extraordinaire, qui n'a rien perdu de sa force, n'est en réalité dispensé que par un seul œil. Il avait déjà vu cela à son réveil, mais avait probablement refusé de l'intégrer comme un fait acquis. Attiré par elle comme par un précipice, il contemple la cavité sombre et vide dissimulée dans l'ombre, la moitié mutilée, le lieu de l'organe définitivement absent.

« Je le sens encore parfois, dit Loup. Comme un souvenir. Le fantôme de mon œil. »

La voix a changé. Un peu plus grave, moins claire. Loup s'empare d'un petit sac à ses pieds, en sort une pipe. Mais pas une pipe à la Sauvage. Une pipe fabriquée en Europe. Une bonne vieille pipe en terre toute simple. Il la bourre de pétun, se penche au-dessus du feu, pique dans une braise avec la pointe d'un couteau et la porte au fourneau, qui commence à fumer. Loup aspire plusieurs bouffées et, quand la pipe a bien démarré, il la tend à Armand, qui tire à son tour, sans cacher son contentement. Loup le regarde fumer. Soudain il pousse un soupir rauque et se lève, fait quelques pas au bord de l'eau. Armand a la certitude d'être venu jusqu'ici pour mourir de la main de son frère. Peut-être le savait-il déjà en quittant La Rochelle, et même ce soir fatal où il croisa le regard de Brune. Peut-être que quelque chose en lui avait connaissance de ce qu'il trouverait en trouvant Loup. Peut-être y aspirait-il, au fond de son cœur? Il n'éprouve aucune peur, aucune panique, aucune velléité de résister. Il continue à tirer sur la pipe, apprécie le goût du tabac, le ciel d'une beauté indescriptible au-dessus de lui, le bruit de l'eau qui cascade et qui est la vie même.

L'homme aux clefs est mystérieusement réapparu. Il est couché sur le côté, une main sous la joue. On dirait une statue, l'allégorie du sommeil. Loup s'est rassis, un peu plus près d'Armand, qui lui passe la pipe.

« Il faut d'abord libérer Brune. »

Loup a prononcé les mots d'un ton naturel, comme si cette phrase venait clore une conversation, comme si elle répondait aux interrogations muettes d'Armand. Je vais d'abord m'occuper du plus urgent : ma fille. Ensuite j'en finirai avec toi. Bien.

« Tu as un plan ? demande Armand, tout aussi naturellement.

— On va attaquer de nuit. Ils n'ont pas l'habitude.

— Ah ?…

— Non, les Indiens ne se font pas la guerre la nuit.
Toujours dans la lumière, sous le regard du soleil. »

Armand est revenu des décennies en arrière. Ils
sont au milieu d'un jeu, dans lequel Jehanne est prisonnière dans une tour gardée par un monstre. Ils
vont faire comme Loup a dit : attaquer de nuit, par
surprise, alors que le monstre dort profondément
dans un des immenses souterrains humides et glacés
dont les murs tremblent à chacune de ses expirations.
Ils attaqueront de nuit, comme des voleurs, comme
des bandits de grand chemin, comme des malandrins,
ils terrasseront la bête, monteront au sommet de la
tour. Là, Jehanne veillera car son cœur lui a dit qu'on
viendrait la sauver. Alors elle guette. Armand s'aperçoit que Loup est en train de parler.

« … puisque nous sommes beaucoup moins nombreux. Qu'en penses-tu ?

— Ah… Euh… Oui, bien sûr. »

Loup le dévisage avec agacement ; il a cette même
manière de se mordre la lèvre inférieure qu'autrefois, quand Armand était distrait. Armand était souvent distrait. Il fallait lui répéter les choses plusieurs
fois. Loup n'aime pas se répéter. Armand prend l'air
contrit et très attentif. Il veut continuer le jeu. Il ne
veut pas que Loup lui dise : « Eh bien, puisque tu es
un incapable, va-t'en ! »

Ce qu'il faut peu de temps pour que les choses
redeviennent ce qu'elles n'ont jamais cessé d'être. Les

années, les aléas de la vie, les rancœurs et les regrets n'y changent rien.

« Pardonne-moi… Je t'écoute.

— Bon ! Alors je disais, on poste des hommes autour du village. Avec des armes à feu. Tu devras me faire une description parfaite des lieux.

— D'accord…

— Toi, tu me couvriras.

— Bien.

— Ont-ils des armes à feu ?

— Oui, mais pas beaucoup, surtout des mousquets et des pistolets, deux ou trois arquebuses. Je dirais une arme pour six hommes. Et ils doivent être une trentaine en âge et en état de se battre. »

*

Ils restèrent de longues minutes assis côte à côte, silencieux, à s'échanger la pipe. Vieille Épée était absorbé par une intense réflexion. Son Frère Blanc lui aussi était plongé dans ses pensées. Vieille Épée était entièrement préoccupé par la délivrance de Naie-kowa ; son frère songeait sans doute un peu à sa propre vie, qui peut-être prendrait fin bientôt. À la grande surprise de la Croisée, cet homme était serein. Il émanait de lui quelque chose d'apaisant qui s'emparait de Vieille Épée et le calmait, lui était bénéfique bien malgré lui. Car la Croisée pouvait deviner le combat qui se livrait dans l'esprit et le corps de son ami depuis qu'il avait posé l'œil sur Armand. Il avait vu Loup tenter d'endiguer la vague qui venait le submerger, une vague de désespoir, d'incommensurable amertume, mais aussi de tendresse déchirante. La Croisée avait mesuré pour la première fois combien Loup avait aimé son frère. Cet amour trahi, rejeté, sali, ressemblait à un enfant abandonné, et avait pris le pouvoir dans le cœur de Vieille Épée. Il venait rejoindre l'autre orphelin qui y régnait déjà ; ce monstre à deux têtes était à présent son maître absolu. Personne, pas même la Croisée, ne pouvait savoir ce que ce maître allait exiger de lui.

La Croisée les observait qui préparaient à présent l'attaque sur le village ennemi. Armand traçait des dessins sur le sol avec un bâton, montrait avec son doigt, faisait de grands gestes, se grattait le crâne, effaçait du pied, recommençait ; Loup opinait, posait des questions et traçait à son tour des figures. La Croisée était frappé par ce qu'il y avait de ressemblance entre eux. Au-delà de la beauté de l'un et de la laideur de l'autre, au-delà de l'élégance, de la force d'un côté, de la gaucherie et de l'apparente faiblesse de l'autre, il y avait dans leurs gestes, leur manière à chacun de se concentrer, une sorte de parenté indéniable. Quand la Croisée les rejoignit, ils avaient arrêté une stratégie d'attaque. Elle était absolument sacrilège et risquait d'attirer la colère d'Agreskwe. Elle était même si déshonorante pour les Haudenosaunee que la Croisée exprima sa profonde réticence et sa crainte qu'une telle action ne mette en péril la vie de Naiekowa.

Mais Vieille Épée était bien décidé à procéder comme bon lui semblait. C'était la seconde fois qu'il refusait de respecter l'interdit de la Croisée. La première fois, c'était lors d'un siège chez la nation wendat. L'Indien n'y entend rien au siège. Il est incapable de rester au même endroit, sans bouger, pendant des jours, de s'accrocher à une bourgade comme la puce à un chien. Il s'ennuie, il trépigne, il ne voit aucun intérêt à cette pratique. Il la trouve même indigne. Qu'y a-t-il comme gloire à triompher de gens qui meurent de faim? Vieille Épée savait parfaitement tout cela, et dans l'ensemble il était du même avis. Mais il avait décidé cette fois-là que les choses devaient changer, qu'il était temps d'utiliser les méthodes des Européens quand elles promettaient une victoire facile, sans trop de pertes. Enfin, ici, la situation était toute différente. Vieille Épée voulait braver un interdit sacré. La Croisée finit par lui annoncer qu'il refusait de prédire les chances de réussite de l'entreprise. Ils partiraient en guerre sans l'aide du chaman, et sans son consentement.

Deux hommes refusèrent de suivre Vieille Épée et se rangèrent aux côtés de la Croisée. Les autres choisirent de prendre le risque de fâcher les esprits de la guerre. Ils n'étaient plus que huit à s'engager sur le chemin de la bataille. La Croisée les suivit des yeux. Vieille Épée ne lui avait pas adressé un regard au moment de lui tourner le dos. Armand semblait regretter qu'il ne les accompagne pas. Moïse, qui n'était pas un vaillant guerrier et qui quelques jours plus tôt aurait pris le parti de la Croisée, était déjà entièrement sous le charme de Loup et le suivait comme un chien fidèle. Il clopinait à ses côtés, tentait de se tenir aussi droit que les autres. On lui avait peinturluré les yeux et les joues, et cela le rendait plus ridicule qu'effrayant, mais il l'ignorait complètement et essayait de donner à ses traits une expression terrible.

Ce que Vieille Épée ne savait pas, c'est que la Croisée allait prier pour sa vie et celle de sa fille. Il ne pourrait s'empêcher de mendier auprès des esprits courroucés un peu de compassion. Et il s'apprêtait à ne plus pouvoir dormir en paix jusqu'au retour de Vieille Épée. Il lui en voulait. Non pas tant de dédaigner les coutumes de son peuple, mais de le mettre, lui, la Croisée, sur la voie du doute, de l'éloigner des croyances qui sont source de sagesse, de prospérité, de vie. Ce qu'il craignait par-dessus tout, c'est qu'un jour, quand l'Homme Blanc aurait installé sa souveraineté sur ces terres, il fasse mourir définitivement dans le cœur de l'Indien tout ce en quoi il croyait ; pas à la manière stupide des Robes Noires, mais subrepticement, sans le vouloir, de la façon dont Vieille Épée ébranle lentement la foi de la Croisée. Ce pays sera bientôt la couche d'un vieux couple, dont un des deux a tant d'ascendant sur l'autre qu'il le prive de son propre caractère et le façonne à sa ressemblance.

*

L'aigle tatoué dans le dos de son frère a une aile blessée. Armand s'en aperçoit à présent que les rayons du soleil illuminent sa peau. À chaque mouvement du muscle, l'aile se déchire et laisse apparaître une longue cicatrice aux bords roses et délicats. À la main gauche de Loup, il manque l'index, à la droite, l'auriculaire. Aucun orteil ne lui fait défaut, pour autant qu'Armand ait bien vu. Son frère a posé sur sa paupière vide un cache-œil en cuir noir qui lui sied parfaitement ; son torse arbore maintes cicatrices, mais leur forme et leur couleur s'harmonisent avec l'aspect doré de la peau presque entièrement imberbe. Après vingt ans de vie chez ces barbares, Loup possède un corps que les mutilations rendent encore plus séduisant. En à peine cinq mois, Armand a perdu deux doigts et trois orteils, ses derniers cheveux, la plupart de ses dents, la moitié d'un œil, il a la peau qui pèle et offre le portrait parfait d'un malingreux de la cour des miracles. Au lieu de verser dans son âme le fiel de la jalousie, il est heureux de constater que cela le fait sourire.

Le territoire ennemi n'est plus loin. Armand peut reconnaître le lointain bruissement de la cascade, qui s'amplifie au rythme de leur progression. Il se souvient parfaitement des lieux, de la forme bombée des parois rocheuses du côté de la montagne, des nervures épaisses que les racines impriment au sentier... Il devrait être terrifié à la perspective de retourner sur le lieu des supplices, des humiliations, du désespoir. S'il ne s'y rend pas l'âme légère, il n'a pas véritablement peur non plus. Il a reçu un bon pistolet, sûr et léger, à la crosse filigranée d'argent ; il l'a nettoyé, l'a attaché fermement à sa ceinture. Il sent le poids de l'arme contre son flanc, et cette sensation lui plaît. Elle lui procure une assurance encore très nouvelle pour lui, et difficile à définir, quelque chose comme la certitude d'être exactement là où il doit être, à faire précisément ce qu'il est censé faire.

La lune, cette nuit, ne sera pas pleine, mais assez grande pour permettre d'y voir. Les guerriers ne verseront pas volontiers le sang sous son regard. L'astre des femmes, lui a-t-on raconté, fut un jour la mère de l'humanité, la Femme Ciel ; elle ne devrait pas assister à cette attaque qui défie la loi des ancêtres. Il semble à Armand qu'au fur et à mesure que le moment de la confrontation se rapproche, même son frère manifeste des signes d'anxiété. Est-il possible qu'il redoute la colère des génies indigènes ? Lui qui n'a jamais craint ni Dieu ni diable est-il devenu aussi superstitieux que ceux dont il partage l'existence ? Armand a le sentiment qu'un homme nouveau se cache dans le corps de Loup, un homme fragile, inquiet et confus. Il doit se retenir pour ne pas poser la main sur la large épaule devant lui et murmurer à l'oreille percée d'une boucle d'argent : « N'aie pas peur. Tout ira bien. Comme toujours tu trouveras le moyen. Tu sauras quoi faire le moment venu. Le moment venu de te battre sous la lune, de choisir de me tuer ou de me laisser vivre, de me donner ou non ton pardon pour ce que je t'ai fait, d'attendre le mien… peut-être. »

Mais Armand sent l'énergie saturée d'animosité qui pulse dans le corps de son frère. Il peut presque visualiser les muscles bandés, les nerfs tendus, les organes noués, le sang bouillonnant. Chaque membre de Loup est la colère faite chair. Armand retrouve avec une étrange excitation ce moment qui précède l'éruption du volcan. C'est avec une fascination morbide qu'il anticipe ce qui adviendra à la minute où les digues seront rompues. Il se représente cette décharge d'instinct de mort comme si ce n'était pas lui qui en serait, bientôt, l'objet. Car ce ne fut jamais lui. Jadis, c'étaient les autres, les victimes, toujours les autres. Lui était le Protégé.

Loup a treize ans. Il écume de sang, les vêtements en lambeaux, couché dans la poussière. Il se lève, lentement, en se tenant le ventre. Ses yeux ne sont plus que deux tumeurs noires et poisseuses. Le bleu les a désertés. Avec des difficultés et une lenteur alarmantes, il finit par s'appuyer sur un genou, puis hisse son corps sur ses jambes, dégage de la main les cheveux qui lui collent aux joues et tourne son visage défiguré vers le soleil de midi. Ils sont une douzaine d'enfants et de jeunes hommes autour de lui à le frapper et à l'insulter. Une bande de vagabonds qui avaient entraîné Armand et l'avaient humilié en lui faisant manger du crottin de cheval, des pierres, des chardons, avant de lui entailler la plante des pieds avec une dague. Loup était apparu, sans arme, et les avait provoqués, détournant leur violence de son frère. Les gueux avaient fondu sur lui comme la faim sur le monde. Du haut de ses treize ans, il les avait bravement affrontés, cassant au passage quelques dents, fendant des arcades sourcilières, arrachant une oreille avec les dents. Il se battait comme une bête féroce, la vue et le goût du sang décuplaient sa violence. Mais le nombre, la ruse et la lâcheté avaient fini par avoir raison de ses forces.

C'est la cinquième ou la sixième fois qu'il se relève après avoir été mis à terre, criblé de coups de pied, de poing, de bâton. À peine Loup est-il debout qu'un sabot le frappe dans l'abdomen. Il s'effondre à genoux. Un autre pied s'acharne sur ses côtes et son dos. Un jeune garçon lui pisse dessus ; un autre lui empoigne les cheveux et lui cogne plusieurs fois la tête contre le sol. Loup ne bouge plus. Pendant de longues secondes, il reste immobile. Armand hurle.

Un des deux gamins qui le tiennent lui flanque une gifle.

Ils lui ont tué son frère. Tous ces coups, tout ce sang, il est impossible qu'il survive à ça. Il crie : « Loup, ne meurs pas ! », et tous rient à gorge déployée. Mais la main a entendu ; elle a bougé. C'est à peine perceptible mais les doigts ont frémi. Armand essuie les larmes qui l'empêchent de voir. Les plus exaltés s'approchent du corps pour le dépouiller, sans doute pour l'achever. Les autres s'apprêtent à partir ; le spectacle est fini. Mais un garçon voit la même chose qu'Armand : une main qui bouge. Il crie, attire l'attention des autres. Elle vit, cette main, elle entraîne le bras ; le bras soulève le corps, le corps se dresse sur un coude, vacille, penche dangereusement, mais résiste. Avec des précautions de vieillard, Loup met un genou à terre. C'est pas Dieu possible. Il ne peut pas se relever… Pas encore une fois ! Ça jacasse, ça parie. Et alors, devant l'assistance médusée, recommence la lente ascension du torse, propulsé par la jambe. La jambe qui doit s'y reprendre à trois fois pour se déplier et soutenir le poids du corps. On oublie subitement qu'on le voulait mort, le diable ! On l'encouragerait bien. On ne sait plus qu'il était censé supplier et se chier dessus. Il tangue un peu, mais il va y arriver. Voilà l'autre jambe qui suit la première, équilibre l'ensemble chancelant et vient se planter à bonne distance de sa voisine. La poitrine se soulève et retombe, trop vite. Elle est prise d'une quinte de toux ; une gerbe de sang jaillit de la bouche cachée par la chevelure et fait une flaque dans la poussière dorée. Le corps est plié en deux. Mais il revient à la verticale, les épaules se dégagent, la nuque se redresse, le visage émerge de la chevelure. Il est debout. Et les crétins d'éructer leur exultation et d'applaudir. Mais bien vite le silence revient. Un silence incrédule où perce la honte. Loup fait quelques pas, très lentement, en traînant la jambe; il s'approche d'Armand dont les deux gardes se sont déjà éclipsés. Loup pose une main sur l'épaule de son frère, reprend sa respiration un instant en s'appuyant sur lui. Puis il le fait marcher devant. Les gamins s'écartent pour les laisser passer; ils rejoignent le cheval. Armand aide son frère à se mettre en selle en lui faisant la courte échelle, puis se hisse devant lui. Loup lui passe un bras autour de la taille et le tient bien serré contre lui. C'est Armand qui dirige Alexandre jusqu'au château. Du sang s'écoule du visage de Loup sur ses propres joues et se mêle à ses larmes. De sa petite main rondelette, Armand prend celle tuméfiée qui lui enserre le corps.

Jamais on ne retrouva les bandits. Mais, bien des années plus tard, Loup crut reconnaître l'un d'eux qui jouait de la vielle dans les rues de Mende. Le type avait perdu ses jambes à la guerre. Loup le tortura si bien que l'homme mit trois jours à mourir. Armand avait vu le supplicié peu avant qu'il rende l'âme; il n'était pas certain que ce fût l'un de ceux qui l'avaient tourmenté des années auparavant. Cet épisode n'était plus qu'un sinistre mais vague souvenir. Après tout, lui-même n'avait guère souffert, il avait eu plus de peur que de mal… Il aurait voulu laisser le mendiant à son pavé. La vision du corps de son frère qui se relève une énième fois devant ses tortionnaires ne le hante plus. Il n'est plus tellement certain que si Loup était resté allongé, inconscient, ils seraient morts tous les deux. Il faut qu'il croie que tout cela est peu de chose au regard du reste, de tout ce dont son frère s'est rendu coupable… « Tu devrais laisser le passé tranquille, a-t-il dit avec un peu de mépris. Ce n'était pas si terrible après tout. » La tristesse sur le visage de Loup au moment où il achève d'un coup de dague le moribond sans quitter Armand des yeux. Armand et sa courte mémoire. Armand et son apathie, son penchant inconditionnel pour ce qui ne fait pas mal, pour ce qui ne fait pas trop de bien non plus, pour ce qui ne fait pas de bruit, ce qui ne remue rien. Armand et son ingratitude.

*

En Armand sommeillait douillettement l'éventualité que Loup avait changé, que ses malheurs et ses expériences l'avaient assoupli, que l'âge avait arrondi ses angles. Toute la violence amassée dans ce grand corps, le tourment de ce regard fermé témoignent qu'il n'en est rien. Loup n'oublie jamais. La loi du talion est la seule qu'il observe sans faillir. Et ce n'est certes pas la société des Sauvages, pour laquelle la vengeance a valeur de principe supérieur, qui a tempéré cette disposition. Dans le monde de Loup, on est avec ou contre lui. Il n'y a rien entre les deux, pas de place pour les états d'âme, pour la simple asthénie des sentiments due au passage du temps, ni même pour le remords. Le jour où Armand l'a trahi, il s'est rangé de manière irrévocable dans le camp de ses ennemis.

Alors que la lumière s'éteint derrière les monts et que la silhouette charpentée devant lui trahit quelques signes de fatigue, Armand avance la main vers le bras en mouvement et la pose sur la peau qui se rétracte instantanément. Loup se fige un instant, puis se retourne, plonge l'œil dans ceux d'Armand. C'est une béance qui occupe ce regard, une cruelle interrogation qui n'attend pas de réponse.

« Je crois que nous sommes très proches, murmure Armand.

— Alors on s'arrête », répond Loup d'un ton sec.

Quelques mots qui tiennent son destin à distance, encore un peu de temps. Des mots pragmatiques, en apparence sans conséquence, comme ceux qu'ils ont échangés pour préparer l'attaque ; les seuls que Loup daigne lui adresser. Parmi ces mots, le prénom de Brune, qui se détache des autres comme une pierre précieuse au milieu de cailloux. Loup prononce ce nom avec quelque chose de possessif dans la voix, laissant mourir la fin du mot à l'intérieur de sa gorge, comme pour dérober l'image qu'il fait surgir, enfouir en lui le visage évoqué. Brune, répété comme une incantation destinée à la maintenir en vie, comme un appel qu'elle seule serait capable d'entendre, par-delà la distance. Armand égrène encore une fois, en silence, l'unique syllabe. Brune est leur priorité absolue, leur obsession, ce qui les lie, les meut et les fait marcher ensemble sur ce sentier.

Le repas est frugal avant l'assaut. Armand aurait bien repris de ce pain de maïs et de ces fèves avant de donner de sa personne. Une angoisse l'envahit : s'il meurt cette nuit, il n'aura fait qu'entrevoir le terrible malentendu qui l'a conduit à condamner son frère à mener une vie de renégat, à se tatouer un rapace dans le dos, à se huiler les cheveux et à craindre la lune et le soleil. Il n'aura pas l'occasion de lui avouer qu'il aime Brune à en mourir, il ne pourra pas lui dire qu'il se souvient de tout, de ses yeux au-dessus du berceau, de sa main pleine de sang dans la sienne, de l'ondine de la cascade du Déroc, de l'abbé Tête de lard, et des mollets auxquels il se réchauffait les pieds quand il ne parlait pas encore. Il doit se faire une raison. Il ne dira pas ces choses. Armand préfère croire qu'on ne les emporte pas dans la tombe, mais qu'elles restent en suspens quelque part en un lieu invisible. Un lieu entre deux mondes où s'engrangent tous les mots qu'on n'a pas prononcés mais qui ont puissamment, sincèrement, désespérément habité l'esprit et le cœur sans pouvoir atteindre leur destinataire.

Un nuage passe devant le croissant d'opale insondable qui lui fait songer à l'éclat des yeux de Brune. Le peu de bagage a été caché sous les broussailles. On se met en marche, sur la piste qui grimpe en longeant une montagne boisée. Le sentier devient étroit, surplombe un précipice rocheux. Le vrombissement de l'eau est assourdissant. Bientôt, la cascade apparaît ; des éclairs jaillissent du torrent, comme des diamants dans une chevelure sombre. Loup jette un regard en arrière, puis disparaît le premier derrière le rideau aqueux.

25

Le bûcher se dresse au centre du village. C'est une structure en bois bien différente de celles utilisées par les Haudenosaunee. À la poutre supérieure sont attachés les poignets du condamné ; à la poutre inférieure, ses chevilles. On met le feu au corps à l'aide de torches. Brune a vu mourir trois hommes de cette façon depuis qu'elle est captive. Demain, ce sera son tour. Les Mohicans sont retournés sur leurs terres. Il n'y a plus personne pour défendre sa cause auprès du sachem Managuon ; la colère du chef est terrible depuis que Brune a tenté de s'évader. Elle a trahi sa confiance.

Les Sokokis ne brûlent pas les femmes. Mais pour elle c'est différent ; elle n'est pas une femme comme les autres. Elle est la fille de Vieille Épée, une femme qui se comporte comme un homme, une bâtarde à moitié française, à moitié haudenosaunee du Peuple du Silex, nation perfide et cruelle, ivre de pouvoir, qui massacre ses voisins. Elle doit mourir. Elle doit donner sa vie en échange de toutes les jeunes vies fauchées par les guerriers de son peuple, et surtout celle du fils du sagamore, son enfant adoré, son préféré. Quand Vieille Épée arrivera, car il arrivera, de cela elle ne doute pas, Brune sera en route pour le continent des âmes.

C'est sa dernière nuit, et elle a la permission de veiller encore un peu sous les étoiles. Au lieu des abats et des morceaux de reptiles coutumiers, elle a droit à de la viande d'ours. Deux hommes la surveillent. Ils discutent tranquillement. La lune en croissant disparaît derrière d'épais nuages pour reparaître presque aussitôt. Brune a tant espéré que Vieille Épée arriverait à temps. Elle a cru le sentir approcher. Elle le sent toujours approcher, comme on devine l'orage, la neige, le gibier ou le vent. Son père s'annonce par une espèce de picotement sous sa peau, une chaleur dans sa tête et une sorte de pression dans ses tempes. Il lui a pourtant semblé éprouver tout cela depuis deux jours.

Les Blancs ricanent de ces pressentiments. Et sans doute ont-ils raison. Les Indiens sont des enfants qui voient dans la nature des choses inexistantes ; dans l'invisible, des chimères. Ce sont des rêveurs crédules, des innocents, des simplets. Il est normal que les Européens les manipulent, les trompent, les volent. Ils auraient tort de s'en priver. C'est ce que les Sauvages méritent.

Elle a entendu de la bouche de la Croisée cette histoire qui remonte aux temps où Champlain venait de fonder Québec. Des pères missionnaires avaient apporté une pendule de France. Une belle pendule en argent qui sonnait les heures. Les Hurons qui venaient en ville aimaient particulièrement cet objet étrange, que les soutanes avaient appelé à leur intention le Capitaine du Jour. Quotidiennement, quelques Hurons se réunissaient et attendaient avec recueillement le moment où le Capitaine allait morceler le temps en égrenant ses notes. Les pères n'avaient pas manqué d'insister sur le fait que l'horloge était habitée par l'esprit de Dieu, et que c'était grâce à son souffle qu'elle était capable de réaliser le petit miracle sonore à intervalles réguliers. Pauvres idiots de Sauvages ! Que peut-on attendre de gens qui considèrent comme un oracle le carillon d'une pendule ? Brune se souvient à quel point elle avait eu honte.

Avant de rentrer dans la cabane, elle jeta un dernier coup d'œil aux montagnes oppressantes qui se découpaient tout autour du village. Elle s'imprégna de la couleur du ciel, de la forme très nette des nuages qui voilaient la face de la lune. Bientôt elle sera en route pour le rivage occidental vers où dérivent les morts, où elle retrouvera sa mère. Mais peut-être n'était-ce là encore qu'un conte pour enfants avides de se rassurer. Le paradis des chrétiens n'était pas autre chose non plus. Alors pourquoi celui de son peuple serait-il différent, plus réel, plus digne de confiance ?

Elle eut une pensée pour Rit Beaucoup. Les souvenirs que Brune avait d'elle étaient bien maigres ; la texture de sa chevelure, ses dents très serrées, très blanches, la qualité particulière de son rire sonore, contagieux. Mais c'était à peu près tout. Elle aurait toute l'éternité pour découvrir bientôt celle qui lui avait donné la vie. Elle prit le petit sac à sa ceinture, en sortit la bague ornée du saphir et la passa à son index, le seul doigt duquel le bijou ne glissait pas.

Le fourmillement familier se propagea d'abord sous la peau de ses bras, le sang se mit à cogner à ses tempes. C'est ainsi qu'elle le sentit avant de l'apercevoir. Le temps qu'elle prenne conscience de la présence de son père, ses deux gardiens étaient morts sans bruit.

La main de Vieille Épée empoigne la sienne et ils s'élancent dans la nuit, à travers le village endormi. Elle reconnaît les silhouettes de Castor et d'autres guerriers. Ils forment un cercle de protection autour d'elle et de son père. Mais rapidement le cercle se rompt sous la pression des premiers hommes réveillés qui arrêtent leur course. Les habitants sortent de leurs maisons, les femmes se mettent à crier. Les ennemis armés affluent. L'acier des armes se met à luire dans la nuit.

*

Dans l'obscurité, les crêtes de cheveux dressés permettent à Armand de distinguer les silhouettes des Iroquois de celles de leurs ennemis. Malgré cela, le risque de faire tomber ses alliés est considérable. Les corps s'entremêlent au point de ne plus former qu'une masse indistincte, grouillante, d'où émergent des bras, des lames et des tranchants de haches. Brune et Loup sont au milieu de cette mêlée. Il faut attendre qu'une tête brièvement nimbée de clarté lunaire se détache et s'identifie comme celle à abattre ou, au contraire, à protéger. La sueur coule dans les yeux d'Armand, malgré le froid. Mais son bras ne tremble pas lorsqu'il vise, appuie sur la détente, laissant à Chêne qui se Dresse le soin de recharger le pistolet et de lui en tendre un autre prêt à tirer.

Brune ne porte pas de signe distinctif ; Armand n'en a pas besoin. Il connaît sa manière de bouger, de courir, de se retourner, de se battre. Il est impossible de la prendre pour quelqu'un d'autre, même à cette distance, même dans cette pénombre. Plus le danger est grand autour d'elle, plus sa silhouette se confond avec celle de Loup. D'une main, le père tient celle de sa fille, qu'il garde serrée contre lui, tout en ferraillant de l'autre. La garde somptueuse de la rapière lance des éclairs dans les ténèbres, permettant à Armand de localiser son frère. Voilà qu'un homme arrache Brune à l'étreinte de Loup. Armand tire.

L'homme derrière elle s'effondre dans une odeur de poudre. Brune sent quelque chose lui glisser dans la main ; c'est un couteau que lui donne son père, dont elle se sert instantanément en tailladant le flanc d'un homme qui lui agrippe le bras. Ceux qui tentent de s'en prendre à Vieille Épée tombent à leur tour ; de leurs plaies s'échappent des filets de fumée.

Le souvenir qu'elle gardera de cette attaque sera baigné de confusion ; les silhouettes enténébrées en mouvement autour d'elle et de son père qui ne la quitte pas d'une semelle. Les lames jettent des feux dans la nuit, les hommes hurlent et tombent. Vieille Épée a mille bras, et autant de rapières. Les balles venues de nulle part frappent à point nommé. La surprise nocturne leur apportera le succès, Brune n'en doute pas. Elle ne craint plus la colère des dieux. Elle les a tant défiés ; elle n'est plus à ça près. Elle perce et tranche tout ce qui se met en travers de son chemin, avec une ivresse qu'elle accueille dans la joie.

Ce n'est pas la première fois qu'elle participe à une bataille, mais celle-ci prend une dimension nouvelle. Celle-ci a le visage de son père dont elle a douté, le visage de sa propre vie, des années qui lui restent, des jours et des nuits, de la mer et des voyages, des chevaux, des danses et des salons dorés, le visage de celui qui se retourne et l'embrase d'un regard, le visage du jeune soleil de France qui illumine le monde.

Quand elle aperçoit Armand à la sortie du village, Brune comprend : ces corps fauchés, c'était lui. Elle se prépare à la mort d'Armand de la main de son père depuis des semaines. Elle l'a appelée de ses prières. Mais à présent, elle ne sait plus. Elle a appris à apprécier la compagnie de cet homme à la fois simple et raffiné, drôle et pudique, qui perdait peu à peu cette outrecuidance qu'elle avait déjà constatée chez les nobles français, surtout lorsqu'ils sont sans le sou. Elle s'était sentie en confiance auprès de lui, dépossédé et perdu, qui lui faisait tranquillement et avec sincérité, semblait-il, le portrait de Vieille Épée quand il vivait chez le Peuple du Fer. Elle a compris, sans que jamais cela soit exprimé par Armand, la souffrance d'avoir été élevé dans l'ombre de cet être qui possédait toutes les qualités et que sa famille avait élevé au rang de divinité. Elle avait éprouvé quelque chose d'étrange à l'écoute d'Armand, un sentiment de compassion troublant. N'était-elle pas la fille de cet homme-Dieu, qui l'était resté parmi son peuple d'adoption ? N'avait-elle pas, elle aussi, souffert de lui être toujours comparée, de se voir sans cesse jugée à l'aune de ses qualités ? N'avait-elle pas ployé en secret sous le poids écrasant d'être la fille d'Œil Éclair, l'homme qui était le fils de quatre mères, qui avait vécu plusieurs vies, que le Grand Esprit avait élu en lui faisant don sans compter de l'orenda, l'énergie de vie, une intense, cruelle, violente et merveilleuse présence au monde ?

L'ennemi est à leurs trousses. Loup et Brune s'engouffrent derrière la chute d'eau. Armand s'est arrêté juste avant le rideau. Loup ressort, tenant toujours Brune par la main ; il exhorte Armand à se hâter, qui lui fait signe de ne pas l'attendre ; il va leur permettre de gagner du temps en tenant les poursuivants à distance. Brune a un mouvement vers lui. Loup serre la main de sa fille à faire craquer ses os, l'entraîne sous le torrent. Quand ils surgissent de l'autre côté, le bruit des détonations couvre celui de l'eau. À peine Brune s'est-elle retournée qu'elle aperçoit un corps qui chute le long des flots verticaux. Une pression autour de sa main la ramène au danger. Elle cède à la volonté de Vieille Épée. Et ils se remettent à courir.

*

Armand les a quittés. Loup imagine son cadavre au fil de l'eau ; secoué de petits soubresauts, tout raide dans la mort, il cahote sur les pierres ; il va peut-être faire un long voyage, tout en se décomposant et en servant de pitance aux poissons ; il pourrait bien traverser les vallées et les forêts, jusqu'à un fleuve plus grand, puis jusqu'à la mer. Deux autres hommes ont perdu la vie, dont Moïse. Castor entonne un chant funèbre, bientôt repris par les autres. Loup ne chante pas. Il ne parvient pas à croire que son frère ait disparu alors qu'il venait à peine de le rejoindre. L'imbécile ! Il n'en avait pas fini avec lui.

Il a besoin d'être certain que c'est bien le corps d'Armand qu'il a vu tomber. Ou tout simplement a-t-il envie d'être seul, et se donne-t-il une bonne raison de s'en aller. Peu importe. Il se lève et déclare qu'il y retourne. Brune devra rester avec les autres et les suivre. Ils retrouveront la Croisée plus loin.

Il se remet en marche, malgré l'épuisement. Il pose un pied devant l'autre, ne pense à rien. La nuit est très noire à présent. La sueur en séchant a enveloppé ses membres d'une pellicule glacée. Pourquoi n'a-t-il pas revêtu un manteau plus chaud ? Il trébuche, son pied glisse sur la terre meuble au bord du gouffre. Il recule et s'affale contre la roche. Il tente de se remettre sur pied, et retombe, sans force, surpris par cette brusque perte d'énergie. La tension des derniers jours l'a exténué, il est bien forcé de l'admettre. Quelques flocons se sont mis à tournoyer dans l'air, se posent sur sa peau, sur la terre, en scintillant doucement. Il les observe, l'esprit vide. Il ne sait plus ce qu'il désire. Sa fille est en sécurité avec ses hommes, et bientôt avec le chaman.

Son frère est mort en le protégeant. Il a sans doute payé sa dette. Est-ce cela qui lui a traversé l'esprit pendant sa chute vertigineuse ? Ou bien la pensée d'un poulet mijoté aux cèpes cuisiné par Mathurine ? Enfant, Armand disait que c'était la dernière image qu'il désirait voir avant de mourir. Un poulet aux cèpes... Loup ne dirait pas non, lui non plus. Peut-être que la Femme Soleil est capable de réaliser cette recette. Avec de la dinde, à défaut de poulet... Antoinette l'attend, il a encore l'odeur de sa peau au bout de la langue, le poids de ses seins au creux de ses

mains. Il sait la profondeur fraternelle de son regard.
Bientôt il pourra s'allonger contre elle et ne plus s'inquiéter de rien. Mais d'abord il va dormir quelques
instants. Il s'est couché, lèche la neige sur sa main.
Elle a le goût de l'enfance, gorgée de meuglements
lointains, de pierre et de bruyère, du tintement de la
cloche des perdus.

Quand il ouvre les yeux, le monde est blanc, le froid
mordant. Il étire ses membres engourdis, se lève, se
frotte les bras et les jambes. La neige ne tombe plus. Il
apprécie le silence duveteux qui règne. S'il était en vie,
Armand l'aurait rejoint. Loup se prépare à rebrousser
chemin vers Brune lorsqu'il entrevoit quelque chose
sur la piste. C'est un homme. Un rai de lune fait luire
son crâne comme un sou neuf. Loup se précipite, s'arrête à quelques pas. Sacré Grenouille ! Les mots ont
presque jailli de ses lèvres. Mais il ne peut pas lui dire
cela. Il ne veut pas le dire. L'autre pourrait en tirer
des conclusions. Mais quand même, tu es toujours là,
vieux barbon ! Loup n'a toujours pas proféré un son.
Pourtant Armand lui sourit ; son œil meurtri larmoie,
conférant à son expression quelque chose de chagrin
et d'un peu affecté. Allez, viens, mon vieux. Cela, il l'a
dit. Et après ? Ça n'augure rien, ça ne révèle rien de
ses intentions.

Loup s'aperçoit qu'Armand est dépourvu d'arme.
Il ne veut pas lui demander pourquoi. Il ne compte
pas l'écouter lui narrer son action d'éclat. Qu'Armand
ne s'attende pas à des félicitations, non plus. Mais
dans le secret du fond de son cœur, Loup doit bien
l'avouer… Il a vu les balles qui touchaient toutes leurs
cibles, les assaillants qui tombaient, qui s'évanouis-

saient comme par enchantement. C'était elle, l'objet de l'extraordinaire précision d'Armand. C'était elle qu'il protégeait, bien mieux que lui-même n'avait pu le faire de ses coups d'épée. Il est jaloux de ces tirs meurtriers, de cette hécatombe autour de Brune ; c'était comme si Armand lui faisait l'offrande de tous ces morts… À elle, à sa fille. Ils ont passé de longs moments ensemble en captivité. Ils se sont parlé, se sont peut-être confiés. Elle sera restée sur la réserve. Il la connaît. Brune lui ressemble. Elle ne délivre rien d'intime. Elle ne donne rien à l'autre qui puisse l'affaiblir elle-même, se retourner contre elle.

*

Je te déteste ! Tu as sauvé ma fille. Je te hais pour cela. Ce n'était pas ainsi que les choses devaient advenir. Tu n'es pas celui que tu dis être. Tu es un imposteur. Armand de Canilhac est resté en France, bien benoîtement assis devant son feu de pauvre, à attendre la mort en buvant du bouillon froid. Et toi tu as pris son identité, son visage et son allure pour me confondre. Mais je délire, je perds le cap, comme tu disais quand je lançais au grand galop les chevaux de mon imagination. Je suis obligé de m'incliner devant la transfiguration qu'opère ce pays sur certains hommes, dont, contre toute attente et à mon grand déplaisir, tu fais partie. Cette métamorphose a ses limites, crois-en mon expérience. Nous restons, quoi qu'il arrive, ceux que nous sommes.

Ainsi, tapi sous ce nouveau masque de héros, tu es toujours là, gorgé du poison de la félonie. Tu t'es glissé dans l'intimité de ma fille comme un serpent. Tu t'es répandu auprès de Brune. Tu as pleurniché sur ton sort et, à force de mines contrites, de larmoiement de ce maudit œil qui donne de l'eau au moulin de ta petite comédie du mal-aimé, tu as réussi à attendrir son cœur de jeune femme. Tu as abusé de sa candeur. Tu as profité de la situation pénible où vous vous trouviez tous deux, du relâchement de sa vigilance, de sa méfiance. Tu étais son seul allié en territoire ennemi. Comme un perfide, tu as gagné sa confiance en espérant que cela te servirait. Tu croyais peut-être acquérir auprès de moi, par son intermédiaire, la grâce de ta vie. Tu as fait tout ce voyage pour obtenir mon pardon. Mais tu ne t'étais pas réellement représenté la possibilité de laisser ta vieille peau dans cette entreprise. Face à Brune, cette issue s'est frayé un chemin jusqu'à ton esprit étroit, et tu as tenté d'échapper à ce que je te réservais, à ce qu'en réalité tu es venu chercher.

Je me retourne pour voir si tu suis la cadence. Tu traînes un peu la patte et tu souffles, comme le vieux poitrinaire que tu es. La vision que tu offres me révulse. L'élan de courage qui t'a poussé à ralentir l'avancée des poursuivants m'apparaît à présent comme la manifestation de tes manigances et de tes calculs. Rien chez toi n'est jamais, n'a sans doute jamais été, désintéressé. Ta générosité est celle des faibles, des cœurs indigents. Voilà que tu ralentis l'allure. J'avais oublié que tu souffrais de vertige. La neige a recommencé à tomber, et le sol est devenu glissant. Tu te tiens bien à l'écart du précipice. Tes pas sont mal assurés, tes bras sont pris de mouvements de funambule ivre. Tout en toi m'exaspère ! J'ai envie de te prendre par le col et de te traîner. Le sang pulse trop fort à mes tempes. Mes ongles s'enfoncent dans la chair de mes paumes. Avance, vieillard ! Avance !

*

Armand est suspendu au-dessus de l'abîme. Une des mains de son frère lui enserre le cou, l'autre agrippe son habit à hauteur de la poitrine. Voilà, on y est. C'est l'éruption qu'il sentait sur le point de se produire. Le vide lui fait décidément de l'œil aujourd'hui. Il avait déjà failli être entraîné par un Sokoki. Il s'était accroché à du lierre et s'était hissé sur un ressaut, alors que l'Indien se fondait dans le torrent sans un cri, emportant l'excellent pistolet qu'Armand, malgré la précarité de sa situation, regretta aussitôt. Armand avait cru ne jamais être capable de remonter sur le sentier. Il était resté longtemps recroquevillé sur son minuscule éperon, les yeux fermés, tétanisé par la seule pensée du ravin insondable qui béait sous lui.

Lentement, il avait dominé sa peur. Et ses bras, son cœur, sa volonté ne l'avaient pas trahi. Une fois de plus, il découvrait, incrédule, que tout ce qu'il croyait savoir de lui-même manquait d'exactitude. Il lui répugnait un peu de l'admettre, mais il avait apprécié ce combat, la sensation d'avoir la mort au bout du canon de son arme, d'en frapper des hommes qui ne lui étaient rien, afin que vivent ceux qu'il aimait. Tout cela était très simple, en vérité.

Il serait bien resté assis sur ce mince ressaut de pierre. Brune et Loup étaient saufs. Le reste lui semblait soudain de peu d'importance. Mais quelque chose l'avait appelé, la vie sans doute ; il était remonté, et voilà qu'il se retrouvait à peu près dans la même position que sur son bout de rocher, suspendu au-dessus du vide.

Loup ne le regarde pas. Il est prisonnier de l'obscurité abyssale qui s'ouvre à ses pieds, comme s'il y cherchait désespérément le sens de l'acte qu'il s'apprête à commettre. Les secondes s'écoulent très lentement. Armand a l'impression que sa nuque s'allonge et que, s'il sortait jamais vivant de cet exercice, il aurait gagné deux bons pouces. Ses mains pendent au bout de ses bras, bien sages, soucieuses de ne pas déstabiliser le colosse.

Il y a de grands risques que Loup tombe avec lui. Armand n'a aucune intention de l'attirer dans sa chute. Il pense simplement que son frère pourrait vaciller au moment où il se délestera du poids et le rejoindre dans le précipice. C'est une possibilité. Armand s'imagine leurs deux corps fendant l'air. Cette image est si absurdement tragique qu'il est pris d'un hoquet d'hilarité, qui s'étouffe dans sa trachée compressée.

Un grand silence glacé monte du gouffre. Armand le sent qui glisse, comme une caresse, le long de ses jambes, vers ses hanches, son ventre, son cœur. Allons, Loup, regarde-moi. Ne me laisse pas mourir seul. L'œil se pose enfin sur Armand. La pupille dilatée noie le bleu dans un noir d'encre, laqué, presque liquide, aussi impénétrable que l'abîme où cet œil s'est plongé. Armand sent la main tressaillir autour de son cou. La paupière bat deux ou trois fois, très vite, à cause de la neige qui vient de s'y déposer. Encore un battement de cils, et ce sera la grande chute. Mais, au lieu de cela, Armand est soulevé, son visage est bientôt plus haut que celui de son frère. Loup fait deux pas en arrière, le corps d'Armand toujours à bout de bras, et le dépose lentement.

Quand il le lâche, Armand s'affale contre la paroi. Loup rajuste son manteau sur ses épaules et s'en va d'un pas rapide.

Passé l'immense châtaignier qui surplombe le précipice à l'endroit où la piste contourne la montagne, Loup et les autres l'attendent ; ils sont debout, sur le départ. Armand s'arrête avant de les rejoindre et pose une main sur le vieil arbre. C'est le moment où il reconnaît l'homme aux clefs, et Armand sent une grande chaleur inonder ses membres et son âme à la vue du chaman. Loup lui tourne le dos. Armand le rejoint pourtant. Il veut marcher à ses côtés. Il attendra patiemment, avec endurance, le moment que Loup choisira. Il sera prêt.

Loup ouvre la marche. Brune lui emboîte le pas, suivie d'Armand. La Croisée est le dernier, à bonne distance des autres, comme toujours. Dans l'aube laiteuse, la file amorce le chemin du retour.

TROISIÈME PARTIE

26

Depuis qu'ils étaient hors de danger, son père ne lui parlait pas, marchait en retrait. Il évitait tout autant le contact avec la Croisée et avec Armand. Brune souffrait en silence. Ses retrouvailles avec Vieille Épée étaient d'ordinaire un moment de fête, et jamais il n'avait caché le plaisir qu'il éprouvait à regarder de nouveau son visage, à entendre sa voix, à prendre sa main dans la sienne.

Il faisait mine de l'ignorer, et semblait contrarié par la proximité de ce frère surgi du passé. Vieille Épée se comportait avec lui comme s'il doutait de la présence réelle d'Armand, comme si celui-ci était un spectre venu le tyranniser. Vivant ou mort, il semblait qu'Armand fût en réalité un obstacle qui creusait une vallée entre Brune et son père au lieu de les lier comme elle l'avait espéré.

Elle se sentait pourtant de plus en plus proche d'Armand; il lui apparaissait comme une espèce de second père plus accessible, plus accommodant, plus souple, plus humain que Loup, lequel étendait toujours sur elle – comme sur toute personne et toute chose – une forme de pouvoir absolu. Il suffisait qu'il vous regarde pour que vous vous sentiez lui appartenir entièrement, irrévocablement. Et Brune devait en convenir, elle était lasse de cette sensation. Elle s'en était nourrie durant toute son enfance et l'avait confondue avec l'amour. Elle ne doutait pas de l'amour que Loup lui portait. Elle souffrait simplement qu'il ne pût s'exprimer autrement qu'à travers une relation possessive, dramatique, démesurée. L'amour d'Armand était puissant et doux à la fois ; il était généreux, dégageait une chaleur, quelque chose d'humble et de candide qui la mettait à l'aise, faisait progressivement tomber le masque qu'elle s'imposait depuis toujours, celui de la Grande Vaniteuse, la digne fille de Vieille Épée.

Mais si la nature paternelle de cet amour-là existait bien, Brune préférait ignorer sa dimension charnelle. Elle était bien présente pourtant, elle n'en pouvait douter. Armand lui-même semblait ne pas pleinement assumer le désir qu'il avait d'elle. C'était comme si l'esprit voulût nier ce que le corps éprouvait. Elle avait décidé de ne pas s'en soucier et de profiter du reste, de cette tendresse désintéressée qu'il lui dispensait sans modération. Elle convoquait volontiers les moments de captivité en sa compagnie, quand ils n'avaient rien d'autre à faire que parler ; il acceptait toujours de répondre à ses questions, de nourrir sa curiosité insatiable pour la France. Elle aimait sa manière de raconter, de croquer les personnages et les situations, avec cette férocité teintée d'une désinvolture un peu blasée, un air de glisser sur les choses comme si elles n'étaient rien d'autre que des moyens de tromper l'ennui. Alors que la mort était toujours à rôder.

Brune devinait que son père avait un jour adopté cette attitude; c'était peut-être même de lui qu'Armand tenait la sienne aujourd'hui. Elle ressentait un trouble mêlé émerveillement à la pensée que Loup de Canilhac vivait encore un peu dans le phrasé et le sourire parfois hautain de ce petit homme décidément plein de surprises. Il disait qu'il reprendrait la mer au printemps, si Dieu lui prêtait vie. Quand il évoquait son départ, la conversation s'interrompait brusquement et ils n'osaient plus se regarder dans les yeux. Ils restaient prisonniers d'un silence tangible, tout hanté d'images, de rêves incommunicables.

La Croisée sait bien, lui, ce qui s'agite dans ces deux têtes. Il entend les inflexions de voix du Frère Blanc, il voit le ballet de ses mains qui parlent de choses lointaines, de choses qui existent de l'autre côté de la mer; il observe les regards avides de Naiekowa, il entend ses profonds soupirs lorsque Armand se tait enfin. Vieille Épée semble ne leur prêter aucune attention. La Croisée n'a pas vu ce qui s'est passé entre lui et Armand après le combat. Il devine que c'est à ce moment-là que Vieille Épée a choisi. Il a préféré la vie. La mort d'Armand ne lui rendra pas son passé; elle ne lui donnera pas la paix. Les Hommes Blancs ne sont pas comme l'Indien; la vengeance pour eux ne règle rien. Leur âme reste enchaînée au tort qu'ils ont subi, et elle pourrit lentement par contamination. L'amertume et la rancune les dévorent tout entiers. Il n'y a pas de remède à leur souffrance. La Croisée observe, impuissant, Vieille Épée lutter avec ses démons, alors que son Frère Blanc marche dans ses pas, attendant le geste qui les sauvera tous deux.

Le froid s'est emparé de la terre. Le bourg de Beverwijck, qui se nomme désormais Albany, semble dormir sous la neige. L'agitation rencontrée quelques semaines plus tôt a quitté les rues pour les intérieurs feutrés, les pièces aux plafonds bas. On s'y tient bien au chaud devant la cheminée aussi haute qu'un homme. La Croisée imagine les pichets vernissés d'un bleu profond aux goulots en forme d'animaux fantastiques, les plats peints de paysages plats, où pointe dans le lointain un moulin ou un clocher, les chandeliers, les portraits de parents livides et sévères, vêtus de noir, ou les images de poisson mort accompagné d'une carafe et d'un crâne humain. Cela sent bon la cire dont sont enduits les lourds meubles en bois sculpté.

Toutes ces choses inutiles font bon ménage et sont agréables à l'œil. Les Blancs savent donner à l'espace qui les abrite un aspect rassurant, si douillet qu'on n'en sortirait plus jusqu'au retour de ce qu'ils appellent les beaux jours. Les jours d'hiver sont aussi beaux que les autres, même plus peut-être. La Croisée n'a jamais compris pourquoi les Blancs se plaignent tant de l'hiver, qu'ils maudissent parfois comme si c'était une période qui n'existait que dans le but de leur donner du tracas.

Derrière les fenêtres aux petites vitres cerclées de plomb, des regards les dévisagent, avenants ou hostiles, la plupart du temps inexpressifs. La ville a pris le nom d'un lointain duc d'Angleterre, mais ses habitants sont restés les mêmes ; des Hollandais rudes et commerçants, qui n'ont guère de curiosité pour ce qui ne concerne pas leurs petites affaires. Les Français sont bien plus intéressés par ce qui les entoure ; ils posent des questions, se font tout expliquer ; ils sont pareils aux enfants qui découvrent le monde. Ce serait fort bien s'ils n'étaient souvent indiscrets et ne se mêlaient de vous apprendre à vivre.

La Croisée se retourne ; Vieille Épée a disparu. Il demande que le groupe l'attende, et fait demi-tour. Il arpente les rues qu'ils viennent de traverser, mais nulle trace de Vieille Épée. Le chaman sort du village et, juste hors des palissades, devant un petit pré où paît un cheval, il l'aperçoit, appuyé contre la barrière. La Croisée n'a pas vu beaucoup de chevaux dans sa vie. C'est seulement le troisième. Nulle part sur la terre de ses pères n'existe sous une forme animale un tel condensé de puissance et de grâce. La Croisée a du mal à concevoir que ces êtres merveilleux ne puissent vivre en liberté. Qu'une créature aussi supérieure accepte de se laisser monter par un homme et d'obéir à ses ordres tient de la mauvaise magie, car aucun être aussi noble ne devrait vivre comme un esclave. Vieille Épée a eu beau lui expliquer qu'il n'y comprenait rien, la Croisée reste dubitatif. Le cheval s'approche de Vieille Épée en poussant de gros soupirs caractéristiques et fourre son museau dans sa main. Vieille Épée respire son cou, lui chuchote des paroles.

« Approche, la Croisée, viens le saluer. »

La Croisée s'exécute. Il est impressionné ; le cheval est immense et très noir. Il roule soudain des yeux affolés. La Croisée tend une main hésitante vers sa tête, mais la bête recule en poussant un hennissement. Le chaman fait un bond en arrière, et Loup se met à rire. Le cheval revient vers lui, se laisse de nouveau caresser.

« Je me demande qui peut bien s'offrir une bête comme celle-là dans ce trou de cul-terreux…, marmonne Loup.

— Ils peuvent s'offrir des hommes noirs, alors pourquoi pas des chevaux ? »

Vieille Épée avait dit, un jour qu'ils revenaient de la Grande Baie, juste après l'accès de fièvre qui avait failli le terrasser, qu'il donnerait des années de vie pour une seule journée sur le dos d'un cheval. C'était le genre de formule emphatique qui sortait souvent de sa bouche, et d'ordinaire la Croisée n'y accordait pas plus d'importance que nécessaire. Mais cette fois-là, il avait senti chez son ami une déchirante sincérité.

« Je m'en vais l'acheter, tiens ! déclara Vieille Épée.

— Avec quoi ? demanda la Croisée.

— Mon frère, répondit Loup avec un sourire méchant. Ou bien je vais le jouer aux cartes. Allons dans ce troquet où nous avons ramassé Moïse… »

Il donna une dernière tape sur le flanc du cheval et se mit à marcher rapidement en direction du village. Après quelques pas, il se retourna, la mine déconfite, et attendit que le chaman l'ait rejoint pour dire :

« Il ne me servirait à rien ici. Et puis de quoi aurais-je l'air ? »

La Croisée n'avait rien à répondre à cet accès de lucidité et de sagesse. Plus jamais sans doute Vieille Épée ne courrait le monde à cheval, ne connaîtrait cette joie de sentir entre ses cuisses l'extraordinaire masse d'énergie en mouvement, ce corps animal dont chaque muscle répondait à l'impulsion de son propre corps, dans une harmonie parfaite. Vieille Épée lui avait longuement décrit cette entente. C'était sans doute une des expériences les plus dignes d'être vécues dans une vie d'homme. L'était-ce dans la vie d'un cheval ? Une fois, en rêve, la Croisée avait chevauché. Sa monture l'emmenait au grand galop à travers de vastes étendues de terre rouge, dépourvues d'arbres, hérissées de montagnes aux formes étranges, aussi rouges que la terre ; un paysage qui ressemblait aux plaines que décrivent les peuples de l'ouest des Grands Lacs. Le rêve avait un caractère prémonitoire, mais la Croisée ne devait jamais savoir ce qu'il annonçait.

Ils se rendirent quand même à l'auberge de Tobaerts où ils s'étaient arrêtés à l'aller. Vieille Épée éclusa plusieurs gobelets d'eau-de-vie avant de commencer à haranguer les clients pour savoir à qui appartenait le cheval noir. Un jeune homme épais à l'air buté lui répondit que la bête était à son père, Van Rensselaer, l'homme le plus riche de la ville. Vieille Épée le traita, lui et toute son engeance, de stupides mangeurs de harengs qui ne méritaient qu'un mulet aussi peu évolué qu'eux-mêmes. L'insulté traita Loup de demi-Peau-Rouge envieux, celui-ci se rua aussitôt sur l'homme, le plaqua au sol et lui envoya des volées de gifles, avant de se faire maîtriser par les amis du jeune homme. Les Indiens s'en mêlèrent, et ce fut une belle pagaille où chacun s'en donna à cœur joie ; les chaises se brisaient sur les crânes, les pichets et gobelets volaient en tous sens, le sang giclait, jusqu'à ce que le patron tire un coup de pistolet. Aussitôt, on se figea, chacun dans l'action qu'il était en train d'accomplir.

C'était un tableau vivant de visages hébétés et de têtes hirsutes. Les hommes semblaient s'éveiller d'un rêve. On redressa les tables, on mit de l'ordre dans sa mise avant de sortir affronter la morsure du froid. Le fils Van Rensselaer s'en fut avec ses amis, Loup resta un moment à se dégriser devant l'auberge. Le patron sortit et lui demanda avec lassitude s'il comptait le dédommager des dégâts qu'il avait provoqués. Loup, encore sonné par la bagarre, se frotta les yeux, réfléchit un instant, avant de se défaire de la rapière qu'il venait à peine de rattacher à sa ceinture. Il la tendit à l'aubergiste.

« Ça ira comme ça, maître Tobaerts ? » demanda-t-il amicalement.

L'homme soupesa l'arme un instant, l'œil brillant, puis tendit la main à Loup, qui la serra cordialement.

Armand le vit abandonner sans états d'âme cette épée de grand prix en échange de quelques chaises et de pots brisés. Loup allait devoir changer de nom. Mais « Pots Cassés » sonnait beaucoup moins bien que « Vieille Épée ». Armand avait fait cette remarque à voix haute, et Brune n'avait pas pu s'empêcher d'étouffer un rire. Dès le début de l'échauffourée, Armand l'avait emmenée à l'extérieur. Ils avaient attendu que le calme revienne, assis sur un banc. Elle semblait gênée de l'attitude de son père. Quand il était sorti, hagard, de l'établissement, elle s'était levée et s'était mise à faire quelques pas nerveux.

On reprit la route et bientôt on arriva à proximité de chutes colossales, dont Brune expliqua qu'elles étaient la porte du territoire de son peuple. Le chaman fit quelques offrandes de tabac au fleuve déchaîné, afin, dit Brune, que les mauvais esprits qui en étaient prisonniers ne s'en échappent pas.

On cabana non loin. Loup s'était approché de Brune et ils avaient parlé un long moment. Armand contemplait avec un ravissement accablé le couple qu'ils formaient. C'était la première fois qu'il les voyait ensemble, exception faite du combat où leurs deux silhouettes n'en faisaient qu'une. Lui parlait, elle écoutait, avec un air un peu distant. Mais, progressivement, ses traits s'éclairaient, et elle se rapprochait physiquement de lui. Elle lui toucha le front, là où un coup de poing avait laissé une entaille. Armand sentit son cœur se serrer au point de lui arracher une plainte. Elle se retourna à ce moment-là et il eut l'impression qu'elle savait ce qu'il éprouvait. Loup remarqua le bref regard qu'ils échangèrent, se leva brusquement et entraîna Brune dans la forêt.

Comme ils ne revenaient pas, Armand n'y tint plus et partit sur leurs traces. Qu'espérait-il ? Percer les mystères de l'amour qui les unissait et lui resterait à jamais étranger ? En glaner quelques miettes, comme lorsqu'il épiait sa mère et Loup seul à seul, et qu'Isabelle le caressait avec volupté, laissant Armand dans un état de souffrance et de confusion indescriptibles ? Que croyait-il trouver en suivant Brune et son père, en violant leur intimité ? Quelque chose d'inavouable qui n'était que le fruit de sa frustration et de sa jalousie ? Le secret de ce qui le liait lui-même à Loup, de cet élan incoercible qui, malgré le temps et la peine, le poussait vers lui comme vers le pain et l'eau dont on a besoin pour vivre ? Sans doute cherchait-il à percer les raisons qui faisaient que, vieux et

513

fatigué, il voulait encore, au-delà de tout, se réchauffer au sourire de son frère, qu'une fois cela accompli il pourrait mourir en paix.

Elle était assise, le dos contre sa poitrine, et il lui tressait consciencieusement les cheveux. Il l'enveloppait de sa grande cape de peau. Tous deux étaient silencieux. Mais les paroles qu'ils venaient d'échanger flottaient encore dans l'air, parmi quelques flocons. Elle se mit à chantonner les notes d'un air indigène. Armand comprit que son rêve fou de l'emmener en France ne se réaliserait jamais. Loup et sa fille appartenaient entièrement à cet univers ; il était dans l'ordre des choses qu'ils y meurent, que leurs corps nourrissent cette terre et que leurs âmes aillent rejoindre celles des gens de leur peuple. Il vit soudain la fracassante beauté de ce monde, son essence et sa vérité ; comme si un voile avait été ôté de devant ses yeux. Cela ne dura qu'une seconde, et puis les choses reprirent leur aspect habituel.

Les hommes insistèrent pour s'arrêter au bourg de Corlaer, car ils n'avaient pas pu se ravitailler en munitions à Beverwijck : à cause de l'esclandre provoqué par Vieille Épée, personne n'avait accepté de leur vendre des balles et de la poudre. Mais Loup détestait Corlaer, où vivaient une vingtaine de familles hollandaises. Il ne pardonnait pas aux chefs agniers d'avoir vendu cette terre aux Blancs trois ans auparavant. On fit donc halte dans un village à une dizaine de lieues à l'ouest, où Armand apprit que Valère avait été soigné. Armand aurait aimé profiter de l'hospitalité de ces gens pleins de courtoisie ; il était épuisé par les portages, de même que les jeunes hommes vigoureux qui semblaient peiner à suivre la cadence imposée par Loup. Celui-ci accélérait l'allure au fur et à mesure que l'on s'approchait d'Ossernon. Les guerriers échangeaient des regards éloquents, et la rumeur circula qu'une femme était cause de cette grande hâte à rentrer. Qui l'eût cru ? se dit Armand avec un brin d'amertume.

Il n'y avait que la Croisée qui ne souriait pas à l'évocation de la belle qui méritait ces courbatures et ces ampoules aux mains et aux pieds. Au contraire, l'expression de l'homme aux clefs se faisait plus sombre. Il s'isolait souvent dès que le campement était installé et ne reparaissait qu'à l'aube.

*

J'ignore si tu es encore là. Si tu as eu la patience, le désir de m'attendre, entourée des miens. Depuis quelques jours, je crains que tu aies décidé de partir, de rejoindre la colonie, et peut-être la France. Tu sais pourtant que ces lieux n'ont rien à offrir à des êtres comme nous. Là, nous ne sommes personne. Je voudrais pouvoir être déjà à tes côtés ; le chemin semble s'étirer au fur et à mesure que mes jambes avalent les lieues, que mes bras rament vers toi. Depuis Beverwijck, je ne vois que ton visage, que les courbes de ton corps, que la chaude et franche blondeur qui caractérise ta personne tout entière.

Je n'ai pas été capable de tuer Armand. Je le suis encore moins de lui parler. Il attend quelque chose de moi, désespérément. Je ne sais pas si je suis en mesure de le lui donner. Il ne cesse de tourner autour de ma fille. Il la saoule de contes merveilleux, lui fait miroiter une vie en France. La vie que l'on m'a dérobée. Le vieux délire. Par quel miracle lui ferait-il don de cela ?

Canilhac est en ruine. Mais Plessis, le préféré de mes fiefs, est encore en la possession d'Armand, ainsi que Saint-Urcize et Champeix. Brune à Plessis... Brune déplaçant son corps dans les corridors, regardant par la fenêtre le verger en fleurs. Brune de Beaufort-Montboissier, marquise de Canilhac, comtesse de Saint-Cirgues, de Saint-Laurent-de-Champeix, vicomtesse de Valernes, baronne de Combret et d'Aureilles. C'est étrange, je croyais avoir oublié ces titres. J'aurais été bien incapable de les énoncer entièrement dans mon enfance. Ce n'étaient que des mots. J'avais peine à me persuader qu'il s'agissait de territoires mesurables, peuplés de villages, de gens et d'animaux, d'arbres et de ruisseaux qui m'appartiendraient un jour. Quand, de ma fenêtre du château familial, je contemplais les lointains, je savais que tout ce que je voyais par temps clair était mien. Et cela me suffisait. La notion même de propriété m'est devenue étrangère.

Sauf peut-être en ce qui te concerne. J'aimerais croire que tu m'appartiens, que tu seras à jamais à moi et à moi seul. Tu n'as que deux ans de plus que ma fille, et j'ai trois fois ton âge. Tu vas connaître d'autres hommes, porter leurs enfants. Tu aimeras quand ils pénétreront ta chair, et plongeront leurs yeux dans les tiens, et rentreront de la guerre ou de la chasse, l'œil vif, la faim au ventre, des aventures à partager. Il m'est odieux d'y penser. Il m'est odieux qu'il me soit odieux d'y penser. Je suis un vieil imbécile. Sais-tu que je perds la vue ? J'attribuais à la fatigue d'une fièvre les premiers symptômes ressentis peu avant de te rencontrer. Mais ils sont revenus pendant ce voyage chez les Sokokis. Parfois, le matin, je ne distingue à peu près rien de ce qui m'entoure à plus de quelques pieds. La netteté revient au fil des heures. Combien de temps encore me reste-t-il avant de devenir aveugle? Je ne peux pas imaginer t'imposer ma présence cacochyme. Tu mérites mieux qu'un homme qui ne peut plus contempler ta beauté, celle qui émane de l'intérieur de ton être et irradie dans ta chair comme un grand feu.

Mais aujourd'hui, je vois encore le gel qui s'empare du fleuve, en fige déjà des morceaux et y emprisonne les végétaux et les roches, et l'air qui forme des bulles frémissantes, je vois le castor se parer de sa fourrure d'hiver, les branches nues grippées par le givre qui se tendent dans la pureté du ciel. Et je te verrai bientôt, toi, debout sur la berge, pâle dans la pâleur de l'hiver. Car tu m'attendras, et tu liras sur mon visage le désir et la joie, et tu sentiras mon cœur battre en toi, quand je m'unirai à ta chair et que je t'inonderai de la puissance de mon amour. Mon amour. Je peux le dire à présent, dans le fond de mon cœur; je peux aussi énoncer ces mots dont j'ai été avare tout au long de ma vie. Ces mots, je te les dirai au creux de l'oreille, dans le silence des nuits.

*

Elle n'était pas sur la berge, au milieu des femmes et des enfants en liesse. Il courut comme un forcené à travers le village, avec la Croisée et Armand sur ses talons, et son opulente mère qui suivait péniblement en le suppliant de l'écouter et de s'arrêter. Mais il n'écoutait rien ni personne, il voulait la voir, l'entendre, la toucher. Il sortit du village et hurla son nom. Soudain Valère fut devant lui. Enfin, un homme qui fut un jour Valère. Celui-ci avait une poitrine bombée, tatouée, se tenait droit, et la force de son regard suffit à pétrifier Loup.

« Elle ne veut pas vous voir », dit-il.

Loup resta immobile un long moment, l'air interloqué. Puis il se détourna, fit quelques pas et fixa les bois en direction du fleuve. Valère s'approcha et lui posa une main sur l'épaule. L'autre se dégagea brutalement, empoigna Valère par le cou et le plaqua contre un arbre. Valère continuait de le défier du regard. Il dit simplement :

« Leroy… »

Loup le lâcha et poussa un cri ; des oiseaux s'envolèrent, affolés. Puis le silence retomba. On n'entendait que les pleurs ténus des femmes. Ils se retournèrent tous deux en même temps et ils la virent. Elle avait le visage dissimulé par un morceau de fine toile. Loup se précipita vers elle, mais son mince bras blanc arrêta sa course et le maintint à distance. Dans le jour qui déclinait, il ne pouvait voir ce qui se cachait derrière le voile. Mais il n'avait pas besoin de voir. Il savait. Tout le village était à présent réuni et les observait. Valère s'approcha d'elle, lui prit le bras, et elle l'accompagna à l'intérieur des palissades. Elle passa près de Loup sans un geste, sans un mot.

Depuis qu'elle avait découvert son reflet dans un miroir, Antoinette n'avait plus proféré une parole. Valère et la jeune Esther étaient les deux seules personnes qu'elle tolérait à ses côtés. Niawen jouait de temps en temps pour elle. Le chaman avait fini par être congédié. Elle vivait toujours dans la maison de Loutre, où on lui avait réservé un espace plus intime. Elle n'y passait que les nuits. La journée, elle allait errer dans la forêt, suivie de son petit chien, elle marchait parfois jusqu'à la rivière qu'elle fixait pendant des heures. Elle semblait être devenue insensible à tout ce qui l'entourait. Mais Valère l'avait entendue prononcer le prénom de Loup dans son sommeil. Quand il était venu lui annoncer son retour, elle avait fui dans les bois en faisant de grands gestes avec les bras, comme pour chasser une nuée d'insectes malveillants.

Loup passa plusieurs jours à rôder dans les parages des lieux où elle se trouvait. Il se contentait de l'observer, ne tentait pas de rapprochement. Il lui demandait de le rejoindre et de lui faire confiance. Il lui promettait de la venger. Il se laissait aller aux évocations de la plus atroce cruauté, puis s'en voulait et lui demandait de lui pardonner. Il ne savait même pas si elle l'entendait, si elle comprenait ce qu'il lui disait. Ils marchèrent ainsi à distance l'un de l'autre, de l'aube à la tombée du jour, elle voilée, légère, spectrale dans la forêt enneigée ; lui massif, sombre et agité, bruyant comme un Blanc en peine. La Croisée les suivit un peu, espérant trouver un moyen d'atteindre la Femme

Soleil. Mais ces scènes de chasse très particulières ne lui inspirèrent rien de convaincant. Cette femme était inaccessible. Il se retira dans la forêt et procéda au rituel destiné à appeler les esprits égarés.

Un beau matin, Loup alla chercher du bois et entreprit de construire une cabane à l'extrémité du village, proche de la palissade. Il travailla tout le jour; personne n'osa lui proposer son aide. C'était une affaire qui ne regardait que lui, et elle. Elle se tenait non loin et l'observait. Parfois, il s'arrêtait pour souffler, s'épongeait le front et buvait. Elle était toujours là, immobile, et quand il lui parlait ou lui tendait la main, elle se cachait derrière un arbre. Quand la nuit vint, il avait bâti une sorte de hutte comme celles du Peuple des Fourrures. Il avait réquisitionné les plus belles peaux d'orignal et les avait tendues sur l'armature en bois. Il avait dessiné un énorme soleil sur l'une d'elles, juste à côté de l'ouverture.

Quand il eut fini, il lui dit :

«C'est pour toi. Tu seras plus tranquille.»

Antoinette ne répondit rien. Mais elle approcha de la hutte, lentement. Loup se recula pour maintenir la distance qui semblait désormais nécessaire entre elle et lui. Elle prit bien le temps de contempler le travail, passa la main sur le soleil. Il sembla à Loup qu'elle s'était arrondie en son absence. Une suée glacée inonda son cou, suivie d'un frisson fiévreux. Portait-elle son enfant ? Il aurait voulu la toucher, la serrer contre lui, caresser ses cheveux. Il n'avait toujours pas vu le visage mutilé. Il savait qu'une moitié était intacte, car le nom d'Antoinette était à présent Demi-Visage. Il veillerait à ce que personne ne prononce plus jamais ce nom. Il avait cru comprendre que c'étaient surtout les Blancs qui la nommaient ainsi.

Il avait vu son lot d'êtres abîmés, à jamais défigurés, amoindris, destinés à vivre dans la honte, la haine ou la folie, ou les trois à la fois. Il redoutait ce qu'il finirait bien un jour par découvrir. Il avait peur de lui, de son propre dégoût, de l'agacement qu'il ressentirait en la compagnie de cette femme qui semblait avoir perdu la raison, se comportait comme une enfant aliénée. Et cependant il se sentait animé d'une immense, intolérable tendresse à son égard. Il l'observait entrer précautionneusement à l'intérieur de la hutte. Un feu brûlait en son centre. Elle s'assit et offrit ses paumes à la flamme. Il sentait son regard dardé sur lui. Elle avait le visage tendu vers lui, et il pouvait éprouver l'intensité de l'éclat de ses prunelles. Soudain, il sut qu'elle n'avait pas perdu l'esprit. Elle s'était retranchée en un lieu lointain tout au fond d'elle, un endroit où elle vivait seule, mais où il n'était pas impossible de la rejoindre. Elle se coucha dans la couverture qu'il avait déposée à son intention et, confiante, s'endormit presque aussitôt, car il entendit le bruit régulier de sa respiration. Il s'endormit à son tour devant la porte, enroulé dans une couverture. Quand il s'éveilla, elle était penchée sur lui. Elle s'enfuit quand il tendit la main vers elle.

*

Armand était abasourdi, complètement déboussolé par tout ce qu'il apprenait. Celle que l'on appelait Demi-Visage et dont son frère semblait passionnément épris n'était autre qu'Antoinette. Antoinette, autrefois pleine d'esprit et de gaieté, pleine de vie. Il semblait qu'il y eût des années de cela. Antoinette à qui il s'était surpris à rêver dans sa cabine miteuse. Les épaules d'Antoinette, les jambes d'Antoinette, les seins d'Antoinette… C'était Loup qui avait goûté à ses charmes. Leur histoire était-elle destinée à se répéter indéfiniment ? À l'heure qu'il était, Armand n'enviait pas son frère. Mais quels tourments lui-même ne se préparait-il pas à accepter pour Brune ? En sachant parfaitement que jamais elle ne se donnerait à lui comme Antoinette s'était donnée à Loup. Jamais Armand ne connaîtrait l'extase charnelle dans les bras de celle qu'il aimait. Il se consolait pauvrement en se disant que la nature de ses sentiments était plus noble, ou en tout cas plus singulière, proche de cet amour courtois dont leur mère Isabelle leur rebattait les oreilles et qui avait fait rêver Armand quand il était enfant.

Et puis il y avait, il fallait en convenir, une forme de parenté qui le liait à Brune. Et ce lien aurait rendu tout commerce de chair incestueux. Sans même parler de la réaction de Loup. Armand se prit à rire tout haut à l'évocation de la tête que ferait son frère. Valère haussa les sourcils d'un air interrogatif.

« Non, rien, mon bon Valère. Rien qui vous concerne, en tout cas. »

Armand se concentra sur la nouvelle allure de son valet. Dieu qu'il était changé ! En mieux, dans l'ensemble. En bien mieux, même. Et lui donner du « mon bon Valère » sonnait à présent faux. Comment devait-il l'appeler ? Valère, tout simplement. Héron Pensif lui allait fort bien, en réalité, mais il ne pourrait quand même pas appeler son valet «Héron Pensif» de retour en France? Ou peut-être que si. Héron Pensif, auriez-vous l'obligeance de m'apporter mes souliers? De quoi faire un peu scribouiller monsieur Benserade ou ce théâtreux dont la Cour se toquait depuis peu, un certain Molière, qui se plaisait à faire deviser gaiement maîtres et valets…

Valère était plus… Comment dire? Plus beau. Oui, plus beau, il ne trouvait pas d'autre mot. Et ce n'était pas seulement ses muscles développés, son maintien, sa démarche plus ancrée dans la terre, et même ses tatouages sur le torse et les bras, très artistement réalisés, certes, même si Armand ne pouvait dire ce qu'ils représentaient… Il y avait autre chose. Valère ressemblait à un homme amoureux, voilà! Mais Armand ne voyait aucune femme dans les parages de son serviteur. Il n'y avait jamais que de jeunes hommes, compagnons de chasse comme Valère le lui avait expliqué. De chasse! Il avait tout de même encore du mal à se le figurer tirant à l'arc sur un orignal. Et pourtant c'est ce qu'il avait fait, et fort bien fait, aux dires des indigènes. Il semblait bien plus doué pour ça que pour brosser une perruque, battre un tapis ou bassiner le lit.

«Vous semblez ravi de retrouver votre ami Castor…», lâcha Armand négligemment.

La remarque avait fait mouche. Valère s'empourpra et resta muet. Il était occupé à tendre la corde d'un arc avec une grande habileté. Mais sa main resta suspendue dans l'air.

«Vous rappelez-vous, monsieur, quand je vous promis de vous révéler quel était mon secret?

— Fort bien.

— Eh bien, le moment est venu. Vous m'avez livré vos joies et vos peines, vos fautes aussi. Je vous dois à mon tour d'être sincère. »

Armand se cala plus confortablement sur sa banquette. Il n'était plus d'humeur rieuse. Valère faisait montre d'une gravité si solennelle.

« Eh bien, monsieur le marquis, j'aime Castor. Nous nous préparons à… nous mettre en ménage. »

L'aveu était de taille, mais la surprise d'Armand fut modérée ; l'expression « se mettre en ménage » lui tira un léger sourire intérieur. Armand connaissait-il les préférences de son valet depuis longtemps sans oser se l'avouer ? Les sentait-il depuis qu'ils étaient sur ce continent, où les instincts les plus enfouis reprennent leur droit, où l'exubérance des Indiens et de la nature incite l'homme civilisé à lâcher la bride à ses passions ? Armand avait constaté que les Iroquois, et dans une moindre mesure les Sokokis, encourageaient les relations entre deux hommes. En ce qui le concernait, cela ne le gênait pas. Il ne partageait pas la répulsion de nombre de ses connaissances. Il n'avait rien contre les libertins qui revendiquaient de pouvoir aimer les deux sexes. Il se souvint combien son frère s'était révolté de la condamnation à mort de Théophile de Viau qui était de ses amis. Il avait même demandé sa grâce au roi en risquant lui-même la prison ; car les mœurs de Loup étaient en ce temps plus que dissolues, son manque de religion bien connu. Sa relative ouverture d'esprit, Armand la devait à Loup.

Il ne comprenait pas comment un homme pouvait être charnellement attiré par un autre homme, simplement parce que lui-même n'avait jamais éprouvé semblable élan. Il posa les yeux sur Valère et fut touché du rayonnement qui animait son visage. Ému aussi de l'inquiétude qu'il y décelait, inquiétude à l'égard de sa propre réaction. Castor était splendide. Son valet n'avait pas mauvais goût. Armand offrit à Valère un large sourire.

Valère n'osa aller jusqu'au bout de son aveu. Il n'eut pas le courage d'affronter la mine d'Armand quand il lui annoncerait qu'il ne le suivrait pas en France. Car sa vie était ici, désormais. Jamais plus il ne pourrait vider le pot d'aisances, la cendre froide, dormir dans une soupente humide et glaciale, les pieds et le cœur gelés, passer les années qui lui restent à regretter sa jeunesse et à attendre la mort comme on attend la pluie. Il ne comprenait pas que des hommes qui avaient connu la vie chez les Indiens s'en retournent bien tranquillement chez eux et reprennent leur ancienne existence, fût-ce celle d'un prince. Il n'y avait plus d'autre choix pour lui que d'embrasser, jusqu'à sa mort, celle de ses frères du Peuple du Silex.

En observant Armand fumer benoîtement en tournant le dos au foyer, Valère est envahi par un immense élan d'affection. Il pense aux rhumatismes qui reviennent tourmenter son maître ; il voit bien les précautions qu'Armand prend pour se lever, il remarque la raideur dans ses mains. Il entend parfois la nuit – car Armand est logé, comme Valère, chez Matin d'Hiver – de petites quintes de toux un peu grasse. L'atmosphère très enfumée des maisons longues n'est pas ce qui convient à des bronches fragiles ; mais pas moins, après tout, que les hautes pièces mal chauffées du Vieux Continent.

En se retrouvant, ils étaient tombés dans les bras l'un de l'autre. Armand avait beaucoup pleuré, et Valère lui avait tapoté le dos en lui murmurant des mots d'apaisement. Il avait tressailli en surprenant le regard de dédain que Loup avait lancé à son frère éploré. Le sort d'Armand n'était peut-être pas arrêté. Quand il en parla au marquis, celui-ci répondit avec bonne humeur que Dieu seul savait ce que son démon de frère avait dans la tête. Il lui raconta l'épisode de la falaise. Depuis, Armand attendait. Et il était hors de question qu'il quitte ce pays sans avoir obtenu ce qu'il était venu y chercher : le pardon ou la mort.

Mais ce n'était pas tant pour lui qu'il espérait un dénouement. L'état d'esprit de son frère l'inquiétait. Lui-même avait fait la paix avec Loup, avec le passé. Cela s'était produit instantanément, à la seconde où il avait découvert l'œil posé sur lui, après son évasion du village sokoki. Il avait ressenti un tel désarroi chez son frère, une telle angoisse, qu'il avait aussitôt compris que celui des deux qui souffrait le plus n'était pas lui, comme il le croyait depuis toujours. Loup était un être d'une étonnante fragilité, c'était à présent à Armand de lui donner la paix, le repos de l'âme. C'était la mission de ce voyage. Le but qui se dérobait à lui alors qu'il vomissait tripes et boyaux sur le navire, qu'il éructait des morceaux de poumon à l'hôpital de Québec, qu'il souffrait mille morts, attaché au poteau de torture.

Valère resta longtemps silencieux après cette confidence. Son maître était un homme exceptionnel. Cela le frappait comme la plus pure vérité. Mais Armand aurait-il révélé ces qualités s'il était resté en France, à mener son train-train quotidien, entre les salons, le spectacle, les étés en Saintonge, ou à compter les trous dans la toiture d'un de ses domaines en délabrement ? Sans doute pas. Certainement pas. Sont-ce les circonstances qui font les hommes ?

Armand se frotta les reins et décida de s'allonger. Valère l'aida à se défaire de ses vêtements d'hiver, jambières, veste doublée de fourrure taillée dans les peaux rapportées de la première chasse à laquelle participa Valère. Il le borda comme il le faisait depuis quinze ans, lui apporta de l'eau pour la nuit. La maison longue était au complet, prête à sombrer dans le sommeil. La nuit s'annonçait très froide ; Armand devait souvent se lever pour uriner depuis quelques années. Valère lui dit de ne pas hésiter à le réveiller afin qu'il l'accompagne au-dehors.

Valère mit du temps à trouver le sommeil. Il songeait au court moment qu'il avait passé en la compagnie de Castor. Ils s'étaient d'abord étreints très pudiquement, comme deux amis. Valère était devenu assez versé dans la langue iroquoise pour pouvoir tenir une conversation et comprendre ce que Castor lui décrivait de son voyage avec Vieille Épée par-delà la Noort River. Certes, ils avaient ramené vivants la fille et le Frère Blanc de Vieille Épée. Mais ils ne s'étaient pas servis des ceintures wampums pour négocier, avaient perdu beaucoup trop d'hommes pendant l'expédition, n'avaient ramené aucun captif pour les remplacer. Les chefs étaient mécontents et rendaient déjà Vieille Épée responsable de tous les maux qui ne manqueraient pas de s'abattre sur le Peuple du Silex, des guerres aux épidémies, en passant par les mauvaises récoltes. C'est pour cette raison que l'accueil fait aux voyageurs ne fut pas des plus chaleureux. La Grande Cuillère avait refusé que fût donné un festin en l'honneur de Vieille Épée et de ses guerriers, comme le veut la coutume. Les chefs et les Anciens avaient préféré entourer les familles en deuil et pleurer les morts. Castor lui aussi regrettait la manière très égoïste dont Vieille Épée avait mené cette campagne. Il avait perdu un parent chez les Sokokis et son cœur saignait.

Vint un moment où la conversation s'éteignit, et où Castor lui prit la main. Valère faillit avoir un malaise tant son cœur cognait dans sa poitrine. Le contact de la peau lisse et douce était presque insupportable. Il remarqua que Castor n'avait pas les mains calleuses à cause des rames. La main se déplaça vers son visage, caressa sa joue, se glissa fermement sur sa nuque, amena son visage vers celui de Castor. Valère dut résister un peu, car il sentit une pression plus forte dans son cou. Ses lèvres approchaient de celles de l'Indien. Il ferma les yeux.

Il ne veut plus se souvenir de ce qui s'est passé ensuite, et pourtant y revient sans cesse, comme le rêve que l'on chasse vous reprend inlassablement. Il se rappelle avoir pensé «Dieu» très fort au moment où il avait senti l'haleine fraîche lui effleurer les lèvres. Et puis le noir complet, ou plutôt un magma de couleurs et de formes, de sensations dans tout son corps, comme si la langue de Castor fouillait chaque parcelle de sa chair ; la langue de Castor, dure et brûlante, ses mains sur lui, effleurant son sexe, qui brusquement lui donne l'impression de naître ; le sentiment d'être pleinement là et absent de lui-même, le désir, la peur viscérale, la honte, la joie, tout s'enroulait en lui et chaque émotion en engendrait une autre absolument contradictoire. Quand le long baiser prit fin, Valère était secoué de frissons. Il eut la fièvre cette nuit-là, et tout le jour suivant, fut hanté de visions à la fois voluptueuses et terrifiantes. Il n'était pas encore prêt pour cela. Le serait-il jamais ?

Le surlendemain, encore morose et bon à rien, il avait croisé Loup qui s'était inquiété de sa méchante mine. Valère était le seul à pouvoir s'occuper d'Antoinette et, dans l'état où il se trouvait, il était incapable de remplir sa mission. Esther était pleine de bonne volonté, mais même elle ne parvenait pas à faire manger la jeune femme.

Valère prétexta un refroidissement et voulut rentrer dans la maison, mais Loup le retint par l'épaule, l'attira à l'écart des regards. Il approcha son visage du sien, le jaugea un instant. Valère sentit bientôt la main de Loup se glisser entre ses cuisses et empoigner ses parties génitales dans un geste jovial de joyeuse camaraderie. Il dit :

« Du nerf, que diable, maître Valère ! Vous le remercierez bientôt, votre Castor ! Et ne tardez pas, je vous prie, j'ai besoin de vous. »

Puis il embrassa Valère sur les lèvres et s'en alla. Sa bouche avait un goût boisé qui lui fit penser aux feux d'automne de son village natal. Le soir, il était d'aplomb pour apporter son repas à Antoinette. C'était lui aussi qui prenait soin de ses blessures et lui appliquait chaque jour l'onguent, qui ne semblait plus faire aucun effet. Il continuait pourtant à recouvrir les chairs suppliciées ; il pensait que ce contact

était un bien, rendant à cette moitié de visage mutilée son droit à l'existence. Il avait foi dans les vertus
du toucher. Il espérait que sa propre familiarité avec
l'horreur la lui rendrait, à Antoinette, plus acceptable.
Il fallait qu'elle se réapproprie cette partie d'elle sacri-
fiée afin de revenir parmi les vivants. Il y allait de sa
santé mentale.

Quand il eut fini, il la recouvrit du morceau de
toile, qu'il avait découpé dans une de ses chemises,
à présent inutile. Niawen venait de les rejoindre et
avait commencé à jouer un morceau. Immédiatement,
la musique provoquait un puissant changement en
elle. Ses membres crispés se relâchaient. Des soupirs
s'échappaient de ses lèvres. Quand il sortit, il croisa
Loup qui veillait, comme chaque soir, à l'extérieur de
la tente. Valère lui fit un petit salut. Mais Loup le vit à
peine ; il était rivé à la silhouette d'Antoinette. Il guet-
tait le moment où elle lui ferait un signe. Et chaque
soir était pareil : aucun signe ne survenait. Loup
s'endormait dehors, en travers de la porte. Valère se
demandait comment il résistait au froid qui devenait
méchant.

Mais ce soir, Loup en a assez d'attendre. Alors il
franchit la limite au-delà de laquelle sa présence est
interdite. Valère a un élan vers lui, puis se ravise.
Après tout, Loup a peut-être raison. Il faut peut-être
forcer les digues, sait-on jamais...

Niawen sourit à Loup sans s'arrêter de jouer. Antoinette a été parcourue d'un tremblement en le voyant
entrer, mais elle ne bouge pas. Loup s'assied, pas trop
près d'elle. Antoinette se lève et vient se lover entre
ses cuisses, le dos contre son torse. Elle prend ses bras

et s'en enveloppe. En posant la main sur son ventre, il a la confirmation qu'elle est enceinte. Mais elle ne semble pas y prendre garde. Sait-elle seulement ce qui lui arrive ? Est-ce bien son enfant à lui ? Loup a soudain envie de pleurer, comme quand il était petit, de pleurer à chaudes larmes jusqu'à en avoir le hoquet. Mais ses yeux sont secs comme du bois mort. Niawen termine son morceau, salue et s'en va.

Les notes de la sarabande flottent encore autour d'eux. Loup respire profondément son odeur, mais elle est masquée par les plantes utilisées pour le baume qui recouvre son visage. Il faut s'éloigner, descendre vers l'aisselle, le bas du dos, pour retrouver les senteurs familières. Il dénude prudemment une épaule. Elle se laisse faire. Il dévoile l'autre épaule, descend la tunique jusqu'au bas des reins. Antoinette frémit. Il l'embrasse, reconnaît la manière dont sa peau manifeste qu'elle s'offre à sa bouche. Il se colle à son dos, sent son sexe se dresser contre elle. Il baise son cou. Mais brusquement elle le repousse et se lève, remet sa tunique en place sur ses seins. Loup se lève à son tour, la prend fermement par les épaules et approche son visage du sien. Il n'y a plus que le mince pan de tissu entre leurs bouches. Elle essaie de le repousser ; ses yeux noirs l'assassinent à travers le voile. Il voit les larmes imbiber la toile, il a leur goût sur les lèvres.

Il sait que ce qu'il s'apprête à faire peut lui coûter de la perdre définitivement, de la renvoyer là d'où elle vient, en ce lieu obscur d'où elle est parvenue à s'extirper en venant le rejoindre. Il sait qu'il ne doit pas faire ce qu'il va faire. C'est si fragile, ce qui se joue entre eux, en elle. Elle est venue à lui, n'est-ce pas déjà quelque chose ? Mais il la veut, tout entière, il veut voir ce qu'elle lui refuse depuis des jours, il veut savoir s'il est assez fort pour supporter cela sans ciller, pour vouloir être avec elle, en elle, malgré cette abomination qu'il s'est imaginée mille fois. Après tout, ce n'est peut-être pas si terrible. Il en a vu, des brûlés ! Il doit savoir si elle l'aime assez pour se donner à lui telle que Leroy l'a façonnée, telle qu'elle sera jusqu'au jour de sa mort. Sans doute veut-il aussi la punir, un peu, pour lui avoir interdit de mettre fin aux jours de son bourreau. Oui, il y a de cela aussi. Et puis, bon sang, il y a qu'il faut bien en finir avec ce manège, et vivre.

Alors, oui, il va le faire, il va lever le voile. Elle recule, le repousse. Il ne sert à rien de pleurer, mon amour, ni de te débattre.

Il arrache le tissu d'un geste sec. Sa paupière papillonne une seconde. Car il ne s'attendait pas à ce qu'il découvre. Un cratère huileux, une coulée de chair jaunâtre, qu'a déserté toute humanité, toute expression de vie, excepté cet œil fixe, écarquillé, prisonnier d'un monde en ruine. C'est terrifiant, et pendant de longues secondes Loup regrette son geste. Il voudrait retourner en arrière, revenir quelques instants plus tôt, respecter sa prière muette, ne pas la violer comme il l'a fait. Il ne détourne pas le regard pourtant, et peu à peu son œil s'arrache au spectacle morbide et glisse sur la moitié intacte, lisse et dorée, encore plus belle par contraste. Il remarque que sa bouche est restée la même, parfaitement ourlée, s'étendant sur chacune des rives, faisant le lien entre la terre ravagée et la campagne fertile et radieuse. Une sorte de pont intact, rose et gonflé comme un fruit. Il a envie de mordre dans ce fruit, mais quand il s'en approche, les masses de chair informe le défient, et il recule. Antoinette l'a bien vu, car le fruit se fend tristement sur les dents blanches et brillantes. Lentement, elle fait glisser sa tunique sur ses hanches, découvre ses seins. Il aimerait lui dire non, tu ne dois pas… rhabille-toi, je suis désolé. Mais il aperçoit ce qu'elle veut lui montrer : sur son ventre s'étend une immense cicatrice en forme de L. Il se détourne, vaincu.

*

Armand le rejoint dans la nuit. Il sortait pour se vider la vessie et a aperçu le foyer incandescent de la pipe. Loup le regarde s'asseoir, l'air surpris. Il ne semble pas l'avoir vu approcher. Après quelques instants, il passe la pipe à Armand. Pendant qu'il tire sa première bouffée, Loup le regarde. Et Armand comprend.

« Tu l'as vue ? »

Loup répond par un soupir. Armand tire encore une bouffée en tressaillant de froid, ses dents claquent contre l'embout, il rend la pipe et se lève.

« Je gèle. Allons chez moi.

— Je ne peux pas la laisser seule.

— Bien sûr. Alors rentrons dans la tente. On ne fera pas de bruit. »

Ils se pelotonnent près des braises encore rouges. Loup replace la couverture sur l'épaule nue d'Antoinette.

« Elle attend un enfant.

— Elle te l'a dit ?

— Je l'ai vu. Je crois que je l'ai perdue, Armand. »

Le cœur d'Armand bondit dans sa poitrine. C'était la première fois que Loup disait son nom. Loup se tenait voûté, complètement abattu. Armand vit que son œil était humide et rouge. Son frère renifla et redressa la tête, passa une main dans ses cheveux. Ils avaient blanchi massivement juste après l'épisode de la falaise. Avec brusquerie, il demanda :

« Tu veux dormir ici ? »

Ils se couchèrent côte à côte, de l'autre côté du feu, en face d'Antoinette. On entendit le cri d'un rapace nocturne. Les braises crépitaient doucement. Les pieds d'Armand étaient comme des glaçons. Il pensa rêveusement aux mollets de son frère, bouillants été comme hiver.

« Loup, tu dors ?

— Non.

— Tu ne l'as pas perdue…, dit Armand. Et tu ne l'abandonneras pas. Pas elle », ajouta-t-il très bas.

Le silence qui suivit fut tout chargé du souvenir de Jehanne. Armand n'eut pas le courage d'avouer son crime, une des dernières nuits avant la mort de la jeune femme. Il n'aurait pas supporté d'encourir le mépris de Loup, alors qu'il venait à peine de regagner un lambeau de sa confiance. Il serait encore temps, plus tard.

Loup s'endormit bientôt. Il se tourna vers Armand dans son sommeil. Il avait le visage soucieux, concentré. D'une beauté changeante, qui gagnait en chaleur avec le temps ; son caractère acéré et froid s'était atténué. Il y avait davantage d'humanité dans ce visage.

Antoinette bougea et le voile qui recouvrait ses traits se souleva. Armand aperçut le coin de sa bouche charnue, le menton, le cou élégant. C'était son bon côté. Il ferma les yeux. Il n'aurait pas voulu en découvrir plus, si par malheur elle remuait encore. D'ailleurs l'idée le frappa qu'il ne désirait pas qu'elle le voie en s'éveillant. Il sortit sans bruit de la tente et regagna sa couche auprès de Valère.

27

Les mois d'hiver sont des mois de célébrations incessantes chez les Haudenosaunee. On festoie pour un oui, pour un non, pour les vivants et les morts, les nouveau-nés, les malades et les mourants, les récoltes à venir, les récoltes passées, les rares visiteurs, la chasse, la pêche, les fous, les jeunes et les vieux. On se déplace de maison en maison et on ingurgite des quantités colossales de nourriture, des marmites et des marmites d'onnontara, cette soupe de maïs où marine tout ce qu'on a sous la main, fèves, poisson séché, courges…

Armand, d'abord séduit par ce mode de vie, finit par en être dégoûté. Il ne pouvait plus avaler rien qui ressemblât de près ou de loin à cette maudite soupe. Il avait repris du poids, et ses rhumatismes le mettaient à la torture. Armand aurait donné ses titres péniblement regagnés pour échapper à ces nuits sans fin presque orgiaques, où il fallait de surcroît fumer le calumet pendant des heures avant d'oser regagner sa couche, pour y roter jusqu'à l'aube. Et au moment où votre estomac commençait à s'apaiser, la maisonnée s'éveillait et vous empêchait de dormir. Il souffrait. Il se languissait de son chez-lui, et même la sollicitude de Brune ne parvenait pas à le sortir d'une humeur morose qu'il traînait à toute heure et en tous lieux. Lieux qui se résumaient aux maisons longues et à l'espace qui les séparait, que l'on parcourait en grelottant et la goutte au nez. Si son frère ne se décidait pas à le tuer avant le printemps, et s'il ne décédait pas de froid d'ici là, il reprendrait la mer dès la fonte des glaces. La glace. Omniprésente en ces contrées, à l'extérieur et à l'intérieur de vous, excepté quand vous vous trouviez dans la maison enfumée où vous rôtissiez littéralement.

Par Dieu sait quelles manigances, Valère parvenait à se soustraire à ces festivités innombrables. Il apparaissait juste assez de temps pour ne vexer personne, faisait des sourires enjôleurs à ses hôtes, puis s'évanouissait comme par enchantement pour aller dormir dans les bras de son amant. Armand ne pouvait plus compter sur ses services, puisque son valet avait cru bon d'aller installer ses affaires et sa personne dans la maison où vivait la famille de Castor ; celle-ci lui fit un accueil délirant, et sa mise en ménage, comme Valère s'obstinait à appeler sa nouvelle situation, fut une occasion de plus de se gaver de soupe et de tabac, dans un bruit et une chaleur de forge. Armand ne pouvait même pas lui signifier qu'il ne le payait pas pour se mettre en ménage, puisqu'il ne le payait plus depuis belle lurette. Valère consentait à l'aider à se coucher, à se laver à la rivière, quoique Armand se défilât souvent devant cette pénible corvée, mentant lorsque son valet lui demandait depuis combien de jours il ne s'était plus frotté le corps à l'eau.

L'intimité était chose inexistante dans cette géhenne communautaire, et Armand se demandait comment ces gens pouvaient éprouver du désir dans ces conditions. Il savait pourtant que la promiscuité ne les empêchait pas de se tripoter abondamment. Il avait à subir chaque jour les halètements de ses voisins de couchage, sans parler des odeurs.

Lors d'une fête quelconque – il avait renoncé à retenir leurs noms et leurs utilités –, la coutume voulait que les femmes et les hommes célibataires du village se trouvassent un partenaire à leur goût pour passer la nuit en sa compagnie. Comme de juste, Armand fut convié à participer. Deux femmes vinrent se frotter à lui ; une jeune assez jolie et une moins jeune, épaisse et sentant le poisson. Il se laissa entraîner sur la couche de la jeune. Elle était d'un culot inouï, le caressait partout, même aux endroits qu'il est indécent de nommer, elle prit sa verge dans sa bouche, puis s'empala sur son sexe qui n'avait plus durci à ce point depuis Mathusalem. Pendant un moment, il oublia les autres couples qui s'ébattaient autour de lui. La belle était insatiable et, après un court moment de repos, elle était prête à recommencer. Mais il n'y eut rien à faire. Son membre ramolli ne répondait plus à l'appel. Il s'endormit sur le ventre de la jeune femme, un peu perdu, nauséeux, pas vraiment comblé. Il pensa à Brune et se demanda si elle aussi était en bonne compagnie. L'éventualité lui fit revenir dans le gosier un morceau de cerf trop faisandé à l'arrière-goût de tabac. Il finit par sortir pour regagner sa propre couche, au milieu des gémissements et des cris de plaisir. Dante avait décrit l'enfer. Il ne connaissait pas les Iroquois.

On ne voyait guère Loup aux fêtes. Il avait la bonne excuse de veiller sur Antoinette, cloîtrée dans sa petite tente, qui faisait à Armand l'effet d'un palais. Que n'aurait-il donné pour passer ses nuits là ! Loup l'invitait parfois à les rejoindre pour la soirée, mais plus jamais il ne lui proposa de rester pour dormir. Antoinette retrouvait un comportement plus sociable, mais ne parlait toujours pas.

Loup lui avait fait confectionner une espèce de masque en peau très souple, brodé de perles qui figuraient l'ossature de son profil, sourcil, pommette, mâchoire, et qui laissait voir la bouche entière. Elle ne l'enlevait jamais, excepté pour procéder au nettoyage des chairs brûlées, qu'elle accomplissait elle-même désormais. Elle acceptait que Loup dorme près d'elle, seul dans une couverture, mais elle ne supportait pas qu'il la touche. Elle tolérait certains jours la présence des femmes autour d'elle, qui palpaient son ventre et le massaient, ainsi que son dos, avec des huiles odorantes, lui peignaient les cheveux et les tressaient de perles en chantant doucement. Loup devait disparaître alors, mais il ne pouvait s'empêcher de les épier par une fente dans le wigwam.

Il dévorait des yeux ce corps métamorphosé, languide, indolent, qui exprimait une sorte de repli sur soi, un corps qui ne lui appartenait plus, qui l'avait privé de sa douceur, de sa passion, de sa vie intime, mais qu'il désirait comme jamais. Il se languissait auprès d'elle sans pouvoir trouver le sommeil ; son appétit s'était tari, sa force vitale semblait l'abandonner. Armand lui trouvait la mine terne, l'œil éteint.

Un matin qu'ils étaient occupés à fabriquer des filets de pêche, assis sur un petit banc devant la tente, Loup proposa à son frère une retraite dans la sauvagerie. Quelques jours à chasser et à piéger, loin de la fébrilité du village perpétuellement à la fête. Armand accepta sans hésiter, soulagé de cette aubaine. Mais bien vite il fut saisi de la peur de ne pas être à la hauteur. Ses articulations et ses poumons supportaient déjà mal le froid, sans parler des sérieux doutes qu'il nourrissait sur sa capacité à piéger quoi que ce soit. Mais Loup, qui avait anticipé ses appréhensions, ajouta :

« Tu resteras au coin du feu, tu seras comme un curé en chaire. Pour la chasse, je m'en chargerai. »

*

Le soir, Loup annonça son départ à Antoinette. Elle ne parut d'abord pas s'en émouvoir. Au moment où il s'apprêtait à sortir pour aller saluer Brune et la vieille Loutre, elle le rattrapa, posa une main sur son bras. Il se retourna et vit que ses yeux brillaient comme ce n'était plus arrivé depuis ce soir où il avait dévoilé son visage. Elle l'attira à lui et lui prit la tête dans les mains. Il vit trembler ses lèvres, sentait tout son être à la fois concentré et agité par la volonté véhémente de communiquer. Mais aucun son ne parvenait à sortir de sa bouche. Un éclair de colère passa dans son regard. Il entendit son pied frapper rageusement le sol. Elle le lâcha, se détourna, ferma les yeux, respira profondément, puis revint à lui.

« Pardonne-moi », dit-elle sur le souffle.

Il frissonna, recula un peu pour mieux la voir, pour s'assurer en scrutant son expression qu'il avait bien entendu. Elle soupira, comme si l'effort fourni avait été incommensurable.

Elle le voit décontenancé, incapable de la moindre réaction. Et que pourrait-il faire ou dire en effet ? Peut-il comprendre qu'elle s'en veuille de ce que Leroy lui a infligé ? Qu'elle se reproche chaque jour ce visage défiguré ? Qu'elle ne se croit plus digne de son amour ; que ce que la vie lui réserve, à elle, ne le concerne plus. Cet élan vers lui l'avait saisie par surprise. Elle avait entrevu son cou derrière les cheveux qu'il avait ramenés pour les passer au-dessus de son manteau. Tout simplement cela, sa peau, son geste qui lui avaient retourné les entrailles. Mais à présent elle ne voit aucune issue aux deux pauvres mots qu'elle a réussi à énoncer. Au-delà de ces mots, il n'y a rien. Elle l'observe, malheureux et impuissant, là devant elle, et aimerait lui dire de ne plus l'attendre. Elle serait capable, physiquement, de le lui dire. Mais à quoi bon ? Une poussée tend son abdomen. C'est la deuxième fois qu'elle le sent bouger. Elle ne veut rien savoir de ce qui s'est mis à remuer là. Elle ne peut pas, ne veut pas concevoir qu'une vie nouvelle puisse s'éveiller en elle, dans ce corps marqué par la laideur et la honte, transi par le souffle de la mort.

Les images d'elle-même la hantent la nuit et la font hurler en silence, étouffer d'effroi, comme devant un monstre qui lui serait parfaitement étranger. Chaque réveil lui apporte sa mesure d'horreur supplémentaire, lorsqu'elle découvre que cette tête hideuse vue en rêve n'est autre que la sienne. Elle ne peut pas lui dire cela. Serait-elle capable de lui dire combien elle brûle parfois de terminer l'œuvre de Leroy et de défigurer son autre profil ? Loup comprendrait-il que l'on puisse avoir perdu l'estime de soi, la plus infime compassion pour sa propre personne, au point de ne plus être capable d'aimer ? De nouveau ces questions inutiles qui ne trouveront jamais de réponses... Au moins si elle retrouve l'usage de la parole peut-elle lui prouver qu'elle n'est pas folle. Car elle a bien vu les regards perplexes dont il la couve à la dérobée.

Durant ces longues errances dans la forêt, elle s'évade de son corps. C'est une sensation nouvelle, très éloignée de ce qu'elle a pu éprouver quand elle était l'esclave de Voit Très Loin, ou l'épouse de Leroy. C'est aussi une absence, bien sûr – elle aura passé sa vie à disparaître –, mais cette fois absolue, euphorique. Parfois, c'est si violent qu'elle croit ne jamais retrouver son enveloppe charnelle. Elle se voit planer au-dessus du village et des forêts, et loin en dessous d'elle, elle aperçoit son corps allongé, ou plutôt la forme laissée par le corps dans le vêtement, comme s'il venait de le quitter. Sous ses cheveux épars, il n'y a même plus de visage, mais le néant.

*

Le lendemain, Armand attend, ponctuel et frétillant, au seuil de la tente. Loup retrouve dans ce vieil homme courbaturé déguisé en Indien le gamin malingre qui trépignait d'excitation à la perspective d'aller courir la campagne. Il lui propose un peu de pain de maïs que l'autre décline. Armand ne veut pas s'asseoir non plus. Il ne veut rien. Juste partir, prendre la poudre d'escampette vers l'inconnu, l'aventure qui attend peut-être au détour d'un bosquet, d'un torrent. Autrefois, Loup devait prévoir des histoires à lui raconter ; il y pensait bien longtemps à l'avance. Il a préparé leur bagage, un peu de farine de maïs, des haricots secs, de la viande fumée, des couvertures, des cordes de chanvre, des pièges, un arc et un bon couteau.

Antoinette, qui terminait de se coiffer, se retourne et salue Armand.

« Bienvenue, marquis. »

Loup laisse tomber le carquois qu'il tenait, les flèches s'éparpillent sur le sol. Armand cache sa surprise d'entendre le son de la voix d'Antoinette. Mais quand elle a le dos tourné, il lance un regard interloqué à Loup, tout en répondant comme si de rien n'était :

« Aviez-vous perdu votre langue, chère amie, ou notre conversation manquait-elle d'attrait ?

— Il se fait, monsieur, que le langage vint à me fausser compagnie à l'instant où une moitié de mon visage fit de même.

— Il est heureux que le premier vous revienne, car sans lui nous serions privés des charmes de votre esprit. Quant à la deuxième, votre beauté s'en passe aisément. La partie intacte de votre visage brille de plus de feux depuis qu'elle règne seule. »

Loup est mortifié. Cette femme qui n'a plus proféré une parole depuis des lustres se met à badiner avec son frère. Quelque chose se produit entre eux dont il est exclu, quelque chose que rien ne laissait deviner. Il se sent à la fois trahi et séduit.

Le regard d'Antoinette est planté dans celui d'Armand. Elle a du mal à cacher son émotion. Armand va vers elle et lui prend une main qu'il baise avec un tendre respect.

«Bienvenue parmi nous, Antoinette. Vous m'avez manqué.»

Vieux flagorneur! C'était en faisant des courbettes et des ronds de jambe qu'Armand s'était usé les os. Armand était peut-être sincère, en ce cas précis, mais Loup pouvait se figurer les nombreux autres où il ne l'était pas; il l'imaginait usant ses fonds de culotte sur les bancs des antichambres, baisant de vieilles mains sentant le sur. Voilà à quoi lui servait le titre de marquis de Canilhac. Ça valait bien la peine! Il n'empêche que son langage exerçait sur Loup une séduction pleine de nostalgie. On pouvait aussi faire l'amour avec les mots, et il l'avait oublié. Il s'aperçut que cela lui avait manqué. Comme bien d'autres choses, au fond…

Ils partirent alors que les premiers rayons d'un soleil timide traversaient les bois décharnés. Loup se retourna plusieurs fois pour la regarder qui leur faisait signe. Il faillit laisser là Armand et les bagages et courir vers elle. Armand lui dit :

«Il ne lui arrivera rien.

— Je ne serai tranquille que quand il sera mort.»

Ils franchirent les palissades, dépassèrent les champs désolés et s'enfoncèrent dans la forêt. Armand équilibra mieux le bagage sur son dos; c'était à lui qu'incombait le transport de la nourriture et des peaux. Il emportait aussi des sortes de raquettes semblables à celles utilisées au jeu de paume ; elles étaient, lui avait expliqué Loup, destinées à être attachées aux chaussures, afin de pouvoir plus aisément marcher dans la neige. La couche n'étant que superficielle, ils n'en avaient pas encore besoin. Mais une vieille femme, en les voyant partir, leur avait annoncé des chutes importantes dans les prochains jours.

En suivant la large et haute silhouette qui se dresse entre lui et le monde sauvage, Armand sent un intense soulagement l'envahir. Loup se retourne et lui lance un regard qu'il a du mal à interpréter. Et soudain Armand s'aperçoit de l'affreux égoïsme de sa démarche. Il aurait dû laisser son frère terminer ses jours en paix, la paix relative qu'il avait fini par trouver ici. Loup n'était pas fragile. Cela valorisait Armand de le penser. La vérité était que son frère était la force incarnée. Il avait résisté à la douleur morale et physique, au désespoir, à la honte, il avait surmonté de n'être plus personne, il avait changé de continent, embrassé d'autres coutumes, retrouvé l'amour d'une femme, d'une mère, l'amitié. N'avait-il pas droit à ce qu'on ne vienne pas le tourmenter ?

Si Loup l'avait voulu, il aurait retraversé la mer pour venir assassiner Armand dans son sommeil. Il aurait pu commander à quelqu'un de le faire, même terré au fin fond de son Iroquoisie. Mais il avait préféré vivre, et laisser vivre.

Loup s'arrêta, lui fit signe de se taire. Il tendit le bras et lui montra, sur une branche haute, un grand oiseau de proie immobile. Loup le regardait avec un ravissement enfantin. Ils reprirent leur marche. Il s'était remis à neiger. Après deux petites lieues, Armand se sentait déjà fatigué. Loup s'était accroupi pour observer quelque chose sur le sol. Armand s'approcha : des traces de sabots dans la neige. «Un cerf», dit Loup. Ils suivirent les empreintes, que recouvraient peu à peu les flocons. Ils perdirent la trace de l'animal au bout de ce qui parut à Armand une éternité. Il se demanda ce que son frère aurait fait s'il avait pu pister la bête plus avant. Il était peu probable que le cerf ait décidé de se rendre précisément là où eux allaient. À moins que Loup ne connaisse pas leur destination. C'était peut-être ça. Comme en enfance. L'enfant part-il avec la certitude de l'endroit où il va se rendre ? Presque jamais, et quand il le sait, il change d'avis en cours de journée, à cause de son humeur, du temps, d'un désir subit, il s'attarde là où il lui plaît, musarde, s'assoupit. Loup musardait lui aussi. Bien. Mais le jour baissait, et Armand rêvait d'un bon feu, de viande rôtie et d'un abri. Il comprenait déjà qu'il n'aurait droit qu'aux éternelles fèves et à la semelle de viande de cerf toute sèche.

Arrivé au bord d'une petite rivière presque entièrement gelée, Loup procéda aux mêmes gestes que ceux du chaman au-dessus des chutes. Il prit du tabac dans son sac et en saupoudra la glace en marmonnant des mots qu'Armand ne comprit pas. Le rituel dura indéfiniment.

«On est arrivé ? finit par demander Armand avec inquiétude.

— Ha, ha ! Elle est bien bonne. C'est à trois jours de marche. Je ne t'avais pas dit ? »

Armand laissa tomber son harnachement et s'affala dans la neige, déconfit.

« Mais on va cabaner ici ce soir, dit Loup avec bonne humeur.

— Où, ici ? »

Armand balaya d'un regard incrédule l'espace givré, les roches sombres et humides.

« Eh bien, ici. Je vais nous faire un abri contre ce rocher. Tu verras. »

Loup assembla quatre morceaux de bois en guise de toit qu'il fixa contre une roche moussue, et bonne nuit. Armand ferma à peine l'œil. Il ne parvenait pas à se réchauffer. Les vertèbres dans le bas de son dos le faisaient souffrir atrocement. Le moindre bruit, le moindre souffle d'air le terrifiait. Il fit un cauchemar où son frère le maintenait suspendu au-dessus d'un précipice et, au moment où il allait le ramener sur la terre ferme, il le lâchait par inadvertance. Armand chutait en entendant Loup lui crier qu'il était sincèrement désolé.

Les deux journées qui suivirent furent une véritable torture, bien que Loup transportât en plus du sien la moitié du bagage d'Armand et qu'il réussît à piéger trois castors et deux gros lièvres. Il adressa à leurs dépouilles quelques mots en iroquois. On mangea mieux. Loup parlait peu, sans être taciturne, bien au contraire. Il s'adressait à Armand sur un ton fraternel. Mais il semblait apprécier intensément le silence, ou plutôt les innombrables et infimes bruits de la nature, qui devaient lui apporter une grande sérénité. En vérité, c'était la première fois qu'Armand le voyait aussi paisible. Brune avait dit à Armand que son père vivait le plus clair de son temps dans le Pays-d'en-Haut, avec pour seules compagnies la Croisée et

Niawen. Comme ces deux-là n'étaient pas de grands bavards, Armand pouvait se figurer l'ambiance. Mais c'était là aussi, et peut-être surtout, que Loup s'était guéri.

Le troisième jour, ils atteignirent une immense clairière au sommet d'une colline. Un torrent la traversait. C'était véritablement un lieu singulier, vaste et protecteur à la fois, sauvage et en quelque sorte conçu parfaitement pour abriter l'homme. Il y régnait une atmosphère envoûtante. Ou peut-être était-ce Loup qui créait cette impression, tant il était dans son élément. Il se mit à construire une hutte qui ressemblait à celle d'Antoinette, mais plus petite et recouverte d'écorces à la place des peaux. Armand l'aida comme il put. Il ne fut pas trop maladroit pour choisir les bois et les assembler avec les cordes de chanvre. Ils travaillaient en silence, échangeant de temps en temps des regards.

Loup lui souriait, l'observait parfois assez longuement avec une bienveillance amusée; il le reprenait quand il se trompait, lui expliquant les choses patiemment. Ils faisaient des pauses fréquentes, s'asseyaient sur des souches et admiraient l'horizon qui s'étendait à perte de vue. Loup lui montrait des points au loin, lieux propices pour la chasse, rivières poissonneuses, emplacements de villages qu'ils avaient abandonnés. Il lui raconta que les Iroquois quittent leurs villages après une douzaine d'années, car le sol n'est plus assez riche. Ils emportent leurs défunts. Sa femme du Peuple du Silex, la mère de Brune, était morte jeune, et il avait lui-même nettoyé ses os et les avait emballés dans une peau brodée. Il se rappelle son beau corps délié, si lourd dans ses bras, quand il l'avait hissé sur la plateforme funéraire posée à la fourche d'un arbre. Longtemps il lui avait parlé, assis contre le tronc, malgré le froid et la faim. Il resta rêveur un moment puis demanda :

« Tu es retourné sur sa tombe ?

— Non, répondit Armand. Elle ne devrait pas rester là. Tu avais raison. »

Et Armand s'imagina déterrer le cadavre de Jehanne, nettoyer ses os jusqu'à les rendre plus blancs que le marbre, les envelopper d'une peau de daim, douce et souple, et l'emmener sur le causse, choisir le lieu dans la bruyère ou la gentiane, y creuser une fosse et l'y déposer.

Le soir, alors qu'ils avaient fait bombance d'un lièvre fort gras, ils s'installèrent confortablement près du feu. Un vent glacial faisait craquer la tente. Et malgré cela, ils étaient restés longtemps sous les étoiles, particulièrement brillantes ce soir-là.

À présent, ils fumaient à tour de rôle, faisant un concours des plus parfaits ronds de fumée. Armand manquait d'habitude. Il faisait des mimiques hilarantes, et Loup riait de bon cœur. Armand s'avoua vaincu, lui tendit la pipe.

« On dirait que tu étais fait pour cette vie », lâcha Armand sans réfléchir.

Il se mordit la lèvre aussitôt, bredouilla une phrase sans sens. Que lui avait-il pris ? Loup le laissa s'embrouiller et devenir écarlate.

« Que veux-tu, finit-il par dire, on ne change pas. J'ai été abandonné dans la forêt. C'est ma place. Tout ça, c'était un grand malentendu. Tu as juste remis un peu d'ordre. »

Armand était muet. Il manquait d'air, un flot de larmes se massait convulsivement au fond de sa gorge.

«Ça va, Grenouille? Fais donc pas cette tête. Et va-t'en pas pleurer, hein!»

Loup se coucha sur le dos et laissa son œil errer sur les ombres dansantes des flammes contre les parois.

Pourquoi Armand était-il soudain incapable de proférer une parole? «Dites seulement une parole, et je serai guéri.» Lui avait été guéri par cette phrase de Loup, toute simple. Il ne parvenait pas à croire à ce qu'il venait d'entendre. Il avait prié pour que ce moment arrive. Il advenait, et lui restait muet. Ils s'enroulèrent plus serrés dans leurs couvertures. Loup éteignit la pipe. Le vent avait forci. Au bout d'un long moment, d'une voix étranglée, Armand prononça la formule consacrée :

«Loup, tu dors?»

Mais il n'obtint pas de réponse.

Il s'éveilla dans la nuit, hanté par la vision d'un bébé nu dans la neige. Enfant, Armand avait imaginé tant de péripéties et de quiproquos autour de la naissance de Loup, une origine prestigieuse, fils de prince volé par des bandits, l'enfant avait été vendu à Hugues et Isabelle…

Que dire sur cet aveu d'une effroyable banalité? Car qui d'autre, dans la province reculée et pauvre où ils vivaient, qui d'autre que la plus commune des pauvresses abandonne le bébé qu'elle ne peut pas nourrir? Après cela, quelqu'un avait dû le trouver, le sauver, avant qu'Hugues ne le ramène chez lui… Au procès, on n'avait jamais évoqué la vie de Loup avant son adoption. Il avait suffi aux juges de recueillir les témoignages des vieux qui l'avaient vu arriver au château et des autres qui savaient. On n'était pas allé chercher plus loin. Son origine n'intéressait personne. On avait bien parlé d'une vieille braconneuse qui vivait dans les bois d'Hugues à l'époque. Mais qui se souciait d'une autre croquante qui l'avait torché, réchauffé et nourri ?

Loup avait peut-être tort : sa mère l'avait abandonné, certes, mais peut-être l'avait-elle aimé. Sans doute faut-il aimer avec désespoir son enfant pour ne pas vouloir le voir mourir de faim ? Faut-il l'aimer pour le déposer sur les feuilles mortes, l'entendre hurler alors qu'on s'éloigne, l'imaginer seul au monde, loin des bras et du sein tari, loin des yeux qui n'ont plus de larmes ? Pour espérer qu'il ira rejoindre son Dieu de miséricorde et que les anges le chériront dans un lieu où il n'aura plus faim, ni froid, ni peur ?

*

Il est temps de rentrer. Armand a atteint la limite au-delà de laquelle ce séjour lui deviendrait pénible. Moi qui voulais le faire un peu souffrir, à présent je n'y tiens plus. Il faut savoir admettre être vaincu par l'amour. Ce n'est pas déshonorant, au contraire. Armand aurait pu venir plus tôt, j'aurais mieux vécu. Mais je dis cela aujourd'hui, dans l'hiver de ma vie. Les choses ont une certaine apparence sous la lumière rasante d'un soleil de janvier. Il les adoucit, rend flous leurs contours, leur donne un aspect poudré, alors que l'astre en juillet éclaire tout avec une brutale, implacable acuité. Il y a encore quelques années, je n'aurais fait de lui qu'une bouchée. Je ne suis plus celui que je croyais être resté. Je fais la connaissance d'un autre moi-même, qui, bien qu'un peu trop accommodant, ne m'est pas désagréable. Car cet homme-là est aussi celui qui a su te reconnaître, t'aimer et se faire aimer de toi.

Je dois te l'avouer, il me coûte de quitter ces lieux. Je ne suis plus fait pour le commerce avec mes semblables.

Nous démontons la cabane. Je regarde une dernière fois les vues somptueuses, le torrent si impétueux qu'il résiste au gel, le ciel qui a ici une couleur toujours surprenante. Les formes lointaines et périphériques sont un peu imprécises à mon œil, comme presque chaque matin. Armand prévoit de rentrer en France dès avril, si un bateau se présente. Il me parle de Brune, qui aimerait l'accompagner. Elle ne peut s'ôter de l'esprit ce qu'elle a vu là-bas. Son imagination bâtit un rêve qu'elle croit accessible. Je crains que seul le dépit ne l'attende à Paris.

Armand promet de veiller sur elle, de la garder des hommes malintentionnés, des femmes jalouses. Mais ne sait-il toujours pas à qui il a affaire? Brune est préparée à l'arène; elle est faite pour cela. Mais il est vrai que la Cour semble avoir encore gagné en cruauté depuis le nouveau monarque. Il humilie les puissants, rabaisse les fiers, élève les serviles. C'est le monde à l'envers. Il anoblit tout ce qui passe, et garde ces nouveaux nobles sous sa botte, à gambader autour de lui comme une meute de chiens reconnaissants. Je ne comprends pas ce qui peut attirer mon frère et ma fille dans ce piège à rats. Si je retournais en France, j'irais me calfeutrer dans un petit manoir de province, je regarderais pousser mes arbres, je monterais à cheval, je m'entourerais de musique, de vin, de livres. Je deviendrais gras et goutteux. Et je mourrais d'avoir perdu ce que j'ai ici.

Si je retournais en France... Cela ne m'a jamais effleuré avant qu'Armand pointe son nez dans les parages. Il y a des choses que je croyais enterrées et dont je m'aperçois qu'elles affleurent le sol, comme les morts des champs de bataille après la pluie. J'ai aimé à la fureur ma vie d'aristocrate. Avec tous ses excès, ses merveilles et ses laideurs. J'ai joui de chaque seconde. Je dois faire la paix avec cette vie-là, comme je l'ai faite avec ce frère qui me l'a dérobée. J'aimerais m'en souvenir, au soir de ma vie, avec joie et sans regrets.

Je devrais te parler d'elle, aussi, un jour... En serai-je jamais capable ? Je dois te parler d'elle car c'est elle que je retrouve en toi. Peux-tu comprendre ? Tu es trop jeune, je le crains. Mais tu as une âme qui n'a pas d'âge, clairvoyante et forte, capable de tout embrasser. Tu as vu le fond de mon âme, tu as su qui j'étais avant même de me connaître. Il n'y a que la Croisée qui me connaisse aussi bien que toi. La Croisée m'a dit : « Tu dois faire la paix avec la femme qui t'a donné le jour. » Cela, je ne crois pas que j'y parviendrai jamais. Se peut-il que toi, tu pardonnes à celle qui t'a déposée au Bureau des Pauvres ? Peut-être l'as-tu déjà fait ? Les hommes restent d'éternels enfants blessés. Le pouvoir de donner la vie fait de vous des êtres complets, en accord avec le présent. Des êtres qui s'encombrent moins du passé.

Tu vas donner la vie. Tu vas mettre au monde notre enfant. Car je crois que c'est le mien. Je ne le déclare pas par orgueil, mais parce que Loutre m'a assuré que ton ventre n'était pas assez rond pour abriter un enfant de plus de quatre mois. Mais si cet être que tu héberges était le fruit de tes tristes et brutales étreintes avec Leroy, eh bien je n'en concevrais pas de ressentiment. Et je transformerais la honte et la souffrance à l'origine de cette nouvelle vie en joie et en espoir. Dois-je moi-même avoir subi une profonde métamorphose pour dire de telles choses ? Ou peut-être suis-je présomptueux ? Et l'amour me fait-il divaguer ? Tout en moi devient aussi contrasté et incertain qu'un ciel anglais. Je pense souvent à cette île brumeuse et battue des vents, depuis quelque temps. J'ignore pourquoi, c'est aussi sous ses allures échevelées et baigné de sa lumière que j'imagine le lieu où tu te retires. Des landes désolées, des roches déchiquetées léchées par la mer en furie ; tel est le paysage que je vois s'étendre en toi, t'envelopper et te soustraire au monde, à moi et à toi-même.

J'ai peur de te voir te retrancher définitivement sur cette île intérieure. Elle t'appelle et sa voix est douce à ton oreille ; je peux comprendre cela, mais ne lui cède pas, mon amour. Je peux t'attendre. Je crois que je peux. Peut-être la présence d'Armand te serait-elle bénéfique ? S'il le faut, je le retiendrai auprès de toi. Et tu retrouveras la gaieté qui était tienne, sur ce navire qui t'emmenait vers moi.

Il nous faudra trois journées pour regagner le village, peut-être quatre car la neige est plus épaisse qu'à notre départ. Armand chausse ses raquettes, et je ne peux m'empêcher de me moquer un peu de lui en le voyant ainsi accoutré, marchant comme un canard. Même s'il passait vingt ans ici, il aurait toujours l'air d'un acteur costumé en Sauvage.

Hier je lui ai raconté comment sont nées les étoiles pour ceux de mon peuple. Il écoutait comme quand il était petit, avec la même jubilation anticipée, la même fébrilité. C'est une belle histoire. Quand j'étais enfant, en Gévaudan, Isabelle ne se lassait pas de me faire le récit des légendes du pays, et de la Provence d'où elle venait. Plus tard, à la cour, j'ai adoré le théâtre. J'ai gardé une passion pour les histoires nées de l'imagination des hommes. Elles me rendent ceux-ci plus aimables. J'ai depuis longtemps pardonné à Isabelle de m'avoir trop et mal aimé. Je n'ai pas mesuré tout ce que je volais à Armand.

Nous nous enfonçons dans la forêt. Je distingue mal l'arrière-plan entre les troncs. C'est inconfortable et je propose à Armand de marcher devant, sous prétexte qu'il est capable maintenant de reconnaître la piste. Je n'en crois rien, mais peu importe. Nous ne risquons pas de nous perdre. Il est un peu interloqué, mais prend fièrement la tête. Quand il a un doute, il se retourne et je lui indique la direction. Ma hanche me fait des misères ce matin. Nous voilà bien ! J'ai peut-être présumé de mes capacités en revenant ici. J'oublie mon âge, dit la Croisée. Comment pourrais-je l'oublier puisque je ne le connais pas ?

Mon souffle est un peu court, et bientôt je dois m'arrêter. Je m'appuie contre un arbre. Armand s'en aperçoit et vient vers moi, inquiet. Ce n'est rien, juste un peu de fatigue. Ne t'inquiète pas. Mais ma vue se trouble de plus en plus. Tout devient sombre, la tête me tourne. Je me sens glisser contre le tronc. Armand met le goulot de l'outre à ma bouche. L'eau me fait du bien, mais je ne perçois que des formes vacillantes, nimbées de halos de couleurs vives. Je m'entends lui dire : «Je ne vois plus, je ne vois plus rien.» Ma voix affolée m'écœure. La main d'Armand est sur mon épaule, étrangement chaude à travers les épaisseurs de fourrure qui la séparent de ma peau. Il dit :

«Dis-moi ce qu'il faut que je fasse.

— Il faut que tu fasses un feu, d'abord.»

Je ne peux pas le laisser partir seul à la recherche d'une aide. Il irait, je le sais, il braverait sa peur pour moi. Mais il se perdrait et mourrait de froid. Il me soutient la nuque, pose la main sur mon front, et cela calme un peu la douleur qui vrille mon crâne. «Je suis là, dit-il. Je ne te quitterai pas.» Je lutte contre la torpeur qui tente de m'entraîner. Il m'enveloppe dans une couverture et je ne le sens plus contre moi. «Je suis juste là, dit-il. Je vais faire du feu.» C'est la dernière chose que j'entends.

*

Quand il s'éveille, un feu brûle près de lui. Loup le voit parfaitement. Et aussi tout ce qui l'entoure, les arbres, le ciel, et Armand, penché non loin, qui lui tourne le dos. Les images sont absolument claires, comme si rien ne s'était passé. Il bouge, veut se redresser. Une déflagration éclate dans sa tête, qui déclenche une douleur insupportable. Une plainte lui échappe.

Armand accourt, heureux de le voir revenu à lui. Et de comprendre qu'il a retrouvé la vue. Il se lève, aidé par Armand. Celui-ci jette de la neige sur le feu. Ils reprennent le chemin du retour. Le martèlement dans ses tempes du côté de son œil reste intense. Il s'arrête, se retourne et dit à son frère d'une voix dure :

« N'en parle à personne. »

Il ne pourra pas supporter la cécité. Il préfère la mort. Ne plus admirer ce pays qu'il aime, les visages de Brune, de sa mère et de la Croisée, le vol du héron, la fureur des rapides… Il n'ose même pas penser à elle, à la Femme Soleil. Ne plus plonger dans son regard où son âme a trouvé la quiétude. Il se demande si ce n'est pas une ironie du sort qu'il perde la vue alors qu'une partie d'elle est désormais invisible. Devant lui plongé dans le noir, elle n'aurait plus à porter son masque nuit et jour ; elle n'aurait plus à craindre qu'il entrevoie le profil insoutenable. Elle s'offrirait à lui dans toute la violence du clair-obscur qui la constitue désormais. Un jour, quand il aura vaincu la peur d'Antoinette, sa honte et toutes les résistances qui lui refusent l'accès à sa chair, il caressera le profil scarifié. Car il lui appartient, il fait partie d'elle, de lui, il fait partie d'eux. Il le fera avant de ne plus voir, avant que tombe la nuit.

Armand suit en silence. Ce soir, ils cabaneront dans un abri constitué de rochers éboulés. C'est un peu en retrait de la piste mais abrité du vent qui souffle toujours de l'est, impitoyable. Il a pitié d'Armand et de ses engelures.

Plus tard, il laisse son frère dresser le campement. Il a senti la présence de gibier. Un cerf peut-être.

Armand tente de le dissuader de partir, après ce qui vient de lui arriver, mais rien ne peut le retenir de tirer un cerf si c'est possible. Armand imagine-t-il la quantité de viande que cela représente ? Son frère fait la grimace quand il comprend qu'ils devront porter ladite quantité. Loup empoigne son arc et son carquois et le voilà parti.

Son instinct ne le trompe jamais : il repère bientôt des traces. C'est un mâle adulte, en pleine maturité. Une très grosse bête. Il suit les empreintes sur quelques centaines de pas et, entre deux troncs de châtaignier, aperçoit l'imposante silhouette surmontée de ses bois qui ressemblent à des griffes d'animal fabuleux. Sa belle tête est penchée, cherchant quelque malheureux brin sous la neige. Mais il se redresse soudain, aux aguets. Loup arme, vise. Il faut tirer pendant ce bref instant d'immobilité parfaite, de tension suspendue, avant que la bête renonce à se donner au chasseur. Un infime moment, fragile, mais d'une densité presque tangible. Le flanc de l'animal palpite rapidement, les narines aussi. Loup préfère tirer alors que le regard de la proie vient de croiser le sien. Ce n'est pas toujours possible. Son peuple pense que le gibier peut échapper à la mort car son heure n'est pas venue, ou parce que le chasseur n'a pas adopté l'attitude qui convient. Loup peut parfaitement concevoir cela, parce qu'il le ressent depuis toujours. Déjà, enfant, il éprouvait ce nécessaire accord tacite avant la mise à mort, ce moment où le chasseur et la proie savent que la fin est imminente, inéluctable, et dans l'ordre des choses. Ou pas.

Le cerf le regarde. C'est maintenant. Loup prend une inspiration, tire. L'animal effectue un grand bond et disparaît. Loup abaisse son arc. Il l'a touché, il en est sûr. Sans doute à mort. Son œil capricieux ne l'a pas trahi.

Sur le sol où se trouvait le cerf au moment du tir, deux traces de sang. Plus loin s'égrènent les autres, Loup n'a qu'à les suivre. Au bout d'une centaine de pas, il découvre l'animal blessé couché sur le flanc, l'œil déjà vitreux. La flèche est entrée dans le thorax et ressortie de l'autre côté. Loup caresse la fourrure épaisse, sort son couteau et, d'un geste sûr, égorge le cerf à l'agonie. Cela n'a pas duré. L'animal n'a pas eu le temps de souffrir. Et c'est bien ainsi. Il remercie la bête pour sa vie et la nourriture qu'il procurera à sa famille. Puis il part rejoindre Armand.

Ils fabriquent une civière pour transporter l'animal. Loup la tire, avec une partie des bagages sur le dos. Armand peste de porter plus lourd qu'à l'aller. Les raquettes s'enfoncent profondément sous leur poids, ralentissent l'allure. Loup a retrouvé ses forces. Il avance avec régularité, le souffle lent, la démarche assurée. Armand est impressionné par ce qu'il faut de résistance pour vivre dans ce pays, de cette manière primitive. En regardant son frère tracter l'énorme animal, il mesure enfin ce que cette prise signifie pour ceux qui vont la recevoir. Il transforme mentalement la dépouille en dizaines de livres de viande. De quoi nourrir toute une maison longue pendant plusieurs semaines. Le village les accueillera dans la gratitude et… Seigneur ! il sera de nouveau question de festins pour célébrer leur retour, auxquels il ne pourra pas se soustraire puisqu'il en sera l'hôte célébré. Il lui faudra manger, et encore manger, fumer, chanter, puis digérer – mal –, puis manger de nouveau.

*

La Croisée est venu à leur rencontre avec deux hommes. Il avait vu planer l'aigle dans le ciel. Vieille Épée avait besoin de lui. Mais le chaman a trouvé son ami en pleine forme, traînant un grand cerf, son frère sur ses talons s'empêtrant dans ses raquettes. Le retour fut joyeux. Vieille Épée aimait la clairière qu'il n'avait plus foulée depuis bien longtemps. Deux années, qu'était-ce ? L'impatience des Blancs ne cessait de déconcerter la Croisée. Pas étonnant qu'ils meurent avec le sentiment d'avoir à peine vécu.

On fêta leur retour dignement. Vieille Épée et la Femme Soleil assistèrent au premier festin. Après le repas, Armand vint parler à l'oreille de Vieille Épée, qui lui répondit par un hochement de tête et un sourire. Il demanda à Niawen de jouer un morceau. Le Frère Blanc invita la Femme Soleil à le rejoindre au centre de la maison ; elle refusa d'abord, puis finit par prendre la main tendue. Ils se placèrent côte à côte, et la danse commença. La Croisée reconnut la passacaille préférée de Vieille Épée. Son frère et Antoinette évoluaient séparément, mais faisaient des gestes et des pas absolument semblables, comme si chacun était le miroir de l'autre. Elle avait une grâce indicible, quelque chose de grave, de mélancolique en chacun de ses mouvements, jusque dans la position des doigts au bout de sa main alanguie, la posture de son cou, la manière dont elle tournait la tête vers lui, les yeux baissés, et pourtant en parfaite harmonie avec ses mouvements à lui. Elle semblait à la fois retirée en elle-même, mais paradoxalement pleinement présente parmi ceux qui l'entouraient et contemplaient ce corps qui reprenait vie au rythme de cette musique incomparable, au bras de ce petit homme qui, à défaut de grâce, possédait une forte expressivité pleine d'empathie.

La danse n'était pas aussi sensuelle que l'avait imaginé la Croisée. Mais peut-être était-ce dû au fait que la Femme Soleil était avec le Frère Blanc. Avec Vieille Épée, ils auraient formé un couple plus uni, et leurs mouvements auraient exprimé ce qui liait leurs corps et leurs esprits… Malgré l'éloignement physique où ils vivaient à présent.

Il observait Vieille Épée observer Antoinette. Il était difficile de dire ce qui se passait sous ce front enténébré. La Croisée ne savait qu'une chose : son ami était épris de cette femme avec une puissance, une profondeur, un désespoir que la Croisée ne lui connaissait pas, dont il ne l'avait pas cru capable. Lui qui se targuait de connaître l'âme de Vieille Épée mieux que n'importe qui n'avait pas prévu cela. Se pouvait-il que la raison de son manque de clairvoyance se trouve dans l'amour absolu qu'il portait à cet homme ? Les sentiments trop violents à l'égard de ses semblables affaiblissent le pouvoir du chaman, lui avait un jour dit sa mère.

La Croisée le vit porter une main à sa tempe. Vieille Épée lui avait parlé de fortes migraines. Le chaman supputait que c'était son œil malade qui était cause de ces douleurs. Il lui avait administré une potion qui avait semblé diminuer la force du mal. Mais la Croisée restait inquiet. Il s'était passé quelque chose dans la forêt que Vieille Épée ne disait pas.

Un soir, Vieille Épée parla longtemps avec sa fille. On entendit leur conversation très animée, ponctuée d'éclats de voix de part et d'autre. Il ne pouvait toujours pas se résoudre à ce qu'elle retourne en France. Pourtant c'était là qu'était la place de Naiekowa. Il était douloureux de l'admettre, mais c'était ainsi. Chaque fois qu'il la contemplait, la Croisée voyait dans ses yeux des paysages qui n'étaient pas d'ici, des villes de pierres et des tours d'églises plus hautes qu'un séquoia. Il voyait des hommes pleins de morgue, portant chapeaux à plumes et dentelles, épées, bottes et capes de brocart. Des hommes qui ressemblaient à ce qu'avait un jour été son père. C'était là-bas qu'était son destin. Pour le meilleur et pour le pire. Rester ici ferait d'elle une malheureuse, une solitaire qui ne trouverait jamais d'homme parmi les Haudenosaunee, une femme déchirée entre sa loyauté pour son peuple et ses désirs les plus impérieux. Elle deviendrait le jouet des puissances qui se disputeraient la terre, un objet de crainte, de convoitise, de mépris. Vieille Épée ne le savait-il donc pas ? Si, sans aucun doute, mais il avait un dernier soubresaut d'orgueil à la voir, au bras de son Frère Blanc, regagner le pays qui l'avait persécuté, qu'il maudissait tout en l'aimant passionnément ; un pays où elle allait sans doute s'épanouir, malgré, ou peut-être à cause, de son sang mêlé.

La présence des Blancs sur la terre des Indiens, et partout où ils étendent leur puissance, allait définitivement changer la face du monde. Le mélange des sangs était l'avenir de l'humanité. Mais il y aurait de grands malheurs aussi, et les êtres hybrides comme Brune devraient payer le prix fort pour être ce qu'ils étaient. Brune allait souffrir, c'était inévitable. Et la présence protectrice d'Armand auprès d'elle ne l'en empêcherait pas. C'était ainsi et Vieille Épée n'y pouvait rien.

La jeune femme sortit de la maison les larmes aux yeux. La vieille tête de bois n'avait pas cédé. Elle partira quand même, mon ami. La liberté court dans ses veines comme dans les tiennes.

Et ce qui devait arriver arriva. Un matin de la fin du mois de mars, elle apparut vêtue de sa plus belle tunique, les cheveux tressés d'une infinité de perles de nacre. Elle avait ajouté à sa toilette deux éléments de l'Ancien Monde, un chapeau bleu à large bord acheté lors de leur passage à Beverwijck, qu'elle avait orné de deux grandes plumes, et le manteau dont la Croisée lui avait fait don, d'un bleu profond bordé de galons dorés. À son cou, étincelante entre les pans du manteau, la bague au saphir. Elle se dirigea vers la petite tente et vint annoncer à Vieille Épée qu'elle partirait dans une semaine pour Québec. N'attendant aucune réponse, elle sortit aussitôt la tête haute, les ongles enfoncés dans les paumes. Les chefs, qui n'étaient pas fâchés de voir s'éloigner cette enfant incorrigible, organisèrent le départ en grande pompe. Les festins durèrent toute la semaine. Vieille Épée ne se montra pas.

*

Armand le regardait polir la boule d'un casse-tête. Le village se préparait-il à la guerre ? La guerre était comme la nature, elle se réveillait avec le printemps, lui dit Loup. Et lui-même avait sa propre guerre à mener. Armand était venu lui parler de Brune, mais Loup ne voulait rien entendre. Armand s'était donc tu. Ils n'avaient plus rien à se dire. Ou bien y avait-il trop de choses au contraire... Tant de choses qui resteraient scellées à jamais. Armand avait espéré dévider son écheveau de souvenirs, bons ou mauvais, ses émotions, son remords et ses regrets. Mais il savait à présent que c'était inutile. Vient un moment où il faut laisser le passé en paix.

Il profitait de ces derniers instants avec son frère. Il l'observait ardemment, afin de graver dans sa mémoire ses gestes, son expression, l'atmosphère de ce jour de redoux, le chant des oiseaux, le frétillement des végétaux émergeant de leur engourdissement. Il avait fini par aimer cette nature. Elle l'effrayait moins, juste ce qu'il fallait pour conserver son pouvoir de fascination.

« Tu te souviens de La Plus Haute Tour ? » demanda Loup.

C'était un jeu qu'ils avaient inventé avec Jehanne. L'un d'eux était prisonnier d'un dragon et gardé tout en haut de la plus haute tour de son château. Un autre jouait le dragon. Celui-ci posait des énigmes au prisonnier et si ce dernier répondait juste, il était libéré ; sinon, il était projeté depuis la plus haute tour dans un gouffre sans fond où il rencontrait la mort sous diverses formes. La mort était jouée par le troisième d'entre eux. C'était souvent Loup ; il était doué pour ça, il inventait les plus macabres supplices, ou les plus expéditives et surprenantes façons de mettre fin à l'existence du condamné. Jehanne se retrouvait la plupart du temps prisonnière; Armand faisait un dragon retors.

«Elle faisait exprès de répondre à côté», se souvint Armand.

Jehanne se lançait dans le gouffre, rejoignait Loup au fond de l'abîme et attendait son sort avec un ravissement inquiétant. Loup se jetait sur elle et la dévorait, la brûlait de son souffle, lui arrachait les entrailles, mais ce qu'elle préférait, c'était quand il la tuait d'un simple baiser. Il l'enveloppait dans une grande cape qu'il portait pour l'occasion, posait ses lèvres sur les siennes, et elle devenait toute molle dans ses bras, puis mimait la raideur cadavérique avec un réalisme saisissant, si saisissant qu'Armand avait un jour hurlé et supplié son frère de la faire revenir à la vie. Jehanne n'avait pas bougé, et Loup avait consenti à lui donner le «baiser de vie». Elle s'était réveillée, un peu hagarde, et Armand avait pleuré de soulagement. Le baiser de vie…

Loup déposa son arme à terre, se rapprocha d'Armand. Il le prit dans ses bras et le serra longuement. Sous celle d'Antoinette, de cuir et de bois fumé, il avait la même odeur un peu vanillée qu'autrefois. Une odeur qui avait réconforté Armand dès ses premiers jours en ce monde. Et qui l'accompagnerait jusqu'au bord de la tombe. Loup desserra son étreinte, lui donna une tape dans le dos.

«Allez, va-t'en, Grenouille! Elle t'attend…»

Armand se leva, frotta les mains contre ses cuisses d'un geste embarrassé. Loup se remit à l'ouvrage sans plus prendre garde à lui.

Armand avait fait ses adieux à Antoinette et aux villageois. Il rejoignit Valère qui l'attendait au bord de la rivière. Valère aurait voulu l'accompagner au moins jusqu'à Québec, mais Armand préféra qu'il n'en fasse rien. Il craignait les épanchements, il ne voulait pas que le chagrin lui serre la gorge et les tripes pendant le long voyage. Valère n'avait pas eu besoin de lui annoncer qu'il ne regagnerait pas la France, Armand avait eu tout le temps de le deviner. Ils ne se touchèrent pas cette fois. Ils restèrent muets, chacun prisonnier de ses pensées. L'œil expert du valet fut attiré par le pan du manteau de peau qui pendouillait minablement de côté, laissant une épaule découverte alors que sur l'autre il faisait un vilain pli, remontait trop haut sur la nuque et créait un bourrelet dans le cou, particulièrement disgracieux.

«Si je peux me permettre, monsieur…
— Faites.»

Valère s'approcha et rajusta le manteau sur les épaules d'Armand. Celui-ci s'habillait seul depuis longtemps et il était souvent fagoté à la va-comme-je-te-pousse, malgré le caractère pratique des vêtements indigènes. Valère fit mystérieusement apparaître un mouchoir, un de ceux qu'il avait réussi à conserver, tissé de fine batiste et brodé aux armes des Canilhac, et le glissa dans une poche de la tunique du marquis, épousseta encore ses épaules, puis s'écarta, tout tremblant d'émotion. Armand était pétrifié. Ni l'un ni l'autre n'était capable de mettre fin aux adieux.

L'appel de Brune retentit. Armand tressaillit, tendit la main à Valère qui la serra convulsivement en lui broyant les os. Il tourna le dos et entra dans le canot à la suite de Brune. Il ne devait plus se retourner jusqu'à ce que Valère fût hors de vue. Alors seulement il jeta un regard en arrière et laissa échapper un soupir si lourd que les rameurs frémirent, que Brune lui toucha la main. C'était la première fois qu'elle avait un geste vers lui. Il posa sa propre main sur celle de la jeune femme, mais n'osa pas croiser ses yeux. Ils ressemblaient trop à ceux de son père et risquaient, en cet instant critique, d'aviver les souffrances de son âme écartelée. Il aurait tout le temps de s'éclairer à leur lumière. Il savait que ce ne serait pas toujours pour s'y réchauffer. Les yeux de Brune le gèleraient jusqu'aux os, il s'y préparait. Ce serait éprouvant, pas vraiment la retraite douillette qu'il avait convoitée pour ses très vieux jours.

Il songe à sa vieille Louise, sans qui tout ceci ne serait jamais arrivé. Il ne lui a pas écrit comme il en avait le projet sur le bateau. Lui qui est un grand épistolier n'a éprouvé nul besoin de partager ses aventures avec ses connaissances et ses amis de France. Il n'a pas touché une plume depuis un an. Et cela ne lui manque pas. Il lui contera de vive voix, dans le fauteuil à accotoirs, près du feu. Il devra lui ramener un présent. Il aurait dû y penser plus tôt, quand il était encore au village. Il aurait choisi un objet en rapport avec les rêves, comparable à celui que Castor avait offert à Valère. Louise faisait beaucoup de cauchemars. Des histoires de servantes possédées qui l'envoûtaient par la magie, empoisonnaient ses chemises, le frère du roi qui l'obligeait à danser une gavotte avec un mendiant cul-de-jatte, son laquais Félix la poursuivant avec une hache… Toutes ces sornettes lui semblent appartenir à un autre monde, un autre temps. Sera-t-il encore capable de les écouter en feignant de s'y intéresser ? Ou peut-être fallait-il y voir des avertissements sérieux ? Les Indiens n'auraient pas manqué, eux, d'y prendre garde...

Louise avait de la conversation. Mais que dire de toutes les autres, les vieilles précieuses incultes qui se prenaient pour madame de La Fayette ? Pourra-t-il encore louer la médiocrité, feindre d'admirer la fatuité et la bêtise ? S'exclamer devant la laideur et prétendre se trouver devant Vénus ? Il ne fallait pas se poser trop de questions. Chaque chose en son temps.

Il repensa à ce que Loup lui avait dit avant de le quitter ; elle t'attend. Et surtout à la manière dont il l'avait dit. Son frère avait un ton désinvolte, presque gai. Et Armand observait Brune à ses côtés, qui était libérée de la grande tension qui la tenait en étau depuis une semaine. S'étaient-ils réconciliés en secret ? Il n'osait lui poser la question. Les relations entre Loup et sa fille lui paraissaient sacrées, au-delà de la capacité d'appréhension des autres, «des hommes», avait-il failli penser. Individuellement, ils étaient simplement un homme et une jeune femme, exceptionnels certes. Mais ensemble physiquement, ou réunis par la pensée, ils prenaient l'allure de demi-dieux. Loup et Brune formaient un couple se comportant comme un seul être. Et Armand savait que la distance ne changerait rien à cette évidence. Séparés par un océan, ils seraient encore ensemble, pas seulement par la pensée. Ils étaient unis par une énergie, un souffle, autant spirituel que charnel. Armand se plaisait parfois à espérer que cette vibration ne leur fût pas exclusivement réservée… Que lui aussi, une fois de retour en France, sentirait vivre ce qui l'unissait à Loup, à Valère, à Antoinette, à tous ceux qu'il aimait et laissait derrière lui.

Il se tourna vers elle, admira son profil incomparable, ses narines frémissantes, son port altier. Il ne se lasserait jamais de la contempler. Elle était ce qu'il voulait voir avant de fermer les yeux pour toujours.

28

Le soleil d'avril réchauffe les corps enfin libérés des couches de fourrures ; on s'échappe des maisons enfumées et on goûte à la liberté d'aller et venir en dehors des palissades. La rumeur d'un imminent conflit avec les Français rend Valère anxieux. Des gens d'Onnontahé sont en visite. On parle de la colonie ; ils tentent de faire entendre aux Agniers la nécessité de ne plus s'en prendre aux Français. Le roi va mettre à exécution l'invasion de l'Iroquoisie.

Brune avait déjà mis les chefs en garde contre cela, et cette invasion sera d'autant plus sanguinaire que les attaques contre les Français auront été cruelles et nombreuses. Les Agniers, les plus vindicatifs des Cinq-Nations, seront sévèrement traités. Elle leur avait conseillé de s'allier aux Anglais. Mais la Grande Cuillère ne veut pas suivre son conseil. Valère fait le vœu qu'aucune campagne militaire ne soit décidée, tout en sachant que c'est parfaitement impossible. Il veut embrasser la vie de ses frères indiens, mais la perspective de faire la guerre lui est difficile à accepter. Non qu'il craigne de ne pas être à la hauteur physiquement, mais il sait qu'au moment de devoir frapper, il risque peut-être de ne pas se battre, de perdre la vie pour ne pas l'ôter à autrui. Et sa vie lui est plus précieuse que jamais.

Loup fait quelques apparitions aux conseils. On attend son avis avec impatience, mais il parle peu, semble n'avoir pas vraiment d'opinion. Valère a le sentiment que tout cela lui est devenu égal, à lui qui a passé vingt ans de sa vie à lutter contre les Français qu'il a toujours perçus comme des envahisseurs nuisibles. Il écoute à présent distraitement les hommes discuter de l'avenir d'un peuple qui l'a fait sien et auquel il semble de moins en moins appartenir. La notion même d'appartenance semble lui être devenue étrangère. Lors d'une des dernières réunions, un Ancien aveugle et desséché comme un lézard mort au soleil, qui d'ordinaire ne s'exprime jamais, a dit : « Un jour l'Homme Blanc devra vivre avec les innombrables fantômes de ses frères indiens. Où qu'il tourne la tête, il y aura un fantôme pour lui rappeler que cette terre n'est pas sienne. » Loup a écouté avec beaucoup d'attention le vieil homme, et puis est sorti, l'air sombre. C'était la dernière fois qu'il assistait à un conseil.

Un poids pèse sur le village. Alors que la sève coule à nouveau dans les veines des arbres, Valère sent le grand froid qui s'empare des habitants. L'air est saturé d'inquiétude. Quelque chose va basculer inéluctablement sur cette terre. Après cela, ce monde ne sera plus jamais le même.

*

Loup partait souvent tout le jour, il lui arrivait aussi de rester deux ou trois nuits absent. Le chaman l'accompagnait de temps en temps. Valère passait alors de longues heures avec Antoinette. Il était désolé de voir à quel point la jeune femme s'enlisait dans la culpabilité, la dépréciation d'elle-même. Elle semblait ne pas se préoccuper de l'enfant qu'elle portait. Pourtant son corps s'était épanoui ; elle avait du mal à déplacer ses formes ; son ventre, sur lequel elle posait parfois une main lasse, l'encombrait. Elle laissait de temps en temps Loutre Opulente et une ou deux femmes la masser, lui peigner les cheveux, lui faire des dessins sur les bras et les cuisses ; ce que Valère en avait aperçu consistait en courbes sinueuses et parallèles ; on aurait dit des rivières qui coulaient sur son corps, se croisant et se rejoignant aux endroits cachés sous le vêtement. Antoinette lui avait expliqué avec un brin d'ironie que c'était en effet de l'eau qui était figurée, destinée à apaiser ses brûlures, à la protéger du mal fait à sa chair et à son âme par le feu. Valère devinait que Loup n'avait pas accès au tableau entier de son corps peint. Elle continuait de se refuser à lui. L'homme avait maigri, son teint était gris, son regard avait perdu son éclat. Cette force de la nature, que rien ni personne n'avait réussi à vaincre, s'étiolait lentement.

Un beau matin, Loup avait disparu.

*

La Croisée a décidé de ne pas le suivre. C'est seul que Vieille Épée doit faire ce chemin. La Femme Soleil est bientôt à son terme. Le chaman doit l'aider à accepter la naissance. Son corps n'est pas encore prêt à laisser venir l'enfant. Elle vit comme s'il n'était pas en elle. Et la Croisée est inquiet. Nier la présence d'un enfant à naître est grave ; c'est faire offense à l'esprit de l'ancêtre qui se réincarne en lui. Ce nouvel être ignoré, vers lequel les pensées ne volent pas, à qui l'on ne parle pas, ne peut pleinement s'épanouir, même une fois venu au monde. Il risque de garder à jamais cette impression de ne pas être véritablement et entièrement incarné.

Dès lors, la Croisée insiste pour que Loutre et les femmes de la famille se rendent plus souvent auprès d'Antoinette et accomplissent les gestes sur son corps qui manifesteront à l'enfant qu'il est attendu et bienvenu. Mais la vieille Loutre est trop dévastée par le départ de son fils pour prendre efficacement soin de la Femme Soleil. Elle avait déjà dû endurer celui de sa petite-fille quelques semaines plus tôt. C'est beaucoup trop de chagrin pour son vieux cœur. Alors elle reste couchée tout le jour en pleurant. La Croisée lui expose qu'elle va bientôt rencontrer le fils ou la fille de Vieille Épée, et que cette joie apaisera sa douleur, alors la vieille sourit dans ses larmes, se lève, pose son bras sur celui de la Croisée et l'accompagne jusqu'à la tente de sa belle-fille. Mais les regards et les caresses qu'elle lui prodigue sont dénués de tendresse. Loutre tient la Femme Soleil pour responsable du départ de son fils.

Antoinette ne dort plus. La chose qui occupe son ventre se débat toutes les nuits ; elle la frappe avec une force surprenante. Son corps, devenu aussi difforme que son visage, ressemble à celui des énormes animaux marins qu'ils croisèrent en arrivant en

Nouvelle-France. Mais en beaucoup moins gracieux. Sa carcasse envahie par la graisse bouge avec tant de difficultés qu'elle a le sentiment d'avoir cent ans.

Le matin où elle s'aperçut de l'absence de Loup, elle fut soulagée. Elle offrait un spectacle pathétique, qu'il ne supportait que par pitié, elle en était convaincue. Elle fit ce jour-là une espèce de prière où elle exprimait sa satisfaction qu'il l'ait quittée. Elle ne priait plus vraiment depuis des mois, mais elle adressait des pensées, parfois à voix haute, à un interlocuteur invisible, qui n'était pas Dieu ; ou plutôt c'était Dieu, qui aurait mué en une entité qui se résumait à écouter, qui ne jugeait jamais, ne reprochait pas, ne pardonnait pas non plus. C'était une sorte de grande oreille neutre, mais pas insensible. Pas plus que le reste, la grande oreille n'avait commenté cette «prière», mais Antoinette avait pour la première fois senti un frémissement contrarié dans l'air. Et puis elle n'y avait plus pensé.

La présence de Loup l'avait fait souffrir plus qu'elle croyait pouvoir le supporter. Le voir chaque jour poser son regard sur elle, tenter de lui manifester la tendresse, l'espérance et le désir qui l'avaient pourtant déserté ce soir où il avait enlevé brutalement le linge de son visage, était au-dessus de ses forces. Le cœur de Loup refusait farouchement cette évidence, mais quelque chose s'était brisé en lui quand il avait contemplé son profil en charpie.

Elle allait laisser sortir l'être qui avait décidé d'élire domicile en elle, et puis elle partirait, elle aussi. Elle irait trouver une place de domestique à Paris, se fondre dans la grande ville grouillante, devenir transparente et attendre que le rideau tombe. Elle sentait qu'elle n'aurait plus le courage de s'ôter la vie, comme le jour où la Croisée l'avait empêchée de justesse de se jeter dans les rapides. Elle prendrait patience, et les jours finiraient bien par passer.

Aujourd'hui, elle est encore dévorée de tristesse et d'amour. Loup est l'être qui lui a donné le plus de bonheur en ce monde. Elle le lui avait dit, il y a long-temps, avant son supplice. Mais le lui avait-elle dit après, durant leurs longues soirées très silencieuses de fin d'hiver ? Il lui semblait avoir prononcé ces mots… Mais elle n'en est plus certaine. C'était peut-être à Valère qu'elle l'avait dit. Elle allait encore souffrir, s'éveiller en imaginant Loup endormi contre elle, en ressentant cette présence alors que la couche serait vide et froide. Elle serait encore hantée par les images de son sourire, de ses épaules, de sa démarche. Elle entendrait sa voix basse et cassée. Sa mémoire lui enverrait la vision de son visage au-dessus d'elle, juste avant le plaisir. Encore un peu de temps. Et puis l'in-tensité de ces souvenirs diminuerait, jusqu'à ne plus être qu'une réminiscence, aussi fugace et légère que effluve du parfum d'une personne croisée dans la rue. Et un jour il n'y aurait plus rien. Qu'un nom, peut-être, sur lequel on ne parvient pas à mettre un visage. Était-ce possible ? Seuls la folie ou le très grand âge permettent l'oubli absolu.

Elle se voit assise dans une mansarde sombre, à re-priser un bonnet ou un bas indigent, ses doigts ar-thritiques gangrenés par le gel, ses mains imprécises et tremblotantes sur le tissu usé… Elle s'interrompt soudain. Elle doit entrouvrir son corsage, ouvrir la fe-nêtre malgré le froid. Il est là, devant elle qui croyait

575

l'avoir oublié. Il lui est revenu, l'homme d'Iroquoisie, et son œil d'un bleu incomparable la couve d'un feu qui la réchauffe et la glace à la fois. Elle laisse tomber son ouvrage, se lève, elle va se jeter dans ses bras, mais il disparaît, la laissant seule et vide, dans la pièce traversée par la bise, son corsage ouvert sur sa poitrine devenue inexistante, et son vieux cœur perdu.

*

J'ai quitté avant l'aube le village endormi, comme un lâche, comme un voleur, comme l'imposteur que je suis. Je n'ai pas eu la patience d'attendre que tu reviennes à moi. Je n'ai pu supporter de te voir incapable de répondre à l'appel de la vie. Je n'ai plus rien à faire auprès de toi, ni dans ce village où je me sens étranger. L'heure est peut-être venue de regarder en face et d'accepter la solitude inhérente à mon existence depuis ma naissance, cette solitude que je n'ai cessé de combler, souvent dans la démesure et la tyrannie. Mon cœur saigne car je sais que la vieille Loutre pleure toutes les larmes qui lui restent. Nous ne nous reverrons plus, ma vieille mère, la dernière et la plus aimable, avant que je te rejoigne sur le continent des âmes.

Dans cette infâme bourgade de Montréal se trouve «le mort qui marche», le condamné à qui je dédie toute ma haine depuis ce jour où je te vis telle que tu seras désormais. Moi qui pensais que ce sentiment me serait devenu à jamais étranger... Il semble qu'il doive me rester chevillé à l'âme. Car ce n'est pas la mort de cette ordure qui le tarira, je le sais. Je prendrai le temps qu'il faudra, je le caresserai longtemps avant de le laisser partir. Je sais l'art de faire durer l'agonie. Cela ne te rendra pas ton visage, ni à moi ton amour et ta confiance. Mais ce sera un bon et juste moment. J'aime à croire que certains actes ont un sens au-delà même des motifs immédiats qui les commandent. Les souffrances de Leroy ont un but, une raison d'être, au-delà de la vengeance qui t'est due. Il est ce que le genre humain a produit de pire. Je m'apprête à purifier la terre de ce condensé de ressentiment, de faiblesse et de haine. La torture libère, elle sanctifie. Peut-être Leroy y apercevra-t-il une lueur juste avant l'obscurité définitive. C'est une chance que je lui laisse.

Après cela, je regagnerai Tasuhngong, la Grande Baie. Et au-delà, loin vers le nord, le désert de glace qui s'étend jusqu'au bout du monde. Je me plais encore à imaginer la terre plate, comme on la voyait autrefois. Un immense plateau, semblable à une scène de théâtre, s'achevant sur un précipice plongeant dans les espaces infinis.

Tu délivreras très bientôt ton enfant au monde. L'accepteras-tu enfin quand tu découvriras ses yeux, que ses mains se tendront vers toi, que sa bouche s'abreuvera à ton sein ? Lui céderas-tu lorsque te submergeront son odeur, la tendresse de sa chair contre la tienne ? Ton âme l'embrassera-t-elle, l'accueillera-t-elle dans la joie ? Ou lui feras-tu porter ta propre croix ? Lui infligeras-tu le rejet dont tu fus victime en naissant ?

Je fais route avec trois compagnons de voyage, deux Français et un Haudenosaunee de la nation de la Roche Debout. Il me reconnaît, mais fait comme si nous ne nous étions jamais vus. Et je lui en suis reconnaissant. Les Français me parlent d'Ondessonk, qui est très malade. Je n'ai vu qu'une seule fois cette Robe Noire. Nous avons parlé la nuit entière. Il était différent. Ouvert, animé d'une saine curiosité, et d'un sentiment déroutant qui le brûlait tout entier. Il n'était pas comme ses semblables, à désirer secrètement le martyre pour la gloire de la foi. Il souhaitait vivre, et découvrir, aller à la rencontre des peuples de cette terre. Il voulait vivre et aimer.

Puisque je ne peux pas t'aimer, il me reste à vivre, jusqu'à ce que mon heure arrive de quitter ce monde merveilleux et terrible. Je l'ai traversé comme un météore, laissant le feu dans mon sillage, le tonnerre et le sang.

Je te retrouverai peut-être, quelque part là où migrent les âmes. Je n'avais jamais cru à cette éventualité avant de vivre parmi les Indiens. Depuis vingt ans, je doute ; peut-être par faiblesse et par peur. La peur effroyable à la perspective d'un monde qui continue de tourner sans que ma propre conscience en soit témoin, un monde déserté par le couple de mon corps et de mon esprit. Cette union est la seule réalité qui nous fût jamais assurée. Elle constitue un très grand mystère. Mes frères indiens en connaissent quelques arcanes. Ils ont tant à apprendre aux Blancs en cette matière et dans bien d'autres. Mais nous ne sommes pas prêts. Nous ne le serons jamais, car nous avons faim de pouvoir et d'or, pas de sagesse ni de merveilleux, encore moins de cette tendresse éperdue, de ce sentiment fraternel pour tout ce qui vit, pour tout ce qui existe et dont dépend notre survie.

Je voudrais te parler encore, ne jamais cesser de t'adresser chacune de mes pensées, car tu es celle avec qui j'espérais partager mon crépuscule, illuminé par ton aurore de femme et de mère. Je ne suis pas courageux, au contraire de ce que prétend la légende. Si je l'étais, je serais auprès de toi à attendre que tu renaisses de tes cendres. La Croisée m'a dit qu'il gardait espoir. Mais je ne sais s'il était sincère, ou désirait me retenir auprès de toi… Et de lui. Valère est moins optimiste. Lui qui me jugeait durement, j'ai senti les derniers temps monter en lui une affection nouvelle pour ma personne. Et diminuer celle qu'il te vouait. Je veux croire qu'il restera ton ami loyal et inconditionnel. Ne le malmène pas trop, ne pousse pas sa patience à bout. Cet homme est une merveille. Si tous les Blancs étaient comme lui, quel pays naîtrait de la mêlée des sangs et des cultures… C'était un peu le rêve de Champlain, disait-on, de créer un seul peuple uni et fort. Une belle utopie, qui a vite montré son inanité.

Je voudrais te parler, mais il faut que je m'arrache à l'emprise que tu étends sur moi. Je sais que c'est possible. Je me connais, et je dois admettre non sans effroi combien mon esprit est capable de remiser l'amour et la douleur là où ils ne peuvent plus me faire de mal. Adieu, donc, Femme Soleil. Que la Femme Ciel veille sur toi et te rende à toi-même. Qu'elle te protège lorsque le moment sera venu de laisser s'ouvrir ton corps pour accueillir celui ou celle qui vient.

*

579

Des visiteurs en provenance de Montréal apprirent aux habitants d'Ossernon qu'on avait retrouvé l'homme nommé Leroy cloué à la porte de l'église. Aucune parcelle de sa chair n'avait été épargnée par le feu. Il avait les mains coupées, les oreilles, le nez, les tétons, les testicules carbonisés, les yeux arrachés. Il aurait été impossible de le reconnaître si le meurtrier ne lui avait suspendu au cou une pancarte avec son nom, orné d'une splendide majuscule calligraphiée. Leroy n'était pas mort quand on le découvrit. On le transporta dans une habitation et on tenta de lui faire dire le nom de son assassin, mais il avait la langue coupée. Un barbier avait estimé que ses souffrances avaient duré plusieurs jours. Chaque mutilation, chaque plaie infligée avait été aussitôt cautérisée d'habile façon. Et aucun organe vital n'avait été touché. On avait dû laisser à l'homme le temps de récupérer, on l'avait abreuvé, nourri en quantités infimes mais suffisantes. C'était un travail fort bien fait, encore supérieur à la torture infligée par les Haudenosaunee. Ceux qui racontaient cela ne disaient pas le fond de leur pensée. En réalité, le supplice enduré par ce Blanc les perturbait ; on y sentait comme un vent de perversion inconnue des Indiens, une obscure jouissance à faire souffrir, quelque chose, enfin, qui ne faisait pas partie des mœurs ni de l'esprit indigènes.

Une ombre enveloppa les hommes et les femmes réunis autour du feu. Chacun avait en esprit le visage de Vieille Épée. Son souffle vital sembla se lever, comme un vent du sud annonciateur d'orage. On entendit un grand cri en provenance de la tente de la Femme Soleil.

Et on vit sortir Esther en courant et en agitant les bras.

Au plus noir de la nuit, la Femme Soleil donna naissance à un garçon. La vieille Loutre sortit la première de la hutte pour annoncer la nouvelle, l'enfant dans les bras, enveloppé dans une peau. Elle brandit le bébé d'un geste ferme. « Voici, dit-elle, le fils de la Femme Soleil et de Vieille Épée. Car pour ceux qui en doutaient, c'est bien la chair de mon fils que je tiens dans mes bras. Qu'il soit le bienvenu ! » Quand Valère s'approcha, il fut saisi d'une puissante émotion en découvrant l'enfant : ses traits lisses et réguliers ressemblaient à ceux de Loup, ses yeux étaient les répliques des siens. Par ailleurs, ses cheveux étaient clairs, et l'aspect doré de son teint lui venait de sa mère. Il y avait aussi une nuance moins aiguë dans l'ensemble du visage, une rondeur qui faisait penser à Antoinette. Valère eut un geste vers le bébé mais se ravisa. Il n'avait plus touché de nourrisson depuis sa sœur, quarante ans auparavant, et il craignait sa maladresse. Mais Loutre lui fourra le paquet dans les bras et lui dit juste : « Bien tenir la tête ! » Il reçut l'enfant, et ce contact l'émut aux larmes. Il s'aperçut qu'il tremblait. Il était si secoué qu'il eut peur de le laisser tomber ; il le tendit à Castor qui était à ses côtés.

Les quelques secondes durant lesquelles on lui avait enlevé son enfant furent plus douloureuses que les longues heures qui présidèrent à sa naissance. Les femmes l'avaient obligée à se mettre à genoux, une main accrochée à un poteau de la tente. Au moment où elle avait su que la tête apparaissait, elle s'était sentie fondre. Elle s'était liquéfiée, comme un pain de glace au soleil, comme un gâteau de crème sur un poêle. Elle se dissolvait dans la chaleur, et en même temps elle se raidissait pour la poussée nécessaire à la délivrance. Elle était molle et dure, douce et ferme, elle était prête. Elle sentit son corps se déchirer une ultime fois, pour libérer cet autre corps, dont elle éprouva l'immense volonté de vivre, le besoin qu'il avait d'elle, la souffrance de ne plus faire partie d'elle. On le posa sur ses seins, tout sanguinolent et baigné de liquide blanchâtre, le long cordon de vie encore attaché à son nombril. Elle fondit une seconde fois, et les larmes inondèrent son visage, l'entièreté de son visage. Ce fut un étonnement pour elle de prendre conscience que son profil mutilé pouvait éprouver ce contact tiède et bienfaisant. Les larmes atteignirent le bébé crispé et muet. Il tentait quelque chose, lui sembla-t-il, il lui fit penser à elle-même lorsqu'elle avait essayé de dire ses premiers mots à Loup. Elle essuya instinctivement les yeux déjà inondés par ses propres larmes. Il avait ses yeux. L'enfant poussa son premier cri, perçant, impérieux, libérateur. C'est alors que deux vieilles mains s'en emparèrent et qu'elle se retrouva seule avec son prodigieux désarroi.

29

En ce matin de juillet, Armand est le premier levé. Brune dort encore dans le lit orné de caryatides qu'il a fait installer dans l'ancienne chambre de Loup. Ils étaient arrivés au Plessis la veille très tard, courbaturés à cause des mauvaises routes, épuisés par un voyage de quinze jours. Brune avait les yeux à moitié clos quand il l'avait guidée vers ses appartements. Elle n'avait encore rien vu du domaine qui était désormais le sien.

Ils s'étaient mariés à Saint-Germain-l'Auxerrois dans la plus grande intimité, entourés de Louise de Grampin, de sa fille et de son gendre, et d'un certain vicomte qu'Armand affectionnait depuis longtemps, parce que l'homme l'avait toujours beaucoup et sincèrement plaint, à une époque où Armand avait grand besoin de ces marques de sollicitude gémissante. La circonstance ne nécessitant plus de compassion accablée, il fut surpris de s'apercevoir que ledit vicomte continuait de lui donner du «mon pauvre marquis» à tout bout de champ. Il se tamponna la paupière avec son mouchoir et fit force grimaces tout le temps que dura la cérémonie. On se serait cru à un enterrement, ce qui fit bien rire tout le monde.

Brune exerçait toujours sur Armand un attrait charnel puissant, qu'il aurait préféré complètement éteint tant cette pulsion lui paraissait insignifiante, déplacée et pour tout dire parfaitement pathétique. Ce reste de convoitise jurait avec les sentiments qui l'unissaient à Brune, si étranges et difficilement identifiables fussent-ils. Dès lors, le désir se présentait toujours à lui comme un hôte fâcheux qu'il congédiait avec un mépris las. Armand avait mis les pendules à l'heure dès qu'il avait fait sa demande : ils étaient libres d'avoir des liaisons extraconjugales, pourvu qu'elles ne missent pas en péril les buts que leur alliance s'était fixés. Le but d'Armand, eh bien… Armand l'avait atteint. Il vivait avec la femme qu'il aimait et faisait tout ce qui était en son pouvoir pour l'aider à accomplir le destin qu'elle avait choisi. Le rêve de Brune était plus complexe… Elle-même aurait été incapable de le décrire avec précision. C'était une succession d'images, de fantasmes et de signes à la fois fulgurants et vaporeux, où il était question de richesses, de pouvoir, de revanche. Et au-dessus de ces images planait celle, incandescente, du roi.

Elle avait fait son entrée à Versailles. Par un après-midi de chaleur écrasante, où il semblait que la puissance de l'astre du jour fût en parfaite harmonie avec celle du monarque qui l'avait pris pour emblème, elle était apparue dans les jardins au milieu des courtisans ébahis. Elle avait un peu dansé, un peu parlé, beaucoup observé. Puis elle s'était éclipsée rapidement, en laissant dans son sillage un parfum de trop peu et de giroflée. Elle n'avait pas attendu l'apparition du roi. Rien ne pressait. Elle voulait que le moment de leur rencontre fût parfaitement préparé, orchestré, comme ces fêtes que donnait Louis, où chaque instant irradiait d'évidence.

Armand descend à la cuisine. Blandine a préparé un blanc-manger aux framboises, une truffade et du pain blanc. La fille est fort gentille, possède un talent incontestable pour la cuisine. À Paris, après mille atermoiements, Armand avait bien fini par remplacer Valère. Il s'était trouvé un homme originaire de Saint-Flour, assez convenable, bien qu'il jurât sans arrêt dans son idiome, raison pour laquelle son ancien maître s'était défait de lui.

Armand tentait de ne pas trop regretter Valère, mais la tâche était ardue, pour ne pas dire impossible. Les mines, l'allure, la voix de son ancien serviteur se rappelaient à lui jour et nuit, car, depuis son retour en France, les insomnies l'avaient un peu repris. Il lui arrivait d'appeler Valère en s'éveillant d'un vilain rêve, et la nouvelle recrue s'amenait alors en traînant la savate, un peu vexée, et ne manquait pas de lui dire avec un fort accent local :

« C'est Baptiste, monsieur le marquis… Baptiste ! Macarèu ! C'est pourtant pas la mer à boire !

— Mais si, mais si, et bien plus que cela ! répliquait Armand avec aigreur. Vous n'avez même pas idée… »

Et il se laissait retomber sur les oreillers, le front moite et le cœur chaviré.

Il entend des pas sur le plancher du premier. Sa femme est debout. Il fait un signe à Blandine, qui empoigne aussitôt le plateau rempli de nourriture posé sur la table et quitte la cuisine. Armand rejoint sa chambre et termine de s'habiller. Il s'échine à faire un nœud de cravate en rosette, n'y parvient pas, essaie encore, jure, arrache l'accessoire récalcitrant et résiste à l'envie de le déchirer. Il ne veut pas appeler Baptiste, qui s'y entend mal en nœuds de cravate. Deux coups sont frappés à la porte. C'est sans doute le bougre envoyé par sa femme.

«Entrez», lâche Armand avec humeur.

Mais c'est Brune, dans une robe bleu d'enfer, qui jette des lueurs dans sa chevelure et donne à ses yeux une teinte plus assurée. Elle vient le rejoindre devant la glace, lui tend son front pour un baiser. Il reprend la confection de son nœud. Brune va à la fenêtre.

«Vous voyez le dernier clocher dans le lointain, à l'est? demande Armand.

— Oui.

— Et celui-là, plus proche, à votre gauche?»

Armand se tourne et observe son expression tendue, pénétrée d'un orgueil tranquille. C'est son père à vingt ans.

«Oui, je le vois.

— Et ce bois, sur la colline?

— Hum hum.

— Eh bien, ils sont à vous.»

Brune le regarde, un léger sourire aux lèvres; ses narines frémissent de jubilation, sa poitrine se gonfle dans l'échancrure du col de sa robe, sa peau au grain serré semble vibrer d'aise. Armand prend le temps de l'observer. Il ne cesse de s'émerveiller de toute cette vie qui pulse en elle, émane d'elle et la nimbe comme un halo. Brune n'éprouve aucune gêne à ce qu'il la contemple ainsi en silence; mais elle finit par s'arracher à son regard pénétrant pour reposer les yeux sur le paysage.

586

«Et le hameau, au nord du bois, vous le voyez? dit encore Armand.

— Vous allez me dire qu'il est encore à moi?

— Non, justement, pas celui-là.»

Brune rit.

«Mais cela ne saurait tarder», ajoute-t-il.

L'après-midi, ils avaient chevauché jusqu'à Canilhac. Les ruines se dressaient, sinistres et sombres, dans le ciel bas. «Rasé à hauteur d'infamie», murmura Armand pour lui-même. Brune l'avait entendu. Elle devint soudain très pâle. Son corps se crispa et le cheval, affolé par la nervosité de sa cavalière, se cabra. Armand aurait volontiers fui l'endroit, mais elle insista pour errer dans les pièces dépourvues de plafonds, ornées d'âtres immenses dont les gueules béantes semblaient ouvertes sur un cri silencieux. Des choucas s'enfuyaient à leur approche dans un concert de voix et de battements d'ailes outragés. Elle emprunta un escalier ne menant plus nulle part, resta un long moment immobile sur la dernière marche face au vide. Armand pouvait deviner les émotions violentes et contradictoires qui agitaient son long corps en équilibre dans le vent aigre. Elle éprouvait sans doute le vertige de sa destinée et contemplait, dans ces espaces ouverts bientôt gagnés par le néant, les conditions nécessaires à sa propre existence. Une infamie dont elle était l'étrange et merveilleux fruit.

Elle redescendit, monta en selle sans un mot, éperonna sèchement son cheval et partit au grand galop. Il apparut à Armand que Canilhac devait se relever de ses ruines. Il se promit solennellement de le rebâtir. Il le devait à Brune, à Loup. Et à lui-même.

Ils flânèrent sur le causse, s'arrêtèrent pour un verre de lait chez des paysans. Un vieil homme se souvenait bien du dernier marquis, le frère à vot' seigneurie… Un ange passa. L'homme était écarlate et ne savait comment se sortir de ce mauvais pas. Armand lui fit un sourire indulgent et un signe afin qu'il continue. Le vieux resta un moment silencieux, regarda intensément Brune et finit par dire :

« Il avait des yeux qu'on n'oublie pas, un peu comme les vôtres, madame la marquise. »

Armand, gêné, s'était levé promptement et lancé vers la porte, mais elle avait serré la main du métayer et l'avait remercié longuement pour l'accueil en lui offrant sans réserve son beau regard. Armand le voyait habité de lueurs nouvelles, où se mêlaient la joie et quelque chose d'indicible qu'elle tenait de son père ; une lumineuse franchise absolument désarmante qui touchait au cœur et générait une forme de dévotion. Le vieil homme et sa famille la raccompagnèrent à la porte et levèrent la main en signe d'au revoir ; Armand se retourna plusieurs fois et les vit parfaitement immobiles, le bras levé, comme médusés par cette énigmatique châtelaine que le Ciel leur donnait.

Le soir, quand sa femme s'est retirée pour la nuit, Armand remplit un grand carnet de dessins et de notes sur son voyage aux Amériques. Il l'ouvre à la page des jambières brodées de piquants de porc-épic. Il n'a jamais été doué pour le dessin. Ses silhouettes d'Indiens ressemblent à celles qu'il aurait pu faire à l'âge de neuf ans. Il tourne les pages ; suivent les ustensiles de chasse, les armes, les maisons, tout cela entremêlé de rapides notes éparses et lacunaires…

Des gribouillages maladroits. Il soupire, laisse ses yeux errer sur les lointains boisés dans le crépuscule, trempe sa plume dans l'encre.

Il aimerait réussir le portrait de Valère. Il tente de rendre le menton en galoche, le front haut et intelligent, l'air perspicace. Un accès de tristesse le prend. Mon excellent Valère... Armand se voit alors dans la minable chambre de leur appartement parisien, transi et la goutte au nez, le bonnet sur la tête, incapable de dormir, pendant que son valet, tapi derrière la chaise à bras dans la pièce voisine, attend qu'un rat imprudent tombe sous ses coups. À présent, ce sont des cerfs et des orignaux que vous transpercez de vos flèches, mon très cher ami, des ours ou Dieu sait quoi... Un splendide avancement! Armand le revoit agitant ses grands bras sur le quai juste avant l'appareillage du navire et se souvient de l'immense reconnaissance qu'il avait éprouvée.

Il ferme son carnet, jette un regard à la Madeleine en extase au-dessus de sa table à écrire. Il l'a trouvée en farfouillant dans le grenier, cachée sous une botte de foin, en compagnie d'une énorme conque sertie d'argent, à l'orifice d'un rose humide, épidermique; une association qui laissait rêveur... C'étaient les deux seuls objets du cabinet sauvés par les anciens domestiques.

Armand se déshabille, souffle les chandelles, se glisse entre les draps qui sentent l'eau de lavande. Demain, il emmènera Brune à Saint-Urcize, puis ils chevaucheront à travers la lande jusqu'au lac de Saint-Andéol. Brune appréciera la baignade dans ses eaux froides; elle aimera la vastitude des cieux au-dessus d'elle, les couleurs contrastées des hauteurs, le tintement des grelots dans l'air pur. Pendant quelques jours, elle aimera cela, avant que la capitale l'appelle à nouveau, avec ses lumières et ses miroirs, ses rires et ses danses. Elle reprendra le chemin de la ville, et lui restera ici jusqu'à la fin de l'été.

30

J'ai encore quelque chose d'important à faire, une
fois seul. Tu sais, mon frère, la terreur qui s'emparait
de moi dans les cimetières, à la nuit tombée… Mais
j'attendrai que la lune soit pleine, qu'elle guide mes
mains autour de la bêche, qu'elle me donne la force
d'ouvrir le cercueil et de la chercher. Je penserai à toi
afin que ma volonté ne flanche pas, je me rappellerai
l'enchantement de nos étés. Je ramasserai ce qui reste
d'elle et je la conduirai là où elle sera chez elle. Je ne
sais pas si ma détermination ira jusqu'à blanchir ses
os… Ne m'en veux pas. Mais je choisirai le lieu parfait, fais-moi confiance. Je t'inviterai à nous rejoindre.
Tu répondras à mon appel, je ne sais par quel prodige dont toi et les tiens avez le secret. Je ne doute pas
que tu seras là, peut-être sous la forme de ce grand
rapace qui orne ton dos, ou sous celle du vent d'ouest,
quelque chose de libre qui te ressemble.

*

Avant la tombée du jour, la Croisée se rend quotidiennement hors du village, sur une colline d'où l'on
peut apercevoir le fleuve loin en amont. Il s'assied et

attend. Et quand l'obscurité l'enveloppe, il revient sur ses pas et rejoint le village endormi. Les guerriers sont partis en campagne contre les Français. Valère et Castor sont restés. Héron Pensif a hâte de se battre aux côtés de ses frères du Peuple du Silex. Mais il n'est pas encore prêt. Les entraînements ont été nombreux et exigeants, et il s'est distingué au jeu de Tewaarathon. Il est fort et vif pour son âge, ne craint pas le choc du corps à corps. Mais il doit se libérer de sa fébrilité, de sa façon désordonnée d'envisager le combat. Il doit tempérer son ressentiment pour le peuple qui fut un jour le sien. Il semble que les intérêts des Cinq-Nations lui tiennent très à cœur, trop peut-être... Il s'appliquera à prendre du recul.

L'Homme Blanc croit que l'Indien est turbulent et irréfléchi comme un enfant. Mais ce n'est qu'une apparence, qui sert parfois les intérêts de l'Indien dans la grande lutte où il est désormais engagé. Qu'il continue à se comporter avec les Européens comme un bambin excité et versatile ; qu'il les trouble, fasse vaciller leurs certitudes, brouille leurs repères. Qu'il en profite pleinement. Cela ne durera qu'un temps. La Croisée repense aux paroles de l'Ancien au conseil. Il les voit déjà, tous les fantômes des hommes morts sur cette terre, fixant de leurs yeux caves les conquérants affairés dans leurs immenses maisons de pierre et leurs rues pavées, d'où toute herbe aura disparu, où le castor et le cerf ne s'aventureront plus. Quand cette image le visite, la Croisée la chasse et la remplace par celles du village dans l'éveil du printemps, par les gestes des femmes dans les champs, les corps toniques des enfants qui sautent et courent entre leurs jambes.

Le fils de la Femme Soleil et de Vieille Épée est vigoureux et souriant. Il observe le monde avec la gravité d'une âme qui a déjà beaucoup vécu. Il n'a pas encore de nom. Mais sa mère l'appelle en français « mon soleil », et les villageois à leur tour le prénomment Karakwa.

Le Frère Blanc est retourné dans le pays de ses pères. La Croisée le voit se tenir dans une vaste étendue herbeuse constellée de roches et d'animaux élevés par l'Homme Blanc pour être mangés. Un vent puissant couche les herbes hautes et les rares arbustes, pousse d'épais nuages qui frôlent la terre à toute allure. Aux côtés d'Armand, la silhouette d'une jeune femme, immobile et sereine, que la mort a prise depuis longtemps. C'est elle dont Vieille Épée prononce parfois le nom dans son sommeil. C'est elle qui l'avait guidé vers la Femme Soleil.

La Croisée tire une bouffée de la pipe que lui a donnée Vieille Épée, savoure longuement le goût et la sensation de la fumée contre son palais avant de la recracher. Cette pipe fut celle d'un homme nommé Morel, qui lui-même en fit cadeau à Vieille Épée avant de mourir après leur évasion. À présent, elle appartient à la Croisée. Et avant Morel, elle était sans doute passée dans bien d'autres mains, comme elle le fera après la mort de la Croisée. Les âmes des fumeurs restent solidaires de la matière qui traverse leurs corps ; elles s'incorporent aux volutes qui s'échappent des lèvres, deviennent l'air, se mêlent à la terre et à la rivière, s'élèvent dans le ciel, vers les esprits, les dieux et les Ancêtres, et continuent peut-être leur voyage dans le vaste univers.

La nuit est venue. La Croisée ouvre son sac, déverse son contenu par terre. Les morceaux de roche se mettent à briller doucement. Une petite pierre ronde et blanche se détache des autres par son rayonnement d'opale. Elle ressemble à l'astre des nuits en miniature. La Croisée la serre dans son poing. Elle émet une tiédeur très reconnaissable, comme provenant d'une autre chair, d'une autre main contre la sienne. Surgit le souvenir de la main, large et lisse, de Vieille Épée sur son épaule. L'image de sa prunelle bleue qui traverse la nuit pour venir à la rencontre de son propre regard. Et le rire, reconnaissable entre tous.

*

Je n'ai pas pu te laisser derrière moi. Que suis-je à présent si tu n'es plus à mes côtés ? Rien, moins que rien, moins que l'être sans nom et sans identité qui ramait sur les bateaux du roi, moins que le rejeton qui dormait dans les terriers des bêtes sauvages. Je ne suis même pas bon à me traîner jusqu'à la mer de glace. Qu'ai-je imaginé comme fin grandiloquente et stupide ? Elle t'aurait fait sourire au milieu de tes larmes.

> Je vis, je meurs, je me brûle et me noie ;
> j'ai chaud extrême en endurant froidure :
> la vie m'est et trop molle et trop dure.
> J'ai grands ennuis entremêlés de joie.

Ces vers que je pensais avoir oubliés martèlent mes tempes, déchirent ma poitrine et m'arrachent parfois un rire ou un sanglot.

Je m'approche de la fin, mais je suis encore un jeune homme que la passion étreint pour la première fois. Depuis Montréal, j'ai pris le Chemin qui Marche jusqu'au Beau Lac, et puis, au lieu de monter vers l'ancien pays des Wendats, je suis descendu chez nous. Comme un possédé qui ne réfléchit plus, j'ai suivi la route qui me ramenait à toi. Tu es peut-être toujours recluse en ta prison intérieure. Peu importe. Je viendrai à bout de ses murs.

Sur le chemin, j'ai fait un rêve. J'ai vu le visage d'une femme. Je crus d'abord que c'était le tien. Tout est prétexte à faire surgir ton image. Mais ce n'était pas toi. Ou plutôt c'était toi, qui aurais hébergé une multitude d'autres femmes, et, parmi elles, je le savais, celle qui m'a donné le jour.

Elle était là, quelque part sous la surface de ta peau et se révélait par transparence. Ses yeux comme des saphirs, sauvages, semblables aux miens, me dévoraient comme s'ils me voyaient pour la première et la dernière fois. Et brusquement, une odeur féminine où domine l'arôme à la fois aigre et sucré du lait qui monte au sein, la perception de cette odeur sous forme de chair. Cette chair contre la mienne, qui me nourrit, me porte, m'enveloppe et me protège. Je suis cette chair et elle est moi.

Quand je me suis éveillé au milieu de la nuit, ma sueur avait le parfum de ma mère. Le lac me proposait ses eaux tièdes et douces, mais je ne me suis pas baigné. En faisant mon bagage, j'ai chanté une chanson de mon peuple pour les amis et les parents éloignés, les vivants et les morts. Les yeux de Jehanne se sont mis à briller dans le ciel encore possédé par la nuit. Ceux d'Armand et de Brune les ont rejoints.

Et enfin les tiens. Ils m'appellent, me parlent de ta voix qui vibre en chantant pour celui qui est né, de tes bras qui étreignent et consolent, de ton âme lumineuse, de ton cœur ranimé, de nos corps réunis, de ta chair qui palpite autour de moi au rythme de la vie.

Ma vieille sorcière marche à mes côtés, avec son air entendu. Il jubile lorsque ses prédictions se vérifient. Il me dit que notre fils est fort et curieux, et que tu le protèges un peu trop. Tu feras comme bon te semble. Et ce sera bien fait. J'ai tant d'impatience à vous voir que je me mets à courir. Les clefs de la Croisée s'entrechoquent dans la nuit. J'accorde ma foulée à ce tintement rassurant. J'aperçois déjà la palissade, je devine ta silhouette assise devant le feu, ton visage songeur, soudain illuminé par la surprise. J'entends ta voix prononcer mon nom.

Je remercie chaleureusement :

Sylvestre Sbille, mon plus précieux lecteur, ma muse, ma Croisée des Chemins ;

Roland Viau, pour ses ouvrages passionnants, sa lecture minutieuse, ses remarques et sa disponibilité qui m'ont aidée à incarner un peu d'Iroquoisie ancienne ;

David Feutry, pour sa lecture enthousiaste et ses conseils relatifs à la partie française du roman ;

Serge Lemaître, pour avoir partagé généreusement sa connaissance des peuples autochtones d'Amérique du Nord ;

Mon éditrice, Marie Misandeau, et toute la belle équipe du cherche midi.

Avec le soutien de la Fédération Wallonie-Bruxelles

Je remercie chaleureusement

Sylvette Stalé, non plus pour la relecture, mais pour Graine de chanvre.

Roland Vlaj, pour ses conseils personnalisés, sa lecture judicieuse, ses remarques et sa disponibilité qui n'ont d'égal que leur importance à mes yeux.

Daniel Latté, pour son dévouement total dans cette non-collaboration à la petite bête, vue du chiwab.

Serge Laroche, pour avoir partagé généreusement ses connaissances et repères scientifiques d'Amérique du Nord.

Marc Grosse, Marc Avranche... et encore la Jocelyne, bien sûr, toujours.

dans la tradition de Sébastien Willem, bruxelles

Le Livre de Poche s'engage pour
l'environnement en réduisant
l'empreinte carbone de ses livres.
Celle de cet exemplaire est de :
900 g éq. CO_2
Rendez-vous sur
www.livredepoche-durable.fr

PAPIER À BASE DE
FIBRES CERTIFIÉES

Composition réalisée par Lumina Datamatics, Inc.

Achevé d'imprimer en janvier 2021 en France par
La Nouvelle Imprimerie Laballery
Nº d'impression : 012011
Dépôt légal 1re publication : juillet 2020
Edition 02 - janvier 2021
LIBRAIRIE GÉNÉRALE FRANÇAISE
21, rue du Montparnasse – 75298 Paris Cedex 06

63/7920/4